C

FOLI

Hérodote

L'Enquête

LIVRES I À IV

Texte présenté,
traduit et annoté
par Andrée Barguet

Gallimard

PRÉFACE

La première grande œuvre en prose de la littérature grecque est venue, comme les poèmes homériques, du bord occidental de l'Asie Mineure, peuplé de Grecs vassaux de l'empire perse et toujours en révolte contre lui ; elle porte, en tête, le nom et la ville natale de son auteur : Hérodote d'Halicarnasse.

Comme les littérateurs d'alors étaient muets sur eux-mêmes, que nul contemporain ne jugeait à propos de noter les événements de leur vie et de renseigner la postérité sur la composition de leurs ouvrages, nous ne savons presque rien sur Hérodote ; c'est dommage, car sa vie ferait un assez bon roman d'aventures avec complots, révolutions, exils, grands voyages par terre et par mer, revirement de fortune, long séjour dans Athènes au moment le plus brillant de son histoire, gloire littéraire ; puis une nouvelle patrie trouvée en Italie et le silence qui enveloppe ses vingt dernières années. Sur tout cela nous n'avons que peu de renseignements, tous tardifs.

Hérodote naquit à Halicarnasse, — aujourd'hui Bodrum —, ville de Carie dans le sud-ouest de l'Asie Mineure, à peu de distance au sud de Milet, et fondée par des Grecs doriens venus du Péloponnèse. Il naît sous le règne de Xerxès,

— suzerain de la dynastie locale à laquelle Halicarnasse et sa voisine l'île de Cos obéissaient, représentée alors par une femme, Artémise —, en 485 ou 484 avant notre ère, s'il faut accepter la tradition qui lui donnait cinquante-trois ans quand commença, en 431, la guerre du Péloponnèse (car on jugeait qu'un homme atteint le faîte de sa carrière à quarante ans, et Hérodote avait, semble-t-il, atteint lui-même ce point au moment où, vers 444, il choisissait une nouvelle patrie). Cinq ans plus tard, en 480, c'est l'échec à Salamine de l'expédition de Xerxès; Hérodote, enfant, dut entendre célébrer sans fin le triomphe de la Grèce, mais aussi la gloire qu'Artémise, reine d'Halicarnasse, s'était personnellement acquise en cette expédition. La tradition lui donne pour oncle (ou cousin) un poète épique d'Halicarnasse, Panyasis, dont l'œuvre disparue, qui méritait les louanges de Quintilien encore, comprenait une Héracléide *— neuf mille vers sur les exploits d'Héraclès —, et des* Ioniques *— sept mille vers sur les migrations ioniennes; Panyasis s'occupait encore, d'après Suidas, de prodiges et de présages, sans que l'on sache s'il en était un interprète officiel ou s'il en cherchait des explications rationalistes; ces divers sujets, Héraclès, les migrations des Grecs, l'Ionie, les prodiges, c'est aussi ce que l'on trouve au premier plan de l'ouvrage d'Hérodote.*

Les fondations de villes, les généalogies, les légendes héroïques, les recherches mythologiques et historiques pour lesquelles des poètes érudits ressuscitaient la forme épique, étaient depuis près d'un siècle déjà traitées par la prose, à ses débuts en Ionie; les premiers logographes, *conteurs d'histoires en prose, narraient les chroniques de leurs cités, aussi fabuleuses que la tradition orale les leur donnait; ces auteurs des premiers essais d'histoire et de géographie étaient de Milet, de Mytilène, de Lydie, de Carie; nous n'avons plus leurs* logoi, *« traités », mais il est évident qu'Hérodote, par eux et auprès de son oncle, se préoccupa de ces questions. Ajoutons encore que, dans l'île de*

Cos, à l'entrée du golfe du Céramique sur lequel Halicarnasse est située, siégeait l'une des grandes corporations d'Asclépiades, médecins qui se disaient les descendants du dieu guérisseur Asclépios-Esculape ; ces médecins-philosophes qui compteront parmi eux, à la génération suivante, le plus grand médecin de la Grèce, Hippocrate, étudiaient maladies et remèdes dans un esprit scientifique déjà, et proposaient des théories sur les diverses constitutions de l'être humain, ses humeurs, l'influence sur lui du climat, du sol, des eaux. Comme les sciences, à leur début, n'étaient pas encore l'apanage des spécialistes, tous en discutaient ; Hérodote s'y intéressa, les nombreux passages où il traite de ces questions le prouvent.

Cependant un parti national dans Halicarnasse songeait à libérer la ville du tyran Lygdamis, le deuxième successeur d'Artémise ; Panyasis et son neveu s'engagèrent dans ces luttes dont nous ne savons rien, sinon qu'ils y trouvèrent, Panyasis la mort, Hérodote l'exil ou du moins l'obligation de s'éloigner et de vivre quelques années à Samos. En 454, Halicarnasse débarrassée de Lygdamis figure sur une inscription au nombre des cités alliées d'Athènes ; Hérodote avait donc pu regagner sa patrie, qu'il eût été ou non le chef ou l'un des chefs des révoltés qui chassèrent le tyran. Mais, en butte à l'hostilité de ses compatriotes — à quelle date, et pour quelle raison ? — ou peut-être parce que ses biens confisqués avaient disparu, il quitte Halicarnasse, volontairement. Sur les années suivantes, la tradition est muette ; puis, vers 445, elle montre Hérodote à Athènes où, après une lecture publique de son œuvre, il reçoit une récompense officielle, qui se serait montée à dix talents — quelque soixante mille francs-or. Hérodote fit à Athènes un ou plusieurs séjours. Dans la brillante Athènes de cette époque, il rencontra Périclès et les écrivains, les philosophes, les artistes, les ingénieurs qui l'entouraient tandis qu'il faisait de sa ville la plus belle de la Grèce : Phidias, Polygnote, Sophocle et Euripide, Anaxagore, entre autres, mais aussi tous les littéra-

teurs itinérants, sophistes-conférenciers qui passaient par Athènes, précédés d'une immense réputation et accueillis avec enthousiasme.

En 444/443, sous l'impulsion de Périclès, des colons grecs vont en Italie fonder une ville nouvelle, Thourioi, au bord du golfe de Tarente, à la place de Sybaris, détruite par sa voisine Crotone. Hérodote se joignit aux colons et devint citoyen du nouvel État; c'est pourquoi certains, Aristote et l'empereur Julien entre autres, l'appellent « Hérodote de Thourioi », et non d'Halicarnasse. Est-ce Athènes ou Halicarnasse qu'il avait quittée pour Thourioi, on ne sait; s'il quitta sa patrie, ce fut chassé par cette hostilité de ses concitoyens; s'il quitta Athènes après y avoir longtemps séjourné, ce fut pour retrouver une patrie, fatigué du rôle d'étranger reçu par des hôtes auxquels il ne peut rendre les services qu'il en reçoit, puisque un homme sans famille ni patrie derrière lui n'est rien; citoyen de Thourioi, il retrouvait la place, la vie, les responsabilités normales d'un homme. Ce fut peut-être aussi par amertume de voir les Grecs, malgré leur communauté de langue et de race, s'enfoncer dans leurs querelles entre cités, oublier l'ennemi perse et le sort de l'Ionie; d'ailleurs, l'étroitesse d'esprit, la gloriole de chacune des petites cités grecques ont souvent impatienté, on le sent, un homme qui avait vu plus de pays et de peuples qu'aucun autre, qui connaissait et le monde barbare et le monde grec, et qui ne pouvait partager, à Corinthe ou Sparte ou Athènes, des préjugés locaux proches à ses yeux du ridicule. Peut-être y eut-il encore, pour le décider, la fatigue d'un séjour qui devenait trop long dans une ville amie, mais étrangère, où les esprits et les goûts changeaient et où il ne trouvait plus la même audience.

Il vécut à Thourioi une vingtaine d'années, semble-t-il, années sur lesquelles nous ne savons rien; mais il est vraisemblable qu'il voyagea encore, en Italie du Sud, en Sicile, en Cyrénaïque peut-être, et il se peut qu'il ait revu Athènes. C'est à Thourioi qu'il mourut, peut-être vers 425; son tombeau se serait élevé sur la place même de la ville. D'autres pourtant, que rien ne nous permet de croire, le faisaient mourir à Pella, où les rois de Macédoine attiraient à leur cour écrivains et poètes; on lui donnait encore un tombeau dans Athènes auprès de celui de Thucydide, peut-être un cénotaphe par lequel les Athéniens honoraient sa mémoire et l'associaient à leur grand historien.

Tout ceci est probable, ou vraisemblable; mais trois points restent entièrement obscurs : sa vie privée, les circonstances et la date de ses voyages, et la composition de son ouvrage.

Sur sa vie privée, nous n'avons même pas les habituels racontars de scoliastes et d'ennemis. Les couples qui apparaissent dans son œuvre, ménages grecs ou barbares, humbles ou royaux, sont des ménages où règnent l'affection et la concorde; et pères, mères, enfants, frères et sœurs s'aiment et s'entendent, à deux exceptions près. Mais il n'est pas possible de décider s'il faut voir là l'écho d'une vie privée, ou l'expression d'un idéal.

Sur ses voyages, leur date, leur étendue, on cherche dans son œuvre quelque réponse, avec plus ou moins de bienveillance préalable. Il est certain qu'il fit d'immenses voyages, en un temps où voyager était réellement une aventure, sans visas ni passeports, mais longue, lente, et dangereuse. D'Athènes à Téhéran, un avion met aujourd'hui trois heures; au temps d'Hérodote, il fallait trois mois pour aller du Péloponnèse à Suse; par eau, il faut suivre les côtes et remonter les rivières; par terre, se joindre à des caravanes de marchands, aller à pied le plus souvent, ou à dos d'âne, de mulet, de cheval, de chameau à l'occasion; au bout de chaque étape il y a, sur les routes du roi de Perse, des caravansérails; ailleurs il y a des hôtes auxquels d'autres hôtes vous adressent de relais en relais, Grecs installés dans le pays — car les aventuriers, les mercenaires, les marchands ont précédé sur toutes les routes les explorateurs et les touristes —, demi-Grecs ou autochtones hellénisés; tous sont prêts à recevoir l'étranger de passage, comme au temps d'Ulysse et pour des siècles encore, pour apprendre de lui les nouvelles de l'extérieur. Les voyages d'Hérodote le conduisirent en Asie Mineure, dans les villes grecques de la côte, en Lydie et à Sardes, sa capitale, dans l'intérieur de l'Anatolie jusqu'au Taurus peut-être. Il a visité Babylone, à demi ruinée depuis sa révolte contre Xerxès, et l'Assyrie, la Perse jusqu'à Suse et peut-être Ecbatane. Vers le sud, il s'est rendu par mer à Tyr, en Égypte où il a remonté le Nil sur quelque mille kilomètres de son cours, jusqu'à Éléphantine ; sur la côte de l'Afrique, il a visité Cyrène. Vers le nord il a parcouru la mer Noire et visité certains points de ses côtes orientales, la Colchide, septentrionales — il a vu la neige tomber dru en Ukraine —, occidentales, le pays des Gètes et des Thraces. Il connaît le bassin oriental de la Méditerranée, les îles de l'Égée, les côtes de Thrace et de Macédoine, les cités de la Grèce continentale et du Péloponnèse ; dans le bassin occidental, Sicile et Grande Grèce sont sans doute les limites qu'il ne dépassa pas, ou, s'il les dépassa lorsqu'il fut citoyen de Thourioi, il n'utilisa pas ces voyages dans son œuvre, puisque ces contrées, ignorées de la Perse, étaient restées en dehors de son conflit avec le monde grec.

On ne sait pour quelle raison il entreprit ses grands voyages. Peut-être fut-il envoyé par sa famille, marchands usant de ces routes commerciales ou le chargeant de les reconnaître ; on veut en voir une preuve dans l'intérêt qu'il porte aux produits que fournit chaque contrée ainsi qu'aux moyens de transport ; il fut peut-être poussé par sa vocation d'historien-géographe, ou par le désir des siens de l'écarter quelque temps des complots et des luttes d'Halicarnasse ou de le mettre à l'abri de son tyran Lygdamis ; ce fut peut-être pour plusieurs de ces raisons ou pour toutes à la fois, mais un fait reste certain : il lui fallut de longues années pour parcourir, du nord au sud, quelque quatre mille kilomètres, et autant d'est en ouest.

Sur la composition de son ouvrage, rien de certain encore. Il est possible qu'il ait rédigé d'abord des notes sur les pays parcourus dans ses voyages, et que le fil directeur, le conflit entre *la Perse et la Grèce, lui ait plus tard permis d'organiser chronologiquement les éléments qu'il avait réunis; il a pu concevoir très tôt le projet de célébrer la victoire de la Grèce et avoir fait ses voyages dans ce dessein; il est sûr enfin qu'il rédigea les différentes parties de l'ouvrage à des dates et en des lieux différents, retouchant et ajoutant selon les informations obtenues et les pays visités, jusqu'au temps où, à Thourioi, il put s'occuper de revoir l'ensemble, révision inachevée, semble-t-il. L'ouvrage n'eut pas, de par la volonté de son auteur, la forme sous laquelle il nous est parvenu. Hérodote en lut lui-même des passages devant différents publics grecs, et deux anecdotes conservées ou fabriquées par la légende le rappellent, outre la récompense qu'il reçut d'Athènes : dans l'une, aux Jeux Olympiques Hérodote compte parmi ses auditeurs un jeune garçon qui pleure d'admiration, et qui s'appelle Thucydide; dans l'autre, le public enthousiaste décide de donner aux neuf livres de son ouvrage les noms des neuf Muses, — qu'ils ont portés depuis. L'une rappelle le rapport chronologique entre deux grands historiens, l'autre veut expliquer une division de l'ouvrage tel qu'il existait au temps de Lucien, qui nous la rapporte sept siècles plus tard, et tel qu'il existe aujourd'hui encore.*

*Donner à l'ouvrage d'Hérodote le nom d'*Histoires, *comme le veut la tradition, c'est induire en erreur les lecteurs d'aujourd'hui et desservir l'œuvre; le mot fait attendre un ouvrage tel que ceux des historiens modernes, conforme aux règles d'un genre désormais strictement spécialisé; or,* historiè *nous vient directement d'Hérodote, mais il signifie, au* V^e^ *siècle avant notre ère, l'« enquête » menée par un témoin qui rapporte ce qu'il a lui-même vu et appris au cours de ses recherches; ce serait aujourd'hui un « reportage », le grand reportage d'un* *voyageur qui note, à côté de ce qui est son sujet principal, tout ce qui lui semble susceptible d'intéresser son public, en tous les domaines : à côté des faits historiques entrent dans son rapport les détails qui appartiennent maintenant à d'autres spécialités, géographie, ethnologie, sociologie, anthropologie, journalisme, contes et anecdotes curieuses ou morales. C'est l'enquête d'un voyageur curieux, qui s'intéresse à tout.*

Une autre chose encore déroute le lecteur : la lenteur du récit, les digressions qui l'arrêtent, la présence dans le texte de ce qui serait maintenant rejeté dans des notes. Il faut, pour l'admettre, se reporter au temps où écrivait Hérodote *: un livre n'est pas fait pour être lu, et lu d'un bout à l'autre d'une traite, il est fait pour être entendu par un public plus ou moins nombreux, auquel l'auteur lui-même ou un récitant le lit par fragments choisis pour lui; écrit par morceaux, l'ouvrage est entendu par morceaux, et jamais un public n'en subit la lecture* in extenso *en une seule séance. Ceci explique des redites, inévitables puisque l'auditeur ne peut, comme le lecteur, revenir à un personnage ou un fait déjà indiqué, ainsi que les formules d'introduction et de conclusion qui encadrent un développement, les reprises qui semblent superflues au lecteur, mais aidaient l'auditeur en lui facilitant attention et compréhension du texte.*

L'Enquête *nous est parvenue divisée en neuf livres d'importance inégale; cette division, due aux éditeurs du texte à l'époque alexandrine, n'avait d'autre but que d'adapter un long ouvrage au livre d'alors, fait de plusieurs rouleaux de papyrus qui, pour pouvoir être roulés et déroulés facilement, ne doivent pas être trop longs; les éditeurs ont découpé le texte, tantôt en isolant un ensemble — le livre II par exemple, digression sur l'Égypte, — tantôt arrêtant artificiellement le récit; et les noms des neuf Muses ont servi de numérotation commode. L'auteur, à cette époque, n'avait aucun contrôle sur son œuvre dès qu'elle était connue d'un public; quiconque en avait un morceau entre les mains était libre d'en user à sa guise, d'ajouter ses commentai-*

res, retrancher, modifier l'ordre du récit; les seules indications que nous ayons sur une division primitive de l'ouvrage viennent d'Hérodote lui-même, qui annonce un logos, — *exposé, traité* —, *sur telle question, ou y renvoie. Mais quels qu'aient été primitivement l'ordre de composition et le rang donné à chacun des éléments de ce vaste ensemble, l'ouvrage que nous avons est celui que, depuis l'époque alexandrine, les lecteurs ont connu.*

Le dessein d'Hérodote est, comme l'annonce sa préface, de conserver la mémoire du conflit qui mit aux prises le monde entier tel que son temps le connaissait, partagé en deux blocs : d'un côté, l'ouest, le monde grec, des cités indépendantes les unes des autres qui se reconnaissent d'une même race parce qu'elles parlent la même langue, disséminées en Grèce continentale, dans les îles de la mer Égée et de la mer Ionienne, sur les côtes de la mer Noire, de l'Anatolie, de l'Afrique du nord, en Sicile et dans le sud de l'Italie; de l'autre, confondus par les Grecs sous le nom de Barbares, tous les peuples qu'ils connaissent vers l'est, le sud, le nord; car la partie occidentale du bassin de la Méditerranée leur est encore mal connue et ne compte pas dans leur politique. D'un côté, un monde immense qui s'étend de l'Égypte à l'Indus, de l'Ukraine à l'Éthiopie, riche en hommes et en or, que les Perses soumettent progressivement et où seuls leur échapperont les Scythes au nord, la côte de l'Afrique à l'ouest, au-delà de la Libye; de l'autre, des cités parfois infimes, dont certaines envoient un ou deux navires, ou moins d'une centaine d'hommes, participer à la lutte, et qui ne sont jamais grandes au point qu'un citoyen n'y connaisse plus directement chacun de ses dirigeants; mais surtout il y a d'un côté des peuples soumis à un maître absolu et qui marchent sous le fouet, de l'autre des cités libres et décidées à sauvegarder leur liberté. Entre ces deux mondes, à la limite occidentale de l'empire barbare et peuplée de Grecs, il y a l'Ionie, cause et enjeu du conflit qu'Hérodote entend narrer depuis les premiers heurts, à l'âge des Héros, jusqu'au jour où la génération d'avant lui arrête la poussée vers l'ouest des Barbares et libère le monde méditerranéen de la menace perse.

De Crésus à Xerxès, le conflit entre l'est et l'ouest se noue et se déroule à partir de l'Ionie et de Samos. Les luttes anciennes sont narrées brièvement (livre I); celles qu'a soutenues la génération précédant celle d'Hérodote ont l'ampleur qu'elles méritaient aux yeux des Grecs et que permettait une documentation plus sûre et plus abondante (livres V à IX). Mais, si la ligne générale de l'œuvre est simple, des digressions la coupent à chaque instant et transforment l'histoire du conflit en histoire et géographie universelles, centrées sur l'empire perse et son prodigieux développement en l'espace de soixante-dix ans, de sa fondation par Cyrus vers 549 à l'échec en Grèce de Xerxès en 479. Avec Cyrus, l'empire perse s'étend à l'ouest sur l'Asie Mineure, à l'est jusqu'à l'Indus; Cambyse soumet l'Égypte; avec Darius, les Perses s'aventurent en Scythie et dans le nord de l'Afrique; par là entrait dans L'Enquête *la totalité du monde alors connu ou pressenti, et l'histoire, légendaire ou contemporaine, des peuples qui l'habitent. Les digressions s'accrochent, logiquement, au pays ou au peuple qui apparaît dans* L'Enquête *pour la première fois : la Grèce lorsque Crésus y cherche des alliés, Babylone, l'Égypte, les Scythes, l'Afrique du Nord, la Thrace lorsque les Perses les attaquent; elles s'accrochent également à un personnage et introduisent à son propos l'histoire de ses ancêtres; ou, parce qu'une occasion s'en présente, elles apportent les informations que l'auteur a recueillies sur quelque sujet que ce soit, en esprit curieux de tout : l'auteur reconnaît lui-même ce que ses premiers auditeurs lui avaient peut-être déjà reproché, son goût pour la digression librement introduite. Mais l'auditeur et l'auteur n'ont rien qui les presse, le règne du « digest » est encore loin; un public qui aime parler et entendre parler, qui, aux débuts de la littérature, ignore la lassitude, apprécie l'immense somme des connaissances nouvelles qu'il doit à* L'Enquête.

Ici apparaissent pour la première fois, dans la littérature européenne, des pays, des peuples, des animaux, des plantes, des choses, que vingt-quatre siècles plus tard nous regardons sans étonnement : une huile malodorante qui est le pétrole, une laine d'arbre qui est le coton, par exemple, mais aussi les cerises et le caviar, les moustiquaires et le plongeur sous-marin, le pipe-line et la déclaration annuelle des revenus, les couleurs lavables et le détecteur des vibrations du sol, les masques de beauté, les lassos, les scalps, les tatouages, les crânes transformés en coupes, le froid et la nuit polaires, les loups-garous et les « Robinsons » involontaires, et jusqu'à l'élection de la plus belle fille du pays. Dans son bestiaire voisinent les animaux réels plus ou moins connus déjà des Grecs : lions, chameaux, hippopotames et crocodiles, chats, chiens indiens, petits chevaux des steppes ; ceux qui les étonnaient : mouton à grosse queue traînée sur un chariot, bœuf « opisthonome » aux cornes inclinées vers l'avant au point qu'il lui faut paître à reculons, sauterelles qu'on mange réduites en poudre, nuages de moustiques, serpents ailés ; et ceux que la légende avait déformés mais qui sont pour nous identifiables : créatures à tête de chien ou sans tête, où nous retrouvons les personnages masqués gravés sur les rochers du Tassili, hommes et femmes sauvages — gorilles ou singes de grande taille, désignés d'un nom analogue à celui qui nous sert encore pour les grands singes de Bornéo, puisque orang-outang veut dire « homme de la forêt » —, fourmis chercheuses d'or, phénix, oiseau-roc des contes arabes, griffons gardiens des trésors.

De ses voyages Hérodote avait rapporté des idées précises sur le monde habité, au-delà des terres grecques ; avec ce qu'il a vu et appris, il le bâtit en contradiction avec celui que dépeignaient dans leurs « périégèses » — descriptions de la terre —, des voyageurs ou théoriciens précédents, Hécatée de Milet parmi eux. Lui se refuse à imaginer un monde géométrique idéal, disque parfait entouré de ce grand fleuve Océan qui est pure invention de poète (cf. II 21, 23; IV 8, 36); diviser la terre en trois parties, Europe, Asie, Libye (= Afrique), quand elle est une, est également faux (cf. IV 45). Le sien s'étend de Gibraltar à l'Indus, suivant une ligne médiane qui passe par la Méditerranée; le centre semble bien en être l'Anatolie, sinon même Halicarnasse. Au sud de cette ligne, une mer baigne l'Asie, la péninsule de l'Arabie et peut-être aussi celle de la Libye, s'il faut en croire les navigateurs phéniciens envoyés autour de l'Afrique par Néchao, et Scylax de Caryanda envoyé par Darius de l'Indus au golfe de Suez. Au nord de la ligne, c'est l'Europe, égale en longueur, ou presque, à l'Asie et à la Libye, moindre en largeur : l'Europe d'Hérodote s'étend de l'est de la Caspienne à Gibraltar, sans monter au nord au-dessus de l'Ukraine et du Danube. Qu'y a-t-il au-delà? Il refuse de l'imaginer, puisque aucun témoin oculaire n'a pu lui confirmer l'existence d'une « mer du Nord » qui envelopperait ces régions, en parfaite symétrie avec la mer qui est au sud du monde (cf. III 115); on parle d'un fleuve Éridanos (le Pô? le Rhône?); d'îles Cassitérides (les Scilly?) d'où viennent l'ambre et l'étain : la méthode d'Hérodote l'empêche d'accepter ce que rien ni personne ne lui certifie. Les pays connus s'achèvent sur de l'inconnu, dans toutes les directions cardinales : des déserts de glace au nord et au nord-est, de feu au sud et au sud-est; à l'ouest, au-delà de Gibraltar c'est l'Océan. Notons cependant que, si Hérodote rejette un monde géométrique et symétriquement entouré de mers, il accepte cette symétrie lorsqu'il s'agit d'aller du connu à l'inconnu et d'imaginer le cours supérieur du Nil d'après celui du Danube.

Le premier pour nous, puisque nous ignorons ses prédécesseurs, Hérodote élargit singulièrement le monde pour un public grec habitué à le réduire au bloc hellénique. Il y manque évidemment ce qu'Alexandre, les Romains, Marco Polo ou

Christophe Colomb y ajouteront à mesure que se réduira sur les cartes la tache blanche des « terrae incognitae »; il ignore l'ouest de l'Europe, à part deux noms : l'Ibérie, côte orientale de l'Espagne, et les Cynésiens (ou Cynètes) à son extrémité sud-ouest; le mot Alpis désigne pour lui un affluent du Danube, le mot Pyréné une ville des Celtes; l'Afrique du Centre et du Sud, l'Inde au-delà de l'Indus, l'Extrême-Orient n'existent pas encore. Des peuples de ce monde, les plus civilisés habitent en son centre; autour d'eux s'échelonnent jusqu'aux régions inconnues des nations d'autant plus primitives qu'elles en sont plus éloignées; au bord même de l'inconnu se trouvent les peuples à demi ou tout à fait mythiques, les merveilles et les monstres : là se trouvent les Eldorados et les sources de Jouvence, ces vieux rêves de l'humanité, et les peuplades si vertueuses dans la simplicité de leurs mœurs que chaque époque à son tour les place un peu plus loin, toujours juste au-delà des frontières du monde qu'elle connaît : au sud, ce sont les vertueux Éthiopiens, qui ont tant d'or qu'ils en font les chaînes de leurs prisonniers; au nord, les Chauves, les Hommes aux pieds de chèvre ou qui n'ont qu'un œil, et les griffons gardiens de l'or; à l'est, l'Inde qui regorge d'or elle aussi; à l'ouest, les bêtes féroces, et l'or encore que les Carthaginois vont acheter au-delà de Gibraltar. Avec Hérodote apparaissent des pays et des peuples dont nos histoires parlent pour la première fois : dans l'ouest, les Carthaginois, les Étrusques, la Corse, Marseille, les Celtes, l'Espagne, le Portugal et, au-delà de Gibraltar, la côte de l'Atlantique jusqu'au cap Cantin, sinon même jusqu'au Rio de Oro; au nord et nord-est, le peuple des Scythes sur lesquels Hérodote apporte les premières informations que nous ayons, ainsi que sur leurs voisins, à demi légendaires pour lui, mais où nous reconnaissons des Finnois, des Tatars, des Kalmouks; à l'est, les Indiens; au sud-est, les Arabes, les Éthiopiens; sur la côte nord de l'Afrique, les Berbères, les Touaregs, les peuples du désert et des oasis, les Négrilles, dans une Afrique qui ignore encore le chameau et le cactus et que les Arabes n'envahiront que douze siècles plus tard. Mais deux pays surtout intéressent Hérodote et son public : Babylone, qui est alors et pour des siècles la ville la plus célèbre du monde, et l'Égypte, le pays le plus ancien, le plus riche en curiosités et en merveilles, autrefois comme aujourd'hui.

Le prestige de l'Égypte, de son fleuve, de ses monuments, de la science et de la sagesse de ses prêtres, explique la place qu'Hérodote consacre à un « logos égyptien » dont ses éditeurs ont fait un livre entier. Les « Sages » de la Grèce avaient tous, disait-on, passé par l'Égypte; à Solon, le plus sage des Athéniens, Platon fait dire par un prêtre égyptien : « Vous autres Grecs, vous n'êtes que des enfants... » C'est l'opinion d'Hérodote, qui s'attache à montrer, — aux Athéniens, entre autres, si sûrs de leur antiquité et de leur civilisation —, les Grecs recevant de l'Égypte leurs dieux, leurs rites, leurs ancêtres, leur géométrie, Solon lui empruntant une loi, les Éléens consultant ses sages pour mieux organiser leurs Jeux Olympiques. Dans une énumération pleine d'ironie il s'amuse à accumuler tout ce que ce peuple, tellement plus ancien et plus sage qu'eux, fait au rebours des Grecs (cf. II 35); et si les Grecs appellent « barbares » le reste des hommes, ce terme même de « barbares », les Égyptiens l'emploient aussi et le leur appliquent, à eux Grecs, comme à tous les autres peuples (cf. II 158). Ailleurs, au Grec Hécatée qui se vantait d'avoir un dieu pour seizième ancêtre, cinq cents ans plus tôt, les Égyptiens montrent trois cent quarante-cinq statues de prêtres, le fils ayant succédé au père pendant plus de onze mille ans, depuis le dernier dieu qui ait vécu parmi les hommes (cf. II 143). Ainsi le monde qu'Hérodote élargit dans l'espace s'élargit également dans le temps.

Les événements dont il s'occupe sont ceux du monde entier depuis le temps des héros jusqu'à l'échec de Xerxès. À mesure qu'un peuple ou un personnage d'importance apparaît, Hérodote en donne l'histoire particulière en remontant le plus loin qu'il lui est possible. Ses informations lui viennent des traditions locales, puisque les documents et l'art de les chercher et de les interpréter ne s'imposeront pas avant notre époque ; or, tirer de généalogies, de fondations de cités une chronologie certaine est impossible : chaque cité, chaque grande famille se rattache à un héros mêlé aux « gestes » célèbres que rapporte l'épopée, avec des filiations et des descendances qui sont vérité historique pour chacune, mais incompatibles souvent pour qui essaie de les coordonner. Là même où existent, accessibles pour un étranger de passage, des listes de prêtres ou de magistrats, les points de départ en sont différents et incertains. Hérodote n'essaie d'ailleurs pas de construire un système cohérent; ni lui ni son public n'en éprouvent le besoin, en un temps où les années et les jours ne sont pas découpés pour tous en tranches identiques et où personne ne se soucie de noter des dates de naissance. Sa chronologie est donc vague, et repose sur le principe qu'un siècle voit passer trois générations humaines ; des synchronismes approximatifs établis entre les faits et les personnages remplacent les dates précises que notre documentation actuelle fournit parfois — grâce à l'astronomie pour une éclipse, aux archives d'autres civilisations, Babylone, l'Égypte, la Bible, aux découvertes de l'archéologie, de l'épigraphie, de la numismatique. Le temps d'Hérodote est en trois tranches : le temps des dieux qui, d'après les Égyptiens qui notent exactement les années, s'arrête onze mille trois cent quarante ans avant lui ; celui des héros, auquel appartiennent les Argonautes, les Épigones, les combattants de la guerre de Troie, du retour des Héraclides, Minos en Crète, le Phénicien Cadmos, l'Égyptien Danaos, Persée... Ils représentent l'histoire ancienne de la Grèce, les fondateurs de ses cités. Héraclès, selon Hérodote, vivait neuf cents ans avant lui : vers

1350 donc, pour nous; Pan, huit cents ans plus tôt, après la guerre de Troie, ainsi datée de 1280 environ, date plausible d'ailleurs. Les plus anciens mouvements de populations que le bassin oriental de la Méditerranée ait connus se retrouvent, déguisés sous les légendes héroïques et les déplacements de peuples commodes par leur ubiquité, — Pélasges, Phéniciens, Hellènes, Achéens, Doriens, Ioniens. La chronologie des temps « historiques » ne prend elle-même de solidité qu'au début du Ve siècle; auparavant, les énumérations de rois ou d'ancêtres, les guerres, les invasions, les luttes sociales et les tyrannies dans les cités grecques, leurs rivalités et leurs colonisations, restent de dates approximatives. Nous devons cependant à L'Enquête, *sur vingt-cinq siècles de l'histoire de cette partie du monde, une masse précieuse d'informations.*

L'histoire narrée par Hérodote est avant tout « humaine »; des hommes la font, non pas de puissants esprits qui modèlent l'avenir, mais des êtres qui, mus par l'ambition, la cupidité, la colère, le désir d'une vengeance, déclenchent le malheur sur des milliers d'autres; ainsi dans Homère les fautes et les colères des chefs entraînent les souffrances et la mort pour leurs peuples. Sur les quelque cinq cents nations grecques et barbares, et les quelque deux mille personnes qui figurent dans L'Enquête, *une vingtaine suffit à faire l'histoire, pour des motifs personnels et de l'ordre des toutes petites causes; — c'est, ici aussi, le « nez de Cléopâtre », ou la fenêtre de Trianon pour laquelle, selon Saint-Simon, Louvois jettera Louis XIV dans une nouvelle guerre. Reprocher à Hérodote de ne pas rechercher les causes économiques, sociales, politiques, des guerres, c'est oublier le monde qu'il voit autour de lui : un monde barbare fait d'une multitude de peuples, dont certains n'ont même pas encore conscience d'être une collectivité, qui s'ignorent mutuellement, qui n'ont ni communauté ni rivalité d'intérêts, liés par un maître commun, le roi des Perses, dont la volonté les réunit pour les pousser contre un pays inconnu d'eux ; un monde grec fait d'une mosaïque de cités qui se connaissent, se haïssent souvent et s'allient les unes contre les autres, menées par l'homme qui sait persuader ses concitoyens pour leur salut ou ses intérêts particuliers.*

Mais le principal ressort de l'histoire, pour Hérodote, c'est la vengeance, qui inspire les rois, les chefs, les hommes et les femmes de tout pays ; se venger, venger un parent ou un allié, est la cause unique ou le prétexte des luttes intestines dans les cités, comme des guerres et des invasions. Nombre de ces vengeances ont d'ailleurs des causes féminines ; les femmes, comme auteurs parfois des événements si elles sont reines, comme causes ou instruments plus souvent, occupent une grande place dans le déroulement de l'histoire : elles sont enlevées, elles se vengent, ou sont vengées par leur famille, elles font agir leur mari, elles sont instruments employés par les dieux, par leur famille. La folie vient parfois égarer un chef pour le malheur de ceux qui l'entourent. Les colères brutales des despotes, l'appât de l'or sur les hommes sont aussi causes d'actions coupables. Mais quelles que soient leurs raisons propres d'agir, les dirigeants sont toujours entourés de conseillers, les uns bons, les autres mauvais, parfois opposés symétriquement, et leur malheur veut que les mauvais conseils soient plus écoutés que les bons. L'histoire d'Hérodote est bien « le dossier des crimes, de la folie et des malheurs des hommes ».

Des volontés humaines font cette histoire, mais au-dessus d'elle plane une autre volonté toute-puissante, qui dicte ou tolère les actes des hommes. Hérodote dit : les dieux, comme tout Grec respectueux de toute religion officielle et de celle de sa cité ; il dit aussi : le dieu, un dieu particulier, ou le dieu prophétique par excellence, Apollon ; mais il emploie souvent un mot plus vague et général, théion, *qui indique la volonté du ciel, l'intervention de la puissance divine sans forme matérielle. Pour lui, l'action de la divinité dans la vie des hommes est évidente, et annoncée par les moyens que les hommes ont de l'apprendre ou de la chercher : les songes et les oracles.*

Par les songes, par certains d'entre eux, du moins, un avertissement divin parvient directement à un homme. Le reconnaître est une science difficile : si, pour les interpréter, les hommes se laissent égarer par leurs espoirs ou les flatteries de leur entourage, ils auront mérité le malheur dont le ciel les prévenait.

Le songe est un avertissement individuel, et spontané ; les oracles sont la réponse du dieu consulté officiellement. Qu'Hérodote croie aux oracles, rien de plus normal : son temps y croyait, tout entier, et les temps suivants y croiront encore, puisque Delphes ne disparaîtra qu'avec le paganisme. Pourquoi le lui reprocher plus qu'aux hommes et aux cités qui, alors, n'agissaient pas sans avoir demandé l'avis des dieux ? Des sceptiques en discutaient, assurément, comme des songes, et nous avons l'écho dans Hérodote de leurs discussions ; elles n'allaient pas sans danger et l'opinion publique ne leur était pas favorable. Les oracles qu'Hérodote nous transmet sont ceux qui, vérifiés aux yeux des contemporains, avaient mérité d'être retenus dans les traditions d'une cité, et faisaient la gloire du sanctuaire où ils avaient été rendus. Que la tradition, que le sanctuaire aient embelli la chose, c'est probable ; qu'ils l'aient inventée de toutes pièces est impossible : tous les consultants ne pouvaient pas se laisser, tous et toujours, docilement tromper par une imposture. D'ailleurs, le soin que met Hérodote à distinguer les oracles d'une éclatante évidence et les oracles douteux montre que là, comme pour les rêves, il convient de chercher et de reconnaître l'élément divin. Il arrive bien que des hommes en forgent, mais qui refuse d'écouter un oracle « authentique » en est puni. D'autres indications encore viennent des dieux, les prodiges et les présages. Hérodote consigne en général sans étonnement les prodiges qu'on lui conte, alors que vingt-quatre siècles de science supplémentaire nous ont enlevé beaucoup du merveilleux que son époque admettait. Certains lui sont donnés comme des faits historiques bien assurés ; mais il accompagne le reste de ces « dit-on » par lesquels il réserve clairement son opinion. Pour les présages, ils n'ont rien en eux-mêmes qui soit surnaturel ; mais ces avertissements célestes sont, le plus souvent, compris trop tard : la divinité surveille sans cesse l'humanité, pour l'avertir ou la châtier, et Hérodote reconnaît partout l'accomplissement de sa volonté. Certaines croyances cependant lui paraissent de pures sottises : Hérodote les rapporte ; mais il s'agit, il le souligne, de ce qu'on dit, et non de ce qu'il croit. À tous les récits de ce genre convient son énergique affirmation (cf. II 123) : il se borne à consigner ce qu'il entend dire.

La grande loi morale à laquelle la divinité a soumis la vie des hommes, celle dont l'histoire est la perpétuelle démonstration, c'est celle de la démesure, l'*hybris*, et de son châtiment inévitable ; connaître les limites de la créature humaine, ne pas se laisser entraîner au-delà par l'orgueil de sa puissance ou de sa fortune, c'est le seul moyen d'échapper à la *némésis*, la vengeance divine. *L'Enquête* s'ouvre sur le grave avertissement que Solon donne à Crésus trop sûr de son bonheur : avant qu'il soit mort, ne disons pas d'un homme qu'il est heureux, car la jalousie des dieux veille et rien n'est sûr dans les choses humaines. Ce thème de la démesure et de sa punition devient, pour Hérodote, la loi même de l'histoire ; il ne l'impose pas aux événements, il la voit se dégager d'eux ; il ne l'invente pas non plus, c'est la sagesse même de la Grèce de son temps qu'il exprime, comme le fait la tragédie, celle d'Eschyle et celle de Sophocle. Les tragiques mettent en scène l'orgueil et la chute de héros légendaires auxquels Phrynichos, puis Eschyle, ont ajouté *un personnage bien réel pris dans leur temps : Xerxès. Comme eux, Hérodote voit dans toute l'histoire, dans la vie de tous ceux qui ont eu tour à tour à diriger leurs peuples ou leurs cités, Crésus ou Polycrate, Cléomène, Thémistocle ou Xerxès, le même drame aux trois actes inévitables : ascension, triomphe, écroulement. C'est un drame auquel toute époque, la nôtre plus qu'une autre peut-être, a pu assister ; la conclusion qu'en tire Hérodote, Sophocle la donne aussi à la fin de son* Œdipe-Roi *: « N'appelons aucun homme heureux avant qu'il ait franchi le terme de sa vie sans connaître le malheur. »*

Sur cette vie des hommes, Hérodote partage le pessimisme fondamental qu'expriment avant lui Homère comme Pindare et tous les poètes. « Les hommes passent comme les feuilles des arbres », dit Homère ; l'homme est « le rêve d'une ombre », dit Pindare ; cette vie est si pleine de souffrances qu'il n'est pas un homme qui ne souhaite souvent être mort, et le plus grand bonheur est sans doute mourir le plus tôt possible (cf. I 31). Même pessimisme, mais qui, par le caractère d'Hérodote, se teinte d'une tolérante indulgence, sur la nature humaine et le comportement des hommes ; rien de ce qu'ils peuvent faire ne l'étonne, très peu de choses l'indignent : croyances et coutumes bizarres, folies, cupidités, cruautés, crimes, il narre tout avec la même tranquillité, si ce n'est que, parfois, il se refuse à perpétuer le nom d'un coupable, et que deux fautes le scandalisent : qu'on ose demander au dieu de permettre un crime (cf. I 159), et, surtout, qu'on ne respecte pas les usages et les croyances d'autrui, quand « la coutume est la reine du monde » (cf. III 38). Il n'y a ni peuples ni hommes incarnant toutes les vertus en face de « vilains » coupables de tous les crimes. Donc, conclut Hérodote, à tout homme convient, pour ses fautes, l'humilité, pour celles d'autrui, l'indulgence.

Cette vie brève et pleine de souffrances, il faut cependant la vivre le mieux possible. L'homme le plus heureux, Solon le décrit dans l'Athénien Tellos : avoir cité prospère, une fortune suffisante, des fils et des petits-fils pour continuer sa race, et gagner la gloire en mourant pour sa patrie, c'est là le suprême bonheur d'un homme, citoyen d'une cité libre (cf. I 30) ; car la liberté de l'homme qui n'est soumis qu'à la loi est l'exigence essentielle d'Hérodote : il méprise qui choisit l'esclavage ou s'y résigne, il admire qui veut et sait rester libre. En pays barbare, un roi a d'autres devoirs : être comme Cyrus, un père et non un maître, régner en paix comme Tomyris le lui conseille, en évitant guerres et tributs. Car seul l'insensé déclenche la guerre, par laquelle les pères ensevelissent leurs fils.

Sur la rive droite du Nil, à quelque mille trois cents kilomètres de la Méditerranée, à deux cents kilomètres au sud de la Première Cataracte, sur le toit du temple d'Amada qui fut bâti au XVe siècle avant notre ère, on lisait encore au début du siècle une inscription à présent disparue, gravée par un Grec de passage (au Moyen Âge ?) : « Hérodote d'Halicarnasse a vu et admiré ceci. » À quoi un autre visiteur avait ajouté : « Non, ce n'est pas vrai. »

Le second passant avait d'ailleurs raison : Hérodote, en Égypte, ne dut pas remonter le Nil au-delà d'Éléphantine. Mais l'enthousiasme d'un lecteur, le scepticisme d'un autre, représentent bien les deux courants successifs de l'opinion du public grec d'abord, et, en ordre inverse, du public d'aujourd'hui. Les contemporains d'Hérodote l'écoutèrent avec admiration et parfois quelque incrédulité : quand Marco Polo narrait à Venise en 1295 les merveilles de l'Extrême-Orient, son public aussi refusait de croire ce qui débordait sa propre expérience. Des accusations s'élevèrent bientôt contre lui ; on lui a reproché ce qu'il ne dit pas et ce qu'il dit, et la façon qu'il a de le dire : on l'a accusé de plagiat, de partialité, de mensonge, de crédulité... Mais d'Hérodote aussi on pourrait dire qu'un peu de *science a éloigné de lui, que davantage de science y ramène.*

Qu'il n'ait pas tout dit sur les pays, les peuples, le conflit dont il traite, est évident : pas plus qu'un touriste moderne, il ne pouvait et ne voulait tout voir dans Babylone, l'Égypte ou la Scythie. Dans Babylone à demi ruinée par Xerxès, il ne pouvait d'ailleurs voir ce que les fouilles des archéologues modernes ont remis au jour. Il n'estime pas davantage devoir tout dire de ce qu'il voit : il choisit ce qui lui paraît curieux, et ce pour un public déterminé, si bien qu'il élimine des informations que nous avons lieu de regretter. Une allusion lui suffit sur les sujets que ses auditeurs connaissent bien. Certains de ses silences ont une autre raison, impérieuse : initié aux mystères des Cabires de Samothrace, sans doute aussi à ceux d'Éleusis, il est tenu à un secret qu'il respecte religieusement, et il se tait sur tout ce qui, dans la religion égyptienne, serait révélation de noms, de rites ou de dogmes sacrés.

Sur ce qu'il dit, on lui reproche des erreurs matérielles, des interprétations fantaisistes, une critique insuffisante des témoignages qu'il emploie; on lui a reproché d'invraisemblables inventions, — jusqu'au moment où ces « inventions » sont devenues des informations exactes. Ses chiffres sont souvent faux, comme ses évaluations, dans les mesures et les calculs portant sur de grands nombres. Lorsqu'il indique les dimensions d'un monument, il est à noter que, pour ce qu'il a pu mesurer lui-même avec son « pas » ou sa « brasse », les chiffres sont justes; s'il indique la hauteur des murs de Babylone, celle des pyramides, la distance qui sépare deux points par terre ou par mer, le nombre des soldats de Xerxès, ils sont faux : il lui fallait en décider au jugé, ou d'après des étapes inégales, ou adopter les chiffres qu'on lui proposait sans pouvoir les vérifier. L'erreur est en général exagération, car Hérodote, touriste enthousiaste, ne met ni mesquinerie ni dénigrement dans ses descriptions; mais ses yeux et sa mémoire lui servaient seuls, quand le voyageur moderne dispose d'appareils d'enregistrement et de mesure, d'instruments commodes pour prendre et conserver des notes, de systèmes précis de poids, de mesures et de monnaies.

Ses informations lui viennent, — en dehors des ouvrages de ses prédécesseurs dont nous ne savons rien —, de ce qu'il voit et de ce qu'il entend dire. Il le précise, d'ailleurs : il a vu de ses yeux, appris de telles personnes; ou bien il juge plausible, il procède par déduction. Il voyage dans des pays dont il ne connaît pas la langue et dépend des explications que lui donnent ses hôtes et ses guides, grecs ou parlant grec : tout lui arrive plus ou moins hellénisé déjà; un voyageur de passage, en Perse, en Égypte, à Cyrène ou Olbia, n'a pas accès à ce qui peut exister comme archives, si même il est capable de déchiffrer les documents et d'en apprécier la valeur.

Critiquer les témoignages, les informations qu'il recevait, lui était impossible : quel moyen avait-il de contrôler les dires de voyageurs sur des pays fantastiques, les affirmations de Perses, de Scythes ou d'Athéniens sur l'histoire ancienne de leurs pays? Les événements dont il parle s'arrêtent à peu près à la date de sa naissance; il n'en a rien vu par lui-même, et les témoins de Marathon et de Salamine lui ont raconté leurs propres souvenirs de combattants perdus dans la mêlée trente ou quarante ans auparavant. Son effort critique se borne à isoler le vraisemblable de l'invraisemblable, à choisir entre les variantes qu'il a consignées, à refuser l'incroyable, quand même on le lui affirme par serment.

Par souci d'authenticité, il s'efforce de donner certains noms exacts d'objets, de personnes, de dieux étrangers, noms déformés par des oreilles grecques évidemment; de même, les divinités étrangères sont, pour son public, aussitôt assimilées d'après leur apparence ou leurs fonctions à des divinités helléniques, les rites sont comparés, et l'analogie devient explication. Mieux vaut louer ici ce premier intérêt pour les langues étrangères et la religion comparée que reprocher à Hérodote de ne pas avoir la science et la documentation d'un savant moderne.

Jusqu'au XIXe *siècle, on lui a reproché des inventions extraordinaires, des crédulités absurdes, en oubliant là encore son affirmation, répétée non sans impatience, que rapporter ne veut pas dire croire. De plus en plus on le constate, Hérodote a dit vrai ; des découvertes matérielles ont confirmé ses dires : ainsi les statues des Jumeaux d'Argos pour son histoire de Cléobis et Biton ; les fouilles des Kourganes en Russie méridionale pour les funérailles royales des Scythes ou les « chauves » qui rendent la justice ; le cratère de Vix, pour celui que Sparte offrait à Crésus. La géographie et l'ethnographie justifient ce qu'il rapporte des peuples étrangers et lointains de son monde, leurs coutumes et leurs rites, sorcellerie, extases artificielles, polygamie, polyandrie, communauté des femmes, prostitutions sacrées ; les naissances d'enfants à faciès léonin ne nous sont pas plus incroyables que les « fourmis » de l'or des Indes, ces marmottes, ou les « hommes aux pieds de chèvre », ces montagnards agiles. Tout s'explique de ce qui, pendant des siècles, passait pour légendes ou sottises, — jusqu'au dauphin d'Arion, s'il faut en croire les recherches modernes sur cet animal prodigieux d'intelligence, et jusqu'au miracle de la pluie éteignant le bûcher de Crésus, s'il est prouvé maintenant qu'une conflagration violente entraîne une concentration de nuages et des pluies également violentes. Ce qu'Hérodote lui-même refusait de croire n'a plus rien d'invraisemblable : les deux loups qui conduisent un prêtre sont les personnages aux masques de loups qui ouvrent la procession d'Osiris ; le soleil « à la droite » des marins de Néchao nous prouve que l'expédition a bien doublé le cap de Bonne-Espérance ; les Neures qui se changent en loups quelques jours par an participent à des rites d'initiation ou de sorcellerie.*

Hérodote a dit vrai pour tout ce qu'il a vu, et ce qu'il répète, faits ou légendes, est ou vrai ou explicable. On l'a accusé d'autre chose encore : de plagiat et de partialité. Sur le premier point, comment nier ou affirmer ce dont on ne sait rien, puisque les ouvrages de ses prédécesseurs n'ont pas été jugés, comme le sien, dignes d'être lus et recopiés assez souvent pour que quelques manuscrits nous en parviennent, et que les fragments d'Hécatée cités par les Alexandrins sont douteux ? De plus, les vers des poètes étaient cités avec le nom de leur auteur, mais la prose, qui ne crée rien et consigne des faits réels, appartenait à tout le monde ; Hérodote n'avait pas plus à nommer un historien ou un géographe dont il se servait, que Platon et Aristote ne le nomment en citant ou critiquant ses propos. Quant à sa partialité, les accusations, entre autres, de Plutarque, Béotien qui, cinq cents ans plus tard, lui reproche d'avoir calomnié les Thébains et les Béotiens du temps des guerres Médiques, sont dépourvues de toute valeur. Hérodote, qui connaissait le monde grec et le monde barbare, détaché de son pays par l'exil, libre de tout chauvinisme grec, athénien, spartiate ou corinthien, a des sympathies et des antipathies évidentes. Il n'est pas hostile, par principe et sans nuance, à tout ce qui est « barbare », roi, ou tyran ; il est Grec et fier de sa race, mais il ne pardonne pas aux Grecs leurs bavardages, leur désunion, leurs particularismes ; il loue tour à tour les Athéniens et les Spartiates, mais souligne les fautes des uns et des autres ; car même vivant à Athènes, il refuse de s'associer aux querelles qui divisent les cités grecques. Il a voulu que son Enquête *fût véridique et impartiale, et, dans la mesure de ses forces, il y est parvenu.*

Certains éléments, étrangers désormais à l'histoire, donnent à son ouvrage son caractère propre : les discours et les conversations de ses personnages, les romans, contes, anecdotes qu'il y introduit. Les discours, les entretiens qu'il imagine continuent ceux des héros d'Homère ; devenus obligatoires pour les historiens postérieurs, ils sont normaux et nécessaires pour des Grecs chez qui la parole mène les affaires publiques et privées, l'assemblée, les troupes, les alliés, les amis. Discours, discussions, entretiens familiers, directement ou indirectement rapportés, sont menés de la même manière aisée et naturelle, que ce soit un roi ou un bouvier qui parle, sans la construction rigide et les artifices que la rhétorique y introduira après lui. Les contes, les nouvelles enchâssés dans L'Enquête *ont fait tort à l'historien, rejeté dans les rangs des conteurs de fables. L'histoire ne s'était pas encore séparée de la légende ; Hérodote les recueillait mêlées, l'une habillant l'autre, pour son plaisir et celui de ses auditeurs. Ces « belles histoires », longues ou courtes, s'insèrent dans le récit en l'interrompant au besoin. Toutes sont menées avec un naturel qui fait oublier l'art du conteur.*

Que ce soit dans les contes, dans l'exposé de ses recherches géographiques ou ethnographiques, ou dans l'histoire des conflits, la phrase d'Hérodote garde la même simplicité, la même aisance. Il se servait du dialecte ionien, parlé dans Halicarnasse, ville de Carie, comme dans les cités d'Ionie, mais devenu une langue littéraire dont il était, aux yeux des anciens, le plus parfait représentant, avec des souvenirs de la langue épique, l'ionien d'Homère, aussi naturels pour lui que pour ses auditeurs, nourris des mêmes textes. Sa phrase est souvent courte, composée d'éléments juxtaposés, avec les formules d'annonce, de reprise, de conclusion, qui permettent aux auditeurs d'en suivre facilement le cours ; plus longue, elle lie sans rigueur des éléments successifs, elle se déroule sans hâte, « comme un large fleuve paisible » dit Cicéron. On parle, à son propos, de naïveté, non sans nuance péjorative. C'est ne pas rendre suffisamment justice à cette prose, la première à valoir un beau vers, selon Denys d'Halicarnasse, non plus qu'à l'auteur, à son dessein clairement affirmé de rapporter tout ce qu'il a pu apprendre sur tous et sur tout, à l'ironie discrète avec laquelle il présente tout ce que son public jugera, comme lui, curieux, bizarre, ou d'une très humaine et amusante absurdité ; ironie plus sensible sans doute pour un auditeur, grâce au ton du récitant, que pour le lecteur d'un livre muet.

Lire L'Enquête, *c'est voyager dans le monde ancien, en compagnie d'un esprit aimable et curieux de tout, apprendre ce que l'on disait à Sardes, Suse, Memphis, Milet ou Athènes, ce que les conteurs dans les rues, les guides dans les sanctuaires, narraient aux passants ; c'est voyager en compagnie d'un auteur qui est pour nous le père de l'ethnographie, de la géographie, du reportage et du roman, comme il est, pour nous comme pour toute l'Antiquité, le Père de l'Histoire.*

Andrée Barguet

NOTE SUR LE TEXTE

Cette édition intégrale des quatre premiers livres de *L'Enquête* a été établie à partir de celle de la « Bibliothèque de la Pléiade » parue en 1964.

que l'on attend à Suède, Suisse, Allemagne, [illegible]

[illegible]

L'Enquête

CLIO

LIVRE I

[Préface. — Origines du conflit de la Grèce avec l'Asie (enlèvements d'Io, Europe, Médée, Hélène), 1-5.

HISTOIRE DE CRÉSUS (6-94). — *Ses ancêtres :* Candaule, 7-12; Gygès, 13-14; Ardys, 15; Sadyatte et Alyatte, 16-25 (guerre contre Milet, 17-22; Arion et le dauphin, 23-24). — *Son règne :* soumission des Grecs d'Asie Mineure, 26-28; Crésus et Solon, 29-33; mort d'Atys, 34-45. — Crésus contre la Perse : consultation des oracles, 46-55; Crésus et la Grèce, 56-70 (les peuples grecs, 56-58; Athènes : tyrannie de Pisistrate, 59-64; Sparte : lois de Lycurgue, 65; guerre contre Tégée, les ossements d'Oreste, 66-68; Crésus s'allie à Sparte, 69-70); il attaque la Cappadoce, 71-78; siège et prise de Sardes par Cyrus, 79-84 (appel de Crésus à Sparte en guerre avec Argos, 82-83); Crésus sur le bûcher, 85-92. — *Monuments et mœurs des Lydiens,* 93-94; émigration lydienne en Ombrie, 94.

HISTOIRE DE CYRUS (95-216). — *Ses ancêtres :* Déiocès, premier roi des Mèdes, 96-101; Phraorte, 102; Cyaxare, 103-106; Astyage : naissance et enfance de Cyrus, 107-122; sa révolte, 123-130. — *Coutumes des Perses,* 131-140. — *Son règne : Cyrus contre l'Asie Mineure :* Ioniens et Doriens, 141-148; Éoliens, 149-151; leur appel à Sparte, 152-153. — Mazarès contre les Lydiens, 154-161 (révolte de la Lydie et conseil de Crésus, 154-156; Pactyès livré aux Perses, 157-161). — Harpage soumet l'Ionie, 162-171 (les Phocéens émigrent à Cyrnos, puis Hyélé, 163-167; les Téiens à Abdère, 168; l'Ionie soumise pour la seconde fois : conseils de Bias et Thalès, 169-170); les Cariens, Cauniens et Lyciens, 171-177.

— *Cyrus contre l'Assyrie :* description de Babylone, 178-183 ; Sémiramis et Nitocris, 184-187 ; prise de Babylone, 188-191 ; pays et mœurs des Babyloniens, 192-200. — *Cyrus contre les Massagètes :* la région de la Caspienne, 202-204 ; expédition et mort de Cyrus, 204-214 (conseil de Crésus, 207-208 ; songe de Cyrus, 209-210). — Coutumes des Massagètes, 215-216.]

PRÉFACE

Hérodote d'Halicarnasse[1] présente ici les résultats de son enquête, afin que le temps n'abolisse pas les travaux des hommes et que les grands exploits accomplis soit par les Grecs, soit par les Barbares[2], ne tombent pas dans l'oubli ; et il donne en particulier la raison du conflit qui mit ces deux peuples aux prises.

Origines du conflit de la Grèce avec l'Asie.

(1). En Perse, les chroniqueurs attribuent aux Phéniciens la responsabilité de la querelle ; ce peuple, disent-ils, venus de la mer qu'on appelle Érythrée jusqu'à la nôtre[3], sitôt installé dans la contrée qu'il habite encore aujourd'hui, se lança dans de lointaines navigations et, parmi les pays où il transportait les marchandises de l'Égypte et de l'Assyrie, il y eut en particulier Argos. À cette époque, Argos avait à tous égards la première place dans le pays qu'on nomme à présent la Grèce. Arrivés sur ce territoire, les Phéniciens cherchèrent à placer leurs marchandises ; cinq ou six jours après leur arrivée, alors qu'ils avaient vendu presque toute leur cargaison, un groupe nombreux de femmes descendit au rivage et, parmi elles, la fille du roi ; son nom, pour les Perses comme pour les Grecs, était Io, fille d'Inachos[4]. Tandis que ces femmes, debout près de la poupe du navire, marchandaient ce qui leur plaisait, les Phéniciens, l'un excitant l'autre, s'élancèrent sur elles ; elles s'enfuirent pour la plupart, mais Io et quelques autres furent prises et les Phéniciens les jetèrent dans leur vaisseau, qui fit voile vers l'Égypte.

(2). C'est ainsi, selon les Perses, mais non selon les Grecs, qu'Io vint en Égypte, et ce fut la première faute commise. Par la suite, toujours d'après eux, certains Grecs (ils ne peuvent en donner les noms) abordèrent à Tyr en Phénicie et enlevèrent la fille du roi, Europe[5] ; il se peut que ces hommes aient été des Crétois. Jusque-là, les torts se compensaient ; mais plus tard, disent-ils, ce sont les Grecs qui commirent la seconde offense : ils gagnèrent sur un navire de guerre Aia en Colchide et le fleuve du Phase et, les affaires qu'ils avaient là-bas terminées, ils enlevèrent la fille du roi, Médée[6]. Quand le roi de Colchide, par un héraut, demanda réparation de ce rapt aux Grecs et réclama sa fille, les Grecs répondirent qu'ils n'avaient pas, eux, obtenu réparation du rapt de l'Argienne Io, et qu'ils n'en accorderaient donc aucune.

(3). À la génération suivante, disent-ils encore, Alexandre[7] fils de Priam entendit cette histoire et eut l'idée de se procurer une femme de Grèce par un rapt, bien sûr de jouir lui aussi de l'impunité, tout comme les autres. C'est ainsi qu'il enleva Hélène. Les Grecs d'abord décidèrent d'envoyer des messagers réclamer Hélène et demander réparation du rapt ; à leurs revendications on opposa le rapt de Médée, en rappelant qu'ils n'avaient, eux qui prétendaient obtenir satisfaction, ni accordé de réparation, ni rendu la femme qu'on leur réclamait.

(4). Jusque-là, il ne s'agissait que de rapts, de part

et d'autre. Mais, plus tard, ce sont (toujours d'après les Perses) les Grecs qui furent grandement coupables : les premiers ils attaquèrent l'Asie[8], avant que celle-ci n'eût attaqué l'Europe. Enlever des femmes, c'est, pensent les Perses, une injustice, mais vouloir à tout prix tirer vengeance de pareils enlèvements est une sottise, la sagesse est de n'accorder aucune importance aux femmes enlevées : car il est bien clair qu'elles n'auraient pas été enlevées si elles n'avaient pas voulu l'être. Eux-mêmes en Asie ne s'étaient nullement souciés des femmes qu'on leur enlevait, tandis que les Grecs, pour une Lacédémonienne, avaient réuni toute une expédition, et ils étaient ensuite venus en Asie détruire la puissance de Priam. Depuis ce moment ils avaient toujours considéré le monde grec comme leur ennemi. — En effet, les Perses considèrent que l'Asie et tous les peuples barbares qui l'habitent leur appartiennent, tandis que l'Europe et les peuples grecs sont pour eux un monde distinct.

(5). Voilà ce qui s'est passé d'après les Perses, et c'est à la prise d'Ilion qu'ils font remonter leur haine des Grecs. Mais sur Io les Phéniciens ne sont pas de leur avis : ils n'eurent pas recours au rapt, prétendent-ils, pour l'emmener en Égypte : elle avait eu dans Argos des relations avec le capitaine du navire et, quand elle s'aperçut qu'elle était grosse, elle eut honte et peur de ses parents, et elle suivit les Phéniciens de son plein gré, pour qu'on ne découvrît point sa faute.

Voilà ce que disent les Perses et les Phéniciens. Pour moi, je ne viens pas ici déclarer vraies ou fausses ces histoires, mais il est un personnage que je sais, moi, coupable d'avoir le premier injustement attaqué les Grecs : je l'indiquerai donc, puis je poursuivrai mon récit et parlerai des cités des hommes, des petites comme des grandes ; car les cités qui furent grandes ont, en général, perdu maintenant leur importance, et celles qui étaient grandes de mon temps ont d'abord été petites. Donc, parce que je sais que la prospérité de l'homme n'est jamais stable, je parlerai des unes comme des autres.

HISTOIRE DE CRÉSUS

(6). Crésus était un Lydien, fils d'Alyatte et tyran[9] des peuples qui habitaient en deçà de l'Halys, un fleuve qui vient du sud, sépare les Syriens de la Paphlagonie et débouche face au vent du nord dans la mer qu'on appelle le Pont-Euxin[10]. Ce Crésus fut, à notre connaissance, le premier Barbare qui contraignit certains des Grecs à lui payer tribut et fit des autres ses alliés ; il soumit les Ioniens, les Éoliens et les Doriens d'Asie, il s'allia aux Lacédémoniens. Avant Crésus, tous les Grecs étaient libres, car l'expédition des Cimmériens, lancée sur l'Ionie avant l'époque de Crésus, avait dévasté les cités au passage sans les asservir[11].

Les ancêtres de Crésus : Candaule.

(7). Voici comment le pouvoir passa des Héraclides à la famille de Crésus qu'on appelle les Mermnades. Candaule (les Grecs l'appellent Myrsilos) était tyran de Sardes ; il descendait d'Alcéos fils d'Héraclès. Agron fils de Ninos, le fils de Bélos fils lui-même d'Alcéos, fut le premier des Héraclides qui régna sur Sardes, et Candaule fils de Myrsos fut le dernier. Les prédécesseurs d'Agron sur ce trône avaient été les descendants de Lydos fils d'Atys, qui donna son nom à tout ce peuple, autrefois appelé Méonien. Les Héraclides, issus d'une esclave d'Iardanos et d'Héraclès, reçurent de leurs mains le pouvoir, en vertu d'un oracle, et l'exercèrent pendant vingt-deux générations, soit cinq cent cinq ans, le fils succédant au père, jusqu'à Candaule fils de Myrsos[12].

(8). Ce Candaule était éperdument épris de son épouse et pensait, dans sa passion, avoir la femme la plus belle qui fût au monde. Il était pénétré de cette idée et, comme il avait parmi ses gardes du corps un favori, Gygès fils de Dascylos, confident de ses plus grands secrets, il lui vantait aussi sans mesure la beauté de sa femme. Peu de temps après — car il devait connaître le malheur — Candaule dit à Gygès : « Il me semble, Gygès, que tu ne me crois pas quand je te parle de la beauté de ma femme : les hommes ont moins de confiance dans leurs oreilles que dans leurs yeux. Eh bien, fais en sorte de la voir nue. » Gygès se récria hautement : « Maître, que dis-tu là ! Ce n'est pas raisonnable. Quoi ! Tu m'ordonnes de voir nue ma propre souveraine ? Mais quand une femme enlève sa robe, elle quitte en même temps toute sa pudeur ! D'ailleurs, les hommes ont depuis longtemps trouvé les bons principes qui doivent nous guider, et voici l'un d'eux : chacun ne doit regarder que ce qui est à lui. Pour moi, je suis persuadé que ton épouse est la plus belle des femmes, et je te supplie de ne pas m'imposer un acte coupable. »

(9) Par ces mots il cherchait à détourner le roi de son idée, car il craignait que l'affaire ne se terminât mal pour lui. Candaule lui répliqua : « Rassure-toi, Gygès, tu n'as rien à craindre : ne crois pas que je cherche à t'éprouver ; ne redoute rien non plus de la part de ma femme : j'arrangerai tout moi-même de

telle façon qu'elle ne saura même pas que tu l'as vue. Je t'introduirai dans la chambre où nous dormons et je te placerai derrière le battant ouvert de la porte ; dès que je serai dans la chambre, ma femme viendra se coucher aussi. Il y a une chaise près de la porte ; c'est là qu'elle placera ses vêtements en se déshabillant, et tu auras ainsi l'occasion de la contempler tout à loisir. Quand elle ira de la chaise vers le lit et qu'elle te tournera le dos, alors, à toi de franchir la porte sans qu'elle te voie. »

(10). Gygès ne pouvait se dérober, il se résigna donc. Lorsque Candaule jugea que c'était l'heure de se coucher, il conduisit Gygès dans la chambre où sa femme vint aussitôt le rejoindre. Elle entra et, pendant qu'elle déposait ses vêtements, Gygès la contempla ; puis, lorsqu'elle lui tourna le dos pour gagner le lit, il se glissa furtivement hors de la chambre. Mais la femme le vit sortir : elle comprit ce qu'avait fait son mari, mais, tout humiliée qu'elle fût, elle ne se récria pas et fit celle qui n'avait rien vu, car elle projetait de se venger sur Candaule. — Chez les Lydiens et chez presque tous les peuples barbares c'est en effet une grande honte, pour un homme aussi, de se laisser voir nu.

(11). Donc elle ne laissa rien paraître alors et se tint tranquille. Mais sitôt le jour venu, elle s'assura la présence de ses serviteurs les plus fidèles et convoqua Gygès. Celui-ci croyait qu'elle ne savait rien de l'aventure et obéit à son appel : car, auparavant aussi, il se rendait chez la reine quand elle le convoquait. Il arriva, et la femme lui dit : « Gygès, deux routes s'ouvrent maintenant devant toi, je te laisse choisir celle que tu veux : tue Candaule et prends-moi, et le royaume de Lydie avec moi, ou bien il te faut périr sur l'heure, sans recours; ainsi tu n'auras plus l'occasion d'obéir en tout à Candaule et de voir ce que tu ne dois point voir. L'un de vous doit mourir, ou bien lui, l'auteur de ce complot, ou bien toi qui m'as vue nue, qui as commis cette indécence. » Gygès fut d'abord frappé de stupeur par ce discours; puis il la supplia de ne pas lui imposer un pareil choix; mais il ne put l'émouvoir et se vit contraint soit de tuer son maître, soit de périr lui-même : il choisit alors son propre salut. « Eh bien!, lui dit-il, puisque tu m'obliges à tuer mon maître, bien malgré moi, que je sache au moins comment nous nous attaquerons à lui! — Le coup lui viendra du point même d'où il m'a montrée nue, répondit-elle, et l'attaque aura lieu pendant son sommeil. »

(12). Ils mirent au point leur complot et, la nuit venue, Gygès (elle ne l'avait pas laissé partir et il n'avait aucune chance de se dérober; c'était la mort ou pour lui ou pour Candaule) suivit la reine dans sa chambre; elle lui remit un poignard et le cacha derrière la même porte; puis Candaule s'endormit, Gygès sortit de sa cachette, le tua et prit ainsi possession de sa femme et de son trône. — Archiloque de Paros, qui vécut à peu près à la même époque, a lui aussi nommé Gygès dans un trimètre iambique[13].

Gygès.

(13). Gygès s'empara donc du trône et son pouvoir fut confirmé par l'oracle de Delphes. En effet les Lydiens s'étaient indignés du meurtre de Candaule et avaient pris les armes; mais un accord fut conclu entre les partisans de Gygès et le reste du peuple : si l'oracle désignait Gygès pour régner sur les Lydiens, il régnerait; sinon, il rendrait le pouvoir aux Héraclides.

L'oracle répondit en sa faveur et c'est ainsi que Gygès devint roi. Cependant la Pythie déclara ceci encore : les Héraclides prendraient leur revanche sur la descendance de Gygès, à la cinquième génération[14]. Mais les Lydiens et leurs rois ne se soucièrent pas de cette prédiction, jusqu'au jour où elle s'accomplit.

(14). Ainsi les Mermnades prirent le pouvoir et l'enlevèrent aux Héraclides. Devenu tyran de Lydie, Gygès envoya des offrandes à Delphes, en grande quantité : les objets d'argent qu'il y consacra sont très nombreux, et il en envoya d'autres en or, en nombre infini ; il faut en particulier noter les cratères d'or qu'il y offrit, au nombre de six : ils sont dans le Trésor des Corinthiens et pèsent trente talents (à vrai dire, le Trésor n'est pas dû au peuple de Corinthe, mais à Cypsélos fils d'Éétion)[15]. Gygès a été le premier Barbare, autant que nous le sachions, à consacrer des offrandes à Delphes, après le roi de Phrygie, Midas fils de Gordias[16], qui, lui, a offert au dieu le trône royal sur lequel il siégeait pour rendre la justice ; ce trône, qui mérite d'être vu, se trouve au même endroit que les cratères de Gygès. L'or et l'argent que Gygès offrit sont appelés à Delphes le *Gygade,* du nom de leur donateur. Dès qu'il fut au pouvoir, Gygès fit une expédition, lui aussi, contre Milet et Smyrne, et prit la cité de Colophon. À part cela, il ne fit rien de grand pendant les trente-huit ans que dura son règne ; sur lui nous n'en dirons donc pas plus.

Ardys.

(15). Je vais parler maintenant du fils et successeur de Gygès, Ardys. Ce roi s'empara de Priène et attaqua Milet. Il régnait à Sardes lorsque les Cimmériens, chassés de leur territoire par les Scythes nomades, vinrent en Asie et s'emparèrent de la ville, sauf l'acropole[17].

Sadyatte et Alyatte.

(16). Ardys régna quarante-neuf ans, et son fils Sadyatte lui succéda; il régna douze ans, puis Alyatte lui succéda[18]. Ce roi fit la guerre au descendant de Déiocès, Cyaxare, et aux Mèdes[19], chassa les Cimmériens de l'Asie, prit Smyrne, colonie de Colophon, et se jeta sur Clazomènes; l'affaire ne tourna pas à son gré, mais fut pour lui un grave échec. Voici les autres actions dignes de mémoire qu'il fit pendant son règne.

(17). Il continua la guerre commencée par son père contre les Milésiens; et voici comment il mena l'attaque et le siège de Milet : quand les récoltes encore sur pied étaient abondantes, il envahissait le pays; ses troupes marchaient au son des syrinx, des harpes et des flûtes féminines et masculines[20]. Pendant ces incursions sur le territoire de Milet, il ne faisait ni détruire ni incendier les fermes des paysans, ni forcer leurs portes, et il les laissait intactes; seuls les arbres et les récoltes étaient saccagés, après quoi il se retirait. En effet, comme les Milésiens étaient maîtres de la mer, assiéger leur ville ne servait à rien. Pour les habitations, le Lydien ne les faisait pas abattre afin d'en laisser l'usage aux Milésiens pour les semailles et les travaux des champs, et pouvoir lui-même piller par la suite le fruit de leur peine.

(18). La guerre ainsi menée se prolongea pendant onze ans, et pendant cette période les Milésiens subirent deux graves défaites, l'une sur leur propre territoire, à Liménéion, l'autre dans la vallée du

Méandre. Pendant six de ces onze années le fils d'Ardys, Sadyatte, régnait encore en Lydie et c'était lui qui envahissait le territoire de Milet (c'était lui, en effet, qui avait commencé les hostilités) ; les cinq années suivantes, son fils Alyatte continua cette guerre héritée, comme je l'ai montré plus haut, de son père, et la mena énergiquement. Les Milésiens, eux, ne reçurent aucune aide des Ioniens dans cette guerre, sauf des habitants de Chios, qui leur rendaient ainsi le service qu'ils en avaient reçu, — car précédemment les Milésiens s'étaient associés aux gens de Chios dans leur guerre avec Érythres[21].

(19). La douzième année, pendant que l'armée des Lydiens incendiait les récoltes, il arriva l'aventure que voici : le feu mis aux moissons, poussé par le vent, prit au temple d'Athéna dite Athéna d'Assésos, et le temple fut entièrement détruit. Sur le moment on n'y fit pas attention, mais quand l'armée revint à Sardes, Alyatte tomba malade. Son mal traînant en longueur, il envoya consulter l'oracle de Delphes, soit qu'il en eût reçu le conseil, soit qu'il eût lui-même jugé bon d'interroger les dieux sur sa maladie. Mais quand ses envoyés furent à Delphes, la Pythie refusa de répondre avant qu'ils eussent reconstruit le temple d'Athéna qu'ils avaient brûlé sur le territoire de Milet, à Assésos.

(20). Je tiens des Delphiens qu'il en fut ainsi ; les Milésiens ajoutent ceci : Périandre[22] fils de Cypsélos, qui avait d'étroites relations d'hospitalité avec Thrasybule, alors tyran de Milet, apprit la réponse de l'oracle et la fit savoir à Thrasybule, afin qu'il profitât de cet avertissement pour dresser ses plans. C'est ainsi que les Milésiens présentent la chose.

(21). Quand Alyatte apprit la réponse de l'oracle, il

envoya tout aussitôt un héraut à Milet, dans l'intention de conclure une trêve avec Thrasybule et les Milésiens pour le temps que durerait la reconstruction du temple en question ; un messager partit donc pour Milet. Cependant Thrasybule, averti de toute l'affaire et connaissant les intentions d'Alyatte, imagina ce stratagème : il fit apporter sur la grand-place tout le blé qui se trouvait dans la ville, chez lui comme chez les particuliers, et ordonna aux Milésiens de se mettre, à son signal, à boire et à festoyer les uns chez les autres.

(22). Son dessein, par ces préparatifs et ces ordres, était que le héraut de Sardes vît le blé amoncelé en tas et le peuple en liesse, et qu'il en fît le rapport à Alyatte. C'est bien ce qui se passa : le héraut vit la chose, transmit à Thrasybule le message dont il était chargé, puis revint à Sardes ; selon mes informations, ce fut là ce qui mit fin aux hostilités : Alyatte, qui supposait Milet en proie à la disette et son peuple à bout de forces, entendit du héraut, à son retour de Milet, un rapport contraire à son attente. Donc, les hostilités prirent fin et l'on décida que les deux peuples seraient désormais amis et alliés ; Alyatte fit élever non pas un, mais deux temples à l'Athéna d'Assésos, et lui-même retrouva la santé. Telle fut l'issue de sa guerre contre Milet et Thrasybule.

Arion et le dauphin.

(23). Périandre, l'homme qui avait fait savoir à Thrasybule la réponse de l'oracle, était fils de Cypsélos et tyran de Corinthe. C'est de son vivant, dit-on à Corinthe (et à Lesbos également), qu'un prodige eut lieu, des plus extraordinaires : Arion de Méthymne aborda au cap Ténare[23] sur le dos d'un dauphin ; citharède sans égal en son temps, il fut, à notre connaissance, le premier à composer des dithyrambes, le premier à les nommer ainsi et à en faire exécuter à Corinthe.

(24). Arion, qui vivait d'habitude à la cour de Périandre, voulut, dit-on, passer en Italie et en Sicile ; quand il y eut gagné beaucoup d'argent, il désira revenir à Corinthe. Il partit donc de Tarente et, comme les Corinthiens avaient plus que tout autre peuple sa confiance, il avait frété un navire de ce pays. Mais en pleine mer les matelots complotèrent de le jeter par-dessus bord pour s'emparer de son argent. Quand Arion comprit leur intention, il tenta de les fléchir en leur offrant tous ses biens, s'ils lui laissaient la vie sauve. Insensibles à ses prières, les marins l'invitèrent à se tuer de sa main s'il voulait une sépulture sur terre, ou bien à se jeter à la mer au plus vite. En cette extrémité, Arion ne sollicita qu'une faveur : puisque telle était leur décision, qu'on lui permît seulement de revêtir son costume d'apparat et de chanter, debout sur le tillac ; son chant terminé, leur promit-il, il se tuerait. Ravis à l'idée d'entendre le meilleur chanteur qui fût au monde, les hommes quittèrent la poupe et se groupèrent au milieu du navire. Arion, en grand costume, prit sa cithare et, debout sur le tillac, chanta d'un bout à l'autre l'hymne orthien[24] ; puis, en le terminant, il se jeta dans la mer tel qu'il était, avec toutes ses parures. Les marins continuèrent leur route vers Corinthe, mais, dit-on, un dauphin prit Arion sur son dos et le porta jusqu'au cap Ténare. Le poète, arrivé à terre, se rendit à Corinthe, toujours dans la même tenue, et là, il raconta son aventure. Périandre, qui n'en crut rien, le fit étroitement garder et fit guetter l'arrivée du navire. Quand les matelots furent arrivés, il les appela devant lui et leur demanda s'ils apportaient quelques nouvelles d'Arion ; les hommes prétendirent qu'il était en Italie, qu'il se portait fort bien et qu'ils l'avaient laissé à Tarente où il remportait beaucoup de succès. Soudain, Arion se montra devant eux, tel qu'il était lorsqu'il avait sauté dans les flots ; frappés de stupeur, les matelots ne purent nier leur crime. Voilà ce que disent les Corinthiens et les Lesbiens, et l'on voit au cap Ténare un ex-voto de bronze de médiocres dimensions qu'Arion y consacra, et qui représente un homme monté sur un dauphin[25].

(25). Alyatte le Lydien mit fin à la guerre qu'il soutenait contre Milet, et puis il mourut, après cinquante-sept ans de règne. Délivré de son mal, il avait, le second de cette famille, envoyé une offrande à Delphes : un grand cratère d'argent sur un support de fer soudé, le plus remarquable de tous les objets consacrés à Delphes et l'œuvre de Glaucos de Chios (le seul homme justement qui ait trouvé l'art de souder le fer).

Règne de Crésus.

(26). Alyatte mort, son fils Crésus hérita du pouvoir à l'âge de trente-cinq ans[26]. Les premiers Grecs qu'il attaqua furent les Éphésiens. C'est pendant cette guerre que les Éphésiens assiégés consacrèrent leur ville à Artémis : ils relièrent son temple à leur mur d'enceinte par une corde (de la Vieille Ville, qui était alors assiégée, jusqu'au temple, il y a sept stades)[27]. Donc, ce peuple fut le premier à être attaqué par Crésus ; puis le roi s'attaqua tour à tour à toutes les cités ioniennes et éoliennes en invoquant divers griefs, tantôt graves, quand il pouvait en découvrir, tantôt futiles.

(27). Quand il eut réduit les Grecs d'Asie à lui payer tribut, il résolut d'armer une flotte pour attaquer les Insulaires. Tout était prêt pour la construction de ses navires lorsque Bias de Priène, pour les uns, Pittacos de Mitylène[28], pour les autres, vint à Sardes. Crésus lui demanda s'il y avait du nouveau en Grèce, et la réponse qu'il reçut fit suspendre tous les travaux : « Seigneur, lui dit l'autre, les Insulaires achètent des chevaux par milliers, car ils projettent de venir t'attaquer dans Sardes. » Crésus crut qu'il disait vrai et lui répondit : « Ah ! que les dieux mettent seulement dans l'esprit des Insulaires l'idée de se faire cavaliers pour attaquer les fils des Lydiens ! — Seigneur, reprit l'autre, tu souhaites, il me semble, avec ardeur rencontrer sur la terre ferme des Insulaires devenus cavaliers, et c'est logique ; mais les Insulaires, que souhaitent-ils, à ton avis, depuis qu'ils savent ton projet d'armer une flotte contre eux, sinon que le ciel leur accorde de rencontrer les Lydiens sur mer, afin de venger sur toi les gens du continent que tu as asservis ? » Ces derniers mots, dit-on, plurent beaucoup à Crésus ; ils lui parurent fort justes et le convainquirent de renoncer à ses préparatifs sur mer ; et c'est ainsi qu'il conclut un pacte d'amitié avec les Ioniens des îles.

(28). Avec le temps, presque tous les peuples qui demeuraient en deçà de l'Halys passèrent sous son joug, car, excepté les Ciliciens et les Lyciens, Crésus avait soumis à son pouvoir tous les autres, c'est-à-dire les Lydiens, Phrygiens, Mysiens, Mariandynes, Chalybes, Paphlagoniens, Traces-Thyniens et Bithyniens, Cariens, Ioniens, Doriens, Éoliens et Pamphyliens[29].

Crésus et Solon.

(29). Quand ces peuples se trouvèrent soumis et incorporés par Crésus à la Lydie, Sardes, au faîte de sa prospérité, reçut tour à tour la visite de tous les Sages de la Grèce[30] qui vivaient à cette époque, entre autres celle de Solon, un Athénien qui, après avoir donné des lois aux Athéniens, sur leur demande, s'était éloigné d'Athènes pour dix ans sous prétexte de voir le monde, mais en fait pour ne pas être contraint d'abroger l'une des lois qu'il avait établies ; les Athéniens ne pouvaient y toucher eux-mêmes, car ils s'étaient engagés par des serments solennels à suivre pendant dix ans les lois que Solon leur aurait imposées[31].

(30). Donc, pour cette raison et pour voir le monde, Solon quitta son pays et se rendit en Égypte auprès d'Amasis, puis à Sardes auprès de Crésus. À son arrivée, Crésus lui offrit l'hospitalité dans son palais. Deux ou trois jours plus tard, sur l'ordre de Crésus, des serviteurs firent visiter à Solon les trésors du roi et lui en montrèrent toute la grandeur et l'opulence. Quand il eut tout vu, tout examiné à loisir, Crésus lui posa cette question : « Athénien, mon hôte, ta grande renommée est venue jusqu'à nous : on parle de ta sagesse, de tes voyages, et l'on dit que, désireux de t'instruire, tu as parcouru bien des pays pour satisfaire ta curiosité. Le désir m'est donc venu, aujourd'hui, de te demander si tu as déjà vu quelqu'un qui fût le plus heureux des hommes. » Il se croyait lui-même le plus heureux des hommes, c'est pourquoi il lui posait cette question. Mais Solon, loin de le flatter, lui répondit en toute sincérité : « Oui, seigneur, c'est Tellos d'Athènes. » Étonné, Crésus lui demanda vivement : « À quoi juges-tu que Tellos est le plus heureux des hommes ? — Tout d'abord, répondit Solon, Tellos, citoyen d'une cité prospère, a eu des fils beaux et vertueux, et il a vu naître chez eux des enfants qui, tous, ont vécu ; puis, entouré de toute la prospérité dont on peut jouir chez nous, il a terminé sa vie de la façon la plus glorieuse : dans une bataille qu'Athènes livrait à ses voisins d'Éleusis il combattit pour sa patrie, mit l'ennemi en déroute et périt héroïquement ; les Athéniens l'ont enseveli aux frais du peuple à l'endroit même où il est tombé, et ils lui ont rendu de grands honneurs. »

(31). En énumérant les bonheurs de Tellos, Solon avait piqué la curiosité de Crésus ; le roi lui demanda quel était, après celui-là, l'homme le plus heureux qu'il eût vu — car il comptait bien avoir tout au moins le second rang. « Cléobis et Biton, répondit Solon. Ces jeunes gens, de race argienne, avaient une fortune suffisante et voici ce qu'était leur force physique : ils avaient tous les deux été vainqueurs aux Grands Jeux ; et l'on rapporte à leur sujet l'histoire suivante : les Argiens célébraient une fête d'Héra, et il fallait absolument que leur mère fût portée au temple sur un chariot : or, les bœufs n'arrivèrent pas des champs en temps voulu. Pressés par l'heure, les jeunes gens se mirent eux-mêmes sous le joug et traînèrent le chariot sur lequel leur mère avait pris place ; ils firent ainsi quarante-cinq stades pour arriver au sanctuaire. Après cette action qui fut accomplie sous les yeux de toute l'assemblée, ils eurent la fin la plus belle, et la divinité montra par eux que mieux vaut, pour l'homme, être mort que vivant : en effet, les Argiens se pressèrent autour des jeunes gens en les félicitant de leur force, tandis que les Argiennes félicitaient leur mère d'avoir de tels enfants ; et la mère, tout heureuse de leur exploit et du bruit qu'il faisait, debout devant la statue, pria la déesse d'accorder à ses fils, Cléobis et Biton, qui l'avaient tellement honorée, le plus grand bonheur que puisse obtenir un mortel. Après cette prière les jeunes gens sacrifièrent et prirent part au banquet, puis ils s'endormirent dans le sanctuaire même, et ils ne se réveillèrent plus, — ce fut là le terme de leur vie. Les Argiens leur élevèrent des statues qu'ils consacrèrent à Delphes, car ils estimèrent qu'ils s'étaient montrés les meilleurs des mortels[32]. »

(32). Donc, Solon attribua le second prix de bonheur à ces jeunes gens. Crésus s'en irrita et s'exclama : « Et mon bonheur, Athénien mon hôte, est-il si nul à tes yeux que tu ne me juges même pas l'égal de simples citoyens ? — Crésus, répondit Solon, je connais la puissance divine, elle est avant tout jalouse du bonheur humain et se plaît à le troubler — et tu m'interroges sur le sort de l'homme ! Au cours d'une longue vie, on peut voir bien des choses fâcheuses qu'on voudrait ne pas voir, on peut en souffrir beaucoup aussi. Je pose soixante-dix ans comme limite extrême de la vie de l'homme[33] ; ces soixante-dix ans font vingt-cinq mille deux cents jours, sans les mois intercalaires ; si l'on allonge d'un mois une année sur deux, pour mettre les saisons et le calendrier d'accord, soixante-dix ans font trente-cinq mois intercalaires, et ces mois font mille cinquante jours. Ainsi, les jours qui composent ces soixante-dix années sont, au total, au nombre de vingt-six mille deux cent cinquante[34], et, de toutes ces journées, ce que l'une apporte n'a rien de semblable à ce qu'apporte l'autre. Ainsi donc, Crésus, l'homme n'est qu'incertitude. Tu es, je le vois bien, fort riche, tu règnes sur de nombreux sujets ; mais tu m'as posé une question, et là-dessus, je ne puis te répondre avant d'avoir appris que ta mort a été belle.

Car l'homme très riche n'est nullement plus heureux que l'homme qui vit au jour le jour, si la faveur du sort ne lui reste pas assez fidèle pour qu'il termine sa carrière en pleine prospérité. Nombreux sont les riches malheureux, nombreux les gens sans grandes ressources que le sort favorise. L'homme très riche et malheureux n'a que deux avantages sur l'homme qui jouit des faveurs du sort, quand celui-ci en a de multiples sur le riche malheureux : le premier peut mieux satisfaire tous ses désirs, il peut mieux supporter une grande calamité; mais voici les avantages du second : s'il ne peut, comme l'autre, supporter calamités et désirs, sa chance le préserve des unes comme des autres, il ignore les infirmités, la maladie, le malheur, il a de beaux enfants, il est beau lui-même. Si, à ces avantages, s'ajoute une belle fin de vie, voilà l'homme que tu cherches, l'homme qui mérite le nom d'heureux. Mais, avant sa mort, il faut attendre et ne pas le dire heureux, mais simplement chanceux. Réunir tous ces avantages est impossible pour un mortel, de même qu'aucune terre ne porte à elle seule tous les fruits : si elle en produit quelques-uns, les autres lui manquent, et la terre qui en porte le plus est la meilleure. Il en est ainsi de l'homme : nul être ne réunit tout en lui; il possède tel bien, mais tel autre lui manque; celui qui en garde le plus grand nombre jusqu'à son dernier jour, puis quitte gracieusement cette vie, celui-là, seigneur, mérite à mes yeux de porter ce nom. Il faut en toute chose considérer la fin, car à bien des hommes le ciel a montré le bonheur, pour ensuite les anéantir tout entiers. »

(33). Les paroles de Solon ne plurent guère à Crésus, qui ne lui accorda nulle estime et le congédia, persuadé qu'il fallait être fort sot pour mépriser les biens présents et vouloir en toute chose considérer la fin[35].

Mort d'Atys.

(34). Solon parti, la vengeance divine frappa durement Crésus, sans doute parce qu'il s'était cru l'homme le plus heureux qui fût au monde. En dormant, il eut tout aussitôt un songe, qui lui révéla en toute vérité les malheurs dont son fils allait être frappé. Il avait deux fils, l'un infirme (il était muet), l'autre bien supérieur dans tous les domaines aux garçons de son âge, appelé Atys. Le songe annonça donc à Crésus qu'il perdrait ce fils, frappé d'une pointe de fer. À son réveil le roi réfléchit au songe qu'il avait eu et, profondément effrayé, commença par choisir pour son fils une épouse; puis il écarta le jeune homme, qui commandait habituellement les armées lydiennes, de toute occupation de ce genre et fit enlever des appartements des hommes les javelots, les lances et toutes les armes en usage à la guerre, qu'on entassa dans les réserves de peur que l'une d'elles ne se décrochât du mur pour tomber sur son fils.

(35). Il s'occupait des noces de son fils quand arriva dans Sardes un homme victime d'une fatalité, dont les mains n'étaient pas pures; c'était un Phrygien de sang royal. Il vint au palais de Crésus et pria le roi de le purifier selon les coutumes de son pays[36]. Crésus le purifia (la cérémonie est à peu près la même chez les Lydiens et chez les Grecs), et quand il eut accompli les rites, il lui demanda son pays et son nom : « Ami, lui dit-il, qui es-tu? De quelle partie de la Phrygie es-tu venu à mon foyer? Quel homme ou quelle femme as-tu fait périr? — Seigneur, dit l'homme, je suis le fils de Gordias fils de Midas, je m'appelle Adraste et, pour avoir tué sans le vouloir mon propre frère, je viens ici, exilé par mon père et sans nulle ressource. » Crésus lui répondit : « Tu descends d'une famille amie, et tu es ici chez des amis ; reste dans ma demeure, et tu ne manqueras de rien. Pour ton infortune, tu auras tout avantage à la supporter en t'en consolant de ton mieux. »

(36). Adraste vécut donc dans le palais de Crésus ; or, dans le même temps, apparut en Mysie, sur le mont Olympe, un sanglier de grande taille[37]. Il descendait de la montagne pour ravager les terres cultivées et souvent les Mysiens lui donnaient la chasse, mais, loin de lui faire du mal, eux-mêmes en éprouvaient de son fait. Enfin des messagers vinrent trouver Crésus de leur part et lui dirent : « Seigneur, un sanglier, une créature monstrueuse, est apparu sur notre terre et ravage nos champs. Malgré tous nos efforts, nous ne pouvons nous en défaire. Nous te prions donc de nous envoyer ton fils avec des jeunes gens valeureux et des chiens pour, avec eux, en délivrer le pays. » Ils lui firent cette prière, mais Crésus, qui se souvint du songe qu'il avait eu, leur répondit : « Pour mon fils, n'en parlez pas davantage, je ne saurais vous l'envoyer ; il vient de se marier et ne se soucie pas d'autre chose pour l'instant. Mais je vous donnerai des Lydiens de valeur et mon équipage de chasse tout entier, et ceux que je vous enverrai auront ordre de n'épargner aucun effort pour, avec vous, délivrer le pays de cette bête. »

(37). Telle fut sa réponse et les Mysiens s'en contentaient, mais son fils Atys, qui avait entendu parler de leur demande, survint à ce moment. Comme son père refusait de l'envoyer avec eux, le jeune homme lui dit : « Mon père, autrefois il m'était possible de gagner le renom le plus beau et le plus noble par la guerre et par la chasse ; aujourd'hui tu m'éloignes de toutes deux, bien que tu n'aies vu ni lâcheté ni mollesse en moi. Quels regards vais-je affronter maintenant, quand je vais sur la grand-place et quand j'en reviens ? Que pensera-t-on de moi dans la ville, et que pensera ma jeune épouse ? Quel homme croira-t-elle avoir épousé ? Laisse-moi donc prendre part à cette chasse, ou démontre-moi que tu agis pour mon bien !

(38). — Mon fils, répondit Crésus, je n'ai vu en toi ni lâcheté ni rien qui me déplût, pour agir comme je le fais ; mais un songe, pendant mon sommeil, m'a fait savoir que ta vie serait brève, car tu dois mourir frappé d'une pointe de fer. Cette vision m'a fait hâter ton mariage et m'interdit de t'envoyer en expédition : je veille sur toi pour, si je le puis, te dérober à la mort, tout au moins de mon vivant. Tu es mon seul fils, car l'autre, privé de l'ouïe[38], ne compte pas pour moi.

(39). — Mon père, répondit le jeune homme, tu es excusable, après une pareille vision, de veiller sur moi. Mais il est juste que je t'explique un point du songe que tu ne saisis pas et dont le sens t'a échappé : le songe, dis-tu, t'a fait savoir que je périrai frappé d'une pointe de fer. Où sont donc les mains du sanglier ? Où est cette pointe de fer que tu redoutes ? Ah ! si ton rêve t'avait parlé d'un coup de boutoir ou d'autre chose de ce genre, tu aurais raison d'agir comme tu le fais ; mais il s'agit d'une pointe de fer ! Puisque nous n'avons pas à combattre des hommes, laisse-moi partir.

(40). — Mon fils, dit Crésus, ton raisonnement a de quoi me convaincre ; je me reconnais vaincu, je change d'avis et je te laisse aller à cette chasse.

(41). Sur ce, Crésus fit appeler le Phrygien Adraste et, quand il fut là, il lui dit : « Adraste, c'est moi qui t'ai purifié lorsque tu étais sous le coup d'une cruelle infortune (que je ne te reproche certes pas) ; je t'ai reçu, je te garde dans mon palais et je subviens à toutes tes dépenses. Eh bien, puisque ta générosité doit répondre à la mienne, aujourd'hui j'ai besoin de toi pour veiller sur mon fils qui part pour la chasse : je crains qu'en route vous ne rencontriez des voleurs, de mauvaises gens qui vous attaquent. D'ailleurs, il est bon que tu cherches, toi aussi, l'occasion de te signaler par ta conduite ; c'est pour toi une tradition de famille et, de plus, tu as toute la vigueur nécessaire.

(42). — Seigneur, répondit Adraste, en toute autre circonstance je ne participerais pas à pareille entreprise : à l'homme frappé d'un malheur tel que le mien, il ne sied pas de se mêler à la jeunesse heureuse ; je n'en éprouve d'ailleurs pas le désir, et maintes fois déjà je m'en suis abstenu. Mais aujourd'hui tu insistes, et je dois chercher à te complaire — j'y suis tenu par tes bienfaits — ; je suis donc prêt à t'obéir : ce fils que tu m'enjoins de garder, sois sûr que, si cela ne dépend que de son gardien, il te reviendra sain et sauf. »

(43). Quand Adraste lui eut ainsi répondu, ils partirent avec une troupe de jeunes gens choisis et des chiens. Arrivés au mont Olympe ils se mirent en quête de la bête, la débusquèrent, l'encerclèrent et l'assaillirent à coups de javelots. À ce moment l'étranger, l'homme qui avait été purifié d'un meurtre, l'homme qui s'appelait Adraste[39], jette son javelot, manque la bête et frappe le fils de Crésus : le jeune homme fut atteint par la pointe de l'arme, et le songe de son père fut accompli ; quelqu'un courut en porter la nouvelle à Crésus et, sitôt arrivé à Sardes, apprit au roi le combat, et le sort de son fils.

(44). Crésus fut bouleversé par la mort de son

enfant, et son désespoir s'accrut encore du fait que le meurtrier était l'homme qu'il avait lui-même purifié d'un meurtre. Accablé par son malheur, il invoquait à grands cris Zeus Purificateur pour qu'il vît le mal que lui avait fait son hôte ; il invoquait le Dieu du Foyer, le Dieu de l'Amitié (c'est encore Zeus qu'il désignait par ces noms) : le Dieu du Foyer, parce qu'en accueillant cet étranger dans son palais il avait, à son insu, nourri le meurtrier de son fils ; le Dieu de l'Amitié, parce que, dans l'homme qu'il avait chargé de garder son fils, il avait trouvé son plus cruel ennemi.

(45). Les Lydiens furent bientôt là, avec le corps d'Atys ; le meurtrier les suivait : debout devant le cadavre, il tendait les mains vers Crésus, il se livrait à lui, il le conjurait de l'égorger sur le corps du jeune homme, il rappelait son premier malheur et qu'à cette infortune il avait ajouté la perte de l'homme qui l'avait purifié, il protestait que la vie lui était désormais odieuse. Crésus, en entendant ses plaintes, eut pitié d'Adraste, si cruel que fût le deuil de sa maison, et il lui dit : « Tu m'as déjà donné satisfaction, mon hôte, puisque tu te condamnes toi-même à la mort. Non, ce n'est pas toi l'auteur de ce meurtre, si tu en fus l'instrument involontaire ; c'est un dieu, sans doute celui qui jadis m'a fait connaître ce qui devait se produire. » Crésus fit ensevelir son fils comme il convenait ; et lorsque le silence et la solitude régnèrent autour du monument, Adraste fils de Gordias, petit-fils de Midas, meurtrier de son frère, meurtrier de l'homme qui l'avait purifié, pénétré du sentiment qu'il n'était pas un homme, à sa connaissance, qui fût aussi misérable, se donna la mort sur le tombeau d'Atys.

Crésus contre la Perse.

(46). Crésus resta pendant deux ans plongé dans une profonde affliction après avoir perdu son fils. Mais la destruction de l'empire d'Astyage, fils de Cyaxare, par Cyrus, fils de Cambyse, et le développement de la puissance perse lui firent quitter son deuil et chercher les moyens d'arrêter leurs progrès avant qu'ils ne fussent trop forts[40]. Dans ce dessein, il résolut d'éprouver aussitôt les oracles de la Grèce et celui de Libye ; il envoya des messagers en divers lieux, à Delphes, Abes en Phocide et Dodone ; d'autres furent envoyés aux oracles d'Amphiaraos et de Trophonios, d'autres aux Branchides, sur le territoire de Milet. Voilà les oracles grecs que Crésus fit consulter ; en Libye, il envoya questionner l'oracle d'Ammon[41]. Ces consultations avaient pour seul but d'éprouver la science des oracles ; il avait l'intention, s'il les trouvait véridiques, de les interroger de nouveau pour savoir s'il devait entreprendre de faire la guerre aux Perses.

(47). Voici les instructions qu'il avait données à ses Lydiens en les envoyant éprouver les oracles : ils devaient compter les jours depuis leur départ de Sardes et, au centième, consulter les oracles et leur demander ce que faisait en ce moment le roi de Lydie, Crésus fils d'Alyatte, puis lui rapporter par écrit la réponse de chaque oracle. Les réponses des autres oracles ne nous sont pas connues, mais à Delphes, dès que les Lydiens furent entrés dans le sanctuaire pour consulter le dieu et lui eurent posé la question prescrite, la Pythie prononça ces mots en vers hexamètres :

Je sais le nombre des grains de sable et les mesures de la mer,
Je comprends le muet, j'entends celui qui ne parle point.

Une odeur est venue jusqu'à moi, l'odeur d'une tortue au
cuir épais
Cuisant dans le bronze, avec la chair d'un agneau;
Le bronze s'étend sous elle, le bronze la recouvre.

(48). Les Lydiens mirent par écrit la réponse de la Pythie et s'en retournèrent à Sardes. Quand les messagers dépêchés ailleurs furent également de retour, Crésus fit ouvrir les différentes réponses et les étudia l'une après l'autre : aucune ne lui convenait, mais lorsqu'il entendit celle qui venait de Delphes, il l'accueillit par une prière et la reconnut exacte, et jugea que l'oracle de Delphes était le seul vrai puisqu'il avait découvert ce qu'il avait fait. En effet, les consultants dépêchés auprès des différents oracles, Crésus, au jour convenu, avait arrangé ceci : cherchant une action impossible à deviner comme à conjecturer, il avait découpé en morceaux une tortue et un agneau et les avait fait cuire lui-même dans un chaudron de bronze, sous un couvercle de bronze.

(49). Voilà donc la réponse que Crésus reçut de Delphes. Sur celle que fit l'oracle d'Amphiaraos aux Lydiens quand ils eurent accompli devant le sanctuaire les cérémonies prescrites, je ne puis rien dire (car elle n'a pas été non plus rapportée), si ce n'est que Crésus reconnut aussi la véracité de cet oracle.

(50). Ensuite, Crésus voulut par de grands sacrifices se concilier le dieu de Delphes. Il sacrifia trois mille victimes, de toutes les espèces que l'on peut offrir aux dieux; il fit brûler sur un immense bûcher des lits plaqués d'or et d'argent, des coupes d'or, des vêtements et des tuniques de pourpre, comptant par là mieux gagner la faveur du dieu. Il fit prescrire à tous les Lydiens de sacrifier au dieu, chacun selon ses moyens. Le sacrifice achevé, il fit fondre une immense quantité d'or dont on fit des demi-briques de six palmes de long, trois de large, et hautes d'une palme, au nombre de cent dix-sept ; quatre étaient d'or pur et pesaient chacune deux talents et demi, les autres, en or blanc, pesaient chacune deux talents[42]. Il fit faire encore un lion d'or fin qui pesait dix talents. — Dans l'incendie du temple de Delphes[43] ce lion tomba de son piédestal formé par les demi-briques ; il se trouve actuellement dans le Trésor des Corinthiens et pèse six talents et demi (trois talents et demi ont fondu).

(51). Crésus fit faire ces offrandes et les envoya à Delphes en y ajoutant deux cratères de grande taille, l'un d'or, l'autre d'argent, qui se trouvaient, le premier, à droite en entrant dans le temple, le second, à gauche ; ils furent eux aussi déplacés dans l'incendie du temple et le cratère d'or se trouve maintenant dans le Trésor des Clazoméniens : il pèse huit talents et demi, plus douze mines ; le cratère d'argent se trouve dans l'angle du vestibule du temple ; il tient six cents amphores (on le sait, car les Delphiens s'en servent aux Théophanies) ; on dit à Delphes qu'il est l'œuvre de Théodore de Samos et c'est aussi mon avis, car le travail ne m'en semble pas ordinaire[44]. Crésus offrit encore quatre jarres d'argent qui sont dans le Trésor des Corinthiens, deux vases pour l'eau lustrale, l'un d'or, l'autre d'argent. Le vase d'or porte une inscription qui le déclare offrande des Lacédémoniens, ce qui est faux : il vient également de Crésus, et l'inscription est l'œuvre d'un Delphien, qui voulait plaire aux gens de Lacédémone — je ne dirai pas son nom, bien que je le sache — ; la statue du garçon par la main de qui l'eau coule est bien un don des Lacédémoniens, mais aucun des deux vases ne vient d'eux. En outre Crésus envoya beaucoup d'autres offrandes qui ne portent pas son nom et des lingots d'argent de forme ronde, ainsi qu'une statue de femme en or haute de trois coudées qui, disent les Delphiens, représente sa boulangère[45]. Il offrit encore les colliers et les ceintures de sa femme.

(52). Voilà les présents qu'il fit porter à Delphes. Pour Amphiaraos, quand il apprit ses vertus et ses épreuves[46], il lui consacra un bouclier tout en or et une lance en or massif, la hampe aussi bien que les pointes. On voyait encore les deux objets à Thèbes de mon temps, dans le temple d'Apollon Isménios[47].

(53). Les Lydiens chargés d'apporter ces présents dans les temples reçurent l'ordre de demander aux oracles si Crésus devait faire la guerre aux Perses, et s'il devait s'adjoindre des troupes alliées. Arrivés à destination, les Lydiens présentèrent les offrandes et consultèrent les oracles en ces termes : « Crésus, roi des Lydiens et d'autres nations, persuadé qu'il n'est d'oracles au monde que les vôtres, vous a fait des présents dignes de vos réponses véridiques. Maintenant il vous demande s'il doit faire la guerre aux Perses, et s'il doit s'adjoindre des troupes alliées. » Ils posèrent cette question et les deux oracles rendirent des réponses identiques : tous deux déclarèrent à Crésus que, s'il faisait la guerre aux Perses, il détruirait un grand empire[48]; et ils lui conseillèrent de rechercher quels étaient en Grèce les peuples les plus puissants pour s'assurer leur amitié.

(54). Lorsque Crésus connut ces réponses, il en ressentit une joie extrême et, plein de l'espoir de renverser la puissance de Cyrus, il envoya de nouveau ses messagers à Pytho distribuer aux Delphiens, dont il avait demandé le nombre, deux statères d'or par homme[49]. En remerciement les Delphiens accordèrent à Crésus et aux Lydiens, à perpétuité, le droit de consulter l'oracle en priorité, de ne payer aucune taxe, de siéger aux premiers rangs dans les Jeux et les spectacles et, pour qui d'entre eux le voudrait, de devenir citoyen de Delphes.

(55). Après avoir fait aux Delphiens ces présents, Crésus consulta l'oracle une troisième fois — car depuis que l'oracle lui avait donné une réponse exacte, il ne se lassait pas de le questionner. Il demanda si sa monarchie durerait longtemps ; la Pythie lui répondit :

Lorsqu'un mulet deviendra roi des Mèdes,
Alors, Lydien aux pieds fragiles, aux bords du caillouteux Hermos
Fuis, ne résiste pas, et ne rougis pas d'être lâche[50].

Crésus et la Grèce.

(56). Quand cette réponse parvint à Crésus, elle le réjouit plus que toutes les autres : il pensait bien que jamais on ne verrait un mulet au lieu d'un homme régner sur les Mèdes, et que par conséquent ni lui ni ses descendants ne perdraient jamais leur trône. Puis, il songea à rechercher quels étaient en Grèce les peuples les plus puissants, ceux dont il aurait à s'assurer l'amitié. Ses recherches lui montrèrent Lacédémoniens et Athéniens en tête, les premiers, du groupe dorien, les seconds du groupe ionien. — C'étaient les peuples les plus éminents de la Grèce, remontant l'un aux Pélasges, l'autre aux Hellènes. L'un n'a jamais encore quitté son sol, l'autre s'est déplacé très souvent : sous le roi Deucalion, il habitait la Phthiotide, sous Doros fils d'Hellen l'Histiaotide au pied de l'Ossa et de l'Olympe ; chassé par les Cadméens il s'établit à Pindos, sous le nom de Macédnon ; il en partit encore pour aller en Dryopide et vint finalement dans le Péloponnèse où il prit le nom de Dorien[51].

(57). Quelle était la langue des Pélasges ? Je ne puis le dire avec certitude ; mais, s'il est permis de le conjecturer d'après les descendants actuels des Pélasges établis à Creston[52] au-dessus des Tyrrhéniens (ceux qui étaient jadis voisins du peuple que nous appelons Dorien et habitaient le pays que nous appelons la Thessaliotide) et des Pélasges qui ont fondé Placia et Scylacé sur l'Hellespont (ceux qui ont jadis demeuré avec les Athéniens), et d'après d'autres cités encore, également pélasgiques bien qu'elles aient changé de nom, — si, dis-je, l'on peut en juger par ces peuples, les Pélasges parlaient une langue barbare. Donc, s'il en était de même pour toute la race des Pélasges, le peuple de l'Attique, qui est pélasge, a dû changer de langue en devenant peuple Hellène[53] ; car les Crestoniates et les Placiens parlent une même langue qui n'est pas celle de leurs voisins, preuve évidente qu'ils ont conservé l'idiome qui était le leur quand ils vinrent s'établir dans ces régions.

(58). Le groupe hellène a, lui, depuis son origine gardé la même langue, à ce qu'il me semble. Faible encore à sa séparation d'avec les Pélasges, il est parti de peu pour en arriver à comprendre une multitude de peuples, grâce surtout au grand nombre des Pélasges et des autres peuples barbares qui se sont joints à lui. En revanche, le groupe des Pélasges de langue barbare n'a jamais à mon avis pris un développement considérable.

Athènes.

(59). De ces deux peuples, Lacédémoniens et Athéniens, Crésus apprit que le dernier se trouvait complètement asservi, déchiré par des factions, sous le joug de Pisistrate fils d'Hippocrate, tyran d'Athènes à cette époque. Hippocrate, simple particulier, assistait aux fêtes d'Olympie[54] quand il lui arriva cette aventure extraordinaire : il avait offert un sacrifice et les chaudrons étaient en place, pleins des chairs des victimes et d'eau ; or, sans qu'il y eût de feu, ils se mirent à bouillir et à déborder. Chilon de Lacédémone[55] qui se trouvait là, témoin du prodige, dit à Hippocrate, d'abord de ne pas faire entrer dans sa maison une épouse féconde, ensuite, s'il en avait une, de la répudier et, s'il avait un fils, de le renier. Hippocrate, dit-on, refusa d'écouter ses conseils et, quelque temps après, il eut un fils, le Pisistrate en question. Lors d'une querelle entre les Athéniens de la côte et ceux de la plaine, qui avaient pour chef, les premiers, Mégaclès fils d'Alcméon, les autres, Lycurgue fils d'Aristolaïdès, Pisistrate, qui méditait de s'emparer du pouvoir, fonda un troisième parti ; il réunit des partisans, se posa en défenseur des gens de la montagne et imagina ce stratagème : il se fit des blessures ainsi qu'à ses mulets, et poussa son attelage sur la grand-place, comme s'il venait d'échapper à ses ennemis qui, à l'entendre, auraient voulu le tuer alors qu'il se rendait à la campagne ; et il pria le peuple de lui octroyer une garde, à lui qui s'était couvert de gloire à leur tête contre Mégare, qui avait pris Nisée[56], qui avait accompli d'autres exploits encore. Les Athéniens se laissèrent duper et lui permirent de choisir, parmi les citoyens, des gens qui devinrent non pas ses « porteurs de lances » mais ses « porteurs de gourdins » — car ils l'escortaient armés de massues de bois. Pisistrate les gagna à sa cause et, avec eux, s'empara de l'Acropole. Dès lors il fut maître d'Athènes, mais sans rien changer dans les magistratures existantes et sans toucher aux lois ; il s'appuya sur les institutions en vigueur et son administration fut sage et bonne[57].

(60). Peu de temps après, les partisans de Mégaclès et de Lycurgue firent cause commune et le chassèrent. Ainsi Pisistrate, maître d'Athènes une première fois, fut dépouillé d'une tyrannie qui n'avait pas encore de racines assez solides. Mais ses adversaires se querellèrent de nouveau et Mégaclès, attaqué dans sa propre faction, fit proposer à Pisistrate de le rétablir, s'il consentait à épouser sa fille. Pisistrate accepta l'offre et les conditions posées, et ils imaginèrent pour le ramener au pouvoir la ruse la plus grossière, selon moi — puisque depuis assez longtemps déjà le peuple grec s'était distingué des Barbares par plus de finesse et moins de sotte crédulité — et ceci bien qu'elle fût dirigée contre les Athéniens, le peuple que l'on dit le plus spirituel de la Grèce. Dans le dème de Péanie[58] vivait une femme du nom de Phyé, haute de quatre coudées moins trois doigts[59], et fort belle : ils la revêtirent d'une armure complète, la juchèrent sur un char, lui firent prendre l'attitude qui lui donnait l'air le plus majestueux et la conduisirent dans la ville, précédés de hérauts qui, en arrivant en ville, proclamèrent selon les ordres qu'ils avaient reçus : « Athéniens, faites bon accueil à Pisistrate : Athéna elle-même, qui l'honore entre tous les hommes, le ramène dans son Acropole. » Voilà ce qu'ils proclamèrent par toute la ville ; aussitôt, le bruit se répandit dans la campagne qu'Athéna ramenait Pisistrate, et les gens de la ville, ne doutant pas de voir la déesse elle-même, se prosternèrent devant cette simple mortelle et firent bon accueil à Pisistrate.

(61). Après avoir reconquis la tyrannie par ce moyen, Pisistrate épouse la fille de Mégaclès, conformément à l'accord qu'ils avaient conclu. Comme il avait des fils déjà grands et qu'on disait les Alcméonides sous le coup d'une malédiction[60], il ne voulait pas d'enfant de sa nouvelle femme et n'avait pas de commerce normal avec elle. La femme n'en dit rien tout d'abord ; puis, interrogée par sa mère ou non, elle lui en fit confidence et celle-ci en informa son mari. Mégaclès fut indigné de l'affront qui lui était fait et, dans sa colère, il oublia sa querelle avec les gens de sa propre faction. Pisistrate, informé de ces manœuvres contre lui, abandonna le pays et s'en fut à Érétrie[61] où il tint conseil avec ses fils. L'avis d'Hippias, qui était de reconquérir la tyrannie, prévalut, et ils rassemblèrent dans Érétrie les contributions de toutes les cités qui leur avaient quelque obligation. Plusieurs firent des dons considérables, et Thèbes plus que toutes les autres. Enfin, pour abréger cette histoire, le temps passa, et tout fut prêt pour leur retour. Des mercenaires argiens leur vinrent du Péloponnèse, et Lygdamis, un Naxien, se mit volontairement à leur service avec le plus grand zèle et leur amena de l'argent et des soldats.

(62). Au cours de la onzième année, ils partirent d'Érétrie pour rentrer en Attique, où ils s'emparent d'abord de Marathon[62] ; campés là, ils furent rejoints par leurs partisans de la ville auxquels s'ajoutèrent des gens de la campagne, ceux pour qui la tyrannie avait plus de charme que la liberté. Telles étaient donc leurs forces. Les Athéniens de la ville n'avaient d'abord prêté aucune attention aux manœuvres de Pisistrate, tant qu'il cherchait des subsides et lorsque, par la suite, il s'était emparé de Marathon, mais à la nouvelle que de Marathon il marchait sur leur cité, ils pensèrent à se défendre : ils allèrent à la rencontre de l'adversaire avec toutes leurs forces ; Pisistrate et ses troupes, qui de Marathon se dirigeaient vers la ville, les rencontrèrent près du temple d'Athéna de Pallène[63] et se postèrent en face d'eux. C'est alors qu'un devin, l'Acarnanien Amphilytos, poussé par un dieu, vient trouver Pisistrate et l'accoste en prononçant cet oracle en vers hexamètres :

Le filet est jeté, les rets sont tendus.
Les thons s'y jetteront la nuit, à la clarté de la lune.

(63). Un dieu lui fait prononcer cet oracle, et Pisistrate qui en comprit le sens déclara l'accepter et fit marcher son armée. Les Athéniens de la ville s'étaient alors préoccupés de leur déjeuner et pensaient ensuite, les uns à jouer aux dés, les autres à faire la sieste : les troupes de Pisistrate fondent sur eux et les mettent en fuite. Pendant qu'ils fuient, Pisistrate s'avise d'un moyen très habile pour qu'ils ne se rallient pas et restent dispersés : il fit monter ses fils à cheval, les envoya en avant, et, aux fuyards qu'ils rejoignaient, ils disaient, selon les ordres de Pisistrate, de ne rien craindre et de s'en retourner chacun à ses affaires.

(64). Les Athéniens les écoutèrent et Pisistrate, maître ainsi d'Athènes pour la troisième fois, y enracina fermement sa tyrannie, à l'aide de mercenaires nombreux et des revenus qu'il tirait, soit du pays même, soit du Strymon[64] ; de plus il prit comme otages les fils des Athéniens qui lui avaient résisté au lieu de fuir aussitôt et les établit à Naxos (il avait aussi conquis cette île et en avait remis le gouvernement à Lygdamis). En outre il fit purifier l'île de Délos pour obéir à des oracles, de la manière suivante : il fit exhumer tous les morts enterrés en vue du temple et les fit transférer dans une autre partie de l'île[65]. Pisistrate était donc maître d'Athènes, et les Athéniens étaient, les uns tombés dans la bataille, les autres en exil avec les Alcméonides.

Sparte.

(65). Voilà, fit-on savoir à Crésus, l'état dans lequel se trouvait alors Athènes, tandis que les Lacédémoniens, délivrés de graves calamités, avaient désormais l'avantage dans leur lutte contre les Tégéates[66]. — En effet, sous le règne de Léon et d'Hégésiclès, les Lacédémoniens victorieux partout ailleurs étaient tenus en échec par les seuls Tégéates. Avant cette époque, ils avaient été le peuple le plus mal policé de presque toute la Grèce, en mauvais rapports entre eux comme avec les étrangers. Voici comment ils parvinrent à une meilleure législation : Lycurgue[67], un Spartiate des plus distingués, vint un jour à Delphes consulter l'oracle et, quand il entra dans le sanctuaire, la Pythie de s'écrier aussitôt :

Te voici, Lycurgue, en mon temple opulent,
Toi qui es cher à Zeus, cher à tous les habitants de l'Olympe.
Te proclamerai-je dieu ou mortel ? J'hésite,
Mais, Lycurgue, je te crois plutôt un dieu.

Certains disent aussi que la Pythie lui traça l'organisation qui régit encore aujourd'hui les Spartiates ; mais d'après les Lacédémoniens eux-mêmes, Lycurgue l'emprunta à la Crète, lorsqu'il devint le tuteur de son neveu Léobotès, roi de Sparte. Sitôt investi de cette charge, il réforma toutes les institutions et prit des mesures pour les préserver à l'avenir de toute transgression ; ensuite il s'occupa des institutions militaires et créa les *énomoties*, les *triécades* et les *syssities* ; puis il établit les *éphores* et les *Anciens*[68].

(66). Voilà comment les Lacédémoniens changèrent d'institutions et reçurent de bonnes lois ; à la mort de Lycurgue ils lui élevèrent un temple, et ils le vénèrent encore grandement. Grâce à leur pays fertile et leur nombreuse population, leurs progrès furent rapides et ils se trouvèrent bientôt florissants ; ils ne se contentèrent plus alors de vivre en paix, mais ils se crurent plus forts que les Arcadiens et consultèrent l'oracle de Delphes sur une éventuelle conquête de toute l'Arcadie. La Pythie leur répondit :

Tu me demandes l'Arcadie ? C'est beaucoup ; je ne te la donnerai pas.
Ils sont nombreux en Arcadie les mangeurs de glands
Qui te repousseront. Mais je ne te refuse pas tout :
Je te donnerai Tégée pour y danser bruyamment,
Et sa belle plaine à mesurer au cordeau.

Quand ils furent instruits de sa réponse, les Lacédémoniens ne songèrent plus au reste de l'Arcadie, mais ils emportèrent des entraves et marchèrent sur Tégée, persuadés, sur la foi d'un oracle trompeur, qu'ils allaient réduire en esclavage les Tégéates. Mais ils furent vaincus dans la rencontre et les prisonniers que fit l'ennemi, chargés des entraves qu'ils avaient eux-mêmes apportées, mesurèrent au cordeau la plaine de Tégée pour la travailler. — Les entraves qui les lièrent se trouvaient encore de mon temps à Tégée, suspendues autour du temple d'Athéna Aléa[69].

(67). Donc, pendant leur première guerre contre Tégée, les Lacédémoniens ne connurent que des revers ; mais du temps de Crésus, sous leurs rois

Anaxandride et Ariston, ils eurent désormais le dessus, et voici comment : comme ils étaient toujours vaincus, ils envoyèrent demander à Delphes quel dieu ils devaient se concilier pour triompher des Tégéates. La Pythie déclara qu'il leur fallait transporter chez eux les ossements d'Oreste, le fils d'Agamemnon. Incapables de découvrir la tombe d'Oreste, ils envoyèrent une nouvelle députation consulter l'oracle, pour apprendre en quel lieu reposait le héros. À cette question la Pythie répondit :

Il est en Arcadie une Tégée, dans une plaine ;
Deux vents y soufflent sous une contrainte puissante,
Le coup répond au coup, le mal est sur le mal.
Là, le sein fécond de la terre enferme le fils d'Agamemnon.
Emporte-le, et tu seras le maître de Tégée.

Après cette seconde réponse, les Lacédémoniens malgré toutes leurs recherches ne trouvaient pas davantage ce qu'ils souhaitaient, jusqu'au jour où Lichas, l'un de ceux que l'on appelle à Sparte les *Bienfaiteurs,* découvrit le tombeau. — Les *Bienfaiteurs* ou *Agathurges* sont des citoyens de Sparte, ceux qui par ordre d'ancienneté quittent les rangs des Cavaliers[70], au nombre de cinq par an ; ils doivent, l'année de leur sortie de ce corps, aller sans cesse en mission, partout où l'intérêt de l'État l'exige.

(68). Donc l'un d'eux, Lichas, découvrit le tombeau d'Oreste à Tégée grâce au hasard, et grâce à sa propre perspicacité. Les relations avaient alors repris entre Sparte et Tégée, et Lichas, entré chez un forgeron, regardait en s'émerveillant le travail du fer. Le forgeron, qui le vit surpris, interrompit son ouvrage et lui dit : « Ah ! Lacédémonien ! Si tu avais vu ce que j'ai vu, tu aurais été bien étonné, toi qui es tellement surpris de me voir travailler le fer : quand j'ai voulu me faire un puits dans cette cour, j'ai trouvé en creusant le sol un cercueil long de sept coudées [71]. Je ne pouvais croire qu'il eût jamais existé des hommes plus grands que ceux d'aujourd'hui ; alors je l'ai ouvert, et j'ai vu que le corps était aussi long que le cercueil. Je l'ai mesuré, puis j'ai remis la terre en place. » L'homme lui raconta ce qu'il avait vu, et Lichas, à la réflexion, conclut de cette histoire que c'était là le corps d'Oreste, ainsi que l'oracle l'avait indiqué ; il raisonnait ainsi : les deux soufflets du forgeron étaient « les vents », le marteau et l'enclume, « le coup et le contre-coup », le fer qu'il battait, « le mal placé sur le mal », interprétation qu'il justifiait par cette idée que le fer a été trouvé pour le malheur de l'homme. Avec ceci en tête, il revint à Sparte exposer toute l'affaire. Les Lacédémoniens, sur une accusation fictive, lui firent un procès et le bannirent ; il revint alors à Tégée, conta son infortune au forgeron, et entreprit de lui louer sa cour. L'homme refusa d'abord et mit longtemps à changer d'avis ; enfin Lichas s'y installa, ouvrit la tombe et recueillit les ossements qu'il rapporta à Sparte. Dès lors dans toutes les rencontres les Lacédémoniens avaient nettement l'avantage sur les Tégéates ; et déjà la majeure partie du Péloponnèse leur était également soumise.

(69). Crésus, informé de tout ceci, fit partir pour Sparte des messagers porteurs de présents et d'une proposition d'alliance, et bien instruits de ce qu'ils avaient à dire. Arrivés à Sparte ils déclarèrent : « Nous sommes envoyés par Crésus, roi des Lydiens et d'autres peuples, qui vous fait dire ceci : " Lacédémoniens, le dieu m'a prescrit de prendre la Grèce pour alliée ; j'apprends que vous êtes le premier peuple de la

Grèce : c'est donc à vous que je m'adresse, comme l'oracle me l'ordonne. Je désire être votre ami et votre allié, sans feinte ni tromperie. " » Voilà ce que Crésus leur fit dire par ses messagers ; les Lacédémoniens, qui avaient appris, de leur côté, la réponse de l'oracle à Crésus, accueillirent avec joie l'ambassade des Lydiens et conclurent avec eux un pacte solennel d'alliance et d'hospitalité. D'ailleurs ils étaient déjà liés à Crésus par quelques bienfaits qu'ils en avaient reçus précédemment : ils avaient envoyé chercher de l'or à Sardes pour une statue d'Apollon (celle qui se trouve aujourd'hui sur le mont Thornax [72], en Laconie) et Crésus leur avait fait don de l'or qu'ils voulaient acheter.

(70). Voilà pourquoi les Lacédémoniens acceptèrent son alliance, et ce fut aussi parce qu'il les choisissait pour alliés de préférence à tous les autres Grecs. Ils se déclarèrent prêts à répondre à son appel, et de plus ils firent faire un cratère de bronze, aux bords ornés extérieurement de figures, d'une contenance de trois cents amphores [73], qu'ils lui envoyèrent en retour de ses présents. Mais ce cratère ne parvint jamais à Sardes, ce qu'on explique de deux manières : d'après les Lacédémoniens le cratère qu'ils expédiaient à Sardes aurait été enlevé, dans les parages de Samos, par les Samiens qui, avertis de l'envoi, attaquèrent le convoi avec des vaisseaux de guerre. Mais, d'après les Samiens, les Lacédémoniens chargés du cratère s'attardèrent en route et, lorsqu'ils apprirent que Sardes et Crésus étaient aux mains de l'ennemi, ils le vendirent à Samos à des particuliers qui le consacrèrent dans le temple d'Héra. Il se peut aussi que ceux qui le vendirent, de retour à Sparte, aient prétendu en avoir été dépouillés par des Samiens.

Crésus attaque la Cappadoce.

(71). Voilà l'histoire de ce cratère. Cependant Crésus, qui n'avait pas compris le sens de l'oracle, se préparait à envahir la Cappadoce, dans l'espoir de renverser Cyrus et la puissance perse. Au milieu de ses préparatifs un Lydien — qui passait déjà pour un sage, et qui dut à cet avis le grand renom dont il jouit en Lydie — donna ce conseil à Crésus (il s'appelait Sandanis) : « Seigneur, voici les hommes contre qui tu prépares la guerre : ils portent des braies de cuir, et tous leurs vêtements sont de cuir ; ils ne mangent pas ce qu'ils veulent, mais ce qu'ils ont, car leur terre est rocailleuse ; ils ne connaissent pas le vin, l'eau est leur seule boisson ; ils n'ont pas de figues pour leur dessert, ils n'ont rien de bon. Vainqueur, que prendras-tu à des gens qui n'ont rien ? Vaincu, vois tous les avantages que tu perdras : quand ils auront goûté à nos biens, ils ne les lâcheront plus, et nous ne pourrons plus nous débarrasser d'eux. Pour moi, je rends grâces aux dieux qui n'inspirent pas aux Perses l'idée d'attaquer les Lydiens ! » Mais les paroles de Sandanis ne persuadèrent pas Crésus. — Effectivement, avant d'avoir conquis la Lydie les Perses ne connaissaient ni luxe ni agréments d'aucune sorte.

(72). Les Cappadociens sont appelés Syriens[74] par les Grecs. Ces Syriens étaient sujets des Mèdes avant la domination perse, et sujets de Cyrus à cette époque. Le fleuve Halys marquait la frontière entre les États des Mèdes et ceux des Lydiens ; il descend d'une montagne de l'Arménie, traverse la Cilicie, puis coule entre les Matiènes, à droite, et les Phrygiens à gauche ; ensuite il se dirige vers le nord et sépare les Syriens de

Cappadoce, à droite, des Paphlagoniens, à gauche. Ainsi l'Halys sépare de la Haute-Asie presque toute l'Asie Mineure, depuis la mer de Chypre jusqu'au Pont-Euxin. C'est le point le plus étroit de toute la contrée : un bon marcheur la traverse en cinq jours[75].

(73). Crésus marchait contre la Cappadoce poussé par le désir d'annexer une province nouvelle à ses États, mais surtout parce qu'il avait confiance dans l'oracle et qu'il voulait venger Astyage sur Cyrus. Astyage fils de Cyaxare, beau-frère de Crésus et roi des Mèdes, était prisonnier de Cyrus fils de Cambyse, qui l'avait détrôné[76]. Voici comment il était devenu le beau-frère de Crésus : un groupe de Scythes Nomades s'était, à la suite de dissensions, réfugié en Médie où régnait alors Cyaxare, fils de Phraorte et petit-fils de Déiocès. Celui-ci tout d'abord les reçut avec bienveillance au titre de suppliants ; il les tenait même en grande estime et leur confia des jeunes garçons à qui apprendre leur langue et la pratique de l'arc[77]. Quelque temps après, les Scythes qui allaient chaque jour à la chasse et rapportaient chaque jour quelque gibier, pour la première fois ne prirent rien. Quand ils revinrent les mains vides, Cyaxare (qui était, comme on le vit, fort violent) les outragea de la façon la plus brutale. Traités d'une manière qu'ils jugeaient indignes d'eux, les Scythes décidèrent de couper en morceaux l'un des enfants qui leur étaient confiés, d'en apprêter la chair comme ils apprêtaient habituellement leur gibier, de le servir à Cyaxare comme le produit de leur chasse, puis de s'en aller à Sardes par le plus court chemin, auprès d'Alyatte fils de Sadyatte. Ainsi fut fait ; Cyaxare et ses convives mangèrent de cette viande et les Scythes, leur vengeance accomplie, devinrent les suppliants d'Alyatte.

(74). Cyaxare les réclama, Alyatte refusa de les livrer, et ce fut la guerre entre Lydiens et Mèdes pendant cinq ans, avec de nombreux succès, tantôt pour les Mèdes, tantôt pour les Lydiens. Il y eut même un combat nocturne, peut-on dire : la lutte se prolongeait avec des chances égales lorsque, dans une rencontre au cours de la sixième année, en pleine mêlée le jour fit soudain place à la nuit — Thalès de Milet avait d'ailleurs prédit cette éclipse aux Ioniens, pour l'année dans laquelle elle se produisit[78]. Lydiens et Mèdes, en voyant la nuit remplacer le jour, cessèrent le combat et furent beaucoup plus disposés à faire la paix. Ils eurent pour médiateurs Syennésis de Cilicie et Labynétos de Babylone[79]. Ceux-ci hâtèrent l'échange des serments de paix et rapprochèrent les deux rois par un mariage, en décidant qu'Alyatte donnerait sa fille Aryénis au fils de Cyaxare, Astyage ; car sans un lien de parenté solide, les accords manquent souvent de solidité. — Les serments se prêtent chez ces peuples comme en Grèce, mais de plus ceux qui les échangent se font aux bras de légères incisions et chacun lèche le sang de l'autre.

(75). Cyrus avait détrôné cet Astyage et le gardait prisonnier, bien qu'il fût son aïeul maternel, pour la raison que je dirai plus loin dans cet ouvrage[80] ; voilà ce qui avait conduit Crésus à consulter l'oracle pour savoir s'il devait faire la guerre aux Perses et, sur la foi d'une réponse ambiguë qu'il interprétait en sa faveur, à marcher contre leur territoire. Arrivé au bord de l'Halys, Crésus fit, selon moi, passer son armée sur les ponts qui le franchissent ; mais on dit généralement en Grèce qu'il le passa grâce à Thalès de Milet : les ponts n'existaient pas encore, dit-on, et Crésus ne savait comment faire passer son armée ; Thalès se trouvait dans son camp et fit en sorte que le fleuve, qui coulait sur la gauche de l'armée, coulât également sur sa droite, voici comment : il fit creuser une tranchée profonde, en forme de croissant, qui partait en amont du camp, le contournait et amenait les eaux du fleuve, détournées de leur cours, en un point situé au-delà du camp, où elles retrouvaient leur ancien lit ; ainsi le fleuve se trouvait divisé en deux bras, guéables aussitôt tous les deux. Certains disent même que l'ancien lit fut complètement asséché, mais je n'en crois rien : comment à leur retour, auraient-ils repassé le fleuve ?

(76). L'Halys passé, Crésus arriva dans la province de Cappadoce qu'on appelle la Ptérie (c'est le point le plus solide de toute la région ; il se trouve du côté de Sinope sur le Pont-Euxin). Il y établit son camp et ravagea les terres des Syriens ; il prit la capitale des Ptériens et réduisit ses habitants en esclavage ; il prit aussi toutes les bourgades voisines et chassa de chez eux les Syriens, qui ne lui avaient pourtant rien fait. Cependant Cyrus réunit ses troupes et marcha contre Crésus, en levant en route tous les renforts qu'il pouvait. Avant de mettre son armée en campagne il avait envoyé des hérauts auprès des Ioniens pour tenter de les soulever contre Crésus, mais ils ne l'écoutèrent pas. Quand il eut rejoint Crésus et installé son camp en face du sien, ils mesurèrent aussitôt leurs forces, là même, en Ptérie. Le combat fut violent et bien des hommes tombèrent de part et d'autre ; enfin, la nuit sépara les combattants sans qu'il y eût de vainqueur.

(77). Tel fut le combat qui mit aux prises les deux armées. Crésus, mécontent de son infériorité numérique — car l'armée qu'il avait réunie était moins nombreuse que celle de Cyrus —, mécontent, dis-je, de cette infériorité, lorsqu'il vit que Cyrus ne lançait pas une autre attaque le lendemain, revint à Sardes; il avait l'intention d'appeler à son aide les Égyptiens en vertu du serment qui les liait (il avait fait un traité d'alliance avec le roi d'Égypte, Amasis, avant de s'adresser aux Lacédémoniens), de mander aussi les Babyloniens (ses alliés également, qui avaient alors pour roi Labynétos), et d'inviter les Lacédémoniens à le rejoindre à une date fixée. Il comptait réunir ses alliés, rassembler ses propres forces et attendre la fin de l'hiver, pour marcher contre les Perses sitôt le printemps venu. Ce plan arrêté, dès son retour à Sardes il fit prévenir ses alliés d'avoir à se rassembler dans cette ville, à quatre mois de là. Des troupes qu'il avait alors à sa disposition et qui avaient combattu contre les Perses, il congédia tous les mercenaires, car il n'imaginait pas un instant qu'après un combat douteux Cyrus ferait marcher son armée sur Sardes.

(78). Tels étaient ses projets lorsque toute la banlieue de Sardes fut envahie par des serpents; dès qu'ils eurent paru, les chevaux abandonnèrent leurs pâtures et vinrent les dévorer. Ce phénomène parut à Crésus un prodige, ce qu'il était. Il envoya aussitôt consulter les Interprètes du dieu à Telmessos[81]. Ses messagers arrivèrent bien à destination, ils apprirent des Telmessiens le sens de ce présage, mais leur réponse ne parvint pas à Crésus : avant même le retour à Sardes de leur vaisseau, Crésus était déjà captif. Voici toutefois l'opinion des Telmessiens : Crésus devait s'attendre à voir un peuple de langue étrangère envahir son pays et en subjuguer les habitants; car le serpent est fils de la terre, et le cheval représente la guerre et l'étranger. Cette réponse fut faite alors que Crésus était déjà prisonnier, mais les Telmessiens ne savaient rien encore du sort de Sardes et de son roi.

Siège et prise de Sardes.

(79). Tandis que Crésus se repliait après la bataille qu'il avait livrée en Ptérie, Cyrus apprit qu'il comptait à son retour licencier son armée, et réfléchit qu'il était de son intérêt d'avancer le plus vite possible sur Sardes, avant tout regroupement des forces lydiennes. Il passa tout aussitôt à l'exécution de son plan, fit entrer son armée en Lydie, et Crésus apprit qu'il arrivait en le voyant devant Sardes. Fort inquiet de voir ses prévisions déjouées, Crésus accepta cependant le combat. — À cette époque l'Asie n'avait pas de peuple plus courageux et plus fort que les Lydiens ; ils combattaient à cheval, armés de lourdes piques, et c'étaient d'excellents cavaliers.

(80). Les deux armées se rencontrèrent dans la plaine vaste et nue qui s'étend sous les murs de Sardes ; plusieurs fleuves la traversent, entre autres l'Hyllos ; ils se jettent dans le plus grand de tous, l'Hermos, qui descend d'une montagne consacrée à la Grande Mère du Dindymon[82] et se jette dans la mer près de Phocée. Lorsqu'il vit les Lydiens se disposer à combattre dans cette plaine, Cyrus redouta leur cavalerie et, sur les conseils du Mède Harpage[83], prit les dispositions suivantes : tous les chameaux qui portaient les vivres et les bagages à la suite de l'armée furent rassemblés, déchargés, et montés par des soldats équipés à la manière des cavaliers, qu'il fit mettre en première ligne, face à la cavalerie lydienne ; l'infanterie eut ordre de suivre les chameaux, et toute la cavalerie se rangea derrière l'infanterie. Lorsque tous furent en place, il leur prescrivit de tuer sans merci tout Lydien qui résisterait, mais de ne pas frapper Crésus, quelque défense qu'il fît. Tels furent ses ordres ; et s'il opposa ses chameaux à la cavalerie lydienne, c'est que le cheval a peur du chameau dont il ne supporte ni la vue ni l'odeur ; son stratagème avait donc pour but de rendre inutile la cavalerie sur laquelle le Lydien comptait pour remporter une victoire éclatante. Le combat s'engagea ; mais dès que les chevaux sentirent les chameaux et les virent, ils reculèrent et les espérances de Crésus s'évanouirent. Cependant les Lydiens ne perdirent pas courage pour autant : dès qu'ils eurent compris la situation, ils descendirent de cheval et combattirent à pied contre les Perses. Enfin, après de lourdes pertes des deux côtés, les Lydiens en déroute se renfermèrent dans leurs murs et les Perses investirent la ville.

(81). Les Lydiens assiégés, Crésus pensa que le siège durerait longtemps et envoya de la place d'autres messagers à ses alliés ; les premiers étaient allés leur demander de se réunir à Sardes à quatre mois de là, ceux-ci leur demandaient du secours au plus vite, puisque Crésus était assiégé.

(82). Le roi envoya des messagers à tous ses alliés, entre autres à Lacédémone. Or, de leur côté les Spartiates se trouvaient alors en querelle avec les Argiens au sujet d'un territoire appelé Thyréa, — c'était une partie de l'Argolide à laquelle les Lacédémoniens l'avaient enlevée — (toute la région du côté du couchant, jusqu'au cap Malée, appartenait également aux Argiens, y compris Cythère et les autres îles[84]). Les Argiens vinrent défendre le territoire qu'on voulait leur prendre ; on parlementa, et l'on convint de faire combattre trois cents hommes de chaque parti : le canton en litige appartiendrait aux vainqueurs ; les deux armées se retireraient chacune dans son pays et n'assisteraient pas au combat, de peur que l'une ou l'autre, en voyant la défaite des siens, ne vînt les secourir. L'accord conclu, les troupes se retirèrent et laissèrent aux prises les guerriers d'élite choisis de chaque côté. Ils combattirent à forces égales jusqu'au moment où, des six cents hommes, il n'en resta que trois, deux Argiens, Alcénor et Chromios, un Lacédémonien, Othryadès; ils étaient les seuls survivants, lorsque vint la nuit. Les deux Argiens se crurent vainqueurs et coururent à Argos, mais Othryadès, le Lacédémonien, dépouilla les cadavres argiens de leurs armes qu'il porta dans son camp, puis il reprit son poste. Le lendemain, les deux partis vinrent aux nouvelles; tout d'abord, chacun se déclara victorieux, car les uns proclamaient qu'ils avaient plus de survivants, et les autres soulignaient que les Argiens avaient pris la fuite, tandis que le Spartiate était resté sur le champ de bataille et avait dépouillé de leurs armes les morts de l'ennemi. La querelle se termina par une mêlée générale dans laquelle, après de lourdes pertes de chaque côté, les Lacédémoniens furent vainqueurs. Depuis ce jour les Argiens ont coupé leurs cheveux, qu'ils portaient obligatoirement longs jusqu'alors, et, par une loi renforcée d'imprécations, ils ont défendu à leurs femmes de porter des ornements d'or tant que Thyréa ne serait pas reconquise. Les Lacédémoniens ont fait, eux, la loi contraire : ils portaient les cheveux courts, mais depuis cette époque ils les laissent pousser[85]. Othryadès, l'unique survivant de leurs trois cents hommes, rougit, dit-on, de retourner à Sparte quand tous ses frères d'armes étaient tombés, et il mit fin à ses jours sur le champ de bataille, à Thyréa.

(83). Voilà ce qui se passait à Sparte lorsque le héraut de Sardes vint demander du secours pour Crésus assiégé. Cependant, sitôt le héraut entendu, les Spartiates se préparèrent à secourir le roi. Ils étaient prêts ainsi que leurs vaisseaux lorsqu'un autre message leur apprit la chute de la place et la captivité de Crésus. Ils s'en désolèrent alors grandement, et renoncèrent à leur dessein.

(84). Voici comment Sardes fut prise : au quatorzième jour du siège Cyrus envoya des cavaliers par toute son armée annoncer une récompense pour le premier soldat qui monterait sur le rempart. L'armée donna un premier assaut qui n'eut point de succès, et tous avaient abandonné leurs tentatives lorsqu'un soldat marde[86] du nom d'Hyroiadès tenta de gravir un côté de l'acropole qui n'était pas gardé, car un succès des ennemis n'était pas à redouter par là : la colline y est abrupte et inexpugnable. C'était le seul endroit où l'ancien roi de Sardes, Mélès, n'avait pas fait porter le lion né de sa concubine, lorsque les Telmessiens avaient proclamé que Sardes serait imprenable quand ce lion aurait été promené tout autour des remparts. Mélès l'avait alors fait porter sur tous les points par où l'acropole pouvait être attaquée, mais il avait négligé celui-là qui lui paraissait inaccessible ; c'est le côté qui regarde le mont Tmolos[87]. Or, cet Hyroiadès avait vu la veille un Lydien descendre et remonter par ce côté-là, pour retrouver un casque tombé du haut de l'acropole, et il avait noté ce fait ; il avait alors à son tour escaladé la pente, et d'autres Perses après lui. Quand ils furent nombreux là-haut, Sardes fut prise, et la ville entière livrée au pillage[88].

Crésus sur le bûcher.

(85). Crésus lui-même eut le sort que voici : il avait un fils dont j'ai parlé plus haut, fort bien doué, mais muet. Au temps de sa prospérité Crésus avait tout essayé pour le guérir et, notamment, il avait envoyé consulter l'oracle de Delphes à son sujet. La Pythie lui avait répondu :

Lydien, roi de peuples nombreux, Crésus insensé,
N'appelle pas de tous tes vœux le moment où tu entendras
dans ton palais,
La voix de ton fils : mieux vaut pour toi qu'il reste
Bien loin ! Car il ne parlera qu'au jour de ton malheur.

Or, lorsque la forteresse tomba, un Perse marcha sur le roi sans le reconnaître et Crésus, dans ce désastre, le vit approcher avec indifférence : peu lui importait de mourir sous ses coups. Mais, quand le muet vit l'homme approcher, l'effroi et la douleur firent jaillir sa voix, et il s'écria : « Soldat, ne tue pas Crésus ! » Ce furent ses premiers mots, et la parole lui resta pendant tout le reste de sa vie.

(86). Ainsi les Perses s'emparèrent de Sardes et prirent Crésus vivant ; après un règne de quatorze ans, après un siège de quatorze jours, il avait conformément à l'oracle mis fin à un grand empire, le sien. Les Perses qui le prirent l'amenèrent à Cyrus. Celui-ci ordonna d'élever un grand bûcher sur lequel il fit monter Crésus chargé de chaînes et deux fois sept jeunes Lydiens avec lui[89] — peut-être voulait-il les sacrifier à quelque dieu en prémices du butin, ou s'acquitter d'un vœu, ou encore, pour avoir entendu parler de la piété de Crésus, voir si quelque divinité l'empêcherait d'être brûlé vif ; du moins est-ce là, dit-on, ce qu'il fit, et Crésus était debout sur le bûcher lorsqu'il lui vint à l'esprit, malgré l'horreur de sa situation, qu'un dieu avait dicté à Solon ces paroles : « Nul vivant n'est heureux. » À cette pensée, avec un profond soupir et un gémissement il rompit son long silence et par trois fois cria : « Solon ! » Cyrus l'entendit et lui fit demander par ses interprètes quel était l'être qu'il invoquait. Les interprètes s'approchèrent pour l'interroger ; Crésus garda tout d'abord le silence ; enfin, pressé de répondre, il leur dit : « C'est l'homme avec qui j'aurais voulu, au prix d'une immense fortune, voir tous les rois s'entretenir ! » Ils ne comprirent pas sa réponse et lui en demandèrent le sens ; enfin ils le pressèrent et l'importunèrent tant qu'il leur raconta toute l'histoire : comment Solon, un Athénien, était venu chez lui et n'avait eu que dédain pour la splendeur étalée devant ses yeux, quels propos il avait alors tenus, et comment ensuite tout s'était passé comme il l'avait annoncé — bien qu'il eût parlé moins pour lui personnellement que pour toute la race des hommes, et surtout pour ceux qui s'imaginent être heureux. Ainsi parla Crésus, et déjà le bûcher brûlait et les flammes l'encerclaient. Or, quand Cyrus entendit de ses interprètes la réponse de Crésus, par un brusque revirement il réfléchit qu'il n'était qu'un homme, qu'il livrait aux flammes un autre homme dont la fortune avait égalé la sienne ; il craignit d'expier un jour, il songea à l'instabilité de toute chose humaine, et il donna l'ordre d'éteindre au plus vite le bûcher tout en flammes et d'en faire descendre Crésus et ses compagnons. Mais le feu triomphait de tous les efforts.

(87). Alors, disent les Lydiens, Crésus, averti du revirement de Cyrus et qui voyait leurs vains efforts pour maîtriser le feu, se mit à supplier Apollon, à voix haute, de le secourir, si jamais ses offrandes lui avaient été agréables, et de le tirer de ce danger pressant. En pleurant, il invoquait le dieu. Tout à coup au ciel pur, au calme des vents succèdent les nuages, une tempête éclate, une pluie violente s'abat, et le bûcher fut éteint[90]. Cyrus comprit devant ce prodige que Crésus était un homme vertueux et cher aux dieux ; quand le roi fut descendu du bûcher, il lui posa cette question : « Crésus, qui donc t'a conseillé d'envahir mon pays et de te faire mon ennemi plutôt que mon ami ? — Seigneur, répondit Crésus, ce que j'ai fait, c'est ton bonheur qui l'a voulu, et mon malheur ; mais la faute en est au dieu des Grecs qui m'a poussé à marcher contre toi ; car personne n'est assez fou pour préférer la guerre à la paix : dans la paix, les fils ensevelissent leur père, dans la guerre, les pères ensevelissent leurs fils. Mais sans doute les dieux ont-il voulu qu'il en fût ainsi. »

(88). Ainsi parla Crésus, et Cyrus le fit alors délivrer de ses fers et asseoir près de lui ; il lui témoigna beaucoup d'égards et le contemplait avec étonnement, ainsi que tout son entourage. Crésus cependant, tout à ses pensées, gardait le silence. Puis son attention fut éveillée par le spectacle des Perses occupés à piller sa capitale. « Seigneur, dit-il, dois-je en la circonstance te dire ce qui me vient à l'esprit, ou dois-je me taire ? » Cyrus lui dit de parler sans crainte, et Crésus lui demanda : « Que fait cette grande foule avec tant d'ardeur ? — Elle pille ta ville, elle emporte tes biens, répondit Cyrus. — Non, répondit Crésus, ce n'est ni ma ville ni mes biens qu'elle pille, plus rien n'est à moi : elle met à sac ce qui est à toi. »

(89). Ces paroles firent réfléchir Cyrus ; il éloigna ses gens et pria Crésus de lui dire son avis en cette circonstance. « Puisque les dieux m'ont fait ton esclave, répondit Crésus, je crois juste de te signaler ce que je puis voir qui t'échappe. Les Perses sont d'un naturel violent et ils sont pauvres. Si tu les laisses ravir et garder pour eux de grandes richesses, voici à quoi tu peux t'attendre : dans l'homme qui en aura gardé le plus, tu trouveras bientôt un rebelle. Pour l'instant, si mes paroles te plaisent, agis ainsi : mets quelques-uns de tes gardes en sentinelles à toutes les portes ; qu'ils enlèvent au passage leur butin aux pillards, en invoquant la dîme qu'il en faut prélever pour Zeus. Ainsi, tu n'encourras pas la haine de tes soldats en leur enlevant de force leur butin ; ils reconnaîtront la justice de tes ordres et s'y conformeront volontiers. »

(90). Ce conseil enchanta Cyrus, qui le trouva fort bon ; il loua fort Crésus, donna les ordres nécessaires à ses gardes, puis il lui dit : « Crésus, puisque tu t'appliques, par tes actes et par tes paroles, à te conduire en roi, demande-moi la faveur que tu souhaites obtenir à l'instant même. — Maître, répondit Crésus, le plus grand plaisir que tu puisses me faire, c'est me permettre d'envoyer au dieu des Grecs, que j'ai honoré entre tous, les fers que voici, et de lui demander s'il a pour règle de tromper ses bienfaiteurs. » Cyrus demanda la raison de ces reproches et de cette demande ; et Crésus lui redit tous ses projets, les réponses des oracles, ses offrandes surtout, et comment la parole divine l'avait poussé contre les Perses. Il conclut en sollicitant encore la permission de faire au dieu ces reproches. « Tu l'auras, Crésus, lui répondit Cyrus en riant, et tu auras aussi tout ce que tu voudras me demander. » Aussitôt Crésus envoya quelques Lydiens à Delphes ; ils devaient déposer ses fers au seuil du temple et demander au dieu s'il n'avait pas honte d'avoir, par ses réponses, poussé Crésus à marcher contre les Perses, en prétendant qu'il mettrait fin à l'empire de Cyrus, — empire, diraient-ils en montrant ses fers, dont voici les prémices ; ils devaient aussi demander si les dieux grecs avaient l'ingratitude pour règle.

(91). Arrivés à Delphes, les Lydiens remplirent leur mission et, dit-on, la Pythie leur fit cette réponse : « Au sort qu'a fixé le destin, un dieu même ne peut échapper. Crésus a payé la faute de son quatrième ancêtre qui, simple garde des Héraclides, cédant aux intrigues d'une femme a tué son maître et pris un rang auquel il n'avait aucun droit. Loxias [91] souhaitait que la ruine de Sardes n'eût pas lieu sous Crésus, mais sous ses enfants : il n'a pu fléchir les Moires ; mais des concessions qu'elles lui ont accordées, Crésus a grâce à lui profité, car le dieu a reculé de trois ans la prise de Sardes [92]. Que Crésus le sache : il a été fait prisonnier trois ans plus tard que le destin ne l'avait décrété. En second lieu, Loxias l'a secouru sur le bûcher. De l'oracle qui lui fut rendu, Crésus a tort de se plaindre ; Loxias l'avertissait : s'il marchait contre la Perse, il détruirait un grand empire. Il devait donc, pour décider sagement, faire demander au dieu s'il désignait son propre empire, ou celui de Cyrus ; s'il n'a pas compris l'oracle, s'il n'a pas demandé d'explications, qu'il s'en prenne à lui-même. À sa dernière consultation Loxias lui a parlé d'un mulet, et il n'a pas davantage compris cette réponse : le mulet était Cyrus, né de deux parents d'origine inégale, car sa mère était d'un rang supérieur à celui de son père : elle était Mède, fille du roi des Mèdes Astyage ; il était Perse, sujet des Mèdes et, malgré cette inégalité totale entre eux, il avait épousé la fille de ses maîtres. » Voilà ce que la Pythie répondit aux Lydiens, qui revinrent à Sardes transmettre sa réponse à Crésus. Quand il l'eut entendue, Crésus comprit que le dieu ne l'avait point trompé, et qu'il était le seul coupable.

(92). Voilà l'histoire de l'empire de Crésus et de la première conquête de l'Ionie.

— On trouve en Grèce beaucoup d'autres offrandes qui viennent de Crésus, en plus de celles que j'ai mentionnées. Ce sont : à Thèbes en Béotie, un trépied d'or offert à Apollon Isménios ; à Éphèse, les vaches d'or et la plupart des colonnes ; à Delphes, dans le temple d'Athéna Pronaia[93], un grand bouclier d'or. Ces offrandes existaient encore de mon temps, les autres ont disparu. Celles qu'il fit aux Branchides de Milet étaient, m'a-t-on dit, égales en poids et semblables à celles de Delphes. Ses offrandes à Delphes et au sanctuaire d'Amphiaraos avaient été prélevées directement sur son patrimoine, en prémices de son héritage, les autres venaient des biens d'un ennemi, le chef, avant son avènement, d'une faction qui voulait mettre Pantaléon sur le trône de Lydie. — Ce Pantaléon était fils d'Alyatte et frère de Crésus, mais d'un autre lit : Crésus était né d'une Ionienne, Pantaléon d'une Carienne. Sitôt en possession du pouvoir que son père lui avait donné, Crésus fit déchirer son adversaire par les dents d'une cardeuse et consacra ses biens, comme il en avait fait le vœu auparavant, de la faço : que j'ai dite et dans les sanctuaires indiqués ci-dessus. Mais, sur les offrandes de Crésus, nous n'en dirons pas plus.

Monuments et mœurs des Lydiens.

(93). La Lydie ne possède guère de merveilles dignes d'être notées, comme en ont d'autres régions, sauf les paillettes d'or qui proviennent du Tmolos[94]. On y voit cependant le plus grand monument connu, après ceux des Égyptiens et des Babyloniens : c'est le tombeau d'Alyatte, père de Crésus ; la base en est faite d'énormes pierres, le reste de terre amoncelée. Il a été élevé aux frais des marchands, des artisans et des filles qui exercent le métier de courtisanes. Au sommet on voyait encore de mon temps cinq bornes, portant gravée l'indication de la part prise à l'ouvrage par chaque groupe ; et, mesurée, la part des courtisanes se montrait la plus importante. — Il est vrai qu'en Lydie toutes les filles se prostituent pour gagner leur dot, et ce jusqu'au jour où elles trouvent un mari ; elles choisissent d'ailleurs elles-mêmes leur mari. Le tombeau a six stades et deux plèthres de circonférence, treize plèthres de largeur[95] ; à côté se trouve un grand lac qui, selon les Lydiens, n'est jamais à sec ; on l'appelle le lac de Gygès[96]. Tel est donc ce monument.

(94). Les mœurs des Lydiens sont en général semblables à celles des Grecs, sauf qu'ils prostituent leurs enfants du sexe féminin. Les premiers à notre connaissance ils ont frappé une monnaie d'or et d'argent, et, les premiers, ils se sont faits revendeurs[97]. D'après eux, ils seraient aussi les inventeurs des jeux en usage dans leur pays et en Grèce : ils les auraient inventés au temps où ils colonisèrent la Tyrrhénie, et voici comment : sous le règne d'Atys fils de Manès[98], il y eut une grande famine dans toute la Lydie. Les Lydiens l'endurèrent patiemment d'abord, puis, comme elle ne cessait pas, ils cherchèrent quelques dérivatifs et chacun s'y ingénia de son côté. C'est alors, disent-ils, qu'on inventa les dés, les osselets, la balle et les jeux de toute espèce, sauf le trictrac ; de ce jeu-là, ils ne revendiquent pas l'invention. Voici comment ils les employaient pour lutter contre la faim : un jour sur deux ils passaient tout leur temps à jouer, pour ne pas penser à la nourriture ; le jour suivant, ils mangeaient et s'abstenaient de jouer. Ils vécurent ainsi pendant dix-huit ans. Mais le fléau, loin de cesser, s'aggravait encore : alors le roi répartit tout son peuple en deux groupes, et le sort désigna celui des deux qui resterait dans le pays, tandis que l'autre s'expatrierait. Il demeura lui-même à la tête du groupe désigné pour rester, et donna pour chef aux émigrants son fils, qui s'appelait Tyrrhénos. Les Lydiens bannis par le sort descendirent à Smyrne, se firent des vaisseaux qu'ils chargèrent de tous leurs biens, et partirent à la recherche d'une terre qui pût les nourrir ; ils longèrent bien des rivages jusqu'au jour où ils arrivèrent en Ombrie, où ils fondèrent des villes et où ils demeurent encore aujourd'hui. Mais ils quittèrent leur nom de Lydiens pour prendre celui du fils de leur roi, qui était à leur tête ; ils prirent, d'après lui, le nom de Tyrrhéniens[99]. — Ainsi, les Lydiens se trouvèrent désormais sous la domination des Perses.

HISTOIRE DE CYRUS

(95). Nous voici maintenant amenés à parler de Cyrus, à dire qui était cet homme qui renversa l'empire de Crésus, et comment les Perses devinrent les maîtres de l'Asie. J'adopterai dans mon récit l'opinion de certains Perses, qui cherchent moins à glorifier Cyrus qu'à dire la vérité, bien que je connaisse trois autres versions de cette histoire[100].

Les Assyriens tenaient la Haute-Asie depuis cinq cent vingt ans lorsque les Mèdes, les premiers, commencèrent à se révolter contre eux. En luttant pour leur indépendance, ceux-ci devinrent un peuple vaillant, ils secouèrent le joug des Assyriens et conquirent leur liberté; puis les autres peuples suivirent leur exemple[101]

Déiocès.

(96). Tous les peuples du continent se trouvaient libres, mais ils retombèrent aux mains d'un maître, et voici comment : il se trouva chez les Mèdes un homme habile du nom de Déiocès fils de Phraorte[102]. Ce Déiocès, qui aspirait à la tyrannie, s'y prit ainsi : les Mèdes habitaient des bourgades séparées; Déiocès, déjà fort estimé dans la sienne, s'attacha plus soigneusement encore à pratiquer la justice, en un temps où le désordre régnait par toute la Médie, et bien qu'il sût que l'injustice fait toujours la guerre à la justice. Les gens de son village, témoins de sa conduite, le prirent pour arbitre et, comme il voulait arriver au pouvoir, il se montrait droit et juste. Il en était grandement loué par ses concitoyens et le bruit se répandit dans les bourgs voisins que Déiocès était le seul homme dont les sentences fussent équitables; aussi les villageois, victimes auparavant de sentences injustes, s'empressaient-ils de venir à leur tour se faire juger par lui et, finalement, ils n'acceptèrent plus d'autre juge.

(97). Sa clientèle augmentait de jour en jour, car on entendait partout vanter la justesse de ses décisions. Alors, quand Déiocès se vit indispensable, il ne consentit plus à siéger au lieu qui lui servait jusque-là de tribunal et refusa désormais de rendre la justice : il n'avait aucun avantage, déclara-t-il, à négliger ses propres affaires pour s'occuper toute la journée de celles d'autrui. Pillages et désordre reprirent alors dans les bourgs, plus violents que jamais, et les Mèdes se réunirent pour discuter de la situation — avec au premier rang, je suppose, les amis de Déiocès — : « Dans les conditions actuelles, conclurent-ils, il nous est impossible de vivre en ce pays. Eh bien, prenons un roi : le pays sera bien gouverné, et nous pourrons nous consacrer en paix à nos travaux, sans être chassés de chez nous par le désordre. » Ces considérations-là les amenèrent à prendre un roi.

(98). Ils cherchèrent aussitôt qui choisir, et le nom de Déiocès fut proposé par chacun, et reçut tous les éloges : ils le prirent donc pour roi. Déiocès alors voulut avoir une résidence digne de son titre, et des gardes du corps pour affermir son autorité. Les Mèdes les lui donnèrent; on lui bâtit une vaste demeure solidement fortifiée, à l'emplacement qu'il choisit, et il eut le droit de prendre dans le peuple des gardes du corps. Maître du pouvoir, il obligea les Mèdes à se bâtir une ville unique pour laquelle ils durent négliger toutes les autres. Les Mèdes lui obéirent encore, et il leur fit élever une vaste et solide place forte, l'actuelle Ecbatane [103], qui présente plusieurs lignes de murailles concentriques. Le plan en est tel que chaque enceinte surplombe la précédente de toute la hauteur de ses créneaux; le site choisi, une butte isolée, favorise sans doute cette disposition, mais elle est due plus encore aux intentions des constructeurs. Il y a sept enceintes, et la dernière renferme le palais du roi et ses trésors; la plus grande est à peu près égale en longueur à celle d'Athènes [104]. Les créneaux sont blancs pour la première enceinte, noirs pour la seconde, pourpres pour la troisième, bleus pour la quatrième, orangés pour la cinquième. Les cinq premières enceintes sont donc revêtues de couleurs diverses, mais les deux dernières ont leurs créneaux argentés pour l'une, dorés pour l'autre.

(99). Déiocès fit élever ces remparts pour se protéger ainsi que sa demeure, et le reste du peuple dut s'installer autour de la forteresse. Ceci fait, il institua le premier tout un cérémonial : personne ne devait approcher du roi, tout passait par des messagers et le roi demeurait invisible ; de plus, il était indécent pour qui que ce fût de rire ou cracher en sa présence. Il s'entoura de cette étiquette pour éviter que ses anciens compagnons, élevés avec lui, aussi bien nés que lui et de mérite égal, ne fussent ulcérés en le voyant, et prêts à comploter contre lui ; ils le tiendraient pour un être d'une autre essence qu'eux-mêmes, s'ils ne le voyaient pas.

(100). Quand il eut institué ces règles et solidement établi son pouvoir, il se montra sévère observateur de la justice. Les plaideurs lui soumettaient leur cause par écrit, et il renvoyait les pièces avec sa sentence. Il réglait ainsi les litiges et avait encore établi les règles suivantes : mis au courant de quelque délit, il mandait le coupable et le punissait selon sa faute ; et il avait des surveillants et des informateurs sur toute l'étendue de son royaume.

(101). Déiocès fit l'unité du seul peuple mède et régna sur lui. Les tribus mèdes sont : les Bouses, les Parétacènes, les Strouchates, les Arizantes, les Boudiens, les Mages[105]. Voilà toutes les tribus des Mèdes.

Phraorte.

(102). Déiocès eut un fils, Phraorte, qui lui succéda quand il mourut après un règne de cinquante-trois ans. Commander aux Mèdes ne lui suffit pas : il attaqua les Perses, qui furent les premières victimes et les premiers sujets des Mèdes. Ensuite, avec ces deux peuples, tous deux puissants, il subjugua l'une après l'autre toutes les nations de l'Asie, jusqu'au jour où il attaqua les Assyriens, ceux qui possédaient Ninive : autrefois maîtres de toute l'Asie, la défection de leurs alliés les laissait isolés, mais encore fort prospères. Donc Phraorte les attaqua et périt dans l'aventure après vingt-deux ans de règne, et la plus grande partie de son armée périt avec lui[106].

Cyaxare.

(103). Le successeur de Phraorte fut Cyaxare, son fils, le petit-fils de Déiocès. Ce roi fut, dit-on, encore plus belliqueux que ses ancêtres. Il fut le premier à répartir les Asiatiques en corps de troupes distincts, et le premier à séparer lanciers, archers et cavaliers ; jusqu'alors ils étaient tous confondus pêle-mêle. C'est Cyaxare qui livra aux Lydiens la bataille pendant laquelle le jour se changea en nuit[107], lui aussi qui subjugua toute la Haute-Asie, au-dessus de l'Halys. Il rassembla tous ses sujets et marcha sur Ninive pour venger son père, décidé à raser la ville. Il eut la victoire dans la première rencontre et assiégeait Ninive lorsqu'une imposante armée scythe l'assaillit, conduite par le roi des Scythes, Madyès fils de Protothyès. — Les Scythes, entrés en Asie à la poursuite des Cimmériens qu'ils avaient chassés d'Europe, les avaient suivis jusqu'en Médie.

(104) Du lac Méotide[108] au Phase et à la Colchide, il y a trente jours de route pour un homme alerte ; de la Colchide on passe vite en Médie : un seul peuple les sépare, les Saspires, et, cette région traversée, on est en Médie. Cependant les Scythes ne prirent pas ce chemin et firent un long détour par le nord, en laissant

à leur droite le Caucase. Les Mèdes et les Scythes se rencontrèrent là, et les Mèdes vaincus perdirent l'empire de l'Asie qui passa aux mains des Scythes.

(105). Ceux-ci marchèrent ensuite sur l'Égypte. À leur entrée en Syrie-Palestine, le roi d'Égypte Psammétique [109] vint à leur rencontre et, par des présents et des prières, les persuada de ne pas aller plus loin. Ils se retirèrent et, parvenus à la ville d'Ascalon en Syrie [110], passèrent outre sans la piller; mais quelques soldats restés en arrière mirent à sac le temple d'Aphrodite Céleste — ce temple, d'après les informations que j'ai recueillies, est le plus ancien de tous les temples consacrés à la déesse : le temple de Chypre en est issu, aux dires des Cypriotes eux-mêmes, et celui de Cythère fut fondé par des Phéniciens originaires de cette région [111]. Or, les Scythes coupables d'avoir pillé le temple d'Ascalon, et tous leurs descendants après eux, ont été frappés par la déesse d'un mal qui fait d'eux des femmes : les Scythes voient dans ce sacrilège la cause de leur mal; les voyageurs qui passent en ce pays peuvent constater par eux-mêmes l'état de ces hommes, que les Scythes appellent les « Énarées [112] ».

(106). Pendant vingt-huit ans les Scythes furent maîtres de l'Asie, et, par leurs brutalités et leur négligence, ils ruinèrent entièrement le pays. Ils tiraient de chaque peuple un tribut qu'ils fixaient à leur guise; en outre ils parcouraient le pays en pillant tout indistinctement. Enfin, Cyaxare et les Mèdes les invitèrent à une fête, les enivrèrent et les égorgèrent presque tous; les Mèdes récupérèrent ainsi leur empire et leurs anciens sujets, puis ils prirent Ninive (j'en parlerai dans un autre ouvrage), et soumirent toute l'Assyrie sauf la région de Babylone [113]. Ensuite

Cyaxare mourut après un règne de quarante ans, y compris la période de la domination des Scythes.

Astyage.

(107). Son fils Astyage lui succéda. Il eut une fille, qu'il nomma Mandane; en rêve, il lui sembla qu'elle inondait de son urine sa capitale, puis l'Asie tout entière. Il confia son rêve aux Mages chargés d'interpréter les songes, et fut effrayé de l'explication qu'ils lui en donnèrent. Plus tard, quand cette Mandane fut en âge d'être mariée, impressionné par ce rêve, il ne la donna pas à l'un des Mèdes dignes de cette alliance, mais à un Perse du nom de Cambyse, qu'il savait de bonne naissance et d'humeur paisible, et qui était à ses yeux bien au-dessous d'un Mède de condition moyenne[114].

Naissance et enfance de Cyrus.

(108). Or, dans la première année de ce mariage Astyage fit un autre rêve : il lui sembla que du sexe de sa fille naissait une vigne, et que cette vigne recouvrait toute l'Asie. Après avoir communiqué sa vision aux Interprètes des songes, il fit venir de Perse sa fille qui allait accoucher et, dès son arrivée, la fit garder de près : il avait l'intention de faire périr le fruit qui naîtrait d'elle, car, d'après les Mages, son rêve signifiait que l'enfant de sa fille régnerait un jour à sa place. Astyage voulut éluder ce péril et, sitôt Cyrus né, il fit venir Harpage, un parent, le Mède qui lui était le plus dévoué, son confident le plus intime. « Harpage, lui dit-il, je vais te confier une tâche : ne la néglige pas, ne me trompe pas et n'attire pas le malheur sur ta tête en servant d'autres intérêts que les miens. Prends le fils né de Mandane, emporte-le chez toi, et tue-le. Tu l'enseveliras ensuite comme tu voudras. — Seigneur, répond Harpage, jamais encore tu n'as vu ton serviteur te déplaire, et je veillerai, à l'avenir aussi, à ne jamais t'offenser. Si telle est ta volonté, mon devoir est de te servir exactement. »

(109). Ainsi répondit Harpage; il reçut l'enfant revêtu déjà des parures funèbres et revint chez lui en pleurant. De retour au logis il rapporta les paroles d'Astyage à sa femme. « Et maintenant, lui demanda-t-elle, qu'as-tu l'intention de faire? » Il répondit : « De ne pas exécuter l'ordre d'Astyage, quand il se montrerait encore plus déraisonnable et fou qu'il ne l'est : non, je ne suivrai pas ses instructions, je ne le servirai pas pour un meurtre pareil. J'ai bien des raisons de ne pas tuer cet enfant : d'abord, c'est un parent; ensuite Astyage est âgé, il n'a pas d'héritier mâle : si le pouvoir doit, après sa mort, passer à sa fille dont il me charge aujourd'hui de tuer l'enfant, à quoi puis-je m'attendre, si ce n'est au danger le plus terrible? Eh bien, pour ma sécurité, cet enfant doit périr; mais son meurtrier doit être l'un des serviteurs d'Astyage, et non l'un des miens. »

(110). Il dit et sur-le-champ il envoya un messager à l'un des bouviers d'Astyage, qu'il savait mener ses troupeaux dans les pâturages les plus propres à son dessein, sur les montagnes les plus infestées de bêtes fauves. Cet homme s'appelait Mitradatès; il avait pour compagne une esclave également, et le nom de cette femme était en grec Cyno — *la Chienne* —, en mède Spaco (car le mot *chienne* se dit en mède *spaca*). Les pâtures où le bouvier menait ses bêtes sont au pied des montagnes, au nord d'Ecbatane, vers le Pont-Euxin. Là, du côté des Saspires, la contrée est montagneuse, élevée, couverte de forêts; partout ailleurs, le sol de la Médie est plat. Le bouvier obéit en grande hâte à l'appel d'Harpage, qui lui dit ceci : « Astyage t'ordonne d'emporter cet enfant et de l'abandonner sur la plus déserte des montagnes, pour qu'il périsse au plus tôt. J'ai ordre aussi de te dire que si, au lieu de le faire mourir, tu t'arranges pour lui sauver la vie, tu mourras de la mort la plus cruelle. Je suis chargé moi-même de constater qu'il a bien été exposé. »

(111). Le bouvier, alors, emporta l'enfant et reprit avec lui la route de son étable. Or sa femme, qui devait accoucher d'un jour à l'autre, mit justement son enfant au monde, — un dieu le voulut, sans doute, — pendant le voyage de l'homme à la ville. Tous deux se faisaient du souci l'un pour l'autre : l'homme s'inquiétait de l'accouchement de sa femme, et la femme se demandait pourquoi, contre sa coutume, Harpage avait fait appeler son mari. À son retour la femme, qui avait craint de ne plus le revoir, fut la première à questionner et lui demanda pourquoi donc Harpage l'avait convoqué en si grande hâte. « Ma femme, dit-il, j'ai vu, à la ville, et j'ai entendu ce que je voudrais bien n'avoir jamais vu, ce qui n'aurait jamais dû arriver chez nos maîtres. Toute la maison d'Harpage était en pleurs ; je me suis senti glacé d'effroi en y entrant. La première chose que j'ai vue, c'était, par terre, un petit enfant qui s'agitait et pleurait, couvert d'ornements d'or et d'une étoffe aux vives couleurs. Dès qu'Harpage m'a vu, il m'a ordonné de prendre l'enfant au plus vite et de l'emporter dans la montagne, à l'endroit où il y a le plus de bêtes fauves ; c'est Astyage qui me donnait cet ordre, m'a-t-il dit avec mille menaces si je n'obéissais pas. Alors j'ai pris l'enfant et je l'ai emporté ; je croyais que c'était l'enfant de quelque serviteur, et jamais je n'aurais imaginé d'où il venait. Mais l'or et les vêtements qui le couvraient me surprenaient, ainsi que le deuil qui remplissait visiblement la maison d'Harpage. Et voilà qu'en cours de route le serviteur qui m'a conduit hors de la ville et m'a remis le bébé m'apprend tout : c'est le fils de Mandane, la fille d'Astyage, et de Cambyse, le fils de Cyrus ; c'est lui qu'Astyage veut faire périr. Tiens, le voici. »

(112). En disant ces mots il découvrit l'enfant et le montra à sa femme. Elle vit qu'il était fort et beau, et elle se mit à pleurer, à embrasser les genoux de son mari en le suppliant par-dessus tout de ne pas l'exposer. Mais l'homme déclara qu'il ne pouvait agir autrement : des émissaires d'Harpage allaient venir le surveiller, la mort la plus affreuse l'attendait s'il n'obéissait pas. Sa femme ne put le faire changer d'avis et finit par lui dire : « Eh bien, puisque je ne puis te décider à ne pas l'exposer, voici ce que tu dois faire : s'il faut absolument qu'on voie un enfant exposé, j'ai accouché, moi aussi, mais d'un enfant mort : va l'exposer, et élevons l'enfant de la fille d'Astyage comme s'il était le nôtre. Ainsi l'on ne pourra te convaincre d'avoir trahi tes maîtres, et nous n'aurons pas pris un mauvais parti : l'enfant mort aura une sépulture royale, l'enfant qui reste ne perdra pas la vie. »

(113). Le bouvier jugea l'avis de sa femme fort bon dans la circonstance et le suivit aussitôt. Il lui remit l'enfant qu'il avait apporté pour le faire périr, déposa le sien, qui était mort, dans la corbeille de l'autre, le revêtit de tous les ornements du premier, et alla l'exposer sur la montagne la plus déserte. Trois jours plus tard il partit pour la ville en laissant un de ses pâtres veiller sur le corps, et il alla prévenir Harpage qu'il était prêt à lui montrer le cadavre de l'enfant. Harpage envoya sur place ses gardes les plus fidèles ; il s'en remit à leurs yeux et fit ensevelir le fils du bouvier. Ainsi l'un fut enseveli, et l'autre, qu'on appela plus tard Cyrus, fut recueilli par la femme du bouvier qui l'éleva sous un nom autre que celui-là [115].

(114). Quand l'enfant eut dix ans, l'aventure que voici le fit reconnaître : il jouait dans le village où se trouvaient les étables du roi, et jouait avec des enfants de son âge, sur la route. Or, dans leur jeu, les enfants prirent pour roi celui qu'on appelait le fils du bouvier. Le garçon chargea les uns de bâtir ses palais, les autres d'être ses gardes du corps, quelque autre d'être « l'œil du Roi » [116] ; un autre encore eut l'honneur de lui remettre les messages ; chacun avait sa tâche. L'un de ses compagnons de jeu, fils d'un grand personnage chez les Mèdes, Artembarès, n'exécuta pas l'un des ordres de Cyrus, qui ordonna aux autres enfants de le saisir ; ils obéirent, et Cyrus le frappa sévèrement de son fouet. Sitôt relâché, l'enfant, furieux surtout d'avoir subi un traitement qu'il estimait indigne de lui, courut à la ville se plaindre à son père de ce que Cyrus lui avait fait (il ne l'appelait pas Cyrus, puisque le garçon ne portait pas encore ce nom, mais « le fils du bouvier d'Astyage »). Artembarès dans sa colère se rendit avec son fils chez Astyage et déclara qu'on avait indignement maltraité son enfant : « Vois, seigneur, comment ton esclave, un fils de bouvier, nous a outragés ! », dit-il en montrant les épaules du garçon.

(115). Astyage l'écouta, regarda, et, désireux de venger l'enfant par égard pour son père, fit venir le bouvier et son fils. Quand il les eut tous les deux devant lui, il toisa Cyrus et lui dit : « C'est donc toi, le fils de ce pauvre hère, qui as osé infliger un pareil outrage au fils de ce grand seigneur, le premier de ma cour? » Cyrus répondit : « Oui, maître, je l'ai fait, et c'était justice. Les garçons du village, et lui parmi eux, en jouant m'ont pris pour roi : ils me trouvaient le plus digne de l'être. Les autres acceptaient mes ordres, mais lui ne m'écoutait pas et n'en tenait aucun compte, jusqu'au moment où il a reçu sa punition. Si ma conduite mérite un châtiment, me voici devant toi. »

(116). Pendant que l'enfant lui répondait, Astyage se prit à soupçonner la vérité : les traits de son visage lui paraissaient répondre aux siens, et ses paroles prouver une condition plus haute que celle dont on le disait; de plus, son âge était en accord avec la date où l'enfant de Mandane avait été exposé. Bouleversé par ces constatations, il resta quelque temps sans voix; avec peine il se reprit enfin, et, désireux d'éloigner Artembarès pour questionner le bouvier sans témoin, il lui dit : « Artembarès, j'aurai soin que ton fils et toi n'ayez rien à me reprocher. » Il renvoie donc Artembarès et, sur son ordre, les serviteurs emmenèrent Cyrus au palais. Demeuré seul avec le bouvier, Astyage lui demande d'où lui venait cet enfant, qui le lui avait remis. L'autre affirmait que c'était son propre fils, et que la mère vivait encore à ses côtés. Astyage lui répliqua qu'il n'était guère raisonnable s'il désirait se faire contraindre à parler; en même temps, il faisait signe à ses gardes de le saisir. Menacé de la torture, l'homme révéla toute la vérité : il raconta son histoire d'un bout à l'autre, en toute franchise, et finit par des prières, en demandant au roi de lui pardonner.

(117). Quand le bouvier lui eut tout avoué, Astyage ne fit plus attention à lui et tourna tout son courroux contre Harpage qu'il fit appeler par ses gardes. Quand il fut arrivé, Astyage lui demanda : « Harpage, de quelle manière as-tu fait disparaître l'enfant que je t'ai livré, le fils de ma fille ? » Harpage, qui vit le bouvier dans le palais, ne s'engagea pas dans la voie du mensonge, de crainte d'être bientôt confondu : « Seigneur, répondit-il, quand j'ai reçu cet enfant, j'ai cherché comment je pourrais, à la fois, agir selon ta volonté, et, sans nulle faute envers toi, éviter d'être moi-même un assassin aux yeux de ta fille et aux tiens. Voici ce que j'ai fait : j'appelle ce bouvier et je lui remets l'enfant, en lui disant que c'est toi qui veux sa mort ; je ne mentais pas, car c'était bien là ton ordre. Je lui remets donc l'enfant et je lui prescris de l'exposer sur une montagne déserte et d'attendre là sa mort, avec mille menaces s'il ne se conformait pas exactement à toutes mes instructions. Il remplit sa mission, et, quand l'enfant fut mort, j'ai envoyé sur place mes eunuques les plus fidèles, je m'en suis remis à leurs yeux, et j'ai fait ensevelir le corps. Voilà, seigneur, ce qui s'est passé, et voilà comment l'enfant est mort. »

(118). Harpage ne dissimula rien ; Astyage, cachant son ressentiment, lui répéta d'abord l'histoire telle qu'il l'avait entendue du bouvier, et finit son récit en déclarant que l'enfant vivait et que tout était pour le mieux : « Car, dit-il, le sort de cet enfant m'affligeait vivement, et j'avais peine à supporter les reproches de ma fille. Eh bien, puisque la fortune a tout arrangé, envoie donc ton fils auprès du nouveau venu, et viens dîner avec moi : je compte remercier le ciel du salut de mon petit-fils en offrant un sacrifice aux dieux qui réclament cet honneur. »

(119). À ces mots Harpage se prosterna devant le roi et s'en retourna chez lui, fort soulagé de voir l'heureux résultat de sa faute, et d'être invité à dîner au palais pour fêter cette faveur de la fortune. Il avait un fils unique d'environ treize ans ; de retour chez lui, il se hâta de l'envoyer au palais avec ordre d'aller trouver le roi et de lui obéir en tout ; et lui-même, tout joyeux, va raconter l'aventure à sa femme. Quand Astyage eut l'enfant près de lui, il le fit égorger et couper en morceaux, puis il fit rôtir ou bouillir les chairs pour en confectionner des plats appétissants qu'on tint prêts à être servis. À l'heure du dîner, les hôtes étaient tous là, Harpage parmi eux ; on plaça devant tous, ainsi que devant le roi, des tables chargées de viande de mouton, mais l'on servit à Harpage le corps entier de son fils, sauf la tête, les mains et les pieds, mis à part dans une corbeille d'osier sous un voile. Lorsque Harpage sembla rassasié, Astyage lui demanda s'il avait apprécié le repas ; Harpage affirma qu'il en était enchanté ; alors les serviteurs chargés de ce soin mirent devant lui la tête de son enfant, toujours dissimulée sous un voile, ainsi que les mains et les pieds et, debout à ses côtés, l'invitèrent à soulever le voile et à se servir à son gré. Harpage obéit, soulève l'étoffe, et voit les restes de son fils. Cependant il ne manifesta rien et sut se maîtriser. Astyage lui demanda s'il reconnaissait la bête dont il avait mangé la chair. Il répondit qu'il la reconnaissait et que le roi ne pouvait rien faire qui ne lui plût. Après cette réponse il prit ce qui restait des chairs et revint chez lui ; il voulait, je pense, réunir tous ces débris et leur donner une sépulture.

(120). C'est ainsi qu'Astyage se vengea d'Harpage. Mais, pour décider du sort de Cyrus, il convoqua les Mages qui avaient jadis interprété son rêve comme nous l'avons dit. Ils vinrent et il leur demanda comment ils avaient interprété le songe en question. Ils lui firent la même réponse : l'enfant, dirent-ils, aurait fatalement régné s'il avait vécu, au lieu de mourir auparavant. Astyage leur répliqua : « L'enfant existe, il a survécu. Il vivait à la campagne, et les enfants de son village l'ont pris pour roi ; il a fait tout ce que font les vrais rois : il s'est donné des gardes du corps, des huissiers, des messagers et tout le reste, et il leur a commandé. À votre avis, quel présage est-ce là ? » Les Mages répondirent : « Si l'enfant survit et s'il a régné, sans dessein prémédité, ne crains rien à son sujet et sois tranquille : il ne régnera pas deux fois. Nous avons vu des prophéties même se réduire à bien peu de chose, et souvent les songes n'annoncent rien d'important. — Moi aussi, leur répondit Astyage, je penche pour cette interprétation : puisque l'enfant a reçu le nom de roi, le songe s'est accompli, je n'ai plus à le craindre. Toutefois, examinez bien la question, et indiquez-moi le parti le plus sûr pour ma maison — et pour vous-mêmes. » Les Mages lui dirent alors : « Seigneur, nous aussi, nous avons grand intérêt à ce que tu gardes ton pouvoir. Car s'il passe à cet enfant qui est Perse, il tombe en des mains étrangères et nous, qui sommes des Mèdes, nous devenons les esclaves des Perses et, comme étrangers, nous perdons toute importance. Tu es notre compatriote, et sous ton règne nous avons une part de ton pouvoir et de grands honneurs. Aussi devons-nous avant tout veiller sur ton salut et sur ton trône. Si nous prévoyions aujourd'hui le moindre danger, nous t'en avertirions. Mais, puisqu'en fait ton rêve n'annonçait rien d'important, nous sommes rassurés, et voici notre conseil : éloigne cet enfant de ta présence, envoie-le en Perse, chez ses vrais parents. »

(121). Leur réponse satisfit Astyage qui appela

Cyrus et lui dit : « Mon enfant, à cause d'un songe vain j'ai commis une faute envers toi, mais ton heureux destin t'a sauvé. Maintenant, pars tranquille pour la Perse, avec l'escorte que je vais te donner. Là-bas tu trouveras un père et une mère tout différents du bouvier Mitradatès et de sa femme. »

(122). Sur ces mots, Astyage renvoie Cyrus en Perse. À son retour dans la maison de Cambyse, l'enfant y trouva ses parents qui, lorsqu'ils surent qui il était, lui firent l'accueil le plus tendre — car ils croyaient l'avoir perdu jadis à sa naissance — et voulurent savoir comment il avait été sauvé. Cyrus le leur expliqua : jusque-là, leur dit-il, il vivait dans l'ignorance et l'erreur la plus complète, et c'était en chemin qu'il avait appris toute son histoire ; car il se croyait fils d'un bouvier d'Astyage, mais, pendant leur voyage, son escorte lui avait tout révélé. Il avait été nourri, leur dit-il, par la femme du bouvier ; il n'arrêtait pas d'en faire l'éloge et le nom de Cyno revenait sans cesse dans son récit. Les parents recueillirent ce nom et, pour que le salut de leur fils parût plus merveilleux encore aux Perses, ils répandirent le bruit qu'une chienne avait nourri Cyrus lorsqu'on l'avait exposé. Voilà l'origine de la légende que l'on sait.

Révolte de Cyrus.

(123). Cyrus grandit et devint le plus brave, le plus séduisant des jeunes gens de son âge ; Harpage le courtisait et le comblait de cadeaux, dans son désir de se venger d'Astyage : à lui seul, simple particulier, il ne voyait pas comment y parvenir, mais il voyait grandir Cyrus et cherchait à le gagner en rapprochant ses épreuves des siennes. D'ailleurs il avait déjà commencé ses intrigues : comme Astyage traitait rudement les Mèdes, il s'était mis en rapport avec tous les grands personnages du royaume et s'attachait à les convaincre de mettre Cyrus à leur tête pour renverser Astyage. Ceci fait et ses préparatifs terminés, Harpage voulut mettre Cyrus, qui vivait en Perse, au courant de son projet ; mais les routes étaient gardées et, pour le faire, il eut recours à la ruse suivante : il prépara habilement un lièvre, lui ouvrit le ventre sans en abîmer le pelage, et y glissa une lettre où il exposait son dessein ; puis il recousit la bête, remit au plus sûr de ses serviteurs des filets à porter comme s'il était un chasseur, et l'envoya en Perse après l'avoir chargé de recommander à Cyrus de vive voix, en lui remettant le lièvre, de l'ouvrir lui-même et sans témoin.

(124). C'est ce qui se passa : Cyrus reçut le lièvre et l'ouvrit ; il trouva la lettre qu'il contenait, la prit et la lut. En voici le contenu : « Fils de Cambyse, les dieux veillent sur toi, car sans eux tu n'aurais jamais obtenu ta fortune présente. Venge-toi donc d'Astyage, ton meurtrier : il l'est, car de par sa volonté tu as péri, si par les dieux et par moi tu vis encore. Tu le sais, je crois, depuis longtemps ; tu sais ce qu'on t'a fait, et ce que j'ai moi-même souffert d'Astyage, parce que je t'ai remis au bouvier au lieu de te faire périr. Eh bien, si tu veux m'en croire, le royaume entier d'Astyage sera tien. Amène les Perses à se révolter, et conduis-les contre les Mèdes. Qu'Astyage me choisisse pour commander contre toi, et ton succès est assuré, tout comme s'il choisit un autre des Mèdes importants ; ils seront les premiers à l'abandonner pour toi et à tenter de le renverser. Tout est prêt ici : donc, suis mon conseil, et suis-le sans tarder. »

(125). Instruit de ces projets, Cyrus se demanda

comment amener les Perses, le plus adroitement possible, à la révolte ; en y réfléchissant, il décida que le procédé le plus adroit était celui-ci, qu'il adopta : il écrivit dans une lettre tout ce qu'il voulut, réunit les Perses, ouvrit la lettre devant eux et déclara qu'Astyage le nommait gouverneur de la Perse. « Maintenant, leur dit-il, je vous commande, Perses, de vous réunir ici porteurs chacun d'une faux. » Tel fut son ordre. — La Perse comprend de nombreuses tribus ; Cyrus en réunit certaines et les persuada de se révolter : ce sont les Pasargades, les Maraphiens et les Maspiens ; le reste des Perses dépend de ces tribus. Les Pasargades sont les plus nobles ; le clan des Achéménides en fait partie, clan d'où sont venus les rois descendants de Persée[117]. Les autres Perses sont les Panthialéens, les Dérousiéens, les Germaniens, qui sont tous laboureurs ; les autres : Daens, Mardes, Dropiques et Sagartiens, sont nomades.

(126). Quand ils furent tous là, porteurs de l'outil demandé, Cyrus leur donna ses ordres. Il y avait en Perse un endroit entièrement couvert de chardons, de dix-huit ou vingt stades environ dans chaque dimension : il leur commanda de défricher ce terrain en une journée. Ce travail terminé, il leur commanda, en second lieu, de revenir le lendemain après s'être baignés. Cependant il fit réunir tous les troupeaux de son père, chèvres, moutons et bœufs, et fit tout égorger et préparer pour festoyer l'armée perse ; il y avait aussi du vin, et les mets les plus délicieux. Quand les Perses se présentèrent le lendemain, il les fit s'installer dans une prairie et banqueter. Au sortir du festin il leur demanda s'ils préféraient leurs occupations de la veille ou celles de ce jour. Ils s'écrièrent que la différence était grande : la veille, ils n'avaient eu que des peines, le jour present, que des agréments. Cyrus releva ces mots pour leur découvrir ses projets : « Perses, leur dit-il, voilà où vous en êtes : si vous consentez à me suivre, ces biens sont à vous avec des milliers d'autres, et vous ne connaîtrez plus les travaux serviles ; si vous n'y consentez pas, des peines sans nombre vous attendent, comme celles d'hier. Donc, écoutez-moi et soyez libres ! Les dieux m'ont fait naître, moi, pour me confier cette tâche ; je suis persuadé que vous n'êtes inférieurs aux Mèdes ni pour la guerre ni pour le reste. Ainsi donc, secouez le joug d'Astyage au plus vite. »

(127). Les Perses, qui avaient trouvé maintenant un chef, luttèrent avec joie pour leur liberté ; depuis longtemps d'ailleurs le joug des Mèdes leur pesait. Quand Astyage apprit les menées de Cyrus, il le manda par un messager ; Cyrus lui fit répondre qu'il le verrait près de lui plus tôt qu'il ne le voudrait. Astyage fit alors prendre les armes à tous les Mèdes et, en homme que les dieux aveuglaient, il mit Harpage à leur tête, oubliant le traitement qu'il lui avait infligé. Les Mèdes entrèrent en campagne contre les Perses et, dans la première rencontre, les uns, ceux qui n'étaient pas du complot, se battirent, d'autres passèrent à l'ennemi, et le plus grand nombre fit montre d'une lâcheté volontaire et prit la fuite.

(128). Après cette honteuse déroute de l'armée mède, Astyage, quand il l'apprit, s'emporta en menaces contre Cyrus : « Non ! s'écria-t-il, Cyrus n'aura quand même pas lieu de se réjouir ! » Il n'en dit pas plus et pour commencer, il fit empaler les Mages interprètes des songes qui lui avaient conseillé de laisser vivre Cyrus ; puis il fit prendre les armes à tous les Mèdes restés dans la ville, jeunes et vieux. Avec eux il livra bataille aux Perses ; il fut vaincu, fait prisonnier, et perdit tous les Mèdes qu'il avait emmenés[118].

(129). Debout devant Astyage prisonnier, Harpage l'accablait de sa joie et de ses insultes; entre autres propos cruels, il lui demanda, en réplique au repas où il lui avait servi la chair de son fils, s'il goûtait l'esclavage au sortir de la royauté. Le roi leva les yeux vers lui, et, à son tour, lui demanda si le succès de Cyrus était son ouvrage. Harpage s'en vanta : il avait lui-même écrit à Cyrus; en toute justice, c'était bien son ouvrage. Astyage alors lui déclara qu'il était l'homme le plus stupide et le plus injuste qui fût : le plus stupide, lui qui pouvait être roi, si la situation actuelle était bien son œuvre, et qui avait donné le pouvoir à un autre; le plus injuste, puisque, pour ce repas, il avait réduit tous les Mèdes en esclavage. S'il tenait absolument à remettre la couronne à un autre au lieu de la garder pour lui, ne devait-il pas la donner à un Mède, plutôt qu'à un Perse? Les Mèdes, qui n'étaient pas coupables, se trouvaient maintenant esclaves au lieu de maîtres, et les Perses jadis esclaves des Mèdes étaient désormais leurs maîtres.

(130). Astyage fut donc détrôné, après trente-cinq ans de règne; sa cruauté fut cause que les Mèdes passèrent sous le joug des Perses, après avoir eu la suprématie dans la Haute-Asie depuis l'Halys pendant cent vingt-huit ans, sauf au temps de la domination scythe[119]. Plus tard cependant ils regrettèrent ce qu'ils avaient fait et se soulevèrent contre Darius; mais leur soulèvement aboutit à une défaite et ils retombèrent sous le joug. À cette date, sous le règne d'Astyage, les Perses et Cyrus, à la suite de leur révolte contre les Mèdes, devinrent les maîtres de l'Asie. Pour Astyage, Cyrus ne lui fit aucun mal et le garda près de lui jusqu'à sa mort.

Voilà comment Cyrus naquit, grandit, et s'empara du pouvoir ; plus tard il soumit Crésus qui l'avait injustement attaqué, comme je l'ai dit plus haut [120], et cette victoire le rendit maître de l'Asie tout entière.

Coutumes des Perses.

(131). Les Perses ont, je le sais, les coutumes suivantes : ils n'élèvent aux dieux ni statues, ni temples, ni autels, et traitent d'insensés ceux qui leur en élèvent ; c'est, je pense, qu'ils n'ont jamais attribué de forme humaine à leurs dieux, comme le font les Grecs [121]. Ils ont coutume d'offrir des sacrifices à Zeus au sommet des montagnes les plus élevées — ils donnent le nom de Zeus à toute l'étendue de la voûte céleste. Ils sacrifient encore au Soleil, à la Lune, à la Terre, au Feu, à l'Eau et aux Vents : ce sont les seuls dieux auxquels ils aient de tout temps sacrifié ; mais ils ont appris des Assyriens et des Arabes à sacrifier aussi à l'Aphrodite Céleste : cette déesse se nomme chez les Assyriens Mylitta, chez les Arabes Alilat, chez les Perses Mitra [122].

(132). Voici comment les Perses sacrifient aux divinités indiquées ci-dessus. Ils n'élèvent pas d'autels et n'allument pas de feu pour leurs sacrifices ; ils n'emploient ni libations, ni flûte, ni bandelettes, ni grains d'orge. Qui veut sacrifier à l'un de ces dieux conduit la victime dans un lieu pur et invoque le dieu, après avoir posé sur sa tiare une couronne, faite de myrte en général. Il ne lui est pas permis, au cours du sacrifice, d'invoquer la protection divine pour lui seul : il prie pour la prospérité de tous les Perses et celle du roi, car il est lui-même compris dans leur nombre. Quand il a découpé la victime et fait cuire les chairs, il prépare un lit de l'herbe la plus tendre, du trèfle en général, sur lequel il dépose toutes les viandes : il les étale soigneusement, puis un Mage debout près de lui chante une théogonie (tel est, disent-ils, le sens de leur chant) ; sans Mage, ils n'ont pas le droit de faire de sacrifices [123]. L'on attend un moment ; ensuite l'homme qui a offert le sacrifice emporte les viandes et en dispose à son gré.

(133). Un jour entre tous est chez eux marqué par des solennités particulières : c'est pour chacun son jour de naissance. Ce jour-là, ils pensent devoir servir un repas plus abondant que de coutume ; les riches servent un bœuf, un cheval, un chameau, un âne, rôtis au four tout entiers, les pauvres ont du menu bétail. Ils servent peu de plats, mais de nombreux desserts qu'on présente successivement. Aussi disent-ils que les Grecs ont encore faim au sortir de table, parce qu'à la fin du repas on ne leur présente rien de bon ; si on leur servait de bonnes choses, ils ne s'arrêteraient pas de manger [124]. Ils ont aussi un grand penchant pour le vin. D'autre part ils ne doivent ni vomir ni uriner devant quelqu'un. Sur ces points, tels sont leurs usages. Ils ont aussi l'habitude de décider, quand ils sont ivres, des questions les plus importantes. Les décisions prises en cet état leur sont soumises le lendemain, quand ils ont retrouvé leur lucidité, par le maître de maison chez qui ils délibèrent. Si, à jeun, ils les adoptent encore, ils les appliquent ; sinon, ils les rejettent. Inversement, lorsqu'ils ont d'abord étudié une question à jeun, ils la reprennent quand ils sont ivres.

(134). Lorsque deux Perses se croisent en chemin, voici par quoi l'on peut reconnaître qu'ils sont de même rang : au lieu de prononcer des formules de politesse, ils s'embrassent sur la bouche ; si l'un d'eux est d'un rang quelque peu inférieur, ils s'embrassent sur les joues; si l'un d'eux est de naissance très inférieure, il se met à genoux et se prosterne devant l'autre. Parmi les autres peuples, ils estiment d'abord, après eux-mêmes toutefois, leurs voisins immédiats, puis les voisins de ceux-là, et ainsi de suite selon la distance qui les en sépare; les peuples situés le plus loin de chez eux sont à leurs yeux les moins estimables : comme ils se jugent le peuple le plus noble à tout point de vue, le mérite des autres varie pour eux selon la règle en question, et les nations les plus éloignées leur paraissent les plus viles. Sous les Mèdes, les différents peuples de l'empire étaient subordonnés les uns aux autres : les Mèdes, qui avaient la suprématie, commandaient directement à leurs plus proches voisins, qui commandaient aux leurs, qui à leur tour avaient l'autorité sur les peuples limitrophes, et le même principe détermine le plus ou moins d'estime que les Perses accordent aux autres nations; à mesure qu'ils étendaient leurs pouvoirs, ils déléguaient à leurs vassaux l'exercice de l'autorité[125].

(135). Les Perses sont le peuple le plus ouvert aux coutumes étrangères. En particulier, ils ont jugé le costume des Mèdes plus beau que le leur et l'ont adopté, ainsi que la cuirasse des Égyptiens pour la guerre[126]. Ils cultivent tous les genres de plaisirs dont ils entendent parler; c'est ainsi qu'ils ont appris des Grecs l'amour des garçons[127]. Ils ont chacun plusieurs épouses légitimes et achètent des concubines en plus grand nombre encore.

(136). Ils jugent du mérite d'un homme d'abord à sa valeur guerrière, puis au nombre de ses fils; l'homme qui peut en montrer le plus reçoit chaque année des présents du roi, car le nombre, pour eux, fait la force. Leurs enfants, de cinq ans jusqu'à vingt ans, apprennent trois choses seulement : monter à cheval, tirer de l'arc et dire la vérité. Avant cinq ans, un garçon ne paraît jamais devant son père et vit auprès des femmes — ceci pour éviter au père un chagrin, au cas où l'enfant mourrait en bas âge.

(137). Je loue cette coutume, et je loue cette autre encore, qui ne permet pas au roi lui-même de condamner quelqu'un à mort pour une faute unique, ni à aucun des Perses de frapper l'un de ses serviteurs d'une peine irrémédiable pour une faute unique. Si, après examen, on juge les méfaits plus nombreux et plus grands que les services rendus, alors on peut donner libre cours à sa colère. Personne, disent-ils, n'a jamais tué son père ou sa mère : quand pareil crime a été commis, l'enquête, affirment-ils, prouve inévitablement qu'il y avait eu substitution d'enfant ou adultère ; car il n'est pas vraisemblable, disent-ils, qu'un fils puisse faire périr le véritable auteur de ses jours.

(138). Il ne leur est même pas permis de parler de ce qu'ils ne doivent point faire. La faute la plus honteuse est pour eux le mensonge, et, en second lieu, les dettes, parce qu'entre autres raisons, disent-ils, l'homme qui a des dettes en arrive inévitablement au mensonge. Un citoyen frappé de la lèpre ou de la lèpre-blanche[128] ne doit pas pénétrer dans la ville ni se mêler aux autres Perses : son mal lui vient, disent-ils, d'une faute commise contre le soleil. Tout étranger atteint des mêmes maux est chassé du pays ; ils en chassent aussi les pigeons blancs pour la même raison. Ils n'urinent pas et ne crachent pas dans une rivière, ils ne s'y lavent pas les mains ; ils ne laissent personne le faire, et ils ont la plus grande vénération pour tous les cours d'eau.

(139). Voici encore un fait à noter chez eux, détail

qui leur a échappé, mais que nous avons relevé : les noms qui s'appliquent aux personnes et aux dignités se terminent tous par la même lettre, appelée *san* par les Doriens, *sigma* par les Ioniens. Cherchez, et vous verrez que les noms des Perses se terminent tous ainsi, tous sans exception[129].

(140). Voilà ce que je puis dire sur eux en toute certitude, parce que je le sais. Et voici maintenant, sans que je puisse rien affirmer, ce que l'on dit sur les rites funèbres, qui sont tenus secrets : le corps d'un Perse ne peut être enterré avant d'avoir été déchiré par les oiseaux ou par les chiens. Que les Mages aient, eux, cette coutume, je le sais de façon certaine, car ils le font ouvertement. Cependant, en général, les Perses enrobent de cire le cadavre avant de le confier à la terre[130]. Les Mages sont très différents du reste des hommes, et des prêtres égyptiens : ces derniers évitent de souiller leurs mains du meurtre d'un être vivant, à l'exception des bêtes qu'ils sacrifient, mais les Mages tuent de leurs mains n'importe quelle créature, sauf le chien et l'homme ; ils rivalisent même d'ardeur à tuer et massacrent indistinctement fourmis, serpents et tout ce qui marche ou vole[131]. Puisque c'est leur coutume, admettons donc qu'ils se conforment aux règles qui leur furent données ; je vais maintenant reprendre le cours de mon récit.

Cyrus contre l'Asie Mineure.

(141). Ioniens et Éoliens, sitôt la Lydie soumise aux Perses, députèrent auprès de Cyrus à Sardes pour lui offrir leur soumission, aux conditions que Crésus leur avait accordées autrefois. Cyrus les écouta, et répondit à leur offre par une fable : il leur dit qu'un flûtiste vit un jour des poissons dans la mer et crut, en leur jouant de la flûte, les attirer sur le rivage; désappointé, il prit un filet, et captura beaucoup de poissons qu'il tira de l'eau; quand il les vit frétiller sur le sol, il leur dit : « Assez dansé maintenant, puisque vous n'avez pas voulu sortir de l'eau tout à l'heure pour vous trémousser au son de ma flûte[132]. » — Si le roi répondit par cet apologue aux Ioniens et aux Éoliens, c'est qu'auparavant les Ioniens ne l'avaient pas écouté, quand ses envoyés les sollicitaient contre Crésus, et qu'ils étaient prêts à le faire, maintenant qu'il avait triomphé; la colère le faisait parler ainsi. Quand les cités ioniennes connurent sa réponse, elles s'entourèrent chacune de remparts et tinrent une conférence au Panionion[133], sauf Milet, car les Milésiens seuls avaient traité avec Cyrus aux mêmes conditions qu'avec le Lydien Crésus. Les autres Ioniens décidèrent à l'unanimité d'envoyer des ambassadeurs réclamer le secours de Sparte.

Les Ioniens et Doriens.

(142). Les Ioniens en question, auxquels appartient le Panionion, ont bâti leurs villes dans la contrée qui, à notre connaissance, jouit du plus beau ciel et du plus beau climat. Il n'est pas de pays qui vaille l'Ionie, au nord comme au sud, au levant comme au couchant, car les uns souffrent du froid et de l'humidité, les autres de la chaleur et de la sécheresse. La langue qu'ils parlent n'est pas partout la même, elle présente quatre formes dialectales distinctes. Milet est leur première ville du côté du midi, puis viennent Myonte et Priène; toutes les trois sont en Carie, on y parle le même dialecte. Voici les villes de Lydie : Éphèse, Colophon, Lébédos, Téos, Clazomènes, Phocée; celles-ci ont le même dialecte, qui ne ressemble pas du tout à celui des villes précédentes. Il y a encore trois villes ioniennes, deux situées dans les îles de Samos et de Chios, une, Érythres, sur le continent. Les habitants de Chios et d'Érythres parlent le même dialecte, les Samiens en ont un particulier. Voilà les quatre dialectes en question[134].

(143). Parmi les Ioniens, les Milésiens n'avaient pas lieu de craindre puisqu'ils avaient traité avec Cyrus, et les Insulaires non plus, car les Phéniciens n'étaient pas encore sujets de la Perse et les Perses eux-mêmes n'avaient pas de marine.

Les Ioniens de ces douze cités se séparèrent des autres pour cette unique raison : les peuples de race grecque étaient faibles alors, et le groupe ionien était le plus faible de tous et le moins considéré ; Athènes exceptée, ils n'avaient aucune cité de quelque importance. Aussi les Ioniens, et en particulier les Athéniens, refusaient-ils de porter ce nom d'« Ioniens », et aujourd'hui encore il me semble qu'ils en ont honte pour la plupart. Ces douze villes, au contraire, en étaient fières ; elles élevèrent pour elles seules un sanctuaire qu'elles appelèrent le Panionion et décidèrent d'en exclure les autres Ioniens ; d'ailleurs, seuls les Smyrniens demandèrent à y être admis.

(144). De la même manière les Doriens des Cinq Villes — la Pentapole d'aujourd'hui, qu'on appelait autrefois l'Hexapole, les Six Villes — ont grand soin d'exclure de leur sanctuaire du Triopion[135] tous les Doriens de leur voisinage, et ils l'interdisent aussi à ceux d'entre eux qui en ont transgressé les lois. En effet, dans les jeux célébrés en l'honneur de l'Apollon du Triopion, les prix offerts aux vainqueurs étaient autrefois des trépieds de bronze qui ne devaient pas quitter le temple et qu'il fallait consacrer sur place au dieu. Or, un habitant d'Halicarnasse, Agasiclès, vainqueur aux jeux, emporta son trépied au mépris de la loi pour le suspendre au mur de sa maison. C'est pourquoi les cinq autres villes doriennes, Lindos, Ialysos, Camiros, Cos et Cnide ont interdit l'accès du sanctuaire à la sixième, Halicarnasse[136]. Tel fut son châtiment.

(145). Si les Ioniens ont fondé douze cités et n'ont pas voulu se trouver plus nombreux dans leur confédération, c'est, je crois, pour la raison que voici : lorsqu'ils habitaient le Péloponnèse ils étaient déjà répartis en douze États, comme le sont aujourd'hui les Achéens qui les en ont chassés. Ce sont, à partir de Sicyone : Pellène d'abord, puis Aigira et Aiges où coule un fleuve qui n'est jamais à sec, le Crathis, qui a donné son nom au Crathis d'Italie ; Boura, Hélicé, où les Ioniens se réfugièrent après leur défaite devant les Achéens, Aigion, Rhypes, Patres, Phares, Olénos où coule un fleuve important, le Peiros, Dymé et Tritée, la seule ville qui soit à l'intérieur des terres[137].

(146). Voilà les douze cantons qui appartenaient autrefois aux Ioniens et sont maintenant aux Achéens. C'est la raison pour laquelle les Ioniens ont en Asie également fondé douze cités et pas davantage, car il est complètement stupide de prétendre qu'ils sont plus Ioniens que les autres, ou d'origine plus noble : ils comptent parmi eux un nombre important d'Abantes venus de l'Eubée qui n'ont rien de commun avec les Ioniens, pas même le nom, et tout un mélange de Minyens d'Orchomène, Cadméens, Dryopes, Phocidiens détachés de leur métropole, Molosses, Pélasges d'Arcadie, Doriens d'Épidaure, et bien d'autres peuples encore[138]. Les Ioniens partis du prytanée[139] d'Athènes, qui se croient les plus nobles de tous, n'avaient pas de femmes avec eux et prirent des Cariennes dont ils avaient tué les parents. En raison de ces meurtres les femmes s'obligèrent par serment, et leurs filles après elles, à ne jamais manger avec les hommes et à ne jamais appeler leurs maris par leurs noms, puisqu'ils avaient tué leurs pères, leurs maris et leurs enfants pour vivre ensuite avec elles, après ce qu'ils avaient fait[140].

(147). Voilà ce qui s'est passé à Milet. Ces Ioniens prirent pour rois, les uns des Lyciens descendants de Glaucos fils d'Hippolochos, d'autres des Caucones de Pylos, issus de Codros fils de Mélanthos, d'autres encore les prirent dans les deux familles à la fois[141]. Ils sont, plus que tous les autres Ioniens, attachés à ce nom : admettons donc qu'ils soient les vrais et purs Ioniens. Cependant, sont Ioniens tous ceux qui sont d'origine athénienne et célèbrent la fête des Apaturies[142] ; or ils la célèbrent tous, sauf les gens d'Éphèse et de Colophon, qui sont seuls à ne pas la célébrer, en raison, dit-on, d'un meurtre.

(148). Le Panionion est un endroit consacré sur le mont Mycale, orienté au nord et dédié par les Ioniens, d'un commun accord, à Poséidon d'Hélicé. Le Mycale est un promontoire qui s'allonge du côté du vent d'ouest en face de Samos, et sur lequel les Ioniens venaient de toutes leurs cités célébrer une fête qu'ils appelaient les Panionia. — C'est un fait commun à toutes les fêtes des Grecs, et non seulement à celles des Ioniens, d'avoir des noms tous terminés par la même lettre, comme les noms propres des Perses[143].

Les Éoliens.

(149). Voilà les villes ioniennes, et voici maintenant les villes éoliennes : Cymé, qu'on appelle aussi

Phriconis, Larisa, Néon-Teichos — *le Mur Neuf* —, Temnos, Cilla, Notion, Aigiroessa, Pitané, Aigées, Myrina, Grynéia; voilà les onze anciennes villes éoliennes [144]; une autre, Smyrne, leur a été enlevée par les Ioniens, car elles étaient d'abord douze, elles aussi, sur le continent. Les Éoliens se sont installés dans une région plus fertile que celle des Ioniens, mais le climat en est différent [145].

(150). Voici comment les Éoliens ont perdu Smyrne : des gens de Colophon vaincus dans une sédition et contraints de s'expatrier s'étaient réfugiés chez eux; les bannis attendirent le jour où les habitants de Smyrne célébraient, hors des remparts, une fête de Dionysos, fermèrent les portes et s'emparèrent de la ville. Comme tous les Éoliens vinrent au secours de Smyrne, un accord intervint, selon lequel les Ioniens rendraient les biens mobiliers des Smyrniens, et les Éoliens renonceraient à la ville; ce qui fut fait, et les Smyriens furent répartis entre les onze autres villes qui les mirent au nombre de leurs citoyens [146].

(151). Voilà les villes éoliennes du continent, en dehors de celles du mont Ida [147] qui forment un groupe distinct. Les cités des îles sont : les cinq qui se partagent Lesbos (une sixième, Arisba, fut asservie par les habitants de Méthymne, ville parente cependant) ; une autre dans l'île de Ténédos, une autre pour ce qu'on appelle les Cent Îles [148]. Les Lesbiens et les Ténédiens, comme les Ioniens des îles, n'avaient rien à craindre; les autres cités résolurent en commun de se ranger du côté des Ioniens.

Appel à Sparte.

(152). Dès qu'ils furent à Sparte, car on voulait aller vite, les députés des Ioniens et des Éoliens désignèrent l'envoyé des Phocéens, Pythermos, pour parler en leur nom à tous. Pythermos, drapé dans un manteau de pourpre[149] — pour que les Spartiates à cette nouvelle accourussent en foule à l'assemblée — se présenta devant eux et leur demanda leur aide, en un long discours. Les Lacédémoniens rejetèrent sa demande et refusèrent tout secours aux Ioniens. Les députés se retirèrent donc, mais les Lacédémoniens, après le refus qu'ils leur avaient opposé, firent néanmoins partir un navire à cinquante rames[150] avec des gens chargés, à mon avis, d'étudier la situation des Ioniens et de Cyrus. Arrivés à Phocée, ceux-ci envoyèrent à Sardes le plus considérable d'entre eux, qui se nommait Lacrinès, pour transmettre à Cyrus l'avertissement des Lacédémoniens, qui le prévenaient de ne dévaster aucune des villes grecques, car ils ne le toléreraient pas.

(153). Le héraut transmit son message et Cyrus demanda, dit-on, aux Grecs qui l'entouraient ce qu'étaient les Lacédémoniens et combien ils étaient pour lui tenir pareil langage. Renseigné sur ce point, il répondit au héraut de Sparte : « Je n'ai jamais encore redouté des gens qui ont au milieu de leur ville un endroit pour se réunir et se tromper mutuellement par des serments. Ces gens-là, si je conserve la santé, auront l'occasion de bavarder non plus sur les malheurs des Ioniens, mais sur les leurs. » — C'est toute la Grèce qu'il insultait par ces mots, parce que les Grecs ont fait des marchés pour y acheter et vendre ; les Perses, eux, n'ont jamais eu de marchés et n'ont pas de places de ce genre[151]. Ensuite, après avoir remis le gouvernement de Sardes à un Perse, Tabalos, et chargé un Lydien, Pactyès, de transporter en Perse l'or de Crésus et des autres Lydiens, Cyrus s'en revint à

Ecbatane, en compagnie de Crésus et, pour commencer, il se désintéressa des Ioniens : en effet Babylone s'opposait à lui, ainsi que les Bactriens, les Saces et les Égyptiens [152], et il projetait de marcher contre eux en personne et d'envoyer l'un de ses généraux contre les Ioniens.

Mazarès contre les Lydiens.

(154). Sitôt Cyrus loin de Sardes, Pactyès souleva les Lydiens contre Tabalos et contre le roi. Il descendit jusqu'à la mer et, grâce à l'or de Sardes dont il disposait, prit à sa solde des mercenaires et décida les gens du littoral à marcher avec lui. Puis il se dirigea sur Sardes et assiégea Tabalos bloqué sur l'acropole.

(155). La nouvelle en parvint à Cyrus en cours de route, et il dit à Crésus : « Crésus, quelle sera l'issue de cette affaire? Les Lydiens vont sans cesse, j'en ai peur, me susciter des ennuis, et s'en attirer. J'ai idée que le mieux serait peut-être de les faire tous vendre comme esclaves. Je suis pour l'instant, me semble-t-il, dans la situation d'un homme qui aurait tué le père, mais épargné ses enfants : tu étais plus qu'un père pour les Lydiens, et je t'enlève à eux, alors que je leur ai rendu leur ville; puis-je m'étonner ensuite qu'ils se soulèvent contre moi? » Cyrus exprimait franchement sa pensée, et Crésus, qui craignait pour Sardes une totale destruction, lui répondit : « Seigneur, tes paroles sont logiques, cependant ne cède pas entièrement à ta colère et n'anéantis pas une ville si ancienne, innocente des offenses présentes comme des offenses passées. Les fautes précédentes ont été les miennes, et la peine en est retombée sur ma tête; celles d'aujourd'hui sont celles de Pactyès, à qui tu as toi-même remis

Sardes : punis-le donc, mais pardonne aux Lydiens et, pour éviter toute révolte et toute inquiétude de ce côté, prends ces mesures-ci : fais-leur défendre de posséder des armes de guerre, ordonne-leur de porter des tuniques sous leurs manteaux, de chausser des bottines, prescris-leur d'apprendre à leurs fils à jouer de la cithare et des autres instruments à cordes, à faire du commerce. Tu les verras bientôt, seigneur, d'hommes devenus femmes, et tu n'auras plus à craindre de révolte. »

(156). Crésus lui suggéra ces mesures qu'il jugeait pour les Lydiens préférables à l'état d'esclaves ; car il savait qu'à moins de proposer à Cyrus un parti satisfaisant il ne l'amènerait pas à changer d'avis, et il craignait que plus tard, s'ils pouvaient échapper au danger présent, les Lydiens soulevés à nouveau contre les Perses ne fussent exterminés. Le conseil plut à Cyrus qui oublia sa colère et déclara l'accepter. Il appela Mazarès, un Mède, et lui enjoignit d'imposer aux Lydiens les mesures suggérées par Crésus, de faire en outre vendre comme esclaves tous ceux qui s'étaient joints aux Lydiens pour attaquer Sardes, et de lui amener à tout prix Pactyès vivant.

(157). Cyrus donna ces ordres en cours de route et continua de marcher vers le pays des Perses. Quand Pactyès sut proche l'armée envoyée contre lui, il eut peur et s'enfuit à Cymé. Le Mède Mazarès, avec ce que Cyrus lui avait confié de ses troupes, marcha contre Sardes et, comme Pactyès et ses partisans ne s'y trouvaient plus, commença par imposer aux Lydiens les volontés de Cyrus : par ses ordres, le genre de vie des Lydiens changea complètement. Ensuite, Mazarès envoya des messagers à Cymé pour exiger qu'on lui remît Pactyès. Les Cyméens décidèrent de consulter à ce sujet le dieu des Branchides. — Il y avait là un oracle fort ancien, consulté par tous les Ioniens et les Éoliens ; il est situé sur le territoire de Milet, au-dessus du port de Panormos.

(158). Donc les Cyméens envoyèrent demander aux Branchides ce qu'ils devaient faire de Pactyès pour plaire aux dieux. L'oracle leur répondit de livrer Pactyès aux Perses. Quand ils eurent reçu cette réponse, les Cyméens étaient tout prêts à livrer le fugitif ; mais, si la masse y consentait, Aristodicos fils d'Héracléidès, un citoyen fort considéré, qui n'ajoutait pas foi à cet oracle et soupçonnait les envoyés de mensonge, les empêcha de le faire avant qu'une autre mission dont il faisait lui-même partie ne fût allée consulter le dieu une seconde fois.

(159). La délégation se rendit chez les Branchides et Aristodicos, chargé de consulter le dieu, lui posa cette question : « Sire Apollon, nous avons chez nous un suppliant, le Lydien Pactyès, qui fuit la mort violente que lui réservent les Perses. Ceux-ci le réclament et ordonnent aux Cyméens de le leur livrer. Nous craignons la puissance des Perses, mais nous n'avons pu nous résoudre à livrer notre suppliant avant de connaître clairement ta volonté, et ce que nous devons faire. » À cette question, de nouveau, l'oracle fit la même réponse qui leur ordonnait de livrer Pactyès aux Perses. Sur ce, Aristodicos agit ainsi, à dessein : il se promena tout autour du temple en chassant les moineaux et les oiseaux de toute espèce qui nichaient là. Alors, dit-on, une voix sortit des profondeurs du sanctuaire et l'interpella : « Ô le plus impie des hommes, qu'oses-tu faire là ? Tu chasses de mon temple mes suppliants ? » Aristodicos répondit sans se troubler : « Sire Apollon, tu secours donc tes suppliants, quand tu ordonnes aux Cyméens de livrer le leur ? » Le dieu, dit-on, répliqua : « Oui, je vous l'ordonne, afin que votre impiété vous perde plus vite, et que vous ne veniez plus jamais demander à mon oracle s'il vous faut livrer un suppliant. »

(160). Quand ils eurent reçu cette réponse, les Cyméens ne voulurent ni périr pour avoir livré Pactyès, ni se voir assiégés en le gardant chez eux, et ils l'envoyèrent à Mytilène. Mais, sur un message de Mazarès, les Mytiléniens s'apprêtèrent à lui remettre Pactyès, moyennant une récompense que je ne puis préciser, car la chose n'eut pas lieu. Quand les Cyméens apprirent ces tractations, ils envoyèrent un navire à Lesbos pour emmener Pactyès à Chios. Là, il fut arraché du temple d'Athéna Poliouchos — *Gardienne de la Ville* — et livré aux Perses ; les gens de Chios le livrèrent en échange du territoire d'Atarnée (c'est une région de la Mysie, en face de Lesbos). Quand Pactyès fut entre leurs mains, les Perses le mirent sous bonne garde pour pouvoir le présenter à Cyrus. Mais pendant bien longtemps les gens de Chios n'osèrent pas, dans leurs sacrifices aux dieux, répandre sur la victime des grains d'orge en provenance d'Atarnée, ni faire des gâteaux sacrés avec le blé de cette région ; et ils excluaient de leurs cérémonies religieuses tous les produits de cette région.

(161). Donc, les gens de Chios livrèrent Pactyès ; ensuite, Mazarès marcha contre ceux qui avaient aidé Pactyès à assiéger Tabalos. Il fit vendre comme esclaves les habitants de Priène et fit ravager par son armée toute la plaine du Méandre, ainsi que Magnésie[153]. Peu de temps après, il mourut de maladie.

Harpage soumet l'Ionie.

(162). Après sa mort Harpage vint prendre le commandement de son armée; il était également de race mède; c'était l'homme à qui le roi des Mèdes, Astyage, avait offert un abominable festin, et c'était lui qui avait aidé Cyrus à s'emparer du pouvoir [154]. Quand, nommé général par Cyrus, il fut arrivé en Ionie, il employa des terrassements pour s'emparer des villes : il réduisait les habitants à s'enfermer dans leurs murs et, en amoncelant de la terre contre les remparts, emportait la place.

Phocée.

(163). En Ionie, il attaqua d'abord Phocée. — Les Phocéens furent les premiers des Grecs à faire de longs voyages en mer, et ils découvrirent l'Adriatique, la Tyrrhénie, l'Ibérie et Tartessos; ils ne se servaient pas de bateaux ronds, mais de navires à cinquante rames [155]. Arrivés à Tartessos, ils gagnèrent l'amitié du roi du pays, Arganthonios, qui régna quatre-vingts ans sur Tartessos et vécut cent vingt ans; ils la gagnèrent même si bien qu'il leur demanda d'abord de renoncer à l'Ionie pour s'installer chez lui, dans la région qu'ils voudraient; puis, comme il ne pouvait les décider et qu'ils lui avaient appris l'accroissement de la puissance du Mède, il leur donna l'argent nécessaire pour entourer leur ville de murs. Il leur donna d'ailleurs sans compter, car le périmètre de leurs remparts ne fait pas un petit nombre de stades, et le mur est tout entier fait de gros blocs bien ajustés.

(164). Donc, voilà comment les Phocéens construisirent leurs remparts. Harpage fit marcher son armée contre leur ville et l'assiégea, mais il fit savoir aux habitants qu'il s'estimerait satisfait s'ils consentaient à abattre un seul morceau de leurs remparts, et à consacrer à son roi un seul édifice. Les Phocéens, indignés à l'idée d'être esclaves, déclarèrent qu'ils voulaient un jour pour délibérer et lui rendraient ensuite leur réponse; pendant leurs délibérations, ils lui demandaient d'éloigner son armée de leurs murs. Harpage répondit qu'il n'ignorait pas leur dessein, mais les laissait néanmoins libres de délibérer. Pendant qu'il tenait ses troupes éloignées de leurs murs, les Phocéens mirent à la mer leurs navires à cinquante rames et embarquèrent leurs femmes, leurs enfants et tous leurs biens mobiliers, avec les statues des temples et les autres offrandes, sauf ce qui était bronze, marbre ou peinture; tout le reste fut chargé sur les navires, puis ils s'embarquèrent eux-mêmes et s'en allèrent à Chios, et les Perses prirent Phocée déserte.

(165). Les Phocéens voulurent acheter les îles qu'on appelle les Oinousses[156] aux gens de Chios qui refusèrent de les leur vendre : ils craignaient qu'ils n'en fissent un marché qui détournerait tout le trafic de leur ville. Les Phocéens s'en allèrent donc à Cyrnos où, vingt ans auparavant, sur l'ordre d'un oracle, ils avaient acquis une ville du nom d'Alalia[157] (car Arganthonios était déjà mort à cette date). En route pour Cyrnos, ils passèrent d'abord par Phocée où ils massacrèrent la garnison perse qu'Harpage avait installée dans la ville; après quoi, ils prononcèrent des imprécations terribles contre ceux qui abandonneraient l'expédition, et même ils jetèrent dans la mer une masse de fer incandescente et jurèrent de ne pas revenir à Phocée avant que ce fer ne fût remonté à la surface. Cependant, à leur départ pour Cyrnos, plus de la moitié des citoyens, saisis de douleur et de regrets à la pensée de quitter leur ville et le paysage familier de leur patrie, se parjurèrent et revinrent à Phocée. Les autres, fidèles à leur serment, quittèrent les îles Oinousses et prirent le large.

(166). Arrivés à Cyrnos, ils vécurent pendant cinq ans à côté des premiers colons et construisirent des sanctuaires. Or, ils attaquaient et pillaient tous leurs voisins; aussi les Tyrrhéniens et les Carthaginois [158] s'entendirent-ils pour marcher contre eux, avec chacun soixante vaisseaux. Les Phocéens armèrent également leurs navires, au nombre de soixante, et rencontrèrent leurs adversaires dans la mer qu'on appelle le détroit de Sardaigne. La bataille navale se termina pour les Phocéens par une victoire à la Cadméenne, car ils perdirent quarante de leurs navires et les autres furent mis hors de service, leurs éperons étant faussés [159]. Ils revinrent sur Alalia, embarquèrent les enfants et les femmes et tout ce qui put tenir de leurs biens sur les navires, puis quittèrent Cyrnos et firent voile vers Rhégion [160].

(167). Les équipages des vaisseaux détruits [furent répartis par le sort entre] les Carthaginois et les Tyrrhéniens, [et les Agylléens] [161], qui en avaient obtenu le plus grand nombre, emmenèrent leurs captifs et les lapidèrent. Mais par la suite tout être vivant qui chez eux passait près de l'endroit où gisaient les corps de leurs victimes devenait contrefait, estropié, paralysé, les bestiaux, les bêtes de somme et les hommes; alors les Agylléens envoyèrent consulter l'oracle de Delphes, afin de se délivrer de leur faute. La Pythie leur prescrivit des cérémonies qui ont lieu de nos jours encore : ils honorent leurs victimes par des sacrifices magnifiques et des jeux gymniques et équestres. Tel fut le sort de ces Phocéens; les autres se réfugièrent à Rhégion, qu'ils quittèrent pour acquérir dans l'Oinotrie la ville qui s'appelle maintenant Hyélé[162]; ils s'y établirent après avoir appris d'un habitant de Posidonia que la Pythie, en leur parlant de « Cyrnos » et de « fondation », entendait le héros en l'honneur de qui fonder un sanctuaire, et non l'île où s'établir[163]. Voilà donc l'histoire de la ville de Phocée en Ionie.

Téos.

(168). L'histoire des gens de Téos est à peu près la même. Quand Harpage par ses terrassements se rendit maître de leurs remparts, ils montèrent tous sur leurs navires et partirent pour la Thrace où ils s'établirent dans la ville d'Abdère, fondée auparavant par Timésios de Clazomènes qui, chassé par les Thraces, n'avait pu en jouir; les Téiens d'Abdère lui rendent de nos jours un culte héroïque[164].

(169). Ces peuples sont les seuls Ioniens qui aient abandonné leur pays pour fuir la servitude. Les autres, sauf Milet, résolurent de résister comme eux à Harpage et se montrèrent gens de cœur luttant pour leurs patries respectives; mais, vaincus et tombés aux mains des Perses, ils restèrent dans leur pays et se soumirent aux ordres de leurs vainqueurs. Les Milésiens, comme je l'ai dit plus haut[165], avaient échangé des serments avec Cyrus et restèrent en paix. C'est ainsi que l'Ionie fut soumise une seconde fois[166]. Quand Harpage eut réduit les Ioniens du continent, ceux des îles eurent peur et se soumirent spontanément à Cyrus.

(170). Dans leurs malheurs, les Ioniens ne cessaient cependant pas de se réunir au Panionion; et l'on me dit que Bias de Priène[167] leur donna un conseil excellent qui, s'ils l'avaient suivi, aurait fait d'eux les plus heureux des Grecs. Bias leur proposa de former une expédition commune et de partir pour la Sardaigne où ils fonderaient une ville unique pour tous les Ioniens : délivrés de l'esclavage, ils vivraient heureux dans la plus grande de toutes les îles [168], et commanderaient à d'autres ; s'ils restaient en Asie, leur dit-il, il ne les voyait plus jamais libres. Voilà ce que leur proposa Bias de Priène après leur défaite ; avant elle, un avis également excellent leur était venu de Thalès de Milet [169], qui était d'origine phénicienne : il les invitait à se donner un Conseil unique qui siégerait à Téos (c'est le centre de l'Ionie) ; les autres villes, tout en gardant leur existence propre, seraient considérées comme les différents cantons d'un seul et même État. Bias et Thalès leur avaient donc donné ces conseils.

Cariens, Cauniens et Lyciens.

(171). Quand il eut soumis l'Ionie, Harpage partit en expédition contre les Cariens, les Cauniens et les Lyciens [170], et il prit avec lui des Ioniens et des Éoliens. — Les Cariens ont passé des îles sur le continent ; autrefois sujets de Minos sous le nom de Lélèges [171], ils habitaient les îles et ils ne payaient aucun tribut, selon les traditions les plus anciennes que j'ai pu recueillir, mais fournissaient aux navires de Minos tous les équipages dont il avait besoin ; comme Minos avait conquis de vastes territoires et triomphait dans toutes ses guerres, les Cariens étaient à cette époque le peuple de beaucoup le plus renommé. On leur doit trois inventions que les Grecs ont adoptées : ils ont enseigné à mettre des crinières au sommet des casques, des insignes sur les boucliers, et, les premiers, ils ont muni les boucliers de courroies où passer le bras : jusque-là, ils n'en avaient pas et ceux qui avaient à porter un bouclier le manœuvraient à l'aide d'un baudrier de cuir passé autour du cou et de l'épaule gauche. Longtemps après, les Doriens et les Ioniens chassèrent des îles les Cariens qui passèrent alors sur le continent — c'est du moins ce que disent les Crétois, mais les Cariens eux-mêmes ne sont pas du même avis : ils pensent être des continentaux et des autochtones et avoir toujours porté leur nom actuel. Ils montrent d'ailleurs à Mylasa[172] un antique sanctuaire de Zeus Carien, où Mysiens et Lydiens sont admis au titre de peuples parents des Cariens : Lydos et Mysos étaient, disent-ils, les frères de Car[173]. Ces deux peuples sont admis dans le sanctuaire, mais en sont exclus tous les peuples qui, bien qu'ils parlent la langue des Cariens, appartiennent à une autre race.

(172). Les Cauniens sont, à mon avis, des autochtones; cependant ils se disent venus de Crète. Ils ont adopté le langage des Cariens — à moins que les Cariens n'aient adopté le leur, je n'ai pu en décider avec certitude; mais leurs coutumes sont très éloignées de celles des Cariens et des autres peuples aussi. Il est très honorable chez eux de se réunir, selon l'âge et l'amitié, pour boire de compagnie, hommes, femmes et enfants[174]. Ils avaient élevé des temples à des divinités étrangères, mais ils se ravisèrent par la suite et résolurent de n'adorer que leurs dieux traditionnels : tous les hommes adultes prirent leurs armes et marchèrent jusqu'aux frontières de Calynda en donnant des coups de lance en l'air : ils chassaient, disaient-ils, les dieux étrangers[175].

(173). Les Cauniens ont ces coutumes; les Lyciens, eux, sont originaires de la Crète qui était autrefois peuplée tout entière de Barbares. En Crète, jadis, les fils d'Europe, Sarpédon et Minos, se disputèrent la royauté; comme la faction de Minos l'emporta, Sarpédon fut chassé, avec ses partisans ; les exilés s'en allèrent en Asie dans la Milyade — c'est la région qu'habitent aujourd'hui les Lyciens, et ses habitants s'appelaient alors les Solymes. Sous le règne de Sarpédon, les Lyciens gardèrent le nom qu'ils portaient à leur arrivée, et maintenant encore leurs voisins leur donnent leur ancien nom de *Termiles.* Lorsque Lycos fils de Pandion fut lui aussi chassé d'Athènes par son frère Égée[176], il se rendit chez les Termiles auprès de Sarpédon ; et du nom de Lycos vint par la suite le nom de Lyciens. Ils ont des coutumes empruntées soit aux Crétois, soit aux Cariens ; mais il en est une qui leur est propre et ne se retrouve pas ailleurs : ils portent le nom de leur mère, et non celui de leur père ; quand un Lycien demande à son voisin qui il est, l'autre indique le nom de sa mère et remonte à ses aïeules du côté maternel. Si une femme libre s'unit à un esclave, ses enfants sont de naissance libre aux yeux de la loi ; mais qu'un citoyen, fût-il le premier de tous, prenne une femme étrangère ou une concubine, ses enfants ne jouissent pas des droits de citoyen du pays[177].

(174). Les Cariens ne firent pas de résistance honorable avant d'être asservis par Harpage, et les Grecs installés dans ce pays n'en offrirent pas plus qu'eux. Ce sont entre autres des colons de Lacédémone, les Cnidiens. Leur territoire, qui est le Triopion, s'avance dans la mer en prolongement de la Chersonèse de Bybassos et se trouve presque entièrement entouré d'eau par le golfe Céramique au nord, la mer de Symé et de Rhodes au sud, sauf un isthme, très étroit — puisque sa largeur est d'environ cinq stades[178] —, qu'à l'époque où Harpage soumettait l'Ionie les Cnidiens voulurent percer pour faire de leur pays une île.

Leurs possessions s'arrêtaient justement au canal qu'ils voulaient creuser, puisque l'isthme marque la frontière entre le territoire de Cnide et le continent. Ils mirent à cet ouvrage un très grand nombre de bras; mais la fréquence des accidents, dus aux éclats de roc qui atteignaient les ouvriers en différents points du corps et surtout aux yeux, parut anormale et d'origine divine sans doute : on envoya donc à Delphes pour savoir ce qui faisait obstacle à leur projet. La Pythie, — ce sont les Cnidiens qui le disent —, leur fit cette réponse en mètre iambique :

> Ne fortifiez point l'isthme et ne le percez point;
> Zeus en eût fait une île, s'il l'eût voulu.

Après cet oracle, les Cnidiens arrêtèrent leurs travaux et, quand Harpage et ses troupes arrivèrent, ils se soumirent à lui sans combattre [179].

(175). Les Pédasiens habitaient l'arrière-pays d'Halicarnasse; lorsqu'un malheur les menaçait, eux et leurs voisins, la prêtresse d'Athéna voyait une longue barbe lui pousser au menton : la chose s'est produite trois fois chez eux. Ils furent les seuls en Carie à résister quelque temps à Harpage et lui donnèrent fort à faire en se retranchant sur une montagne du nom de Lidé.

(176). Les Pédasiens furent enfin réduits. Les Lyciens marchèrent contre Harpage dès qu'il eut conduit ses troupes dans la plaine du Xanthos et, malgré leur infériorité numérique, firent des prodiges de valeur; mais, vaincus et enfermés dans leur ville, ils réunirent dans la citadelle femmes, enfants, trésors et esclaves, et allumèrent l'incendie qui réduisit le tout en cendres. Ensuite, ils se lièrent par des serments terribles et, dans une dernière sortie, tous les hommes de Xanthos tombèrent en combattant. Les Lyciens qui se disent aujourd'hui Xanthiens sont, à l'exception de quatre-vingts familles, des étrangers ; les quatre-vingts familles en question étaient alors loin de leur patrie, et elles durent leur salut à ce hasard[180]. C'est ainsi qu'Harpage prit Xanthos ; il prit Caunos presque de la même manière, car les Cauniens suivirent en tout ou presque l'exemple des Lyciens.

(177). Donc, Harpage ravagea l'Asie Mineure, et Cyrus se chargea lui-même de la Haute-Asie, dont il soumit tous les peuples sans exception. Nous en négligerons le plus grand nombre, mais il y en eut qui lui donnèrent fort à faire et sont particulièrement dignes de mémoire : j'en ferai donc mention.

Cyrus contre l'Assyrie.

(178). Maître de tout le continent, Cyrus attaqua les Assyriens. L'Assyrie a sans doute beaucoup de places importantes, mais la plus célèbre et la plus puissante, celle qui, après la destruction de Ninive[181], devint le siège de la royauté, c'était Babylone.

Babylone.

Voici la description de cette ville[182]. Elle se trouve dans une vaste plaine et forme un carré de cent vingt stades de côté, ce qui fait une enceinte de quatre cent quatre-vingts stades au total[183]. Telle est l'étendue de la cité de Babylone ; pour l'ordonnance, aucune des villes que nous connaissons ne pouvait lui être comparée. Elle est entourée, d'abord, d'un fossé profond, large et plein d'eau, puis d'un mur large de cinquante coudées royales et haut de deux cents. (La coudée royale est plus longue que la coudée ordinaire de trois doigts[184].)

(179). Il me faut encore dire ce qu'on fit de la terre retirée du fossé, et comment on a bâti le mur : à mesure que l'on creusait le fossé, la terre qui en provenait servait à faire des briques ; quand on eut assez de briques, on les fit cuire dans des fours. Ensuite, avec du bitume chaud pour ciment et, toutes les trente couches de briques, un lit de roseaux intercalé, on fit d'abord le revêtement du fossé, puis le mur, de la même façon. Au sommet du mur et sur ses deux bords, on éleva des constructions d'un seul étage, placées face à face, en laissant entre elles assez d'espace pour qu'un quadrige y pût circuler. Cette enceinte a cent portes qui sont en bronze, les montants et les linteaux aussi[185]. Il est une autre ville à huit jours de marche de Babylone : elle s'appelle Is ; on y trouve une rivière de médiocre importance, qui s'appelle également Is et qui se jette dans l'Euphrate. En jaillissant du sol cette rivière entraîne avec ses eaux des grains de bitume en abondance ; de là provient le bitume qui a servi pour les murs de Babylone[186].

(180). Tels étaient les remparts de Babylone. La ville elle-même comprend deux quartiers ; un fleuve la coupe en deux, l'Euphrate, un grand fleuve profond et rapide qui vient d'Arménie et se jette dans la mer Érythrée[187]. Sur les deux rives, le mur se prolonge par un coude jusqu'à l'eau ; à partir de là, un mur de retour en briques cuites borde chaque berge. La cité elle-même est une agglomération de bâtiments à trois ou quatre étages, coupée de rues qui, parallèles au fleuve ou transversales, sont toutes rectilignes[188]. Les rues menant au fleuve aboutissaient à autant de poternes ouvertes dans le mur ; ces poternes étaient en bronze, elles aussi, et donnaient directement sur le fleuve.

(181). Cette muraille est vraiment la cuirasse de la ville, mais il existe un second mur intérieur, presque aussi solide que le premier s'il est plus étroit[189]. Les deux quartiers de la ville avaient en leur centre chacun une enceinte fortifiée : dans l'un, le palais royal entouré d'un mur haut et solide, dans l'autre un sanctuaire de Zeus Bélos aux portes de bronze, qui existait encore de mon temps : c'est un carré de deux stades de côté ; au milieu se dresse une tour massive, longue et large d'un stade, surmontée d'une autre tour qui en supporte une troisième, et ainsi de suite, jusqu'à huit tours. Une rampe extérieure monte en spirale jusqu'à la dernière tour ; à mi-hauteur environ il y a un palier et des sièges, pour qu'on puisse s'asseoir et se reposer au cours de l'ascension. La dernière tour contient une grande chapelle, et dans la chapelle on voit un lit richement dressé, et près de lui une table d'or. Mais il n'y a point de statue, et nul mortel n'y passe la nuit, sauf une seule personne, une femme du pays, celle que le dieu a choisie entre toutes, disent les Chaldéens qui sont les prêtres de cette divinité[190].

(182). Ils disent encore (mais je n'en crois rien) que le dieu vient en personne dans son temple et se repose sur ce lit comme cela se passe à Thèbes en Égypte, à en croire les Égyptiens — car là aussi une femme dort dans le temple de Zeus Thébain — ; ces deux femmes n'ont, dit-on, de rapports avec aucun homme. La même chose se passe encore à Patares en Lycie pour la prophétesse du dieu (quand il y a lieu, car l'oracle ne fonctionne pas toujours) : elle passe alors ses nuits enfermée dans le temple[191].

(183). Le sanctuaire de Babylone contient une

autre chapelle, en bas, où l'on voit une grande statue en or de Zeus représenté assis ; une grande table d'or est placée à côté ; le piédestal et le trône du dieu sont d'or également ; l'ensemble, disent les Chaldéens, pèse huit cents talents[192]. Hors de la chapelle, il y a un autel en or, ainsi qu'un autre autel plus grand sur lequel on immole des animaux adultes ; car, sur l'autel d'or, on ne doit sacrifier que des bêtes qui ne sont pas encore sevrées. Sur le plus grand des deux autels, les Chaldéens brûlent aussi mille talents d'encens, chaque année, à la fête du dieu[193]. À l'époque dont je parle, on voyait encore dans ce sanctuaire une statue d'or massif, haute de douze coudées ; je ne l'ai pas vue, mais je rapporte ce que disent les Chaldéens. Darius fils d'Hystaspe avait fait le projet de s'en emparer, mais ne l'osa pas ; son fils Xerxès la prit et tua le prêtre qui lui interdisait d'y toucher[194]. Tels sont les trésors contenus dans le sanctuaire, qui renferme également beaucoup d'offrandes dues à des particuliers.

(184). Cette ville de Babylone a eu des rois nombreux (je les mentionnerai dans mon *Traité de l'Assyrie*[195]) qui ont embelli ses remparts et ses temples, et, en particulier, deux reines : la première régna cinq générations avant la seconde et s'appelait Sémiramis[196] ; c'est elle qui fit élever dans la plaine des digues qui sont des ouvrages remarquables ; auparavant le fleuve inondait régulièrement toute la plaine.

Nitocris.

(185). La seconde, qui s'appelait Nitocris[197], montra plus de génie que la première ; elle laissa les monuments que je vais dire et organisa de son mieux la protection de son royaume contre les Mèdes qu'elle voyait puissants, belliqueux et maîtres, entre autres villes, de Ninive. Tout d'abord, elle fit modifier le cours de l'Euphrate : ce fleuve qui traverse Babylone et qui, auparavant, coulait tout droit fut, par des canaux creusés en amont de la ville, rendu sinueux au point qu'il traverse à trois reprises l'un des bourgs de l'Assyrie ; ce bourg où passe l'Euphrate s'appelle Ardéricca ; maintenant, pour aller de notre mer à Babylone en descendant l'Euphrate, on passe trois fois en trois jours par ce village[198]. Après ce travail, elle fit élever de chaque côté du fleuve une digue vraiment remarquable par sa largeur et sa hauteur. Puis elle fit creuser, très en amont de Babylone, un lac artificiel, à peu de distance du fleuve ; elle lui fit donner une profondeur suffisante pour atteindre la nappe d'eau, et quatre cent vingt stades de pourtour ; la terre qu'on en retira servit à renforcer les berges du fleuve. Le lac achevé, elle fit apporter des pierres pour l'entourer d'une chaussée continue. Par ces deux travaux, les méandres artificiels de l'Euphrate et le lac recueillant les eaux d'une région marécageuse, elle voulait à la fois briser le courant du fleuve et le ralentir, et rendre plus longue la descente par eau sur Babylone, grâce aux multiples détours du fleuve et à l'obligation en fin de voyage de contourner ce vaste réservoir. Elle fit procéder à ces travaux dans la région où se trouvaient les voies d'accès à son empire et qui offrait aux Mèdes la route la plus directe pour Babylone, afin d'empêcher ceux-ci d'entrer facilement en rapports avec ses sujets et de savoir ce qui se passait dans son royaume.

(186). Tels sont les ouvrages défensifs qu'elle fit creuser, et dont elle tira d'ailleurs cet autre avantage : Babylone est divisée en deux quartiers séparés par le fleuve et, du temps de ses prédécesseurs, pour passer d'un quartier à l'autre il fallait prendre un bateau, chose à mon avis fort incommode. C'est elle encore qui y remédia. Pendant que l'on creusait le lac artificiel, elle profita de ce travail pour élever un autre des monuments de son règne : elle fit tailler d'énormes blocs de pierre; ceux-ci prêts et l'emplacement du futur lac creusé, elle fit détourner les eaux du fleuve dans ce bassin; pendant qu'il se remplissait, le lit ancien du fleuve se trouva mis à sec : elle en fit alors revêtir les berges, sur tout son parcours à travers la ville, d'un mur de briques cuites, comme pour les remparts, et l'on fit de même pour les chemins qui des poternes descendaient jusqu'au fleuve. Puis, à peu près au milieu de la ville, elle fit bâtir un pont avec les pierres extraites des carrières, liées par des crampons de fer et de plomb [199]. Tous les matins on posait sur les piles du pont des poutres équarries qui permettaient aux Babyloniens de passer le fleuve, mais la nuit on les enlevait, pour empêcher des rôdeurs nocturnes d'aller commettre des vols sur l'autre rive. Enfin, quand les eaux du fleuve eurent rempli le réservoir artificiel, les travaux du pont achevés, elle fit revenir l'Euphrate dans son ancien lit. Ainsi l'aménagement du bassin parut œuvre utile et les citadins eurent un pont à leur disposition.

(187). La même reine encore tendit à ses successeurs un piège, que voici : au sommet de la porte la plus fréquentée de la ville elle fit bâtir son tombeau, suspendu en l'air au-dessus des passants, et elle y fit graver cette inscription : « Si l'un des rois qui me succéderont à Babylone vient à manquer d'argent, qu'il ouvre mon tombeau et qu'il en prenne autant qu'il en voudra. Mais qu'il n'y touche pas s'il n'en a pas besoin : il n'y aurait point avantage. » Le tombeau fut respecté jusqu'au jour où Darius monta sur le trône. Ce roi jugea inadmissible de ne pouvoir passer par cette porte et, quand il y avait là de l'argent et une inscription qui l'invitait à le prendre, de ne pas s'en emparer (il ne franchissait jamais cette porte, pour ne pas avoir à passer sous un cadavre). Il fit donc ouvrir le tombeau et n'y trouva point d'argent, mais seulement le cadavre et cette inscription : « Si tu n'étais pas un homme insatiable et cupide, tu n'ouvrirais pas les demeures des morts[200]. » Voilà, dit-on, ce que fut cette reine.

Prise de Babylone.

(188). Cyrus fit la guerre au fils de cette femme, qui portait le nom de son père Labynétos[201] et régnait sur l'Assyrie. — Le Grand Roi ne part en guerre que bien muni de vivres et de troupeaux qu'il tire de son pays ; il emporte en particulier de l'eau du Choaspès, le fleuve qui passe près de Suse : il n'en boit jamais d'autre[202]. On fait bouillir cette eau, on en remplit des vases d'argent chargés sur de nombreux chariots à quatre roues tirés par des mulets, qui suivent le roi partout où il va.

(189). En marchant sur Babylone Cyrus atteignit le fleuve Gyndès qui prend sa source dans les monts des Matiènes, traverse le pays des Dardanes et se jette dans un autre fleuve, le Tigre ; celui-là passe près de la ville d'Opis[203] et se jette dans la mer Érythrée. Cyrus essayait de passer ce fleuve, qu'on ne peut franchir là qu'en bateau, lorsque l'un des chevaux blancs sacrés s'emporta, se jeta dans le fleuve et tenta de le traverser à la nage ; mais il disparut dans les eaux et le courant l'emporta. Cyrus, furieux de cet outrage du fleuve, jura de le rendre si faible qu'à l'avenir les femmes elles-mêmes le franchiraient aisément sans se mouiller les genoux. Pour exécuter sa menace il suspendit sa marche sur Babylone et divisa son armée en deux groupes ; puis, après avoir fait tracer sur chaque rive du Gyndès cent quatre-vingts tranchées[204] qui s'en écartaient en rayons, il répartit ses soldats le long de ces lignes et leur fit creuser le sol. Avec un si grand nombre d'ouvriers, il vint à bout de son entreprise, mais l'été tout entier dut être consacré à ce travail.

(190). Lorsqu'il eut, pour le punir, divisé le Gyndès en trois cent soixante canaux et que, pour la seconde fois, les beaux jours s'annoncèrent, il reprit sa marche sur Babylone. Les Babyloniens prirent les armes et l'attendirent devant leur ville. Quand il fut proche, ils engagèrent le combat, et, vaincus, s'enfermèrent dans leurs murs. Ils savaient depuis longtemps que Cyrus n'était pas d'humeur pacifique et le voyaient s'attaquer indifféremment à tous les peuples ; aussi avaient-ils amassé des vivres pour bien des années. Donc le siège ne les inquiétait guère, tandis que Cyrus voyait croître ses difficultés, à mesure que le temps passait sans aucunement avancer ses affaires.

(191). Enfin, qu'un autre eût proposé ce stratagème à son embarras ou qu'il eût trouvé lui-même le moyen d'en finir, voici ce qu'il fit : il disposa tous ses soldats à l'endroit où le fleuve entre dans la ville et à l'endroit où il la quitte, et leur enjoignit de pénétrer dans Babylone par le lit du fleuve, dès qu'ils le verraient guéable. Les soldats mis à leurs postes et les ordres donnés, il partit lui-même avec tous les non-combattants de son armée. Arrivé au lac artificiel, il fit à son tour ce qu'avait fait la reine de Babylone : par un canal, il détourna l'Euphrate dans le lac, qui n'était plus alors qu'un marécage, et rendit guéable le cours ancien du fleuve, abandonné par les eaux. Ceci fait, les Perses postés au bord du fleuve pour mettre à profit ce moment virent les eaux baisser au point qu'on en avait tout au plus à mi-cuisse, et ils pénétrèrent dans Babylone par ce chemin. Or, si les Babyloniens avaient su à l'avance ou compris le stratagème de Cyrus, ils auraient laissé les Perses entrer dans leur ville et les auraient anéantis : en fermant toutes les poternes qui ouvraient sur le fleuve et en montant eux-mêmes sur les murs qui suivaient les berges, ils les auraient pris dans une nasse. Mais ils se laissèrent surprendre par l'ennemi ; et la ville est si grande que, selon les gens du pays, les Perses étaient déjà maîtres de la périphérie que les gens du centre ne se rendaient nullement compte de leur situation : c'était jour de fête et ils dansaient et se divertissaient, jusqu'au moment où ils n'apprirent que trop clairement la vérité. C'est ainsi que Babylone fut prise pour la première fois[205].

Pays et mœurs des Babyloniens.

(192). Pour montrer l'immense richesse de Babylone, entre bien d'autres preuves je donnerai celle-ci : le Grand Roi a divisé l'étendue de son royaume en districts pour en recevoir, outre l'impôt, les approvisionnements nécessaires à sa maison et à son armée. Or, sur les douze mois de l'année, la région de Babylone le nourrit pendant quatre mois, et tout le reste de l'Asie pendant les huit autres mois : donc l'Assyrie égale en richesses le tiers de l'Asie. Le gouvernement de cette province — les Perses disent *satrapie*[206] — est de beaucoup le plus important : Tritantaichmès fils d'Artabaze, à qui le Grand Roi l'avait donné, en tirait chaque jour une artabe pleine d'argent (l'artabe est une mesure perse qui contient trois chénices de plus que le médimne attique[207]). Il avait également, outre les chevaux de guerre, un haras de huit cents étalons et seize mille juments, c'est-à-dire un mâle pour vingt femelles. De plus, on y élevait un si grand nombre de chiens indiens[208] que quatre grands bourgs de la plaine avaient pour seule charge l'entretien de ces bêtes. Tels étaient les avantages dont jouissait le gouverneur de Babylone.

(193). Les pluies sont rares en Assyrie, et leur eau nourrit tout juste les racines du blé ; il faut irriguer les champs avec l'eau du fleuve pour que les céréales croissent et donnent une récolte, et si, en Égypte, le Nil se répand de lui-même dans les campagnes, il n'en est pas de même ici où l'arrosage se fait à la main ou à l'aide de machines[209]. La Babylonie est tout entière, comme l'Égypte, sillonnée de canaux ; le plus grand est navigable, orienté en direction du soleil de l'hiver[210] et joint l'Euphrate au Tigre, le fleuve sur lequel Ninive était située. C'est le plus riche de tous les pays que nous connaissions, pour les dons de Déméter du moins ; car l'on n'essaie même pas d'y faire pousser des arbres, figuiers, vignes ou oliviers. Mais les céréales trouvent là un sol si favorable qu'il rend deux cents fois plus qu'on ne lui a confié, et même, lorsque la récolte est exceptionnellement bonne, trois cents fois plus. Les feuilles de froment et d'orge y ont souvent quatre doigts de large ; le millet et le sésame y deviennent de véritables arbustes dont je connais la hauteur, mais je ne la mentionnerai pas, car les gens qui n'ont jamais visité ce pays sont déjà sceptiques, je le sais bien, devant ce que j'ai dit des moissons de là-bas[211]. Les Assyriens ne connaissent pas l'huile d'olive et tirent leur huile du sésame. Les palmiers poussent partout dans la plaine et portent pour la plupart des fruits qui fournissent un aliment, du vin et du miel. Ils les soignent comme les figuiers et, en particulier, ils attachent les fruits du palmier que les Grecs appellent palmier-mâle aux palmiers qui produisent des dattes, pour que le gallinsecte pénètre dans la datte et la fasse mûrir et que le fruit du palmier ne tombe pas (ces insectes se trouvent dans le fruit du palmier-mâle, comme dans les figues sauvages[212]).

(194). Je vais maintenant décrire ce qui est à mes yeux la plus grande curiosité de ce pays après la ville elle-même. Ils ont des embarcations qui descendent le fleuve jusqu'à Babylone et qui sont rondes et tout entières en cuir[213]. On les fabrique en Arménie, en amont de l'Assyrie, à l'aide de branches de saule pour la carcasse, qui est ensuite revêtue de peaux fixées à l'extérieur en guise de plancher ; on ne leur fait ni poupe ni proue effilée ; ils sont tout ronds comme un bouclier ; puis on en garnit le fond de paille et on les confie au courant, chargés de marchandises, principalement du vin dans des barils en bois de palmier. Pour que l'embarcation aille droit, il faut deux pagaies maniées par deux hommes debout : l'un ramène à lui sa pagaie, l'autre écarte la sienne. Ces bateaux se font plus ou moins grands ; les plus grands peuvent porter une cargaison de cinq mille talents[214]. Dans chacun on embarque un âne vivant, et plusieurs dans les plus grands. Arrivés à Babylone, et débarrassés de leurs marchandises, ils vendent à la criée la coque et la paille, chargent les peaux sur leurs ânes et regagnent avec eux l'Arménie ; en effet, il est absolument impossible de remonter le fleuve qui est trop rapide, et c'est aussi pourquoi leurs bateaux sont faits de cuir et non de bois. Quand ils ont ramené leurs ânes en Arménie, ils se fabriquent de nouvelles barques de la même manière. Voilà comment sont leurs embarcations.

(195). Voici maintenant leur costume : une tunique de lin, qui tombe jusqu'aux pieds, une autre en laine par-dessus, et un léger manteau de laine blanche, avec des chaussures particulières au pays, assez semblables aux brodequins des Béotiens[215]. Ils ont les cheveux longs, portent des turbans et se parfument tout le corps. Chacun d'eux a un cachet et une canne de bois travaillé à la main ; chaque canne porte au sommet quelque emblème sculpté, pomme, rose, lys, aigle, etc., car leur coutume est de ne pas avoir de canne qui ne soit ornée de quelque insigne. Voilà leur ajustement.

(196). Voici les lois en usage chez eux. La plus sage est à mes yeux la suivante, en vigueur également, me dit-on, chez les Énètes d'Illyrie[216] : dans chaque bourgade, une fois par an, on procédait à la cérémonie que voici : toutes les filles arrivées à l'âge du mariage étaient réunies et conduites ensemble en un même lieu, et les hommes s'assemblaient autour d'elles. Un crieur public les faisait lever l'une après l'autre et les mettait en vente, en commençant par la plus belle ; celle-ci vendue pour une forte somme, il mettait aux enchères la seconde en beauté. Toutes étaient vendues pour être épousées. Les Babyloniens d'âge à se marier qui étaient riches se disputaient aux enchères les plus belles ; les gens du peuple en âge de se marier qui, eux, ne tenaient pas à la beauté, recevaient au contraire une somme d'argent en prenant les filles les plus laides. En effet, la vente des plus jolies filles terminée, le crieur faisait lever la plus laide et l'offrait à qui voulait l'épouser au prix le plus bas, pour l'adjuger enfin à l'acquéreur le moins exigeant. L'argent venait de la vente des jolies filles, qui mariaient ainsi les laides et les infirmes. Personne n'avait le droit de marier sa fille à son gré, ni d'emmener chez soi la fille achetée sans fournir de répondant : il fallait pour l'emmener présenter des répondants qui garantissaient le mariage. Si les mariés ne s'entendaient pas, la loi portait qu'on rendait l'argent. Il était également permis aux gens d'un autre bourg de se porter acheteurs[217]. C'était une excellente loi, mais elle n'est plus en usage; ils ont récemment adopté d'autres mesures pour empêcher leurs filles d'être maltraitées ou emmenées à l'étranger; car depuis la prise de Babylone, qui a fait leur malheur et leur ruine, les gens du peuple qui sont dans l'indigence prostituent leurs filles.

(197). Voici la seconde en sagesse de leurs coutumes : ils apportent leurs malades sur la place publique, car ils n'ont point de médecins. Les gens s'approchent du malade, et ceux qui ont souffert d'un mal semblable ou vu quelqu'un en souffrir, proposent leurs conseils; ils s'approchent, donnent des conseils et recommandent les remèdes qui les ont guéris d'un mal semblable ou qu'ils ont vus guérir quelqu'un. Il est interdit de passer près d'un malade sans lui parler, et de continuer sa route avant de lui avoir demandé quel est son mal[210].

(198). Ils ensevelissent leurs morts dans du miel, et leurs chants de deuil ressemblent beaucoup à ceux des Égyptiens[219]. Quand un Babylonien s'est uni à sa femme, il fait brûler de l'encens et s'assied auprès pour se purifier, et sa femme fait de même. À l'aube ils se lavent tous les deux, car ils ne pourront toucher aucun vase avant de l'avoir fait. Les Arabes ont d'ailleurs la même coutume.

(199). La plus honteuse des lois de Babylone est celle qui oblige toutes les femmes du pays à se rendre une fois dans leur vie au temple d'Aphrodite pour s'y livrer à un inconnu. Beaucoup d'entre elles, fières de leur richesse, refusent de se mêler aux autres femmes et se font conduire au temple dans des voitures couvertes où elles demeurent, avec de nombreux serviteurs autour d'elles. Mais en général cela se passe ainsi : les femmes sont assises dans l'enceinte sacrée d'Aphrodite, la tête ceinte d'une corde, toujours nombreuses, car si les unes se retirent, il en vient d'autres. Des allées tracées en tous sens par des cordes tendues permettent aux visiteurs de circuler au milieu d'elles et de faire leur choix. La femme qui s'est assise en ce lieu ne peut retourner chez elle avant qu'un des passants n'ait jeté quelque argent sur ses genoux, pour avoir commerce avec elle en dehors du temple. Il doit, en lui jetant l'argent, prononcer uniquement la formule : « J'invoque la déesse Mylitta » (Mylitta est le nom assyrien d'Aphrodite). Quelle que soit la somme offerte, la femme ne refuse jamais : elle n'en a pas le droit, et cet argent est sacré. Elle suit le premier qui lui jette de l'argent et ne peut repousser personne. Mais, ceci fait, libérée de son devoir envers la déesse, elle retourne chez elle et, par la suite, on ne saurait lui offrir assez d'argent pour la séduire. Celles qui sont belles et bien faites sont vite de retour chez elles, les laides attendent longtemps sans pouvoir satisfaire à la loi ; certaines restent dans le temple pendant trois ou quatre ans. En quelques endroits de l'île de Chypre existe une coutume analogue[220].

(200). Telles sont les lois des Babyloniens. D'autre part il y a dans ce pays trois tribus qui ne mangent que du poisson ; sitôt pêché, le poisson est séché au soleil et préparé de la façon suivante : on le broie dans un mortier à l'aide de pilons et on le passe à travers un linge fin; ensuite on peut le manger sous forme de bouillie, ou cuit comme du pain[221].

Cyrus contre les Massagètes.

(201). Quand Cyrus eut soumis aussi les Babyloniens, il voulut faire passer sous sa domination les Massagètes. Ce peuple, que l'on a dit grand et vaillant, habite du côté de l'aurore et du levant, au-delà de l'Araxe et en face des Issédones; on le dit parfois peuple scythe, lui aussi[222].

(202). L'Araxe[223] est, pour les uns, plus grand, pour les autres, plus petit que l'Istros. Son cours est, dit-on, parsemé d'îles très nombreuses et presque aussi grandes que Lesbos[224], où vivent des hommes qui en été mangent les racines variées qu'ils déterrent et mettent de côté les fruits mûrs qu'ils trouvent sur les arbres, pour les manger en hiver. Ils connaissent encore, dit-on, d'autres arbres dont les fruits ont un effet particulier : ces gens s'assemblent par bandes, allument un feu et, assis tout autour, y jettent ces fruits; en brûlant les fruits dégagent une odeur qui les enivre comme le vin enivre les Grecs; plus ils en jettent, plus ils sont ivres, et finalement ils se lèvent et se mettent à danser et à chanter[225]. Voilà, dit-on, la vie qu'ils mènent. Revenons à l'Araxe, qui descend du pays des Matiènes, comme le Gyndès que Cyrus divisa par les trois cent soixante canaux dont j'ai parlé; il se termine par quarante bras qui aboutissent tous, sauf un, à des marais et des bas-fonds, séjour, dit-on, de peuplades qui se nourrissent de poisson cru et s'habillent de peaux de phoques. Un seul des bras de l'Araxe coule sans obstacle jusqu'à la mer Caspienne. La Caspienne est une mer fermée, sans rapport avec l'autre, — car toute celle que parcourent les navires grecs, celle qui s'étend au-delà des Colonnes d'Héraclès et qu'on appelle l'Atlantique, et la mer Érythrée ne sont qu'une seule et même mer[226].

(203). La Caspienne est une mer séparée; en longueur, il faut pour la franchir quinze jours de navigation si l'on marche à la rame, et dans sa plus grande largeur, huit jours. Du côté du couchant elle est fermée par le Caucase, la chaîne de montagnes la plus étendue et la plus haute[227]. Des peuples nombreux et divers habitent le Caucase, et la plupart vivent des fruits qu'ils trouvent dans les forêts sauvages. Il y a chez eux, dit-on, des arbres dont les feuilles ont cette particularité que, broyées et délayées avec de l'eau, elles leur servent à peindre des figures d'animaux sur leurs étoffes; les dessins ne s'en vont pas au lavage et durent aussi longtemps que l'étoffe, comme s'ils étaient tissés dans la trame. Ces créatures, dit-on encore, s'accouplent publiquement, comme les bêtes.

(204). Donc, au couchant, la mer appelée Caspienne a pour borne le Caucase; à l'aurore et au levant, une plaine immense s'étend à perte de vue[228]. Cette plaine appartient, dans sa plus grande partie, aux Massagètes que Cyrus avait le dessein d'attaquer. De nombreuses et puissantes raisons l'y engageaient vivement : d'abord sa naissance qui, croyait-il, le mettait au-dessus de l'humanité; en second lieu le bonheur de ses armes, car, où qu'il jetât ses troupes, nul peuple ne pouvait lui échapper.

(205). Or, une femme était, à la mort de son mari, devenue reine des Massagètes; elle s'appelait Tomyris. Cyrus, par une ambassade, lui demanda sa main et prétendit la souhaiter pour épouse. Mais Tomyris comprit fort bien qu'il convoitait moins sa personne que son royaume et refusa ses avances. Cyrus, voyant sa ruse échouer, marcha sur l'Araxe et prépara ouvertement une expédition contre les Massagètes, en faisant jeter des ponts de bateaux sur le fleuve pour le passage de ses troupes et construire des défenses sur ces bateaux.

(206). Il procédait à ces travaux lorsqu'il reçut, par un héraut, ce message de Tomyris : « Roi des Mèdes, cesse donc ces préparatifs, dont tu ne peux savoir s'ils tourneront à ton avantage ; contente-toi de régner sur tes peuples, et consens à nous voir commander aux nôtres. Mais tu n'accepteras pas mes conseils et, au repos, tu préféreras n'importe quoi. Eh bien, si tu tiens tellement à te mesurer aux Massagètes, renonce au mal que tu te donnes pour ces ponts : attends que nous nous soyons éloignés à trois journées de marche du fleuve, et entre alors sur nos terres ; si tu préfères nous recevoir sur les tiennes, agis de même. » Au reçu de ce message Cyrus convoqua les premiers des Perses, mit l'assemblée au courant de la situation et leur demanda leur avis. Tous furent d'accord pour lui conseiller d'attendre Tomyris et ses troupes en terre perse.

(207). Mais quelqu'un était là qui blâma ce conseil et fut d'avis contraire, Crésus le Lydien, qui dit à Cyrus : « Seigneur, je te l'ai déclaré déjà[229] : puisque Zeus m'a donné à toi, je veux, si je vois qu'un danger menace ta maison, faire tous mes efforts pour le détourner. Or mon malheur, qui est cruel, m'a enseigné une grande leçon. Si tu crois être immortel et commander une armée d'immortels, te dire ma pensée ne servirait de rien ; si tu reconnais que tu es un homme, toi aussi, et que tu commandes à des hommes, laisse-moi te dire ceci d'abord : la fortune des hommes est une roue et ne laisse pas toujours les mêmes au sommet. J'ai donc, sur l'affaire qui nous occupe, une opinion contraire à celle de tes conseillers. Si nous acceptons d'attendre l'ennemi sur cette terre, j'y vois un danger : vaincu, tu perds ton empire entier, car, de toute évidence, les Massagètes victorieux, loin de se retirer, marcheront sur tes provinces ; vainqueur, ta victoire n'est pas aussi grande que si tu les battais sur leurs terres et les poursuivais dans leur fuite ; et je dirai pour toi ce que je disais pour eux : vainqueur des troupes qu'on t'opposera, tu marcheras au cœur des États de Tomyris. Aux raisons que je t'expose, ajoute ceci : ce serait une honte insupportable pour Cyrus, pour le fils de Cambyse, de reculer devant une femme. Donc, je propose que nous passions le fleuve pour avancer aussi loin que reculeront les Massagètes, puis tenter d'en triompher par le moyen suivant : les Massagètes, me dit-on, ignorent les douceurs de la vie des Perses et n'ont jamais connu l'abondance et le luxe. Abattons donc du bétail à profusion et accommodons-le pour servir à ces hommes simples un banquet dans notre camp, avec des cratères de vin pur à profusion et les mets les plus variés ; puis laissons dans le camp les éléments les plus faibles de l'armée, et ramenons le reste des troupes sur le fleuve. Si je ne m'abuse, les Massagètes, en voyant tant de bonnes choses, se jetteront sur elles : à nous alors de montrer notre valeur. »

(208). Placé devant ces avis contradictoires, Cyrus rejeta le premier pour adopter celui de Crésus et prévint Tomyris d'avoir à se retirer, car il comptait passer le fleuve et l'attaquer. La reine se retira, conformément à sa première proposition. Cyrus remit Crésus aux mains de son fils Cambyse qu'il désignait pour lui succéder, en lui recommandant instamment de l'honorer et de le bien traiter, si son expédition chez les Massagètes échouait. Après ces recommandations, il les renvoya en Perse et franchit le fleuve avec son armée.

(209). Il passa l'Araxe et, la nuit venue, endormi sur la terre des Massagètes, il eut un songe : dans son sommeil l'aîné des fils d'Hystaspe lui apparut avec, aux épaules, des ailes dont l'une couvrait de son ombre l'Asie, et l'autre l'Europe. — Hystaspe, fils d'Arsamès, était un Achéménide, et son fils aîné, Darius, qui avait alors vingt ans environ, était resté en Perse, car il n'était pas encore en âge de porter les armes. À son réveil Cyrus s'interrogea sur ce rêve, qui lui parut d'une importance extrême ; il convoqua Hystaspe et, en tête à tête, lui dit : « Hystaspe, ton fils conspire contre mon trône et ma personne, la chose m'est sûre ; et je vais t'apprendre comment je le sais de façon certaine. Les dieux veillent sur moi, ils m'avertissent des dangers qui me menacent ; or cette nuit, dans mon sommeil, j'ai vu ton fils aîné avec, aux épaules, des ailes dont l'une couvrait l'Asie, l'autre l'Europe. À ce rêve il n'est qu'une interprétation : ton fils conspire contre moi. Retourne donc en Perse au plus vite et, lorsque j'y reviendrai, après avoir réduit ce peuple, ne manque pas de me présenter ton fils, que je le confonde. »

(210). Ainsi parla Cyrus, qui croyait à un complot de Darius contre lui ; mais en vérité le ciel l'avertissait qu'il allait périr en ce pays et que son trône passerait à Darius. Hystaspe lui répondit alors : « Seigneur, fassent les dieux que jamais il ne se trouve en Perse un homme pour conspirer contre toi ; s'il en est un, qu'il périsse au plus tôt ! Conspirer contre toi, qui as fait des Perses des hommes libres et non plus des esclaves, qui leur as donné de commander à tous au lieu d'obéir ! Si un songe te révèle que mon fils prépare une révolte contre toi, c'est moi qui te le livre, et tu feras de lui ce qu'il te plaira. » Hystaspe lui répondit ainsi, puis il franchit l'Araxe et s'en retourna en Perse, pour servir Cyrus en surveillant son fils Darius.

(211). Arrivé à une journée de marche de l'Araxe, Cyrus suivit les conseils de Crésus. Puis, il ramena sur l'Araxe toutes ses bonnes troupes, en ne laissant derrière lui que ce qui ne valait rien. Les Massagètes attaquèrent avec le tiers de leurs forces, massacrèrent les hommes que Cyrus avait laissés dans le camp et qui tentaient de se défendre, et, quand ils virent le festin tout prêt, sitôt écrasée toute résistance, ils s'attablèrent et festoyèrent ; puis, lourds de nourriture et de vin, ils s'endormirent. Les Perses attaquèrent alors, en massacrèrent beaucoup et en prirent vivants encore bien plus, entre autres le fils de la reine Tomyris, qui les commandait et qui s'appelait Spargapisès.

(212). Quand la reine apprit le sort de ses troupes et de son fils, elle envoya un héraut dire à Cyrus : « Homme altéré de sang, ne te vante pas de ton succès, si tu le dois au fruit de la vigne — ce fruit qui vous égare, lorsque vous vous en gorgez, au point que le vin descendu dans vos membres fait remonter à vos lèvres un torrent de paroles viles — et si par ce poison ta ruse a triomphé de mon fils, et non ta force en un combat loyal. Maintenant, voici un bon conseil, écoute mes paroles : rends-moi mon fils et quitte ce pays, sans nul châtiment malgré ton insulte au tiers de mon armée. Sinon, par le Soleil, Maître des Massagètes, je te jure bien que, si altéré de sang sois-tu, je t'en rassasierai, moi ! »

(213). Cyrus ne tint aucun compte de ce message. Cependant, le fils de la reine, Spargapisès, quand son ivresse se fut dissipée et qu'il eut compris son malheur, pria Cyrus de lui faire ôter ses liens, ce que Cyrus lui accorda ; à peine lui eut-on rendu l'usage de ses mains qu'il se tua.

Mort de Cyrus.

(214). Ainsi mourut ce prince. Lorsque Cyrus eut repoussé son conseil, Tomyris réunit contre lui toutes ses forces et le combat s'engagea. Ce fut, de toutes les batailles qui mirent aux prises des Barbares, la plus acharnée, à mon avis. Voici, m'a-t-on dit, comment elle se déroula : ils se tinrent tout d'abord à distance et se lancèrent des flèches ; puis, quand ils eurent épuisé tous leurs traits, ils combattirent corps à corps avec leurs lances et leurs dagues. Ils restèrent longtemps aux prises sans qu'aucun des deux partis songeât à fuir ; enfin les Massagètes l'emportèrent. La plus grande partie de l'armée perse périt là, ainsi que Cyrus, qui mourut après vingt-neuf ans de règne. Tomyris fit remplir une outre de sang humain et rechercher le corps du roi parmi les cadavres des Perses ; quand on l'eut trouvé, elle fit plonger sa tête dans l'outre et, en outrageant son corps elle prononça ces mots : « Oui, toute vivante et victorieuse que je sois, c'est toi qui m'as perdue, puisque ta lâche ruse m'a pris mon fils. Mais je vais, moi, te rassasier de sang, comme je t'en avais menacé. » — On rapporte diversement les circonstances de la mort de Cyrus, mais cette version me semble la plus digne de foi[230].

(215). Les Massagètes ont le même costume et le même genre de vie que les Scythes ; ils combattent à cheval ou à pied indifféremment, se servent d'arcs aussi bien que de lances, et portent habituellement une hache à deux tranchants, la *sagaris*[231]. Ils emploient uniquement l'or et le bronze : le bronze pour les pointes des lances et des flèches et les sagaris, l'or pour leurs coiffures, leurs baudriers et leurs hautes ceintures ; de même, les cuirasses qui protègent le poitrail de leurs chevaux sont en bronze, les ornements des rênes, du mors et du harnais de tête sont en or. Ils n'emploient ni fer ni argent ; d'ailleurs il n'y en a pas dans leur pays, tandis qu'ils ont en abondance l'or et le bronze.

(216). Voici maintenant leurs coutumes : chacun prend une épouse, mais les femmes sont communes à tous — les Grecs attribuaient cet usage aux Scythes : en fait il n'appartient pas aux Scythes, mais aux Massagètes. Le Massagète qui désire une femme accroche son carquois à l'avant de son chariot et s'unit à elle en toute tranquillité. Ils ne fixent pas de limite à la durée de leur vie, mais lorsqu'un homme touche à l'extrême vieillesse, tous ses proches se rassemblent et l'immolent en même temps qu'un certain nombre de têtes de bétail, puis ils font cuire les chairs et en font un festin. C'est là pour eux la fin la plus heureuse qu'on puisse avoir. Ils ne mangent pas l'homme mort de maladie, mais ils le mettent en terre et jugent bien malheureux qu'il n'ait pas atteint l'âge d'être sacrifié. Ils n'ensemencent pas leurs terres et vivent de bétail et des poissons que l'Araxe fournit en abondance ; leur boisson est le lait. Ils n'adorent qu'un seul dieu, le Soleil, auquel ils sacrifient des chevaux : leur intention, en choisissant ces victimes, est d'offrir au plus rapide des dieux le plus rapide de tous les êtres mortels.

EUTERPE

LIVRE II

[L'ÉGYPTE (1-182). — Cambyse attaque l'Égypte, 1. — Antiquité et inventions des Égyptiens, 2-4 (expérience de Psammétique, 2; calendrier des Egyptiens, 4).

Description de l'Égypte : le pays, 5-18; le Nil : crue, 19-27; sources et cours, 28-34 (expédition des Nasamons, 32-33). — *Coutumes des Égyptiens :* contraires à celles du reste du monde, 35-36; religion, 37-76 (sacrifices, 38-48; Héraclès, 43-45; origine des dieux grecs, 49-53, de l'oracle de Dodone, 54-57; les fêtes, 58-64; les animaux sacrés, 65-76); mœurs, 77-96 (rites funèbres, 85-90; Persée, 91; curiosités : lotus et papyrus, 92; poissons, 93; le kiki, 94; les moustiques, 95; les bateaux, 96). — *Histoire de l'Égypte :* Min, 99; Nitocris, 100; Moéris, 101; Sésostris, 102-110; Phéros, 111; Protée (la véritable histoire d'Hélène), 112-120; Rhampsinite (le conte des voleurs), 121-123; Chéops (la grande pyramide), 124-126; Chéphren, 127-128; Mycérinos, 129-135 (la courtisane Rhodopis, 134-135); Asychis, 136; Anysis et Sabacôs, 137-140; Séthon, 141; essais de chronologie, 142-146; la dodécarchie, 147-150 (le labyrinthe, 148; le lac Moéris, 149-150); Psammétique, 151-157 (l'oracle de Bouto, 155; l'île Chemmis, 156); Nécôs, 158-159; Psammis, 160; Apriès, 161-171 (révolte d'Amasis, 162-169; organisation sociale de l'Égypte, 164-167); Amasis, 172-182.]

L'ÉGYPTE

(1). Cyrus mort, le pouvoir échut à Cambyse, fils de Cyrus et de Cassandane fille de Pharnaspe, qui était morte avant son époux : Cyrus en avait mené grand deuil et avait imposé le même deuil à tout son empire. Donc, fils de cette femme et de Cyrus, Cambyse voyait dans les Ioniens et les Éoliens des esclaves hérités de son père, et, pour l'expédition qu'il préparait contre l'Égypte, leva des troupes dans tout son empire, y compris les peuples grecs qui lui étaient soumis.

L'expérience de Psammétique.

(2). Avant le règne de Psammétique[1] les Égyptiens se croyaient le peuple le plus ancien de la terre. Mais quand Psammétique devint roi, il voulut savoir quel peuple méritait vraiment ce titre; et depuis ce moment les Égyptiens pensent que les Phrygiens les ont précédés, s'ils sont cependant plus anciens eux-mêmes que tous les autres peuples. Toutes les recherches de Psammétique pour découvrir un moyen d'apprendre quel peuple était le premier apparu sur la terre étant demeurées vaines, il imagina ce procédé : il fit remettre à un berger deux nouveau-nés, des enfants du commun, à élever dans ses étables dans les conditions suivantes : personne, ordonna-t-il, ne devait prononcer le moindre mot devant eux; ils resteraient seuls dans une cabane solitaire et, à l'heure voulue, le berger leur amènerait des chèvres et leur donnerait du lait à satiété, ainsi que tous les soins nécessaires. Par ces mesures et par ces ordres, Psammétique voulait surprendre le premier mot que prononceraient les enfants quand ils auraient dépassé l'âge des vagissements inarticulés. Il en fut ainsi ; pendant deux ans le berger s'acquitta de sa tâche, puis un jour, quand il ouvrit la porte et entra dans la cabane, les enfants se traînèrent vers lui et prononcèrent le mot *bécos*, en lui tendant les mains. La première fois qu'il entendit ce mot, le berger ne fit rien ; mais comme, à chacune de ses visites, ils le lui répétaient sans cesse, il en informa son maître et, sur son ordre, lui amena les enfants. Psammétique les entendit à son tour et fit rechercher à quel peuple appartenait le mot *bécos* : il découvrit ainsi que c'est, chez les Phrygiens, le nom du pain. Les Égyptiens s'inclinèrent devant une pareille preuve et reconnurent que les Phrygiens étaient plus anciens qu'eux[2]. Tel est le récit que m'ont fait les prêtres d'Héphaistos[3] à Memphis ; les Grecs, entre autres sornettes, prétendent que Psammétique confia ces enfants à des femmes à qui il avait fait couper la langue.

(3). Voilà sur cette histoire d'enfants tout ce que m'ont dit les prêtres. J'ai appris beaucoup d'autres choses à Memphis, dans mes entretiens avec les prêtres d'Héphaistos ; et je me suis même rendu, à ce propos, à Thèbes et à Héliopolis, pour voir si l'on me ferait là les mêmes récits qu'à Memphis — car les habitants d'Héliopolis passent pour être les plus doctes des Égyptiens. Ce qui me fut dit sur les dieux, je n'ai pas l'intention de le rapporter, sauf les noms qu'on leur donne : car sur ce sujet, à mon avis les hommes n'en savent pas plus les uns que les autres. Si j'en parle, ce sera lorsque ma narration l'exigera.

Calendrier des Égyptiens.

(4). Sur les choses humaines, ils furent d'accord pour me dire que les Égyptiens avaient, les premiers, découvert le cycle de l'année et réparti sur douze mois le cours des saisons, ceci, disent-ils, en se réglant sur les astres. Leur système me paraît plus habile que celui des Grecs, en ce que les Grecs doivent, tous les deux ans, ajouter un mois intercalaire, pour faire correspondre leur calendrier aux saisons, tandis que les Égyptiens, grâce à leur douzième mois de trente jours, ajoutent simplement à chaque année cinq jour complémentaires [4] et restent ainsi en accord avec le cycle des saisons. Les premiers, disent-ils encore, ils ont adopté douze noms caractéristiques pour leurs dieux (ce que les Grecs leur auraient emprunté), et, les premiers, attribué aux divinités des autels, des statues et des temples, et gravé des figures sur la pierre. En général, mes informateurs avaient des faits pour confirmer leurs dires. Le premier être humain qui ait régné sur l'Égypte est, me dirent-ils, Min [5]. À son époque, à l'exception du nome Thébain, l'Égypte entière n'était qu'un marais et rien n'émergeait des terres qui s'étendent aujourd'hui entre la mer et le lac Moéris [6]; or, il y a maintenant, de la mer au lac, sept jours de navigation [7] en remontant le fleuve.

DESCRIPTION DE L'ÉGYPTE

(5). Sur cette région, leurs informations m'ont paru exactes. Il est évident pour tout homme, même non prévenu, qui voit ce pays, — j'entends tout homme intelligent —, que la partie de l'Égypte où abordent les vaisseaux des Grecs est une terre d'alluvions, un don du fleuve, de même que la région qui s'étend à trois jours de navigation en amont du lac, région dont mes informateurs ne m'ont rien dit de tel, mais qui a la même origine elle aussi. Voici d'ailleurs la nature du sol de l'Égypte : en mer, à une journée de voyage encore de la côte, la sonde remontera du limon par onze orgyies de profondeur; c'est donc que le fleuve apporte jusque-là ses alluvions[8].

(6). L'Égypte proprement dite s'étend le long de la mer sur soixante schènes, si nous lui fixons pour limites d'un côté le golfe de Plinthiné, de l'autre le lac Serbonis, au pied du mont Casion[9]; c'est à partir du lac que l'on compte ces soixante schènes. Les gens mesurent leurs terres, s'ils en ont fort peu, en orgyies; s'ils en ont un peu plus, en stades; s'ils en ont beaucoup, en parasanges; s'ils en ont d'immenses, en schènes. Le parasange représente trente stades, et le schène, qui est une mesure égyptienne, soixante. Donc, l'Égypte aurait trois mille six cents stades de côté[10].

(7). De la mer à Héliopolis, dans l'intérieur des terres, l'Égypte est large; c'est une étendue toute plate d'eau et d'alluvions. De la côte à Héliopolis, il y a, ou peu s'en faut, la même distance que d'Athènes, en partant de l'autel des Douze Dieux, jusqu'à Pise et son temple de Zeus Olympien. Le calcul montrera que, si les deux trajets n'ont pas exactement la même longueur, la différence est minime, quinze stades au plus : car d'Athènes à Pise la route représente mille cinq cents stades, à quinze stades près; et c'est la longueur exacte de la route qui va de la mer à Héliopolis[11].

(8). Au-dessus d'Héliopolis l'Égypte est étroite. Elle est bordée d'un côté par la chaîne des monts d'Arabie, orientée du nord vers le midi et le vent du sud et qui se prolonge jusqu'à la mer dite Érythrée; là sont les carrières qui ont servi pour la construction des pyramides de Memphis. La montagne s'abaisse en cet endroit, puis fait un coude dans la direction que j'ai dite. Dans sa plus grande étendue, il faut, d'après mes renseignements, deux mois de marche pour la parcourir, de l'orient au couchant, et elle se termine aux pays du levant qui produisent l'encens[12]. Voilà ce qu'est cette montagne. Du côté de la Libye l'Égypte est bornée par une autre chaîne rocheuse, où sont bâties les pyramides ; elle est recouverte de sable et s'étend symétriquement à la partie de la chaîne d'Arabie orientée au midi. Donc, en amont d'Héliopolis l'étendue des terres est, pour l'Égypte, bien réduite : sur quatre jours de remontée du fleuve, c'est une plaine étroite, resserrée entre les monts que j'ai dits et, à mon avis, il n'y a pas plus de deux cents stades[13] au point le plus étroit entre la chaîne Arabique et l'autre, appelée Libyque. Ensuite l'Égypte s'élargit de nouveau.

(9). Voilà les caractères généraux de ce pays. D'Héliopolis à Thèbes il y a neuf jours de navigation, c'est-à-dire quatre mille huit cent soixante stades, ou quatre-vingt-un schènes. Au total les mesures de l'Égypte, en stades, donnent pour les côtes, comme je l'ai montré plus haut, trois mille six cents stades ; de la mer à l'intérieur des terres jusqu'à Thèbes, j'ajouterai qu'il y a six mille cent vingt stades et, de Thèbes à la ville d'Éléphantine, mille huit cents stades[14].

(10). Les terres susdites sont pour la plus grande partie, d'après les prêtres, ainsi qu'à mon propre jugement, des terres d'alluvions. L'espace compris entre les montagnes, au-dessus de Memphis, dont j'ai parlé tout à l'heure, a dû jadis être occupé par la mer, comme l'ont été les environs d'Ilion, de Teuthranie, d'Éphèse, et la plaine du Méandre[15], pour autant qu'on puisse comparer ces terres d'étendue minime à une grande contrée : car aucun des fleuves dont les alluvions ont créé ces terres n'est digne d'être comparé en importance à l'une des embouchures du Nil, qui en a cinq [16]. Il est d'ailleurs d'autres fleuves qui, pour être bien inférieurs au Nil, n'en ont pas moins fait un travail considérable; j'en puis citer plusieurs, mais surtout l'Achéloos, qui coule en Acarnanie et, à son embouchure, a déjà réuni au continent la moitié des îles Échinades.

(11). En Arabie, non loin de l'Égypte, la mer dite Érythrée forme un golfe, qui est véritablement aussi long et aussi étroit que je vais l'indiquer : en longueur, du fond du golfe à la mer libre, il y a quarante jours de navigation à la rame; en largeur, au point le plus large, une demi-journée suffit; le flux et le reflux s'y font sentir chaque jour. Sans doute l'Égypte a-t-elle été jadis un deuxième golfe du même genre, qui s'étendait de la mer septentrionale vers l'Éthiopie, tandis que le golfe Arabique de la mer méridionale allait vers la Syrie; leurs bassins se touchaient presque et seule une étroite bande de terre les séparait. S'il prend un jour fantaisie au Nil d'aller se jeter dans le golfe Arabique, qu'est-ce qui l'empêchera de combler ce golfe de ses alluvions en quelque vingt mille ans? Pour moi, je pense que dix mille ans lui suffiraient. Comment alors ne pas croire qu'au cours des siècles qui ont précédé ma naissance un golfe bien plus grand encore ait pu être comblé par un fleuve si grand, et si industrieux?

(12). J'admets donc à ce sujet ce qu'on dit de l'Égypte, et je crois que c'est l'exacte vérité; car j'ai pu moi-même constater que l'Égypte avance en mer plus que les pays voisins, qu'on y voit des coquillages sur les montagnes, que le salpêtre [17] affleure partout et corrode même les pyramides, qu'on n'y trouve pas de sable sauf sur la montagne qui est au-dessus de Memphis; de plus, l'Égypte ne ressemble par son sol ni à l'Arabie qu'elle jouxte, ni à la Libye, ni même à la

Syrie (les Syriens habitent la région côtière de l'Arabie) : sa terre est noire et friable, car elle est faite du limon et des alluvions apportées d'Éthiopie par le fleuve. Or nous savons qu'en Libye la terre est plus rouge et plus sablonneuse, en Arabie et en Syrie plus argileuse, avec un sous-sol pierreux.

(13). Je dois encore aux prêtres une information qui confirme nettement ce que j'ai dit de ce pays : sous le roi Moéris [18], une crue de huit coudées suffisait pour inonder l'Égypte en aval de Memphis ; il n'y avait pas encore neuf cents ans que Moéris était mort, au temps où les prêtres me donnaient cette information. Or, maintenant, si la crue n'est pas de seize coudées, ou de quinze au moins, elle n'inonde pas le pays [19]. Ainsi, les habitants des régions en aval du lac Moéris et, en particulier, de ce que l'on appelle le Delta risquent fort, à mon avis, si leur sol ne cesse de s'exhausser et de s'étendre à proportion, de ne plus voir le Nil inonder leurs terres et de subir eux-mêmes par la suite le sort dont ils menaçaient un jour les Grecs : car lorsqu'ils apprirent que la Grèce reçoit de la pluie, mais n'a point de rivières comme leur pays, ils déclarèrent que la trop grande confiance des Grecs serait un jour déçue et qu'ils connaîtraient la faim... Ils entendent par là que, si le ciel leur refuse la pluie et fait durer la sécheresse, les Grecs seront en proie à la famine, car ils n'ont point d'autre eau que celle de Zeus.

(14). Cette remarque des Égyptiens sur les Grecs est fort juste. Mais parlons maintenant de la situation où ils se trouvent eux-mêmes : si, comme je viens de le dire, la région en aval de Memphis (celle qui reçoit les alluvions) continuait de s'exhausser au même rythme que par le passé, qu'arriverait-il, sinon la famine pour ses habitants, dans un pays qui ne recevrait toujours pas de pluie, avec un fleuve désormais incapable d'inonder les campagnes ? Certes ces gens sont aujourd'hui, de toute l'espèce humaine en Égypte comme ailleurs, ceux qui se donnent le moins de mal pour obtenir leurs récoltes : ils n'ont pas la peine d'ouvrir des sillons à la charrue et de sarcler, ils ignorent tout des autres travaux que la moisson demande ailleurs. Quand le fleuve est venu de lui-même arroser leurs champs et, sa tâche faite, s'est retiré, chacun ensemence sa terre et y lâche ses porcs : en piétinant, les bêtes enfoncent le grain, et l'homme n'a plus qu'à attendre le temps de la moisson, puis, quand ses porcs ont foulé sur l'aire les épis, à rentrer son blé.

(15). Si nous voulions accepter sur l'Égypte l'opinion des Ioniens (pour qui l'Égypte se réduit au Delta, avec, pour rivage, l'espace compris entre le point appelé la Tour du Guet de Persée et les saloirs de Péluse, ce qui représente quarante schènes ; vers l'intérieur, disent-ils, elle s'étend jusqu'à la ville de Kerkasôre[20], où le Nil se sépare en deux branches qui vont, l'une vers Péluse, l'autre vers Canope, et le reste appartient soit à la Libye, soit à l'Arabie), nous pourrions, en adoptant cette opinion, démontrer qu'anciennement les Égyptiens n'avaient pas de terre qui leur appartînt ; car ce Delta, comme ils l'affirment et comme je le crois, est fait des alluvions du Nil et, peut-on dire, d'apparition récente. S'ils n'avaient pas de pays à eux, pourquoi cette prétention d'être le peuple le plus ancien de la terre ? Ils n'avaient nul besoin de faire cette expérience sur des enfants pour savoir en quelle langue ils s'exprimeraient spontanément. Non ! à mon avis les Égyptiens ne sont pas apparus avec la contrée que les Ioniens appellent le Delta ; ils existent depuis qu'il y a des hommes sur la terre et, à mesure que leur pays s'étendait, si beaucoup restaient où ils étaient, beaucoup d'autres descendaient sur les terres nouvelles. D'ailleurs, on donnait jadis le nom d'Égypte à la région de Thèbes, qui a six mille cent vingt stades de pourtour[21].

(16). Donc, si nous avons raison sur ce point, les Ioniens se font une idée fausse de l'Égypte. Si les Ioniens ont raison, il m'est facile de montrer que Grecs et Ioniens ne savent pas compter, puisqu'ils divisent la terre en trois parties : l'Europe, l'Asie et la Libye. Il leur faut en ajouter une quatrième : le Delta d'Égypte, puisqu'il n'appartient ni à l'Asie ni à la Libye ; car le Nil, à leur compte, n'est pas la frontière entre l'Asie et la Libye : il se sépare en deux branches à la pointe du Delta, dont il faudrait faire ainsi un pays intermédiaire entre l'Asie et la Libye.

(17). Ainsi nous rejetons l'opinion des Ioniens, et nous déclarons appeler nous-même Égypte toute l'étendue de pays où habitent des Égyptiens, comme la Cilicie est le pays des Ciliciens et l'Assyrie celui des Assyriens ; entre l'Asie et la Libye, nous ne voyons rien que l'on puisse à juste titre indiquer comme frontière, si ce n'est le territoire égyptien. En revanche, si nous acceptons la division communément admise en Grèce, nous devrons considérer que l'Égypte entière est, depuis les Cataractes et la ville d'Éléphantine, partagée en deux, avec deux noms différents, puisqu'elle appartient alors d'un côté à la Libye, de l'autre à l'Asie. En effet, à partir des Cataractes, le Nil coupe l'Égypte en deux, jusqu'à la mer ; jusqu'à la ville de Kerkasôre, ses eaux n'ont qu'un seul lit, mais, à partir de cette ville, il se sépare en trois branches : l'une, la bouche Pélusienne, va vers l'aurore ; l'autre, la bouche Canopique, vers le couchant ; la troisième des bouches du Nil va tout droit : le fleuve arrivé à la pointe du Delta se dirige vers la mer en le coupant en son milieu ; par le volume de ses eaux comme par sa renommée, cette branche n'est pas la moins importante : on l'appelle la branche Sébennytique. Deux autres bras s'en détachent encore et vont jusqu'à la mer : la bouche Saïtique et la bouche Mendésienne. Les bouches Bolbitine et Bucolique sont des canaux artificiels, creusés par la main de l'homme.

(18). Un témoignage me confirme dans mon opinion sur l'étendue de l'Égypte, telle que je viens de l'exposer : c'est un oracle d'Ammon, dont j'ai eu connaissance quand mon opinion sur ce pays était déjà formée. Les habitants d'Apis et de Maréa, aux confins de l'Égypte et de la Libye[22], qui se croyaient Libyens et non Égyptiens, jugeaient importunes leurs prescriptions religieuses et ne voulaient pas avoir à s'abstenir de la viande de vache[23]. Ils envoyèrent consulter l'oracle d'Ammon, en affirmant qu'ils n'avaient rien de commun avec les Égyptiens : ils habitaient en dehors du Delta, ne suivaient pas leurs coutumes, et réclamaient par conséquent le droit de manger de tout. Le dieu leur refusa son consentement : l'Égypte, déclara-t-il, est toute la terre arrosée par le Nil, et sont Égyptiens tous les peuples qui habitent au-dessous d'Éléphantine et boivent l'eau de ce fleuve. Ainsi répondit l'oracle.

La crue du Nil.

(19). D'ailleurs le Nil recouvre dans ses crues non seulement le Delta, mais encore certaines parties des territoires que l'on dit appartenir à la Libye et à l'Arabie, sur deux journées de marche environ de chaque côté, tantôt plus tantôt moins. Sur le régime de ce fleuve je n'ai rien pu apprendre ni des prêtres, ni de personne. Pourtant j'étais très désireux d'apprendre pourquoi le Nil grossit et déborde à partir du solstice d'été, pendant cent jours, et, au bout de ce nombre de jours, se retire et décroît pour n'être plus qu'un faible cours d'eau pendant tout l'hiver, jusqu'au retour du solstice d'été. À ce sujet aucun Égyptien n'a pu me donner le moindre renseignement, quand j'enquêtais sur les forces qui donnent au Nil un régime contraire à celui des autres fleuves. En cherchant une réponse à cette question, je demandais également pourquoi le Nil est le seul fleuve d'où ne s'élève pas de brise[24].

(20). Il est vrai que certains Grecs, pour faire vanter leur science, ont avancé trois explications de ces crues. Deux ne méritent pas qu'on en parle autrement que pour les mentionner : l'une explique la crue par les vents étésiens, qui empêcheraient le Nil de porter ses eaux à la mer[25]. Mais souvent les vents étésiens n'ont pas soufflé et le Nil n'en déborde pas moins ; de plus, si ces vents provoquaient la crue, tous les fleuves dont les eaux vont contre eux devraient présenter le même phénomène, dans les mêmes conditions que le Nil, et d'autant plus fort qu'ils sont moins importants et ont moins de courant. Or, il y a des fleuves nombreux en Syrie comme en Libye, et il ne leur arrive rien de ce qui arrive au Nil.

(21). La deuxième théorie est moins savante, mais on y trouve plus de merveilleux : le Nil, dit-elle, subit ces phénomènes parce qu'il naît de l'Océan, qui, lui, entoure de ses eaux la terre entière[26].

(22). La troisième est peut-être la plus vraisemblable, mais elle est aussi la plus fausse. Elle n'explique rien, elle non plus, en prétendant que le Nil provient de la fonte des neiges, qu'il vient de Libye et traverse l'Éthiopie avant d'entrer en Égypte[27]. Comment peut-il provenir de la neige puisqu'il va des contrées les plus chaudes à d'autres qui, en général, le sont moins? Tout homme capable de réfléchir un moment sur cette question jugera invraisemblable qu'il puisse provenir de la fonte des neiges : la preuve en est, d'abord et surtout, que les vents qui viennent de ces régions sont chauds ; ensuite, que ce pays ne connaît ni la pluie ni la glace ; or, quand il a neigé, il pleut inévitablement dans les cinq jours qui suivent : donc, s'il y neigeait, il y pleuvrait aussi. En troisième lieu, les hommes y ont la peau noire, en raison de la chaleur. De plus les milans et les hirondelles y demeurent toute l'année et les grues y émigrent l'hiver, pour fuir les froids de la Scythie. S'il neigeait si peu que ce fût dans les régions où passe le Nil et celles où il prend sa source, aucun de ces faits n'aurait lieu, c'est une loi naturelle bien évidente.

(23). Parler de l'Océan, c'est remplacer toute explication par une fable obscure, et cette théorie ne mérite pas qu'on la réfute. Je ne connais pas, pour moi, de fleuve « Océan » ; Homère, ou quelque autre poète plus ancien aura, je pense, inventé ce nom pour s'en servir dans ses fables[28].

(24). S'il me faut, après avoir rejeté ces théories, donner à mon tour un avis sur ce phénomène mystérieux, j'exposerai pourquoi, selon moi, le Nil grossit en été : pendant l'hiver le soleil, détourné par les tempêtes de son cours habituel, passe par la Libye supérieure. Pour expliquer brièvement la crue, voilà qui suffit : car le pays dont le dieu approche le plus et qu'il traverse est, naturellement, celui qui souffre le plus de la sécheresse, et les fleuves y voient tarir leur cours.

(25). Si l'on veut une explication plus détaillée, la

voici : le passage du soleil au-dessus de la Libye supérieure a les résultats suivants : comme l'air est toujours serein en ces régions et le sol échauffé, sans qu'il y souffle jamais de vents frais, le soleil à son passage exerce l'action qui est la sienne en été quand il est au milieu du ciel : il pompe l'eau, puis la chasse dans les régions supérieures où les vents s'en emparent et la dispersent sous forme de vapeur ; et les vents qui soufflent de ce pays, Notos et Lips [29], sont, naturellement, les principaux vents de pluie. Mais pour moi le soleil ne renvoie pas toute l'eau qu'il prend au Nil chaque année ; il doit en garder une partie. Quand l'hiver s'adoucit, le soleil revient au milieu du ciel et, dès lors, pompe également l'eau des autres fleuves. Jusque-là, ceux-ci sont gonflés par l'apport abondant de la pluie, car ils traversent des régions où il pleut et qui sont sillonnées de torrents ; mais leur niveau s'abaisse en été, lorsque la pluie leur manque et que le soleil pompe leur eau. En revanche, le Nil ne reçoit pas de pluie en hiver et voit ses eaux pompées par le soleil : c'est donc le seul fleuve dont le débit soit normalement à cette époque beaucoup plus faible qu'en été. Si, en été, l'action du soleil s'exerce sur les autres cours d'eau tout autant que sur lui, en hiver il est le seul à la subir. Voilà pourquoi je pense pouvoir faire du soleil la cause de ce phénomène [30].

(26). Il est également cause, à mon avis, du dessèchement de l'air en ces régions, parce qu'il brûle tout sur son passage ; aussi la Libye supérieure connaît-elle un été perpétuel. Si l'on renversait les climats, si le Notos et le midi régnaient dans le ciel là où règnent aujourd'hui Borée [31] et l'hiver, et si, réciproquement, Borée prenait la place du Notos, en ce cas le soleil, chassé du milieu du ciel par l'hiver et par Borée, passerait sur le centre de l'Europe tout comme il passe aujourd'hui sur le centre de la Libye et, dans sa course sur toute l'Europe, il aurait sur l'Istros [32], j'en suis bien sûr, l'action qu'il a maintenant sur le Nil.

(27). Qu'il n'y ait pas de brise qui vienne du Nil, je l'explique ainsi : des régions chaudes il est invraisemblable d'attendre le moindre souffle, et la brise ne peut naître que d'un endroit frais.

Sources et cours du Nil.

(28). Mais qu'il en soit de tout cela comme il en est et comme il en a toujours été. Passons maintenant aux sources du Nil : aucun des Égyptiens, des Libyens et des Grecs à qui j'ai eu l'occasion de parler n'a prétendu les connaître, sauf à Saïs, en Égypte, le scribe du trésor d'Athéna [33]. Je crois d'ailleurs qu'il plaisantait en affirmant en avoir une connaissance exacte. Il y a, m'a-t-il dit, entre Syène, dans la Thébaïde, et Éléphantine deux montagnes aux cimes aiguës qui s'appellent, l'une Crôphi, et l'autre Môphi [34]; le Nil naît, entre ces montagnes, d'abîmes sans fond, et la moitié de son eau coule vers l'Égypte et le nord, l'autre moitié vers l'Éthiopie et le sud. On sait, me dit-il, que sa source est un abîme sans fond par une expérience que fit le roi d'Égypte, Psammétique : avec un câble spécialement tressé, long de plusieurs milliers d'orgyies, ce roi fit sonder le gouffre, mais on ne put en atteindre le fond [35]. Si le scribe a dit vrai, son récit indique, à ce que je crois comprendre, qu'il y a là des tourbillons et un reflux violents, attendu que l'eau se heurte aux montagnes, ce qui empêche la sonde d'aller au fond.

(29). Je n'ai pu en apprendre plus de personne, mais voici tous les renseignements que j'ai obtenus en poussant mes recherches le plus loin possible ; jusqu'à Éléphantine, je rapporte ce que j'ai vu de mes yeux, et, pour les territoires qui sont au-delà de cette ville, ce qui me fut dit au cours de mon enquête. Au-dessus d'Éléphantine, le terrain devient escarpé. Il faut attacher des cordes aux deux côtés de la barque et la remorquer, comme on mène un bœuf ; si les cordes cassent, le bateau est entraîné par la force du courant. Il faut quatre jours pour franchir ce passage : le Nil y est sinueux comme le Méandre, et il y a douze schènes à parcourir de cette manière. On arrive ensuite dans une plaine unie, où le fleuve forme une île qu'on nomme Tachompso[36]. Depuis Éléphantine le pays est habité par des Éthiopiens, ainsi que la moitié de l'île, l'autre moitié étant aux Égyptiens. Après l'île vient un vaste lac, autour duquel vivent des Éthiopiens nomades. Ce lac franchi, on retrouvera le cours du Nil qui s'y jette. Ensuite, il faudra débarquer et remonter à pied la vallée pendant quarante jours, car le Nil est semé d'écueils pointus et de récifs à fleur d'eau qui interdisent toute navigation. Après ces quarante jours de marche, on s'embarquera de nouveau, on naviguera pendant douze jours et l'on atteindra une ville importante qui s'appelle Méroé. C'est, dit-on, la capitale des autres Éthiopiens. Ses habitants n'ont pas d'autres dieux que Zeus et Dionysos[37], mais accordent à ces divinités des honneurs immenses. Ils ont également un oracle de Zeus[38] ; ils partent en guerre quand le dieu les y invite par ses oracles, et contre le pays qu'il leur désigne.

(30). Au-delà de cette ville, il faudra, pour arriver chez les Transfuges, le même temps de navigation que pour venir d'Éléphantine à la capitale des Éthiopiens. Ces Transfuges s'appellent *Asmach*, — le mot signifie en notre langue : « Ceux qui sont à la gauche du roi[39]. » Voici pourquoi ces deux cent quarante mille guerriers égyptiens désertèrent et passèrent en Éthiopie : sous le règne de Psammétique, des garnisons étaient installées à Éléphantine en face des Éthiopiens, à Daphné de Péluse en face des Arabes et des Assyriens[40], et à Maréa en face de la Libye (aujourd'hui encore les Perses distribuent leurs garnisons comme au temps de Psammétique : ils en mettent dans Éléphantine et dans Daphné). Or, les Égyptiens en question avaient servi là pendant trois ans sans qu'on vînt les relever ; ils tinrent conseil et, d'un commun accord, abandonnèrent le service de Psammétique pour passer en Éthiopie. Averti, Psammétique les poursuivit ; quand il les eut atteints, il leur dit, entre autres arguments et prières, qu'il ne pouvait leur laisser abandonner les dieux de leurs ancêtres, leurs enfants et leurs femmes. Là-dessus l'un d'eux, dit-on, répondit en exhibant sa virilité que, partout où elle serait, ils auraient enfants et femmes. Arrivés en Éthiopie, ces hommes se mettent au service du roi du pays ; en récompense celui-ci, en lutte avec certains de ses sujets, les invite à prendre les terres des rebelles après les en avoir chassés. En s'établissant en Éthiopie les Transfuges contribuèrent à civiliser les Éthiopiens, en leur faisant connaître les coutumes de l'Égypte.

(31). Le Nil nous est donc connu sur quatre mois de navigation ou de marche (outre la partie de son cours qui se trouve en Égypte) : c'est le temps qu'il faut au total pour aller d'Éléphantine chez ces Transfuges. Le fleuve vient de l'ouest et du couchant[41]. Au-delà, personne ne peut rien affirmer, car les chaleurs torrides font de ce pays un désert.

L'expédition des Nasamons.

(32). Cependant, voici ce que m'ont dit quelques Cyrénéens : ils étaient allés consulter l'oracle d'Ammon et, au cours d'un entretien avec le roi des Ammoniens, Étéarque, entre autres propos l'on en vint à dire, en parlant du Nil, que personne n'en connaissait les sources. Étéarque dit alors qu'il avait un jour reçu des Nasamons (ce sont des Libyens qui habitent la Syrte et un peu du pays à l'est de la Syrte)[42]. En les recevant il leur avait demandé s'ils pouvaient lui fournir quelques renseignements nouveaux sur les déserts de la Libye ; ils répondirent qu'il y avait eu, dans quelques grandes familles de leur pays, des jeunes gens téméraires qui, arrivés à l'âge d'homme, entre autres projets extravagants, avaient décidé de tirer au sort cinq d'entre eux qui s'en iraient explorer les déserts de la Libye et tenteraient d'en voir plus que les voyageurs qui étaient allés le plus loin. — Les côtes septentrionales de la Libye, de l'Égypte au cap Soloéis[43] où elle se termine, sont entièrement peuplées de Libyens et de nombreuses tribus de la même race, à l'exception des possessions grecques et phéniciennes. L'intérieur du pays, au-delà des régions côtières habitées, appartient aux bêtes sauvages ; plus loin, il n'y a plus que sable, sécheresse terrible et désert total. Donc les jeunes gens envoyés par leurs camarades, bien pourvus d'eau et de vivres, traversèrent d'abord les terres habitées ; après quoi, ils parvinrent au domaine des bêtes sauvages et, de là, entrèrent dans le désert, en marchant toujours vers le vent d'ouest. Après bien des jours de marche à travers de vastes étendues de sable, ils virent une plaine où poussaient des arbres dont ils allèrent aussitôt cueillir les fruits : à ce moment survinrent de petits hommes, d'une taille en dessous de la moyenne, qui s'emparèrent d'eux et les emmenèrent. Les Nasamons ne comprenaient pas leur langue et eux ne comprenaient pas celle des Nasamons. On leur fit traverser de vastes marécages, après lesquels ils trouvèrent une ville où tout le monde avait la même taille que leurs ravisseurs, et la peau noire. Près de cette ville passait un grand fleuve qui coulait d'ouest en est et dans lequel on voyait des crocodiles[44].

(33). Je n'en dirai pas davantage sur ce récit de l'Ammonien Étéarque, sauf toutefois ceci : il disait, selon les Cyrénéens, que les Nasamons étaient rentrés dans leur patrie, et que les gens du pays qu'ils avaient découvert étaient tous sorciers. Quant au fleuve qui coulait là-bas, Étéarque supposait que c'était le Nil, et la réflexion le prouve. En effet le Nil vient de la Libye, qu'il coupe par le milieu ; et, comme je le conjecture en m'aidant du connu pour expliquer l'inconnu, son cours doit avoir un développement égal à celui de l'Istros. L'Istros vient du pays des Celtes et de la ville de Pyréné, et partage l'Europe en deux. (Les Celtes habitent au-delà des Colonnes d'Héraclès et sont les voisins des Cynésiens, le plus occidental des peuples de l'Europe.) L'Istros traverse donc toute l'Europe et se jette dans le Pont-Euxin, à l'endroit où les colons de Milet ont fondé Istria[45].

(34). Mais si l'Istros est bien connu, puisqu'il coule à travers des régions habitées, personne ne peut rien dire des sources du Nil ; car la Libye qu'il traverse est un pays désertique et inhabité. Sur son cours, tout ce que l'enquête la plus étendue m'a permis de découvrir se trouve exposé ici. Le Nil se termine en Égypte, et l'Égypte se trouve presque en face des montagnes de la Cilicie. De là jusqu'à Sinope, sur le Pont-Euxin, il y a en ligne droite cinq jours de route pour un bon marcheur. Et Sinope se trouve en face de l'embouchure de l'Istros. Ainsi le cours du Nil en Libye doit, à mon avis, correspondre à celui de l'Istros[46]. Mais, sur le sujet du Nil, je ne m'étendrai pas davantage.

COUTUMES DES ÉGYPTIENS

(35). Je vais maintenant parler longuement de l'Égypte, car nul autre pays au monde ne contient autant de merveilles, et nul autre pays ne présente autant d'ouvrages qui défient toute description ; je lui consacrerai donc un plus long exposé. Les Égyptiens ont un climat très particulier, un fleuve dont le régime ne ressemble à aucun autre ; ils ont aussi, en général, des coutumes et des lois contraires à celles du reste du monde. Chez eux, les femmes vont au marché et font le commerce, les hommes gardent la maison et tissent[47]. Partout l'on tisse en menant la trame de bas en haut : les Égyptiens la mènent de haut en bas. Les hommes portent les fardeaux sur leur tête, les femmes sur leurs épaules. Pour uriner les femmes restent debout, les hommes s'accroupissent. Ils satisfont leurs besoins naturels dans les maisons, mais ils mangent dans la rue, ce qu'ils expliquent en disant que, si les nécessités honteuses du corps doivent être dérobées à la vue, les autres doivent se faire en public. Une femme ne peut être prêtresse d'aucune divinité, ni masculine ni féminine ; les prêtres sont des hommes, pour les déesses comme pour les dieux[48]. Les fils ne sont nullement obligés de nourrir leurs parents, s'ils ne le veulent pas, mais les filles le sont, qu'elles le veuillent ou non[49].

(36). Les prêtres des dieux portent ailleurs les cheveux longs : en Égypte ils ont la tête rasée. Partout ailleurs, la coutume veut que, dans un deuil, les plus proches parents du mort coupent leurs cheveux : les Égyptiens, après le décès d'un parent, laissent croître leurs cheveux et leur barbe, alors qu'ils étaient rasés auparavant. Partout ailleurs, hommes et animaux vivent séparés : en Égypte ils vivent ensemble. Les autres peuples se nourrissent de froment et d'orge : pour les Égyptiens c'est un déshonneur infamant d'user de ces grains, et ils tirent leur nourriture de l'épeautre (qu'on appelle aussi *zeia*). Ils pétrissent la pâte avec les pieds, mais l'argile avec les mains, et c'est avec les mains aussi qu'ils ramassent le fumier. Ailleurs on laisse les parties naturelles telles qu'elles sont, sauf chez les peuples qui ont adopté la coutume égyptienne : les Égyptiens pratiquent la circoncision[50]. Chez eux, les hommes portent deux vêtements, les femmes un seul. Les anneaux et les cordages des voiles sont, partout ailleurs, fixés à l'extérieur de l'embarcation : en Égypte ils sont placés à l'intérieur. Les Grecs écrivent et disposent les jetons qui servent à calculer en déplaçant la main de gauche à droite : les Égyptiens vont de droite à gauche, et ce faisant ils assurent qu'ils écrivent à l'endroit, et les Grecs à l'envers. Ils ont deux sortes d'écritures, appelées l'une sacrée, l'autre populaire[51].

Religion.

(37). Comme ils sont de beaucoup les plus religieux des hommes, ils observent certaines coutumes que je vais dire. Ils boivent dans des coupes de bronze qu'ils nettoient chaque jour soigneusement; personne ne manque à cette règle. Ils portent des vêtements de lin, toujours fraîchement lavés : c'est un point de la plus grande importance pour eux. Ils pratiquent la circoncision par souci de la propreté, qu'ils préfèrent à une meilleure apparence. Les prêtres se rasent le corps entier tous les deux jours, pour éviter toute vermine et toute souillure pendant qu'ils servent leurs dieux. Les prêtres ne portent que des vêtements de lin et des sandales de papyrus; les autres vêtements et chaussures leur sont interdits. Ils se lavent à l'eau froide deux fois par jour et deux fois par nuit, et doivent encore observer bien d'autres prescriptions impossibles à énumérer. En récompense ils ont bon nombre d'avantages : ils n'usent ni ne dépensent rien de leurs biens personnels, on leur prépare des aliments sacrés, et chacun reçoit chaque jour de la viande de bœuf et d'oie en abondance; on leur donne aussi du vin de raisin; toutefois, le poisson leur est interdit. Les Égyptiens ne sèment jamais de fèves dans leur pays, et, s'il en pousse, ils ne les mangent ni crues ni cuites. Les prêtres n'en supportent même pas la vue, car ce légume est impur à leurs yeux[52]. Chaque dieu a, non pas un seul, mais plusieurs prêtres, dont l'un est le grand-prêtre; quand meurt un prêtre, son fils lui succède.

Les sacrifices.

(38). Les bovidés mâles sont, pour eux, propriété d'Épaphos[53], et ils les soumettent en conséquence à l'examen suivant : si l'on trouve sur l'animal un seul poil noir, on le juge impur. Un prêtre spécial procède à l'examen de la bête debout et couchée, et lui fait tirer la langue pour s'assurer de l'absence de signes déterminés dont je parlerai ailleurs[54]; enfin, il regarde si les poils de la queue sont plantés normalement. La bête reconnue pure sur tous ces points reçoit une marque : le prêtre enroule autour de ses cornes une bandelette qu'il scelle d'un peu de terre glaise où il appose son cachet. On peut alors emmener la bête. Sacrifier un bovidé qui ne porte pas cette marque est puni de mort. C'est ainsi qu'on examine l'animal. Voici maintenant comment se fait le sacrifice.

(39). La bête marquée par le vérificateur est conduite à l'autel du sacrifice ; on allume le feu, on verse sur la victime, près de l'autel, une libation de vin, on invoque le dieu, puis on égorge la bête ; ensuite on lui coupe la tête. On dépouille le corps, mais on charge la tête de malédictions et on l'emporte : s'il y a un marché dans la région et si des commerçants grecs s'y sont établis, on va la leur vendre ; s'il n'y a pas de marchands grecs, on la jette dans le fleuve. On maudit les têtes des victimes en ces termes : « Si quelque malheur menace ceux qui offrent le sacrifice ou l'Égypte tout entière, qu'il soit détourné sur cette tête ! » Pour les têtes des victimes qu'ils offrent aux dieux et pour les libations de vin, tous les Égyptiens suivent les mêmes règles, dans tous leurs sacrifices ; et par suite pas un Égyptien ne consentirait à manger de la tête de quelque créature que ce soit.

(40). Pour prélever les entrailles des victimes et les brûler, il y a des règles particulières à chaque sacrifice. Je ne parlerai donc que de leur plus grande divinité, celle dont la fête est la plus importante[55]. Après avoir écorché le bœuf, on prononce les prières, puis on retire les intestins de la bête sans toucher aux autres viscères ni à la graisse ; on coupe les pattes, l'extrémité de la croupe, les épaules et le cou, puis on remplit la carcasse de pains de pure farine, de miel, de raisins secs, de figues, d'encens, de myrrhe et d'autres aromates ; puis on le brûle en offrande, en l'arrosant copieusement d'huile. On doit jeûner avant d'offrir un sacrifice et, pendant que le feu consume la victime, tous les assistants se meurtrissent de coups : ce rite accompli, on fait un festin des chairs prélevées sur la victime.

(41). Dans toute l'Égypte, les bovidés mâles et les veaux reconnus purs sont offerts en sacrifice ; mais on ne doit pas sacrifier les vaches qui sont consacrées à Isis. En effet les statues d'Isis la représentent sous la forme d'une femme avec des cornes de vache, comme Io chez les Grecs, et toute l'Égypte vénère les vaches plus que tout autre animal[56]. Aussi, ni homme ni femme en Égypte ne consentirait à embrasser un Grec sur la bouche, pas plus qu'à user du couteau, des broches ou du chaudron d'un Grec, ou à goûter à la chair d'une victime pure qui aurait été découpée à l'aide du couteau d'un Grec. Voici ce que l'on fait des bêtes mortes de mort naturelle : les vaches sont jetées dans le fleuve, mais on enterre les mâles dans les faubourgs de la ville, en laissant l'une des cornes, où même les deux, pointer au-dessus du sol, pour marquer l'emplacement. La décomposition du corps achevée, au temps prescrit une barque part de l'île qu'on appelle Prosopitis et passe par toutes les cités. — Cette île est dans le Delta, elle a neuf schènes de pourtour ; elle contient un grand nombre de cités, outre celle d'où partent les barques chargées de recueillir les ossements des bovidés, qui s'appelle Atarbèchis[57] et renferme un temple d'Aphrodite fort vénéré. De cette ville partent sans cesse des gens dans toutes les directions : ils déterrent les squelettes et les emportent pour les ensevelir tous en un même lieu. Ils traitent de la même manière tous les bestiaux qui viennent à mourir. C'est une loi chez eux, car on ne tue pas non plus ces animaux.

(42). Tous ceux qui ont élevé un temple à Zeus Thébain ou sont du nome Thébain ne touchent pas aux moutons et sacrifient des chèvres — car les Égyptiens n'adorent pas tous les mêmes dieux, sauf Isis et Osiris (c'est notre Dionysos, disent-ils), qui, eux, sont vénérés partout en Égypte. En revanche, ceux qui ont un temple de Mendès ou qui sont du nome de Mendès ne touchent pas aux chèvres et sacrifient des moutons[58]. Les Thébains et ceux qui s'abstiennent comme eux de sacrifier des moutons donnent à cette loi l'origine suivante : Héraclès, disent-ils, voulut absolument voir Zeus, qui ne voulait pas se montrer à lui ; enfin, devant l'insistance d'Héraclès, le dieu s'avisa d'un artifice : il dépouilla un bélier, lui coupa la tête qu'il tint devant son visage, revêtit la toison de l'animal et apparut à Héraclès sous ce déguisement. C'est pourquoi les Égyptiens donnent une tête de bélier à la statue de Zeus, et la coutume en a passé des Égyptiens aux Ammoniens, colons d'Égypte et d'Éthiopie, qui parlent un mélange des deux langues. D'ailleurs, le nom même d'Ammoniens, à mon avis, leur est venu de là : Amoun est le nom que les Égyptiens donnent à Zeus[59]. Les Thébains ne sacrifient pas de béliers, bêtes pour eux sacrées en raison de cette légende. Mais, un seul jour par an, lors de la fête de Zeus, ils en immolent un et l'écorchent pour revêtir de sa peau, conformément à la légende, la statue du dieu devant laquelle ils apportent ensuite une autre statue qui représente Héraclès. Puis tous les desservants du temple, en se frappant la poitrine, pleurent la mort du bélier, qu'on ensevelit ensuite dans une sépulture qui est sacrée.

Héraclès. (43). Cet Héraclès est, d'après ce qu'on m'a dit, l'un des douze dieux. Pour l'autre Héraclès, celui des Grecs, nulle part en Égypte je n'ai pu en entendre parler. Je puis du moins affirmer que les Égyptiens ne l'ont pas reçu des Grecs : ce sont plutôt les Grecs qui ont pris ce nom à l'Égypte, et plus précisément ceux des Grecs qui ont ainsi nommé le fils d'Amphitryon. J'en vois bien des preuves, entre autres celle-ci : les parents de cet Héraclès, Amphitryon et Alcmène, descendaient tous les deux d'Égyptos[60] ; de plus, les Égyptiens ne connaissent, disent-ils, ni Poséidon ni les Dioscures, et ces divinités ne figurent pas au nombre de leurs dieux ; or s'ils avaient pris à la Grèce quelque divinité, ils auraient probablement gardé, plus que de tout autre, le souvenir de ces dieux-là, si dès cette époque ils s'aventuraient en mer et s'il y avait des marins chez les Grecs, comme je le suppose, — et la chose est sûre. Ces divinités leur seraient donc bien mieux connues qu'Héraclès. En fait Héraclès est pour les Égyptiens une divinité très ancienne : d'après eux c'est dix-sept mille ans avant le règne d'Amasis que les huit dieux primitifs ont donné naissance aux douze dieux[61], au nombre desquels ils placent Héraclès.

(44). J'ai voulu demander à des personnes compétentes quelques précisions sur ce sujet et me suis rendu à Tyr en Phénicie, parce qu'il s'y trouvait, me disait-on, un sanctuaire d'Héraclès particulièrement vénéré[62]. J'ai vu les offrandes riches et nombreuses qui ornent ce temple et, en particulier, deux stèles, l'une d'or fin, l'autre d'émeraude qui brille la nuit d'un vif éclat[63]. J'ai pu m'entretenir avec les prêtres du dieu et leur ai demandé depuis combien de temps leur temple existait ; j'ai constaté alors qu'ils n'étaient pas non plus d'accord avec les Grecs : leur temple, me dirent-ils, remontait à la fondation de la ville, et leur ville était habitée depuis deux mille trois cents ans[64]. J'ai vu là encore un autre temple d'Héraclès, invoqué sous le nom d'Héraclès Thasien. Je me suis alors rendu à Thasos où j'ai trouvé un temple d'Héraclès, élevé par des Phéniciens qui, partis sur mer à la recherche d'Europe[65], ont établi dans l'île une colonie, — et cela cinq générations d'hommes avant la naissance en Grèce de l'Héraclès qui est fils d'Amphitryon. Donc, mon enquête prouve clairement qu'Héraclès est un dieu fort ancien et, à mon avis, les Grecs les plus sages sont ceux qui ont deux sanctuaires différents dédiés à deux Héraclès et sacrifient à l'un comme à un immortel sous le nom d'Olympien, mais accordent à l'autre le culte dû à un héros[66].

(45). Les Grecs racontent encore bien d'autres fables, sans nul esprit critique, et voici sur Héraclès une de leurs histoires, qui est fort sotte. Quand le héros vint en Égypte, racontent-ils, les Égyptiens le couronnèrent comme une victime et l'emmenèrent en grande pompe pour l'immoler à Zeus. Héraclès se tint tranquille tout d'abord ; mais lorsque au pied de l'autel ils voulurent commencer les cérémonies du sacrifice, il fit appel à sa force et massacra tout le monde[67]. Par ce récit, les Grecs manifestent à mes yeux leur complète ignorance du naturel et des lois des Égyptiens. Comment un peuple à qui sa religion ne permet même pas de sacrifier des animaux, sauf des porcs, des bœufs et des veaux (s'ils sont reconnus purs), et des oies, pourrait-il sacrifier des êtres humains ? Et cet Héraclès, qui était tout seul et n'était encore, à ce qu'ils prétendent, qu'un simple mortel, quelle vraisemblance y a-t-il à dire qu'il a massacré des milliers d'hommes ?

Je n'en dirai pas plus là-dessus : puissé-je obtenir ainsi la faveur des dieux et des héros !

(46). Si les Égyptiens que j'ai dits ne sacrifient ni chèvres ni boucs, en voici la raison : les habitants du nome de Mendès mettent Pan[68] au nombre de huit dieux, et d'après eux ces huit dieux ont existé avant les douze dieux[69]. Or, leurs peintres et leurs sculpteurs donnent à Pan dans leurs images, tout comme les Grecs, une tête de chèvre et des pieds de bouc ; — ils ne pensent d'ailleurs pas qu'il ait cet aspect et le croient semblable aux autres dieux ; mais je juge préférable de taire la raison pour laquelle ils lui donnent cette forme. Les Mendésiens vénèrent donc toute l'espèce chèvre, les boucs plus encore que les femelles, et les chevriers sont chez eux spécialement honorés. L'un des boucs est l'objet d'une vénération particulière et, lorsqu'il meurt, le nome Mendésien tout entier doit prendre le deuil. Le bouc et le dieu Pan portent tous les deux en langue égyptienne le nom de « Mendès ». Dans ce nome un prodige eut lieu de mon temps : un bouc s'accouplait publiquement à une femme ; le fait fut notoire.

(47). Le porc passe chez les Égyptiens pour une bête impure. Qui en frôle un au passage va aussitôt se plonger dans le fleuve tout habillé ; de plus, les porchers, quoique Égyptiens de naissance, sont seuls en Égypte à ne pouvoir entrer dans aucun temple ; personne ne consent à donner sa fille en mariage à un porcher, ni à prendre femme chez eux : ils se marient entre eux. Il n'est pas permis en Égypte de sacrifier un porc aux dieux, sauf à la Lune et à Dionysos, qui admettent tous les deux cette victime au même moment, pendant la même pleine lune ; après le sacrifice, on mange la chair de la bête. Pourquoi les

Égyptiens, qui dans les autres fêtes ont horreur des porcs, en sacrifient-ils dans celle-ci ? Ils en donnent une raison que je connais, mais je juge plus convenable de la taire [70]. Voici comment on sacrifie des porcs à la Lune : après avoir frappé la victime, le sacrificateur rassemble l'extrémité de la queue, la rate et l'épiploon, qu'il recouvre de toute la graisse qui se trouvait dans le ventre de la bête, et il fait brûler le tout. On mange le reste de l'animal le jour de pleine lune où le sacrifice a eu lieu ; en tout autre jour de l'année, personne n'y toucherait plus. Les Égyptiens pauvres offrent à ces dieux, faute de ressources, des figurines de porcs en pâte cuite.

(48). Pour Dionysos, en revanche, chacun égorge un pourceau devant sa porte, au premier jour de la fête du dieu, et le rend au porcher qui le lui a vendu, pour qu'il l'emporte. Le reste de la fête se déroule en Égypte exactement comme en Grèce ou presque, sauf pour les chœurs de danse ; mais, au lieu de phallus, ils ont imaginé de faire des statuettes d'une coudée environ, mues par des fils, que les femmes promènent par les villages en faisant mouvoir le membre viril, qui n'est pas beaucoup moins grand que le reste du corps. Un joueur de flûte ouvre la marche, les femmes suivent en chantant des hymnes à Dionysos. Pourquoi ce membre viril démesurément grand ? Pourquoi est-ce la seule partie du corps qu'on fasse remuer ? Il y a sur ce sujet un texte sacré [71].

Origine des dieux grecs.

(49). À ce propos, je crois que Mélampous [72] fils d'Amythaon, loin d'ignorer ce rite, l'a parfaitement connu : car c'est lui qui introduisit Dionysos en Grèce, ainsi que les cérémonies de son culte et la procession du phallus. Il est vrai qu'il n'a pas tout compris et expliqué, et que les Sages qui vinrent après lui ont complété ses enseignements ; mais c'est Mélampous qui introduisit en Grèce la procession du phallus en l'honneur du dieu, et c'est à lui que les Grecs doivent les rites qu'ils accomplissent encore maintenant. Pour moi, je prétends que Mélampous fut un homme habile qui institua l'art de la divination et introduisit en Grèce, entre autres sciences apprises en Égypte, le culte de Dionysos, avec quelques modifications de peu d'importance. Je n'admettrai certes jamais une ressemblance toute fortuite entre les cultes de Dionysos en Égypte et en Grèce : si tel était le cas, ce culte serait en complet accord avec les coutumes des Grecs et son apparition chez nous n'aurait pas été tardive. Je n'admettrai pas davantage que les Égyptiens aient pris ces rites ou toute autre pratique à la Grèce. Il me semble bien plus probable que Mélampous ait connu le culte de Dionysos par le Tyrien Cadmos [73] et les Phéniciens qui s'installèrent avec lui dans la contrée qu'on appelle aujourd'hui la Béotie.

(50). En fait, la Grèce a reçu de l'Égypte presque tous les noms de ses divinités [74]. Ils nous viennent des Barbares, mes recherches m'en ont convaincu, et surtout, je crois, de l'Égypte. Sauf Poséidon et les Dioscures, comme je l'ai dit plus haut, ainsi qu'Héra, Hestia, Thémis, les Charites et les Néréides, toutes les autres divinités ont toujours été connues en Égypte ; d'ailleurs, je ne fais ici que répéter ce que disent les Égyptiens eux-mêmes. Celles dont ils déclarent ne pas connaître les noms nous viennent, à mon avis, des Pélasges, sauf Poséidon : les Grecs ont pris ce dieu aux Libyens, seul peuple chez qui l'on trouve dès l'origine un dieu de ce nom — qu'ils continuent d'ailleurs à honorer[75]. Quant aux héros, les Égyptiens n'en connaissent pas non plus le culte[76].

(51). Voilà donc des coutumes que les Grecs ont prises à l'Égypte, et j'en signalerai d'autres encore. Mais les statues ithyphalliques d'Hermès leur viennent des Pélasges, et non des Égyptiens ; les Athéniens, les premiers, leur empruntèrent cet usage et le transmirent au reste de la Grèce. En effet des Pélasges vinrent s'établir aux côtés des Athéniens, que l'on reconnaissait déjà pour des Grecs, et par là ils commencèrent eux aussi à compter au nombre des Grecs. Tout initié aux mystères des Cabires[77] que l'on célèbre à Samothrace (où les Pélasges les ont introduits) comprendra ce que je veux dire ; car les Pélasges, voisins plus tard des Athéniens, habitaient primitivement Samothrace, et les Samothraciens leur doivent leurs mystères. Donc, les Athéniens furent les premiers des Grecs à faire des statues ithyphalliques d'Hermès, pour l'avoir appris des Pélasges. Et les Pélasges ont, pour expliquer cette coutume, un texte sacré que l'on révèle dans les mystères de Samothrace.

(52). Les Pélasges sacrifiaient primitivement aux dieux et les priaient, ai-je appris à Dodone, sans en désigner aucun par un surnom ou un nom particulier ; car jamais encore ils ne les avaient entendu nommer. Ce terme général de *dieux* — *théoi* — était tiré de l'idée qu'ils avaient imposé — *thentès* — à l'univers son contenu et son organisation et les maintenaient. Longtemps après, ils connurent par l'Égypte les noms des dieux, sauf celui de Dionysos qu'ils n'apprirent que beaucoup plus tard. Quelque temps après, ils consultèrent l'oracle de Dodone[78] sur ces noms — c'est, de l'avis général, le plus ancien oracle de la Grèce, et il n'y en avait pas d'autres à cette époque. Donc, quand ils demandèrent à Dodone s'ils devaient adopter ces noms qui leur venaient des Barbares, la réponse de l'oracle fut affirmative. Dès lors ils employèrent dans leurs sacrifices ces noms de divinités, que les Grecs leur prirent par la suite.

(53). Quelle est l'origine de chacun de ces dieux? Ont-ils toujours existé? Quelles formes avaient-ils? Voilà ce que les Grecs ignoraient hier encore, pour ainsi dire. Car Hésiode et Homère ont vécu, je pense, quatre cents ans tout au plus avant moi; or ce sont leurs poèmes qui ont donné aux Grecs la généalogie des dieux et leurs appellations, distingué les fonctions et les honneurs qui appartiennent à chacun, et décrit leurs figures. Les poètes que l'on dit antérieurs à ces deux hommes leur sont, à mon avis, postérieurs [79]. (De tout ceci, le début reprend les dires des prêtresses de Dodone, mais le reste, à propos d'Hésiode et d'Homère, est mon opinion personnelle.)

Origine de l'oracle de Dodone.

(54). Sur les deux oracles qui se trouvent l'un en Grèce, l'autre en Libye, voici ce que racontent les Égyptiens. Aux dires des prêtres du Zeus Thébain, les Phéniciens enlevèrent un jour de Thèbes deux femmes consacrées au service du dieu, et l'on sut que l'une avait été vendue en Libye, l'autre chez les Grecs. Ce sont elles, disent-ils, qui, les premières, introduisirent les oracles chez ces deux peuples. Je leur demandais d'où ils tenaient une pareille certitude; ils me dirent qu'on avait fait des recherches minutieuses sans pouvoir retrouver ces femmes, mais qu'on avait obtenu plus tard à leur sujet les renseignements mêmes qu'ils me donnaient.

(55). Voilà ce que j'ai entendu des prêtres de

Thèbes, et voici ce que disent les prophétesses de Dodone : deux colombes noires envolées de la Thèbes des Égyptiens gagnèrent, l'une la Libye, l'autre leur pays ; celle-ci se posa sur un chêne et, parlant avec une voix humaine, déclara qu'il fallait établir en cet endroit un oracle de Zeus ; les gens de Dodone pensèrent que cet ordre leur venait d'un dieu, et par suite ils s'y conformèrent. Quant à la colombe arrivée en Libye, elle ordonna, disent-elles, aux Libyens de fonder un oracle d'Ammon — c'est également un oracle de Zeus. Les prêtresses de Dodone, dont l'aînée s'appelle Proménéia, la seconde Timarété, la plus jeune Nicandra, me firent ce récit, et les autres Dodonéens serviteurs du temple étaient d'accord avec elles.

(56). Voici là-dessus mon opinion personnelle : si les Phéniciens ont vraiment enlevé ces prêtresses pour les vendre, l'une en Libye, l'autre en Grèce, cette dernière a dû, pour moi, être vendue dans une région qui fait aujourd'hui partie de la Grèce, mais qu'on appelait autrefois la Pélasgie, chez les Thesprotes. Esclave en ce pays, elle établit un sanctuaire de Zeus sous un chêne qui avait poussé là : il était normal que, prêtresse à Thèbes d'un temple de Zeus, elle en gardât le souvenir dans le pays où elle était arrivée ; puis elle institua un oracle, dès qu'elle connut la langue grecque ; elle raconta de plus que sa sœur avait été vendue en Libye par les Phéniciens qui l'avaient vendue elle-même.

(57). Le nom de « colombes » leur fut donné, je pense, par les Dodonéens parce qu'elles étaient des étrangères et que leur langage était pour eux semblable au ramage des oiseaux. Plus tard, disent-ils, la colombe prit une voix humaine : c'est lorsque cette femme se servit d'un langage qu'ils comprenaient; mais tant qu'elle leur parlait dans sa propre langue, elle leur semblait proférer, comme les oiseaux, des cris inintelligibles. Comment, d'ailleurs, une colombe pourrait-elle prendre une voix humaine? Enfin, en disant que cette colombe était noire, ils veulent faire entendre que la femme était Égyptienne. Les règles de l'art divinatoire appliquées à Thèbes en Égypte et à Dodone se trouvent fort ressemblantes. De plus la divination par l'examen des victimes nous est également venue d'Égypte[80].

Les fêtes.

(58). Pour les grandes fêtes religieuses, les processions et les offrandes aux dieux, ce sont assurément les Égyptiens qui les ont instituées les premiers et les Grecs les ont apprises d'eux. Voici qui me le prouve : leurs cérémonies sont manifestement fort anciennes, tandis que celles des Grecs sont d'apparition récente.

(59). Les Égyptiens ne se contentent pas d'une seule grande fête religieuse par an, ils en ont de fréquentes. La principale, et la plus populaire, a lieu à Bubastis, en l'honneur d'Artémis[81]; la seconde est celle d'Isis à Busiris : car dans cette ville, bâtie au milieu du Delta égyptien, se trouve un très grand temple d'Isis (qui est Déméter, en langue grecque) ; la troisième se célèbre à Saïs, en l'honneur d'Athéna[82]; la quatrième à Héliopolis, en l'honneur du Soleil; la cinquième à Bouto, en l'honneur de Léto; la sixième à Paprémis, en l'honneur d'Arès[83].

(60). Lorsque les Égyptiens vont aux fêtes de Bubastis, voici comment ils se conduisent : ils s'y rendent par le fleuve, hommes et femmes entassés pêle-mêle et nombreux dans chaque barque. Quelques-unes des femmes ont des crotales qu'elles font résonner, quelques hommes jouent de la flûte pendant tout le trajet; les autres, femmes et hommes, chantent et battent des mains. Arrivés à la hauteur d'une ville, ils poussent la barque au rivage : alors, certaines des femmes continuent à faire ce que j'ai dit, d'autres crient des railleries à l'adresse des femmes de la ville, d'autres dansent, d'autres encore, debout, retroussent leur robe. Voilà ce qu'elles font dans toutes les cités riveraines du fleuve qu'elles traversent. Parvenus à Bubastis, ils fêtent la déesse avec de grands sacrifices, et l'on boit plus de vin de raisin pendant cette solennité que pendant tout le reste de l'année. Il s'y rend, tant hommes que femmes (sans compter les petits enfants), quelque sept cent mille personnes selon les gens du pays.

(61). Voilà ce qu'ils font à Bubastis; pour la fête d'Isis à Busiris, j'ai déjà dit comment on la célèbre[84]. Après le sacrifice, ai-je dit, tous se meurtrissent de coups, hommes et femmes, qui se trouvent là par dizaines de mille. En l'honneur de quel dieu? Il ne m'est pas permis de le dire[85]. Les Cariens[86] qui habitent l'Égypte vont encore plus loin, car ils se tailladent le front avec leurs poignards; ce qui montre bien qu'ils sont des étrangers, et non des Égyptiens.

(62). Lorsqu'ils se rassemblent à Saïs pour sacrifier, tous allument pendant la nuit une multitude de lampes qu'ils disposent en plein air autour de leur maison. Ces lampes sont des coupelles remplies de sel et d'huile, avec une mèche qui flotte à la surface et brûle toute la nuit. Cette fête s'appelle la Fête des Lampes[87]. Les Égyptiens qui ne vont pas assister aux cérémonies observent cependant la nuit du sacrifice et tous allument aussi leurs lampes, si bien qu'il en brûle non seulement à Saïs, mais par toute l'Égypte. Pourquoi ces illuminations, et l'honneur réservé à cette nuit-là ? Il y a sur ce sujet un texte sacré.

(63). Les pèlerins qui se rendent à Héliopolis et à Bouto se contentent d'offrir des sacrifices. À Paprémis il y a d'abord, comme ailleurs, des sacrifices et des cérémonies rituelles. Mais, au déclin du soleil, seuls quelques prêtres continuent à s'occuper de la statue du dieu ; la plupart des autres, armés de massues de bois, se postent à l'entrée du temple. Ils affrontent plus d'un millier d'hommes qui, pour s'acquitter d'un vœu, s'arment aussi de bâtons et, en groupe compact, prennent position en face d'eux. La statue, placée dans un reposoir de bois doré, a été la veille transportée dans un autre lieu consacré. Les quelques prêtres laissés à sa garde se mettent en devoir de traîner le chariot à quatre roues qui porte le reposoir et la statue à l'intérieur du reposoir ; mais les prêtres postés dans le vestibule du temple leur en interdisent l'entrée : sur quoi les fidèles amenés là par leur vœu viennent au secours du dieu et tombent sur les prêtres, qui se défendent. Une violente bataille à coups de bâtons s'engage alors, et bien des têtes sont fracassées ; pas mal de combattants doivent même, il me semble, mourir de leurs blessures. Cependant les Égyptiens m'ont affirmé, pour leur part, qu'il n'y a jamais de victimes. Cette fête aurait, d'après les gens du pays, l'origine suivante : dans ce temple, disent-ils, habitait la mère d'Arès. Élevé loin d'elle, Arès revint, à l'âge d'homme, et voulut approcher de sa mère. Les serviteurs de la déesse, qui ne l'avaient encore jamais vu, lui refusèrent le passage et le chassèrent ; mais Arès, avec l'aide des habitants d'une autre cité, repoussa brutalement les serviteurs et arriva auprès de sa mère.

C'est là, dit-on, l'origine de cette bagarre en l'honneur d'Arès, pendant sa fête[88].

(64). L'interdiction de s'unir à des femmes dans des sanctuaires, ou d'y pénétrer sans s'être lavé après avoir eu commerce avec une femme, a été prononcée par les Égyptiens les premiers. Presque tous les autres peuples, sauf les Égyptiens et les Grecs, tolèrent qu'on s'unisse à des femmes dans les sanctuaires et qu'on y entre après l'acte sexuel sans s'être lavé, dans l'idée qu'il n'existe aucune différence entre les hommes et les animaux : on voit, disent-ils, les bêtes et les oiseaux de toute espèce s'accoupler dans les temples et les enclos consacrés aux dieux ; or, si cela déplaisait à la divinité, les bêtes elles-mêmes ne le feraient pas. Telles sont les raisons qu'ils invoquent pour commettre des actes que je ne saurais approuver.

Les animaux sacrés.

(65). Les Égyptiens observent scrupuleusement toutes les prescriptions de leur religion et, en particulier, celle que je vais dire. Leur pays ne contient pas beaucoup d'espèces animales, bien qu'il touche à la Libye, mais les animaux qu'il renferme, domestiques ou sauvages, sont tous sacrés à leurs yeux. Donner les motifs de cette consécration m'amènerait à traiter ici des mystères sacrés — ce dont j'évite par-dessus tout de parler : je n'ai fait d'allusions à ce sujet que lorsque je m'y trouvais absolument contraint. Voici les prescriptions qui concernent les animaux : des gardiens, hommes et femmes, choisis parmi les Égyptiens, veillent à la nourriture de chaque espèce en particulier ; c'est un honneur qui se transmet de père en fils. De plus les gens des villes s'acquittent envers eux de leurs vœux : quand ils prient le dieu auquel l'animal est consacré, ils rasent la tête de leurs enfants, entièrement, ou à moitié, ou au tiers, et pèsent les cheveux dans une balance contre de l'argent ; l'argent ainsi pesé va à la gardienne des animaux qui achète des poissons et les donne, coupés en morceaux, à ses bêtes. Ainsi les nourrit-on. Le meurtre d'un de ces animaux est puni de mort, s'il est volontaire, et, s'il est involontaire, d'une amende que fixent les prêtres. Mais qui tue un ibis ou un faucon, volontairement ou non, ne peut échapper à la mort[89].

Le chat.

(66). Si nombreux que soient leurs animaux domestiques, ils le seraient encore bien plus si les chats n'étaient victimes de quelques malheurs : quand les chattes ont mis bas, elles ne tolèrent plus la présence des mâles ; ceux-ci cherchent à les approcher, mais en vain ; ils imaginent alors de dérober aux femelles leurs petits qu'ils emportent et tuent, sans toutefois les manger. Privées de leurs chatons, les chattes en veulent d'autres et rejoignent les mâles, car ces bêtes aiment beaucoup leurs petits. De plus, lorsqu'un incendie éclate, ces bêtes se comportent de la façon la plus extraordinaire : tandis que les Égyptiens font la chaîne autour des flammes pour veiller sur leurs chats, sans se soucier d'éteindre l'incendie, ceux-ci se glissent entre les hommes ou bondissent par-dessus leurs têtes pour se jeter dans le feu. Pareils événements sont un grand deuil pour les Égyptiens. Enfin, dans la maison où un chat vient à mourir de sa belle mort, tous les habitants se rasent les sourcils seulement ; s'il s'agit d'un chien, ils se rasent la tête et le corps tout entier[90].

(67). On emporte les chats morts dans des bâtiments consacrés, à Bubastis, où on les embaume avant de leur donner une sépulture. Les chiens sont ensevelis dans leurs villes, dans des sépultures sacrées. Il en est de même pour les ichneumons. On transporte les musaraignes et les faucons à Bouto, les ibis à Hermopolis[91]. Les ours, qui sont rares, et les loups[92], qui ne sont guère plus grands que des renards, sont ensevelis à l'endroit même où l'on trouve leur cadavre.

Le crocodile.

(68). Voici maintenant les mœurs du crocodile : pendant les quatre mois les plus rudes de l'hiver, cet animal ne mange rien. C'est un quadrupède, mais il vit également sur la terre et dans l'eau. Il pond ses œufs et les fait éclore sur la terre et il passe la plus grande partie de la journée en terrain sec, mais la nuit tout entière dans le fleuve, car l'eau en est plus chaude que l'air nocturne et la rosée. C'est, de tous les êtres vivants qui nous sont connus, celui qui passe de la plus petite taille à la plus grande : car ses œufs ne sont guère plus gros que ceux de l'oie, et si, à sa naissance, le petit ne dépasse pas les dimensions de l'œuf, il croît au point d'atteindre dix-sept coudées, et même davantage. Il a les yeux du porc, mais des dents longues et saillantes, en rapport avec sa taille. Seul de tous les animaux, il n'a pas de langue ; il ne peut pas non plus faire mouvoir sa mâchoire inférieure et, seul encore en cela, rapproche la mâchoire supérieure de l'inférieure. Il a également des griffes puissantes, et le dos cuirassé d'écailles impénétrables. Aveugle dans l'eau, il a sur terre une vue très perçante. Comme il vit dans l'eau, les parois de sa gueule sont couvertes de sangsues. Or, les oiseaux et les animaux le fuient tous, sauf l'oiseau *trochile* qui vit en paix avec lui parce qu'il lui rend service : quand le crocodile a quitté l'eau pour la terre ferme et qu'il vient à bâiller (en général, il se tourne pour cela du côté du vent d'ouest), le trochile pénètre alors dans sa gueule et avale les sangsues ; et le crocodile, enchanté de ce service, ne fait aucun mal à l'oiseau [93].

(69). Pour certains des Égyptiens, les crocodiles sont sacrés ; les autres, au contraire, les traitent en ennemis. Autour de Thèbes et du lac Moéris, leur caractère sacré est tout particulièrement reconnu [94] : chaque région choisit un crocodile et le nourrit ; la bête a été apprivoisée, on lui met des pendants d'oreilles de pâte de verre et d'or, des bracelets aux pattes de devant, on lui offre une nourriture spéciale et des victimes et, de son vivant, on l'entoure de tous les soins possibles ; mort, on l'embaume et on le dépose dans une sépulture sacrée. En revanche, les gens d'Éléphantine, bien loin de les tenir pour sacrés, vont jusqu'à les manger. Les Égyptiens ne les appellent pas crocodiles, mais *champsai ;* le nom de crocodiles leur a été donné par les Ioniens, qui leur trouvaient quelque ressemblance avec leurs « crocodiles », — c'est-à-dire les lézards qui, chez eux, vivent dans les murs de pierres sèches.

(70). Il existe bien des façons de prendre ces animaux, mais je n'en décrirai qu'une, la plus curieuse à mon avis. On laisse descendre au fil de l'eau, comme appât, une échine de porc qui dissimule un hameçon, tandis que, sur la rive, le pêcheur tient un cochon de lait vivant qu'il frappe. Attiré par les cris du goret, le crocodile se dirige vers l'endroit d'où ils partent, rencontre l'échine de porc et l'avale ; on tire alors sur la ligne. Sitôt la bête hissée sur la berge, le pêcheur s'empresse de lui boucher les yeux avec de la terre glaise ; après quoi, il en vient très facilement à bout, mais sans cette précaution ce serait fort malaisé.

L'hippopotame.

(71). Les hippopotames sont sacrés dans le nome de Paprémis, mais ils ne le sont pas dans le reste de l'Égypte. Voici les caractéristiques de cet animal : c'est un quadrupède qui a le pied fourchu, les sabots du bœuf, un museau camus, la crinière du cheval, des dents saillantes, la queue et le hennissement du cheval et la taille des bœufs les plus gros[95]. Son cuir est si épais que, lorsqu'il est sec, on en fait des hampes de javelines.

(72). On trouve encore dans le Nil des loutres, qui sont également sacrées. Ils vénèrent aussi, parmi les poissons, celui qu'on appelle le lépidote et l'anguille, tous deux consacrés, dit-on, au Nil, et parmi les oiseaux les oies-chénalopex[96].

Le phénix.

(73). Il existe encore un autre oiseau sacré qu'on appelle le phénix[97]. Je ne l'ai moi-même vu qu'en peinture ; d'ailleurs il ne se montre en Égypte que rarement, — tous les cinq cents ans, disent les Héliopolitains, et seulement, d'après eux, quand son père est mort. S'il est tel qu'on le représente, voici sa taille et son aspect : son plumage est rouge et or ; en forme et en dimensions, il ressemble beaucoup à un aigle. L'ingéniosité qu'on lui prête n'est, à mon avis, qu'une légende invraisemblable : il quitte l'Arabie, dit-on, pour transporter le corps de son père, enrobé de myrrhe, au temple du Soleil et l'y ensevelir. Voici comment : il façonne d'abord un œuf de myrrhe, aussi gros qu'il peut le soulever, et s'essaie à le porter ;

quand il y a réussi, il creuse l'œuf, y dépose son père et bouche avec d'autre myrrhe le trou par lequel il l'a introduit — le corps placé dans l'œuf lui rend son poids primitif —, et l'oiseau emporte son père, ainsi enrobé, en Égypte, au temple du Soleil. Voilà ce que l'on raconte sur cet oiseau.

Les serpents.

(74). On trouve autour de Thèbes des serpents sacrés inoffensifs pour l'homme, qui sont de petite taille et portent deux cornes sur le sommet de la tête ; à leur mort, on les ensevelit dans le temple de Zeus, à qui, dit-on, ils sont consacrés[98].

(75). Il y a en Arabie, en face de la ville de Bouto, approximativement, un endroit où je me suis rendu pour me renseigner sur les serpents ailés. J'ai vu là-bas des os et des épines dorsales de serpents en nombre incalculable ; il y avait des amoncellements d'épines dorsales — certains très grands, d'autres plus ou moins hauts, mais en quantité. L'endroit où gisent toutes ces épines se présente ainsi : un étroit passage qui, des montagnes, aboutit à une grande plaine touchant à celle de l'Égypte. On dit qu'au printemps les serpents ailés s'envolent de l'Arabie pour gagner l'Égypte, mais que les ibis vont les attendre à la sortie de ce défilé pour les empêcher de passer et les tuent. C'est en reconnaissance de ce service, disent les Arabes, que l'ibis est grandement vénéré en Égypte ; et les Égyptiens expliquent eux aussi par là leur culte pour ces oiseaux[99].

L'ibis.

(76). Voici la description de l'ibis : il est tout entier d'un beau noir ; il a les pattes de la grue, un bec fortement recourbé, et la taille du crex. C'est là l'ibis noir, qui lutte contre les serpents. Une autre espèce d'ibis (car il y en a deux) se mêle plus familièrement aux hommes : cet oiseau a la tête et la gorge chauves et son plumage est blanc, sauf sur la tête, le cou, et les extrémités des ailes et de la queue, qui sont d'un beau noir ; les pattes et le bec ressemblent à ceux de l'autre espèce[100]. Le serpent ailé ressemble aux serpents d'eau ; il a des ailes sans plumes, très semblables à celles de la chauve-souris. — Mais sur les animaux sacrés de l'Égypte, nous n'en dirons pas davantage.

Mœurs des Égyptiens.

(77). Revenons maintenant aux hommes. Les Égyptiens des régions où l'on ensemence la terre sont, de tous les hommes, les gens les plus attachés à leur passé, et, de tous ceux que j'ai pu interroger, les plus instruits de beaucoup sur ce sujet. Voici leur genre de vie : ils se purgent pendant trois jours consécutifs chaque mois et cherchent à se maintenir en bonne santé par des émétiques et des lavements[101], dans l'idée que toutes nos maladies proviennent de la nourriture absorbée. D'ailleurs ils sont, après les Libyens, le peuple du monde qui jouit du meilleur état de santé, grâce, je pense, à leur climat, qui est le même en toute saison. Les changements sont, en effet, la cause principale des maladies, en particulier les changements de saison. Ils mangent un pain fait d'épeautre qu'ils appellent *kyllestis.* Ils ont un vin qu'ils tirent de l'orge, car ils n'ont pas de vignes dans leur pays[102]. Ils mangent certains poissons crus, séchés au soleil, ou conservés dans la saumure. Les cailles, les canards et les oiseaux de petite taille sont salés et mangés crus. Les autres oiseaux et poissons qu'ils ont dans leur pays (sauf ceux qu'ils tiennent pour sacrés), ils les mangent rôtis ou bouillis.

(78). Aux banquets des riches, à la fin du repas, un homme promène parmi les convives une figurine de bois qui représente un mort dans un cercueil, peinte et sculptée avec la plus grande exactitude et de la taille d'une ou deux coudées. Il l'exhibe à chacun des convives en lui disant : « Regarde-le, et maintenant bois et réjouis-toi, car tu seras comme lui quand tu seras mort. » Voilà leur coutume dans les festins[103]

(79). Ils suivent les coutumes de leurs ancêtres et n'en adoptent point de nouvelles. Entre autres usages dignes de mention, ils n'ont qu'un seul chant, le chant de Linos, qu'on chante également en Phénicie, à Chypre et ailleurs; il porte un nom différent dans chaque pays, mais l'on s'accorde à y reconnaître le chant en usage en Grèce sous le nom de Linos; et, parmi tout ce qui m'a étonné en Égypte, il y a ce chant : je me demande d'où les Égyptiens l'ont pris. Il est clair qu'ils l'ont toujours chanté; son nom est, en égyptien, Manéros : on m'a dit en Égypte que ce Manéros était le fils unique de leur premier roi, et qu'à sa mort (qui fut prématurée) les Égyptiens firent en son honneur ce chant de deuil, le premier et le seul qu'ils connaissent[104].

(80). Les Égyptiens ont une autre coutume que l'on retrouve en Grèce, mais seulement chez les Lacédémoniens : en toute rencontre, les jeunes gens cèdent le pas chez eux à leurs aînés et s'effacent devant eux; ils se lèvent à leur entrée. Voici en revanche un usage qui n'existe pas en Grèce : au lieu d'employer une formule de salutation, les passants s'inclinent profondément en abaissant la main à la hauteur du genou[105].

(81). Ils portent une tunique de lin avec des franges

autour des jambes, la *calasiris,* sur laquelle ils jettent un manteau de laine blanche. Toutefois, un vêtement de laine n'est jamais admis dans les sanctuaires ni enseveli avec eux : leur religion l'interdit. Cette règle se retrouve dans les cultes dits orphiques et bacchiques, qui sont en fait d'origine égyptienne et pythagoricienne[106] : les initiés à ces mystères ont eux aussi l'interdiction rituelle de se faire ensevelir dans des vêtements de laine. Il y a sur ce sujet un texte sacré.

(82). Les Égyptiens ont découvert ceci encore : les divinités auxquelles appartiennent chaque mois et chaque journée, le sort réservé à chaque homme selon le jour qui l'a vu naître, avec la mort qui l'attend et le caractère qu'il aura (les Grecs qui se sont occupés de poésie ont utilisé ces connaissances)[107]. Ils ont reconnu plus de signes divins que tous les autres peuples ensemble, car, à chaque fois qu'il s'en produit un, ils en observent et notent les conséquences ; si quelque événement du même ordre arrive par la suite, ils s'attendent à des conséquences semblables.

(83). Voici comment ils usent de la divination : aucun être humain chez eux ne possède cet art, qui est l'attribut de certains de leurs dieux. Héraclès rend chez eux des oracles, ainsi qu'Apollon, Athéna, Artémis, Arès et Zeus ; mais l'oracle qu'ils vénèrent entre tous est celui de Léto dans la ville de Bouto. On ne consulte pas tous les oracles de la même façon, il y a divers procédés.

(84). La médecine est, chez eux, divisée en spécialités : chaque médecin soigne une maladie et une seule. Aussi le pays est-il plein de médecins, spécialistes des yeux, de la tête, des dents, du ventre, ou encore des maladies d'origine incertaine.

Rites funèbres. (85). Voici leurs deuils et leurs cérémonies funèbres : dans la famille qui perd un homme de quelque considération, toutes les femmes de la maison se couvrent de boue la tête ou même le visage ; puis elles laissent le cadavre dans la maison et courent par la ville en se frappant la poitrine, le sein nu, la robe retroussée, retenue par une ceinture ; toutes leurs parentes se joignent à elles. Les hommes se frappent et se lamentent de leur côté, dans une tenue semblable. Cela fait, on emporte le corps pour le faire embaumer.

(86). Il y a des gens spécialement chargés de ce travail et dont c'est le métier[108]. Quand on leur apporte un mort, ils montrent à leurs clients des maquettes de cadavres, en bois, peintes avec une exactitude minutieuse. Le modèle le plus soigné représente, disent-ils, celui dont je croirais sacrilège de prononcer le nom en pareille matière[109] ; ils montrent ensuite le deuxième modèle, moins cher et moins soigné, puis le troisième, qui est le moins cher de tous. Après quoi, ils demandent à leurs clients de choisir le procédé qu'ils désirent voir employer pour leur mort. La famille convient du prix et se retire ; les embaumeurs restent seuls dans leurs ateliers, et voici comment ils procèdent à l'embaumement le plus soigné : tout d'abord à l'aide d'un crochet de fer ils retirent le cerveau par les narines ; ils en extraient une partie par ce moyen, et le reste en injectant certaines drogues dans le crâne. Puis avec une lame tranchante en pierre d'Éthiopie, ils font une incision le long du flanc, retirent tous les viscères, nettoient l'abdomen et le purifient avec du vin de palmier et, de nouveau, avec des aromates broyés. Ensuite, ils remplissent le ventre de myrrhe pure broyée, de cannelle, et de toutes les substances aromatiques qu'ils connaissent, sauf l'encens, et le recousent. Après quoi, ils salent le corps en le couvrant de natron pendant soixante-dix jours[110] ; ce temps ne doit pas être dépassé. Les soixante-dix jours écoulés, ils lavent le corps et l'enveloppent tout entier de bandes découpées dans un tissu de lin très fin et enduites de la gomme dont les Égyptiens se servent d'ordinaire au lieu de colle[111]. Les parents reprennent ensuite le corps et font faire un coffre de bois, taillé à l'image de la forme humaine, dans lequel ils le déposent ; et ils conservent précieusement ce coffre dans une chambre funéraire où ils l'installent debout, adossé contre un mur[112].

(87). Voilà le procédé le plus coûteux. Pour qui demande l'embaumement à prix moyen et ne veut pas trop dépenser, voici leurs méthodes : les embaumeurs chargent leurs seringues d'une huile extraite du cèdre et emplissent de ce liquide le ventre du mort, sans l'inciser et sans en retirer les viscères ; après avoir injecté le liquide par l'anus, en l'empêchant de ressortir, ils salent le corps pendant le nombre de jours voulu. Le dernier jour ils laissent sortir de l'abdomen l'huile qu'ils y avaient introduite ; ce liquide a tant de force qu'il dissout les intestins et les viscères et les entraîne avec lui. De son côté, le natron dissout les chairs et il ne reste que la peau et les os du cadavre. Après quoi, les embaumeurs rendent le corps, sans lui consacrer plus de soins.

(88). Voici la troisième méthode d'embaumement, pour les plus pauvres : on nettoie les intestins avec de la *syrmaia*[113], on sale le corps pendant les soixante-dix jours prescrits, puis on le rend aux parents qui l'emportent.

(89). Les femmes des grands personnages ne sont

pas, à leur mort, immédiatement données à embaumer, non plus que les femmes d'une grande beauté ou d'une grande réputation : on attend deux ou trois jours avant de les confier aux embaumeurs — ceci pour éviter que les embaumeurs n'abusent des cadavres : car l'un d'entre eux, dit-on, fut surpris au moment où il abusait du corps d'une femme qui venait de mourir ; il fut dénoncé par son collègue.

(90). Pour tout homme, Égyptien ou étranger semblablement, dont on reconnaît qu'il est mort victime d'un crocodile ou du fleuve lui-même, la ville sur le territoire de laquelle le cadavre a été rejeté est tenue de faire embaumer le corps et de lui accorder les funérailles les plus somptueuses, ainsi qu'une sépulture sacrée. Personne même n'a le droit de le toucher parmi ses proches ou ses amis : les prêtres du Nil peuvent seuls porter la main sur lui — car c'est désormais quelque chose de plus que le cadavre d'un homme —, et ils l'ensevelissent eux-mêmes [114].

Persée.

(91). Les Égyptiens s'opposent à l'introduction chez eux de coutumes grecques, et d'ailleurs des coutumes de tous les autres peuples en général. Ils ont tous sur ce point la même attitude. Cependant, il existe une grande ville du nome Thébain, Chemmis [115], près de Néapolis, où l'on voit, dédié à Persée [116], le fils de Danaé, un sanctuaire carré entouré de palmiers ; il a un portique de pierre fort grand, avec deux hautes statues de pierre. Cette enceinte renferme un temple dans lequel se dresse une statue de Persée. Les Chemmites disent que Persée leur apparaît souvent, tantôt en quelque endroit du pays, tantôt à l'intérieur du sanctuaire, et qu'on trouve parfois l'une des sandales qu'il a portées, longue de deux coudées[117]; quand elle apparaît, disent-ils, c'est la prospérité pour l'Égypte tout entière. Voilà ce que prétendent les Chemmites, et voici les honneurs qu'ils rendent à Persée, à la manière des Grecs : ce sont des jeux gymniques qui comprennent toutes les épreuves habituelles, avec, pour prix, du bétail, des manteaux de laine et des peaux de bête. Je leur ai demandé pourquoi ils sont seuls à jouir de ces fréquentes apparitions de Persée, et pourquoi ils se sont distingués des autres Égyptiens en célébrant des jeux gymniques : ils me répondirent que Persée était originaire de leur ville, car Danaos et Lyncée étaient des Chemmites qui passèrent en Grèce; et ils m'indiquèrent la descendance de ces héros jusqu'à Persée[118]. Arrivé en Égypte pour la raison qu'allèguent également les Grecs, c'est-à-dire pour rapporter de Libye la tête de la Gorgone, Persée, me dirent-ils, se rendit aussi chez eux et reconnut toute sa parenté; d'ailleurs, il connaissait le nom de Chemmis avant même de venir en Égypte, pour l'avoir appris de sa mère; enfin, c'était par son ordre qu'on célébrait des jeux gymniques en son honneur.

Lotus et papyrus.

(92). Ce sont là les coutumes des Égyptiens qui demeurent au sud des marais. Ceux qui habitent la région des marais[119] suivent les mêmes usages que le reste des Égyptiens; en particulier ils n'ont chacun qu'une femme, comme les Grecs; mais ils ont trouvé quelques procédés spéciaux pour se nourrir à peu de frais : quand le Nil en crue a fait des plaines une vaste mer, des lis que les Égyptiens appellent *lotus* poussent dans l'eau en abondance. Ils les cueillent et les font sécher au soleil, puis en pilent le cœur, qui ressemble au pavot, et en font des pains qu'on cuit au feu. La racine du lotus est également comestible et d'une saveur assez sucrée; elle est ronde et de la grosseur d'une pomme. D'autres lis, qui ressemblent à des roses, poussent également dans le fleuve [120] : leur fruit naît sur une pousse secondaire qui sort de la racine à côté de la tige principale, et il ressemble beaucoup à un rayon de guêpier; il renferme des graines comestibles, aussi grosses qu'un noyau d'olive et très nombreuses, qu'on mange fraîches ou sèches. Quant au papyrus, qui est une plante annuelle, ils l'arrachent dans les marais et coupent le haut de la tige, qui sert à d'autres usages [121] ; on mange ou l'on vend la partie inférieure, longue d'une coudée environ; pour avoir un mets qui soit vraiment bon, il faut la manger cuite à l'étouffée, à four très chaud. Certains d'entre eux vivent uniquement de poissons : ils vident les poissons qu'ils prennent, les font sécher au soleil et les mangent une fois secs.

Les poissons.

(93). Les poissons qui vivent en bandes ne se reproduisent pas en général dans les fleuves, ils croissent dans les marais, et voici leurs mœurs : quand ils sont pris du désir de frayer, ils descendent à la mer en troupes; les mâles sont en tête et répandent leur semence : les femelles qui les suivent la dévorent, et c'est ainsi qu'elles conçoivent. Une fois les femelles fécondées dans la mer, ils remontent le fleuve et chacun regagne son séjour accoutumé, mais l'ordre n'est plus le même et le rôle de guide passe alors aux femelles : elles vont en tête de la troupe et font ce que les mâles faisaient à l'aller : elles répandent leurs œufs en petits paquets de grains semblables aux graines de millet, et les mâles qui les suivent les avalent. Ces grains sont autant de poissons : ceux qui subsistent et échappent aux mâles donnent, en se développant, les poissons. Pêchés pendant leur descente à la mer, ces poissons présentent des meurtrissures au côté gauche de la tête ; pêchés pendant leur voyage de retour, ils en ont au côté droit, et voici pourquoi : pour descendre à la mer, ils longent la rive gauche du fleuve ; au retour, ils suivent la même rive, la serrent et la frôlent le plus possible, afin de ne pas être emportés loin de leur route par le courant. Quand le Nil entre en crue, les bas-fonds et les terrains marécageux au bord du fleuve sont submergés les premiers par les eaux d'infiltration ; or, à peine l'eau les a-t-elle recouverts qu'ils sont tous remplis de petits poissons. À quoi faut-il attribuer l'apparition de ces poissons ? Je crois le comprendre : l'année précédente, à la décrue du Nil, les poissons ont déposé leurs œufs dans la vase avant de s'en aller avec les dernières eaux ; quand l'eau revient au retour de la saison, les poissons en question sortent aussitôt de ces œufs. Voilà ce qu'il en est de ces poissons.

Le kiki.

(94). Les habitants de la région marécageuse ont une huile tirée du fruit des ricins ; ils l'appellent *kiki*[122], et voici comme ils la font : ils sèment au bord des rivières et des étangs cette plante, qui pousse en Grèce à l'état sauvage ; cultivée en Égypte, elle porte des fruits abondants, d'une odeur désagréable ; les fruits récoltés sont concassés et pressés, ou encore torréfiés et bouillis, et produisent un liquide que l'on recueille, liquide gras et tout aussi propre à l'éclairage que l'huile d'olive, mais d'une odeur insupportable.

Les moustiques.

(95). Contre les moustiques, très abondants chez eux, ils ont trouvé ces défenses : au-dessus de la région des marais, ils en sont protégés par les tours où ils montent pour dormir, car les vents empêchent les moustiques de voler haut. Dans la région des marais, ils ont un autre moyen : chacun y possède un filet qui lui sert pendant le jour à pêcher, mais qui la nuit a un autre usage : l'homme en enveloppe la couche où il prend son repos et se glisse dessous pour dormir. S'il dort enveloppé d'un manteau ou d'un drap, les moustiques le piquent à travers l'étoffe ; mais, à travers le filet, ils ne s'y essaient même pas.

Les bateaux.

(96). Leurs bateaux de transport sont faits de bois d'acacia, un arbre qui ressemble beaucoup au lotus de Cyrène et dont la sève donne une gomme. Ils le débitent en planches longues de deux coudées, qu'ils assemblent comme des briques, et voici comment ils donnent au vaisseau la forme voulue : ils fixent ces planches par de longues chevilles très rapprochées ; la coque ainsi construite, ils posent un plancher pardessus ; ils n'emploient pas de varangues, mais calfatent les joints intérieurs avec du papyrus. Ils font un seul gouvernail, qui traverse la quille ; le mât est en acacia, les voiles en papyrus. Les barques de ce genre ne peuvent remonter le courant, sauf par vent violent, et sont halées du rivage. En descendant le fleuve, voici comment on les manœuvre, au moyen d'un radeau fait de bois de tamaris tenu par une natte de joncs, et d'une pierre trouée qui pèse environ deux talents : le radeau, attaché par un câble à l'avant de la barque, descend au fil de l'eau, tandis que la pierre est, par un autre câble, accrochée à la poupe ; le courant s'empare du radeau, qui est emporté rapidement et remorque la *baris* (c'est le nom de ces barques), mais la pierre qui traîne par derrière et racle le lit du fleuve maintient le bateau en ligne droite. Ces bateaux sont très nombreux en Égypte, et certains portent une charge de plusieurs milliers de talents.

(97). Pendant la crue du Nil, les villes demeurent seules visibles au-dessus de l'eau, telles les îles dans la mer Égée : car l'Égypte entière devient une mer, et seules les villes émergent encore. À ce moment, les bateaux ne suivent plus les chenaux du fleuve, mais vont tout droit par la plaine. Ainsi, quand on remonte de Naucratis à Memphis, le bateau longe les pyramides : ce n'est pas la route normale, qui passe par la pointe du Delta et la ville de Kerkasôre. De la mer et de Canope à Naucratis en coupant par la plaine, on passera par la ville d'Anthylla et celle que l'on appelle Archandropolis [123].

(98). Anthylla, qui est une ville importante, est l'apanage concédé, pour sa chaussure, à la femme du roi régnant sur l'Égypte, — ceci depuis que le pays appartient aux Perses. L'autre ville doit son nom, je pense, au gendre de Danaos, Archandros, fils de Phthios et petit-fils d'Achéos, puisqu'on l'appelle Archandropolis. Peut-être y a-t-il eu un autre Archandros ; en tout cas, ce n'est pas un nom égyptien.

HISTOIRE DE L'ÉGYPTE

(99). Jusqu'ici, j'ai dit ce que mes yeux, mes réflexions et mes enquêtes m'ont appris ; je vais maintenant rapporter, sur l'histoire de ce pays, ce que j'ai entendu dire aux Égyptiens. J'y ajouterai toutefois quelques observations que j'ai pu faire personnellement.

Min.

Min fut le premier roi d'Égypte et c'est lui, m'ont dit les prêtres, qui a protégé Memphis par une digue. Le fleuve coulait alors tout entier au pied des montagnes sablonneuses de la rive Libyque ; Min fit barrer par une levée de terre le coude que le Nil dessinait vers le midi, à quelque cent stades en amont de Memphis, pour mettre à sec l'ancien lit, et, par un canal, contraindre le fleuve à couler au milieu de la vallée. De nos jours encore les Perses surveillent de près ce coude du Nil pour maintenir le fleuve dans son cours actuel, et ils consolident chaque année la digue qui le ferme ; car si le fleuve parvient un jour à la rompre et à se répandre de ce côté, Memphis risque d'être submergée tout entière. Puis, disent les prêtres, quand il eut transformé en sol ferme l'ancien lit du fleuve, ce Min, le premier roi du pays, y bâtit la ville qu'on appelle aujourd'hui Memphis (elle se trouve elle aussi dans la partie étroite de l'Égypte) ; puis, au-dehors de la ville, au nord et au couchant, il fit creuser un lac artificiel alimenté par l'eau du fleuve (au levant le Nil lui-même la protège). Enfin il éleva dans cette ville le temple d'Héphaistos, qui est vaste et particulièrement digne de mention[124].

Nitocris.

(100). Après lui, les prêtres m'ont cité, d'après un livre[125], les noms de trois cent trente autres rois. Dans cette longue suite de générations, il y avait dix-huit Éthiopiens et une femme d'origine égyptienne ; les autres étaient tous des hommes et des Égyptiens. La femme qui régna s'appelait Nitocris [126], comme la reine de Babylone. Cette reine, m'ont dit les prêtres, voulut venger son frère, le roi précédent, tué par ses sujets qui l'avaient ensuite prise elle-même pour souveraine, et, pour le venger, fit périr par ruse un grand nombre d'Égyptiens. Elle fit construire une salle souterraine immense et, sous prétexte de l'inaugurer — mais son dessein était tout autre —, elle invita ceux des Égyptiens qu'elle savait être les principaux responsables du meurtre de son frère et leur offrit un grand banquet ; en plein festin, elle déchaîna sur eux les eaux du fleuve, amenées par un long conduit secret. On ne m'en a pas dit plus long sur cette reine, sinon que, sa vengeance accomplie, elle se jeta dans une pièce pleine de cendres, pour se soustraire aux représailles.

Moéris.

(101). Les prêtres n'attribuaient aucun ouvrage important aux autres rois et ne leur accordaient en conséquence aucune illustration, à l'exception d'un seul, Moéris, qui fut le dernier d'entre eux [127]. On doit à ce roi le portique d'entrée du temple d'Héphaistos, du côté du nord, un lac artificiel (dont je donnerai plus loin le périmètre en stades), et des pyramides élevées dans ce lac (j'en indiquerai la hauteur quand je parlerai du lac). Voilà, disent-ils, les ouvrages que l'on doit à ce roi ; les autres n'ont rien fait.

Sésostris.

(102). Je ne dirai donc rien de ces rois et mentionnerai maintenant celui qui vint après eux et s'appelait Sésostris [128]. Parti du golfe Arabique avec des vaisseaux de guerre, ce roi, disaient les prêtres, conquit les bords de la mer Érythrée et poursuivit son expédition jusqu'au moment où il parvint à une mer trop peu profonde pour ses navires. De retour en Égypte, aux dires des prêtres, il leva une grande armée qu'il conduisit à travers le continent, en subjuguant tous les peuples sur sa route. Quand il rencontrait des peuples vaillants, farouches défenseurs de leur liberté, il élevait sur leur territoire des stèles sur lesquelles une inscription proclamait son nom, sa patrie et la victoire de ses armes ; chez ceux dont les villes étaient tombées sans combat entre ses mains, les stèles portaient la même inscription que pour les nations valeureuses, mais il y faisait graver en outre l'image des parties sexuelles de la femme, pour signaler leur lâcheté [129].

(103). Il poursuivit ainsi sa marche conquérante à travers tout le continent et, passé d'Asie en Europe, alla soumettre les Scythes et les Thraces [130]. C'est là, je crois, le point le plus éloigné qu'ait atteint l'armée égyptienne : car on peut voir dans ces pays les stèles érigées par Sésostris, mais plus loin on n'en trouve plus. De là, le roi revint sur ses pas. Quand il fut arrivé aux bords du Phase, je ne puis dire avec certitude si Sésostris lui-même détacha une partie de son armée pour l'établir dans ce pays, ou si des soldats, lassés de cette longue route, demeurèrent volontairement sur les bords du fleuve.

(104). Il est bien évident, en effet, que les Colchidiens sont d'origine égyptienne, et je l'avais reconnu par moi-même avant de l'avoir entendu dire par d'autres. Quand je me suis préoccupé de cette question, j'ai interrogé des gens des deux pays : or, les Colchidiens avaient sur les Égyptiens des souvenirs plus précis que les Égyptiens n'en avaient sur eux ; les Égyptiens, eux, m'ont dit qu'à leur avis les Colchidiens descendaient des troupes de Sésostris. Je l'avais conjecturé moi-même, pour la raison d'abord qu'ils ont la peau brune et les cheveux crépus — mais ceci ne prouve rien, car d'autres peuples présentent les mêmes particularités. Voici maintenant une preuve plus sûre : les Colchidiens, les Égyptiens et les Éthiopiens sont les seuls peuples qui aient de tout temps pratiqué la circoncision[131]. Les Phéniciens et les Syriens de Palestine reconnaissent qu'ils tiennent cet usage des Égyptiens ; les Syriens établis dans les vallées du Thermodon et du Parthénios, ainsi que les Macrons leurs voisins[132], déclarent l'avoir depuis peu emprunté aux Colchidiens. Voilà les seuls peuples qui aient cet usage, et l'on constate qu'ils observent sur ce point les mêmes règles que les Égyptiens. Des Égyptiens et des Éthiopiens, je ne saurais dire quel est le peuple qui a pris cette coutume à l'autre, car elle est, de toute évidence, des plus anciennes. Mais que les autres peuples la doivent à leurs relations avec l'Égypte, en voici encore une preuve très nette à mes yeux : ceux des Phéniciens qui sont en relation avec la Grèce n'imitent plus les Égyptiens sur ce point et ne font plus circoncire leurs enfants.

(105). J'ai encore à signaler, à propos des Colchidiens, un autre trait de ressemblance entre les Égyptiens et eux : ces deux peuples sont les seuls qui travaillent le lin de la même manière. De plus, leurs genres de vie et leurs langues présentent des ressemblances frappantes. À propos du lin, les Grecs appellent le lin de Colchide *lin sardonique*[133], et *lin égyptien* celui qui vient d'Égypte.

(106). Les stèles dressées dans ces régions par le roi Sésostris ont pour la plupart disparu, mais en Syrie de Palestine j'en ai vu quelques-unes encore debout, qui portent les inscriptions que j'ai dites et l'image des parties sexuelles de la femme. On trouve en Ionie deux images de ce roi gravées sur le roc, l'une sur la route d'Éphèse à Phocée, l'autre sur celle de Sardes à Smyrne. Elles représentent toutes les deux un homme haut de cinq empans [134], qui tient de la main droite une lance et de la main gauche un arc; le reste de son équipement est, de même, égyptien et éthiopien à la fois. D'une épaule à l'autre, en travers de la poitrine, court une inscription en caractères sacrés égyptiens, qui proclame : « J'ai conquis ce pays par la force de mes épaules. » Il n'indique ici ni son nom ni son pays, mais ils sont indiqués ailleurs. Certaines personnes qui ont vu ces images supposent qu'elles représentent Memnon : c'est être fort loin de la vérité.

(107). À son retour, l'Égyptien Sésostris, suivi des nombreux prisonniers qu'il ramenait des pays vaincus, parvint à Daphné de Péluse et, m'ont dit les prêtres, son frère, auquel il avait confié l'Égypte, l'invita dans sa demeure ainsi que ses fils : mais il fit amonceler du bois autour de la maison et y mit le feu. Dès qu'il s'en aperçut, Sésostris tint conseil avec sa femme (car il l'emmenait dans toutes ses expéditions). Elle lui conseilla d'étendre sur le bûcher deux de leurs six enfants, comme un pont jeté sur le brasier : en marchant sur leurs corps, ils échapperaient eux-mêmes aux flammes. Sésostris l'écouta : deux des enfants périrent ainsi, mais les autres furent sauvés avec leur père [135].

(108). De retour en Égypte Sésostris se vengea de son frère, puis il mit au travail la foule des prisonniers qu'il ramenait : ce sont eux qui ont traîné les pierres apportées sous son règne au temple d'Héphaistos, des blocs énormes; eux aussi qui, sous la contrainte, ont creusé tous les canaux qu'on voit de nos jours en Égypte, et par là ils ont, bien malgré eux, privé ce pays où circulaient autrefois chevaux et chars de ces deux moyens de transport : depuis ce temps l'Égypte, pays de plaine, se trouve impraticable aux chevaux et aux véhicules, en raison du grand nombre des canaux qui la sillonnent dans tous les sens. Voici pourquoi le roi fit couper ainsi le pays : les Égyptiens dont les villes n'étaient pas sur le fleuve, mais au milieu des terres, manquaient d'eau quand le Nil se retirait, et les puits ne leur donnaient qu'un breuvage fort saumâtre ; c'est ce qui fit couper l'Égypte par des canaux[136].

(109). Ce roi, m'ont dit les prêtres, partagea la terre entre tous les Égyptiens par lots carrés d'égale superficie ; il assura par là ses revenus, en imposant à leurs possesseurs une redevance annuelle. Tout homme à qui le fleuve enlevait une parcelle de son lot allait signaler la chose au roi ; Sésostris envoyait alors des gens inspecter le terrain et en mesurer la diminution, pour accorder dorénavant à l'homme une réduction proportionnelle de sa redevance. Voilà, je pense, l'origine de la géométrie, qui passa plus tard en Grèce[137] ; mais le cadran solaire, le gnomon et la division du jour en douze parties nous sont venus des Babyloniens.

(110). Sésostris est le seul roi d'Égypte qui ait régné sur l'Éthiopie[138]. Des statues de pierre, érigées devant le temple d'Héphaistos, commémorent son règne : deux, hautes de trente coudées, le représentent ainsi que sa femme, et quatre, de vingt coudées chacune, représentent ses enfants[139]. Bien plus tard, le prêtre d'Héphaistos ne laissa pas le Perse Darius placer sa propre statue devant elles : ses exploits, lui déclara-t-il, n'égalaient pas ceux de l'Égyptien Sésostris ; car ce roi, qui n'avait pas soumis moins de peuples que lui, avait triomphé des Scythes, ce que lui, Darius, n'avait pu faire[140] ; donc il n'avait pas le droit de placer sa propre statue devant les monuments d'un prince qu'il n'avait pas surpassé par ses exploits. Darius, dit-on, s'inclina devant cet argument.

Phéros.

(111). À la mort de Sésostris, m'a-t-on dit, le trône revint à son fils Phéros[141]. Ce roi, qui ne fit aucune expédition militaire, fut atteint de cécité pour s'être ainsi conduit : la crue du Nil, particulièrement forte cette année-là, atteignit dix-huit coudées, et l'eau recouvrait toutes les cultures lorsqu'un vent violent s'éleva, qui rendit le fleuve houleux ; le roi, dit-on, dans une crise de fol orgueil, prit un javelot qu'il lança dans les tourbillons du fleuve : ses yeux furent aussitôt frappés, et il perdit la vue. Il fut aveugle dix ans ; la onzième année, un oracle lui vint de Bouto : le terme de son châtiment approchait, il retrouverait la vue en se lavant les yeux avec l'urine d'une femme qui n'aurait jamais connu d'autre homme que son mari. Le roi, dit-on, mit d'abord à l'épreuve sa propre femme, puis, comme il n'y voyait pas davantage, bien d'autres femmes tour à tour. Guéri enfin, il réunit toutes les femmes qu'il avait mises à l'épreuve, — sauf celle dont l'urine lui avait rendu la vue —, dans la ville qu'on appelle aujourd'hui la Butte Rouge ; après quoi, il les fit toutes brûler avec la ville. Quant à celle dont l'urine l'avait guéri, il la prit pour épouse. Au nombre des offrandes qu'il consacra, sitôt délivré du mal qui frappait ses yeux, dans tous les temples de quelque importance, il faut surtout mentionner les monuments remarquables qu'il éleva dans le temple du Soleil : ce sont deux obélisques de pierre, tous deux faits d'un seul bloc, hauts de cent coudées et larges de huit [142].

Protée.

(112). Il eut pour successeur, m'ont dit les prêtres, un Égyptien de Memphis qui portait, en langue grecque, le nom de Protée [143]. Une enceinte lui est aujourd'hui consacrée à Memphis ; elle est fort belle et très bien ornée, et se trouve au sud du temple d'Héphaistos. Des Phéniciens de Tyr habitent tout autour, et le quartier tout entier s'appelle le Camp des Tyriens. Dans l'enceinte s'élève un sanctuaire dit de l'Aphrodite Étrangère [144]. Je suppose qu'il s'agit là d'un temple consacré à la fille de Tyndare, Hélène, comme j'ai entendu raconter que cette héroïne a séjourné chez Protée, et surtout à cause du nom d'Aphrodite Étrangère qu'il porte ; car aucun des autres temples d'Aphrodite ne lui est dédié sous ce nom.

La véritable histoire d'Hélène.

(113). J'ai questionné les prêtres sur Hélène, et ils m'ont fait le récit suivant : quand Alexandre l'eut enlevée de Sparte, il s'embarqua pour regagner sa patrie, mais, arrivé dans la mer Égée, les vents contraires le poussèrent dans la mer d'Égypte ; ces vent continuant à souffler, il aborda en Égypte, à l'endroit du pays qu'on appelle aujourd'hui la bouche Canopique du Nil et Tarichées. Il y avait sur le rivage un temple d'Héraclès, qui existe toujours : l'esclave qui s'y réfugie et se fait imprimer sur le corps certaines marques sacrées pour se mettre au service du dieu ne peut, quel que soit son maître, y être saisi, — coutume qui s'est maintenue sans changement jusqu'à notre époque. Or, les serviteurs d'Alexandre l'abandonnèrent, quand ils surent le privilège attaché à ce temple : ils s'y établirent en suppliants du dieu et, pour nuire à leur maître, l'accusèrent en racontant toute l'histoire d'Hélène et l'injure faite à Ménélas. Ils prononcèrent ces accusations devant les prêtres du temple et devant le gardien de cette bouche du Nil, qui s'appelait Thônis[145]

(114). Quand il eut entendu leur récit, Thônis se hâta d'adresser à Protée, à Memphis, le message suivant : « Un étranger vient d'arriver ; c'est un Teucrien[146], qui s'est rendu coupable en Grèce d'un acte impie : il a séduit la femme de son hôte ; il est ici avec elle et des trésors vraiment immenses, parce que les vents l'ont rejeté sur tes terres. Faut-il les laisser librement reprendre la mer, ou lui enlever ce qu'il a amené ici ? » Protée lui fit tenir cette réponse : « Quel que soit cet homme, coupable d'une impiété à l'égard de son hôte, emparez-vous de lui et amenez-le-moi : je veux savoir ce qu'il pourra bien me dire. »

(115). Au reçu de ces instructions, Thônis fit arrêter Alexandre et retenir ses vaisseaux ; puis il le fit conduire à Memphis avec Hélène et ses trésors, ainsi que les serviteurs suppliants du dieu. Quand ils furent tous devant lui, Protée demanda à Alexandre qui il était et d'où il venait ; Alexandre lui dit sa race, le nom de sa patrie, ainsi que le pays d'où venaient ses navires. Protée lui demanda ensuite où il avait pris Hélène ; l'autre s'embarrassait dans ses réponses et taisait la vérité, mais ses esclaves, qui étaient devenus les suppliants du dieu, le confondirent en donnant tous les détails de son crime. Protée enfin prononça son arrêt : « Si je n'attachais pas moi-même tant de prix à ne faire périr aucun des hôtes que les vents détournent de leur route et jettent sur mes terres, c'est moi qui aurais vengé ce Grec sur toi, misérable, qui as commis au foyer qui t'avait reçu l'impiété la plus odieuse. Tu as touché à la femme de ton hôte, et cela ne t'a pas suffi : tu l'as convaincue de fuir avec toi, et, comme un larron, tu l'enlèves. Cela ne t'a pas suffi encore : tu as apporté ici le butin volé au foyer de ton hôte. Eh bien, puisque j'attache tant de prix à ne pas frapper un hôte, voici ma décision : cette femme et ces trésors, je ne te les laisserai pas emporter, je les garderai moi-même pour ce Grec, ton hôte, jusqu'au jour où il lui plaira de venir lui-même me les redemander. Pour toi et tes compagnons, je vous ordonne de quitter mes terres dans les trois jours; sinon, je vous traiterai en ennemis. »

(116). Telles furent, selon les prêtres, les circonstances qui amenèrent Hélène auprès de Protée. Il me semble d'ailleurs qu'Homère a connu ce récit; mais il lui convenait moins, pour son poème, que l'autre qu'il a utilisé; aussi l'a-t-il rejeté, non sans indiquer qu'il en avait également connaissance : la chose est claire dans le passage de l'*Iliade* (qu'il n'a nulle part contredit) où il parle des courses errantes d'Alexandre et signale qu'entre autres aventures il dut avec Hélène aborder à Sidon en Phénicie. Il y fait allusion dans les *Exploits de Diomède,* où se trouvent les vers suivants :

> [la chambre] ... où sont rangés les voiles, ouvrages bien brodés des femmes de Sidon; ces femmes, c'est Pâris, beau comme un Immortel, qui les a fait venir de leur pays sur la mer infinie, en même temps qu'Hélène aux illustres ancêtres[147].

Il y fait encore allusion dans l'*Odyssée,* aux vers suivants :

> ... remède ingénieux, dont la fille de Zeus avait eu le cadeau de la femme de Thon, Polydamna d'Égypte : la glèbe en ce pays produit avec le blé mille simples divers ; les uns sont des poisons, les autres, des remèdes.

Et Ménélas dit encore ailleurs à Télémaque :

> C'était dans l'Égyptos d'où je voulais rentrer : les dieux m'y retenaient pour n'avoir pas rempli le vœu d'une hécatombe[148].

Ces vers montrent bien qu'il connaissait l'aventure d'Alexandre en Égypte ; car la Syrie touche à l'Égypte, et les Phéniciens, auxquels appartient Sidon, habitent la Syrie.

(117). Ces vers, et surtout ce passage, montrent clairement que les *Chants Cypriens*[149] ne sont pas d'Homère, mais de quelque autre poète : car dans cet ouvrage on nous dit qu'Alexandre avec Hélène atteignit Ilion trois jours après son départ de Sparte, en profitant d'un bon vent et d'une mer calme ; or, dans l'*Iliade,* l'auteur déclare qu'il erra longtemps avec elle. Mais quittons Homère et les *Chants Cypriens.*

(118). Je demandais alors aux prêtres si ce que l'on raconte en Grèce sur la guerre de Troie est ou non sans fondement. Voici leur réponse, d'après, me dirent-ils, les informations données par Ménélas en personne. Après l'enlèvement d'Hélène, dirent-ils, une immense armée grecque vint en Teucride, pour soutenir la cause de Ménélas. Quand ils eurent débarqué là-bas et installé leur camp, les Grecs envoyèrent à Ilion une ambassade dont Ménélas fit lui-même partie[150]. Les ambassadeurs furent admis dans la place et Ménélas réclama Hélène et les trésors qu'Alexandre lui avait dérobés, ainsi qu'une juste réparation des torts subis. Les Teucriens lui firent la réponse qui fut toujours la leur par la suite aussi, avec ou sans serments : ils n'avaient pas Hélène, non plus que les trésors qu'on leur réclamait ; tout cela était en Égypte, et ils n'avaient pas à répondre, eux, de ce qui était aux mains du roi d'Égypte, Protée. Les Grecs crurent qu'ils se moquaient d'eux et assiégèrent alors la cité jusqu'au jour où elle tomba. Mais quand ils l'eurent prise, il n'en voyaient pas davantage Hélène et entendaient les mêmes déclarations qu'auparavant ; persuadés enfin qu'on leur avait dit vrai, ils envoient Ménélas en personne auprès de Protée[151].

(119). En Égypte, Ménélas remonta le Nil jusqu'à Memphis et conta au roi les faits tels qu'ils s'étaient passés ; il reçut alors l'hospitalité la plus généreuse et reprit Hélène, qui n'avait souffert aucun mal, et avec elle tous ses trésors. Cependant, après avoir été si bien traité, il agit fort mal envers les Égyptiens : au moment où il s'apprêtait à reprendre la mer, le mauvais temps l'arrêta ; la situation se prolongeant, il eut recours à un sacrifice impie : il s'empara de deux jeunes enfants qui appartenaient à des familles du pays et les égorgea, en victimes propitiatoires. Après quoi, sitôt son crime connu, en butte à la haine et aux poursuites des Égyptiens, il dut s'enfuir avec ses vaisseaux vers la Libye. Où alla-t-il ensuite ? Les Égyptiens ne pouvaient l'indiquer. Mais sur le reste de l'histoire, ils affirmaient avoir eu des informations précises et savoir de science certaine ce qui s'était passé chez eux.

(120). Voilà le récit que me firent les prêtres

égyptiens. J'accepte pour ma part leurs traditions au sujet d'Hélène, en y ajoutant les réflexions suivantes : si Hélène s'était trouvée dans Ilion, elle aurait certainement été rendue aux Grecs, avec ou sans l'assentiment d'Alexandre. Car Priam n'était pas frappé de démence, non plus que les gens de sa famille, au point de vouloir tous s'exposer au danger, eux-mêmes et leurs enfants et leur cité, pour qu'Alexandre pût garder Hélène auprès de lui. Supposons même qu'ils aient été de cet avis, aux premiers temps de la guerre : alors que tant de Troyens périssaient en chacune de leurs rencontres avec les Grecs et qu'il n'était point de bataille où Priam lui-même ne perdît deux ou trois fils ou même davantage (s'il est possible d'affirmer quoi que ce soit sur la foi des poètes épiques), dans une pareille situation je prétends pour ma part que Priam, quand bien même Hélène lui eût appartenu, l'aurait remise aux Achéens, si du moins il pouvait compter être à ce prix délivré de ses malheurs. De plus, Alexandre n'était pas l'héritier du trône pour se trouver, Priam devenu vieux, à la tête de la cité : c'est Hector, son frère aîné, un guerrier meilleur que lui, qui devait en hériter à la mort de Priam, et lui ne pouvait consentir aux forfaits de son frère, surtout lorsqu'il se voyait, par sa faute, accablé de maux terribles, et tous les Troyens avec lui. C'est donc qu'ils ne pouvaient rendre Hélène ; ils disaient la vérité, mais les Grecs ne les croyaient pas, car, pour donner là-dessus mon avis personnel, le ciel voulait, par leur ruine totale, manifester aux hommes qu'aux grands crimes les dieux réservent aussi de grands châtiments. Telle est, sur ce sujet, mon opinion particulière.

Rhampsinite.

(121). Protée, m'ont dit les prêtres, eut pour successeur le roi Rhampsinite[152], à qui l'on doit le portique ouest du temple d'Héphaistos et les deux statues, hautes de vingt-cinq coudées, qu'il fit ériger devant ce portique ; les Égyptiens nomment celle qui est au nord l'Été, et celle qui est au sud l'Hiver ; ils adorent celle qu'ils appellent l'Été et lui rendent un culte, mais font tout le contraire pour l'autre qu'ils appellent l'Hiver.

Le conte des voleurs.

Ce roi posséda, m'a-t-on dit, une immense fortune en argent ; aucun des rois qui lui succédèrent ne put sur ce point le dépasser ou même l'égaler. Pour mettre son trésor à l'abri, il se fit bâtir une chambre toute en pierre, dont l'un des murs donnait sur l'extérieur du palais. Mais son architecte, dans un dessein coupable, usa d'un artifice en construisant cette pièce : il fit en sorte que l'une des pierres de ce mur pût être aisément retirée par deux hommes ou même un seul. Sitôt l'édifice achevé, le roi y entassa ses trésors. Les années passèrent et l'architecte, arrivé à son dernier jour, manda ses fils (il en avait deux) et leur fit connaître l'artifice dont il avait usé, en bâtissant le trésor royal, pour leur permettre de vivre dans l'opulence ; après leur avoir clairement expliqué comment manœuvrer la pierre, il leur en indiqua la position ; s'ils suivaient bien ses instructions, leur dit-il, ils seraient les maîtres du trésor royal.

L'architecte mourut, et ses fils se mirent sans tarder à l'ouvrage. Ils vinrent de nuit au palais, reconnurent et déplacèrent sans peine la pierre du mur et emportèrent beaucoup d'argent. En ouvrant un jour son trésor, le roi fut surpris de trouver moins d'argent dans les vases, mais il ne savait qui soupçonner : les sceaux étaient intacts et la pièce bien verrouillée. Il y revint à deux ou trois reprises et, comme à chaque visite il voyait son argent diminuer, il prit le parti que voici : il fit faire des pièges et les fit disposer autour des vases où était l'argent. Les voleurs vinrent comme auparavant : l'un d'eux s'introduisit dans la pièce, mais sitôt qu'il s'approcha du vase qu'il comptait vider, le piège se referma sur lui. Dès qu'il eut compris son malheur, l'homme appelle son frère, lui montre ce qui lui arrive et lui enjoint d'entrer au plus vite et de lui couper la tête, de crainte qu'on ne le vît et qu'on ne le reconnût : la perte de l'un entraînerait celle de l'autre. Le frère jugea qu'il avait raison et suivit son conseil; puis il remit la pierre en place et s'en revint chez lui, en emportant la tête de son frère. Le jour venu, le roi entra dans la chambre et demeura stupéfait d'y trouver le corps de son voleur pris au piège et décapité, quand la pièce ne présentait nulle trace d'effraction et nulle possibilité d'y entrer ou d'en sortir. Dans cette incertitude, il prit le parti suivant : il fit pendre au mur le cadavre de son voleur, et le fit garder par des sentinelles, qui avaient ordre de saisir et de lui amener toute personne qu'elles verraient gémir ou pleurer sur lui. Le cadavre fut donc accroché au mur, mais la mère du voleur ne put supporter cette idée : elle s'adressa au fils qui lui restait et lui enjoignit de trouver un moyen quelconque de détacher le corps de son frère et de le lui rapporter; et elle le menaçait, s'il négligeait sa demande, d'aller elle-même dire au roi que l'argent était en sa possession.

En butte aux incessants reproches de sa mère, le fils survivant, qui ne pouvait, malgré tous ses efforts, lui faire entendre raison, eut recours au stratagème suivant : il harnacha des ânes, les chargea de quelques outres remplies de vin et les poussa devant lui. Près des sentinelles qui veillaient sur le cadavre pendu au mur, en tirant sur le col de deux ou trois de ses outres, il en défit volontairement les liens. Le vin se répandit et lui criait et se frappait la tête, en homme qui ne sait vers quel âne courir d'abord. Quant aux sentinelles, lorsqu'elles voient le vin couler à flots, elles se précipitent sur la route avec des récipients pour recueillir ce vin jaillissant des outres, en se félicitant de l'aubaine. Lui les accable d'injures en feignant la colère ; puis, comme ils essaient de le consoler, il feint au bout de quelque temps de se calmer et d'oublier sa fureur. Enfin, il pousse ses bêtes hors du chemin, pour remettre en ordre leur chargement. De propos en propos l'un des gardes, en le plaisantant, réussit à l'égayer, si bien qu'il leur fait cadeau d'une de ses outres. Aussitôt ils s'étendent à terre, sans aller plus loin, et ne songent plus qu'à boire ; ils lui font place à leurs côtés et l'invitent à rester et à boire en leur compagnie. Le jeune homme se laissa convaincre et demeura ; puis, comme ils buvaient cordialement à sa santé, il leur offrit encore une autre de ses outres. Après forces libations, les gardes complètement ivres et vaincus par le sommeil s'écroulèrent sur place. La nuit déjà profonde permit au jeune homme de détacher le corps de son frère ; puis, en manière d'outrage, il rasa la joue droite à tous les gardes, chargea le corps sur ses bêtes et revint chez lui, après avoir ainsi satisfait aux volontés de sa mère.

Le roi s'irrita fort quand il apprit la disparition du cadavre ; mais, décidé à tout faire pour découvrir l'auteur de ces stratagèmes, il prit, dit-on, le parti suivant (que je me refuse à croire, pour ma part) : il envoya sa propre fille dans un lieu de débauche, avec ordre d'accueillir indifféremment tous ceux qui se présenteraient et de leur réclamer, avant de se livrer à eux, le récit de l'action la plus ingénieuse et la plus criminelle qu'ils eussent faite de leur vie ; si l'un d'eux lui racontait l'histoire du voleur, elle devait le saisir et ne pas le laisser échapper. La fille fit ce que voulait le père, mais le voleur apprit la raison de sa conduite et résolut de se montrer plus malin que le roi : il coupa, près de l'épaule, le bras d'un homme qui venait de mourir, le cacha sous son manteau et se rendit auprès de la fille du roi. Quand il fut devant elle, elle lui posa la question qu'elle adressait à tous ses visiteurs : il répondit que son acte le plus criminel était d'avoir coupé la tête de son frère, le jour où il s'était trouvé pris au piège dans le trésor du roi, et son acte le plus ingénieux, d'avoir enivré les gardes pour détacher du mur le cadavre de son frère. À ces mots la princesse voulut le retenir, mais, dans l'obscurité, le voleur lui tendit le bras du mort dont elle se saisit, croyant tenir le sien ; l'homme le lui laissa dans les mains, gagna la porte et prit la fuite.

Quand le roi connut cette nouvelle aventure, l'audace et l'ingéniosité de l'homme le laissèrent d'abord stupéfait ; enfin, il fit proclamer par toutes ses villes qu'il lui accordait l'impunité et lui promettait de grandes faveurs s'il se présentait devant lui. Confiant en sa parole, le voleur vint le trouver. Rhampsinite l'admira fort et lui donna sa fille en mariage, comme à l'homme le plus habile qui fût, — car les Égyptiens l'emportent sur tous les autres peuples, et celui-là l'emportait sur les Égyptiens [153].

(122). Les prêtres disaient encore que ce roi descendit vivant au lieu que les Grecs pensent être le séjour d'Hadès, et qu'il y joua aux dés avec Déméter[154]; il gagna quelques parties, en perdit d'autres, et revint sur la terre avec une serviette tissée d'or dont elle lui fit présent. À son retour des Enfers, m'ont dit les prêtres, les Égyptiens instituèrent une fête; ils la célèbrent encore aujourd'hui, je le sais, mais est-ce bien là son origine, voilà ce que je ne saurais dire. Le jour de cette fête, les prêtres tissent un manteau, puis bandent les yeux de l'un d'entre eux, le conduisent, revêtu de ce manteau, sur la route qui mène au temple de Déméter, et s'en reviennent. Ce prêtre, les yeux toujours bandés, est, dit-on, emmené par deux loups[155] jusqu'au temple de Déméter, qui se trouve à vingt stades de la ville; ensuite, les deux loups le ramènent du sanctuaire au même endroit.

(123). Ces récits des Égyptiens, qu'on les accepte, si l'on juge dignes de foi de semblables histoires; pour moi, mon seul dessein dans tout cet ouvrage est de consigner ce que j'ai pu entendre dire aux uns et aux autres. Le royaume des morts appartient, disent-ils, à Déméter et Dionysos. Ce sont encore les Égyptiens qui ont, les premiers, émis l'idée que l'âme humaine est immortelle, qu'elle entre, lorsque le corps a péri, dans un autre être animé qui naît à son tour, et qu'après avoir passé par toutes les formes qui peuplent la terre, la mer et l'air, elle pénètre de nouveau dans un corps humain à l'instant de sa naissance; cette migration, disent-ils, demande trois mille ans[156]. Certains Grecs ont adopté cette théorie, d'abord les uns, puis les autres, en la présentant comme la leur. Je ne citerai pas leurs noms, bien que je les sache[157].

Chéops bâtit la grande pyramide.

(124). Jusqu'au temps de Rhampsinite, m'ont dit les prêtres, l'ordre régnait en Égypte et le pays connaissait une grande prospérité, mais Chéops, son successeur[158], réduisit le peuple à la misère la plus profonde. D'abord il ferma tous les temples et interdit aux Égyptiens de célébrer leurs sacrifices ; ensuite, il les fit tous travailler pour lui. Les uns durent, depuis les carrières de la chaîne Arabique, traîner jusqu'au Nil les blocs de pierre qu'on en tirait ; d'autres eurent la tâche de recevoir ces pierres, passées en barques sur l'autre rive, et de les traîner jusqu'à la montagne qu'on appelle la chaîne Libyque. Cent mille hommes travaillaient à la fois, relevés tous les trois mois. Il fallut d'abord dix années de ce labeur écrasant pour construire la chaussée par laquelle ils traînaient les pierres, — chaussée qui représente à mon avis un travail presque aussi considérable que la pyramide, car elle est longue de cinq stades, large de dix orgyies et haute, à son point le plus élevé, de huit orgyies ; elle est faite en pierres polies sur lesquelles sont gravées des figures[159]. Les dix premières années se passèrent donc à faire la chaussée, ainsi que les chambres souterraines creusées dans la colline sur laquelle sont bâties les pyramides ; le roi destinait ces chambres à sa sépulture et, pour qu'elles fussent dans une île, il fit amener l'eau du fleuve par un canal[160]. Il fallut vingt ans pour construire la pyramide elle-même, qui est carrée ; chacune de ses faces a huit plèthres de long, autant en hauteur[161] ; elle est faite de pierres polies parfaitement ajustées, dont aucune n'a moins de trente pieds.

(125). Voici comment on construisit cette pyramide, par le système des gradins successifs que l'on appelle tantôt *krossai*, corbeaux, tantôt *bomides*, plates-formes[162]. On la construisit d'abord sous cette forme, puis on hissa les pierres de complément à l'aide de machines faites de courtes pièces de bois : on montait la pierre du sol jusqu'à la première plate-forme ; là, on la plaçait dans une autre machine installée sur le premier gradin, et on la tirait jusqu'au deuxième gradin, où une troisième machine la prenait. Il y avait autant de machines qu'il y avait de gradins, à moins cependant qu'il n'y en ait eu qu'une seule facile à déplacer et qu'on transportait d'un gradin à l'autre, sitôt déchargée (ceci pour indiquer les deux procédés que rapporte la tradition). On acheva donc d'abord le sommet de la pyramide, puis les étages au-dessous, l'un après l'autre, et l'on finit par les gradins inférieurs et la base de l'édifice. On a mentionné sur la pyramide, en caractères égyptiens, le montant de la dépense en raiforts, oignons et ail, pour les ouvriers, et, si mes souvenirs sont exacts, d'après l'interprète qui m'a traduit l'inscription la somme s'est élevée à mille six cents talents d'argent[163]. S'il en est ainsi, quelle dépense supplémentaire faut-il logiquement envisager pour le fer des outils et pour la nourriture et le vêtement des ouvriers, puisqu'ils ont mis le temps que j'ai dit à faire ces ouvrages, et qu'il leur a fallu de plus, je pense, celui de tailler et d'amener les pierres et de creuser les chambres souterraines, travail assurément fort long ?

(126). Chéops en vint, dit-on, à tant d'infamie qu'à court d'argent il plaça sa propre fille dans un lieu de débauche et lui ordonna de gagner une somme déterminée (combien ? c'est un point qu'on ne m'a pas précisé). La fille obéit à son père, mais voulut laisser elle aussi un monument à son nom et pria chacun de ses visiteurs de lui faire cadeau d'une pierre. Avec ces pierres, m'a-t-on dit, fut construite celle des trois pyramides qui se trouve au centre du groupe, en avant de la grande pyramide, et qui a un plèthre et demi de côté[164].

Chéphren.

(127). Chéops régna cinquante ans, aux dires des Égyptiens ; à sa mort son frère Chéphren lui succéda[165]. Ce roi, dit-on, imita son prédécesseur en tout et fit, en particulier, construire lui aussi une pyramide, inférieure toutefois en dimensions à celle de Chéops (c'est exact : nous les avons mesurées nous-même) ; elle n'a ni chambres souterraines ni canal qui lui amène l'eau du Nil, comme dans l'autre où des conduits spécialement construits introduisent l'eau du fleuve pour former une île dans laquelle, dit-on, repose le corps de Chéops. Chéphren fit la première assise de sa pyramide en pierre veinée d'Éthiopie, et il lui donna une hauteur totale inférieure de quarante pieds à celle de la grande pyramide, à côté de laquelle il la fit bâtir[166] ; toutes deux se trouvent sur la même colline, haute de cent pieds environ. Chéphren régna, m'a-t-on dit, pendant cinquante-six ans.

(128). C'est donc, à leur compte, un total de cent six années pendant lesquelles l'Égypte fut plongée dans la misère la plus complète, et pendant ce temps-là les temples demeurèrent fermés. Dans leur haine pour ces rois, les Égyptiens se refusent absolument à prononcer leurs noms, et ils appellent même les pyramides du nom du berger Philitis qui, à cette époque, faisait paître des troupeaux en cet endroit[167].

Mycérinos.

(129). Après Chéphren, c'est, m'a-t-on dit, Mycérinos, le fils de Chéops, qui régna sur l'Égypte[168]. Celui-ci n'approuvait pas les actes de son père ; aussi rouvrit-il les temples et permit-il à son peuple, réduit à la plus extrême misère, de reprendre ses activités et les sacrifices aux dieux ; enfin, il rendit la justice avec plus d'équité que tous les autres rois. Sur ce point, c'est lui qui, de tous les rois que l'Égypte a connus jusqu'ici, reçoit le plus de louanges : car non seulement, dit-on, ses sentences étaient justes, mais encore, si quelqu'un se plaignait de sa décision, il prenait sur ses propres biens pour le dédommager et apaiser sa colère. Ce Mycérinos, qui traitait son peuple avec douceur et usait envers lui de pareils procédés, fut cependant en butte à des malheurs, dont le premier fut la mort de sa fille, l'unique enfant, dit-on, qu'il eût à son foyer. Dans l'excès de sa douleur devant le coup qui le frappait, il voulut pour sa fille une sépulture exceptionnelle : il fit faire une vache de bois, creuse, la fit recouvrir d'or, et y ensevelit le corps de sa fille morte.

(130). Cette vache de bois ne fut pas mise en terre ; on la voyait encore de mon temps, à Saïs, dans une salle richement décorée du palais royal ; on fait brûler chaque jour à côté d'elle toutes sortes de parfums et, la nuit, une lampe y brûle continuellement. Dans une pièce voisine se trouvent des statues qui représentent, aux dires des prêtres de Saïs, les concubines de Mycérinos. On y voit en effet des statues de bois colossales, au nombre d'une vingtaine environ, statues de femmes nues ; mais qui représentent-elles ? Je ne puis, là-dessus, que répéter ce que l'on raconte[169].

(131). D'ailleurs, il est une autre tradition à propos de cette vache et de ces statues colossales : on prétend que Mycérinos s'éprit de sa propre fille et lui fit violence ; après quoi, dit-on, la fille dans son désespoir s'étrangla ; son père l'ensevelit dans cette vache et sa mère fit couper les mains des servantes qui avaient livré la jeune fille à son père ; et les statues de ces femmes ont subi le sort qu'elles-mêmes avaient connu de leur vivant. Sottises que tout cela, selon moi, et surtout ce qui a trait aux mains des statues, car nous avons pu constater par nous-même que seul le temps les a fait tomber, et on les voyait encore par terre auprès d'elles lors de mon passage.

(132). La vache est entièrement recouverte d'une housse de pourpre et seuls sont visibles le cou et la tête, plaqués d'une épaisse couche d'or ; elle porte entre les cornes un disque d'or qui représente le soleil. Elle ne se tient pas debout, mais agenouillée ; sa hauteur est celle d'une vache vivante, de grande taille. On la tire de cette salle une fois par an, le jour où les Égyptiens se lamentent sur le dieu que je ne veux point nommer en semblable occurrence[170]. Ce jour-là, on porte aussi cette vache au grand jour, car la jeune fille, dit-on, en mourant demanda à son père Mycérinos de revoir une fois chaque année le soleil.

(133). Après la mort de sa fille, un second malheur atteignit le roi : un oracle qui lui vint de la ville de Bouto lui annonça qu'il n'avait plus que six ans à vivre et mourrait la septième année. Très affecté, le roi fit porter au sanctuaire des reproches au dieu et des plaintes : comment ! son père et son oncle, qui avaient fermé les temples et qui, sans plus se souvenir des dieux, opprimaient les mortels, avaient longuement vécu, et lui, homme pieux, devait si tôt mourir ! Un second message de l'oracle lui apprit qu'il abrégeait lui-même par là sa vie, car il n'avait pas fait ce qu'il eût dû faire : l'Égypte devait être opprimée pendant cent cinquante ans, et ses deux prédécesseurs l'avaient bien compris, mais pas lui. Après cette réponse, en homme qui se sait désormais condamné Mycérinos fit faire un grand nombre de lampes et chaque jour, à la nuit tombante, il les faisait allumer, puis buvait et se donnait du bon temps jour et nuit sans relâche, en parcourant les basses-terres et les bois et tous les lieux dont il entendait dire qu'ils servaient particulièrement aux plaisirs de la jeunesse. Désireux de convaincre l'oracle de mensonge, il s'était arrangé cette existence pour y trouver douze ans de vie au lieu de six, en faisant de ses nuits autant de jours.

(134). Lui aussi laissa une pyramide, beaucoup plus petite que celle de son père, de trois plèthres moins vingt pieds de côté, carrée, bâtie jusqu'à mi-hauteur en pierre d'Éthiopie[171]. Quelques Grecs l'attribuent à la courtisane Rhodopis, mais c'est une erreur. Ces gens-là parlent, je crois, sans même savoir qui était cette Rhodopis, — sans quoi ils ne lui auraient pas imputé la construction d'une semblable pyramide qui a coûté, peut-on dire, des milliers et des milliers de talents —, et sans même savoir qu'elle florissait sous le règne d'Amasis et non de Mycérinos. Car elle a vécu un très grand nombre d'années après les rois qui ont laissé ces pyramides, cette Rhodopis, qui était d'origine thrace, esclave d'Iadmon fils d'Héphaistopolis, un Samien, et compagne d'esclavage d'Ésope le fabuliste[172]. Car Ésope appartint lui aussi à Iadmon, en voici la meilleure preuve : lorsque, pour obéir à l'oracle, les Delphiens firent à plusieurs reprises demander par des hérauts qui voulait recevoir le prix du sang dû pour le meurtre d'Ésope, la seule personne qui se présenta pour le réclamer fut un autre Iadmon, fils d'un fils du premier. Donc, Ésope fut lui aussi esclave d'Iadmon.

(135). Rhodopis vint en Égypte en compagnie du

Samien Xanthès ; elle vint y exercer le métier de courtisane et fut affranchie pour une somme considérable par un Mytilénien, Charaxos, fils de Scamandronymos et frère de la poétesse Sappho. Elle devint libre ainsi, mais demeura en Égypte où le pouvoir de ses charmes lui fit amasser une fortune énorme, certes, et suffisante pour une Rhodopis, mais insuffisante pour faire édifier semblable pyramide. On peut voir aujourd'hui encore la dixième partie de ses richesses, si on le désire, et rien ne permet de lui attribuer une fortune colossale : elle voulut en effet laisser en Grèce un monument qui rappelât son nom, et pour cela faire quelque objet que nul n'eût encore imaginé et qu'on ne pût trouver dans aucun temple, pour le consacrer à Delphes en mémoire d'elle. Avec la dixième partie de sa fortune, elle fit donc fabriquer un bon nombre de broches de fer[173], de taille à transpercer un bœuf entier, autant qu'en put payer la dîme prélevée sur ses biens, et elle les envoya à Delphes. Elles y sont encore aujourd'hui, entassées derrière l'autel que les gens de Chios ont élevé, en face du sanctuaire. Les courtisanes de Naucratis sont d'ailleurs en général charmantes. Celle dont il s'agit ici devint même si fameuse que tous les Grecs ont appris le nom de Rhodopis ; plus tard, une autre, qui s'appelait Archidicé, fut chantée dans toute la Grèce, quoiqu'elle eût moins fait parler d'elle. Pour Charaxos, quand il revint à Mytilène après avoir affranchi Rhodopis, Sappho lui fit en vers les reproches les plus violents[174]. Mais sur cette Rhodopis, j'en ai dit assez.

Asychis.

(136). Après Mycérinos, m'ont dit les prêtres, le roi d'Égypte fut Asychis[175], qui fit bâtir le portique qui est du côté du soleil levant, dans le temple d'Héphaistos, portique bien plus beau et plus grand que tous les autres. Les portiques présentent toujours des figures sculptées et les diverses décorations qui peuvent embellir un édifice, mais celui-là est de loin le plus magnifique. L'argent se raréfia sous le règne d'Asychis, m'a-t-on dit, et l'on fit une loi qui permettait aux Égyptiens de contracter un emprunt en donnant pour gage la momie de leur père; une loi complémentaire reconnut de plus au prêteur des droits absolus sur la tombe entière de l'emprunteur. La sanction prévue pour l'homme qui avait présenté ce gage, s'il refusait d'acquitter sa dette, était qu'il ne pouvait être lui-même enseveli, à sa mort, ni dans le tombeau de sa famille ni dans un autre, et qu'il ne pouvait non plus ensevelir les membres de sa famille qui viendraient à trépasser. Désireux de surpasser tous ses prédécesseurs, ce roi laissa, dit-on, pour rappeler son nom une pyramide en briques, qui porte gravée sur une pierre l'inscription suivante : « Ne me rabaisse pas en me comparant aux pyramides de pierres : je l'emporte sur elles autant que Zeus l'emporte sur tous les dieux. Car pour me faire il a fallu remuer le fond du lac avec un pieu, puis recueillir la vase attachée à ce pieu pour en former des briques. Voilà comment je fus bâtie[176]. » C'est tout ce que l'on rapporte du règne d'Asychis.

Anysis et Sabacôs.

(137). Son successeur fut, dit-on, un aveugle originaire de la ville d'Anysis et qui s'appelait également Anysis[177]. Pendant son règne les Éthiopiens se jetèrent en force sur l'Égypte avec leur roi Sabacôs[178]. L'aveugle se réfugia dans les marais et l'Éthiopien régna sur l'Égypte pendant cinquante ans. Voici les faits marquants de son règne : quelque crime qu'un Égyptien eût commis, il se refusait à le faire périr et le condamnait, en proportionnant la peine à la gravité du délit, à exécuter des travaux de terrassement près de sa ville natale. Ainsi le sol des villes fut encore exhaussé ; il avait été relevé déjà lors du percement des canaux sous le roi Sésostris, il le fut de nouveau sous le règne de l'Éthiopien, et les villes se trouvèrent portées à un niveau très élevé ; on en suréleva par toute l'Égypte, mais c'est, je crois, dans la cité de Bubastis que le relèvement du sol fut le plus considérable ; on trouve également dans cette ville un temple de la déesse Bubastis qui mérite d'être mentionné : d'autres sont peut-être plus grands et plus riches, mais aucun ne donne aux yeux plus de plaisir. Bubastis est la déesse qu'on nomme en notre langue Artémis[179].

(138). Voici la description de son temple : l'ensemble en forme une île, sauf sur le point par où l'on y pénètre, car deux canaux qui partent du fleuve l'enserrent sans mêler leurs eaux jusqu'à son entrée, l'un sur la droite, l'autre sur la gauche, tous deux larges de cent pieds et ombragés d'arbres. Son portail d'entrée, haut de dix orgyies, est orné de figures de six coudées, d'une beauté remarquable[180]. Le temple se trouve au centre de la ville et, en en faisant le tour, on a de partout sur lui une vue plongeante ; car si le sol de la ville a été relevé, il a, lui, gardé son niveau primitif et se trouve exposé à tous les regards. Autour du domaine sacré court un mur de pierre qui porte des figures gravées. À l'intérieur, un bois planté de très grands arbres entoure un vaste sanctuaire où se trouve la statue de la déesse. L'ensemble forme un carré d'un stade de côté.

De l'entrée part une route pavée de pierres, longue d'à peu près trois stades, qui traverse la grand-place en direction de l'orient; elle a quatre plèthres de large environ, et elle est bordée d'arbres dont la cime touche le ciel; elle conduit à un temple d'Hermès [181]. Voilà comment est ce temple.

(139). L'Éthiopien, selon les prêtres, finit par se retirer dans les circonstances suivantes : une vision qu'il eut pendant son sommeil lui fit prendre la fuite. Il crut voir à ses côtés un homme qui lui conseillait de réunir tous les prêtres de l'Égypte et de les faire couper en deux par le milieu du corps [182]. Cette vision lui parut, déclara-t-il, une tentation que les dieux lui envoyaient, pour lui faire commettre un sacrilège qui lui vaudrait ensuite quelque malheur du fait des dieux ou des hommes : aussi n'en ferait-il rien; d'ailleurs le temps était venu dans lequel, suivant les oracles, il devait voir finir son règne sur l'Égypte et quitter le pays. En effet, quand il était encore en Éthiopie, les oracles que l'on consulte là-bas lui avaient annoncé qu'il devait régner cinquante ans sur l'Égypte. Comme ce temps était passé, et comme le songe qu'il avait eu l'inquiétait, Sabacôs se retira volontairement de l'Égypte.

(140). L'Éthiopien parti, l'aveugle, dit-on, reprit aussitôt le pouvoir, quittant les marais où, depuis cinquante ans, il habitait une île qu'il avait créée de cendres et de terre amoncelées : car aux Égyptiens qui, à l'insu de l'Éthiopien, le ravitaillaient chacun à son tour selon les ordres qu'ils avaient reçus, il demandait de joindre de la cendre à leurs offrandes. Personne ne put découvrir cette île avant Amyrtée [183], et pendant plus de sept cents ans les recherches des rois ses prédécesseurs restèrent vaines. Son nom est Elbô, et son étendue de dix stades en chaque sens.

Séthon. (141). Après lui régna, dit-on, le prêtre d'Héphaistos, qui s'appelait Séthon [184]. Celui-là n'eut que mépris pour la classe des guerriers, dont il pensait n'avoir jamais besoin ; entre autres outrages qu'il leur infligea, il les dépouilla de leurs terres alors que, sous les rois précédents, ils en avaient reçu chacun douze aroures, à titre spécial. Par la suite, quand Sennachérib, roi d'Arabie et d'Assyrie, marcha sur l'Égypte avec une armée nombreuse, les guerriers égyptiens refusèrent tout secours à leur roi. Le prêtre, en cette extrémité, pénétra dans le temple et vint aux pieds de la statue de son dieu gémir sur les malheurs qui le menaçaient. Au milieu de ses lamentations, le sommeil le prit et il crut voir en songe le dieu, debout près de lui, l'encourager et lui promettre qu'il ne lui arriverait aucun mal s'il marchait contre l'armée des Arabes : il lui enverrait lui-même des défenseurs. Confiant en ce songe et accompagné des Égyptiens qui voulurent bien le suivre, Séthon établit son camp à Péluse, qui est la porte de l'Égypte ; aucun des guerriers ne se joignit à lui, mais seulement des commerçants, des artisans et des boutiquiers. Quand les ennemis arrivèrent devant Péluse, des rats des champs envahirent leur camp pendant la nuit et rongèrent leurs carquois, leurs arcs, et même les courroies de leurs boucliers, si bien que le lendemain, dépouillés de leurs armes, ils durent prendre la fuite et périrent en grand nombre. Aujourd'hui encore on voit dans le temple d'Héphaistos une statue en pierre de ce roi, qui porte un rat sur la main [185] ; une inscription lui fait dire : « Regardez-moi, et soyez pieux. »

Essais de chronologie.

(142). Jusqu'ici, j'ai reproduit les récits qui m'ont été faits par des Égyptiens et par leurs prêtres : ils m'ont déclaré que, du premier de leurs rois jusqu'à ce prêtre d'Héphaistos qui en fut le dernier, trois cent quarante et une générations humaines se sont succédé, avec un nombre égal de grands-prêtres et de rois. Or, trois cents générations représentent dix mille ans, car trois générations humaines font cent ans; et les quarante et une générations qu'il faut ajouter à ces trois cents font mille trois cent quarante ans. Ainsi, pendant ces onze mille trois cent quarante ans[186], aucun dieu, m'ont-ils dit, ne s'est manifesté sous une forme humaine; et d'ailleurs ils ne signalaient pas davantage d'événements de ce genre soit dans les temps antérieurs, soit plus tard, parmi les autres rois de l'Égypte. Ils m'ont dit encore que, pendant cette période, le soleil s'était quatre fois levé ailleurs qu'en son point accoutumé, et qu'il s'était levé deux fois à l'endroit où il se couche maintenant, et couché deux fois à l'endroit où maintenant il se lève; mais, disaient-ils, aucun changement n'en était résulté pour l'Égypte, ni dans les productions de la terre, ni dans l'action du fleuve, ni dans le domaine des maladies et de la mort.

(143). Avant moi, quand l'historien Hécatée[187] avait, à Thèbes, exposé sa généalogie aux prêtres de Zeus et rattaché sa lignée à un dieu, son seizième aïeul, les prêtres avaient fait pour lui ce qu'ils ont fait pour moi qui ne leur avais pas énuméré mes ancêtres : ils m'ont emmené dans une vaste salle à l'intérieur de leur temple, et ils ont compté devant moi les colossales statues de bois qui s'y trouvent au nombre que j'ai dit plus haut; car chaque grand-prêtre fait placer là sa propre statue, de son vivant[188]. En me les dénombrant et montrant, les prêtres m'ont fait voir que ces personnages s'étaient toujours succédé de père en fils : ils m'ont fait passer en revue toutes les statues, de la première à la dernière, en partant du mort le plus récent. Quand Hécatée leur exposa sa généalogie et se donna un dieu pour seizième aïeul, ils lui exposèrent une autre généalogie basée sur cette énumération, sans admettre, comme il le prétendait, qu'un homme fut descendu d'un dieu. Pour établir la généalogie qu'il lui opposaient, ils déclarèrent que chacun des colosses représentait un *pirômis* né d'un *pirômis* et lui firent la même démonstration en remontant jusqu'au dernier des trois cent quarante-cinq colosses, sans en rattacher aucun à un dieu ou à un héros. — *Pirômis* veut dire, en notre langue, « honnête homme[189] ».

(144). Donc, ils lui montrèrent que toutes les statues représentaient de tels personnages, qui étaient fort loin d'être des dieux. Mais avant ces hommes, dirent-ils, les maîtres de l'Égypte étaient des dieux qui habitaient sur la terre, et le pouvoir appartenait toujours à l'un d'entre eux. Le dernier qui régna sur l'Égypte fut Horus fils d'Osiris, que les Grecs appellent Apollon; il détrôna Typhon[190] et régna le dernier sur l'Égypte. Osiris est le dieu qu'on appelle en grec Dionysos.

(145). En Grèce, on tient Héraclès, Dionysos et Pan pour les dieux les plus récents, mais en Égypte Pan est considéré comme très ancien et l'un des huit dieux que l'on dit primitifs; Héraclès appartient au second groupe, dit des douze dieux, et Dionysos au troisième, issu de ces douze dieux[191]. J'ai indiqué plus haut combien d'années, d'après les Égyptiens, séparent

Héraclès du règne d'Amasis[192]; pour Pan, il y en a encore plus, dit-on, et c'est pour Dionysos qu'il y en a le moins : on ne compte que quinze mille ans d'Amasis jusqu'à lui. Les Égyptiens se disent sûrs de ces chiffres parce qu'ils tiennent toujours le compte des années et le consignent toujours par écrit. Pour Dionysos qu'on dit fils de Sémélé, la fille de Cadmos, on compte environ mille six cents ans de lui à nous, environ neuf cents pour Héraclès fils d'Alcmène, et, pour Pan fils de Pénélope (car les Grecs le disent né d'elle et d'Hermès[193]), moins d'années qu'il ne s'en est passé depuis la guerre de Troie, c'est-à-dire huit cents ans au plus de lui à nous.

(146). De ces deux opinions chacun est libre de choisir celle qu'il voudra; pour moi, j'ai donné mon opinion personnelle à ce sujet[194]. En effet, si (tout comme Héraclès qui est né d'Amphitryon) Dionysos, né de Sémélé, et Pan, né de Pénélope, s'étaient manifestés en Grèce et y avaient vieilli, on aurait pu dire d'eux aussi qu'ils ont été de simples mortels à qui l'on a donné les noms de ces divinités qui existaient bien avant eux. Mais en fait les Grecs disent de Dionysos qu'à sa naissance Zeus l'a cousu dans sa cuisse et emporté à Nysa, une ville d'Éthiopie, au-delà de l'Égypte[195]; pour Pan, ils ne peuvent indiquer où il se rendit après sa naissance. Il me paraît donc évident que les Grecs ont appris les noms de ces divinités bien après les autres, et qu'ils les font naître à l'époque à partir de laquelle ils les ont connues.

(147). Ce que j'ai dit jusqu'ici est de source purement égyptienne; je vais maintenant rapporter, sur l'histoire de ce pays, ce que disent les autres peuples ainsi que les Égyptiens, d'accord avec eux; on y trouvera aussi quelques-unes de mes observations personnelles.

La dodécarchie. Les Égyptiens s'étaient trouvés libres après le règne du prêtre d'Héphaistos, mais, incapables en tout temps de vivre sans un roi, ils s'en donnèrent douze, en divisant l'Égypte entière en douze lots[196]. Ceux-ci s'allièrent par des mariages et régnèrent en s'imposant certaines conventions : ils ne chercheraient ni à se renverser mutuellement, ni à augmenter leur pouvoir aux dépens les uns des autres, et demeureraient en étroite amitié. Voici pourquoi ils se liaient par ces conventions, en les respectant rigoureusement : un oracle leur avait annoncé, au moment même où ils prenaient le pouvoir, que celui d'entre eux qui ferait une libation dans le temple d'Héphaistos avec une coupe de bronze (leurs réunions avaient toujours lieu dans les temples) régnerait sur l'Égypte tout entière.

Le labyrinthe. (148). Une de leurs décisions fut de laisser un monument commun qui rappelât leurs noms : ceci décidé, ils firent construire un labyrinthe, au-dessus du lac Moéris et proche de la ville qu'on appelle Crocodilopolis[197]. J'ai constaté de mes yeux que cet ouvrage dépasse tout ce qu'on en peut dire. Mettez ensemble toutes les murailles et les constructions que les Grecs ont élevées, le tout paraîtrait encore inférieur pour la peine comme pour la dépense à ce labyrinthe ; pourtant, le temple d'Éphèse et celui de Samos méritent à coup sûr l'admiration ; mais les pyramides dépassaient déjà tout éloge, et chacune d'elles égalait déjà plusieurs des grands édifices de la Grèce : or le labyrinthe est encore supérieur aux pyramides. Il se compose de douze cours couvertes dont les portes se font face, six orientées au nord, six au sud, sur deux lignes ; un seul mur d'enceinte les enferme toutes. À l'intérieur, on trouve deux séries de pièces, les unes souterraines, les autres au-dessus du sol, bâties sur les premières ; il y en a trois mille, mille cinq cents pour chaque série. Nous avons nous-même vu et parcouru les salles du haut, et nous en parlons pour les avoir visitées ; quant aux salles souterraines, nous ne les connaissons que par ouï-dire, car les Égyptiens préposés à leur garde ont absolument refusé de nous les montrer, en nous disant qu'elles renferment les tombeaux des rois à qui l'on doit cet édifice, et ceux des crocodiles sacrés. Ainsi, sur les chambres inférieures nous ne faisons que rapporter les renseignements qui nous furent donnés, mais nous avons pu constater de nos yeux que les chambres d'en haut surpassent tout ce que peut faire la main de l'homme. Les pièces que nous traversions, les cours où nous errions, nous causaient par leur étonnante variété un émerveillement infini, à mesure que nous passions d'une cour à un appartement, de cet appartement à des portiques, puis de ces portiques à d'autres appartements encore et de ces pièces à de nouvelles cours. Le toit est partout fait de pierre, comme les murs, et les murs sont couverts de figures sculptées ; chacune des cours est entourée d'une colonnade faite de pierres blanches parfaitement ajustées. À l'angle où se termine le labyrinthe il y a une pyramide haute de quarante orgyies, qui porte de grandes figures sculptées ; on y accède par un passage souterrain.

Le lac Moéris.

(149). Tel est ce labyrinthe, mais le lac près duquel il se trouve, qu'on appelle le lac Moéris, est un ouvrage plus merveilleux encore. Il a trois mille six cents stades de pourtour, ce qui fait soixante schènes, la longueur des frontières maritimes de l'Égypte ; il s'étend en longueur du nord au midi, et sa plus grande profondeur est de cinquante orgyies. Qu'il ait été creusé par la main de l'homme se voit immédiatement : deux pyramides s'élèvent à peu près en son milieu, hautes chacune de cinquante orgyies au-dessus de l'eau, la partie sous l'eau étant de hauteur égale ; elles portent chacune un colosse de pierre, assis sur un trône[198]. Ainsi ces pyramides sont hautes de cent orgyies, et ces cent orgyies font exactement un stade de six plèthres, puisque l'orgyie mesure six pieds ou quatre coudées (le pied a quatre palmes et la coudée six). L'eau de ce lac ne vient pas d'une source, car cette région est extrêmement aride ; c'est l'eau du Nil amenée par un canal, et elle coule six mois du Nil au lac, et six mois, inversement, du lac au Nil. Quand l'eau sort du lac, la pêche pendant ces six mois rapporte au trésor royal un talent d'argent par jour ; quand elle y entre, le rapport est de vingt mines.

(150). Les gens du pays disaient encore de ce lac qu'il se déverse dans la Syrte de Libye par un conduit souterrain et qu'il s'enfonce à l'ouest dans l'intérieur du pays, le long des montagnes qui sont au-dessus de Memphis. Comme je ne voyais nulle part la terre enlevée lors du creusement de ce lac, j'ai demandé aux riverains, la chose m'intéressant, où se trouvait la terre retirée de l'excavation. Ils m'expliquèrent ce qu'on en avait fait et je les crus sans peine, car j'avais déjà entendu parler d'un fait analogue qui s'est produit à Ninive, en Assyrie : les immenses richesses du roi de Ninive, Sardanapale[199], gardées dans un trésor souterrain, tentèrent des voleurs qui creusèrent, depuis leur propre demeure, un tunnel orienté selon leurs calculs pour aboutir au palais ; la terre qu'ils en retiraient, ils allaient chaque nuit la jeter dans le Tigre qui passe près de Ninive, et ce jusqu'à ce qu'ils eussent atteint leur but. Le même procédé, m'a-t-on dit, servit lors du creusement de ce lac d'Égypte, sauf que le travail se faisait en plein jour et non de nuit : les Égyptiens portaient au Nil la terre déblayée, le fleuve était chargé de l'emporter et de la disperser. Voilà, dit-on, la manière dont ce lac fut creusé.

Psammétique.

(151). Les douze rois se conformaient à la justice. Au bout de quelque temps, ils vinrent offrir un sacrifice dans le temple d'Héphaistos ; au dernier jour de la fête, alors qu'ils s'apprêtaient à faire des libations, le grand-prêtre, en leur apportant les coupes d'or dont ils usaient habituellement pour cette cérémonie, se trompa sur le nombre et, pour eux douze, n'en présenta que onze. Alors, puisqu'il n'avait pas de coupe, le dernier en ligne, Psammétique, ôta son casque qui était en bronze et le présenta pour faire la libation. Les autres rois avaient eux aussi l'habitude de porter un casque et les leurs se trouvaient à ce moment-là sur leur tête. Psammétique n'avait donc aucune intention perfide en présentant le sien. Mais les autres rapprochèrent son geste de l'oracle qui leur avait été rendu, d'après lequel celui d'entre eux qui ferait des libations avec une coupe de bronze serait le seul roi de l'Égypte ; en raison de cet oracle, s'ils ne pensèrent pas juste de faire mourir Psammétique, puisqu'en le questionnant ils constataient qu'il avait agi sans préméditation, ils décidèrent cependant de le dépouiller de presque toute sa puissance et de le reléguer dans les marais, avec ordre de n'en pas sortir et de n'avoir aucune relation avec le reste de l'Égypte.

(152). Ce Psammétique avait dû précédemment fuir devant l'Éthiopien Sabacôs, qui avait tué son père Nécôs[200]; il s'était réfugié en Syrie et, au départ de l'Éthiopien chassé par un songe, les Égyptiens du nome de Saïs l'avaient rappelé. Il était roi depuis ce moment et se trouvait brusquement frappé d'exil une seconde fois, du fait de ses onze collègues, et relégué dans les marais pour cette histoire de casque. Il se jugea donc victime d'un traitement indigne et résolut de se venger de ceux qui l'avaient banni. Un messager alla de sa part consulter à Bouto l'oracle de Léto, qui passe auprès des Égyptiens pour le plus véridique, et lui rapporta cette réponse : la vengeance lui viendrait lorsque surgiraient de la mer des hommes de bronze. Le roi ne put s'empêcher d'être fort sceptique sur le secours que devaient lui apporter des hommes de bronze. Mais, peu de temps après, des Ioniens et des Cariens[201] en quête de butin se virent forcés d'aborder en Égypte; quand ils débarquèrent revêtus de leurs armures de bronze, un Égyptien, en homme qui n'avait jamais vu semblable équipement, s'en va rapporter à Psammétique dans ses marais que des hommes de bronze venus de la mer ravagent le pays. Le roi reconnut dans ces mots l'accomplissement de l'oracle : il fait bon accueil à ces Ioniens et Cariens et, par de magnifiques promesses, les décide à se ranger à ses côtés; ceci obtenu, avec leur aide et celle de ses partisans égyptiens, il dépose les autres rois.

(153). Maître de l'Égypte entière, Psammétique[202] fit faire pour Héphaistos, à Memphis, le portique orienté du côté du vent du sud et il fit bâtir pour Apis, en face du portique, la cour dans laquelle on le nourrit une fois qu'il s'est révélé; elle est entourée d'une colonnade et toute ornée de figures ; les colonnes y sont remplacées par des colosses hauts de douze coudées. Le nom d'Apis en notre langue est Épaphos[203].

(154). Aux Ioniens et aux Cariens qui l'avaient secondé, Psammétique donna des terres où s'établir, situées en vis-à-vis de chaque côté du Nil ; on appelle cet endroit les Camps. Il leur donna ce territoire et s'acquitta également de toutes ses autres promesses. Il leur confia aussi des jeunes Égyptiens à qui enseigner la langue grecque ; ces jeunes gens qui apprirent notre langue sont les ancêtres des interprètes qu'on trouve aujourd'hui en Égypte[204]. Les Ioniens et les Cariens habitèrent longtemps ce territoire ; il se trouve près de la mer, un peu au-dessous de Bubastis, sur la bouche du Nil qu'on appelle Pélusienne. Plus tard le roi Amasis les fit venir à Memphis, quand il les prit comme gardes du corps au lieu d'Égyptiens. C'est depuis leur installation en Égypte et grâce à leurs relations avec la Grèce que nous avons, nous autres Grecs, une connaissance exacte de l'histoire de l'Égypte, à partir du roi Psammétique ; car ils ont été les premiers hommes parlant une langue étrangère à s'établir en Égypte. Dans la région qu'ils ont quittée, on voyait encore de mon temps les hangars de leurs navires et les ruines de leurs habitations. C'est ainsi que Psammétique devint maître de l'Égypte.

L'oracle de Bouto.

(155). J'ai souvent déjà mentionné l'oracle qui existe en ce pays, mais je vais en parler plus longuement, car j'estime qu'il le mérite. Cet oracle qui est en Égypte appartient à Léto ; il se trouve dans une ville importante, près de la bouche du Nil qu'on appelle Sébennytique, pour qui vient de la mer. La ville où est l'oracle s'appelle Bouto, je l'ai indiqué plus haut ; il y a dans cette même ville un temple d'Apollon et d'Artémis[205]. Le temple de Léto qui abrite l'oracle est lui-même un édifice important et il a un portique haut de dix orgyies. Mais je ne citerai que ce qui m'a le plus émerveillé de tout ce que l'on y peut voir : il y a dans l'enceinte sacrée une chapelle de Léto faite d'une seule pierre pour la hauteur et la longueur ; chacun des côtés a la même dimension dans les deux sens, c'est-à-dire quarante coudées en chaque sens. Le toit de l'édifice est fait d'une autre pierre qui forme une corniche haute de quatre coudées[206].

L'île Chemmis.

(156). C'est là pour moi la chose la plus admirable qu'il y ait à voir en ce temple. Au second rang, je placerais l'île qu'on appelle Chemmis[207]. Elle est située dans un lac profond et vaste, près du temple de Bouto, et c'est, d'après les Égyptiens, une île flottante. Pour moi, je ne l'ai vue ni flotter ni remuer ; d'ailleurs ces propos me surprennent et je me demande s'il est bien vrai qu'une île puisse flotter. En tout cas, celle-ci contient un grand temple d'Apollon, et trois autels s'y dressent ; il y pousse quantité de palmiers, ainsi que d'autres arbres, fruitiers ou stériles, en abondance. Pour expliquer qu'elle soit flottante les Égyptiens ajoutent cette histoire : dans cette île, qui jusqu'alors n'était pas flottante, Léto, l'une des huit divinités primitives, qui habitait la ville de Bouto où se trouve justement son oracle, se vit confier Apollon par Isis et le sauva, en le cachant dans cette île qu'on dit flottante à présent, lorsque Typhon survint, parcourant l'univers à la recherche du fils d'Osiris qu'il voulait découvrir. — Apollon et Artémis sont, pour les Égyptiens, les enfants de Dionysos et d'Isis, et Léto celle qui les nourrit et les sauva ; en langue égyptienne, Apollon se nomme Horus, Déméter Isis, et Artémis Bubastis. C'est de cette histoire et d'elle seule que le poète Eschyle fils d'Euphorion a tiré une opinion que je rappelle ici et qu'on ne trouve chez aucun de ses prédécesseurs : il a imaginé de faire d'Artémis la fille de Déméter[208]. L'île, disent les Égyptiens, devint flottante pour cette raison. Voilà ce qu'ils racontent à ce sujet.

(157). Psammétique régna sur l'Égypte pendant cinquante-quatre ans ; il en passa vingt-neuf sous les murs d'Azotos[209], une importante ville de Syrie qu'il tint assiégée jusqu'au jour où il s'en empara. Cette ville est la seule qui, à notre connaissance, ait soutenu un siège aussi long.

Nécôs.

(158). Psammétique eut pour fils et successeur Nécôs[210], qui entreprit le percement du canal qui conduit à la mer Érythrée et qui fut achevé après lui par le Perse Darius[211]. En longueur, ce canal représente quatre jours de navigation, et on le fit assez large pour permettre le passage de deux trières de front ; son eau vient du Nil : il s'en détache un peu au-dessus de Bubastis, passe près de la ville arabe de Patoumos et aboutit à la mer Érythrée. Il coupe d'abord la plaine égyptienne du côté de l'Arabie, au pied de la montagne qui s'étend du côté de Memphis et où se trouvent les carrières ; le canal longe donc la base de cette montagne sur une grande distance, du couchant vers l'aurore, puis il passe par des gorges et se dirige vers le midi et le vent du sud pour aboutir au golfe Arabique.

Le chemin le plus court et le plus direct de la mer septentrionale à la mer du sud (ou mer Érythrée), depuis le mont Casion qui sépare l'Égypte et la Syrie jusqu'au golfe Arabique, est de mille stades ; c'est le chemin le plus direct, mais le canal est beaucoup plus long en raison des nombreux détours qu'il décrit. Sous le règne de Nécôs cent vingt mille Égyptiens périrent en le creusant ; cependant Nécôs fit interrompre les travaux, arrêté par un oracle qui déclara qu'il travaillait au profit du Barbare (les Égyptiens traitent de Barbares tous les peuples qui ne parlent pas leur langue).

(159). Empêché de terminer ce canal, Nécôs se tourna vers la guerre ; il fit construire des trières sur la mer septentrionale et d'autres dans le golfe Arabique, sur la mer Érythrée, dont les hangars sont encore visibles. Il se servit de sa flotte à l'occasion et, sur terre, rencontra et défit les Syriens à Magdôlos, et, à la suite de cette victoire, s'empara de Cadytis[212], une importante ville de Syrie. Il envoya aux Branchides de Milet[213] le vêtement qu'il portait au jour de cette victoire, pour le consacrer à Apollon. Il mourut après un règne de seize ans et laissa le pouvoir à son fils Psammis.

Psammis.

(160). Sous le règne de ce Psammis[214] arrivèrent en Égypte des envoyés des Éléens, qui se vantaient d'instituer les règlements les plus justes et les plus beaux qu'il y eût pour leurs Grands Jeux d'Olympie et pensaient que les Égyptiens eux-mêmes, les plus sages des hommes, ne sauraient rien inventer de mieux. Arrivés en Égypte, les Éléens dirent le motif de leur voyage et le roi convoqua ceux des Égyptiens qui passaient pour les plus sages. Réunis, ceux-ci demandèrent aux Éléens de leur indiquer les règles qu'ils avaient fixées pour ce concours ; les Éléens les leur exposèrent toutes et dirent qu'ils étaient venus s'instruire de ce que des Égyptiens pourraient trouver de plus juste encore en ce domaine. Les Égyptiens, après délibération, leur demandèrent s'ils admettaient à concourir leurs propres concitoyens ; les Éléens répondirent que leur concours était ouvert également à tout Grec, d'Élide ou d'ailleurs, qui désirait y prendre part. Les Égyptiens leur répliquèrent qu'ils avaient posé là une règle absolument contraire à l'équité, car ils ne pouvaient pas ne pas favoriser leurs concitoyens, au préjudice des concurrents étrangers ; s'ils voulaient trouver des règles équitables, et si c'était bien là le motif de leur venue, ils les invitaient à n'admettre à concourir que les étrangers, à l'exclusion de tous les Éléens. Voilà le conseil que les Égyptiens donnèrent aux Éléens.

Apriès.

(161). Psammis avait régné six ans seulement sur l'Égypte quand il mourut, immédiatement après une campagne en Éthiopie ; son fils Apriès[215] lui succéda et fut, après son bisaïeul Psammétique, le plus heureux des rois que l'Égypte eût connus jusque-là. Il régna vingt-cinq ans, au cours desquels il marcha contre Sidon et livra une bataille navale aux Tyriens. Quand il lui fallut connaître le malheur, ses revers commencèrent dans des circonstances que j'exposerai plus longuement dans mon histoire de la Libye[216] ; je n'en dirai ici que quelques mots. Il avait lancé contre Cyrène une grande expédition qui aboutit à un désastre ; les Égyptiens lui reprochèrent cet échec et se révoltèrent contre lui, à l'idée qu'il les avait volontairement envoyés à un danger trop évident, pour les faire tous périr et régner plus tranquille sur le reste de son peuple. Indignés, les rescapés et les amis des disparus se révoltèrent ouvertement.

Révolte d'Amasis.

(162). À cette nouvelle, Apriès chargea Amasis d'aller leur faire entendre raison. Amasis[217], arrivé devant eux, s'efforçait de les détourner de leurs desseins lorsque, tandis qu'il parlait, l'un des Égyptiens debout derrière lui plaça sur sa tête un casque et déclara l'investir ainsi de la royauté. La chose n'allait sans doute pas contre le gré d'Amasis, comme il le fit bien voir ; car, sitôt proclamé roi par les rebelles, il se prépara à marcher contre Apriès. À cette nouvelle, Apriès envoya contre Amasis l'un des plus grands personnages de sa cour, un Égyptien du nom de Patarbémis, avec ordre de le lui ramener vivant. Arrivé devant Amasis, Patarbémis le pria de le suivre ; Amasis se trouvait alors à cheval : il se souleva sur sa selle, lâcha un vent, et invita Patarbémis à l'emporter pour Apriès. Patarbémis insista cependant pour qu'il se rendît à l'appel du roi. Amasis répondit qu'il s'y préparait depuis longtemps et qu'Apriès n'aurait pas lieu de se plaindre de lui : il le verrait bientôt comparaître en nombreuse compagnie. Devant cette réponse Patarbémis ne pouvait garder la moindre illusion sur les projets d'Amasis et, quand il vit ses préparatifs, il partit en hâte, désireux de mettre au plus tôt le roi au courant de la situation. Quand il se présenta devant Apriès sans Amasis, le roi, transporté de fureur et sans prendre le temps de réfléchir, lui fit couper les oreilles et le nez. Les

Égyptiens qui lui demeuraient fidèles, en voyant le plus illustre d'entre eux si honteusement maltraité, passèrent sans plus tarder à l'autre parti et se rallièrent à Amasis.

(163). À l'annonce de cette nouvelle défection, Apriès arma ses auxiliaires étrangers et marcha contre les Égyptiens. Il avait autour de lui des auxiliaires, Cariens et Ioniens, au nombre de trente mille; son palais, vaste et superbe, se trouvait dans la ville de Saïs. Apriès et ses gens marchaient contre les Égyptiens, Amasis et les siens marchaient contre les étrangers; les deux armées arrivèrent dans la ville de Momemphis, où elles comptaient se mesurer.

Organisation sociale de l'Égypte.

(164). Les Égyptiens sont répartis en sept classes : les prêtres, les guerriers, les bouviers, les porchers, les marchands, les interprètes, les bateliers. Il n'y en a pas d'autres; leurs noms viennent des métiers exercés. Les guerriers sont appelés Calasiries et Hermotybies[218], et viennent des nomes que voici (car l'Égypte est tout entière divisée en nomes).

(165). Les nomes des Hermotybies sont les nomes de Busiris, Saïs, Chemmis, Paprémis, l'île appelée Prosopitis, la moitié de Nathô. Les Hermotybies viennent de ces nomes; au temps où ils furent le plus nombreux, ils étaient cent soixante mille. Aucun d'entre eux n'apprend de métier manuel : ils sont tous voués à la carrière des armes.

(166). De leur côté, les Calasiries viennent des nomes Thébain, Bubastite, Aphthite, Tanite, Mendésien, Sébennytique, Athribite, Pharbéthite, Thmouite, Onouphite, Anysien, Myecphorite (qui est une île en face de Bubastis)[219]. Voilà les nomes des Calasiries, qui ont compté, au temps où ils furent le plus nombreux, deux cent cinquante mille hommes. Tout métier manuel leur est également interdit et ils se consacrent à la guerre, de père en fils.

(167). Les Grecs doivent-ils encore cette idée à l'Égypte ? Je ne saurais l'affirmer, car je vois les Thraces, les Scythes, les Perses, les Lydiens et presque tous les peuples barbares refuser eux aussi toute considération à ceux de leurs concitoyens qui apprennent les divers métiers manuels ainsi qu'à leurs descendants, et juger nobles ceux qui n'ont pas à travailler de leurs mains, et surtout ceux qui se consacrent à la guerre. En tout cas les Grecs ont tous adopté cette idée, et surtout les Lacédémoniens ; c'est à Corinthe que l'exercice d'un métier manuel rencontre le moins de mépris[220].

(168). Les guerriers étaient, avec les prêtres, les seuls Égyptiens qui jouissaient des privilèges suivants : ils recevaient chacun douze aroures de terre, exemptes d'impôts. (L'aroure vaut cent coudées carrées d'Égypte, et la coudée d'Égypte est égale à celle de Samos.) Ils jouissaient tous de cet avantage ; d'autres leur appartenaient tour à tour, et jamais deux fois aux mêmes personnes : mille Calasiries et autant d'Hermotybies formaient chaque année la garde du roi ; ceux-ci recevaient, outre leurs terres, les avantages suivants : cinq mines de farine grillée par jour et par homme, deux mines de viande de bœuf, et quatre mesures de vin[221]. Voilà les avantages concédés aux guerriers appelés successivement à garder le roi.

(169). Apriès avec ses auxiliaires et Amasis avec tous les Égyptiens marchèrent l'un contre l'autre ; arrivés à la ville de Momemphis, ils engagèrent le combat. Les mercenaires se battirent bien, mais, très inférieurs en nombre, furent défaits. Apriès, dit-on, s'était convaincu qu'un dieu même ne pouvait lui ôter son trône, tant il s'y croyait solidement établi. Mais, vaincu dans cette rencontre et pris vivant, il fut emmené à Saïs, dans sa propre demeure devenue le palais d'Amasis. Il y fut gardé quelque temps, entouré d'égards par Amasis ; mais enfin, comme les Égyptiens reprochaient au roi de laisser vivre, au mépris de toute justice, leur pire ennemi et le sien, il dut le leur abandonner. Les Égyptiens l'étranglèrent, puis ils l'ensevelirent dans le tombeau de ses pères, qui est dans le temple d'Athéna, tout près du sanctuaire, à gauche en entrant. Les Saïtes ont enseveli tous les rois originaires de leur nome dans ce temple. Le tombeau d'Amasis, bien que plus éloigné du sanctuaire que celui d'Apriès et de ses pères, est lui-même dans la cour du temple : c'est un grand kiosque de pierre, orné de colonnes palmiformes et richement décoré ; il a deux grandes portes entre lesquelles se trouve le sarcophage[222].

(170). Le sépulcre de Celui dont la piété ne me permet pas de prononcer ici le nom se trouve également à Saïs, dans le temple d'Athéna, derrière le sanctuaire auquel il s'adosse sur toute la longueur du mur[223]. Dans cette enceinte s'élèvent de grands obélisques de pierre, près d'un lac bordé d'un quai de pierre qui dessine un cercle parfait, aussi grand, à ce qu'il m'a semblé, que le lac de Délos qu'on appelle le lac Circulaire[224].

(171). Sur ce lac, on donne la nuit des représentations mimées de la passion du Dieu ; les Égyptiens les appellent des Mystères[225]. J'en sais davantage sur le détail de ces spectacles, mais taisons-nous pieusement sur ce point. Sur les fêtes de Déméter que les Grecs appellent Thesmophories[226], taisons-nous de même, sauf sur ce que la religion permet de révéler : ce sont les filles de Danaos qui ont apporté d'Égypte ces rites et les ont enseignés aux femmes des Pélasges ; plus tard, ils se perdirent, lorsque les Doriens chassèrent les populations du Péloponnèse ; les Arcadiens qui n'émigrèrent pas et restèrent dans le Péloponnèse les ont seuls conservés.

Règne d'Amasis.

(172). Apriès renversé ainsi que je l'ai dit, Amasis prit le pouvoir. Il était du nome de Saïs et venait de la ville qu'on appelle Siouph[227]. Tout d'abord les Égyptiens le méprisèrent et le tinrent pour un homme de peu, en raison de son origine plébéienne et de l'obscurité de sa famille, mais il les gagna bientôt par son habileté, sans user de violence maladroite. Il avait parmi ses trésors innombrables un bassin d'or dans lequel lui-même et ses convives se lavaient les pieds à chacune de leurs réunions : il le fit briser et de cet or il fit faire l'image d'un dieu, qui fut érigée dans la ville à l'endroit le plus convenable. Les Égyptiens vinrent dès lors apporter leurs hommages à cette statue. Informé de l'attitude des citadins, Amasis réunit son peuple et lui révéla l'origine de la statue : elle provenait d'un bassin dont ils se servaient précédemment pour vomir, pour uriner, pour se laver les pieds, — et maintenant ils se prosternaient devant lui ! Il lui était arrivé, leur dit-il, la même chose qu'à ce bassin : simple citoyen auparavant, il était à présent leur roi, et il attendait d'eux respect et dévouement. Voilà par quel procédé il sut se concilier les Égyptiens et leur faire admettre son joug.

(173). Il administra les affaires de la manière suivante : du point du jour à l'heure où le marché bat son plein[228], il s'occupait avec diligence des affaires qu'on lui soumettait; le reste du jour, il buvait, raillait ses compagnons de table, et se montrait insouciant et enjoué. Ses amis s'affligèrent de cette conduite et la lui reprochèrent en ces termes : « Seigneur, tu ne te gouvernes pas comme il le faut en abandonnant par trop ta dignité; tu devrais, assis majestueusement sur un trône majestueux, t'occuper toute la journée des affaires de l'État : ainsi les Égyptiens sauraient qu'ils ont un grand prince à leur tête, et tu aurais meilleure réputation. Pour l'instant, tu ne te conduis pas en roi. » Amasis leur répondit : « Les gens qui possèdent un arc le bandent au moment de s'en servir, et ils le détendent après s'en être servis. S'ils le gardaient toujours bandé, l'arc se briserait, si bien qu'ils ne pourraient s'en servir en cas de besoin. Il en est de même de l'homme : s'il voulait s'appliquer toujours aux tâches sérieuses sans jamais s'accorder un moment de détente, il en arriverait à son insu soit à la folie, soit à l'abrutissement. Conscient de ce danger, je donne leur part aux plaisirs comme aux affaires. » Voilà ce qu'il leur répondit.

(174). Amasis, dit-on, simple particulier, aimait déjà boire et plaisanter et n'avait aucun goût pour la vie sérieuse. Quand, à force de boire et de s'amuser, il se trouvait à court d'argent, il s'en allait voler de-ci de-là. Les gens qui l'accusaient de quelque larcin, devant ses dénégations, le traînaient chaque fois devant leur oracle particulier, et si la réponse de l'oracle le condamnait souvent, elle l'absolvait souvent aussi. Devenu roi, voici ce qu'il fit : de tous les dieux qui l'avaient dit innocent, il négligea les sanctuaires, ne donna rien pour les entretenir et n'alla jamais y offrir de sacrifices. C'étaient, disait-il, des dieux sans importance et dont les oracles mentaient ; ceux qui l'avaient convaincu de vol, au contraire, il les tint pour dieux véritables et qui rendaient des oracles véridiques, et il eut pour eux les plus grands égards[229].

(175). Il fit édifier à Saïs, pour Athéna, un portique vraiment magnifique et dépassa de loin tous ses prédécesseurs par cet ouvrage, en raison de sa hauteur et de son étendue, ainsi que par la taille et la qualité des pierres qu'on y employa ; il consacra d'autre part des statues colossales et d'énormes sphinx à tête d'homme, et il fit apporter en outre, pour restaurer le temple, des blocs de pierre d'une grandeur extraordinaire. Les uns provenaient des carrières qui sont aux environs de Memphis, les autres, les plus grands, de la ville d'Éléphantine, qui est à vingt bonnes journées de navigation de Saïs. Mais voici un travail qui n'est pas le moins étonnant et que j'admire plus que tout : il fit venir d'Éléphantine une chapelle monolithe dont le transport demanda trois ans et occupa deux mille hommes, tous de la classe des bateliers. Cet édifice mesure extérieurement vingt et une coudées de long, quatorze de large, huit de haut[230]. Ce sont là les dimensions extérieures du monument, qui est fait d'un seul bloc de pierre ; intérieurement, il a dix-huit coudées plus vingt doigts de long, douze coudées de large, cinq coudées de haut. Il se trouve à l'entrée du temple, et voici, dit-on, la raison pour laquelle on ne l'a pas traîné à l'intérieur : tandis qu'on le halait, le chef des travaux se prit à gémir, accablé par ce travail qui n'en finissait pas. Amasis vit là un signe inquiétant et ne permit pas qu'on tirât la pierre plus loin. On dit encore qu'un des ouvriers qui la soulevaient à l'aide de leviers fut écrasé par elle, et qu'on arrêta le travail pour cette raison.

(176). Dans tous les autres temples de quelque renom, Amasis fit élever également des ouvrages remarquables par leur grandeur : à Memphis en particulier le colosse couché sur le dos, qui est devant le temple d'Héphaistos, et qui mesure soixante-quinze pieds de long. Sur la même base, deux colosses en pierre d'Éthiopie, hauts de vingt pieds chacun, se dressent de part et d'autre de la grande statue. Un autre colosse de même grandeur se trouve à Saïs, couché comme celui de Memphis. Enfin, c'est Amasis qui termina pour Isis le temple de Memphis, qui est vaste et mérite particulièrement d'être vu[231].

(177). C'est, dit-on, sous le règne d'Amasis que l'Égypte connut sa plus grande prospérité, tant pour les dons du fleuve à son sol que pour les dons du sol à sa population et pour le nombre de ses villes, qui atteignit alors le total de vingt mille cités bien peuplées. Voici encore une loi que l'Égypte doit à Amasis : chaque année, tout Égyptien doit déclarer au nomarque ses moyens d'existence ; qui n'obéit pas et ne peut justifier de ressources légitimes est puni de mort. Solon l'Athénien a pris cette mesure à l'Égypte et l'a imposée à ses concitoyens : elle est toujours en vigueur chez eux, car elle est excellente[232].

(178). Amasis se montra grand ami de la Grèce et, entre autres avantages accordés à des Grecs, donna Naucratis à ceux qui venaient en Égypte, comme ville où s'établir[233] ; à ceux qui faisaient escale en Égypte sans vouloir s'y fixer, il accorda des emplacements où élever des autels et des sanctuaires à leurs dieux. Le plus grand, le plus célèbre, et le plus fréquenté de leurs sanctuaires, appelé Hellénion, est fondation commune des cités suivantes : en Ionie Chios, Téos, Phocée et Clazomènes ; en Doride Rhodes, Cnide, Halicarnasse et Phasélis, et une seule ville d'Éolide, Mytilène. Le sanctuaire appartient à ces villes, et ce sont elles aussi qui fournissent les Contrôleurs du marché[234]. Toute autre ville qui prétend s'y associer s'arroge un droit qu'elle n'a pas. De leur côté, les Éginètes ont fondé un sanctuaire de Zeus qui leur est particulier, les Samiens un sanctuaire d'Héra, et les Milésiens un sanctuaire d'Apollon.

(179). Naucratis était autrefois le seul port d'Égypte qui fût ouvert au commerce. Le négociant qui s'engageait dans une autre bouche du Nil devait jurer qu'il ne l'avait pas fait exprès et, sa bonne foi confirmée par serment, remettre à la voile pour gagner la bouche Canopique ; si les vents contraires l'en empêchaient, il lui fallait transborder sa cargaison sur des barques qui l'apportaient à Naucratis en faisant le tour du Delta. Tel était le privilège accordé à cette ville.

(180). Quand les Amphictyons[235] adjugèrent la construction du temple actuel de Delphes au prix de trois cents talents (l'ancien temple ayant été détruit dans un incendie accidentel), les Delphiens durent fournir le quart de cette somme. Ils allèrent quêter de ville en ville, et ce n'est pas l'Égypte qui versa le moins : Amasis leur donna mille talents d'alun[236], et les Grecs établis là-bas vingt mines.

(181). Amasis conclut avec Cyrène aussi un pacte d'alliance et d'amitié. Il jugea même à propos d'épouser une femme de chez eux, soit qu'il eût envie d'avoir une épouse grecque, soit encore pour manifester son amitié aux Cyrénéens. Il épousa donc, selon les uns, la fille de Battos fils d'Arcésilas, selon les autres la fille de

Critoboulos, un des grands personnages du pays ; elle s'appelait Ladicé[237]. Mais chaque fois qu'il couchait avec elle, il se trouvait incapable de la posséder, ce qui ne lui arrivait pas avec les autres femmes. Comme il en était toujours de même, Amasis dit enfin à cette Ladicé : « Femme, tu m'as frappé de quelque maléfice, et rien ne te sauvera de la mort la plus cruelle qui ait jamais frappé une femme. » Toutes les protestations de Ladicé ne purent apaiser la colère du roi ; alors elle fit en son cœur un vœu à la déesse Aphrodite : si, la nuit suivante, Amasis pouvait la posséder — seul moyen pour elle d'échapper au malheur —, elle enverrait à la déesse une statue, à Cyrène. Or, sitôt ce vœu formulé, Amasis put la posséder ; depuis ce moment, chaque fois qu'il s'approchait d'elle, il le pouvait également et dès lors il s'attacha beaucoup à elle. Ladicé s'acquitta de son vœu : elle fit faire une statue qu'elle envoya à Cyrène ; cette statue, placée hors des murs de la ville, était encore intacte de mon temps[238]. Lorsque Cambyse, devenu maître de l'Égypte, apprit de cette Ladicé qui elle était, il la renvoya saine et sauve à Cyrène[239].

(182). Amasis consacra également en Grèce des offrandes aux dieux : à Cyrène, il envoya une statue d'Athéna, plaquée d'or, et un tableau qui le représentait ; à l'Athéna de Lindos, il offrit deux statues de pierre et une cuirasse de lin, ouvrage très curieux[240] ; à Samos, pour Héra, deux statues de bois qui le représentent et qui, de mon temps encore, se dressaient dans le grand temple, derrière la porte. Il envoya des offrandes à Samos en raison de ses relations d'hospitalité avec Polycrate fils d'Aiacès[241], et à Lindos, non pas à cause de liens semblables, mais parce que le temple d'Athéna qui s'y trouve fut, dit-on, fondé par les filles de Danaos lorsqu'elles y abordèrent en fuyant les fils d'Égyptos[242]. Telles sont les offrandes qui vinrent d'Amasis. Enfin, il s'empara, le premier, de Chypre, et lui imposa le versement d'un tribut.

THALIE

LIVRE III

[Règne de Cambyse (1-38). — Cambyse contre l'Égypte : causes de l'expédition, 1-4; les Arabes, 5-9; la guerre : bataille de Péluse et prise de Memphis, 10-16. — Contre les Éthiopiens et Carthage, 17-25 (Table du Soleil, 18; les espions de Cambyse en Éthiopie, 19-24). — Échec à l'Oasis d'Ammon, 26. — Cambyse blesse Apis, 27-29; sa folie et ses crimes, 30-38 (la coutume « reine du monde », 38).

En Grèce, affaire de Samos (39-60). — Histoire de Polycrate, 39-45; Sparte contre Samos, 46-47; Corinthe contre Samos, 48-49; Périandre et son fils, 50-53; siège de Samos; les bannis samiens à Siphnos et en Crète, 54-59; monuments de Samos, 60.

En Perse, avènement de Darius (61-159). — *Révolte de Smerdis*, 61-63; mort de Cambyse, 64-66; règne de Smerdis, 67-68; le complot des Sept, 68-83 (intervention et suicide de Préxaspe, 74-75; meurtre des Mages, 76-79; choix d'un gouvernement, 80-83); Darius reçoit la royauté, 84-88. — *L'Empire de Darius :* les satrapies, 89-97; l'Inde, 98-106 (l'or des fourmis, 102-105); l'Arabie, 107-113; l'Éthiopie, 114; les confins du monde occidental, 115-116; la plaine de l'Acès, 117. — *Règne de Darius :* exécution d'Intaphernès, 118-119; d'Oroitès, 120-128 (Oroitès contre Polycrate de Samos, 120-125; exécution d'Oroitès, 126-128). — Darius et les Grecs : le médecin Démocédès; rôle d'Atossa, 129-134; les émissaires de Darius en Grèce, 135-138; prise de Samos, 139-149 (le manteau de Syloson, 139-141 ; Méandrios à Samos, 142-143; les Perses à Samos, 144-149). — *Révolte de Babylone,* 150-160 (ruse de Zopyre, 153-158; prise de Babylone, 158-159).]

RÈGNE DE CAMBYSE

Cambyse contre l'Égypte.

(1). Amasis est le roi contre lequel marcha Cambyse fils de Cyrus, emmenant parmi ses sujets des Grecs d'Ionie et d'Éolide, et voici pourquoi. Cambyse avait envoyé un héraut en Égypte demander sa fille à Amasis, cela sur le conseil d'un Égyptien qui agissait ainsi par ressentiment contre le roi : il ne lui pardonnait pas de l'avoir, entre tous les médecins de l'Égypte, arraché, lui, à sa femme et à ses enfants et livré aux Perses, lorsque Cyrus avait envoyé demander à Amasis le meilleur de tous les oculistes qu'il eût dans son pays [1]. Dans son ressentiment, l'Égyptien ne cessait d'exhorter Cambyse à demander la fille d'Amasis, dans le dessein ou d'affliger le roi s'il la donnait, ou, s'il la refusait, de lui attirer la haine de Cambyse. Amasis, qui haïssait et redoutait la puissance des Perses, ne pouvait se résoudre ni à donner ni à refuser sa fille ; car, il le savait bien, Cambyse n'avait pas l'intention d'en faire son épouse mais sa concubine. Tout bien pesé, il prit le parti suivant : Apriès, son prédécesseur, avait laissé une fille fort grande et belle, seul reste de sa famille ; elle s'appelait Nitétis [2]. Amasis la fit parer d'or et richement vêtir, puis il l'envoya chez les Perses en la faisant passer pour sa fille. Quelque temps après, Cambyse, en la saluant, l'appela « fille d'Amasis ». « Seigneur, lui dit-elle, tu ignores encore qu'Amasis s'est joué de toi : il m'a fait parer, il m'a envoyée vers toi, comme s'il te donnait sa fille, mais en réalité je suis la fille d'Apriès, son maître qu'il a détrôné avec l'aide des Égyptiens et assassiné. » Ces paroles et la rancune qu'elles suscitèrent en lui amenèrent Cambyse, transporté de fureur, à marcher contre l'Égypte. Voilà ce que racontent les Perses.

(2). Les Égyptiens, eux, voient dans Cambyse un compatriote et le prétendent fils de cette fille d'Apriès : c'est, disent-ils, Cyrus qui fit demander à Amasis la main de sa fille, et non pas Cambyse. Mais cette version est dénuée de tout fondement : les Égyptiens ne sont pas sans savoir (car personne ne connaît mieux qu'eux les coutumes des Perses) d'abord que la loi ne permet pas à un bâtard d'accéder au trône s'il existe un fils légitime, ensuite que Cambyse était fils de Cassandane, la fille de Pharnaspe, un Achéménide, et non pas fils de cette Égyptienne; ils forgent cette histoire pour pouvoir se dire alliés à la maison de Cyrus — voilà la vérité sur ce point.

(3). On raconte encore l'histoire suivante, à laquelle pour moi je ne crois point : une femme perse vint, dit-on, rendre visite aux femmes de Cyrus et, quand elle vit les enfants grands et beaux qui entouraient Cassandane, elle les admira et les loua fort. Cassandane, qui était l'épouse de Cyrus, dit alors : « Oui, voilà de quels enfants je suis mère ! Et pourtant Cyrus me dédaigne et n'a d'yeux que pour cette femme d'Égypte, sa nouvelle acquisition. » La jalousie lui dictait ces paroles, mais l'aîné de ses enfants, Cambyse, s'écria : « Eh bien, mère, quand je serai grand, moi, je bouleverserai l'Égypte de fond en comble ! » Il avait environ dix ans quand il prononça ces mots, et les femmes s'étonnèrent de sa réponse ; mais il n'oublia pas sa promesse, et c'est ainsi qu'arrivé à l'âge d'homme et monté sur le trône il lança son expédition contre l'Égypte.

(4). La circonstance que voici vint aider à son

entreprise. Au nombre des mercenaires d'Amasis se trouvait un certain Phanès, originaire d'Halicarnasse, un homme de bon conseil et valeureux au combat. Ce Phanès, animé de quelque ressentiment contre Amasis, s'enfuit d'Égypte par mer dans l'intention d'offrir ses services à Cambyse. Comme il occupait un rang élevé parmi les mercenaires et connaissait parfaitement toutes les affaires de l'Égypte, Amasis le fit diligemment rechercher et mit à sa poursuite le plus fidèle de ses eunuques[3], avec une trière. L'eunuque rejoignit Phanès en Lycie, mais ne put ramener son prisonnier en Égypte, car Phanès fut plus habile que lui et passa en Perse après avoir enivré ses gardiens. Cambyse, prêt à marcher contre l'Égypte, se demandait comment faire passer le désert à son armée lorsque Phanès survint pour le renseigner sur la situation d'Amasis, et en particulier pour lui indiquer la route à prendre : le conseil qu'il lui donna fut d'envoyer prier le roi des Arabes[4] de lui assurer un passage sans encombre sur ses terres.

Les Arabes.

(5). L'Arabie est la seule voie qui donne aux Perses accès en Égypte. Depuis la Phénicie jusqu'aux frontières de la ville de Cadytis, le pays appartient aux Syriens appelés Syriens de Palestine ; de Cadytis, ville à mon avis presque aussi grande que Sardes jusqu'à la ville d'Iénysos[5], les comptoirs maritimes appartiennent au roi d'Arabie ; après Iénysos, c'est de nouveau terre syrienne jusqu'au lac Serbonis, auprès duquel le mont Casion s'avance dans la mer ; à partir du lac Serbonis où, dit-on, se cache Typhon[6], c'est l'Égypte. D'Iénysos au mont Casion et au lac Serbonis, la distance n'est pas médiocre : il y a trois jours de marche au moins, et la région est d'une aridité terrible.

(6). Je veux signaler ici un fait qu'ont rarement noté les navigateurs qui abordent en Égypte : la Grèce entière et la Phénicie pareillement envoient toute l'année en Égypte des jarres de terre pleines de vin, et pourtant il est pour ainsi dire impossible de voir là-bas une seule jarre vide qui ait servi à cet usage. Mais alors, dira-t-on, que deviennent-elles ? Je vais répondre encore à cette question. Chaque démarque doit faire rassembler toutes les jarres de sa ville et les expédier à Memphis ; et les gens de Memphis doivent les remplir d'eau et les faire porter justement dans ces régions de Syrie qui manquent d'eau. Ainsi, la jarre qui entre en Égypte et y est vidée s'en va rejoindre en Syrie ses compagnes.

(7). Ce sont les Perses qui ont ainsi permis l'entrée en Égypte par ce chemin, en y organisant le ravitaillement en eau de la façon que je viens de dire, sitôt maîtres de l'Égypte. Comme ces réserves d'eau n'existaient pas encore de son temps, Cambyse, sur le conseil de son hôte d'Halicarnasse, envoya des messagers prier le roi d'Arabie d'assurer son passage sur ses terres, ce qu'il obtint, sous la garantie de serments mutuels.

(8). Aucun peuple n'a plus que les Arabes le respect de la parole donnée. Voici comment on prête serment chez eux : entre les contractants se place, debout, une tierce personne qui, à l'aide d'une pierre tranchante, fait à chacun d'eux une incision au creux de la paume, près du pouce, puis, avec quelques brins de laine pris au manteau de chacun, enduit de leur sang sept pierres placées entre eux[7], tout en invoquant Dionysos et Ourania. La cérémonie achevée, l'homme qui a prêté serment recommande à ses amis l'étranger ou encore le concitoyen (s'il s'agit de l'un d'eux) auquel il a donné sa parole, et ses amis s'estiment liés eux aussi par cet engagement. Dionysos est, avec Ourania, la seule divinité qu'ils reconnaissent, et ils se coupent les cheveux, disent-ils, à la manière de Dionysos lui-même : ils ont les cheveux coupés en rond et les tempes rasées. Dionysos s'appelle chez eux Orotalt, et Ourania Alilat[8].

(9). Quand l'Arabe eut donné sa parole aux envoyés de Cambyse, voici comment il s'engagea : il fit remplir d'eau des outres en peau de chameau qui furent chargées sur tous les chameaux dont il disposait : après quoi, il conduisit la caravane dans le désert et attendit là les troupes de Cambyse. Des deux versions qui ont cours à ce sujet, c'est la plus vraisemblable, mais il faut citer aussi celle qui l'est moins, puisqu'elle existe. Il y a en Arabie un grand fleuve, le Corys, qui se jette dans la mer appelée mer Érythrée[9]. Le roi d'Arabie fit, dit-on, venir l'eau de ce fleuve par un conduit confectionné à l'aide de peaux cousues ensemble, peaux non tannées de bœufs et d'autres animaux, et assez long pour arriver jusqu'au désert ; il avait d'autre part fait creuser dans le désert de grandes citernes pour recueillir cette eau et la conserver. Il y a douze jours de marche du fleuve à ce désert ; et, dit-on, il fit venir l'eau par trois conduits en trois endroits différents[10].

La guerre contre l'Égypte.

(10). De son côté Psamménite[11], le fils d'Amasis, campait à la bouche du Nil dite bouche Pélusienne, en attendant Cambyse. En effet Amasis n'était plus lorsque Cambyse attaqua l'Égypte : il était mort après un règne de quarante-quatre ans pendant lequel il ne lui était rien arrivé d'exceptionnel. Son corps embaumé fut déposé dans le tombeau qu'il s'était fait construire dans l'enceinte du temple. Sous le règne de son fils Psamménite se produisit un prodige particulièrement grand aux yeux des Égyptiens : il plut sur la ville de Thèbes, qui n'avait jamais reçu de pluie auparavant, et n'en a plus reçu depuis jusqu'à nos jours, aux dires des Thébains eux-mêmes[12]. En effet, il ne pleut jamais en Haute-Égypte, mais ce jour-là Thèbes reçut une légère ondée.

Bataille de Péluse.

(11). Quand les Perses, après avoir traversé le désert, se furent établis à proximité des Égyptiens afin de leur livrer bataille, les mercenaires de Psamménite, des Grecs et des Cariens qui ne pardonnaient pas à Phanès d'avoir introduit l'étranger en Égypte, imaginèrent cette vengeance atroce : Phanès avait des fils demeurés en Égypte ; les mercenaires les amenèrent dans le camp, bien en vue de leur père, et placèrent un cratère entre les deux armées ; puis ils firent approcher les enfants, l'un après l'autre, et les égorgèrent au-dessus du cratère. Quand ils les eurent tous tués, ils versèrent de l'eau et du vin dans le vase et vinrent tous boire de ce sang ; après quoi, ils marchèrent au combat. Le choc fut rude et les morts nombreux de part et d'autre, mais à la fin les Égyptiens durent céder le terrain[13].

(12). J'ai pu constater une chose vraiment curieuse, que m'ont indiquée les gens du pays : les os des soldats tombés de part et d'autre au cours de cette bataille forment des tas distincts (les ossements des Perses sont groupés à part ainsi qu'ils l'avaient été aussitôt, ceux des Égyptiens sont d'un autre côté) ; or, les crânes des

Perses sont si tendres qu'il suffit, pour en transpercer un, d'y lancer un caillou ; au contraire ceux des Égyptiens sont si durs qu'à peine peut-on les briser à coups de pierre. Voici l'explication qui m'en fut donnée, et que j'ai pour mon compte aisément admise : dès l'enfance, les Égyptiens se rasent les cheveux et, sous l'action du soleil, les os de leurs crânes s'épaississent. Ils ne connaissent pas la calvitie pour la même raison (c'est en Égypte, en effet, qu'on voit le moins d'hommes chauves [14]). Voilà pourquoi les Égyptiens ont le crâne solide, et voici pourquoi les Perses l'ont fragile : ces gens ont toute leur vie la tête à l'ombre, abritée par leur coiffure habituelle, la tiare, qui est un bonnet de feutre. J'ai constaté ce fait ; et je l'ai constaté de même à Paprémis sur les soldats tombés avec le fils de Darius, Achéménès, sous les coups du libyen Inaros [15].

(13). Les Égyptiens mis en déroute s'enfuirent dans le plus grand désordre. Ils se replièrent dans Memphis, et Cambyse leur envoya un navire de Mytilène qui remonta le fleuve avec, à son bord, un héraut perse, pour leur proposer un accord. Mais lorsqu'ils virent le vaisseau entrer dans Memphis, des remparts ils accoururent en masse pour mettre en pièces l'embarcation et faire une boucherie de son équipage, dont ils ramenèrent triomphalement les lambeaux de chair dans la citadelle. Ils furent ensuite assiégés et finirent par capituler. Les Libyens voisins, effrayés par le sort de l'Égypte, se soumirent sans combattre ; ils s'imposèrent d'eux-mêmes un tribut et envoyèrent des présents à Cambyse. Effrayés autant que les Libyens, les gens de Cyrène et de Barcé firent comme eux. Cambyse reçut avec bienveillance les dons des Libyens, mais mécontent du présent de Cyrène, qui était, je pense, par trop modique (ils n'avaient envoyé que cinq cents mines d'argent), de sa propre main il jeta cette somme par poignées à ses soldats.

(14). Au dixième jour qui suivit la prise de la citadelle de Memphis [16], Cambyse fit amener dans un faubourg de la ville, pour le bafouer, le roi d'Égypte Psamménite, qui avait régné six mois ; il l'y fit placer en compagnie d'autres Égyptiens et voulut par l'épreuve suivante juger de sa force d'âme : il fit habiller sa fille en esclave et l'envoya chercher de l'eau, un seau à la main, en compagnie d'autres captives choisies parmi les filles des plus grands personnages du royaume et vêtues comme elle. Quand les jeunes filles passèrent, éplorées et gémissantes, auprès de leurs pères, tous répondirent à leurs plaintes par des larmes et des gémissements, en voyant l'humiliation infligée à leurs enfants ; mais Psamménite vit sa fille, comprit et baissa les yeux vers la terre. Après les porteuses d'eau, Cambyse fit encore passer devant le roi son fils et deux mille Égyptiens de son âge, tous la corde au cou, un mors dans la bouche. Ils allaient expier le meurtre des Mytiléniens exterminés à Memphis avec leur navire : la sentence rendue par les Juges Royaux [17] portait que, pour chaque Mytilénien, périraient dix Égyptiens de haut rang. Psamménite les vit passer, il comprit que son fils marchait à la mort ; à ses côtés les autres Égyptiens pleuraient et se désespéraient, mais lui garda l'attitude qu'il avait eue devant sa fille. Les jeunes gens passèrent à leur tour, et voilà qu'un des commensaux du roi, un homme déjà vieux et qui, jadis riche, n'était plus qu'un mendiant et demandait l'aumône aux soldats perses, passa près du fils d'Amasis et des autres Égyptiens assis dans ce faubourg. Quand Psamménite le vit, il éclata en sanglots et se frappa la tête en prononçant le nom de son ami. Or, des gardes postés près de lui rapportaient à Cambyse jusqu'à la moindre de ses réactions au passage de chaque cortège. Étonné de son attitude, Cambyse envoya un messager l'interroger en ces termes : « Psamménite, ton maître Cambyse te demande pour quelle raison, devant ta fille humiliée, devant ton fils qui marchait à la mort, tu n'as ni gémi ni pleuré, alors que tu as accordé cet honneur à un mendiant qui, lui a-t-on dit, ne t'est rien. » À cette question, Psamménite répondit : « Fils de Cyrus, les malheurs qui me frappaient dépassaient la mesure des larmes, mais l'infortune d'un ami méritait d'être pleurée, quand, déchu de sa prospérité, il se trouve dans la misère au seuil même du tombeau. » Rapportée, cette réponse, dit-on, parut fort sage ; aux dires des Égyptiens elle fit verser des larmes à Crésus (qui avait, lui aussi, suivi Cambyse en Égypte), elle en fit verser aux Perses qui étaient là, et Cambyse lui-même en ressentit quelque pitié : il ordonna aussitôt d'épargner le fils de Psamménite parmi les jeunes gens qu'on exécutait et d'amener le roi lui-même en sa présence.

(15). Pour le jeune homme, les gens qui allèrent le chercher ne le trouvèrent plus en vie : il avait été frappé le premier ; mais ils emmenèrent Psamménite et le conduisirent auprès de Cambyse, et c'est là qu'il vécut par la suite sans jamais être maltraité. S'il avait su se tenir tranquille, il aurait même recouvré l'Égypte à titre de gouverneur, car les Perses ont toujours des égards pour les fils de roi, et ils restituent même le pouvoir au fils si le père s'est révolté contre eux. C'est une règle chez eux, beaucoup d'autres exemples l'attestent aussi : celui de Thannyras en particulier, fils d'Inaros le Libyen, qui retrouva le pouvoir qu'avait eu son père, et celui de Pausiris fils d'Amyrtée, qui lui aussi retrouva le pouvoir paternel ; or personne n'a jamais fait plus de mal aux Perses qu'Inaros et Amyrtée[18]. Mais Psamménite reçut le salaire de ses intrigues : il fut pris à tenter de soulever les Égyptiens et, démasqué par Cambyse, but du sang de taureau et mourut immédiatement[19]. Ainsi finit-il.

(16). De Memphis Cambyse partit pour Saïs, pour y mettre à exécution l'un de ses projets comme il le fit d'ailleurs. Sitôt arrivé dans le palais d'Amasis, il ordonna de retirer du tombeau le corps du roi ; quand on lui eut obéi, il prescrivit de fustiger le cadavre, de lui arracher les cheveux, de le percer à coups d'aiguillon, de lui faire subir tous les outrages possibles. Lorsque ses gens furent à bout de force, car le cadavre momifié résistait et ils n'arrivaient pas à le mettre en pièces, Cambyse donna l'ordre de le brûler : ordre sacrilège, car le feu est en Perse une divinité[20]. Brûler les morts ne se fait ni en Perse, ni en Égypte : les Perses s'y refusent pour la raison que j'ai dite, en déclarant qu'il ne sied pas d'offrir à un dieu la dépouille d'un homme, et pour les Égyptiens le feu est une bête vivante qui dévore tout ce qu'elle touche et, rassasiée, meurt avec sa proie ; or, il n'est pas d'usage chez eux d'abandonner les cadavres aux bêtes, c'est pourquoi ils les embaument, afin qu'ils ne soient pas dévorés par les vers dans leur tombe[21]. Ainsi la volonté de Cambyse allait à l'encontre des lois des deux peuples. Aux dires des Égyptiens cependant, le corps ainsi traité n'était pas celui d'Amasis, mais celui d'un autre Égyptien de la même taille que lui, que les Perses maltraitèrent en croyant s'attaquer au roi. D'après eux en effet, Amasis, averti par un oracle du sort qui l'attendait après sa mort, voulut détourner cette menace, et, quand l'homme en question mourut, il fit ensevelir son cadavre, celui qui fut fouetté, dans son propre tombeau, près de la porte, et prescrivit à son fils de le faire placer lui-même au plus profond de la tombe. Ces prescriptions d'Amasis au sujet de sa sépulture et de ce personnage sont, à mes yeux, invention pure, mensonge consolant pour la vanité des Égyptiens[22].

Cambyse contre les Éthiopiens.

(17). Ensuite Cambyse projeta trois expéditions, à lancer contre les Carthaginois, les Ammoniens et les Éthiopiens Longues-Vies[23], qui habitent la côte sud de la Libye[24]. À la réflexion, il choisit d'envoyer sa flotte contre les Carthaginois, un détachement de son armée contre les Ammoniens et, contre les Éthiopiens, des espions d'abord qui verraient si, comme on le prétendait, la Table du Soleil existait bien chez eux, et qui recueilleraient en outre sur ce pays toutes les informations nécessaires, sous prétexte d'apporter des présents à leur roi.

(18). Voici, semble-t-il, en quoi consiste la Table du Soleil : à proximité de la ville se trouve une prairie dont le sol est couvert de viandes bouillies de tous les quadrupèdes ; le soin d'y déposer ces viandes pendant la nuit incombe aux autorités de la ville, et pendant le jour n'importe qui peut venir en manger. Les indigènes, dit-on, affirment que la terre les produit d'elle-même chaque jour. Voilà ce que serait la Table du Soleil[25].

(19). Dès qu'il eut résolu d'envoyer là-bas ses espions, Cambyse fit venir d'Éléphantine ceux des Ichthyophages[26] qui connaissaient la langue éthiopienne. Dans le même temps il donna l'ordre à sa flotte d'aller attaquer Carthage. Mais les Phéniciens s'y refusèrent : ils étaient liés à Carthage par des serments solennels, dirent-ils, et commettraient une impiété en allant combattre leurs propres enfants[27]. Les Phéniciens refusant leur concours, le reste de la flotte n'avait plus la force nécessaire pour cette expédition. Les Carthaginois échappèrent donc au joug des Perses ; car Cambyse ne jugea pas devoir user de violence pour se faire obéir des Phéniciens, parce qu'ils s'étaient librement rangés du côté des Perses et qu'ils constituaient d'ailleurs le gros de ses forces navales. Les Cypriotes s'étaient eux aussi rangés du côté de la Perse, et participaient à l'expédition contre l'Égypte.

(20). Quand les Ichthyophages mandés par Cambyse furent arrivés d'Éléphantine, il les envoya en Éthiopie, exactement instruits de ce qu'ils devaient dire et porteurs de présents qui consistaient en un vêtement de pourpre, un collier d'anneaux d'or, des bracelets, un vase d'albâtre rempli de parfum, et une jarre de vin de palmier. Les Éthiopiens qu'ils allaient trouver sont, dit-on, les hommes les plus grands et les plus beaux du monde. Leurs usages sont différents de ceux des autres peuples, particulièrement en ce qui concerne la royauté : seul le citoyen reconnu le plus grand et doué d'une force proportionnée à sa taille est digne à leurs yeux de la couronne.

(21). Arrivés auprès de ces gens, les Ichthyophages remirent leurs dons au roi et lui dirent : « Le roi des Perses, Cambyse, désire devenir ton ami et ton hôte ; il nous a envoyés ici avec l'ordre d'entrer en relation avec toi, et il t'adresse en présent ces objets, ceux dont il tire lui-même le plus grand plaisir. » L'Éthiopien comprit qu'ils n'étaient que des espions et leur répondit : « Le roi des Perses ne vous a pas envoyés, vous et vos présents, parce qu'il tient beaucoup à devenir mon hôte ; vous-mêmes, vous ne dites pas la vérité, car vous êtes venus espionner mon royaume ; et lui, il n'est pas un homme juste : s'il était juste, il n'aurait pas convoité un pays qui ne lui appartient pas, il ne chercherait pas à réduire en esclavage des hommes qui ne lui ont fait aucun tort. Eh bien, remettez-lui cet arc et dites-lui ceci : " Le roi d'Éthiopie donne ce bon conseil au roi des Perses : le jour où les Perses banderont aisément un arc de cette taille, comme je le fais, qu'il attaque les Éthiopiens Longues-Vies, avec des forces supérieures aux leurs. En attendant ce jour, qu'il remercie les dieux qui ne mettent pas au cœur des fils de l'Éthiopie le désir d'accroître leurs terres par des conquêtes. " »

(22). Là-dessus il débanda son arc et le remit aux émissaires de Cambyse. Puis il prit le vêtement de pourpre et demanda ce que c'était, et comment on l'avait fait. Quand les Ichthyophages lui eurent dit la vérité sur la pourpre et les teintures, il déclara que tout mentait dans leur pays, les vêtements comme les hommes. Ensuite il les questionna sur l'or du collier et des bracelets ; les Ichthyophages lui expliquèrent que c'était une parure, mais le roi les prit pour des chaînes et répondit en riant qu'ils avaient chez eux des chaînes plus solides que celles-là. Puis il passa au parfum ; les autres lui en dirent l'origine et l'usage, et il en jugea comme du vêtement. Mais lorsqu'il en fut au vin et qu'il sut comment on le fabriquait, ce breuvage l'enchanta ; il voulut alors savoir ce que mangeait leur roi, et quel âge extrême pouvait atteindre un Perse. Ils répondirent que le roi se nourrissait de pain, et lui expliquèrent comment on cultive le blé ; puis ils lui dirent que la vie la plus longue que peut espérer un homme ne dépasse pas quatre-vingts ans ; sur quoi l'Éthiopien s'écria qu'il ne s'étonnait nullement que, nourris de fumier, ils eussent si peu d'années à vivre : ils ne pourraient même pas durer si longtemps s'ils n'avaient cette boisson (il voulait parler du vin) pour se soutenir ; car sur ce point, dit-il, les Éthiopiens s'avouaient inférieurs aux Perses.

(23). À leur tour, les Ichthyophages questionnèrent le roi sur la durée de la vie des Éthiopiens et leur nourriture ; chez lui, leur dit-il, on atteignait en général cent vingt ans, et certains dépassaient même cet âge ; on se nourrissait de viandes bouillies et l'on buvait du lait. Comme les espions manifestaient leur surprise devant une telle longévité, le roi, dit-on, les mena près d'une source dont les eaux rendaient la peau onctueuse, telle une source d'huile, et qui exhalait une odeur de violette ; l'eau y avait une si faible densité, dirent les espions, que rien ne pouvait y flotter, ni le bois, ni les matériaux plus légers encore que le bois : tout allait au fond. Si cette eau est bien telle qu'on la décrit, il se peut qu'ils doivent à son emploi constant leur étonnante longévité[28]. En quittant cette source, ils allèrent visiter une prison où tous les prisonniers étaient liés de chaînes d'or ; car dans cette contrée le métal le plus rare et le plus précieux est le cuivre. Après avoir vu la prison, ils allèrent voir aussi ce qu'on appelle la Table du Soleil.

(24). Pour finir, on leur montra les sépultures des Éthiopiens, que l'on fait, dit-on, dans une matière transparente, de la façon que voici : on momifie le corps, à la manière des Égyptiens ou par tout autre procédé, puis on l'enrobe d'une couche de plâtre que l'on peint entièrement et le plus fidèlement possible à la ressemblance du défunt ; ensuite, on le glisse debout dans un étui fait d'une pierre transparente, qu'on tire en abondance de leur sol et qui se laisse facilement travailler[29]. Le corps enfermé dans cet étui demeure visible, il ne dégage aucune mauvaise odeur et n'a rien de répugnant, et il est en tous points exactement semblable à la personne défunte. Pendant un an, les plus proches parents du mort gardent chez eux cet étui de pierre et lui offrent les prémices de toute chose ainsi que des sacrifices; après quoi, ils l'enlèvent de leur demeure et le dressent aux environs de la ville.

(25). Les espions examinèrent bien tout et s'en retournèrent. Leur rapport mit Cambyse en fureur et sur-le-champ il partit en guerre contre les Éthiopiens, sans avoir organisé son ravitaillement, sans se rendre compte qu'il allait lancer ses troupes aux extrémités du monde; comme un possédé, en homme qui a perdu l'esprit, à peine eut-il entendu les Ichthyophages qu'il se mit en campagne, en ordonnant à ses troupes grecques de rester sur place tandis qu'il emmenait avec lui toute son infanterie. À son passage à Thèbes[30], il détacha de son armée cinquante mille hommes environ et les chargea de réduire en esclavage les Ammoniens et de brûler leur oracle de Zeus; lui-même marcha contre les Éthiopiens avec le reste de ses troupes. Mais, avant même que l'armée eût parcouru le cinquième du chemin, tous les vivres qu'ils emportaient se trouvèrent épuisés, et après les vivres ce fut le tour des bêtes de somme, qu'ils mangèrent jusqu'à la dernière. Si Cambyse avait alors ouvert les yeux, s'il avait renoncé à ses projets et fait reculer ses troupes, il aurait, après sa faute initiale, fait preuve de raison; mais, sans tenir compte de la situation, il continua d'avancer. Tant que la terre porta quelque végétation, les soldats vécurent en mangeant de l'herbe; mais lorsqu'ils arrivèrent au sable du désert[31], certains firent une chose horrible : ils tirèrent au sort un homme sur dix et le mangèrent. Instruit de ce forfait, Cambyse craignit de voir ses soldats s'entre-dévorer : il abandonna ses projets contre l'Éthiopie, retourna sur ses pas et revint à Thèbes, après avoir perdu bien des hommes. De Thèbes, il descendit à Memphis où il congédia les Grecs, qui regagnèrent leur pays.

Échec à l'Oasis d'Ammon.

(26). Voilà ce que fut son expédition d'Éthiopie. Cependant les troupes envoyées contre les Ammoniens, parties de Thèbes avec des guides, atteignirent, on en est sûr, la ville d'Oasis, où habitent des Samiens qui appartiendraient à la tribu d'Aischrion; de Thèbes à cette ville, il y a sept jours de marche à travers les sables; l'endroit s'appelle en notre langue l'Île des Bienheureux[32]. L'armée parvint, dit-on, jusque-là; ensuite, personne n'en peut plus rien dire, sauf les Ammoniens et ceux qui ont été par eux informés de son sort : car elle n'est jamais arrivée chez les Ammoniens et n'est pas davantage revenue sur ses pas. Voici ce que racontent les Ammoniens : partis de la ville d'Oasis pour marcher contre eux, les soldats de Cambyse s'engagèrent dans le désert, et ils avaient fait à peu près la moitié du chemin lorsque, au moment où ils déjeunaient, le vent du sud se mit subitement à souffler avec violence et les ensevelit sous les tourbillons de sable qu'il soulevait — ce qui explique leur totale disparition. Telle fut, selon les Ammoniens, le sort de cette expédition.

Cambyse blesse Apis.

(27). Après le retour de Cambyse à Memphis, le dieu Apis (que les Grecs appellent Épaphos) se manifesta en Égypte. Dès qu'il eut apparu, les Égyptiens prirent leurs habits de fête et firent de grandes réjouissances. Témoin de leur conduite, Cambyse, persuadé qu'ils manifestaient ainsi leur joie de ses revers, convoqua les magistrats de la ville. Quand ils furent devant lui, le roi leur demanda pourquoi les Égyptiens, qui n'avaient rien fait de pareil à son premier passage à Memphis, se livraient à ces manifestations au moment où il y revenait après avoir subi de lourdes pertes. Ils lui expliquèrent qu'un dieu s'était manifesté ; ce dieu avait coutume de n'apparaître qu'à de longs intervalles, et, à chacune de ses apparitions, l'Égypte entière se réjouissait et fêtait sa venue[33]. À ces mots, Cambyse leur déclara qu'ils mentaient, et il les condamna tous à mort pour lui avoir menti.

(28). Les magistrats exécutés, les prêtres à leur tour furent convoqués devant lui. Ils lui firent la même réponse, et Cambyse déclara que si quelque dieu débonnaire était apparu en Égypte, il s'en apercevrait bien. Puis, sans leur en dire plus, il leur ordonna de lui amener cet Apis ; et ils s'en allèrent le chercher. — Cet Apis-Épaphos est un taureau né d'une vache qui ne peut plus par la suite avoir d'autre veau. Les Égyptiens disent qu'un éclair descend du ciel sur la bête qui, ainsi fécondée, met au monde un Apis. Le taureau qui reçoit le nom d'Apis présente les signes suivants : il est noir, avec un triangle blanc sur le front, une marque en forme d'aigle sur le dos, les poils de la queue doubles, et une marque en forme de scarabée sous la langue.

(29). Lorsque les prêtres lui amenèrent Apis, Cambyse, dans un geste de défi digne d'un demi-fou, tira son poignard et voulut le frapper au ventre; il l'atteignit à la cuisse et dit aux prêtres en riant : « Eh bien, têtes folles, y a-t-il des dieux faits de la sorte, des dieux de chair et de sang qu'on blesse comme on veut ? Voilà un dieu bien digne des Égyptiens ! Mais vous, vous ne vous moquerez pas de moi impunément ! » Sur ces mots, il donna l'ordre aux hommes chargés de ces tâches de fouetter les prêtres et de mettre à mort tout Égyptien qu'ils surprendraient à célébrer cette fête. Les festivités s'arrêtèrent aussitôt dans toute l'Égypte, les prêtres subirent leur peine, et l'Apis blessé à la cuisse dépérit lentement, gisant dans son temple. Il mourut de sa blessure et les prêtres l'ensevelirent en cachette de Cambyse[34].

Folie et crimes de Cambyse.

(30). Selon les Égyptiens Cambyse, en châtiment de son crime, fut aussitôt en proie à la folie, lui dont la raison chancelait déjà. Son premier crime fut l'assassinat de son frère Smerdis (frère né du même père et de la même mère que lui), qu'il avait déjà renvoyé d'Égypte en Perse, jaloux qu'il eût été le seul Perse à pouvoir tendre, de quelque deux doigts au plus, l'arc remis aux Ichthyophages par le roi d'Éthiopie[35] — pas un des autres Perses n'avait pu le faire. Après son départ Cambyse en dormant eut une vision : il lui sembla qu'un messager venu de Perse lui annonçait que son frère Smerdis était assis sur le trône royal et que sa tête atteignait le ciel. Alors, de crainte que son frère ne le tuât pour s'emparer du trône, il fit partir pour la Perse l'homme dont il était le plus sûr, Préxaspe, pour le faire périr. Préxaspe se rendit à Suse et tua Smerdis, au cours d'une chasse, disent les uns, en l'emmenant au bord de la mer Érythrée, dans laquelle il le précipita, selon les autres.

(31). Ce meurtre fut, dit-on, le premier des crimes de Cambyse. Le second fut la mort de sa sœur, qui l'avait suivi en Égypte et était à la fois son épouse et sa sœur, née des mêmes parents que lui. Voici comment s'était fait ce mariage (car avant lui les Perses n'avaient nullement l'habitude d'épouser leurs sœurs[36]). Épris de l'une de ses sœurs, Cambyse voulut l'épouser et, son projet sortant de l'ordinaire, convoqua les Juges Royaux pour leur demander s'il n'existait pas quelque loi qui permît les mariages entre frère et sœur. — Les Juges Royaux sont des hommes choisis entre tous les Perses pour exercer ces fonctions, qu'ils conservent jusqu'à leur mort ou jusqu'au jour où l'on découvre quelque injustice à leur reprocher; ils rendent la justice, interprètent les lois ancestrales et décident de tout en dernier ressort[37]. Ils firent à la question de Cambyse une réponse aussi juste que prudente : ils ne découvraient, dirent-ils, aucune loi qui permît au frère d'épouser sa sœur, toutefois ils en avaient trouvé une autre qui donnait licence au roi des Perses de faire tout ce qu'il voulait. Ainsi la crainte de Cambyse ne leur fit pas abroger la loi commune, mais en même temps, pour ne pas se perdre eux-mêmes en l'observant strictement, ils en trouvaient une autre favorable à qui voulait épouser ses sœurs. Cambyse épousa donc alors celle qu'il voulait, mais peu après il prit encore une autre de ses sœurs pour épouse. C'est la plus jeune des deux qui le suivit en Égypte et qu'il tua[38].

(32). Il existe deux versions de sa mort, comme pour Smerdis. Selon les Grecs, Cambyse mit aux prises un lionceau et un jeune chien, et cette femme regardait avec lui le combat ; le chien avait le dessous lorsqu'un autre jeune chien, le frère du premier, rompit sa laisse et vint à son secours, si bien qu'à eux deux ils triomphèrent du lionceau. Le spectacle amusa Cambyse, mais fit pleurer la femme à ses côtés. Il s'en aperçut et lui demanda la raison de ses larmes. Elle répondit qu'au spectacle de ce chien accouru pour défendre son frère elle n'avait pu retenir ses larmes, parce qu'elle avait pensé à Smerdis et s'était dit qu'il n'avait personne, lui, pour le venger. Selon les Grecs, c'est pour ce propos que Cambyse la fit périr. Mais, selon les Égyptiens, pendant qu'ils étaient à table, la femme prit une laitue et la dépouilla de ses feuilles ; puis elle demanda à son mari s'il la trouvait plus belle sans ses feuilles ou avec elles. Cambyse répondit : « Avec ses feuilles », et elle reprit : « Tu as pourtant imité ce que j'ai fait à cette laitue, en privant de ses rameaux la maison de Cyrus. » Furieux, Cambyse l'accabla de coups de pied et, comme elle était enceinte, elle mourut à la suite d'une fausse couche.

(33). Voilà comment dans sa folie Cambyse agit envers ses proches, que ce mal l'ait frappé à cause d'Apis, ou qu'il ait une autre origine — car nombreux sont les maux qui frappent les hommes. On dit en effet qu'il était atteint de naissance d'une grave maladie, que certains nomment « mal sacré »[39] ; il n'est donc pas impossible que dans un corps gravement malade l'esprit n'ait pu lui-même demeurer sain.

(34). Voici maintenant comment sa folie le fit agir envers les autres Perses. On raconte qu'un jour, en s'adressant à Préxaspe (qui avait sa faveur et la charge de lui présenter les messages, tandis que son fils était l'échanson du roi, autre honneur considérable), il lui dit ceci : « Préxaspe, que pense-t-on de moi en Perse, et en quels termes parle-t-on de moi ? — Maître, répondit l'autre, on te comble en tout de louanges, mais on dit que tu aimes un peu trop le vin. » Tels étaient, selon lui, les propos des Perses, et le roi s'en courrouça : « Donc, les Perses prétendent maintenant que mon goût pour le vin me fait divaguer et m'enlève tout mon bon sens ? Leurs propos de l'autre jour n'étaient donc eux aussi que des mensonges ! » Quelques jours plus tôt, en effet, dans un conseil où se trouvaient des Perses ainsi que Crésus, Cambyse avait demandé aux assistants ce qu'ils pensaient de lui, en comparaison de son père Cyrus ; ils avaient répondu qu'il était supérieur à son père, car, maître de tout ce qu'avait possédé Cyrus, il y avait ajouté encore et l'Égypte et la mer. Ainsi répondirent-ils, mais Crésus, qui assistait au conseil, n'avait pas approuvé leur jugement et avait dit à Cambyse « Pour moi, fils de Cyrus, je ne trouve pas que tu sois l'égal de ton père, car tu n'as pas encore de fils tel que celui qu'il a en toi[40]. » Enchanté de cette réponse, Cambyse avait alors loué le jugement de Crésus.

(35). Au souvenir de ces éloges, Cambyse courroucé dit à Préxaspe : « Constate donc par toi-même si les Perses disent vrai, ou si ce sont eux qui déraisonnent. Ton fils est là, debout devant la porte ; je vais tirer sur lui : si je l'atteins en plein cœur, ce sera la preuve que les Perses ne savent pas ce qu'ils disent. Si je manque mon coup, tu pourras dire qu'ils ont raison et que j'ai, moi, perdu la tête. » Sur ces mots il tendit son arc, et sa flèche frappa le jeune homme qui s'affaissa ; Cambyse fit ouvrir le corps pour vérifier le coup : la flèche était fichée en plein cœur. Au comble de la joie, il dit en riant au père du jeune homme : « Je ne suis pas fou,

Préxaspe, et ce sont les Perses qui déraisonnent, tu le vois bien ! Allons, dis-moi, as-tu jamais vu quelqu'un atteindre aussi bien son but ? — Maître, répondit Préxaspe qui le voyait hors de lui et craignait pour sa propre vie, le dieu lui-même, je crois, n'aurait pas si bien visé. » Voilà ce que fit Cambyse en cette occasion ; un autre jour il s'en prit sans motif valable à douze Perses du plus haut rang, qu'il fit enterrer vivants, la tête en bas.

(36). Témoin de ces excès, Crésus le Lydien crut de son devoir de lui donner cet avertissement : « Seigneur, ne te laisse pas toujours entraîner par ta jeunesse et ton impétuosité, domine-toi, sois maître de toi. Il est bon d'être prévoyant, et réfléchir avant d'agir est sagesse. Tu fais périr sans motif suffisant des gens qui sont tes compatriotes, tu fais même périr des enfants. Si tu multiplies des actes semblables, prends garde : les Perses se révolteront contre toi. Pour moi, ton père Cyrus m'a recommandé, très instamment, de te présenter tous les avertissements et tous les conseils que je jugerais utiles. » À ces paroles, que le dévouement seul dictait à Crésus, Cambyse répliqua : « Tu oses me donner des avis, toi qui as si bien gouverné tes propres États, qui as donné de si bons conseils à mon père, quand tu l'as engagé à passer l'Araxe pour marcher contre les Massagètes[41], qui étaient prêts à le franchir eux-mêmes pour venir chez nous ; toi qui t'es perdu pour avoir mal dirigé ton pays, et qui as perdu Cyrus qui s'était fié à toi ! Mais tu n'auras plus sujet de t'en réjouir : il y a longtemps que j'attendais l'occasion de te châtier. » En disant ces mots il saisit son arc pour lui décocher une flèche, mais Crésus, d'un bond, fut hors de la salle. Impuissant à l'atteindre, Cambyse enjoignit à ses gens de s'emparer de lui et de le mettre à mort. Les serviteurs connaissaient leur maître : ils cachèrent Crésus en se disant que, si Cambyse regrettait sa décision et réclamait Crésus, ils le tireraient de sa cachette et seraient récompensés de l'avoir épargné ; si le roi n'éprouvait ni remords ni regrets, il serait toujours temps de le faire périr. Or Cambyse ne tarda pas à regretter Crésus, ce que voyant ses serviteurs lui annoncèrent qu'il était vivant[42]. Cambyse s'en dit heureux lui aussi, mais ceux qui l'avaient sauvé, déclara-t-il, ne s'en tireraient pas à si bon compte et seraient mis à mort — ce qui fut fait.

(37). La folie fit commettre à Cambyse bien d'autres excès encore envers les Perses comme envers ses alliés : pendant son séjour à Memphis il fit ouvrir des sépultures anciennes et examina les corps qu'elles contenaient. Il pénétra aussi dans le temple d'Héphaistos et se gaussa fort de la statue du dieu : elle ressemble beaucoup en effet aux *patèques,* ces images que les Phéniciens promènent sur les mers à la proue de leurs vaisseaux ; pour en donner une idée à qui n'en a jamais vu, je dirai qu'elles représentent un pygmée[43]. Cambyse pénétra encore dans le temple des Cabires, où le prêtre seul a le droit d'entrer ; il fit même brûler leurs statues, avec maintes railleries. — Ces statues ressemblent aussi à celle d'Héphaistos, dont les Cabires sont, dit-on, les fils[44].

(38). En définitive, il me semble absolument évident que ce roi fut complètement fou ; sinon, il ne se serait pas permis de railler les choses que la piété ou la coutume commandent de respecter. En effet, que l'on propose à tous les hommes de choisir, entre les coutumes qui existent, celles qui sont les plus belles et chacun désignera celles de son pays — tant chacun juge ses propres coutumes supérieures à toutes les autres. Il n'est donc pas normal, pour tout autre qu'un fou du moins, de tourner en dérision les choses de ce genre. — Tous les hommes sont convaincus de l'excellence de leurs coutumes, en voici une preuve entre bien d'autres : au temps où Darius régnait, il fit un jour venir les Grecs qui se trouvaient dans son palais et leur demanda à quel prix ils consentiraient à manger, à sa mort, le corps de leur père : ils répondirent tous qu'ils ne le feraient jamais, à aucun prix. Darius fit ensuite venir les Indiens qu'on appelle Callaties[45], qui, eux, mangent leurs parents ; devant les Grecs (qui suivaient l'entretien grâce à un interprète), il leur demanda à quel prix ils se résoudraient à brûler sur un bûcher le corps de leur père : les Indiens poussèrent les hauts cris et le prièrent instamment de ne pas tenir de propos sacrilèges. Voilà bien la force de la coutume, et Pindare a raison, à mon avis, de la nommer dans ses vers « la reine du monde[46] ».

EN GRÈCE : L'AFFAIRE DE SAMOS

(39). Au moment où Cambyse marchait contre l'Égypte, les Lacédémoniens étaient en campagne eux aussi, contre Samos et Polycrate, fils d'Aiacès, qui s'était emparé de Samos par un coup de force.

Histoire de Polycrate.

Polycrate avait tout d'abord partagé l'État en trois parts et s'était associé ses frères Pantagnotos et Syloson ; puis, après avoir tué l'un d'eux et banni le plus jeune, Syloson, il était devenu le maître de l'île entière[47]. À ce moment, il avait noué des relations d'hospitalité avec le roi d'Égypte Amasis, en échangeant avec lui des présents. Sa puissance s'accrut en peu de temps et fit parler d'elle en Ionie et dans le reste de la Grèce, car la fortune lui souriait partout où il portait ses armes. Il avait cent navires à cinquante rames et mille archers; il attaquait et pillait indistinctement tout le monde, car il prétendait faire plus de plaisir à un ami en lui rendant ce qu'il lui avait enlevé que s'il ne lui avait rien pris pour commencer. Il avait conquis un bon nombre des îles et beaucoup des villes du continent; il avait notamment vaincu sur mer et pris les forces entières des Lesbiens, qui s'étaient portées au secours de Milet, et il fit creuser par les captifs le fossé qui entoure les remparts de Samos.

(40). Sans doute Amasis n'était-il pas sans remarquer les faveurs immenses dont la fortune comblait Polycrate, et il en concevait de l'inquiétude. Comme la chance de Polycrate allait encore en augmentant, il envoya la lettre suivante à Samos : « Amasis à Polycrate. Il est agréable d'apprendre les succès d'un ami et d'un hôte, mais cette trop grande félicité ne me plaît pas, car je connais trop la jalousie des dieux. Je souhaite presque, pour moi-même et pour tous ceux qui me sont chers, voir alterner le succès et l'échec et vivre jusqu'au bout dans ces vicissitudes, plutôt que d'obtenir un bonheur sans mélange. Car il n'est personne, à ma connaissance, qui n'ait eu en fin de compte une mort misérable, dans une débâcle totale, quand la fortune lui avait trop constamment souri. Suis donc mon conseil et, pour compenser ton bonheur, fais ce que je vais te dire : cherche l'objet qui t'est le plus précieux, celui dont la perte sera la plus cruelle à ton cœur, et jette-le loin de toi, qu'il ne réapparaisse plus jamais aux yeux des hommes. Si plus tard la fortune te favorise encore sans mêler de revers à ses dons, sers-toi du remède que je te propose. »

(41). En lisant cette lettre Polycrate comprit la sagesse de son conseil et chercha parmi ses trésors celui dont la perte le frapperait au cœur de la façon la plus cruelle. Voici à quoi il s'arrêta : il avait toujours au doigt un sceau fait d'une émeraude enchâssée dans un anneau d'or, qui était l'œuvre du Samien Théodore fils de Téléclès[48] ; il choisit de sacrifier ce bijou et, pour cela, il fit armer l'un de ses navires à cinquante rames, y monta, et se fit conduire au large ; arrivé à bonne distance de la côte, il enleva le cachet de son doigt et, sous les yeux de son entourage, le jeta dans la mer. Puis il regagna la terre et, de retour chez lui, s'abandonna à son chagrin.

(42). Quatre ou cinq jours après, voici ce qui se passa : un pêcheur prit un énorme et superbe poisson qu'il jugea digne d'être offert à Polycrate. Il se présenta donc aux portes du palais et demanda à voir Polycrate ; on le lui permit, et il dit au prince en lui présentant le poisson : « Seigneur, j'ai pris ce poisson, mais je n'ai pas voulu le porter au marché, bien que la pêche soit mon gagne-pain : il est digne, il me semble, de ta personne et de ta puissance. C'est donc à toi que je l'apporte, le voici. » Ces paroles firent plaisir à Polycrate qui répondit : « Tu as très bien fait, et je te remercie doublement, et de tes paroles et de ton cadeau. De plus nous t'invitons à dîner avec nous. » Le pêcheur s'en retourna chez lui plein de fierté. Or, en ouvrant le poisson, les serviteurs trouvèrent dans son ventre l'anneau de Polycrate ; sitôt qu'ils l'eurent aperçu, ils s'en saisirent et, tout joyeux, l'apportèrent à Polycrate et, en le lui remettant, lui racontèrent comment ils l'avaient trouvé. Polycrate eut l'idée qu'il y avait du surnaturel dans cette aventure ; il relata dans une lettre tout ce qu'il avait fait et ce qui lui était arrivé, et fit porter la lettre en Égypte.

(43). Au reçu de cette lettre, Amasis comprit qu'il n'était pas au pouvoir de l'homme de soustraire un homme à son destin, et qu'une fin cruelle attendait Polycrate dont le bonheur était trop complet, puisqu'il retrouvait même ce qu'il avait voulu perdre. Par un héraut envoyé à Samos il dénonça leur traité d'hospitalité — ceci dans l'intention de ne pas avoir le cœur déchiré par les malheurs d'un hôte, lorsque de terribles calamités s'abattraient sur Polycrate.

(44). C'est à Polycrate, ce favori de la fortune, que les Lacédémoniens s'attaquaient, appelés par les Samiens qui plus tard fondèrent en Crète la ville de Cydonia[49]. Par un héraut envoyé secrètement auprès de Cambyse, fils de Cyrus, au moment où il levait des troupes contre l'Égypte, Polycrate avait fait prier ce roi d'envoyer aussi quelqu'un à Samos lui réclamer un contingent samien. Cambyse avait bien volontiers répondu à ce message en envoyant à Samos demander que Polycrate joignît sa flotte à la sienne pour marcher contre l'Égypte. Polycrate avait alors choisi ceux de ses concitoyens qu'il soupçonnait d'être particulièrement portés à la révolte et les avait embarqués sur quarante trières, en priant Cambyse de ne jamais les lui renvoyer.

(45). Aux dires de certains, les Samiens qu'envoyait Polycrate n'arrivèrent jamais en Égypte, mais, quand leurs navires atteignirent Carpathos[50], ils tinrent conseil et prirent le parti de ne pas aller plus loin ; d'autres prétendent qu'arrivés en Égypte et mis là-bas sous bonne garde, ils parvinrent à s'échapper. Quand leurs navires approchèrent de Samos, Polycrate vint avec sa flotte à leur rencontre et leur livra bataille. Vainqueurs, ces Samiens débarquèrent dans l'île, mais dans un combat sur terre ils eurent le dessous et reprirent la mer pour se rendre à Lacédémone. Il se trouve des gens pour dire qu'à leur retour d'Égypte ils triomphèrent de Polycrate, mais à mon avis c'est une erreur : ils n'auraient pas eu besoin d'appeler Lacédémone à leur aide, s'ils avaient été de taille à vaincre Polycrate à eux seuls. Il est de plus inadmissible qu'un homme disposant d'un bon nombre de mercenaires à sa solde et d'archers du pays ait pu être défait par cette poignée de Samiens qui revenaient d'Égypte. Quant aux citoyens qui se trouvaient sous son joug, Polycrate en avait fait entasser les femmes et les enfants dans son arsenal, prêt à faire brûler ensemble otages et bâtiments si les hommes faisaient cause commune avec les Samiens qui revenaient.

Sparte contre Samos.

(46). Arrivés à Sparte, les Samiens chassés par Polycrate furent reçus par les magistrats de la ville et leur firent une longue harangue, en solliciteurs pressants. Les Spartiates, à leur première audience, répondirent qu'ils avaient oublié le commencement du discours, et n'en comprenaient pas la fin. Sur quoi les Samiens, admis à une nouvelle audience, apportèrent un sac et se bornèrent à dire que le sac manquait de farine. Les magistrats répliquèrent qu'ils en avaient trop dit sur ce sac[51] ; toutefois, on décida de les secourir.

(47). Les Lacédémoniens firent ensuite leurs préparatifs, et ils attaquèrent Samos, en reconnaissance, disent les Samiens, du secours que leur propre flotte leur avait précédemment apporté contre les Messéniens[52]; mais, aux dires des Lacédémoniens, ce fut moins pour donner à des Samiens l'aide qu'ils sollicitaient que pour venger le vol du cratère qu'ils envoyaient à Crésus[53] et du corselet dont le roi d'Égypte Amasis leur avait fait présent. — Les Samiens avaient pris ce corselet un an avant le cratère; il est en lin et porte de nombreuses figures brodées, avec des ornements d'or et de laine végétale; les cordonnets dont il est fait méritent particulièrement l'admiration : malgré leur finesse, ils sont formés chacun de trois cent soixante brins, tous bien visibles[54]. Le corselet qu'Amasis a consacré à l'Athéna de Lindos est du même modèle.

Corinthe contre Samos.

(48). De leur côté les Corinthiens contribuèrent avec ardeur, à lancer une expédition contre Samos : ils avaient, eux aussi, à venger un outrage reçu des Samiens, une génération avant cette entreprise, à peu près au temps du vol du cratère[55]. Périandre fils de Cypsélos avait envoyé chez Alyatte, à Sardes, trois cents jeunes gens des plus grandes familles de Corcyre, pour qu'on en fît des eunuques; les Corinthiens qui les conduisaient firent relâche à Samos et, quand les Samiens connurent le motif de leur voyage, ils apprirent aux enfants à s'attacher en suppliants au temple d'Artémis, puis ne tolérèrent pas qu'on arrachât les suppliants du sanctuaire; les Corinthiens empêchèrent alors tout ravitaillement des jeunes gens, mais les Samiens instituèrent un rite qu'ils célèbrent de nos jours encore, toujours de la même façon : la nuit venue, aussi longtemps que les jeunes gens furent les suppliants de la déesse, ils réunirent des chœurs de jeunes filles et de jeunes garçons auxquels ils donnèrent pour règle d'apporter des gâteaux de sésame et de miel, pour que les jeunes Corcyréens eussent, en les dérobant, de quoi se nourrir. Ils célébrèrent ce rite jusqu'au jour où les gardes corinthiens abandonnèrent leurs prisonniers et s'en allèrent ; les enfants furent alors ramenés à Corcyre par les soins des Samiens.

(49). Si, après la mort de Périandre, il y avait eu quelque sympathie entre Corinthiens et Corcyréens, ce grief n'aurait pas amené les Corinthiens à s'associer à l'expédition contre Samos ; en fait, depuis que les Corinthiens ont fondé Corcyre, les deux cités ne cessent d'être en désaccord, malgré leur parenté. Voilà donc la cause de la rancune des Corinthiens contre Samos. D'autre part en envoyant à Sardes, pour en faire des eunuques, des enfants qu'il avait choisis dans les plus grandes familles de Corcyre, Périandre cherchait une vengeance, car les Corcyréens avaient, les premiers, commis envers lui un crime impardonnable.

Périandre et son fils.

(50). En effet, après avoir tué sa femme Mélissa[56], Périandre se vit frappé d'une nouvelle infortune en plus de ce malheur : Mélissa lui avait donné deux fils, qui avaient alors l'un dix-sept ans, l'autre dix-huit. Leur aïeul maternel, Proclès, tyran d'Épidaure, les avait fait venir chez lui et leur montrait toute l'affection qu'un grand-père peut avoir pour les enfants de sa fille. Lorsqu'il les renvoya chez leur père, il leur dit au moment de les congédier : « Vous savez, n'est-ce pas, mes enfants, qui a tué votre mère ? » L'aîné des jeunes gens ne prêta pas attention à ces mots, mais le plus jeune, qui s'appelait Lycophron, en conçut une si vive douleur qu'à son retour à Corinthe il refusa d'adresser la parole à l'homme qui n'était plus pour lui que le meurtrier de sa mère, ne répliqua plus à ses propos, et laissa ses questions sans réponse. Finalement, Périandre furieux le chassa de chez lui.

(51). Après quoi, il voulut savoir de l'aîné ce que leur grand-père leur avait dit. Le jeune homme parla de l'accueil affectueux qu'il leur avait réservé, mais, comme le sens des paroles prononcées par Proclès à leur départ lui avait échappé, elles ne lui revinrent pas à l'esprit. Cependant, déclara Périandre, il était impossible que Proclès ne leur eût pas donné quelques conseils : il pressa son fils de questions et le jeune homme retrouva dans ses souvenirs les derniers mots de son grand-père et les lui rapporta. Périandre comprit, et il décida de ne pas faiblir : par un messager, il fit porter aux gens chez qui vivait le fils qu'il avait banni l'ordre de ne plus le recevoir sous leur toit ; chassé d'une maison, le jeune homme se présentait dans une autre pour en être chassé encore, car Périandre menaçait ses hôtes et leur ordonnait de lui fermer la porte. Chassé de partout, il allait d'un ami à l'autre ; et ses amis, qui voyaient en lui le fils de Périandre, l'accueillaient malgré leurs craintes.

(52). Enfin Périandre fit proclamer que toute personne coupable soit de l'avoir accueilli, soit de lui avoir parlé, aurait à verser au temple d'Apollon une amende dont il fixait le montant. Cette proclamation fit que personne ne voulut désormais lui adresser la parole ni lui ouvrir sa demeure ; d'ailleurs Lycophron se refusait lui-même à enfreindre cette défense, et, décidé à ne pas céder, il cherchait refuge sous les portiques. Le quatrième jour, Périandre le vit en si triste état, faute de bains et de nourriture, qu'il en eut pitié ; oubliant son courroux, il s'approcha du jeune homme : « Eh bien, mon fils, lui dit-il, qu'est-ce qui vaut le mieux ? ta situation actuelle — que tu as bien voulue ! — ou le pouvoir suprême et la fortune dont je jouis, et qui sont à toi si tu acceptes d'obéir à ton père ? Tu es mon fils, tu es prince de l'opulente Corinthe, et tu as choisi de vivre en vagabond, dans ta colère et ta révolte contre l'homme que tu devais, moins que tout autre, te permettre d'offenser. Si un malheur survenu chez nous t'a donné quelques soupçons à mon égard, c'est moi qu'il a frappé, c'est moi qui en supporte la plus lourde part, d'autant plus lourde que j'en suis moi-même l'auteur. Pour toi, tu as pu voir qu'il vaut mieux faire envie que pitié, et ce qu'il en coûte de s'emporter contre ses parents et contre plus puissant que soi : reviens chez toi maintenant. » Périandre espérait amadouer son fils par ces paroles, mais le jeune homme ne répondit rien à son père, sinon qu'il devait au dieu l'amende fixée, pour lui avoir adressé la parole. Périandre comprit que le mal était sans remède et que son fils ne céderait jamais : il fit armer un navire pour l'emmener loin de ses yeux, à Corcyre, qui lui appartenait aussi. Débarrassé de son fils, il marcha contre son beau-père Proclès, seul responsable à ses yeux de ses présents malheurs ; il prit Épidaure et s'empara de Proclès en personne qu'il garda prisonnier.

(53). Le temps passa, la vieillesse vint, et Périandre reconnut qu'il n'avait plus la force de veiller aux affaires et de gouverner : il fit chercher Lycophron à Corcyre pour lui remettre son pouvoir, car il ne comptait pas sur son autre fils dont il voyait bien l'esprit borné. Lycophron ne fit même pas au porteur du message l'honneur d'une réponse. Alors Périandre, qui tenait toujours à lui, confia un second message à sa propre fille, la sœur du jeune homme : il l'écouterait, pensait-il, mieux que personne. Elle partit donc pour Corcyre et lui dit ceci : « Veux-tu donc, mon enfant, voir la tyrannie passer en d'autres mains et les biens de ton père mis au pillage, plutôt que de revenir en prendre toi-même possession ? Reviens chez toi, cesse de te punir toi-même. Vouloir à tout prix l'emporter est néfaste ; ne cherche pas à guérir le mal par le mal. Bien des gens préfèrent la juste mesure à la stricte justice ; et bien d'autres déjà, en revendiquant les droits de leur mère, ont vu l'héritage de leur père leur échapper. La tyrannie est un bien mal assuré : elle a de nombreux adorateurs, et notre père est vieux, ses forces l'ont quitté maintenant. N'abandonne pas tes biens à des mains étrangères. » Le père avait instruit sa fille des paroles les plus propres à toucher Lycophron : elle les lui répéta, mais la réponse du jeune homme fut que rien ne le ferait revenir à Corinthe, aussi longtemps qu'il saurait son père en vie. Quand sa fille lui eut transmis cette réponse, Périandre, pour la troisième fois, envoya un héraut à son fils : son dessein était de s'installer lui-même à Corcyre, et il priait son fils de venir prendre sa place à Corinthe. Le jeune homme accepta cet arrangement, et Périandre et lui se préparèrent à partir, l'un pour Corcyre, l'autre pour Corinthe. Mais les gens de Corcyre, instruits de leur projet, tuèrent le jeune homme pour éviter que Périandre ne vînt dans leur pays. C'est de ce crime que Périandre voulait punir les Corcyréens.

Siège de Samos.

(54). Donc les Lacédémoniens vinrent avec une flotte nombreuse et assiégèrent Samos. Ils montèrent à l'assaut des remparts et prirent pied sur la tour proche de la mer, du côté du faubourg de la ville, mais Polycrate, venu en personne à la rescousse avec une troupe nombreuse, les en délogea ; du côté de la tour supérieure, au sommet de la colline, les mercenaires ainsi qu'un fort contingent de Samiens firent une sortie ; mais, après avoir soutenu quelque temps l'assaut des Lacédémoniens, ils lâchèrent pied et les ennemis les poursuivirent et les taillèrent en pièces.

(55). Si tous les Lacédémoniens présents avaient, en cette journée, montré la même valeur qu'Archias et Lycopas, Samos serait tombée : car ces deux hommes, en poursuivant les fuyards, se jetèrent seuls à l'intérieur des murs et, toute retraite bloquée, périrent dans la ville de Samos. J'ai moi-même connu un descendant à la deuxième génération de cet Archias, à Pitané[57], le dème dont il était originaire ; il s'appelait Archias lui aussi, fils de Samios fils d'Archias, et réservait aux Samiens plus d'égards qu'à tous les autres étrangers : son père, disait-il, avait reçu le nom de Samios — le Samien — parce que son propre père, Archias, était mort en héros dans Samos ; et s'il honorait les Samiens c'était, disait-il, parce qu'ils avaient honorablement enseveli son grand-père aux frais de leur ville.

(56). Arrivés au quarantième jour de siège sans avoir fait le moindre progrès, les Lacédémoniens s'en retournèrent dans le Péloponnèse. Une tradition répandue, mais sans valeur, veut que Polycrate ait fait frapper, en plomb recouvert ensuite d'or, un grand nombre de pièces de monnaie du pays, pour les donner aux Lacédémoniens, moyennant quoi ceux-ci se seraient retirés. Telle fut la première expédition que firent en Asie des Doriens de Lacédémone.

(57). Quand les Samiens en guerre avec Polycrate

virent les Lacédémoniens près de les abandonner, ils s'embarquèrent eux aussi et se rendirent à Siphnos[58]. Il leur fallait de l'argent, et Siphnos était prospère à cette époque : c'était la plus riche de toutes les îles, grâce à ses mines d'or et d'argent, au point que les Siphniens ont pu, avec la dîme du produit de ces mines, élever à Delphes un Trésor comparable aux plus riches qu'on y voit ; on répartissait tous les ans les revenus des mines entre tous les citoyens. Au moment où ils faisaient édifier leur Trésor, ils demandèrent à l'oracle s'ils garderaient longtemps la prospérité dont ils jouissaient ; la Pythie leur répondit :

Quand le Prytanée de Siphnos sera blanc,
Et blanche aussi la bordure de la place, cherchez alors un conseiller prudent
Contre le traquenard de bois et le héraut rouge.

Or, la grand-place et le prytanée des Siphniens étaient à cette époque ornés de marbre de Paros.

(58). Les Siphniens n'avaient pas pu comprendre cette réponse, ni lorsqu'ils l'avaient reçue, ni lorsqu'ils virent arriver les Samiens. Or, dès qu'ils furent dans les eaux de Siphnos, les Samiens envoyèrent à la ville une ambassade sur l'un de leurs vaisseaux. — Aux temps anciens, tous les navires étaient peints de vermillon[59], et c'était là ce que leur annonçait la Pythie lorsqu'elle les invitait à se méfier du « traquenard de bois » et du « héraut rouge ». Donc les messagers se présentèrent à Siphnos et sollicitèrent un prêt de dix talents[60] ; sur le refus que les Siphniens leur opposèrent, les Samiens se mirent à ravager le pays. À cette nouvelle les Siphniens accoururent au secours des leurs, mais ils furent vaincus dans la bataille et beaucoup se trouvèrent coupés de la ville. Après quoi, les vainqueurs exigèrent d'eux la somme de cent talents.

(59). Les Samiens reçurent ensuite des Hermioniens, contre argent, l'île d'Hydréa sur la côte du Péloponnèse, qu'ils remirent aux mains des gens de Trézène[61] ; eux-mêmes s'en allèrent en Crète où ils fondèrent Cydonia, — ce qui n'était pas leur dessein, car ils avaient pris la mer pour aller chasser de leur île les gens de Zacinthe[62]. Ils vécurent prospères en ce pays pendant cinq ans, et les temples qu'on voit aujourd'hui encore à Cydonia sont leur œuvre, ainsi que le temple de Dictynna[63]. La sixième année, les Éginètes aidés des Crétois les battirent sur mer et les réduisirent en esclavage ; ils coupèrent les proues de leurs vaisseaux, qui étaient en forme de hures de sangliers, et les consacrèrent à Égine dans le temple d'Athéna. La rancune avait armé les Éginètes contre les Samiens : sous le règne d'Amphicratès les Samiens avaient, les premiers, lancé une expédition contre Égine et fait beaucoup de mal aux Éginètes qui le leur avaient bien rendu. Voilà pourquoi les Éginètes les avaient attaqués.

(60). J'ai parlé plus longuement des Samiens parce qu'ils sont les auteurs des trois plus grands ouvrages que possède la Grèce. C'est d'abord, creusé sous une colline haute d'environ cent cinquante orgyies, un tunnel qui la traverse à sa base de part en part ; il a sept stades de long et huit pieds en largeur comme en hauteur ; sur toute la longueur de ce tunnel on a creusé un canal profond de vingt coudées, large de trois pieds, qui conduit à la ville l'eau d'une source abondante qui lui est amenée par des tuyaux[64] ; l'architecte chargé de ce travail fut le Mégarien Eupalinos, fils de Naustrophos. C'est le premier des trois ouvrages en question. Le second est un môle qui avance en mer pour abriter le port, par vingt orgyies de fond au moins, sur plus de deux stades de longueur[65]. Le troisième ouvrage est un temple, le plus grand de tous ceux que nous connaissions[66]; le premier architecte en fut Rhoicos fils de Philéas, un Samien. Ces ouvrages m'ont conduit à parler un peu plus longuement des Samiens.

EN PERSE : AVÈNEMENT DE DARIUS

Révolte de Smerdis.

(61). Tandis que le fils de Cyrus, Cambyse, s'attardait en Égypte et s'y trouvait frappé de folie, deux Mages se révoltèrent contre lui[67], deux frères dont l'un avait été chargé par Cambyse d'administrer ses biens. La révolte vint de cet homme lorsqu'il eut constaté qu'on tenait cachée la mort de Smerdis, qu'elle n'était connue que d'un petit nombre de Perses et que le peuple le croyait toujours vivant. Ceci lui fit concevoir tout un plan pour s'emparer du trône : il avait un frère qui, ainsi que je viens de le dire, fut son complice dans cette histoire; ce frère ressemblait étonnamment au Smerdis fils de Cyrus que Cambyse avait fait tuer, bien qu'il fût son propre frère; de plus, outre cette ressemblance physique, il s'appelait lui aussi Smerdis. Voilà l'homme que le Mage Patizéithès[68], en lui promettant le triomphe par ses soins, fit asseoir sur le trône royal. Ceci fait, il dépêcha des hérauts de tous les côtés, et en particulier en Égypte, pour annoncer à l'armée qu'elle devait désormais obéir à Smerdis fils de Cyrus, et non plus à Cambyse.

(62). Les hérauts s'en allèrent porter cette nouvelle,

et le héraut désigné pour l'Égypte (il trouva Cambyse et son armée dans la ville d'Ecbatane en Syrie[69]) proclama, debout au milieu du camp, le message dont le Mage l'avait chargé. Cambyse en l'entendant crut qu'il disait la vérité, et que Préxaspe l'avait trahi : envoyé pour tuer Smerdis, il n'en avait rien fait. Il se tourna vers Préxaspe et lui dit : « Préxaspe, est-ce donc ainsi que tu as rempli la tâche que je t'avais confiée ? — Maître, répondit Préxaspe, rien de ceci n'est vrai : ton frère Smerdis ne peut pas s'être révolté contre toi, il ne peut pas y avoir entre vous de querelle grande ou petite, car j'ai exécuté tes ordres, et je l'ai moi-même enseveli, de mes propres mains. Si les morts se mettent à revivre, tu verras aussi bien le Mède Astyage se dresser contre toi ; mais si tout se passe comme avant, nul ennui à craindre pour toi, de ce côté-là du moins. Pour l'instant, je propose qu'on rattrape ce héraut et qu'on l'interroge, afin d'apprendre qui l'a envoyé réclamer notre obéissance au roi Smerdis. »

(63). L'avis de Préxaspe plut à Cambyse et le héraut fut aussitôt rejoint et ramené ; quand il fut devant le roi, Préxaspe l'interrogea : « Tu te prétends, l'ami, envoyé par Smerdis fils de Cyrus ? Eh bien, dis-moi la vérité, et tu pourras partir en paix : est-ce Smerdis en personne qui t'a donné ses ordres, ou l'un de ses serviteurs ? » L'homme répondit : « Pour moi, depuis le départ du roi Cambyse pour l'Égypte, je n'ai pas encore revu Smerdis fils de Cyrus. J'ai reçu cet ordre du Mage chargé par Cambyse d'administrer ses biens ; c'était, disait-il, Smerdis fils de Cyrus qui commandait de vous apporter ce message. » Donc le héraut leur dit la stricte vérité. « Préxaspe, dit alors Cambyse, tu as rempli ta mission en homme d'honneur, et tu ne mérites aucun reproche. Mais quel peut bien être ce Perse qui s'est révolté contre moi en usurpant le nom de Smerdis ? » Préxaspe lui répondit : « Je crois comprendre ce qui s'est passé, seigneur : les Mages sont les auteurs de la rébellion ; ce sont Patizéithès, l'homme à qui tu as confié tes biens, et son frère Smerdis. »

Mort de Cambyse.

(64). Au nom de Smerdis, la vérité des paroles de Préxaspe et la vérité de son propre songe éclatèrent brusquement aux yeux de Cambyse : dans son rêve, quelqu'un lui avait annoncé que Smerdis prenait place sur le trône royal et touchait le ciel de sa tête. Il comprit l'inutilité de la mort de son frère et pleura sur lui. Puis, quand il eut pleuré Smerdis et gémi sur cette triste aventure, il sauta sur son cheval dans le dessein de gagner Suse au plus vite et de marcher contre le Mage. En sautant en selle, il fit tomber la virole du fourreau qui abritait son glaive, et le fer nu lui fit une blessure à la cuisse. Frappé à l'endroit même où il avait autrefois blessé le dieu égyptien Apis [70], Cambyse se jugea perdu et demanda le nom de la ville où il se trouvait : on lui dit qu'elle s'appelait Ecbatane. Or, longtemps auparavant, l'oracle de Bouto [71] lui avait annoncé qu'il mourrait à Ecbatane. Il avait alors pensé qu'il mourrait, âgé, dans la ville d'Ecbatane en Médie, qui était le centre de son empire ; mais l'oracle parlait d'Ecbatane en Syrie, évidemment. Aussi, lorsqu'il eut demandé le nom de la ville et entendu la réponse, sous le choc de la révolte du Mage et de sa blessure, il retrouva toute sa raison ; il comprit le sens de l'oracle et déclara : « Ici mourra Cambyse fils de Cyrus ; c'est l'ordre du destin. »

(65). Il n'en dit pas plus à ce moment; mais environ vingt jours plus tard il fit venir à son chevet les plus considérables des Perses qui l'entouraient et leur dit ceci : « Perses, me voici contraint de vous révéler ce que je voulais par-dessus tout garder secret. En Égypte, j'ai eu, en songe, une vision — ah! que je voudrais ne l'avoir jamais eue! J'ai cru voir un messager venir de mon palais m'annoncer que Smerdis prenait place sur mon trône royal et touchait le ciel de sa tête. La crainte d'être détrôné par mon frère me fit alors agir avec plus de précipitation que de sagesse, car, je le vois bien, la créature humaine ne pouvait espérer changer le cours du destin — et moi, insensé que j'étais, je charge Préxaspe d'aller à Suse faire mourir Smerdis. Après un tel forfait, je vivais tranquille, sans jamais imaginer que, Smerdis éliminé, un autre pourrait un jour se rebeller contre moi. Pour avoir si mal prévu l'avenir, je me trouve aujourd'hui chargé d'un fratricide inutile, et je n'en suis pas moins privé de mon trône : car l'homme dont le ciel m'annonçait en ce rêve la rébellion, c'était Smerdis le Mage. Mais ce que j'ai fait est fait : ne comptez plus Smerdis, le fils de Cyrus, au nombre des vivants; sachez-le, ce sont les Mages, celui à qui j'avais confié mes biens et son frère Smerdis, qui se sont emparés de mon trône. Et l'homme qui, entre tous, aurait dû me venger aujourd'hui de l'offense que me font les Mages, a disparu, frappé par les mains impies de ses parents les plus proches. Il n'est plus : il ne me reste donc plus que vous, Perses, à qui confier mes volontés suprêmes au moment de quitter cette vie. Eh bien, voici ce que je vous demande, au nom des dieux qui veillent sur vos rois, à vous tous et spécialement aux Achéménides ici présents; ne laissez pas le pouvoir suprême retomber aux mains des Mèdes. S'ils le doivent à la ruse, ôtez-le-leur par la ruse ; s'ils l'ont conquis par un coup de force, reprenez-le par la force, de toute votre énergie. Si vous faites ce que je vous demande, puisse la terre vous donner ses fruits, vos femmes et vos troupeaux se montrer féconds, et puissiez-vous être vous-mêmes libres à jamais ! Si vous ne reprenez pas le pouvoir, si vous n'essayez même pas de le recouvrer, je prie le ciel de vous envoyer tout le contraire, et je lui demande aussi que chacun des Perses connaisse une fin semblable à la mienne. » Et Cambyse, en prononçant ces paroles, se lamentait sur toute sa destinée.

(66). En voyant pleurer leur roi, les Perses déchirèrent les vêtements qu'ils portaient et se lamentèrent longuement. Puis l'os se caria, la gangrène gagna bientôt toute la cuisse, et le mal emporta Cambyse fils de Cyrus au bout de sept ans et cinq mois de règne ; il ne laissait pas d'enfants, ni garçon ni fille. Les Perses qui l'entouraient se refusèrent à croire que le pouvoir était aux mains des Mages : seul, pensaient-ils, le désir de nuire à Smerdis avait amené Cambyse à leur tenir ces propos sur la mort de son frère, afin de soulever tout le monde perse contre lui. Ils étaient sûrs que c'était bien Smerdis, le fils de Cyrus, qui était monté sur le trône. D'ailleurs, Préxaspe de son côté niait énergiquement l'avoir tué : Cambyse mort, il eût été dangereux pour lui d'avouer que le fils de Cyrus avait péri de sa main.

Règne de Smerdis.

(67). Après la mort de Cambyse, le Mage régna tranquillement, en se faisant passer pour son homonyme Smerdis fils de Cyrus, pendant les sept mois qui auraient complété la huitième année du règne de

Cambyse. Durant cette période il se montra de la plus grande générosité pour tous ses sujets ; aussi sa mort fut-elle regrettée dans l'Asie entière, la Perse exceptée. En effet, le Mage avait envoyé des messagers annoncer à tous les peuples de son empire la suspension pour trois ans du service militaire et des impôts.

(68). Il avait fait faire cette proclamation dès son arrivée au pouvoir ; mais au huitième mois de son règne il se trouva démasqué, voici comment.

Le complot des Sept.

Otanès était le fils de Pharnaspe, et sa naissance et sa fortune le mettaient au tout premier rang des Perses. Cet homme fut le premier qui soupçonna le Mage d'être, non pas le fils de Cyrus, mais le personnage qu'il était en réalité. Il avait été surpris de voir que le roi ne quittait jamais la citadelle et n'appelait jamais en sa présence aucun des Perses de haut rang. Soupçonnant l'imposture, voici ce qu'il fit : Cambyse avait épousé l'une de ses filles, qui s'appelait Phaidymé ; elle était alors dans le harem du Mage qui l'avait prise pour épouse ainsi que toutes les femmes de Cambyse. Otanès fit donc demander à sa fille quel était l'homme avec qui elle dormait : était-ce Smerdis fils de Cyrus, ou quelqu'un d'autre ? La réponse qui lui parvint de sa fille fut qu'elle n'en savait rien : elle n'avait jamais eu l'occasion de voir Smerdis fils de Cyrus et ne savait pas qui était son époux. Otanès lui fit parvenir un second message : « Si tu ne connais pas toi-même Smerdis fils de Cyrus, demande donc à Atossa[72] quel est l'homme avec lequel elle vit ainsi que toi. Elle ne peut pas ne pas connaître son propre frère. » Sa fille lui répondit : « Je ne puis ni parler à Atossa, ni voir aucune autre des femmes qui vivent dans ce palais, car sitôt en possession du trône cet homme, quel qu'il soit, nous a dispersées et logées séparément. »

(69). En recevant cette réponse, Otanès se douta de la vérité. Il fait parvenir à sa fille un troisième message : « Ma fille, une femme de noble race comme toi doit savoir s'exposer au danger quand son père l'y invite. Si ce Smerdis n'est pas le fils de Cyrus, mais l'homme que je le soupçonne d'être, il ne faut pas qu'il jouisse plus longtemps de ton lit et du pouvoir royal en toute impunité : il doit être châtié. Donc, voici ce que tu vas faire : lorsque tu partageras son lit et sentiras qu'il dort profondément, tâte ses oreilles : s'il en a, ton époux est bien Smerdis le fils de Cyrus ; s'il n'en a pas, il s'agit de Smerdis le Mage. » Phaidymé fit répondre à son père qu'elle s'exposerait à un grand danger en lui obéissant ; si l'homme n'avait pas d'oreilles et s'il la surprenait à s'en assurer, elle ne doutait pas qu'il ne la fît disparaître ; elle se conformerait cependant à ses ordres. Elle s'engagea donc à faire ce que son père lui demandait ; or, sous le règne de Cyrus fils de Cambyse, le Mage Smerdis avait eu les oreilles coupées pour quelque faute d'importance. Cette Phaidymé, la fille d'Otanès, tint la promesse qu'elle avait faite à son père : lorsque vint son tour d'être introduite auprès du Mage (car les femmes d'un Perse partagent son lit à tour de rôle), couchée près de lui elle profita de son sommeil profond pour lui tâter les oreilles : elle n'eut aucune peine à constater que l'homme n'en avait point et, au lever du jour, fit instruire son père de sa découverte.

(70). Otanès prit avec lui Aspathinès et Gobryas, deux Perses du plus haut rang qui avaient toute sa confiance, et leur exposa l'affaire. D'ailleurs, ils soupçonnaient eux aussi la chose et les révélations d'Otanès ne les étonnèrent pas. Ils décidèrent alors de s'adjoindre chacun le Perse qu'il jugeait le plus sûr. Otanès choisit Intaphernès, Gobryas Mégabyze, Aspathinès Hydarnès : ils étaient donc au nombre de six. Sur ces entrefaites arrive à Suse Darius fils d'Hystaspe[73], qui venait de Perse, pays dont son père était gouverneur. Quand il fut là, les six conjurés décidèrent de se l'associer également.

(71). Ils se réunirent donc au nombre de sept et se concertèrent en se jurant fidélité. Quand ce fut le tour de Darius de donner son opinion, voici ce qu'il leur dit : « Je croyais être le seul à savoir que nous avons le Mage pour roi, et que Smerdis fils de Cyrus est mort ; et ma hâte à venir ici avait pour seul motif mon intention de préparer la perte de cet homme. Puisque je ne suis pas seul à connaître la vérité et que vous vous en trouvez instruits vous aussi, j'estime qu'il faut agir immédiatement, sans nul délai ; le contraire serait dangereux. » Otanès lui répondit : « Fils d'Hystaspe, tu es né d'un père vaillant et tu fais montre, il me semble, d'une valeur égale à la sienne. Mais n'apporte pas dans cette entreprise une hâte inconsidérée, mets-y plus de prudence : il faut être plus nombreux pour tenter ce coup. — Perses ici présents, reprit Darius, si vous suivez les conseils qu'Otanès vient de vous donner, sachez bien que la mort la plus misérable vous attend : quelqu'un vous dénoncera au Mage, pour son profit personnel. Vous auriez dû, tout d'abord, vous charger seuls de cette affaire ; puisque vous avez jugé bon de mettre plus de gens dans la confidence et de m'en faire part, agissons tout de suite, ou sachez que, si vous ne profitez pas de cette journée-ci, je ne me laisserai pas devancer par un accusateur et j'irai moi-même tout rapporter au Mage. »

(72). Otanès lui répondit, voyant sa véhémence : « Puisque tu nous obliges à tant de hâte et ne nous laisses aucun délai, allons ! À toi de nous dire comment nous pouvons entrer dans le palais et attaquer nos adversaires. Il y a partout des postes de garde, tu le sais aussi bien que nous, par ouï-dire tout au moins si tu ne les as pas vus. Comment ferons-nous pour les franchir ? » Darius lui répliqua : « Otanès, il y a bien des choses malaisées à dire, aisées à faire ; d'autres par contre semblent faciles quand on en parle, mais dans les faits ne donnent rien de fameux. Sachez donc qu'il n'est pas difficile de franchir les divers postes de garde. D'abord, à des gens de notre rang, pas un garde, soit par respect soit par crainte, n'osera refuser le passage. De plus, j'ai, moi, le meilleur des prétextes pour nous faire recevoir : je dirai que j'arrive de Perse à l'instant et désire transmettre au roi un message de mon père. Là où le mensonge s'impose, qu'il y aille ! Nous voulons tous la même chose, les menteurs comme les gens fidèles à la vérité : les uns mentent chaque fois qu'ils escomptent quelque profit du succès de leurs mensonges, les autres disent vrai pour tirer quelque avantage de leur véracité et mieux attirer la confiance. Ainsi les procédés diffèrent, mais le but est le même. S'ils n'attendaient pas quelque profit de leur conduite, l'homme véridique mentirait tout aussi bien, et le menteur dirait la vérité [74]. Tout gardien des portes qui nous laissera passer de bonne grâce aura lieu de s'en féliciter plus tard ; qui tentera de nous arrêter, traitons-le sur-le-champ comme un ennemi, puis forçons les portes et faisons notre ouvrage. »

(73). Après lui Gobryas prit la parole : « Amis, déclara-t-il, quand trouverons-nous la plus belle occasion de reprendre le pouvoir, ou, si nous n'y parvenons pas, de perdre la vie ? Nous sommes des Perses, et nous avons aujourd'hui pour maître un Mède, un Mage, et qui plus est un homme sans oreilles ! Vous qui étiez auprès de Cambyse pendant sa maladie, vous n'avez sûrement pas oublié les malédictions qu'à son heure dernière il a lancées contre les Perses, s'ils ne tentaient pas de recouvrer le pouvoir. Nous ne l'avons pas cru ce jour-là, nous pensions qu'il voulait par ces propos nuire à son frère. Mais aujourd'hui je vote pour Darius : écoutons-le, et ne sortons d'ici que pour marcher droit au Mage. » L'avis de Gobryas obtint une approbation unanime.

Intervention et suicide de Préxaspe.

(74). Dans le temps même qu'ils se concertaient, le hasard voulut qu'il arrivât ceci : les Mages, après délibération, jugèrent à propos de s'attacher Préxaspe, parce qu'il avait cruellement souffert du fait de Cambyse, qui d'une flèche lui avait tué son fils, et parce qu'il était le seul à connaître la mort de Smerdis, le fils de Cyrus, qu'il avait tué de sa propre main ; de plus, les Perses avaient pour lui le plus grand respect. C'est pourquoi les Mages le convoquèrent et tâchèrent de le gagner : ils l'amenèrent à s'engager par serment à garder pour lui, sans en jamais rien dire à personne, le secret de leur supercherie à l'égard des Perses, en lui promettant de le combler de tous les dons imaginables. Préxaspe leur fit la promesse qu'ils désiraient et, ceci obtenu, les Mages lui demandèrent encore autre chose : ils allaient, lui dirent-ils, réunir tous les Perses au pied du palais royal, et le priaient de monter sur une tour pour annoncer au peuple qu'ils avaient bien pour maître Smerdis, fils de Cyrus, et nul autre. Ils lui confiaient cette démarche parce qu'il était l'homme en qui les Perses avaient le plus de confiance, et qu'il avait souvent déclaré que Smerdis fils de Cyrus était toujours vivant, et nié son meurtre.

(75). Préxaspe se déclara prêt à le faire aussi, et les Mages réunirent les Perses, le firent monter sur une tour et l'invitèrent à prononcer sa harangue. Mais Préxaspe oublia délibérément ce qu'ils attendaient de lui : il exposa d'abord, depuis Achéménès, la généalogie de Cyrus du côté paternel ; quand il en fut à Cyrus, il leur rappela pour conclure tous les bienfaits que les Perses avaient reçus de lui ; après quoi il leur révéla toute la vérité : il l'avait, dit-il, tue jusque-là, car la dire eût été dangereux pour lui, mais à l'heure présente il ne lui était plus permis de se dérober. Il leur raconta donc qu'il avait été forcé par Cambyse de frapper de sa propre main le fils de Cyrus, Smerdis, et leur dit qu'ils avaient les Mages pour rois. Puis, après avoir abondamment maudit les Perses s'ils ne reprenaient pas le pouvoir et ne punissaient pas les Mages, il se jeta du haut de la tour la tête la première. Ainsi mourut Préxaspe, qui avait joui pendant toute son existence d'un grand renom.

Meurtre des Mages.

(76). Cependant les sept conjurés perses, résolus à s'attaquer aux Mages sans plus tarder, avaient invoqué les dieux et s'étaient mis en marche, sans rien savoir encore de l'affaire de Préxaspe. C'est à mi-chemin seulement qu'ils en furent instruits. Ils se retirèrent à l'écart pour se consulter à nouveau : les uns, avec Otanès, demandaient instamment qu'on remît la chose à plus tard et qu'on ne tentât rien en ce moment de confusion ; les autres, avec

Darius, demandaient qu'on marchât aussitôt et qu'on fît sans délai ce qu'on avait décidé. Au milieu de la discussion sept couples d'éperviers apparurent, qui poursuivaient deux couples de vautours, les houspillaient et les déchiraient de leurs ongles. À leur vue, les Sept se rangèrent à l'avis de Darius et partirent aussitôt pour le palais, encouragés par cet augure.

(77). Quand ils furent aux portes du palais, il arriva ce que Darius avait prévu : pleins de respect pour leur haut rang et bien éloignés de soupçonner chez eux de semblables desseins, les gardes les laissèrent passer — un dieu sans doute les conduisait — et personne ne leur demanda rien. Arrivés dans la cour, ils rencontrèrent les eunuques qui présentaient au roi les messages : ceux-ci leur demandèrent ce qu'ils voulaient, et tout en les questionnant ils adressaient des menaces aux gardes qui les avaient laissé passer et tentaient de leur barrer le chemin. Les Sept alors s'entendirent d'un mot, tirèrent leurs poignards, massacrèrent sur place les gêneurs et coururent à l'appartement des hommes.

(78). Les Mages s'y trouvaient justement tous les deux, en train de se consulter sur l'affaire de Préxaspe. Quand ils virent les eunuques affolés et hurlants, ils bondirent tous deux et, quand ils comprirent ce qui se passait, ne songèrent plus qu'à se défendre : l'un, plus prompt, saisit son arc, l'autre se jeta sur sa lance, et le combat s'engagea. L'arc du premier ne lui servit de rien puisque les ennemis le serraient de près ; l'autre se défendit avec sa lance et blessa Aspathinès à la cuisse, Intaphernès à l'œil (Intaphernès perdit l'œil à la suite de cette blessure, mais il n'en mourut pas). Ainsi, l'un des Mages blessa deux de ses adversaires ; l'autre voit son arc inutile et, comme une chambre ouvrait sur l'appartement des hommes, il s'y réfugie et veut en fermer la porte sur lui : deux des Sept s'y jettent sur ses pas, Darius et Gobryas. Gobryas avait saisi le Mage à bras le corps, mais en raison de l'obscurité Darius, près d'eux, hésitait à frapper, de peur d'atteindre Gobryas ; l'autre, qui le voyait immobile à côté d'eux, lui demanda pourquoi son bras demeurait inactif. « C'est à cause de toi, répondit Darius, j'ai peur de te blesser ! — Frappe, répliqua Gobryas, quand tu devrais nous transpercer tous les deux ! » Darius obéit et son poignard, par chance, ne frappa que le Mage.

(79). Les Mages tués, ils leur coupèrent la tête et, laissant là leurs blessés, tant en raison de leur état que pour garder la citadelle, les cinq autres, emportant les têtes de leurs victimes, coururent hors du palais à grands cris et grand fracas ; ils appelaient les autres Perses et disaient leur exploit en exhibant les têtes coupées ; en même temps ils massacraient tous les Mages qu'ils trouvaient sur leur chemin. Quand les Perses apprirent à la fois l'acte des Sept et la supercherie des Mages, ils jugèrent légitime d'en faire autant de leur côté, tirèrent leurs couteaux et frappèrent tous les Mages qu'ils trouvèrent. La tombée de la nuit les arrêta, sans quoi ils n'en auraient pas laissé vivre un seul. Aujourd'hui encore toute la Perse commémore particulièrement cette journée : c'est une grande fête, qu'ils appellent la *Magophonie* — le Massacre des Mages — ; ce jour-là, pas un Mage n'a le droit de se montrer en public, ils restent tous enfermés chez eux [75].

Choix d'un gouvernement.

(80). Quand le calme fut revenu et que cinq jours furent passés, les auteurs du complot délibérèrent sur la situation, et l'on tint des discours auxquels certains des Grecs refuseront peut-être d'ajouter foi, mais qui furent bel et bien prononcés[76]. Otanès, d'abord, demanda qu'on remît au peuple perse le soin de diriger ses propres affaires. « À mon avis, déclara-t-il, le pouvoir ne doit plus appartenir à un seul homme parmi nous : ce régime n'est ni plaisant ni bon. Vous avez vu les excès où Cambyse s'est porté dans son fol orgueil, vous avez supporté l'orgueil du Mage aussi. Comment la monarchie serait-elle un gouvernement équilibré, quand elle permet à un homme d'agir à sa guise, sans avoir de comptes à rendre. Donnez ce pouvoir à l'homme le plus vertueux qui soit, vous le verrez bientôt changer d'attitude. Sa fortune nouvelle engendre en lui un orgueil sans mesure, et l'envie est innée dans l'homme : avec ces deux vices, il n'y a plus en lui que perversité ; il commet follement des crimes sans nombre, saoul tantôt d'orgueil tantôt d'envie. Un tyran, cependant, devrait ignorer l'envie, lui qui a tout, mais il est dans sa nature de prouver le contraire à ses concitoyens. Il éprouve une haine jalouse à voir vivre jour après jour les gens de bien ; seuls les pires coquins lui plaisent, il excelle à accueillir la calomnie. Suprême inconséquence : gardez quelque mesure dans vos louanges, il s'indigne de n'être pas flatté bassement ; flattez-le bassement, il s'en indigne encore comme d'une flagornerie. Mais le pire, je vais vous le dire : il renverse les coutumes ancestrales, il outrage les femmes, il fait mourir n'importe qui sans jugement. Au contraire, le régime populaire porte tout d'abord le plus beau nom qui soit : “ égalité ” ; en second lieu, il ne commet aucun des excès dont un monarque se rend coupable : le sort distribue les charges, le magistrat rend compte de ses actes, toute décision y est portée devant le peuple. Donc voici mon opinion : renonçons à la monarchie et mettons le peuple au pouvoir, car seule doit compter la majorité. »

(81). Tel fut l'avis d'Otanès. Mégabyze, lui proposa d'instituer une oligarchie. « Quand Otanès propose d'abolir la tyrannie, déclara-t-il, je m'associe à ses paroles. Mais quand il vous presse de confier le pouvoir au peuple, il se trompe : ce n'est pas la meilleure solution. Il n'est rien de plus stupide et de plus insolent qu'une vaine multitude. Or, nous exposer, pour fuir l'insolence d'un tyran, à celle de la populace déchaînée est une idée insoutenable. Le tyran, lui, sait ce qu'il fait, mais la foule n'en est même pas capable. Comment le pourrait-elle, puisqu'elle n'a jamais reçu d'instruction, jamais rien vu de beau par elle-même, et qu'elle se jette étourdiment dans les affaires en bousculant tout, comme un torrent en pleine crue ? Qu'ils adoptent le régime populaire, ceux qui voudraient nuire à la Perse ! Pour nous, choisissons parmi les meilleurs citoyens un groupe de personnes à qui nous remettrons le pouvoir : nous serons de ce nombre, nous aussi, et il est normal d'attendre, des meilleurs citoyens, les décisions les meilleures. »

(82). Tel fut l'avis de Mégabyze. Darius, en troisième lui, donna le sien : « Pour moi, dit-il, ce que Mégabyze a dit du régime populaire est juste, mais sur l'oligarchie il se trompe. Trois formes de gouvernement s'offrent à nous ; supposons-les parfaites toutes les trois — démocratie, oligarchie, monarque parfaits — : je déclare que ce dernier régime l'emporte nettement sur les autres. Un seul homme est au pouvoir : s'il a toutes les vertus requises, on ne saurait trouver de régime meilleur. Un esprit de cette valeur saura veiller parfaitement aux intérêts de tous, et jamais le secret des projets contre l'ennemi ne sera mieux gardé. En régime oligarchique, quand plusieurs personnes mettent leurs talents au service de l'État, on voit toujours surgir entre elles de violentes inimitiés : comme chacun veut mener le jeu et voir triompher son opinion, ils en arrivent à se haïr tous ; des haines naissent les dissensions, des dissensions les meurtres, et par les meurtres on en vient au maître unique, — ce qui prouve bien la supériorité de ce régime-là. Donnez maintenant le pouvoir au peuple : ce régime ne pourra pas échapper à la corruption ; or la corruption dans la vie publique fait naître entre les méchants non plus des haines, mais des amitiés tout aussi violentes, car les profiteurs ont besoin de s'entendre pour gruger la communauté. Ceci dure jusqu'au jour où quelqu'un se pose en défenseur du peuple et réprime ces agissements ; il y gagne l'admiration du peuple et, comme on l'admire, il se révèle bientôt chef unique ; et l'ascension de ce personnage prouve une fois de plus l'excellence du régime monarchique. D'ailleurs, pour tout dire en un mot, d'où nous est venue notre liberté ? À qui la devons-nous ? Est-ce au peuple, à une oligarchie, ou bien à un monarque ? Donc, puisque nous avons été libérés par un seul homme [77], mon avis est de nous en tenir à ce régime et, en outre, de ne pas abolir les coutumes de nos pères lorsqu'elles sont bonnes : nous n'y aurions aucun avantage. »

(83). Voilà les trois opinions qui furent émises [78] ; les quatre autres conjurés se rallièrent à la dernière. Lorsque Otanès, qui insistait pour qu'on donnât des droits égaux à tous les Perses, vit sa proposition rejetée, il reprit la parole : « Compagnons de révolte, il est bien clair qu'un seul d'entre nous va devoir régner, qu'il soit désigné par le sort, par le choix du peuple perse, ou par tout autre moyen. Pour moi, je ne prendrai point part à cette compétition : je ne veux ni commander, ni obéir ; mais si je renonce au pouvoir, c'est à la condition que je n'aurai pas à obéir à l'un de vous, ni moi, ni aucun de mes descendants à l'avenir. » Telle fut sa demande, et les six y consentirent ; il n'entra donc pas en concurrence avec eux et se tint à l'écart. Aujourd'hui encore sa famille, seule en Perse, demeure pleinement indépendante et n'obéit qu'aux ordres qu'elle veut bien accepter, aussi longtemps qu'elle ne transgresse pas les lois du pays.

Darius reçoit la royauté.

(84). Les six autres Perses cherchèrent la façon la plus équitable de choisir un roi. Mais d'abord ils décidèrent d'accorder à Otanès et à toute sa descendance à l'avenir, en privilège spécial, un vêtement mède chaque année, ainsi que tous les présents qui sont les plus honorables aux yeux des Perses[79]. Ils prirent cette décision en sa faveur parce qu'il avait été l'instigateur du complot et les avait groupés autour de lui ; Otanès obtint donc ces privilèges spéciaux, puis ils en décidèrent d'autres pour eux tous : le droit pour chacun des Sept d'entrer à son gré dans le palais sans avoir à se faire annoncer, à moins que le roi ne fût avec une femme, et l'obligation pour le roi de ne pas choisir son épouse ailleurs que dans la maison de l'un des conjurés. Pour décider de la royauté, voici ce qu'ils résolurent : au lever du soleil, ils iraient se promener à cheval dans les faubourgs de la ville, et celui dont la bête hennirait la première recevrait la royauté.

(85). Darius avait pour palefrenier un homme habile, qui s'appelait Oibarès. Le conseil terminé,

Darius dit à cet homme : « Oibarès, pour décider de la royauté voici le moyen que nous avons choisi : au lever du soleil, nous monterons à cheval et celui dont la bête hennira la première recevra la royauté. Donc, si tu as la moindre habileté, arrange-toi pour que cet honneur n'aille pas à un autre qu'à nous. — Maître, répondit Oibarès, si ton élection ne tient qu'à cela, rassure-toi sur ce point et sois bien tranquille, car nul autre que toi n'obtiendra la royauté : j'ai les drogues qu'il faut. — Eh bien, lui dit Darius, si tu disposes de quelque expédient, il est temps de prendre tes dispositions, et sans tarder, car l'épreuve a lieu demain. » Là-dessus, voici ce que fit Oibarès : quand la nuit vint, il emmena dans le faubourg la jument que préférait le cheval de Darius et il l'y attacha, puis il amena le cheval de Darius qu'il fit tourner autour d'elle à plusieurs reprises en la frôlant, pour lui permettre enfin de la saillir.

(86). Aux premières lueurs du jour, les six se présentèrent à cheval, comme il était convenu. En cheminant par le faubourg, ils arrivèrent à l'endroit où la jument avait été attachée la veille : le cheval de Darius y courut aussitôt et hennit. Au même instant un éclair sillonna le ciel serein et le tonnerre retentit. Ces signes accumulés en faveur de Darius consacrèrent son succès, tout comme s'ils avaient été envoyés à dessein : ses compagnons descendirent en hâte de leurs bêtes et se prosternèrent à ses pieds.

(87). Voilà, d'après les uns, la ruse dont Oibarès se servit ; d'après les autres (car les Perses ont deux versions de cette histoire), il passa la main sur les parties génitales de la jument et la tint cachée dans ses braies ; lorsque au lever du soleil les chevaux s'apprêtaient à marcher, il l'en retira et l'approcha des naseaux du cheval de Darius, qui, à cette odeur, renâcla et hennit.

(88). Ainsi Darius fils d'Hystaspe fut proclamé roi, et tous les peuples de l'Asie, sauf les Arabes, devinrent ses sujets[80], en raison des conquêtes de Cyrus d'abord, puis de Cambyse. — Les Arabes ne furent jamais réduits en esclavage par les Perses, mais ils devinrent leurs alliés pour avoir laissé passer Cambyse quand il marchait contre l'Égypte[81] ; car s'ils leur avaient refusé le passage, les Perses n'auraient pu envahir l'Égypte. Darius prit des épouses dans les premières familles de la Perse : il épousa d'abord deux filles de Cyrus, Atossa et Artystoné (l'une, Atossa, avait d'abord été mariée à son frère Cambyse, puis au Mage; l'autre, Artystoné, était vierge) ; il épousa ensuite une fille de Smerdis fils de Cyrus, qui s'appelait Parmys; il prit également pour femme la fille d'Otanès, celle qui avait révélé l'imposture du Mage. Son pouvoir s'affirma partout. Il fit tout d'abord élever un bas-relief en pierre qui représentait un cavalier, avec l'inscription suivante : « Darius fils d'Hystaspe, grâce à la valeur de son cheval (l'inscription en donnait le nom) et d'Oibarès, son palefrenier, est devenu le roi des Perses. »

L'EMPIRE DE DARIUS

Les satrapies.

(89). Ceci fait, il partagea son empire en vingt gouvernements, qu'on appelle là-bas *satrapies*[82]. À la tête des provinces ainsi délimitées, il mit un gouverneur, puis il fixa le tribut que devait lui verser chaque nation, en rattachant à une nation donnée les populations limitrophes, ou encore, sans tenir compte de la proximité, en groupant certains peuples avec d'autres plus éloignés. Gouvernements et tributs annuels furent ainsi fixés : pour les peuples qui payaient en argent, le talent babylonien servait d'étalon; pour ceux qui payaient en or, ce fut le talent euboïque (le talent babylonien vaut soixante-dix mines euboïques[83]). Sous le règne de Cyrus, comme plus tard sous Cambyse, il n'y avait pas eu de système d'impôts réguliers, mais seulement des « présents » du peuple au roi; cette réglementation de l'impôt et d'autres mesures analogues firent dire aux Perses que Darius était un marchand, Cambyse un despote et Cyrus un père : car Darius tirait de l'argent de tout, Cambyse était dur et insensible, et Cyrus humain et désireux avant tout du bien de ses sujets.

(90). Les Ioniens, les Magnètes d'Asie, les Éoliens, les Cariens, les Lyciens, les Milyens et les Pamphyliens (ils ne versaient tous ensemble qu'un seul tribut) envoyaient au roi quatre cents talents d'argent; ils constituaient le premier gouvernement[84].

Deuxième gouvernement : les Mysiens, Lydiens, Lasoniens, Cabaliens, Hytennéens[85], qui versaient cinq cents talents.

Troisième gouvernement : les habitants de la rive droite de l'Hellespont (c'est-à-dire à droite quand on entre dans le détroit), les Phrygiens, les Thraces d'Asie, les Paphlagoniens, les Mariandynes, les Syriens[86], qui versaient trois cent soixante talents.

Quatrième gouvernement : les Ciliciens[87], qui devaient fournir trois cent soixante chevaux blancs, un par jour, et cinq cents talents d'argent, dont cent quarante allaient à l'entretien des garnisons de cavalerie installées en Cilicie, et le reste à Darius.

(91). Cinquième gouvernement : la région qui va de

la ville de Posidéion (ville fondée par Amphilochos fils d'Amphiaraos[88] aux frontières de la Cilicie et de la Syrie) jusqu'à l'Égypte (sauf la partie occupée par les Arabes, qui n'était pas soumise au tribut) ; elle versait trois cent cinquante talents. Ce gouvernement comprend toute la Phénicie, la Syrie dite Palestinienne, et Chypre.

Sixième gouvernement : l'Égypte, les Libyens voisins de l'Égypte, Cyrène et Barcé[89] (cités rattachées au gouvernement d'Égypte), versaient sept cents talents, non compris le produit de la pêche dans le lac Moéris[90] ; leur tribut était fixé à sept cents talents outre ces revenus et les fournitures en blé, car la région doit fournir cent vingt mille médimnes[91] de blé aux Perses en garnison au Mur Blanc, à Memphis, et à leurs auxiliaires.

Septième gouvernement : les Sattagydes, les Gandariens, les Dadices, et les Aparytes[92], qui versaient, tous ensemble, cent soixante-dix talents.

Huitième gouvernement : les habitants de Suse et le reste des Cissiens[93], taxés à trois cents talents.

(92). Neuvième gouvernement : Babylone et le reste de l'Assyrie[94], qui fournissaient mille talents d'argent et cinq cents jeunes eunuques.

Dixième gouvernement : Ecbatane et le reste de la Médie, les Paricaniens et les Orthocorybantes[95], qui versaient quatre cent cinquante talents.

Onzième gouvernement : les Caspiens, les Pauses, les Pantimathes et les Darites[96], qui versaient ensemble un seul tribut de deux cents talents.

Douzième gouvernement : la région qui s'étend de la Bactriane aux Aigles[97], frappée d'un tribut de trois cents talents.

(93). Treizieme gouvernement : le pays des Pactyes, l'Arménie et les régions voisines jusqu'au Pont-Euxin[98], qui versaient quatre cents talents.

Quatorzième gouvernement : les Sagartiens, Sarangéens, Thamanéens, Outies, Myces, et les habitants des îles de la mer Érythrée où le Grand Roi envoie demeurer les gens qu'on appelle les *Relégués*[99] ; tous ensemble, ils versaient six cents talents.

Quinzième gouvernement : les Saces et les Caspiens[100], qui payaient deux cent cinquante talents.

Seizième gouvernement : les Parthes, Chorasmiens, Sogdiens, et Ariens[101], qui en payaient trois cents.

(94). Dix-septième gouvernement : les Paricaniens et les Éthiopiens d'Asie[102], qui versaient quatre cents talents.

Dix-huitième gouvernement : les Matiènes, Saspires et Alarodiens[103], imposés pour deux cents talents.

Dix-neuvième gouvernement : les Mosques, Tibaréniens, Macrons, Mossynèques et Mares[104], qui avaient à payer trois cents talents.

Vingtième gouvernement : les Indiens[105], qui sont de beaucoup le peuple le plus nombreux que nous connaissions, et qui payaient à eux seuls presque autant que toutes les autres nations réunies : trois cent soixante talents de poudre d'or.

(95). Les talents d'argent babyloniens, traduits en monnaie euboïque, font neuf mille cinq cent quarante talents. En donnant au talent d'or treize fois la valeur du talent d'argent, la poudre d'or représente quatre mille six cent quatre-vingts talents euboïques. Donc, en additionnant le tout, le tribut annuellement reçu par Darius se montait à quatorze mille cinq cent soixante talents euboïques, en chiffres ronds[106].

(96). Cet argent lui venait de l'Asie et d'une partie seulement de la Libye ; mais par la suite les îles et les peuples de l'Europe jusqu'à la Thessalie lui payèrent également tribut. Voici comment le Grand Roi conserve dans son trésor le produit de cet impôt : le métal est fondu et versé dans des jarres de terre ; le vase rempli, on brise l'enveloppe d'argile. Quand il a besoin d'argent, le roi fait frapper la quantité de pièces qui lui est nécessaire.

(97). Tels étaient les gouvernements et les taxes fixés par Darius. La Perse est le seul pays que je n'ai pas cité au nombre des tributaires, car le territoire habité par les Perses est exempt d'impôts. Les peuples suivants n'avaient pas à verser de tribut, mais présentaient des cadeaux au roi : tout d'abord les Éthiopiens voisins de l'Égypte, soumis par Cambyse lors de son expédition contre les Éthiopiens Longues-Vies ; ils habitent Nysé, la ville sainte, et ses environs, et célèbrent Dionysos dans leurs fêtes [107] (ce peuple, ainsi que ses voisins, fait usage de la même graine que les Indiens Callanties et vit dans des demeures souterraines [108]). Tous les deux ans, ces deux peuples ensemble envoyaient au roi (ils le font encore de mon temps) deux chénices [109] d'or brut, deux cents billes d'ébène, cinq jeunes garçons et vingt défenses d'éléphants. En second lieu les Colchidiens, qui avaient eux-mêmes fixé leur contribution, ainsi que leurs voisins jusqu'au Caucase (les Perses étendent leur domination jusqu'à cette montagne, mais au nord du Caucase on ne les connaît même plus) ; ces peuples, de mon temps encore, envoyaient au roi tous les quatre ans les présents qu'ils lui avaient consentis : cent garçons et cent filles. Enfin, les Arabes lui envoyaient tous les ans mille talents [110] d'encens. Tels étaient, en dehors du tribut, les présents adressés par ces peuples au Grand Roi.

L'Inde.

(98). Cet or que les Indiens possèdent en abondance et sur lequel ils prennent de quoi payer au roi le tribut en poudre d'or cité plus haut, ils l'obtiennent de la façon que je vais dire. Du côté du levant, leur pays n'est que sable; des peuples que nous connaissons et dont on peut parler avec quelque certitude, le premier que nous trouvions en Asie, du côté de l'aurore et du levant, est le peuple indien, car à l'est de l'Inde le sable fait du pays un désert[111]. L'Inde comprend un grand nombre de peuples qui ne parlent pas la même langue; les uns sont nomades, les autres sédentaires; les uns habitent les marécages du fleuve et se nourrissent de poissons crus qu'ils vont pêcher dans des barques faites de roseaux : une seule section de tige, d'un nœud à l'autre, leur fournit une embarcation[112]. Ces Indiens portent des vêtements de jonc : ils récoltent cette plante qui pousse dans le fleuve et la débitent en lamelles dont ils tressent une sorte de natte qui leur sert de cuirasse.

(99). D'autres Indiens, qui vivent plus à l'est, sont nomades et mangent la viande crue; ce sont les Padéens. Voici, dit-on, leurs coutumes : quand l'un des leurs, homme ou femme, tombe malade, on le tue; si c'est un homme, il est achevé par des hommes, ses plus proches parents ou amis — car, disent-ils, la maladie le ferait aigrir et sa chair ne serait plus bonne. Le malade a beau nier son état, les autres refusent de l'écouter, le tuent, et s'en régalent. S'il s'agit d'une femme, ses meilleures amies agissent envers elle de la même façon. Ils ont coutume, en effet, de sacrifier et manger quiconque parvient à la vieillesse; mais rares sont ceux qui arrivent jusque-là, car ils mettent à mort sans attendre davantage toute personne qui tombe malade.

(100). D'autres Indiens ont des coutumes différentes : ils ne tuent aucun être animé, ne sèment pas, ignorent l'usage des maisons et se nourrissent d'herbes; ils ont une graine de la grosseur du millet, enfermée dans une cosse, et qui pousse sans culture [113]; ils la recueillent, la font bouillir sans la décortiquer, et s'en nourrissent. Quand l'un d'eux tombe malade, il va se coucher à l'écart et personne ne s'occupe de lui, pas plus après sa mort que pendant sa maladie.

(101). Tous les Indiens dont j'ai parlé s'accouplent en public, comme les bêtes, et ils ont tous la peau de la même couleur, assez semblable à celle des Éthiopiens. La semence de l'homme n'est pas blanche chez eux comme chez les autres peuples, mais noire comme leur teint; il en est d'ailleurs de même pour les Éthiopiens [114]. Ces peuples sont les Indiens les plus éloignés de la Perse, du côté du vent du sud, et n'ont jamais été soumis au roi Darius.

(102). D'autres peuplades sont voisines de la ville de Caspatyros [115] et du pays des Pactyes, du côté de la Grande-Ourse et du vent du nord pour les autres Indiens; ils vivent à peu près comme les Bactriens. Ils sont aussi les plus belliqueux des Indiens, et ce sont eux qui vont à la recherche de l'or, car la région transformée par le sable en désert se trouve de ce côté. Dans ce désert et dans ce sable vivent des fourmis [116] qui n'ont pas tout à fait la taille du chien, mais dépassent celle du renard; le roi de Perse en a d'ailleurs quelques-unes, qui ont été capturées là-bas. En creusant leurs trous, ces fourmis ramènent du sable à la surface, comme le font en Grèce nos fourmis, auxquelles d'ailleurs elles ressemblent tout à fait. Or, le sable qu'elles remontent contient de l'or, et c'est lui que les Indiens s'en vont chercher dans le désert : chacun prend un attelage de trois chameaux, une femelle au milieu, à droite et à gauche un mâle tenu par une longe. L'homme monte sur la chamelle qu'il a eu soin de séparer, pour ce travail, de petits aussi jeunes que possible. — Les chameaux sont au moins aussi rapides que les chevaux; en outre, ils peuvent porter de plus lourds fardeaux.

(103). Je n'ai pas à faire la description du chameau pour des Grecs, qui connaissent cet animal; j'en signalerai seulement des particularités qu'ils peuvent ignorer : les pattes postérieures du chameau présentent chacune deux cuisses et deux genoux[117]; le membre du mâle est entre les cuisses et tourné vers la queue.

(104). Voilà en quel équipage les Indiens partent à la recherche de l'or, en calculant leur marche de façon à le recueillir au moment de la plus grande chaleur : l'ardeur du soleil oblige alors les fourmis à se cacher dans leurs trous. Dans ces régions, le soleil a sa plus vive ardeur à l'aurore, non pas à midi comme dans le reste du monde, mais de son lever à l'heure où finit le marché[118]; à ce moment, il brûle beaucoup plus qu'il ne le fait en Grèce à midi, au point que, dit-on, les Indiens restent plongés dans l'eau pendant cette période de la journée; au milieu du jour, il n'est pas beaucoup plus brûlant chez les Indiens que dans les autres pays; dans l'après-midi, sa chaleur devient aussi modérée qu'elle l'est ailleurs au matin, et, à mesure qu'il décline, elle s'atténue, jusqu'au moment de son coucher, où il fait tout à fait froid[119].

(105). Arrivés à l'endroit voulu, les Indiens emplissent de ce sable les sacs dont ils se sont munis et s'empressent de prendre le chemin du retour ; car, disent les Perses, les fourmis alertées par l'odeur se lancent à leur poursuite. Or, aucun animal, dit-on, ne court aussi vite qu'elles, si bien que, faute d'avoir pris quelque avance pendant qu'elles s'attroupent, ils y périraient tous. Les chameaux mâles, moins rapides que les femelles, se font bientôt traîner : on les détache alors, mais seulement l'un après l'autre ; les femelles, qui veulent rejoindre les petits qu'elles ont laissés, ne ralentissent jamais leur course. Voilà comment les Indiens recueillent la plus grande partie de leur or, aux dires des Perses ; ils en extraient aussi de leur sol, mais en quantité moindre.

(106). Le sort a réservé, dirait-on, ses dons les plus beaux aux confins du monde habité, s'il a donné à la Grèce le climat qui est peut-être de beaucoup le plus tempéré. Du côté de l'aurore, l'Inde est en effet le dernier pays où vivent des hommes, comme je l'ai dit un peu plus haut ; or, on y trouve des animaux, quadrupèdes ou volatiles, qui sont beaucoup plus grands qu'ailleurs, sauf les chevaux (inférieurs, eux, à la race mède qu'on appelle Néséenne [120]) ; on y trouve aussi de l'or en abondance, soit extrait du sol, soit charrié par les rivières, soit arraché aux fourmis, comme je l'ai montré. De plus, les arbres y portent, à l'état sauvage, un fruit qui est une laine plus belle et plus solide que celle des moutons [121] ; ainsi ces arbres fournissent aux Indiens de quoi se vêtir.

L'Arabie.

(107). Du côté du midi maintenant, l'Arabie est la dernière des terres habitées ; on y trouve, et là seulement, l'encens, la myrrhe, la cannelle, le cinname, et le lédanon. Mais pour récolter ces produits (sauf la myrrhe), les Arabes doivent se donner beaucoup de mal. Ils recueillent l'encens en faisant brûler du styrax, une gomme dont les Phéniciens font le commerce avec la Grèce, car les arbres qui donnent l'encens sont gardés par des serpents ailés, petits et de couleurs diverses (ceux-là mêmes qui envahissent l'Égypte), massés nombreux autour de chaque arbre; rien ne peut les en écarter, sinon la fumée du styrax[122].

(108). Les Arabes prétendent même qu'ils envahiraient la terre entière s'il ne se produisait pour eux ce qui arrive, comme je le savais déjà, aux vipères. Sans doute la divine Providence a-t-elle, dans sa sagesse — ainsi d'ailleurs qu'on peut s'y attendre —, donné aux animaux craintifs et bons à manger une fécondité exceptionnelle pour en sauvegarder l'espèce, et peu de fécondité aux animaux féroces et malfaisants. Ainsi, parce que le lièvre est pourchassé par les bêtes, les oiseaux et les hommes, il est extrêmement prolifique; sa femelle est la seule bête qui puisse concevoir tout en étant pleine : elle porte à la fois des petits déjà velus, d'autres nus, et d'autres qui commencent à se former dans la matrice, tandis qu'elle conçoit une nouvelle portée. En contraste avec pareille fécondité, la lionne, animal des plus forts et des plus hardis, ne met bas qu'une fois en sa vie, et un seul petit, car en mettant bas elle expulse à la fois son fruit et sa matrice. La raison en est que le lionceau, lorsqu'il commence à remuer dans le ventre de sa mère, lui laboure la matrice de ses griffes, beaucoup plus aiguës chez lui que chez tout autre animal; en se développant, il la déchire de plus en plus; aussi, au moment où la lionne va mettre bas, l'organe est-il complètement détruit[123].

(109). Il en est de même pour les vipères et les serpents ailés de l'Arabie : s'ils se reproduisaient comme le veut leur espèce, l'homme ne pourrait plus vivre sur la terre. En fait, dans l'accouplement, au moment même où le mâle féconde la femelle, celle-ci le saisit à la gorge et ne lâche pas prise avant de l'avoir entièrement dévoré. Le mâle périt de cette façon, mais la femelle s'en trouve bien punie et les petits vengent leur père, car, encore au ventre de leur mère, ils la dévorent et se fraient un passage à la lumière en lui rongeant les entrailles. En revanche, les serpents inoffensifs pour l'homme pondent des œufs et en font éclore une bonne quantité de petits. Les vipères, elles, se trouvent partout, mais les serpents ailés ne se trouvent rassemblés qu'en Arabie, et là seulement; aussi semblent-ils nombreux[124].

(110). Voilà comment on récolte l'encens; pour la cannelle, les Arabes s'enveloppent le corps tout entier et le visage, sauf les yeux, dans des peaux de bœufs ou d'autres bêtes, avant d'aller la récolter; elle pousse dans un lac peu profond, mais dont la rive et les eaux servent de demeure à des bêtes pourvues d'ailes, fort semblables à nos chauves-souris, qui poussent des cris effrayants et sont d'une force redoutable; il faut protéger ses yeux contre leurs attaques pour pouvoir recueillir la cannelle[125].

(111). La manière dont les Arabes se procurent le cinname est plus curieuse encore. Où pousse-t-il et dans quel sol? Ils n'en peuvent rien dire; toutefois, certains prétendent, non sans vraisemblance, qu'il croît dans les régions où fut élevé Dionysos[126]. Des oiseaux de grande taille transportent, dit-on, ces morceaux d'écorces desséchées que nous appelons cinname, d'un nom pris au phénicien; ils les apportent à leurs nids, qui sont faits de boue et accrochés à des falaises escarpées, absolument inaccessibles à l'homme. Les Arabes ont donc trouvé une ingénieuse façon de les obtenir : ils découpent en quartiers aussi gros que possible les bœufs, ânes et autres bêtes de somme qui viennent à mourir, pour les transporter dans la région voulue et les disposer près des nids ; puis ils s'en vont à l'écart. Les oiseaux s'abattent aussitôt sur cette viande et l'emportent dans leurs nids qui s'effondrent, trop faibles pour en soutenir le poids. Les Arabes viennent alors ramasser le cinname qui, recueilli par leurs soins, est ensuite expédié dans les autres pays[127]

(112). Le lédanon (les Arabes disent ladanon) s'obtient d'une manière encore plus curieuse. Son odeur est des plus suaves, mais il vient d'un endroit des plus malodorants : on le trouve dans la barbe des boucs où il se forme, comme la gomme sort de certains arbres[128] Il entre dans la composition de nombreux parfums, et les Arabes s'en servent de préférence pour leurs fumigations.

(113). Nous n'en dirons pas plus sur les parfums — mais de l'Arabie entière s'exhale une odeur divinement suave. Il y a dans ce pays deux espèces de moutons assez extraordinaires et qu'on ne voit nulle part ailleurs : les uns ont une longue queue, de trois coudées pour le moins ; si on laissait les bêtes la traîner sur le sol, le frottement y provoquerait des ulcères, mais tout berger sait travailler le bois, assez du moins pour confectionner un petit chariot qu'il attache sous la queue de la bête, en liant la queue sur le chariot[129]. L'autre espèce a une large queue, qui peut même en largeur atteindre une coudée.

L'Éthiopie.

(114). Plus à l'ouest s'étend, en direction du soleil couchant, la dernière des terres habitées, l'Éthiopie. Elle a de l'or en abondance, des éléphants énormes, de nombreuses espèces d'arbres sauvages, de l'ébène[130] et des hommes d'une taille, d'une beauté, d'une longévité exceptionnelles.

Les confins du monde occidental.

(115). Ces pays marquent les confins du monde, en Asie et en Libye. Sur les régions de l'Europe situées aux confins du monde occidental, je ne puis donner aucune précision : car je refuse pour ma part d'admettre l'existence d'un fleuve appelé par les Barbares Éridanos, qui se jetterait dans la mer septentrionale et nous donnerait l'ambre ; je ne connais pas davantage ces îles « Cassitérides », d'où nous viendrait l'étain. En premier lieu, ce nom même d'Éridanos trahit une origine grecque et non barbare : il aura été fabriqué par quelque poète. En second lieu, je ne puis, malgré tous mes efforts, trouver un témoin oculaire qui me confirme l'existence d'une mer au-delà de l'Europe. Tout ce que je puis dire, c'est que l'étain nous arrive de l'extrémité du monde, ainsi que l'ambre[131].

(116). C'est assurément au nord de l'Europe qu'on trouve les gisements d'or les plus importants. D'où vient cet or ? Je ne puis pas davantage le préciser. On dit qu'il est arraché aux griffons par les Arimaspes, des hommes qui n'ont qu'un œil[132] ; mais là encore je me refuse à croire qu'il existe des hommes qui n'aient qu'un œil, tout en étant pour le reste semblables à tous les autres. En tout cas, ces régions extrêmes, qui enserrent entre elles le reste du monde, semblent bien posséder seules tout ce qu'il y a de plus beau et de plus rare à nos yeux.

La plaine de l'Acès.

(117). Il existe en Asie une plaine encerclée par des montagnes dans lesquelles s'ouvrent cinq défilés. Elle appartenait jadis aux Chorasmiens, car elle se trouve à leur frontière, entre eux, les Hyrcaniens, les Parthes, les Sarangéens et les Thamanéens[133]; depuis l'établissement de la domination perse, elle appartient au Grand Roi. Des montagnes qui l'entourent sort un grand fleuve, l'Acès[134]; il était autrefois divisé en cinq branches qui arrosaient les pays que j'ai dits en passant chacune par un col différent. Depuis la domination perse, tout a changé : le roi a fait barrer par des écluses les défilés de la montagne et l'eau, empêchée de suivre son cours normal, reflue dans la plaine intérieure qui forme une vaste nappe d'eau, puisque le fleuve y apporte toujours ses eaux sans trouver d'issue. Les peuples qui auparavant profitaient de son eau en sont désormais privés et se trouvent dans la pire détresse : en hiver, le ciel leur envoie de la pluie, tout comme ailleurs, mais en été, quand ils sèment leur millet et leur sésame, ils ont besoin de cette eau ; comme elle leur est refusée, ils s'en vont en Perse, avec leurs femmes, manifester et pleurer aux portes du palais ; le roi ordonne alors d'ouvrir les écluses qui fourniront de l'eau à ceux qui en ont le plus besoin ; lorque leur terre a bu suffisamment, on ferme ces écluses et le roi en fait ouvrir d'autres, pour qui en a ensuite le besoin le plus urgent. Mais, ai-je entendu dire, il exige pour les ouvrir de fortes sommes qui s'ajoutent au tribut normal. Voilà ce qui se passe là-bas.

RÈGNE DE DARIUS

Exécution d'Intaphernès.

(118). Des sept Perses qui s'étaient révoltés contre le Mage, l'un, Intaphernès, trouva la mort, pour son insolence, aussitôt après leur soulèvement. Il entra un jour au palais royal et voulut voir le roi pour traiter quelque affaire — la règle donnait en effet aux membres de la conjuration libre accès auprès du roi, sans avoir à se faire annoncer, à moins que le roi ne fût avec l'une de ses femmes[135]. Donc Intaphernès revendiquait son droit de ne pas se faire annoncer et, puisqu'il était l'un des Sept, voulait pénétrer chez le roi ; mais le portier et le chambellan s'y opposèrent en déclarant que le roi était avec l'une de ses femmes. Intaphernès s'imagina qu'ils mentaient : il tire son glaive et leur coupe les oreilles et le nez, qu'il enfile à la bride de son cheval ; puis il leur passa cette bride autour du cou et les renvoya.

(119). Les deux hommes se présentèrent au roi et lui dirent ce qui leur avait valu pareil traitement. Darius craignit à ce propos une entente entre les six : il les convoqua l'un après l'autre et les sonda pour savoir s'ils approuvaient cette violence. Quand il fut sûr qu'Intaphernès n'avait pas agi d'accord avec eux, il le fit arrêter avec ses fils et tous ses parents, car il les soupçonnait fort, lui et les siens, de comploter contre lui ; aussi les fit-il tous saisir et jeter en prison pour y être exécutés. Mais la femme d'Intaphernès s'en venait chaque jour gémir et pleurer sans relâche à la porte du palais ; sa persévérance émut enfin Darius, qui lui fit porter ce message : « Femme, le roi Darius t'accorde la vie de l'un de tes parents prisonniers, à choisir entre tous. » La femme réfléchit et répondit : « Si le roi ne consent à épargner qu'une seule vie, entre eux tous, je choisis mon frère. » Instruit de son choix, Darius s'en étonna : « Femme, lui fit-il dire, le roi demande ce qui te fait abandonner mari et enfants pour choisir la vie de ton frère, qui t'est moins proche que tes enfants, et moins cher que ton mari. » Elle répondit alors : « Seigneur, peut-être pourrais-je avoir, si telle est la volonté du ciel, un autre mari et d'autres enfants, si ceux-ci me sont enlevés. Mais, puisque mon père et ma mère ne sont plus de ce monde, je ne saurais avoir d'autre frère. Voilà pourquoi j'ai parlé comme je l'ai fait[136]. » Darius trouva sa réponse fort juste et lui fit rendre celui qu'elle demandait, avec aussi l'aîné de ses fils, tant il avait conçu d'estime pour elle; tous les autres furent exécutés. Ainsi, l'un des Sept se trouva bientôt éliminé, dans les circonstances que je viens d'indiquer.

Oroitès contre Polycrate de Samos.

(120). Aux temps de la maladie de Cambyse, voici ce qui s'était passé : Cyrus avait nommé gouverneur de Sardes un Perse, Oroitès. Cet homme conçut un projet parfaitement inique : sans avoir jamais été offensé, en actes ou en paroles, par le Samien Polycrate, sans même l'avoir jamais vu, il voulut s'emparer de sa personne et le faire mourir, pour, dit-on généralement, le motif que voici : Oroitès se trouvait un jour à la porte du palais, avec un autre Perse du nom de Mitrobatès, gouverneur du district de Dascyléion[137]; de propos en propos, les deux hommes en vinrent à se quereller et, comme ils comparaient leur mérite, Mitrobatès fit à l'autre ce reproche : « Un homme, toi ? Toi qui n'a pas su donner au roi l'île de Samos, si proche de ta province, une île bien facile à prendre pourtant, puisqu'il a suffi à l'un des indigènes de se révolter avec quinze hoplites pour la prendre et y régner aujourd'hui [138] ! » L'outrage blessa si cruellement Oroitès qu'il voulut non pas tant se venger de son auteur que perdre à tout prix l'homme qui en était la cause, Polycrate.

(121). Selon d'autres, moins nombreux toutefois, Oroitès avait envoyé un héraut à Samos pour quelque affaire (qu'on ne précise pas) ; or Polycrate se trouvait à ce moment couché dans l'appartement des hommes, avec Anacréon de Téos [139] près de lui. Le fit-il exprès pour marquer son indifférence aux intérêts d'Oroitès ou le hasard seul en fut-il la cause ? — lorsque le héraut se présenta pour lui exposer son message, Polycrate, qui se trouvait tourné du côté du mur, ne se retourna pas et ne répondit rien.

(122). Voilà les deux raisons que l'on donne au meurtre de Polycrate et chacun peut adopter celle qui lui plaît. Oroitès, qui résidait à Magnésie sur le Méandre, envoya un Lydien, Myrsos fils de Gygès, porter un message à Samos dès qu'il connut les projets de Polycrate : car Polycrate fut, à notre connaissance, le premier des Grecs qui rêva d'être maître de la mer — à part Minos de Cnossos [140] et tous ceux qui ont pu, avant lui, posséder cet empire —, le premier du moins aux temps qu'on appelle historiques, en espérant bien régner un jour sur l'Ionie et sur les îles. Instruit de ses projets, Oroitès lui fit porter ce message : « Oroitès à Polycrate : j'apprends que tu formes de grands desseins, et que tes ressources ne sont pas au niveau de tes ambitions. Suis mon conseil et tu assureras ta fortune tout en me sauvant la vie : le roi, Cambyse, veut ma mort, j'en suis clairement informé. Tire-moi d'ici avec mes trésors : tu prendras la moitié de mes biens et tu me laisseras garder le reste ; cet argent fera de toi le maître de la Grèce entière. Si tu ne crois pas à ma fortune, envoie-moi ton homme de confiance, je la lui ferai voir. »

(123). Ce message fit grand plaisir à Polycrate, qui accepta. Comme il était fort cupide, il envoya d'abord l'un de ses concitoyens, Méandrios fils de Méandrios, son secrétaire, voir ce qu'il en était (ce Méandrios, un peu plus tard, consacra dans le temple d'Héra tous les ornements que renfermait l'appartement de Polycrate ; ils méritent d'être vus). Oroitès, informé de sa prochaine visite, eut recours à une ruse : il fit emplir de pierres huit coffres presque jusqu'aux bords et recouvrir les pierres d'une mince couche d'or ; puis les coffres, fermés par des cordes, attendirent Méandrios. Il vint, regarda, et s'en retourna faire son rapport à Polycrate.

(124). Au mépris des avis contraires, ceux de ses devins et de ses amis, Polycrate se disposait à partir, sans tenir compte non plus d'un songe que sa fille avait eu : elle avait cru voir son père suspendu dans les airs, lavé par Zeus et oint par le Soleil. Cette vision lui fit chercher par tous les moyens à empêcher son père d'aller chez Oroitès ; en particulier, au moment où il s'embarquait sur son navire à cinquante rames, elle prononça des paroles de mauvais augure. Son père alors la menaça de ne pas la marier de longtemps, s'il revenait sain et sauf ; en réponse, elle supplia les dieux de faire de cette menace une réalité, car elle préférait, dit-elle, demeurer fille encore longtemps plutôt que d'être privée de son père.

(125). Polycrate rejeta tous les avertissements et

prit la mer pour se rendre chez Oroitès, avec de nombreux compagnons, entre autres Démocédès de Crotone, fils de Calliphon, qui était médecin et le plus habile homme de son temps dans son métier. Arrivé à Magnésie, Polycrate y trouva une fin misérable, indigne et de lui et de ces ambitions, car pas un des tyrans grecs, sauf les tyrans de Syracuse, ne peut lui être comparé en magnificence. Oroitès le fit mourir d'une mort dont il vaut mieux ne rien dire, et fit suspendre son corps à un poteau ; de ses compagnons, il renvoya chez eux tous les Samiens en les invitant à ne pas oublier qu'ils lui devaient leur liberté, mais il garda comme esclaves les étrangers et les gens de condition servile. Polycrate, suspendu dans les airs, subit tout ce qu'annonçait le songe de sa fille, lavé par Zeus lorsqu'il pleuvait [141], oint par le Soleil des humeurs qui suintaient de son corps. Ainsi finit la longue prospérité de Polycrate, comme le lui avait prédit le roi d'Égypte Amasis [142].

Exécution d'Oroitès.

(126). Mais bientôt Oroitès périt à son tour, frappé par les Justicières [143] qui vengeaient Polycrate. En effet, après la mort de Cambyse et l'arrivée des Mages au pouvoir, Oroitès demeuré à Sardes ne fit rien pour servir les Perses dépouillés par les Mèdes du commandement ; au contraire, il profita de cette période de troubles pour faire périr Mitrobatès, le gouverneur du district de Dascyléion qui l'avait outragé à propos de Polycrate, et avec lui son fils Cranaspès, tous deux personnages d'importance en Perse ; il commit d'ailleurs bien d'autres forfaits : en particulier, comme un messager lui apportait de la part de Darius des instructions qui n'étaient point de son goût, il fit tuer l'homme, à son retour, par des gens à lui apostés sur son chemin, et fit disparaître son cadavre et son cheval.

(127). Aussi Darius, en possession du pouvoir, voulut-il punir Oroitès de tous ses crimes, et surtout du meurtre de Mitrobatès et de son fils. Il ne jugea pas à propos de lancer ouvertement une armée contre lui : le calme n'était pas encore suffisamment rétabli, son pouvoir était de trop fraîche date et, d'après ses renseignements, Oroitès disposait de forces importantes, puisqu'il avait une garde personnelle d'un millier de Perses et qu'il gouvernait les provinces de Phrygie, de Lydie et d'Ionie. Aussi décida-t-il d'employer un autre moyen : il convoqua les premiers des Perses et leur dit ceci : « Lequel d'entre vous, Perses, se chargerait pour mon service d'une entreprise qui demande l'adresse, et non pas le nombre et la force ? Car là où il faut de l'adresse, la force ne sert de rien. Eh bien, qui d'entre vous m'amènera Oroitès vivant, ou le tuera ? Cet homme n'a jamais encore rendu aux Perses le moindre service, et il leur a fait beaucoup de mal : il a d'abord fait disparaître deux des nôtres, Mitrobatès et son fils, et maintenant il assassine les messagers qui le rappellent, mes envoyés, et se montre d'une insolence inadmissible. N'attendons pas qu'il fasse plus de mal encore aux Perses, et mettons-le à mort. »

(128). À cette proposition de Darius trente hommes répondirent, chacun prêt à se charger de l'affaire. Pour mettre fin à leur rivalité, Darius les invita à tirer au sort : entre tous, le sort tombe sur Bagaios fils d'Artontès. Sitôt désigné, voici ce que fit Bagaios : il écrivit un grand nombre de lettres sur différents sujets, les scella du sceau de Darius et partit avec elles pour Sardes. Arrivé là, quand il fut devant Oroitès, il remit les lettres l'une après l'autre, en brisant le cordon, au Secrétaire Royal, afin qu'il en donnât lecture (les gouverneurs ont tous à côté d'eux des Secrétaires Royaux). Par ces lettres, Bagaios voulait éprouver les dispositions des gardes et voir s'ils se laisseraient détacher d'Oroitès. Leur grand respect pour les missives royales et leur respect plus grand encore pour leur contenu l'amenèrent à remettre au Secrétaire une autre lettre qui disait : « Perses, le roi Darius vous interdit de servir Oroitès ». En entendant ces mots, les gardes déposèrent leurs lances à ses pieds. Quand il les vit si dociles à cette lettre, Bagaios s'enhardit et remit au Secrétaire la dernière missive, qui portait ceci : « Le roi Darius enjoint aux Perses qui se trouvent à Sardes de tuer Oroitès » ; et les gardes de tirer tout aussitôt leurs glaives pour l'abattre sur place. Voilà comment le Perse Oroitès fut frappé par les Justicières vengeant le Samien Polycrate.

Darius et les Grecs.

(129). Les biens d'Oroitès furent confisqués et transportés à Suse. Peu de temps après, le roi Darius eut un accident au cours d'une chasse : en sautant à bas de son cheval il se fit une entorse, assez sérieuse même, car il se déboîta la cheville. Il avait depuis longtemps l'habitude d'attacher à sa personne les médecins égyptiens les plus réputés, et il eut recours à leurs soins. Mais, en maniant son pied trop brutalement, ceux-ci ne firent qu'aggraver le mal. Pendant sept jours et sept nuits, Darius ne put dormir tant il souffrait ; le huitième jour, il était en assez mauvais point lorsque quelqu'un, qui avait précédemment entendu vanter à Sardes la valeur de Démocédès de Crotone, lui parla de ce médecin.

Le médecin Démocédès.

Darius ordonna de le faire venir au plus vite : on le trouva, méconnu et confondu parmi les esclaves d'Oroitès, et on le conduisit au roi, traînant ses fers et couvert de haillons.

(130). Quand il fut devant lui, Darius lui demanda s'il connaissait la médecine ; l'autre ne voulait pas en convenir, de peur de ne jamais revoir la Grèce s'il se faisait reconnaître ; mais Darius vit bien qu'il cherchait à dissimuler son savoir et dit à ceux qui le lui avaient amené d'apporter fouets et aiguillons. Démocédès se découvrit alors, mais, sans avouer de connaissances précises en ce domaine, il reconnut seulement en avoir quelques notions pour avoir fréquenté un médecin. Sur ce, Darius s'en remit à ses soins ; Démocédès, usant des méthodes grecques, le traita par la douceur au lieu de la violence ; il lui rendit le sommeil et l'eut bientôt guéri, alors que Darius n'espérait plus retrouver l'usage de son pied. En récompense Darius lui fit remettre deux paires d'entraves en or, et Démocédès aussitôt de lui demander s'il faisait exprès de doubler son malheur parce qu'il lui avait rendu la santé. Le mot plut à Darius, qui fit conduire Démocédès auprès de ses femmes. Les eunuques l'emmenèrent et le présentèrent aux femmes comme l'homme qui avait rendu la vie au roi ; chacune d'elles alors plongea une coupe dans le coffre où était son or et en offrit le contenu à Démocédès, présents si généreux que son escorte, un serviteur nommé Sciton, en ramassant les statères tombés des coupes recueillit une belle somme.

(131). Voici comment Démocédès avait quitté Crotone pour s'attacher à Polycrate : à Crotone, il s'entendait mal avec son père, un homme fort coléreux; à bout de patience il le quitta et partit pour Égine. Établi dans l'île, il en surpassa dès la première année tous les médecins, tout dépourvu qu'il était des outils et du matériel nécessaires à l'exercice de son métier. La seconde année, les Éginètes le prirent pour médecin officiel, au salaire d'un talent; la troisième année, les Athéniens l'engagèrent pour cent mines, et la quatrième année Polycrate se l'attacha pour deux talents[144]. Voilà comment il vint à Samos; c'est d'ailleurs à lui que les médecins de Samos doivent en grande partie leur réputation — à cette époque les médecins de Crotone passaient pour les premiers de la Grèce, ceux de Cyrène venant en second lieu; vers le même temps aussi on mettait les Argiens au premier rang pour la musique[145].

(132) Démocédès, après avoir guéri Darius, reçut à Suse une vaste maison et devint le commensal du roi; il avait tout ce qu'il pouvait souhaiter, sauf une chose : la permission de retourner en Grèce. Les médecins égyptiens qui avaient soigné Darius avant lui allaient être empalés pour s'être laissé vaincre par un médecin grec : il demanda leur grâce au roi et l'obtint. Un devin d'Élide avait suivi Polycrate et se trouvait confondu parmi les esclaves : il le sauva également. Enfin Démocédès était à la cour un personnage des plus influents.

Atossa.

(133). Quelque temps plus tard, autre chose advint : Atossa, la fille de Cyrus et la femme de Darius, eut au sein une tumeur qui s'ouvrit et s'étendit de plus en plus. Tant que la plaie fut minime, elle la cacha et, par pudeur, n'en dit rien à personne, mais, quand elle se vit en danger, elle fit venir Démocédès et la lui montra. Il lui promit la guérison, mais lui fit d'abord jurer de lui accorder en retour ce qu'il lui demanderait, — rien d'ailleurs, ajouta-t-il, qui pût nuire à son honneur.

(134). Quand il l'eut soignée et guérie, Atossa, sur ses instructions, tint au lit ces propos à Darius : « Seigneur, toi qui disposes de forces immenses, tu restes bien tranquille, sans chercher à donner aux Perses de nouveaux peuples, une puissance accrue. À un homme jeune, maître d'immenses richesses, il convient de se signaler par quelque entreprise qui fera voir aux Perses aussi qu'ils ont un homme à leur tête. D'ailleurs, tu y trouveras toi-même deux avantages : d'abord les Perses sauront que leur maître est vraiment un homme; ensuite la guerre absorbera toute leur énergie sans leur laisser de loisirs pour comploter contre toi. C'est maintenant que tu peux te signaler par quelque exploit, tant que tu es en pleine jeunesse; quand le corps se développe, l'ardeur croît avec lui, mais elle vieillit aussi avec lui, s'émousse et renonce à l'action. »

Atossa répétait les paroles qui lui avaient été dictées. Darius lui répondit : « Tu viens de dire, femme, ce que j'ai justement l'intention de faire : oui, j'ai déjà résolu de jeter un pont entre ce continent et l'autre, pour marcher contre les Scythes, et nous passerons sous peu à l'accomplissement de ce projet. — Réfléchis, lui répondit Atossa, et renonce à t'attaquer d'abord aux Scythes : ce peuple t'appartiendra dès que tu le voudras. Je t'en prie, marche plutôt contre la Grèce : j'ai entendu parler des filles de Laconie, et j'en voudrais pour servantes, ainsi que des Argiennes, des Athéniennes et des Corinthiennes. De plus, tu disposes de l'homme capable entre tous de te faire connaître la Grèce et de te guider dans cette entreprise : c'est l'homme qui a guéri ton pied. — Eh bien, répliqua Darius, puisque tu es d'avis de commencer par la Grèce, mon avis à moi est qu'il vaut mieux envoyer d'abord en ce pays des émissaires, avec l'homme dont tu parles ; ils nous feront un rapport exact de ce qu'ils auront appris et observé ; après quoi, en possession de tous les renseignements voulus, je passerai à l'attaque. »

Les émissaires de Darius en Grèce.

(135). Aussitôt dit, aussitôt fait : dès que le jour parut, il fit appeler quinze Perses éminents et leur ordonna d'escorter Démocédès et de parcourir avec lui les côtes de la Grèce, mais surtout de ne pas le laisser échapper et de le ramener à tout prix. Après leur avoir donné ses instructions, il convoqua Démocédès à son tour et lui demanda de faire visiter la Grèce à ces Perses et de tout leur montrer, puis de revenir auprès de lui ; il l'invita même à emporter en présents pour son père et ses frères tous les meubles de sa maison, qu'il lui rendrait, lui dit-il, au centuple ; de plus, pour lui permettre de faire des cadeaux, il lui fournirait un vaisseau de charge rempli d'objets précieux, qui accompagnerait son navire. Darius, me semble-t-il, ne mettait dans ses offres aucune mauvaise intention, mais Démocédès craignit que ce ne fût une épreuve et ne montra nul empressement à accepter ces dons : il déclara qu'il laisserait sur place tous ses biens, pour les retrouver à son retour ; toutefois, il acceptait, dit-il, le vaisseau de charge que Darius lui offrait, pour faire des cadeaux à ses frères. Après lui avoir aussi donné ses instructions, Darius les fit partir pour la côte.

(136). Ils se rendirent en Phénicie, dans la ville de Sidon, et firent armer aussitôt deux trières, ainsi qu'un chaland chargé d'objets précieux. Quand tout fut prêt, ils s'embarquèrent pour la Grèce. Ils en longèrent les côtes et inspectèrent les régions du littoral dont ils prirent le relevé, pour aboutir enfin, après avoir étudié la plus grande partie du pays et ses endroits les plus célèbres, à Tarente en Italie. Là, pour obliger Démocédès, le roi de Tarente Aristophilidès fit enlever les gouvernails des vaisseaux mèdes et emprisonner les Perses, en qualité d'espions apparemment. Pendant qu'ils subissaient cette épreuve, Démocédès s'en fut à Crotone et, dès qu'il eut rejoint sa patrie, Aristophilidès remit les Perses en liberté et leur rendit ce qu'il avait fait enlever à leurs vaisseaux.

(137). Les Perses quittèrent Tarente et, lancés à la poursuite de Démocédès, arrivèrent à Crotone : ils le trouvèrent sur la grand-place et voulurent s'emparer de lui. Mais si certains des Crotoniates redoutaient la puissance des Perses et étaient disposés à le livrer, les autres s'interposèrent et, à grands coups de leurs bâtons, repoussèrent les Perses malgré leurs protestations : « Gens de Crotone, criaient-ils, faites attention ! C'est un esclave du Grand Roi, un esclave fugitif, que vous nous arrachez ! Croyez-vous que le roi Darius supportera cet outrage ? Croyez-vous que vous aurez à vous féliciter de votre conduite, si vous nous enlevez cet homme ? Y aura-t-il une ville que nous attaquions avant la vôtre ? Y en aura-t-il une que nous tentions de réduire en esclavage avant elle ? » Leurs menaces ne touchèrent pas les Crotoniates ; sans Démocédès, dépouillés aussi du chaland qu'ils avaient amené avec eux, ils durent s'en retourner en Asie et renoncer aussi à pousser plus avant leur exploration de la Grèce, puisqu'ils avaient perdu leur guide. Le seul message dont les chargea Démocédès, au moment où ils quittaient le port, fut d'annoncer à Darius qu'il avait épousé la fille de Milon[146]. Le nom de ce lutteur était bien connu du roi, et si Démocédès rechercha son alliance à grands frais, ce fut, je crois, pour montrer à Darius qu'il était personnage d'importance chez lui aussi.

(138). Partis de Crotone, les Perses allèrent s'échouer sur la côte d'Iapygie[147]. Ils y furent réduits en esclavage, mais délivrés par un exilé de Tarente, Gillos, qui les ramena au roi Darius. En récompense, le roi se déclara prêt à lui accorder tout ce qu'il voulait : Gillos lui demanda de le rétablir dans sa patrie et lui fit le récit de ses malheurs ; mais pour ne pas mettre la Grèce en émoi par toute une expédition navale envoyée en Italie à cause de lui, il déclara que les Cnidiens[148] suffiraient pour le rétablir à Tarente ; l'amitié qui régnait entre eux et Tarente faciliterait, pensait-il, son retour. Darius lui promit son concours et tint parole : il fit porter aux Cnidiens l'ordre de rétablir Gillos à Tarente. Les Cnidiens lui obéirent, mais les Tarentins ne les écoutèrent pas, et ils n'étaient pas de force à les y contraindre. Telle fut l'aventure de ces Perses, les premiers qui passèrent d'Asie en Grèce et allèrent reconnaître le pays dans les circonstances que j'ai dites.

Prise de Samos.

(139). Après cela, Darius prit Samos (première contrée, grecque ou barbare, dont il se soit emparé), et voici comment il y fut amené : au temps de l'expédition de Cambyse fils de Cyrus en Égypte, de nombreux Grecs étaient venus en ce pays, les uns, évidemment, pour faire du commerce, les autres avec ses troupes[149], d'autres encore en simples touristes ; au nombre de ces derniers se trouvait Syloson fils d'Aiacès, un frère de Polycrate, qui était banni de Samos.

Le manteau de Syloson.

Cet homme eut la bonne fortune que voici : il se promenait un jour sur la place de Memphis, drapé dans un manteau d'une pourpre éclatante, lorsque Darius, simple garde du corps de Cambyse alors et personnage sans grande importance encore, l'aperçut, eut envie de ce manteau, et l'accosta pour le lui acheter. Quand Syloson vit le grand désir qu'il en avait, il lui dit, inspiré par quelque dieu sans doute : « Vendre mon manteau ? Non, à aucun prix ! Mais je te le donne pour rien, s'il faut absolument que tu l'aies. » Darius admira fort son geste, et prit le manteau.

(140). Syloson se trouvait bien sot d'avoir, par trop de complaisance, perdu ce vêtement. Le temps passa, Cambyse mourut, les Sept se soulevèrent contre le Mage, et Darius, l'un des Sept, monta sur le trône ; Syloson apprit que la royauté était échue à l'homme à qui jadis, en Égypte, il avait fait cadeau du manteau qu'il lui demandait. Il partit pour Suse et vint s'asseoir à la porte du palais en se proclamant le bienfaiteur[150] de Darius. Le portier qui l'entendit rapporta la chose à Darius. Étonné, le roi lui répondit : « Eh ! à quel bienfaiteur grec puis-je avoir quelque obligation ? Je viens de prendre le pouvoir, et c'est à peine si un Grec est déjà venu jusqu'à nous ! Je n'ai, que je sache, de dette envers aucun membre de cette nation. Néanmoins, fais-le venir, je veux connaître ses motifs pour tenir pareils propos. » Le portier lui amena Syloson ;

quand il fut en sa présence, les interprètes[151] lui demandèrent son nom, et la raison qu'il avait de se dire le bienfaiteur du roi. Syloson raconta donc l'histoire du manteau, et se déclara l'auteur de ce don. « Ô le plus noble des hommes, lui répondit Darius, c'est donc toi qui, au temps ou je n'étais rien encore, m'a fait ce présent — peu de chose, soit! — mais je t'en ai autant d'obligation qu'à l'homme de qui me viendrait aujourd'hui quelque don magnifique. En récompense, je t'accorde tout l'or et tout l'argent que tu voudras, afin que tu n'aies jamais à regretter d'avoir obligé Darius fils d'Hystaspe. — Non, seigneur, répliqua Syloson, ne me donne ni or ni argent : reconquiers-moi seulement ma patrie, Samos, qui, depuis la mort de mon frère Polycrate, tué par Oroitès, est aux mains de l'un de nos esclaves, et donne-la-moi, sans que personne y trouve la mort ou l'esclavage. »

(141). Sa requête entendue, Darius fit partir une armée commandée par Otanès, l'un des Sept, avec ordre de faire en faveur de Syloson tout ce qu'il avait demandé. Otanès rejoignit la côte et rassembla ses troupes.

À Samos : Méandrios.

(142). Samos avait alors pour maître Méandrios fils de Méandrios, à qui Polycrate avait confié le pouvoir en son absence et qui, au moment où il voulut être le plus juste des hommes, n'y réussit pas. À l'annonce de la mort de Polycrate, telle fut en effet sa conduite : il commença par élever à Zeus Libérateur un autel, qu'il entoura d'un enclos sacré, celui qui existe encore aujourd'hui dans le faubourg. Ceci fait, il convoqua l'assemblée de tous les citoyens et leur dit : « En mes mains, vous le savez, reposent le sceptre et la puissance tout entière de Polycrate ; il ne tient qu'à moi de régner sur vous aujourd'hui. Mais, ce que je blâme chez autrui, je veux de toutes mes forces l'éviter moi-même. Or, je n'approuvais point Polycrate de régner en despote sur ses égaux, et je n'approuve pas davantage cette conduite chez qui que ce soit. Polycrate a vécu, et moi, je remets mes pouvoirs à la communauté, je vous proclame tous égaux en droits. Voici cependant les seuls avantages que je revendique pour moi-même : qu'on me donne six talents pris sur la fortune de Polycrate ; en outre, je demande pour moi et mes descendants à perpétuité le sacerdoce de Zeus Libérateur, en l'honneur de qui j'ai personnellement élevé un sanctuaire et vous donne aujourd'hui votre liberté. » Voilà ce qu'il offrait aux Samiens, mais l'un d'eux se leva et dit : « Eh ! tu ne mérites pas non plus de nous commander, vil maraud, scélérat que tu es ! Rends-nous plutôt compte de l'argent qui a passé par tes mains ! »

(143). L'auteur de cette apostrophe était un citoyen considéré, du nom de Télésarque. Méandrios se rendit compte que, s'il abandonnait le pouvoir, un autre le prendrait à sa place ; il renonça donc à son projet et, sitôt retiré dans l'acropole, convoqua l'un après l'autre les principaux citoyens, sous prétexte de leur rendre ses comptes, les fit saisir et emprisonner ; il les tenait captifs, mais sur ces entrefaites lui-même tomba malade ; son frère, qui s'appelait Lycarétos, pensa qu'il allait mourir et, pour se rendre plus facilement maître de Samos, fit tuer tous les prisonniers. En vérité ces Samiens, semble-t-il, ne tenaient guère à être libres.

Les Perses à Samos.

(144). Quand les Perses arrivèrent à Samos en y ramenant Syloson, personne ne prit les armes contre eux, et les partisans de Méandrios, ainsi que Méandrios lui-même, se déclarèrent prêts à négocier leur départ de l'île. Otanès accepta leur proposition et, le traité conclu, les Perses les plus considérables prirent place sur des sièges installés en face de la citadelle.

(145). Le tyran Méandrios avait un frère, quelque peu déséquilibré, du nom de Charilaos. Cet individu se trouvait, pour je ne sais quelle faute, emprisonné dans un cachot ; or, en prêtant l'oreille aux rumeurs, il avait compris ce qui se passait et, lorsque, par quelque ouverture de son cachot, il vit les Perses tranquillement installés sur leurs sièges, à grands cris il réclama un entretien avec son frère. Méandrios l'entendit et ordonna de le délier et de le lui amener. Sitôt en présence de son frère, Charilaos tenta par ses reproches et ses injures de l'amener à attaquer les Perses : « Lâche que tu es, lui disait-il, moi, ton propre frère, qui n'ai rien fait pour mériter la prison, tu as eu le front de me faire enchaîner et jeter dans un cachot ; et quand tu vois les Perses te chasser de ton pays et de ta maison, tu n'oses pas te venger, quand il est si facile de les vaincre ? Eh bien, si tu en as peur, donne-moi tes gardes et je saurai bien, moi, les punir d'être venus chez nous. Pour toi, je suis tout disposé à te faire sortir de l'île. »

(146). Ainsi parla Charilaos et Méandrios accepta son avis : il n'était pas, je suppose, assez déraisonnable pour croire ses forces susceptibles de l'emporter sur celles du Grand Roi, il était plutôt jaloux de Syloson à l'idée que celui-ci, sans s'être donné de mal, allait recevoir Samos intacte. Il voulut donc, en irritant les Perses, affaiblir le plus possible Samos avant de la lui remettre ; il pensait bien que les Perses malmenés tourneraient leur colère contre les Samiens, et il était certain de pouvoir lui-même quitter l'île en toute sécurité dès qu'il le voudrait, car il avait fait creuser un passage secret qui partait de la citadelle pour aboutir au rivage. Il s'embarqua donc et quitta Samos, et Charilaos arma les gardes, fit ouvrir les portes de la citadelle et lança ses hommes contre les Perses qui, loin de s'attendre à une telle attaque, croyaient la situation définitivement réglée. Les gardes se jetèrent sur les Perses les plus considérables, ceux qui avaient le droit de se faire suivre d'un porteur de tabouret[152], et les massacrèrent. Pendant qu'ils les dépêchaient, le reste de l'armée perse accourut à leur secours, et les gardes, serrés de près, se replièrent dans la citadelle.

(147). Devant la gravité du coup porté aux Perses le chef de l'expédition, Otanès, se souvint bien des ordres que lui avait donnés Darius à son départ : ne tuer aucun Samien, n'en réduire aucun en esclavage, et remettre l'île à Syloson sans y commettre aucun dégât, mais il n'en tint plus compte et donna l'ordre à ses troupes de massacrer tout ce qui leur tomberait sous la main, les enfants comme les hommes, indistinctement. Une partie de l'armée fit alors le siège de la citadelle, le reste massacra tout ce qui se trouvait sur son chemin, dans les lieux consacrés comme ailleurs.

(148). Méandrios s'échappa de Samos et cingla vers Lacédémone. Arrivé là, il fit porter dans la ville tous ses bagages, et voici quelle fut sa conduite : il étalait chez lui des coupes d'argent et d'or et, tandis que ses serviteurs les nettoyaient, lui-même entrait en conversation avec Cléomène, fils d'Anaxandride et roi de

Sparte, et l'amenait jusque chez lui ; quand il voyait les coupes, Cléomène était transporté d'admiration et Méandrios alors l'invitait à prendre tout ce qu'il voulait. Il répéta cette offre deux ou trois fois, mais Cléomène se montra parfaitement honnête : il ne jugea point convenable d'accepter ces présents et comprit qu'en les offrant à d'autres citoyens Méandrios trouverait des vengeurs ; il alla donc trouver les éphores et leur dit qu'il valait mieux, dans l'intérêt de Sparte, expulser du Péloponnèse l'étranger de Samos, de peur qu'il ne le corrompît lui-même, ou quelque autre Spartiate. Les éphores partagèrent son opinion et, par la voix du héraut, firent signifier à Méandrios qu'il eût à quitter le pays.

(149). Les Perses prirent au filet [153] toute la population de Samos et ne remirent à Syloson qu'une île dépeuplée. Plus tard cependant, leur chef Otanès s'occupa lui-même d'y installer des colons à la suite d'un songe qu'il eut et d'une maladie qui le frappa aux organes génitaux.

RÉVOLTE DE BABYLONE

(150). Au temps où cette expédition partit pour Samos, les Babyloniens se soulevèrent [154], tout étant prêt pour leur rébellion ; car, pendant le règne du Mage et la révolte des Sept, ils avaient profité de tout ce temps-là et de ces troubles pour se préparer à soutenir un siège, et ils avaient réussi à le faire à l'insu des Perses. Quand la révolte éclata, ils prirent la mesure suivante ; ils mirent à part leurs mères et, en outre, chacun put garder une femme de sa maison, une seule, à son choix ; on rassembla toutes les autres et on les étrangla : chacun gardait une femme pour lui préparer sa nourriture et on étrangla les autres pour économiser les vivres.

(151). À cette nouvelle Darius réunit ses forces et marcha contre eux; il vint mettre le siège devant Babylone, ce dont les Babyloniens ne s'inquiétaient guère : ils montaient à leurs créneaux et, par leur mimique et leurs propos, raillaient Darius et son armée. L'un d'eux leur adressa ce sarcasme : « À quoi bon perdre ici votre temps, Perses, au lieu de vous retirer? Vous prendrez la ville le jour où les mules auront des petits! » Le Babylonien qui prononça ces mots était bien loin de penser qu'une mule pût jamais mettre bas.

(152). Au bout d'un an et sept mois de siège Darius s'exaspérait, et toute son armée avec lui, de ne pouvoir prendre Babylone. Il avait usé de tous les procédés possibles, en vain — en particulier de celui qui avait assuré le triomphe de Cyrus [155] — ; Babylone était trop bien gardée, et toute surprise était impossible.

La ruse de Zopyre.

(153). À ce moment, au vingtième mois du siège, il arriva chez Zopyre fils de Mégabyze (le Mégabyze qui avait fait partie des Sept révoltés contre le Mage), chez son fils Zopyre, donc, il arriva ce prodige : une mule de ses équipages mit bas. La nouvelle le trouva d'abord incrédule; il voulut voir de ses yeux le poulain, puis défendit aux témoins de la chose d'en parler à personne et se mit à réfléchir. Il se rappela les paroles du Babylonien qui avait dit, au début du siège, que la ville tomberait le jour où les mules auraient des petits, et ce mot lui fit croire que Babylone n'était plus imprenable désormais; le ciel, pensait-il avait voulu que le Babylonien prononçât ces paroles, et qu'une mule chez lui mît bas.

(154). La chute de Babylone lui parut dès lors inévitable, et il alla trouver Darius pour lui demander s'il tenait vraiment beaucoup à prendre la ville. Assuré que le roi le souhaitait vivement, il réfléchit de nouveau pour trouver un moyen de la prendre lui-même et d'être le seul auteur de ce succès — car chez les Perses les belles actions conduisent aux plus grands honneurs. Pour se rendre maître de la place, il ne trouva pas d'autre moyen que de se mutiler, puis de passer à l'ennemi comme transfuge. Sur ce, et comme si de rien n'était, il s'infligea des mutilations irrémédiables : il se coupa le nez et les oreilles, se rasa la tête ignominieusement, se déchira le dos à coups de fouet, et vint se présenter ainsi à Darius.

(155). Le roi fut vivement ému de voir en cet état un homme de son rang : il bondit de son trône, se récria et voulut savoir qui l'avait mutilé, et pour quel motif. « Il n'est pas un homme, répondit Zopyre, excepté toi, qui puisse se permettre de me traiter ainsi, et nulle main étrangère, seigneur, ne m'a touché : je me suis mutilé moi-même, indigné que je suis de voir des Assyriens se moquer des Perses. — Malheureux ! lui répliqua le roi, à l'acte le plus affreux tu prétends donner le nom le plus beau, si tu dis t'être infligé cet outrage irrémédiable à cause des Assyriens que nous assiégeons ! Insensé ! À quoi bon cette mutilation ? Les ennemis s'en rendront-ils plus vite ? Tu devais être hors de ton bon sens quand tu t'es ainsi défiguré ! — Si je t'avais communiqué mon plan, lui répondit Zopyre, tu ne m'aurais pas laissé faire : je n'ai donc pris conseil que de moi-même. Désormais, si tu ne me refuses pas ton concours, nous tenons Babylone. Je vais, dans l'état où je suis, passer comme transfuge dans la place et je me dirai victime de ta cruauté; je pense que, si je les amène à me croire, ils me confieront un commandement. Pour toi, au dixième jour qui suivra mon entrée dans la ville, prends, parmi les soldats que tu peux sacrifier sans regrets, un millier d'hommes, et poste-les devant la porte dite de Sémiramis. Puis le septième jour qui suivra celui-là, poste encore deux mille hommes devant la porte dite des Ninivites. Après le septième jour, laisse passer vingt jours encore, et fais placer devant la porte dite des Chaldéens un nouveau contingent, de quatre mille hommes. Qu'ils n'aient les uns et les autres pour se défendre que leurs dagues : ne leur laisse que cette arme. Après ce vingtième jour, ordonne l'assaut général des remparts, mais place surtout bien les Perses en face des portes dites de Bélos et de Cissie[156]; car je présume qu'après mes exploits les Babyloniens remettront tout entre mes mains, y compris les clefs des portes. À moi ensuite, et aux Perses, de faire le nécessaire. »

(156). Ses recommandations faites, il marcha vers les portes de la ville, non sans se retourner de temps à autre, comme un véritable déserteur. Du haut des remparts les soldats de garde à cet endroit le virent approcher; ils descendirent en hâte et entrouvrirent l'un des battants de la porte pour lui demander son nom et ce qu'il voulait. Il leur dit qu'il s'appelait Zopyre et venait leur demander asile. Sur ce, les gardiens des portes le conduisirent aux autorités de la ville : devant elles, il se mit à gémir, accusa Darius de lui avoir fait subir les outrages qu'il s'était lui-même infligés, et se prétendit maltraité pour lui avoir conseillé de lever le siège, puisqu'on ne trouvait aucun moyen de s'emparer de la ville. « Mais maintenant, leur dit-il, ma présence ici sera pour vous, Babyloniens, un avantage immense, et pour Darius, pour ses soldats et pour la Perse, un immense malheur. Darius, qui m'a fait ainsi mutiler, n'aura pas lieu de s'en réjouir ! D'ailleurs je connais en détail tous ses projets. » Voilà ce qu'il leur dit.

(157). Quand les Babyloniens virent un Perse de si haut rang le nez et les oreilles coupés, le corps déchiré de coups de fouet et tout ensanglanté, ils crurent qu'il disait vrai et venait chez eux en allié, et ils furent tout disposés à lui accorder ce qu'il demandait. Or il demanda des troupes, et, quand il les eut obtenues, il fit ce dont il était convenu avec Darius : le dixième jour, il les fit sortir, enveloppa le millier d'hommes qu'il avait prié Darius d'exposer en premier lieu, et les massacra. Les Babyloniens, enchantés de voir ses actes répondre à ses paroles, furent désormais prêts à le suivre aveuglément. Il attendit alors le nombre de jours fixé, puis, à la tête d'un groupe choisi de combattants babyloniens, fit encore une sortie et massacra les deux mille hommes de Darius. Devant ce nouvel exploit, pas un Babylonien qui ne chantât les louanges de Zopyre. Celui-ci attendit encore le temps fixé, puis mena ses troupes au point convenu, où les quatre mille hommes de Darius se firent cerner et massacrer. Après ce dernier exploit, il n'y en eut plus que pour lui dans Babylone : on le nomma général en chef et gardien des remparts.

Prise de Babylone.

(158). Mais lorsque Darius, selon leur convention, lança ses troupes à l'assaut général des murailles, la ruse de Zopyre se révéla tout entière : tandis que les Babyloniens, du haut de leurs remparts, tentaient de repousser l'armée des assaillants, Zopyre ouvrit les portes de Cissie et de Bélos et introduisit les Perses dans la place. Les Babyloniens qui s'en aperçurent se réfugièrent dans le temple de Zeus Bélos, les autres, qui n'avaient rien vu, demeurèrent à leur poste, jusqu'au moment où ils reconnurent, eux aussi, qu'ils avaient été trahis.

(159). C'est ainsi que Babylone tomba pour la seconde fois [157]. Maître de la ville, Darius en fit abattre les remparts et enlever toutes les portes (deux mesures que Cyrus, son vainqueur précédent, avait négligé de prendre) ; il fit de plus empaler ses notables, au nombre de trois mille environ, et rendit au reste des Babyloniens le droit d'habiter leur ville. Il prit également des mesures pour leur procurer des femmes afin d'assurer leur descendance (car, nous l'avons dit au début, les Babyloniens avait étranglé les leurs pour ménager leurs vivres) : il prescrivit aux peuples voisins d'envoyer chacun à Babylone un nombre déterminé de femmes, de façon qu'il y en eût cinquante mille en tout. Les Babyloniens d'aujourd'hui sont leurs descendants.

(160). Nul Perse aux yeux de Darius ne surpassa jamais Zopyre en valeur, des temps les plus reculés jusqu'à cette époque, sauf le seul Cyrus à qui pas un seul Perse encore n'a osé se comparer. Darius, dit-on, déclara souvent qu'il donnerait Babylone, et vingt autres Babylones encore, pour que Zopyre ne se fût pas si cruellement traité. Il le combla des plus grands honneurs : chaque année, il lui envoyait les présents qui sont en Perse les plus honorables [158] ; il lui donna Babylone à gouverner sa vie durant sans verser de tribut, et bien d'autres avantages encore. Ce Zopyre est le père du Mégabyze qui commanda en Égypte contre les Athéniens et leurs alliés ; et ce Mégabyze est le père du Zopyre qui abandonna le parti des Perses et passa chez les Athéniens [159].

MELPOMÈNE

LIVRE IV

[Darius contre les Scythes (1-144). — *Les Scythes :* les fils d'esclaves, 1-4; origine des Scythes : Targitaos et l'or royal, 5-7; Héraclès et la femme-serpent, 8-10; invasion scythe en Cimmérie, 11-13; Aristéas de Proconnèse, 13-15; les peuples scythes et leurs voisins, 16-35 (les Argippéens, 23; les Hyperboréens, 32-35); les cartes du monde, 36-45; les fleuves de Scythie, 46-58; mœurs des Scythes, 59-82 (histoire d'Anacharsis et de Scylès, 76-80). — *Expédition de Darius :* Darius passe en Europe, 83-92 (dimensions du Pont-Euxin, du Bosphore, de la Propontide et de l'Hellespont, 85-86); les Gètes et Salmoxis, 93-96; le pont sur l'Istros, 97-98; dimensions de la Scythie, 99-101; les alliés des Scythes, 102-117 (histoire des Amazones, 110-117). — *Les Scythes contre Darius,* 118-144 (présents symboliques envoyés à Darius, 131-133; retraite des Perses, rôle d'Histiée de Milet, 134-144).

Les Perses contre la Libye (145-205). — *Fondation de Cyrène :* les Minyens à Sparte, 145-146; colonisation de Théra, 147-149; de Platéa, 150-153; Battos fonde Cyrène, 154-158. — Histoire de Cyrène, 159-167. — *Les peuples de la Libye,* 168-199. — *Intervention des Perses,* prise de Barcé, 200-205.]

DARIUS CONTRE LES SCYTHES

(1). Après la prise de Babylone[1] eut lieu l'expédition menée par Darius en personne contre les Scythes.

L'Asie était si florissante en hommes, elle lui fournissait tant de ressources, qu'il désira punir les Scythes, coupables d'une agression injuste parce qu'ils avaient envahi la Médie sans nulle provocation et triomphé des troupes qu'on leur opposait.

Les Scythes.

Ce peuple avait, je l'ai dit plus haut[2], régné sur la Haute-Asie pendant vingt-huit ans. À la poursuite des Cimmériens, ils étaient entrés en Asie où ils avaient mis fin au règne des Mèdes qui, jusqu'à leur venue, commandaient en ce pays. Au bout de vingt-huit ans les Scythes, de retour chez eux après une si longue absence, y trouvèrent une épreuve aussi pénible que leurs luttes en Médie : une armée considérable leur barrait le passage — car les femmes scythes, puisque leurs maris étaient si longtemps absents, couchaient avec leurs esclaves.

(2). Les Scythes ôtent la vue à tous leurs esclaves pour les employer à traiter le lait, leur boisson habituelle. Voici ce qu'ils font : ils prennent des tubes en os fort semblables à des flûtes, ils les introduisent dans les parties sexuelles des juments, puis ils soufflent dans ces tubes et, en même temps, d'autres traitent les bêtes. Par ce procédé, disent-ils, l'air gonfle les veines de la bête et le lait descend dans les mamelles[3]. La traite achevée, ils versent le lait dans des baquets en bois autour desquels ils placent les esclaves aveugles pour le baratter; ils prélèvent ensuite la partie supérieure du liquide, la meilleure selon eux — le reste est moins apprécié[4]. Telle est la tâche pour laquelle les Scythes crèvent les yeux de tous leurs prisonniers, car ils ne sont pas cultivateurs, mais nomades.

(3). Or, de ces esclaves et des femmes scythes

naquirent des enfants qui grandirent et, instruits de leur naissance, se dressèrent contre les Scythes qui revenaient de Médie. Ils fermèrent d'abord l'accès de leur pays en creusant un grand fossé qui part des monts de Tauride et rejoint le lac Méotide au point où il est le plus large[5] ; puis, quand les Scythes voulurent forcer le passage, ils leur barrèrent le chemin et leur livrèrent bataille. Plusieurs engagements n'avaient pu donner le moindre avantage aux Scythes, lorsque l'un d'eux s'exclama : « Que faisons-nous là, Scythes ? En combattant nos propres esclaves nous nous faisons tuer et notre nombre diminue, nous en tuons et nous aurons moins de gens à nos ordres. J'ai une idée : laissons nos lances et nos arcs, prenons les cravaches dont nous nous servons pour nos chevaux et marchons sur eux. Tant qu'ils nous voyaient les armes à la main, ils se croyaient nos pareils et fils de nos pareils ; quand ils nous verront tenir pour toute arme un fouet, ils reconnaîtront bien qu'ils sont nos esclaves, et la conscience de leur indignité leur enlèvera toute idée de résistance. »

(4). Les Scythes se rangèrent à son avis et les esclaves désorientés par cette tactique ne songèrent plus à combattre et s'enfuirent. C'est ainsi que les Scythes régnèrent sur l'Asie, puis, chassés à leur tour par les Mèdes, revinrent chez eux de cette manière-là ; et c'est la raison pour laquelle Darius désirait les punir et rassemblait une armée pour marcher contre eux.

Origine des Scythes.

(5). D'après les Scythes, leur peuple est de tous le plus récent et voici son origine : dans leur pays, qui était alors un désert, naquit d'abord un homme qui se nommait Targitaos ; ce

Targitaos avait, selon eux, pour parents (c'est ce qu'ils disent, mais je n'en crois rien) Zeus et une fille du fleuve Borysthène[6]. Issu de tels parents ce Targitaos, disent-ils, eut trois fils, Lipoxaïs, Arpoxaïs, et Colaxaïs qui était le plus jeune. Sous leur règne, du haut du ciel tombèrent en Scythie des objets en or : une charrue et un joug, une hache-*sagaris,* et une coupe ; l'aîné les vit d'abord et voulut les ramasser, mais à son approche l'or s'enflamma ; il recula et le deuxième fils voulut s'approcher à son tour : la même chose advint. Les flammes les repoussèrent donc tous les deux, mais, quand le troisième fils, le plus jeune, se présenta, elles s'éteignirent et le jeune homme put recueillir l'or ; les deux aînés comprirent le sens de ce prodige et remirent au plus jeune la royauté sans partage[7].

(6). De Lipoxaïs sont issus, disent-ils, les Scythes qui forment la tribu dite des Auchates ; du cadet Arpoxaïs, ceux qu'on appelle les Catiares et les Traspies ; du plus jeune, leur roi, ceux qu'on appelle les Paralates ; leur nom à tous est Scolotes, du nom de leur roi, et ce sont les Grecs qui les ont appelés Scythes[8].

(7). Telle est, disent-ils, leur origine ; et, depuis qu'ils existent, de leur premier roi Targitaos jusqu'au jour où Darius envahit leur pays, ils comptent mille ans, pas davantage. Leurs rois veillent avec le plus grand soin sur l'or sacré qui leur est tombé du ciel et lui offrent chaque année de splendides sacrifices propitiatoires. — L'homme responsable du trésor sacré qui, pendant la fête, s'endort en plein air, meurt, disent-ils, avant la fin de l'année, et on lui donne, en raison de ce risque, toute l'étendue de terre qu'il peut parcourir à cheval en une journée. Comme leur pays est immense, Colaxaïs en fit, disent-ils, trois royaumes pour ses trois fils, l'un plus grand que les autres, celui où l'on conserve l'or sacré. Au-delà de leur pays, en direction du vent du nord, il n'est plus possible, disent-ils, de voir clair ni d'aller plus loin, tant il y a de plumes voltigeant partout : la terre et l'air en sont remplis et l'on ne peut plus rien voir à cause d'elles[9].

(8). Telles sont les traditions des Scythes sur leurs origines et les régions au nord de leur pays ; voici maintenant celles des Grecs du Pont-Euxin. Héraclès, disent-ils, en poussant devant lui les bœufs de Géryon parvint au pays, alors désert, où les Scythes habitent aujourd'hui. Géryon lui-même habitait fort loin du Pont-Euxin ; il s'était établi dans l'île que les Grecs appellent Érythée, près de Gadéira qui est au-delà des Colonnes d'Héraclès, dans l'Océan[10] ; pour l'Océan, ils prétendent qu'il prend sa source au point où le soleil se lève et qu'il entoure de ses eaux la terre tout entière, mais ils n'en apportent en fait aucune preuve. De cette île Héraclès parvint dans la Scythie actuelle et, saisi par le froid de l'hiver, il s'enveloppa de sa peau de lion et s'endormit ; or pendant son sommeil ses cavales, qu'il avait dételées pour les laisser paître, disparurent, — non sans quelque intervention divine.

(9). À son réveil Héraclès se mit à leur recherche ; il parcourut tout le pays et parvint enfin dans la région appelée *Hylée* — la Sylve —[11] ; là, il trouva dans un antre une créature ambiguë, mi-femme mi-serpent, femme jusqu'aux hanches, serpent au-dessous. Il la regarda tout d'abord avec stupéfaction, puis lui demanda si elle avait vu quelque part des cavales errant à l'aventure. Elle lui répondit qu'elle les avait en sa possession et ne les lui rendrait pas avant qu'il eût dormi avec elle ; Héraclès, dit-on, accepta le marché. Or la créature ne se hâtait guère de lui rendre ses cavales, pour le garder plus longtemps auprès d'elle; et lui ne pensait qu'à les reprendre et à s'en aller. Enfin elle les lui rendit en lui disant : « Si je t'ai, moi, sauvegardé ces bêtes qui étaient venues jusque chez moi, tu m'en as récompensée, car de toi je vais avoir trois fils. Quand ils seront grands, dis-moi ce que je dois en faire : les établir ici — car je suis maîtresse de ce pays —, ou te les envoyer ? » À cette question il fit, dit-on, cette réponse : « Quand tu verras tes fils arrivés à l'âge d'homme, suis mon conseil, tu ne le regretteras pas : celui que tu verras tendre cet arc, comme ceci, et attacher cette ceinture, comme je le fais, laisse-le demeurer en ce pays, celui qui ne suffira pas aux tâches que je prescris, chasse-le. Fais ce que je te dis; tu t'en féliciteras, et tu auras en même temps respecté mes volontés. »

(10). Il banda l'un de ses arcs (il en portait deux jusqu'alors), lui montra comment fixer la ceinture, et lui remit le tout, l'arc, et la ceinture qui portait au fermoir une coupelle d'or; après quoi il s'en alla. Pour elle, quand les fils qu'elle eut arrivèrent à l'âge d'homme, elle leur donna d'abord des noms : elle appela le premier Agathyrsos, le second Gélonos, et le plus jeune Scythès; puis elle se rappela les instructions d'Héraclès et s'y conforma. Deux des fils, Agathyrsos et Gélonos, ne purent s'acquitter de la tâche prescrite et quittèrent le pays, chassés par leur propre mère; le plus jeune, Scythès, y parvint et demeura [12]. De ce Scythès, fils d'Héraclès, est issue toute la lignée des rois de Scythie; et c'est à cause de cette « coupe » d'Héraclès qu'aujourd'hui encore les Scythes en portent une à leur ceinture. Mais, dit-on, la mère aurait inventé la chose, pour que Scythès demeurât auprès d'elle [13]. Voilà ce que disent les Grecs du Pont-Euxin.

(11). Il existe encore une autre tradition, que je préfère pour mon compte : les Scythes, des nomades qui habitaient l'Asie, en guerre avec les Massagètes furent contraints de franchir l'Araxe et de passer dans la Cimmérie[14] — car le pays qu'ils habitent de nos jours aurait jadis appartenu aux Cimmériens. À l'arrivée des Scythes, les Cimmériens tinrent conseil, en gens menacés d'une grande invasion. Or les avis furent partagés et vivement soutenus de part et d'autre, bien que celui des rois fût le plus noble. Pour le peuple, la seule chose à faire était de s'en aller et de ne pas s'exposer au danger en résistant sur place à des ennemis nombreux; pour les rois, il fallait jusqu'au bout défendre le pays contre les assaillants. Personne ne voulut céder, ni le peuple à ses rois, ni les rois au peuple. Celui-ci décida de se retirer sans combattre et d'abandonner le pays aux envahisseurs, mais les rois résolurent de mourir dans leur patrie et d'y reposer à jamais plutôt que de fuir avec leur peuple, en pensant aussi bien à tout le bonheur dont ils y avaient joui qu'aux malheurs qui les attendaient sans doute s'ils le quittaient. Leur résolution prise, les rois se partagèrent en deux groupes égaux en nombre qui luttèrent l'un contre l'autre; ils s'entre-tuèrent jusqu'au dernier et furent ensevelis par le peuple des Cimmériens sur les bords du fleuve Tyras[15] (on y voit encore leur tombeau) ; après quoi les Cimmériens abandonnèrent leur pays; et les Scythes, à leur arrivée, le trouvèrent désert.

(12). Aujourd'hui encore, on trouve en Scythie des « Murs des Cimmériens », on y trouve un « Détroit des Cimmériens » et aussi une région appelée « Cimmérie », ainsi qu'un « Bosphore Cimmérien[16] ». Évidemment, les Cimmériens, devant l'invasion scythe, s'enfuirent en Asie et s'établirent dans la presqu'île où se trouve de nos jours la ville grecque de Sinope ; il est bien évident aussi que les Scythes les poursuivirent, mais en se trompant de route, et qu'ils envahirent la Médie : les Cimmériens dans leur fuite ne s'écartèrent pas de la côte, tandis que les Scythes en les poursuivant gardèrent le Caucase à leur droite et se dirigèrent vers l'intérieur pour se jeter enfin sur la Médie. C'est là une tradition que rapportent à la fois les Grecs et les Barbares.

(13). De son côté, Aristéas de Proconnèse [17], fils de Caystrobios, raconte dans son poème épique qu'en proie au délire apollinien, il se vit transporté chez les Issédones ; qu'au-delà des Issédones habitent les Arimaspes, des hommes qui n'ont qu'un œil, au-delà des Arimaspes les griffons gardiens de l'or de la terre, et plus loin encore les Hyperboréens qui touchent à une mer [18]. Sauf les Hyperboréens, dit-il, tous ces peuples, à commencer par les Arimaspes, sont toujours en lutte avec leurs voisins : les Arimaspes ont chassé de chez eux les Issédones, les Issédones ont chassé les Scythes, et les Scythes ont contraint les Cimmériens, qui habitaient sur les bords de la mer du sud, à quitter leur pays. Ainsi, lui non plus n'est pas d'accord avec les traditions scythes.

(14). J'ai indiqué la ville dont Aristéas, l'auteur de ce poème, était originaire ; voici maintenant ce qu'on m'a dit de lui, à Proconnèse et à Cyzique. Il appartenait, dit-on, à l'une des premières familles du pays. Un jour il entra dans la boutique d'un foulon, à Proconnèse, et y tomba mort ; le foulon ferma son atelier et s'en alla prévenir la famille du défunt. Toute la ville était déjà au courant de sa mort lorsqu'un homme contredit ceux qui l'annonçaient : c'était un habitant de Cyzique qui arrivait d'Artacé[19] et déclarait avoir rencontré Aristéas en route pour Cyzique et lui avoir parlé. L'homme s'entêtait dans ses affirmations lorsque les parents du mort se présentèrent devant la boutique du foulon, avec ce qu'il fallait pour emporter le corps ; on ouvrit la porte : point d'Aristéas, ni mort ni vivant. Mais six ans plus tard, dit-on, il reparut à Proconnèse et composa l'épopée que les Grecs appellent aujourd'hui *Les Arimaspées;* puis il disparut de nouveau.

(15). Voilà ce que l'on dit dans ces deux villes; d'autre part, je sais qu'à Métaponte[20], en Italie, deux cent quarante ans après la seconde disparition d'Aristéas (comme j'ai pu le reconnaître en comparant les informations que j'ai recueillies à Proconnèse et dans cette dernière ville) s'est passé l'événement suivant : aux dires des gens de Métaponte, Aristéas apparut dans leur pays et leur donna l'ordre d'élever un autel à Apollon et de placer tout à côté une statue qui porterait le nom d'Aristéas de Proconnèse; car, leur dit-il, ils étaient les seuls Italiotes qu'Apollon eût visités, et lui-même avait accompagné le dieu, lui qui était Aristéas pour l'instant, mais avait pris alors la forme d'un corbeau. Il dit, et disparut ; et les Métapontins déclarent qu'ils envoyèrent à Delphes demander au dieu ce que voulait dire cette apparition. La Pythie leur dit de suivre les ordres de l'apparition : lui obéir serait tout à leur avantage ; et les Métapontins la crurent et s'exécutèrent. Aujourd'hui encore une statue chez eux porte le nom d'Aristéas ; elle est placée juste à côté de celle d'Apollon et des lauriers poussent tout autour ; cette statue d'Apollon se trouve sur la grand-place. Mais sur cet Aristéas, nous n'en dirons pas davantage[21].

Les peuples scythes.

(16). Au-delà du pays dont nous allons maintenant nous occuper personne ne sait au juste ce qu'il y a ; je n'ai pu trouver un seul informateur qui déclarât avoir vu de ses yeux cette région, et Aristéas lui-même, le poète dont je viens de parler, n'a nullement prétendu dans ses vers avoir été, lui, au-delà des Issédones : des régions plus lointaines il ne parle que par ouï-dire et déclare tenir des Issédones ce qu'il en sait. On trouvera ici tous les renseignements que nous avons pu recueillir avec quelque précision en poussant notre enquête aussi loin que possible.

(17). À partir du port des Borysthénites[22] (c'est le point central de toute la région côtière de la Scythie) on trouve d'abord les Callipides, qui sont des Gréco-Scythes, et plus loin une autre peuplade qu'on appelle les Alazones; Alazones et Callipides vivent à la manière des Scythes, mais ils savent aussi semer le blé et s'en nourrir, et ils cultivent également les oignons, l'ail, les lentilles et le millet. Au nord des Alazones habitent des Scythes laboureurs, qui produisent du blé pour le vendre et n'en font pas usage. Plus loin ce sont les Neures ; au-delà, en direction du vent du nord, c'est le désert, autant que nous le sachions. Ces peuples occupent les rives de l'Hypanis, à l'ouest du Borysthène[23].

(18). De l'autre côté du Borysthène, en partant de la mer, on trouve d'abord l'Hylée; plus loin vers l'intérieur habitent des Scythes cultivateurs ; les Grecs installés sur l'Hypanis les appellent Borysthénites et se donnent eux-mêmes le nom d'Olbiopolites — citoyens d'Olbia. Leur pays s'étend sur trois jours de marche du côté de l'orient, jusqu'au fleuve qu'on appelle le Panticapès[24], et, en direction du vent du nord, sur onze jours de navigation en remontant le Borysthène. Plus loin, c'est sur une longue distance une région désertique; au-delà se trouvent les Androphages[25], un peuple à part qui n'appartient pas à la race scythe, et plus loin encore c'est le désert total, une région absolument inhabitée, autant que nous le sachions.

(19). En direction du levant, après les Scythes cultivateurs, de l'autre côté du fleuve Panticapès, vivent des Scythes nomades qui ne sèment ni ne labourent; il n'y a pas d'arbres dans cette région, sauf dans l'Hylée. Au levant le territoire des nomades s'étend sur quatorze journées jusqu'au fleuve Gerrhos[26].

(20). Au-delà du Gerrhos, se trouvent les régions dites « royales » et les Scythes les plus vaillants et les plus nombreux, qui regardent les autres Scythes comme leurs esclaves; au midi leur territoire va jusqu'à la Tauride et, à l'est, jusqu'au fossé creusé jadis par les fils des prisonniers aveugles, et jusqu'au port de Cremnes sur le lac Méotide; il s'étend également jusqu'au Tanaïs[27]. Au nord des Scythes Royaux habitent les Mélanchlènes[28], — un autre peuple, qui n'est pas de race scythe. Au-delà des Mélanchlènes, ce sont des marécages et des terres inhabitées, autant que nous le sachions.

(21). De l'autre côté du Tanaïs, ce n'est plus la Scythie; on entre d'abord sur les terres des Sauromates qui, du fond du lac Méotide, s'étendent en direction du vent du nord sur quinze jours de marche; c'est une région totalement dépourvue d'arbres, sauvages ou cultivés. Plus au nord le territoire suivant, qui appartient aux Boudines, est entièrement couvert d'une forêt d'essences variées[29].

(22). Au nord des Boudines on trouve d'abord, sur sept jours de marche, une région désertique; puis viennent, en allant plus en direction du vent d'est, les Thyssagètes, un peuple à part et nombreux qui vit de la chasse. Ils ont pour voisins immédiats ceux qu'on appelle les Iyrces[30] qui, eux aussi, vivent de la chasse, et voici comment : le chasseur guette sa proie du haut d'un arbre (car leur pays est extrêmement boisé) ; son cheval, dressé à se coucher le ventre au sol pour être moins visible, l'attend, ainsi que son chien. Lorsqu'il aperçoit la bête du haut de son arbre, il lui décoche une flèche, puis saute à cheval pour la poursuivre, tandis que son chien s'accroche à elle. Plus loin encore, en direction du levant, habitent d'autres Scythes qui ont rejeté le joug des Scythes Royaux et sont venus, pour cette raison, s'établir là.

(23). Jusqu'au territoire de cette tribu scythe les régions énumérées forment une plaine de bonne terre; plus loin, ce sont des pierrailles et de la roche nue. Après avoir parcouru sur une longue distance ces terrains déshérités, on arrive au pied de hautes montagnes; là demeure un peuple où tous, les femmes comme les hommes, sont chauves de naissance; ils ont le nez épaté, le menton proéminent; ils parlent une langue qui leur est propre; ils s'habillent comme les Scythes et tirent des arbres leur subsistance. L'arbre qui les nourrit s'appelle *pontique :* il a environ la taille du figuier et porte un fruit à noyau de la grosseur d'une fève; arrivés à maturité les fruits sont passés dans un linge et donnent un jus épais et noir auquel on donne le nom d'*aschy :* on le suce, ou bien on le boit délayé dans du lait; de la pulpe ils font des pains qui servent aussi à leur nourriture, car ils ont peu de bétail, faute de bons pâturages. Ils ont pour toute demeure le pied d'un arbre, entouré en hiver d'une tenture de feutre blanc imperméable, et sans ce feutre en été. Personne ne songe à leur nuire, car on les tient pour sacrés ; ils ne possèdent aucune arme de guerre ; leurs voisins font appel à eux pour régler leurs différends, et quiconque se réfugie auprès d'eux est à l'abri de toute injure. On les appelle les Argippéens[31].

(24). Jusqu'à ces Chauves, le pays et ses divers habitants nous sont bien connus, car des Scythes qu'on peut aisément interroger se rendent dans ces régions, ainsi que des Grecs du port du Borysthène et d'autres ports du Pont-Euxin. Les Scythes qui s'y rendent ont besoin de sept interprètes, en sept langues différentes, pour traiter leurs affaires.

(25). Si jusque-là le pays nous est bien connu, personne ne sait exactement ce qu'il y a plus loin que les Chauves : une chaîne de montagnes inaccessibles barre la route et personne ne va plus loin. Les Chauves prétendent — mais je n'en crois rien — que des hommes aux pieds de chèvre habitent ces montagnes et que, plus loin encore, on trouve des hommes qui dorment pendant six mois de l'année[32] : ce sont des fables que je rejette entièrement. Du moins sait-on de façon précise qu'au-delà des Chauves, en direction du levant, habitent les Issédones ; qu'y a-t-il, en direction du vent du nord, au-dessus des Chauves et des Issédones ? On n'en sait rien d'autre que ce qu'ils en disent eux-mêmes.

(26). Voici, dit-on, les coutumes des Issédones. Lorsqu'un homme a perdu son père, tous ses proches lui amènent du bétail ; les animaux sont sacrifiés et dépecés, puis on découpe également le cadavre du père, on mêle toutes les viandes et l'on sert un banquet. La tête du mort, soigneusement rasée, vidée, est recouverte de feuilles d'or et devient pour eux une image sacrée à laquelle on offre tous les ans des sacrifices somptueux[33]. Le fils rend cet honneur à son père, de même qu'en Grèce on célèbre le jour anniversaire de la mort. Au reste les Issédones sont eux aussi, dit-on, vertueux, et les femmes ont chez eux les mêmes droits que les hommes.

(27). Donc ce peuple nous est connu, lui aussi. Qu'y a-t-il plus au nord ? Ce sont les Issédones qui parlent d'hommes à l'œil unique et de griffons gardiens des mines d'or ; les Scythes tiennent d'eux ces informations, nous les avons nous-mêmes reçues des Scythes, et nous employons un mot scythe en parlant des « Arimaspes » : *un* se dit en scythe *arima* et *spou* veut dire *œil*[34].

(28). L'hiver est vraiment terrible dans tous les pays dont je viens de parler ; pendant huit mois sur douze, le froid y est intolérable, et si l'on répand de l'eau par terre, elle gèle avant d'avoir pénétré dans le sol ; il faut allumer du feu pour dégeler et amollir la terre. La mer gèle et le Bosphore Cimmérien aussi, tout entier, si bien que les Scythes établis en deçà du fossé passent sur la glace et se lancent avec leurs chariots dans le pays des Sindes[35]. L'hiver sévit sans relâche pendant huit mois, et pendant les quatre autres mois il fait encore froid dans le pays. L'hiver n'y ressemble pas à ce qu'il est partout ailleurs : à la saison normale des pluies il n'en tombe pour ainsi dire pas, mais il pleut sans arrêt pendant l'été. Lorsque c'est ailleurs la saison des orages la Scythie n'en a pas, mais ils se déchaînent en été dans tout le pays ; un orage d'hiver est considéré là-bas comme un prodige ;

un tremblement de terre y passe également pour un prodige, en hiver comme en été[36]. Les chevaux supportent bien l'hiver scythe, mais les mulets et les ânes en sont absolument incapables; or partout ailleurs les chevaux exposés au froid sont atteints de gangrène, tandis que les ânes et les mulets y résistent.

(29). Je suppose que le froid explique également l'existence là-bas d'une race de bœufs sans cornes[37]. Un vers d'Homère, dans l'*Odyssée,* vient appuyer mon hypothèse :

La Libye, où les agneaux naissent porteurs de cornes.

C'est un fait exact; dans les pays chauds, les cornes poussent vite; dans les pays de grands froids, les animaux n'en ont pas, ou bien elles ont peine à pousser[38].

(30). Voilà quelques effets du froid qui règne en ce pays. Mais une chose m'intrigue — puisque mon récit ne s'est jamais encore refusé une digression... — : pourquoi ne naît-il point de mulets dans toute l'Élide, bien qu'il n'y fasse pas froid et que rien apparemment ne justifie ce fait? Les Éléens eux-mêmes l'attribuent à une malédiction. Quand vient la saison de l'accouplement, ils emmènent leurs juments dans les pays voisins et les font saillir là par les ânes, jusqu'à ce qu'elles soient pleines; ensuite ils les ramènent chez eux[39].

(31). À propos de ces plumes[40] dont les Scythes disent l'air obscurci, et qui empêchent de voir le pays et d'y pénétrer plus avant, voici mon opinion : au nord de cette région il neige sans cesse, en été moins qu'en hiver, évidemment. Or, quiconque a vu de près la neige tomber à gros flocons me comprendra : les flocons ressemblent à des plumes; et c'est la rudesse de l'hiver qui rend inhabitable, du côté du vent du nord, ce continent. Donc, ces plumes ne sont pour moi qu'une image dont les Scythes et leurs voisins se servent pour désigner la neige.

(32). Voilà tout ce que l'on peut dire de ces pays si lointains. Quant aux Hyperboréens, ni les Scythes ni les autres habitants de ces régions n'en parlent, sauf les Issédones qui d'ailleurs, à mon avis, n'en disent rien non plus : sinon les Scythes en parleraient aussi, comme ils parlent de ces hommes pourvus d'un œil unique. C'est Hésiode qui mentionne les Hyperboréens, et Homère aussi dans *Les Épigones,* si du moins ce poème est bien de lui[41].

(33). Nous devons nos plus nombreuses informations sur ce peuple aux Déliens qui, disent-ils, en reçoivent des offrandes, empaquetées de paille de blé : les Hyperboréens les remettent aux Scythes, puis elles passent de peuple en peuple en direction du couchant jusqu'à l'Adriatique. De là, on les achemine vers le midi ; reçues d'abord par les Grecs de Dodone, elles descendent sur le golfe Maliaque, gagnent l'Eubée et, de ville en ville, atteignent Carystos sans passer ensuite par Andros, car les Carystiens les portent directement à Ténos et les Téniens à Délos. Voilà, disent les Déliens, comment leur arrivent les offrandes[42]. La première fois, les Hyperboréens les avaient fait porter par deux jeunes filles qui, selon les Déliens, s'appelaient Hypéroché et Laodicé ; à ces jeunes filles ils avaient donné pour leur sûreté une escorte de cinq citoyens, ceux qu'on nomme aujourd'hui les Perphères[43] et qu'on honore grandement à Délos. Mais les envoyés ne revenaient pas : inquiets à l'idée de perdre successivement tous leurs délégués, les Hyperboréens se contentèrent alors de porter leurs offrandes, enveloppées de paille, à leurs frontières, en chargeant leurs voisins de les acheminer jusqu'à la frontière prochaine. C'est ainsi, dit-on, que de proche en proche elles arrivent à Délos. Je connais moi-même un usage des femmes de Thrace et de Péonie qui présente un certain rapport avec ces offrandes : pour leurs sacrifices à Artémis Reine, ces femmes ont soin de se munir de paille de blé.

(34). Elles ont cet usage, je le sais. En l'honneur des Vierges Hyperboréennes qui moururent à Délos, les jeunes filles et les jeunes gens de l'île coupent leurs cheveux : les jeunes filles, avant leur mariage, coupent leurs boucles et les enroulent autour d'un fuseau pour les déposer sur leur tombe (elle se trouve à l'entrée du temple d'Artémis à gauche; un olivier l'abrite). Les garçons de Délos enroulent une mèche de leurs cheveux autour d'une touffe d'herbe et la déposent eux aussi sur le tombeau[44]. C'est là l'hommage des habitants de Délos à ces jeunes filles.

(35). On dit encore à Délos que deux vierges hyperboréennes, Opis et Argé, vinrent dans l'île avant Hypéroché et Laodicé, en suivant la même route ; elles apportaient à Ilithyie le tribut décidé par les Hyperboréens pour obtenir de la déesse la prompte délivrance [de Léto][45] ; mais elles vinrent, dit-on, avec les divinités elles-mêmes[46]. Les Déliens leur accordent, disent-ils, d'autres honneurs encore : leurs femmes quêtent pour elles et invoquent leurs noms dans l'hymne qu'un Lycien, Olen, a composé en leur honneur ; et c'est par les Déliens que les Ioniens et les Insulaires ont appris à célébrer les noms de ces deux vierges, avec des hymnes et des collectes (ce même Olen, originaire de Lycie, est l'auteur des autres hymnes antiques qu'on chante à Délos[47]) ; de plus, lorsqu'on brûle sur l'autel les cuisses des victimes, on garde la cendre qu'on répand sur le tombeau d'Opis et d'Argé (il est derrière le temple d'Artémis, tourné vers l'est, et tout près de la salle des banquets des gens de Céos).

Les cartes du monde.

(36). Sur les Hyperboréens, nous en resterons là — car je ne relaterai pas la légende qui veut qu'Abaris, un soi-disant Hyperboréen[48], ait, sans manger, promené sa flèche d'un bout à l'autre de la terre. Au reste, s'il existe des « Hyperboréens » à l'extrême nord du monde, il doit bien exister aussi des « Hypernotiens » à l'extrême sud[49]... Je ris de voir tant de gens nous donner des « cartes du monde » qui ne contiennent jamais la moindre explication raisonnable : on nous montre le fleuve Océan qui enserre une terre parfaitement ronde, comme faite au tour, et l'on donne les mêmes dimensions à l'Asie et à l'Europe ! Je veux indiquer en quelques mots la grandeur respective de ces contrées, et leur configuration générale[50].

(37). Les Perses s'étendent jusqu'à la mer méridionale dite mer Érythrée ; au-delà, en direction du vent du nord sont les Mèdes, plus loin, les Saspires et plus loin les Colchidiens, qui vont jusqu'à la mer septentrionale où se jette le Phase. Ces quatre peuples occupent toutes les terres d'une mer à l'autre[51].

(38). Vers le couchant deux péninsules que je vais décrire se détachent de ce pays et avancent dans la mer. La première commence, du côté du vent du nord, au Phase, et s'étend, bordée par le Pont-Euxin et l'Hellespont, jusqu'au cap Sigéion en Troade ; du côté du vent du sud, elle commence au golfe de Myriandros près de la Phénicie, et s'enfonce dans la mer jusqu'au cap Triopion[52]. Trente peuples l'habitent.

(39). Voilà pour la première péninsule. La deuxième, qui commence à la Perse, est bordée par la mer Érythrée ; elle comprend la Perse, puis l'Assyrie, et l'Arabie ensuite. Elle se termine (c'est le terme courant, mais il est inexact) au golfe Arabique où Darius fit aboutir un canal qui vient du Nil. De la Perse à la Phénicie, c'est une vaste étendue de terrain plat ; à partir de la Phénicie, cette péninsule s'étend dans notre mer avec la Syrie-Palestine et l'Égypte, où elle se termine[53]. Trois peuples seulement l'habitent.

(40). Voilà les régions de l'Asie qui sont à l'ouest de la Perse. Au-delà des Perses, des Mèdes, des Saspires et des Colchidiens, du côté de l'aurore et du levant, le pays est borné par la mer Érythrée et, au nord, par la mer Caspienne et le fleuve Araxe, qui coule vers l'orient. Jusqu'à l'Inde, l'Asie est habitée ; plus loin vers l'est, il n'y a plus qu'un désert dont personne ne peut rien dire[54].

(41). Voilà l'étendue et la configuration de l'Asie. La Libye est située dans la seconde péninsule : elle vient immédiatement après l'Égypte. À la hauteur de l'Égypte, la péninsule se rétrécit : de notre mer à la mer Érythrée, il n'y a que cent mille orgyies, environ mille stades ; mais après cet étranglement elle redevient très large et prend le nom de Libye[55].

(42). Je m'étonne vraiment qu'on ait pu diviser le monde en trois parties : Libye, Asie et Europe, quand il y a tant de différences entre ces régions. Car, si l'Europe a en longueur la même étendue que les deux autres contrées ensemble, sa largeur, à mon avis, n'admet pas la comparaison. La Libye est, nous le savons, entièrement entourée par la mer, sauf du côté où elle touche à l'Asie ; le roi d'Égypte Nécôs en a le premier à notre connaissance donné la preuve : quand il eut terminé le percement du canal qui va du Nil au golfe Arabique[56], il fit partir des vaisseaux montés par des Phéniciens, avec mission de revenir en Égypte par les Colonnes d'Héraclès et la mer septentrionale. Partis de la mer Érythrée les Phéniciens parcoururent la mer méridionale : à l'automne ils débarquaient sur la côte de Libye, à l'endroit où les avait menés leur navigation, ensemençaient le sol et attendaient la récolte ; la moisson faite, ils reprenaient la mer. Deux ans passèrent ainsi ; la troisième année, ils doublèrent les Colonnes d'Héraclès et retrouvèrent l'Égypte. Ils rapportèrent un fait que j'estime incroyable, si d'autres y ajoutent foi : en contournant la Libye, dirent-ils, ils avaient le soleil à leur droite[57].

(43). Ce voyage est le premier qui nous ait fait connaître la Libye ; ensuite ce sont les Carthaginois qui nous ont renseignés. L'Achéménide Sataspès fils de Téaspis ne fit pas, lui, le tour complet de la Libye, bien qu'il en fût spécialement chargé ; effrayé par la longueur du voyage et par la solitude, il revint sur ses pas sans avoir rempli la tâche que sa mère lui avait imposée : car il avait fait violence à une jeune fille, la fille de Zopyre fils de Mégabyze, et pour ce crime il allait être empalé sur l'ordre de Xerxès ; mais sa mère, qui était sœur de Darius, demanda sa grâce au roi en promettant de lui imposer elle-même un châtiment plus sévère que le sien : elle l'obligerait à prendre la mer et à faire le tour de la Libye, pour arriver en fin de périple dans le golfe Arabique. Xerxès y consentit et Sataspès partit pour l'Égypte, y prit un navire et des matelots et se dirigea vers les Colonnes d'Héraclès ; il les franchit, doubla le promontoire libyen qu'on appelle le cap Soloéis[58] et fit voile vers le midi. Il navigua de longs mois et parcourut une longue route ;

puis, désespérant de voir la fin de son voyage, il revint sur ses pas et regagna l'Égypte. Il se rendit ensuite auprès de Xerxès et lui rapporta qu'au point extrême de leur course ils avaient longé un pays où de petits hommes, vêtus de feuilles de palmier, s'enfuyaient dans les montagnes à leur approche en abandonnant leurs cités ; eux-mêmes y pénétraient alors et, sans rien détruire, se contentaient d'y prendre quelque ravitaillement. S'ils n'avaient pas achevé leur périple, c'était, dit-il, que leur navire ne pouvait plus avancer, pris dans un calme plat[59]. Xerxès refusa de le croire et, puisqu'il n'avait pas accompli la tâche prescrite, confirma sa première sentence et le fit empaler. Un eunuque de Sataspès s'enfuit à Samos dès qu'il apprit l'exécution de son maître, avec un immense trésor dont un Samien s'empara — je connais le nom du Samien, mais je le tais volontairement.

(44). Sur l'Asie, nous devons à Darius la plupart de nos connaissances. Pour savoir où se termine l'Indus, l'un des deux fleuves où l'on trouve des crocodiles, il confia des navires à des hommes dont la véracité méritait sa confiance, entre autres Scylax de Caryanda. Les explorateurs partirent de la ville de Caspatyros et du pays des Pactyes et descendirent le cours du fleuve en direction de l'aurore et du levant jusqu'à la mer ; ils naviguèrent ensuite vers l'occident et au trentième mois de leur voyage atteignirent l'Égypte, à l'endroit d'où le roi de ce pays avait fait partir les Phéniciens dont j'ai signalé plus haut le voyage autour de la Libye[60]. Ce périple achevé, Darius soumit les Indiens et ouvrit leur mer à ses vaisseaux. Ainsi, sauf du côté du soleil levant, l'Asie nous est connue et l'on voit qu'elle présente les mêmes caractères que la Libye.

(45). Pour l'Europe, il est certain que personne ne peut dire si, du côté du soleil levant et du vent du nord, une mer la borne ; on sait en revanche qu'en longueur elle s'étend aussi loin que l'Asie et la Libye ensemble. Mais je ne puis comprendre ce qui a fait donner à la terre, qui est une, trois noms différents, des noms de femmes, et pourquoi l'on a choisi pour délimiter les trois parties du monde le Nil, un fleuve d'Égypte, et le Phase, un fleuve de Colchide (ou, pour d'autres, le Tanaïs, un fleuve de la région du lac Méotide, et les Détroits Cimmériens[61]) ; je n'ai pas pu davantage apprendre à qui l'on doit ces divisions et d'où viennent les noms qui leur ont été appliqués. Pour la Libye, l'opinion générale en Grèce est qu'elle tire son nom d'une certaine Libyé, une femme du pays ; *Asia* serait le nom de la femme de Prométhée, mais les Lydiens prétendent qu'il vient de chez eux et que l'Asie a pris le nom d'Asias, fils de Cotys, fils de Manès, et non d'Asia, femme de Prométhée ; cet Asias aurait également donné son nom à la tribu *Asiade,* à Sardes. Pour l'Europe, on ne sait si elle est entourée par la mer, ni d'où lui vient son nom, ni qui le lui a donné, à moins d'admettre qu'elle ait pris celui de la Tyrienne Europe — ce qui voudrait donc dire qu'auparavant elle n'avait pas de nom, comme les deux autres. Cependant on sait bien que cette femme, Europe, était une Asiatique, et qu'elle n'est jamais venue dans le pays que les Grecs appellent aujourd'hui Europe ; elle passa seulement de Phénicie en Crète et de Crète en Lycie[62]. Mais nous n'en dirons pas plus là-dessus — et nous donnerons à ces pays leurs noms habituels.

Les fleuves de Scythie.

(46). Le Pont-Euxin contre lequel Darius allait marcher contient, les Scythes exceptés, les populations les moins évoluées qu'il y ait : aucun des peuples de ces régions ne mérite d'être cité pour son niveau intellectuel ; jamais nul « sage » n'en est venu, à notre connaissance, exception faite pour les Scythes et pour Anacharsis[63] — et si la nation scythe elle-même a pu sagement résoudre l'un des problèmes capitaux qui se posent à l'homme, c'est le seul point que j'admire chez elle. L'importante question qu'ils ont ainsi résolue, c'est la manière d'empêcher tout envahisseur et de leur échapper, et de les atteindre, s'ils ne veulent pas être découverts. Ces gens ne construisent ni villes ni remparts, ils emportent leurs maisons avec eux, ils sont archers et cavaliers, ils ne labourent pas et vivent de leurs troupeaux, ils ont leurs chariots pour demeures : comment ne seraient-ils pas à la fois invincibles et insaisissables ?

(47). C'est un système de défense auquel leur terre se prête, et que leurs fleuves viennent aider : leur pays est une plaine verdoyante et bien arrosée, sillonnée de cours d'eau presque aussi nombreux que les canaux de l'Égypte. Voici les noms des fleuves les plus connus et que les navires peuvent remonter depuis la mer : l'Istros, qui a cinq embouchures, puis le Tyras, l'Hypanis, le Borysthène, le Panticapès, l'Hypacyris, le Gerrhos et le Tanaïs. Voici maintenant leurs cours.

(48). L'Istros, le fleuve le plus important que nous connaissions, a toujours le même débit, été comme hiver ; c'est, du côté du couchant, le premier des fleuves scythes, et le premier en importance en raison des affluents qu'il reçoit. Voici les rivières qui le grossissent : d'abord cinq fleuves importants qui coulent en Scythie, à savoir celui que les Scythes appellent Porata et les Grecs Pyrétos, le Tiarantos, l'Araros, le Naparis et l'Ordessos. Le premier est une grande rivière qui coule du côté de l'est et vient se jeter dans l'Istros; le second, le Tiarantos, est plus à l'ouest et moins important; l'Araros, le Naparis et l'Ordessos se jettent dans l'Istros entre les deux précédents. Voilà les affluents proprement scythes de l'Istros. Il reçoit encore le Maris, qui vient du pays des Agathyrses[64].

(49). Des hauteurs de l'Hémos descendent encore trois grands fleuves qui coulent vers le nord et viennent se jeter dans l'Istros : l'Atlas, l'Auras et le Tibisis; de Thrace et du pays des Crobyzes de Thrace lui viennent l'Athrys, le Noès et l'Artanès; de la Péonie et du mont Rhodope lui vient encore le Scios qui coupe en deux la chaîne de l'Hémos. D'Illyrie vient l'Aggros qui coule vers le nord, arrose la plaine des Triballes et se jette dans le Broggos; le Broggos se jette à son tour dans l'Istros, qui reçoit ainsi deux grandes rivières à la fois. Des régions au-dessus de l'Ombrie viennent deux fleuves, le Carpis et l'Alpis, qui coulent eux aussi vers le nord et se jettent dans l'Istros. Ce fleuve en effet traverse toute l'Europe : il naît chez les Celtes, le dernier peuple de l'Europe après les Cynètes, du côté du soleil couchant; il traverse toute l'Europe et vient heurter le flanc de la Scythie[65].

(50). Par les affluents énumérés ci-dessus et bien d'autres qu'il reçoit aussi, l'Istros devient le plus important de tous les fleuves — car, à ne considérer que l'apport propre de chacun, le Nil l'emporte sur lui en volume puisqu'il n'y a pas d'affluents ou de sources qui viennent grossir son cours. Si l'Istros garde toujours le même débit, été comme hiver, en voici, je crois, la raison : en hiver, il est à son volume normal et son niveau monte peu, car le pays reçoit très peu de pluie en cette saison mais beaucoup de neige ; en été, les épaisses couches de la neige hivernale fondent, et l'eau rejoint l'Istros : cet apport le fait grossir, ainsi que les pluies continuelles et violentes, car l'été est la saison pluvieuse. Si le soleil provoque une évaporation beaucoup plus grande en été qu'en hiver, le fleuve reçoit en compensation beaucoup plus d'eau l'été que l'hiver : les deux phénomènes se compensent, d'où l'évidente régularité du cours de l'Istros[66].

(51). L'Istros est l'un des fleuves de la Scythie ; ensuite c'est le Tyras, qui vient du côté du vent du nord et prend sa source dans un grand lac, qui sépare la Scythie et la Neuride ; des colons grecs, les Tyrites, sont établis à son embouchure[67].

(52). Un troisième fleuve, l'Hypanis, vient de Scythie et sort d'un grand lac autour duquel paissent des chevaux sauvages, qui sont blancs ; on appelle ce lac, à juste titre, la « Mère de l'Hypanis ». Issu de ce lac, l'Hypanis sur cinq jours de navigation a peu de profondeur et son eau est douce ; ensuite, à quatre jours de son embouchure, elle devient extrêmement amère ; car il reçoit une source amère d'une telle amertume qu'elle suffit, malgré son peu d'importance, à gâter toute l'eau de l'Hypanis, l'un des plus grands fleuves qui soient. Cette source se trouve aux frontières des Scythes Laboureurs et des Alazones ; source et pays s'appellent en langue scythe : *Exampée*, c'est-à-dire en notre langue : *Voies sacrées*. Le Tyras et l'Hypanis rapprochent leurs cours dans le pays des Alazones pour se détourner ensuite l'un de l'autre et laisser entre eux un intervalle de plus en plus large[68].

(53). Le quatrième fleuve est le Borysthène : c'est le

plus important après l'Istros et, pour moi, le plus utile des fleuves scythes et de tous les autres aussi, à l'exception du Nil égyptien auquel nul autre n'est comparable. D'eux tous, le Borysthène est bien le plus utile aux hommes : il procure au bétail les pâturages les plus beaux et les plus riches, il donne à profusion les poissons les meilleurs; son eau est excellente à boire, et son cours demeure limpide quand les autres rivières sont bourbeuses. Les semailles donnent sur ses bords des récoltes remarquables et aux endroits où l'on ne sème rien, pousse l'herbe la plus épaisse; à son embouchure le sel se dépose spontanément en tas immenses; il fournit d'énormes poissons sans arêtes que l'on sale (on les appelle *antacées*) et bien d'autres merveilles encore. Jusqu'à Gerrhos, c'est-à-dire sur quarante jours de navigation, on connaît son cours, qui vient du nord ; par quels pays passe-t-il plus haut ? Personne ne peut le dire; mais il est certain qu'il traverse un désert avant d'atteindre le pays des Scythes Laboureurs, ses riverains sur dix jours de navigation. C'est, avec le Nil, le seul fleuve dont je ne puisse indiquer la source, et personne en Grèce, je crois, ne le peut. Non loin de son embouchure le Borysthène reçoit les eaux de l'Hypanis et tous deux se jettent dans la même lagune. La langue de terre qui s'allonge entre eux s'appelle le promontoire d'Hippoléos, et porte un sanctuaire de Déméter; les Borysthénites sont installés au-delà du sanctuaire, sur l'Hypanis[69].

(54). Voilà ce que nous savons sur ces fleuves. Le cinquième s'appelle le Panticapès[70]; il vient également du nord et sort d'un lac; entre son cours et celui du Borysthène habitent les Scythes Laboureurs; il longe l'Hylée avant de se jeter dans le Borysthène.

(55). Le sixième, l'Hypacyris, sort d'un lac, passe par le pays des Scythes Nomades, et se termine près de la ville de Carcinitis, bordant à droite l'Hylée et ce qu'on appelle la Carrière d'Achille[71].

(56). Le septième, le Gerrhos, se détache du Borysthène à l'endroit où le cours de ce fleuve cesse de nous être connu ; il part du lieu appelé Gerrhos et porte le même nom que lui ; il se dirige vers la mer, en séparant le pays des Scythes Nomades de celui des Scythes Royaux, et se jette dans l'Hypacyris[72].

(57). Le huitième est le Tanaïs, qui prend naissance dans un grand lac et se jette dans un lac plus grand encore, le lac Méotide, qui sépare les Scythes Royaux des Sauromates. Le Tanaïs a un affluent, l'Hyrgis[73].

(58). Voilà, je crois, les fleuves célèbres que la Scythie a l'avantage de posséder ; de plus le pays fournit aux bestiaux une herbe qui favorise, plus que toute autre à notre connaissance, la sécrétion de la bile ; il est facile de le constater en ouvrant le corps de ces bêtes.

(59). Les Scythes ont donc à profusion les ressources les plus importantes. Voici maintenant leurs coutumes.

Mœurs des Scythes.

Les seuls dieux qu'ils adorent sont Hestia en premier lieu, puis Zeus et la Terre dont ils font l'épouse de Zeus ; viennent ensuite Apollon, l'Aphrodite Céleste, Héraclès et Arès. Ces divinités sont adorées dans toute la Scythie, mais les Scythes Royaux sacrifient aussi à Poséidon. Hestia s'appelle chez eux Tabiti ; Zeus (d'un nom très juste à mon avis) : Papaios ; la Terre : Api ; Apollon : Oitosyros ; l'Aphrodite Céleste : Argimpasa ; et Poséidon :

Thagimasadas[74]. Ils n'élèvent à leurs dieux ni statues, ni autels, ni temples, sauf à Arès qui, lui, en a chez eux[75].

(60) Ils sacrifient tous de la même manière dans toutes leurs cérémonies, et voici comment : la victime est debout, les pattes de devant attachées ensemble ; le sacrificateur, debout derrière l'animal, le fait tomber à terre en tirant brusquement sur l'extrémité de la corde et invoque à cet instant le dieu auquel il sacrifie ; ensuite, il entoure d'un lacet le cou de la bête et y passe un bâton qu'il fait tourner pour étrangler ainsi la victime, sans allumer de feu, sans prémices et sans libations. Après avoir étranglé et dépouillé la bête, il se dispose à la faire cuire.

(61). Comme leur pays est terriblement pauvre en bois, les Scythes ont trouvé d'autres moyens de faire cuire les viandes : les victimes écorchées, ils les désossent et jettent la chair dans leurs chaudrons, s'ils en ont à leur disposition (ces chaudrons ressemblent, en plus grand, aux cratères de Lesbos[76]) ; ils la font cuire dans ces chaudrons avec, pour combustible, les os des victimes. S'ils n'ont pas de chaudron, ils mettent toute la viande dans la panse de la bête, ajoutent de l'eau et placent le tout sur un feu qu'ils font avec les os. Les os brûlent parfaitement, et la panse contient aisément la viande désossée : ainsi le bœuf fournit lui-même de quoi le faire cuire, et il en va de même pour les autres victimes. Quand la viande est cuite, le sacrificateur prélève sur la chair et les entrailles les prémices qu'il jette droit devant lui. Les Scythes sacrifient toute espèce de bétail, et surtout des chevaux.

(62). Ces rites et ces victimes leur servent pour tous les dieux, mais voici comment ils honorent Arès : dans chacun des districts de leurs divers gouvernements se trouve un temple d'Arès, ainsi fait : c'est un amoncellement de fagots de menu bois, qui a trois stades[77] en longueur et en largeur, moins en hauteur ; il porte une plate-forme carrée, dont trois des côtés sont à pic, le dernier permettant seul d'y accéder. Tous les ans, on y ajoute cent cinquante charretées de fagots, pour compenser son affaissement progressif dû aux intempéries. Sur chaque tas on plante un très ancien glaive de fer, et c'est lui qui symbolise le dieu : on lui offre tous les ans du bétail et des chevaux en sacrifice, en bien plus grand nombre encore qu'aux autres dieux. De tous leurs prisonniers de guerre ils sacrifient un homme sur cent, mais avec d'autres cérémonies que pour le bétail : ils font des libations de vin sur la tête des victimes et les égorgent au-dessus d'un bassin qu'ils montent sur l'échafaudage de fagots, pour répandre le sang sur le glaive. Ils portent donc le sang au sommet de ce temple, et ils accomplissent un autre rite à son pied : aux hommes qu'ils ont égorgés, ils coupent le bras droit avec l'épaule et le jettent en l'air ; puis, la dernière victime achevée, ils s'en vont, et les bras et les corps demeurent où ils sont tombés[78].

(63). Tels sont les sacrifices des Scythes. J'ajoute qu'ils n'immolent jamais de porcs et ne tolèrent même pas l'élevage de ces bêtes dans leur pays[79].

(64). Pour la guerre, voici les usages qu'ils observent : tout Scythe qui tue pour la première fois boit du sang de sa victime ; aux ennemis qu'il abat dans une bataille, il coupe la tête qu'il présente au roi : s'il présente une tête, il a sa part du butin conquis ; sinon il ne reçoit rien. Voici comment on scalpe une tête : on fait une incision circulaire en contournant les oreilles, puis d'une brusque secousse on détache la peau du crâne; on la racle à l'aide d'une côte de bœuf, on l'assouplit en la maniant, après quoi on s'en sert comme d'une serviette et on l'accroche à la bride de son cheval, avec fierté, car qui en possède le plus grand nombre passe pour le plus vaillant. Beaucoup s'en font même des manteaux en les cousant ensemble, à la manière des casaques des bergers. Beaucoup aussi prélèvent sur les cadavres de leurs adversaires la peau de la main droite avec les ongles, pour en faire des couvercles de carquois; la peau humaine est assurément épaisse et lustrée, supérieure peut-être à toutes les autres en blancheur et en éclat. Beaucoup écorchent même des hommes tout entiers et tendent les peaux sur des cadres de bois qu'ils juchent sur leurs chevaux pour les exhiber à la ronde.

(65). Telles sont leurs coutumes. À certaines têtes, celles de leurs pires ennemis seulement, ils réservent un traitement particulier : ils scient le crâne à la hauteur des sourcils et le nettoient; les pauvres l'emploient tel quel et lui font seulement un étui en cuir de bœuf non tanné; les riches lui font également un étui de cuir, mais le dorent à l'intérieur, pour l'employer en guise de coupe. Ils traitent de la même façon la tête d'un parent, s'ils se sont querellés avec lui et l'ont vaincu en présence du roi. Quand ils reçoivent des hôtes d'importance, ils leur montrent ces têtes et leur expliquent qu'il s'agit de parents qui leur avaient déclaré la guerre et dont ils ont triomphé; c'est pour eux la preuve de leur valeur.

(66). Une fois par an, dans chaque district, le gouverneur fait préparer un cratère de vin où viennent boire les Scythes qui ont abattu des ennemis; ceux qui ne l'ont pas fait ne goûtent pas à ce vin et restent à l'écart, honteusement : c'est à leurs yeux la pire humiliation. Ceux en revanche qui ont abattu des ennemis en grand nombre prennent deux coupes à la fois et les vident coup sur coup.

(67). Les devins sont nombreux chez les Scythes; pour exercer leur art, ils emploient un grand nombre de baguettes de saule, voici comment : ils apportent de gros faisceaux de baguettes, les posent à terre et les dénouent; puis ils font leurs prédictions en plaçant les baguettes l'une à côté de l'autre; tout en parlant, ils ramassent les baguettes et les disposent de nouveau sur le sol l'une après l'autre. C'est là leur méthode de divination traditionnelle. Les Énarées — les hommes-femmes[80] — affirment qu'ils tiennent d'Aphrodite le don de prédire l'avenir; ils se servent pour cela d'écorce de tilleul : ils coupent un morceau d'écorce en trois lanières et prophétisent en les roulant et déroulant autour de leurs doigts[81].

(68). Quand le roi des Scythes tombe malade, il convoque les trois devins les plus renommés, qui rendent leurs oracles de la manière que j'ai dite. En général, ils annoncent qu'un tel — un citoyen qu'ils nomment — a juré par le foyer royal pour appuyer un faux serment (jurer par le foyer royal est la formule la plus employée chez eux pour les serments solennels). Aussitôt l'homme que les devins ont déclaré coupable de parjure est arrêté; on le leur amène et ils lui signifient qu'il a été convaincu par leur science d'avoir juré faussement par le foyer royal, ce qui a provoqué la maladie du roi. L'homme nie, affirme son innocence et proteste avec la dernière énergie. Devant ses dénégations le roi fait appel à d'autres devins, en nombre double. Si la science des nouveaux venus convainc également l'homme de parjure, on lui coupe la tête immédiatement et ses biens sont répartis par le sort entre les premiers devins. Si la seconde consultation est en sa faveur, on appelle d'autres devins, et d'autres encore ; si la majorité le déclare innocent, la règle est alors de faire périr les premiers devins.

(69). Voici comment on les exécute : on remplit un chariot de bois bien sec, on y attelle des bœufs, et l'on met au milieu des fagots les devins, les pieds chargés d'entraves, les mains liées derrière le dos, et bâillonnés ; puis on allume les fagots et l'on chasse les bœufs en leur faisant peur. Les bœufs sont souvent brûlés avec les devins, mais souvent aussi le timon cède, rongé par les flammes, et ils s'en tirent avec quelques brûlures. On brûle les devins pour d'autres raisons encore, et toujours de cette façon, quand on les traite de faux devins. Lorsque le roi fait exécuter un homme, il frappe aussi sa famille et il fait périr tous ses enfants mâles, mais épargne les filles.

(70). Voici comment font les Scythes pour prêter un serment : ils versent du vin dans une grande coupe d'argile et y mêlent le sang des personnes qui veulent prêter serment, en les piquant avec un poinçon, ou en leur faisant une légère incision à l'aide d'un poignard ; puis ils trempent dans la coupe un glaive, des flèches, une hache et un javelot ; ceci fait, ils prononcent de multiples imprécations et font circuler la coupe : les intéressés y boivent, ainsi que les principaux personnages de leurs suites.

(71). Les tombes de leurs rois sont dans le pays des Gerrhiens, où le Borysthène cesse d'être navigable. À la mort du roi, ils creusent là-bas une grande fosse carrée ; quand elle est prête, ils prennent le cadavre qui a été recouvert de cire et dont le ventre a été ouvert, vidé, rempli de souchet broyé, d'aromates, de graines de persil et d'anis, et recousu ensuite ; ils le placent sur un chariot et l'emmènent dans une autre de leurs tribus. Le peuple qui accueille le corps sur son territoire se livre aux mêmes manifestations que les Scythes Royaux : ils se coupent un bout de l'oreille, se rasent le crâne, se tailladent les bras, se déchirent le front et le nez, se transpercent de flèches la main gauche. Puis le corps du roi, toujours sur son chariot, passe chez un autre peuple de l'empire, accompagné de ceux qui l'ont reçu d'abord. Lorsque le mort et son cortège ont passé chez tous leurs peuples, ils se trouvent chez les Gerrhiens, aux confins de leur empire et au lieu de la sépulture : alors, après avoir déposé le corps dans sa tombe sur un lit de verdure, ils plantent des piques autour de lui, fixent des ais par-dessus et les recouvrent d'une natte de roseaux; dans l'espace demeuré libre ils ensevelissent, après les avoir étranglés, l'une de ses concubines, son échanson, un cuisinier, un écuyer, un serviteur, un messager, des chevaux, avec les prémices prélevés sur le reste de ses biens et des coupes d'or, mais ni argent ni cuivre; après quoi tous rivalisent d'ardeur pour combler la fosse et la recouvrir d'un tertre aussi haut que possible[82].

(72). Lorsqu'un an s'est écoulé, ils font une nouvelle cérémonie : ils prennent, dans la maison du roi, ses serviteurs les plus utiles — tous de race scythe, car le roi désigne lui-même qui le servira : il n'y a pas d'esclaves achetés en ce pays —; ils en étranglent cinquante, ainsi que les cinquante chevaux les plus beaux, en vident et nettoient le ventre, les bourrent de paille et les recousent. Puis ils fixent sur deux pieux la moitié d'une roue, la jante tournée vers le sol; ils font la même chose pour l'autre moitié, et enfoncent en terre un grand nombre de ces supports. Ensuite ils passent une perche solide dans le corps de chacun des chevaux, en long, jusqu'à la nuque, et les posent sur les roues : l'une soutient la bête à la hauteur des épaules, l'autre supporte le ventre, à la hauteur des cuisses ; les pattes restent pendantes et ne touchent pas le sol. Ils mettent aux chevaux un mors et une bride qu'ils tirent en avant de la bête et fixent à des piquets. Chacun des cinquante jeunes gens étranglés est alors placé sur son cheval ; pour cela, chaque corps est transpercé verticalement par un pieu, le long de la colonne vertébrale, jusqu'à la nuque ; l'extrémité inférieure du pieu dépasse le corps et s'emboîte dans une cavité ménagée dans l'autre pièce de bois, celle qui traverse le cheval. Ils installent ces cavaliers en cercle autour du tombeau, puis ils s'en vont.

(73). Telles sont les funérailles qu'ils font à leurs rois. Les autres Scythes sont, à leur mort, placés sur un chariot et promenés par leur famille chez tous leurs amis. Chacun de ceux-ci reçoit à son tour le cortège et lui offre un banquet, en présentant au mort comme aux autres sa part de tous les mets. On promène ainsi pendant quarante jours les corps des simples particuliers, puis on les enterre. Les funérailles achevées, les Scythes se purifient ainsi : ils lavent et rincent soigneusement leurs cheveux, puis ils s'occupent de leur corps : sur trois perches plantées en terre et penchées l'une vers l'autre, ils tendent des couvertures de feutre qu'ils raccordent de leur mieux, puis jettent des pierres rougies au feu dans une auge placée au centre de l'abri formé par ces perches et ces tentures.

(74). Dans leur pays croît un chanvre qui ressemble beaucoup au lin, sauf pour l'épaisseur et la hauteur : sous ce rapport, il l'emporte nettement. Il pousse à l'état sauvage, mais on le cultive aussi ; les Thraces en font des vêtements très semblables aux vêtements de lin ; il est impossible à qui n'en a pas l'habitude de distinguer les tissus de chanvre et de lin ; et si l'on ne connaît pas encore le chanvre, on le prendra pour du lin.

(75). Les Scythes prennent la graine de cette plante, se glissent sous leur abri de feutre et la jettent sur les pierres brûlantes ; elle fume aussitôt et dégage tant de vapeur que nos étuves de Grèce ne sauraient mieux faire. Ce bain de vapeur fait pousser aux Scythes des hurlements de joie[83]. C'est le seul bain qu'ils connaissent, car ils ne se lavent jamais le corps entier avec de l'eau. Leurs femmes râpent sur une pierre raboteuse du bois de cyprès, de cèdre, et d'arbre à encens, en l'humectant d'eau ; elles obtiennent ainsi une pâte épaisse dont elles s'enduisent le visage et tout le corps ; cette pâte leur communique une odeur suave et, le lendemain, lorsqu'elles l'enlèvent, elles ont la peau nette et claire[84].

Histoire d'Anacharsis et de Scylès.

(76). Les Scythes sont, eux aussi, hostiles au dernier point à toute coutume étrangère, de quelque peuple qu'elle soit, mais surtout à celles des Grecs ; ils l'ont bien montré à propos d'Anacharsis d'abord, et plus tard de Scylès. Anacharsis[85], qui avait visité bien des pays et prouvé partout sa grande sagesse, traversa l'Hellespont en revenant auprès des siens et fit halte à Cyzique, au moment où les gens de la ville célébraient une fête des plus somptueuses en l'honneur de la Mère des Dieux[86]. Anacharsis fit alors le vœu d'offrir à la Grande Mère, s'il revenait sain et sauf chez lui, un sacrifice selon les rites qu'il voyait pratiqués à Cyzique, et d'instituer en son honneur une fête nocturne. Arrivé en Scythie, il alla s'abriter dans la région qu'on appelle l'Hylée (elle se trouve à côté de la Carrière d'Achille et est entièrement couverte d'arbres d'essences diverses) ; c'est là qu'Anacharsis se rendit pour célébrer avec tous ses rites la fête de la déesse, tympanon à la main, les images sacrées attachées sur sa personne. Un Scythe le surprit et le dénonça au roi Saulios : le roi vint en personne au lieu indiqué, vit Anacharsis occupé à ses pieuses pratiques, et le tua d'une flèche. Si de nos jours quelqu'un leur parle d'Anacharsis, les Scythes déclarent qu'ils ne le connaissent pas, tout simplement parce qu'il a voyagé en Grèce et adopté des coutumes étrangères. Selon ce qui me fut dit par Tymnès, l'intendant d'Ariapéithès, Anacharsis était l'oncle paternel du roi scythe Idanthyrsos, et le fils de Gnouros, fils de Lycos et petit-fils de Spargapéithès. Si donc Anacharsis appartenait à cette famille, qu'il sache qu'il fut tué par son propre frère, car Idanthyrsos était le fils de Saulios, et c'est Saulios qui fit périr Anacharsis.

(77). Cependant j'ai entendu raconter une autre histoire dans le Péloponnèse : Anacharsis, dit-on, vint se mettre à l'école de la Grèce, sur l'ordre du roi des Scythes ; de retour chez lui, il dit au roi qui l'avait envoyé que les Grecs mettaient beaucoup d'ardeur à chercher le savoir, sauf les Lacédémoniens, mais que seuls les Lacédémoniens savaient écouter et parler sagement. Mais cette histoire est pure invention des Grecs, et l'homme est bien mort dans les circonstances que j'ai dites. Il fut donc victime des coutumes étrangères qu'il avait adoptées et de ses relations avec la Grèce.

(78). Bien des années plus tard, Scylès[87], fils

d'Ariapéithès, subit le même sort que lui. C'était l'un des fils du roi des Scythes Ariapéithès, mais né d'une femme d'Istria qui n'était pas de race scythe, et sa mère lui enseigna la langue et les lettres de la Grèce. Plus tard, Ariapéithès mourut assassiné par Spargapéithès, le roi des Agathyrses, et Scylès hérita du trône et de la femme de son père, qui s'appelait Opoia. Cette Opoia était une femme du pays, dont Ariapéithès avait eu un fils, Oricos. Scylès régnait sur les Scythes, mais ne trouvait nul plaisir à leur genre de vie ; l'éducation qu'il avait reçue le portait à préférer de beaucoup les mœurs de la Grèce. Voici donc ce qu'il faisait : lorsqu'il conduisait l'armée scythe[88] vers la ville des Borysthénites (qui sont, à ce qu'ils disent, des Milésiens), chaque fois Scylès laissait ses troupes dans les faubourgs et, sitôt entré dans la ville — dont il faisait fermer les portes —, il quittait son costume scythe pour prendre des vêtements grecs et il se promenait sur la grand-place ainsi vêtu, sans gardes et sans escorte (les portes étaient gardées, pour qu'aucun Scythe ne le vît dans ce costume) ; il vivait entièrement à la mode grecque et sacrifiait aux dieux suivant les rites des Grecs. Au bout d'un mois ou même davantage, il reprenait son costume scythe et s'en allait. Mais il revenait souvent à Borysthène, où il s'était fait bâtir un palais et avait une épouse, une femme du pays.

(79). Mais il ne devait pas échapper au malheur, et voici ce qui amena sa perte : il avait voulu se faire initier aux mystères de Dionysos Bachique ; mais, au moment où il allait recevoir l'initiation, un prodige terrible se produisit : Scylès avait dans la cité des Borysthénites une somptueuse et vaste demeure dont j'ai parlé un peu plus haut, entourée de griffons et de sphinx de marbre blanc ; le ciel dirigea son trait contre cette demeure qui brûla de fond en comble; mais Scylès n'en fit pas moins terminer son initiation. Or, les Scythes reprochent aux Grecs leurs transports bachiques : il est inadmissible, disent-ils, d'imaginer un dieu qui pousse les hommes à perdre la raison. Scylès initié aux mystères du dieu, un Borysthénite se hâta d'aller dire aux Scythes : « Eh! Scythes, vous vous moquez de nos bacchanales et du dieu qui nous possède! Eh bien, votre roi est tombé lui aussi au pouvoir de cette divinité, il se livre aux transports bachiques, le dieu trouble sa raison! Si vous ne me croyez pas, venez, et je vous le montrerai. » Les chefs scythes le suivirent et le Borysthénite, en secret, les posta sur une tour. Lorsque Scylès passa devant eux avec le cortège bachique et qu'ils le virent en proie au délire du dieu, les Scythes furent consternés; ils sortirent de la ville et allèrent informer l'armée entière du spectacle qu'ils avaient eu sous les yeux.

(80). Lorsque Scylès, après ces événements, regagna son pays, les Scythes, qui avaient pris pour chef son frère Octamasadès, le fils de la fille de Térès, se révoltèrent contre lui. Quand Scylès apprit le soulèvement et sa cause, il se réfugia en Thrace. À cette nouvelle, Octamasadès marcha contre la Thrace. Arrivé sur l'Istros, il trouva les Thraces devant lui; ils allaient engager le combat lorsque Sitalcès[89] fit porter ce message à Octamasadès : « À quoi bon mesurer nos forces? Tu es le fils de ma soeur, et tu as mon frère avec toi. Rends-le-moi, et je te livre ton Scylès. N'exposons pas nos armées, ni toi ni moi. » Voilà ce que vint dire le héraut de Sitalcès; car Octamasadès avait auprès de lui un frère de Sitalcès, réfugié à sa cour. Octamasadès accepta, livra son oncle maternel à Sitalcès et reçut de lui son frère Scylès. Sitalcès prit son frère et se retira ; Octamasadès fit sur-le-champ décapiter Scylès. Voilà comment les Scythes veillent sur leurs usages, et voilà les châtiments qu'ils infligent à quiconque essaie d'introduire chez eux des coutumes étrangères.

(81). Il ne m'a pas été possible d'obtenir des renseignements précis sur le chiffre de la population scythe, et j'ai entendu des avis très différents ; on dit qu'ils sont très nombreux, mais qu'il n'y a qu'un petit nombre de Scythes de race pure. Voici toutefois une chose qui m'a été montrée : il y a, entre le Borysthène et l'Hypanis, un endroit qu'on appelle Exampée (j'en ai parlé plus haut[90], et j'ai signalé en ce lieu une source amère qui rend imbuvable l'eau de l'Hypanis) ; on y voit un vase de bronze six fois au moins plus grand que le cratère consacré par Pausanias fils de Cléombrotos à l'entrée du Pont-Euxin[91]. Pour qui n'a pas vu ce cratère, voici quelques précisions : le vase qui est chez les Scythes contient facilement six cents amphores, et le bronze a six doigts d'épaisseur[92]. Les gens du pays le disaient fait avec des pointes de flèches : leur roi, disent-ils, qui s'appelait Ariantas, voulut connaître le nombre des Scythes et leur ordonna d'apporter chacun la pointe de métal d'une flèche, avec menace de mort pour qui n'obéirait pas. Il en reçut une quantité considérable et décida d'en faire faire un monument qui perpétuerait son nom ; le métal servit à fabriquer ce vase, qu'il fit ériger, comme je l'ai dit, à Exampée. Voilà les renseignements que j'ai recueillis sur cette question.

(82). Ce pays ne contient rien de remarquable, si ce n'est qu'il a les plus grands fleuves du monde et les plus nombreux. Voici la seule curiosité qui s'y trouve, en dehors de ses fleuves et de ses plaines infinies : on montre sur un rocher l'empreinte du pied d'Héraclès, une trace semblable à celle que laisse le pied d'un homme, mais longue de deux coudées [93] ; elle se trouve près du fleuve Tyras.

Tel est donc ce pays. Je vais maintenant reprendre le cours du récit que je m'apprêtais à faire.

Expédition de Darius.

(83). Darius se préparait à marcher contre les Scythes et expédiait partout des messagers pour réclamer aux uns des soldats, à d'autres des vaisseaux, et en charger d'autres encore de jeter un pont sur le Bosphore de Thrace. Cependant son frère Artabane, fils d'Hystaspe, cherchait à le détourner de cette entreprise et lui en représentait toutes les difficultés ; mais ses conseils, si sages qu'ils fussent, restaient sans effet et il n'insista pas. Darius acheva ses préparatifs et quitta Suse avec son armée.

(84). Un Perse, Oiobaze, vint à ce moment trouver Darius ; il avait trois fils qui partaient tous les trois avec l'armée, et il pria le roi de lui en laisser un. À l'ami qui lui présentait cette modeste requête, répliqua Darius, il laisserait ses trois enfants ; et Oiobaze au comble de la joie voyait déjà ses fils dispensés de la campagne, mais Darius les fit tuer tous les trois par ses exécuteurs.

(85). Voilà comment les jeunes gens, égorgés, furent laissés à leur père. Darius quitta Suse et parvint en Chalcédoine, à l'endroit où se trouvait le pont sur le Bosphore ; là, il s'embarqua pour les îles appelées Cyanées [94] qui, disent les Grecs, étaient jadis errantes ; il alla s'asseoir sur un promontoire et contempla le Pont-Euxin — spectacle remarquable, car c'est de toutes les mers la plus étonnante : elle a onze mille cent stades de longueur, en largeur trois mille trois cents en son point le plus large ; le détroit qui la continue, c'est-à-dire le Bosphore sur lequel était jeté le pont que j'ai dit, a bien cent vingt stades de long ; il débouche dans la Propontide. La Propontide est elle-même large de cinq cents stades et longue de mille quatre cents ; elle aboutit à l'Hellespont, qui n'a que sept stades en largeur sur quatre cents de long[95]. L'Hellespont aboutit à la mer ouverte qu'on appelle la mer Égée.

(86). Voici comment on a déterminé ces mesures : un navire parcourt soixante-dix mille orgyies au plus en une journée, quand les jours sont longs, et soixante mille pendant la nuit[96]. Or, de l'entrée du Pont-Euxin jusqu'au Phase, c'est-à-dire sur sa plus grande longueur, on compte neuf jours et huit nuits de navigation, soit une distance d'un million cent dix mille orgyies, qui font onze mille cent stades. Entre le pays des Sindes et Thémiscyre sur le Thermodon[97], c'est-à-dire dans sa plus grande largeur, on compte trois jours et deux nuits de navigation, soit trois cent trente mille orgyies, ou trois mille trois cents stades. Ce calcul m'a permis d'établir les dimensions du Pont-Euxin, du Bosphore et de l'Hellespont, qui sont bien tels que je les ai représentés ; le Pont-Euxin communique avec un lac presque aussi grand que lui, qu'on appelle lac Méotide et « Mère du Pont-Euxin »[98].

(87). Darius regarda longtemps cette mer, puis il regagna le pont, qui était l'œuvre de Mandroclès de Samos. Il contempla longtemps aussi le Bosphore, et il fit dresser sur le rivage deux stèles de marbre blanc où figurait, en caractères assyriens sur l'une et grecs sur l'autre, la liste des peuples qui le suivaient. Les contingents énumérés s'élevaient, sans compter la flotte, à sept cent mille hommes, y compris la cavalerie ; la flotte comprenait six cents navires. Les Byzantins transportèrent plus tard les deux stèles dans leur ville et s'en servirent pour édifier l'autel d'Artémis Orthosia, moins une pierre qu'ils laissèrent près du temple de Dionysos à Byzance, et qui est couverte de caractères assyriens. L'endroit où le roi Darius fit jeter un pont sur le Bosphore se trouve, selon mes conjectures, à mi-chemin entre Byzance et le temple qui s'élève à l'entrée du Pont-Euxin[99].

(88). Darius fut très satisfait de ce pont de bateaux et récompensa richement[100] son architecte, Mandroclès de Samos. Mandroclès préleva sur ces présents de quoi faire exécuter un tableau qui représentait le pont jeté sur le Bosphore, avec le roi Darius siégeant au premier plan et son armée en train de franchir le détroit ; il consacra le tableau à Samos dans le temple d'Héra, avec cette inscription :

En souvenir du pont qu'il jeta sur le Bosphore poissonneux,
Mandroclès à Héra consacre ce tableau.
Il a gagné, pour lui, une couronne, et pour Samos, la gloire,
En exécutant ce qu'a voulu le roi Darius.

Voilà l'ouvrage par lequel l'architecte du pont a voulu commémorer son œuvre.

(89). Après avoir récompensé Mandroclès, Darius franchit le pont et passa en Europe, en ordonnant aux Ioniens de conduire leurs vaisseaux dans le Pont-Euxin et d'aller jusqu'à l'Istros ; là-bas, en l'attendant, ils jetteraient un pont sur le fleuve (Ioniens, Éoliens et Hellespontins étaient à la tête de sa flotte). Donc l'armée navale passa les îles Cyanées et se dirigea tout droit vers l'Istros, puis remonta le fleuve pendant deux jours et construisit un pont au « cou » du fleuve, en amont du point où il se divise en plusieurs embouchures. De son côté, Darius franchit le pont sur le Bosphore et fit route à travers la Thrace jusqu'aux sources du Téaros, où il campa trois jours.

(90). L'eau du Téaros a, selon les gens du pays, de remarquables vertus curatives, en particulier pour la gale des hommes et des chevaux. Le fleuve a trente-huit sources, qui jaillissent toutes du même rocher ; les unes sont froides, les autres chaudes. L'endroit est à égale distance de la ville d'Héraion près de Périnthe et d'Apollonia sur le Pont-Euxin : deux jours de marche d'un côté comme de l'autre. Le Téaros se jette dans le Contadesdos, le Contadesdos dans l'Agrianès, et l'Agrianès dans l'Hèbre qui se jette dans la mer près de la ville d'Ainos [101].

(91). Arrivé là, Darius campa sur les bords du fleuve et il en trouva l'eau si agréable qu'il fit ériger, là aussi, une stèle avec cette inscription : « Les sources du Téaros donnent la meilleure et la plus belle de toutes les eaux de rivière ; sur leurs bords est venu, marchant avec son armée contre les Scythes, le premier et le plus beau de tous les hommes, Darius, fils d'Hystaspe, le roi des Perses et du continent tout entier. » Voilà l'inscription qu'il fit placer en cet endroit.

(92). De là Darius parvint au bord d'un autre fleuve, l'Artescos [102], qui arrose le pays des Odryses. Arrivé sur ses bords, voici ce qu'il fit : il choisit un emplacement et donna l'ordre à ses soldats de déposer chacun une pierre en passant à l'endroit désigné : l'armée fit ce qui lui était ordonné, et Darius continua sa route en laissant derrière lui d'immenses tas de pierres.

Les Gètes et Salmoxis.

(93). Avant d'arriver sur l'Istros, Darius dut soumettre d'abord les Gètes qui se disent immortels. Les Thraces qui habitent Salmydessos et la région située au-dessus des villes d'Apollonia et de Mésambria, ceux qu'on appelle les Scyrmiades et les Nipséens, s'étaient soumis sans combattre, mais les Gètes s'obstinaient dans une résistance imprudente et furent asservis, eux qui sont les plus braves et les plus justes des Thraces[103].

(94). Ils se disent immortels, et voici ce qu'ils entendent par là : ils croient qu'ils ne meurent point et qu'à l'heure du trépas ils s'en vont rejoindre leur divinité, Salmoxis (certains l'appellent aussi Gébéléïzis)[104]. Tous les cinq ans, ils tirent au sort l'un d'entre eux pour être leur messager auprès de Salmoxis et lui confient toutes leurs requêtes. Voici comment ils l'expédient : les uns s'alignent armés de trois javelots, d'autres prennent par les mains et par les pieds le messager qu'il s'agit d'envoyer à Salmoxis et le lancent en l'air pour le faire retomber sur les pointes des javelots. Si l'homme s'enferre et meurt, c'est, disent-ils, que le dieu leur est favorable ; si le messager n'en meurt pas, ils s'en prennent à lui, le traitent de méchant homme et en expédient un autre à sa place. Ils chargent l'homme de leurs requêtes pendant qu'il est encore en vie. Le même peuple riposte aussi au tonnerre et aux éclairs en décochant des flèches contre le ciel pour menacer leur dieu — car ils croient qu'il n'est pas d'autre dieu que le leur.

(95). Pour moi, j'ai entendu dire aux gens de l'Hellespont et du Pont-Euxin que ce Salmoxis était un homme et fut esclave à Samos, au service de Pythagore[105] fils de Mnésarchos ; affranchi, il amassa une grosse fortune et revint alors dans son pays. Les Thraces étaient des gens assez naïfs et vivaient misérablement; Salmoxis connaissait le genre de vie des Ioniens et avait en lui plus de ressources que ses concitoyens, en homme qui avait fréquenté les Grecs et même l'un des plus grands esprits de la Grèce, le sage Pythagore : il se fit bâtir une salle de réception où il accueillait les premiers de ses concitoyens et, tout en les régalant, il leur enseignait que jamais ils ne mourraient, ni lui, ni ses convives, ni leurs descendants, et qu'ils iraient dans un lieu où ils vivraient à jamais, au comble de la félicité. Or, tout en les traitant et endoctrinant de la sorte, il se faisait aménager une retraite souterraine; quand elle fut prête, il se déroba aux yeux des Thraces et gagna son logis souterrain, où il vécut pendant trois ans. Les Thraces le regrettaient et le pleuraient, persuadés qu'il était mort, mais la quatrième année Salmoxis reparut devant eux, et il les amena de cette façon à croire tout ce qu'il leur disait. Voilà, dit-on, ce qu'il fit.

(96). Pour moi, je ne veux ni nier, ni admettre aveuglément l'histoire de cet homme et de son logis souterrain; j'estime cependant que Salmoxis a vécu bien des années avant Pythagore. D'ailleurs, qu'il y ait eu un homme de ce nom ou qu'il s'agisse d'une divinité particulière aux Gètes, passons. — Donc, ce peuple aux croyances curieuses fut vaincu par les Perses et se joignit au reste de l'armée.

(97). Darius et ses forces terrestres parvinrent à l'Istros et, quand ils eurent franchi le fleuve, le roi commanda aux Ioniens de rompre leur pont de bateaux et de le suivre sur le continent, avec toutes les troupes embarquées sur les vaisseaux. Les Ioniens allaient exécuter ses ordres lorsque le chef du contingent de Mytilène, Coès fils d'Erxandros, adressa ces paroles à Darius, non sans s'être enquis d'abord s'il lui serait agréable d'entendre qui avait un avis à lui soumettre : « Seigneur, dit-il, tu vas marcher contre un pays où l'on ne verra ni champs labourés ni villes habitées : laisse donc subsister ce pont à la place où il est, et fais-le garder par ceux-là mêmes qui l'ont construit. Si nous trouvons les Scythes et si nous réussissons dans notre entreprise, la route du retour nous est ouverte ; et si par hasard nous ne pouvons les joindre, le retour nous est quand même assuré — non que j'aie jamais redouté la défaite pour nous si nous les combattons : je crains plutôt les malheurs qui pourraient nous arriver, si nous errons dans ce pays sans pouvoir les joindre. Peut-être dira-t-on que mes propos sont intéressés et que je veux rester ici ; mais seigneur, si je propose ici l'avis que j'ai jugé le meilleur pour toi, moi personnellement je te suivrai, je ne saurais accepter d'être laissé en arrière. » Darius apprécia vivement son conseil et répondit : « Étranger de Lesbos, si je reviens chez moi sain et sauf, ne manque surtout pas de venir me voir, que je puisse récompenser par mes bienfaits ton bon conseil. »

(98). Il fit alors soixante nœuds à une courroie, puis convoqua les tyrans des villes ioniennes et leur dit : « Ioniens, j'annule ma décision précédente au sujet de votre pont ; prenez cette courroie et suivez bien mes ordres : du moment où vous m'aurez vu entrer en Scythie, dénouez chaque jour l'un de ces nœuds. Si je ne suis pas là en temps voulu, et s'il s'est écoulé autant de jours qu'il y a de nœuds à défaire, embarquez-vous et retournez chez vous. Jusque-là — car j'ai changé d'avis — gardez ce pont et mettez votre zèle à le garder en bon état. Vous me rendrez un grand service en vous acquittant de cette tâche. » Ceci dit, Darius se hâta de reprendre sa marche.

Dimensions de la Scythie.

(99). La Thrace avance en mer plus que la Scythie ; sa côte forme un golfe après lequel commence la Scythie, et l'embouchure de l'Istros se trouve là, orientée au sud-est. Je vais décrire la côte de la Scythie au-dessus de l'Istros, pour indiquer les dimensions de ce pays. À partir de l'Istros, c'est l'ancienne Scythie[106], tournée vers le midi et le vent du sud, jusqu'à la ville appelée Carcinitis ; au-delà, et toujours bordé par la même mer, le pays devient montagneux et forme une avancée dans le Pont-Euxin ; il est habité par le peuple des Taures, jusqu'à la presqu'île qui s'appelle la Chersonèse Rocheuse ; celle-ci s'étend jusqu'à la mer orientale ; la Scythie est en effet bordée sur deux de ses côtés par la mer, au midi et au levant, tout comme l'Attique. Les Taures habitent une région de la Scythie ; c'est à peu près comme si, en Attique, un peuple autre que les Athéniens occupait le cap Sounion à son extrémité, de Thoricos jusqu'au dème d'Anaphlystos — je prends cet exemple pour autant qu'on puisse comparer le minuscule à l'immense. Voilà ce qu'est la Tauride. Pour qui n'a jamais navigué sur ce côté de l'Attique, voici une autre comparaison : supposons qu'en Iapygie une parcelle du territoire, du port de Brentésion jusqu'à Tarente, appartienne à un peuple autre que les Iapyges, qui serait installé sur ce promontoire. Ce sont là deux exemples d'une situation qui existe en bien d'autres régions, comme en Tauride[107].

(100). Après la Tauride, ce sont encore des Scythes qui habitent au-dessus de ces régions et sur les bords de la mer orientale, à l'ouest du Bosphore Cimmérien et du lac Méotide, jusqu'au Tanaïs qui se jette au fond de ce lac. À partir de l'Istros la Scythie a pour limites, en remontant à l'intérieur du pays, d'abord les Agathyrses, puis les Neures, les Androphages et les Mélanchlènes.

(101). Donc, puisque la Scythie forme un carré bordé par la mer sur deux de ses côtés, ses frontières terrestres et maritimes ont la même longueur ; de l'Istros au Borysthène, il faut compter dix jours de marche, et dix autres du Borysthène au lac Méotide ; pour aller de la mer vers l'intérieur jusqu'au pays des Mélanchlènes qui sont au nord de la Scythie, il faut vingt jours de marche. Or, j'estime qu'un jour de marche représente deux cents stades : à ce compte la Scythie doit avoir quatre mille stades d'étendue, et autant en profondeur, de la mer à l'intérieur des terres[108]. Voilà donc les dimensions de ce pays.

Les alliés des Scythes.

(102). Les Scythes se rendirent compte qu'ils étaient incapables à eux seuls de repousser l'armée de Darius par une bataille en rase campagne : ils firent appel à leurs voisins, dont d'ailleurs les rois s'étaient déjà réunis pour délibérer, devant la menace que cette immense armée faisait peser sur eux. Ces rois étaient ceux des Taures, des Agathyrses, des Neures, des Androphages, des Mélanchlènes, des Gélones, des Boudines et des Sauromates.

(103). Voici d'abord les coutumes des Taures. Ils sacrifient à la Déesse Vierge tous les naufragés et tous les Grecs qu'ils ont capturés au large de leurs côtes. Voici comment ils procèdent : ils commencent le sacrifice, puis ils assomment la victime d'un coup de massue ; certains disent qu'ils jettent le corps du haut de l'escarpement (leur temple est bâti sur un roc escarpé), et gardent la tête fixée sur un pieu ; d'autres sont du même avis sur le sort réservé à la tête, mais affirment que le corps est enseveli, et non pas jeté du haut du rocher. La divinité à laquelle ils sacrifient est, selon leurs dires, Iphigénie, la fille d'Agamemnon[109]. Les ennemis qui tombent entre leurs mains sont ainsi traités : chacun coupe la tête de son prisonnier et l'emporte chez lui ; ensuite il la fixe au bout d'une longue perche et la dresse très haut au-dessus de son toit, en général au-dessus du trou par où sort la fumée ; ce sont, disent-ils, leurs gardiens, postés au-dessus de leurs maisons. Ce peuple vit du brigandage et de la guerre.

(104). Les Agathyrses[110] sont des hommes particulièrement efféminés et se montrent toujours couverts de bijoux d'or. Ils pratiquent la communauté des femmes, pour être tous frères, et ignorent, grâce à ce lien, la jalousie et la haine. Pour le reste, leurs coutumes ressemblent à celles des Thraces.

(105). Les Neures suivent les usages des Scythes. Une génération avant l'expédition de Darius, ils se trouvèrent contraints d'abandonner leur pays aux serpents. Ces animaux s'étaient multipliés dans la région et d'autres, en plus grand nombre encore, l'envahissaient à partir des contrées désertes situées plus au nord, au point que les Neures débordés quittèrent leur pays et s'établirent chez les Boudines. Ces gens sont peut-être bien des sorciers : d'après les Scythes et les Grecs installés en Scythie, tout Neure se change en loup une fois par an, pour quelques jours, puis il reprend sa forme primitive ; je n'en crois rien pour ma part, mais c'est bien là ce qu'ils affirment, et même sous la foi du serment[111].

(106). Les Androphages — *Mangeurs d'hommes* — ont les mœurs les plus sauvages qui soient : ils ne connaissent pas la justice et n'ont point de lois. Ils sont nomades et s'habillent à la manière des Scythes, mais ils ont une langue à eux ; ce sont les seuls habitants de ces régions qui mangent de la chair humaine[112].

(107). Les Mélanchlènes — *Manteaux noirs* — portent tous des vêtements noirs, d'où leur nom ; ils suivent les usages des Scythes[113].

(108). Les Boudines, peuple nombreux et puissant, ont tous les yeux très bleus et les cheveux très roux[114]. Ils ont chez eux une ville toute de bois, qui s'appelle Gélonos ; le mur d'enceinte a trente stades de long sur chaque face, il est très haut et entièrement fait de bois, de même que leurs maisons et leurs temples[115] — car on trouve là-bas des temples élevés à des dieux grecs et construits à la mode grecque, avec des statues, des autels et des sanctuaires, le tout en bois. Ils ont tous les deux ans une fête en l'honneur de Dionysos, avec des rites bachiques — en effet les Gélones, qui sont d'origine grecque, ont quitté leurs comptoirs maritimes pour s'établir chez les Boudines ; et leur langue est un mélange de scythe et de grec.

(109). Les Boudines, eux, ne parlent pas la même langue que les Gélones et n'ont pas le même genre de vie ; ce sont des autochtones, ils vivent en nomades et sont le seul peuple de la région qui mange ses poux[116]. Les Gélones sont des cultivateurs et mangeurs de blé, ils ont des jardins et n'ont ni les mêmes traits ni le même teint que les Boudines. Cependant les Grecs donnent aux Boudines aussi le nom de Gélones, mais c'est une erreur de leur part. Le pays des Boudines est couvert de forêts d'essences variées ; la plus grande abrite un lac vaste et profond, aux bords marécageux couverts de roseaux; on y prend des loutres, des castors, et une autre bête au museau carré[117] dont la peau sert à border les fourrures plus grossières, et les testicules sont utilisés pour soigner les affections de la matrice.

Les Amazones.

(110). Des Sauromates, on raconte ceci : dans la guerre des Grecs et des Amazones[118] (que les Scythes appellent *Oiorpata,* ce qui signifie en notre langue *Tueuses d'hommes,* car, *oior* veut dire en scythe « homme », et *pata* « tuer »), les Grecs, dit-on, s'embarquèrent après leur victoire du Thermodon, en emmenant avec eux, sur trois navires, les Amazones qu'ils avaient pu faire prisonnières; mais celles-ci, en pleine mer, se jetèrent sur les hommes et les massacrèrent. Or elles n'avaient jamais vu de navires et ignoraient tout du gouvernail, des voiles et des rames : les hommes massacrés, elles dérivèrent poussées par les flots et les vents. Enfin, elle atteignirent Cremnes sur le lac Méotide (Cremnes est sur le territoire des Scythes Libres[119]). Là, elles quittèrent leurs navires et partirent à la recherche d'une région habitée. Le premier troupeau de chevaux qu'elles rencontrèrent leur fournit des montures avec lesquelles elles allèrent piller la terre des Scythes.

(111). Les Scythes furent complètement déconcertés : ils ne reconnaissaient ni la langue, ni le costume, ni la race de leurs agresseurs, et se demandaient d'où ils venaient. Ils les prenaient d'ailleurs pour des hommes qui auraient tous été du même âge, tous adolescents, et leur livrèrent bataille; mais, après le combat, par les cadavres demeurés en leur pouvoir, ils reconnurent que c'étaient des femmes. Ils tinrent conseil et résolurent de ne plus en tuer aucune, mais d'envoyer auprès d'elles leurs jeunes gens en nombre égal, approximativement, au leur ; les jeunes gens camperaient à côté d'elles et imiteraient en tous points leur conduite, se replieraient en refusant le combat si elles les attaquaient, et reviendraient aussitôt camper près d'elles quand elles cesseraient leurs attaques. Tel fut le parti qu'ils adoptèrent dans le dessein d'avoir des enfants nés de ces femmes.

(112). Leurs jeunes gens se conformèrent aux ordres qu'ils avaient reçus et, quand les Amazones comprirent qu'ils ne leur voulaient aucun mal, elles les laissèrent tranquilles ; eux rapprochaient leur camp du leur un peu plus chaque jour. Ils n'avaient d'ailleurs à leur disposition, comme les Amazones, rien d'autre que leurs armes et leurs chevaux, et ils vivaient comme elles de chasse et de brigandage.

(113). Au milieu du jour, les Amazones avaient cette habitude : elles s'écartaient du camp, seules ou par deux, pour satisfaire leurs besoins naturels. Les Scythes s'en aperçurent et firent de même. L'un d'eux s'approcha d'une femme qui se trouvait seule, et celle-ci le laissa jouir d'elle sans faire de résistance. Elle ne pouvait pas lui parler, car ils ne se comprenaient pas ; mais elle lui fit entendre par signes qu'il eût à se trouver au même endroit le lendemain, avec un camarade, en lui indiquant qu'ils devaient être deux, et qu'elle-même amènerait une compagne. De retour au camp, le jeune homme raconta son aventure et, le lendemain, s'en fut au rendez-vous en compagnie d'un camarade ; il y trouva son Amazone, qui l'attendait, avec une autre. Instruits de l'aventure, leurs camarades partirent à leur tour à la conquête du reste des Amazones.

(114). Ensuite, ils réunirent leurs deux camps et vécurent ensemble, chacun prenant avec lui la première femme qui lui avait cédé. Si les hommes n'arrivèrent pas à parler la langue des Amazones, les femmes comprirent bientôt la leur. Lorsqu'ils purent s'entendre, ils dirent à leurs compagnes : « Nous avons des parents et nous avons des biens. Ne continuons donc pas à vivre comme nous le faisons, allons rejoindre notre peuple, et nous n'aurons pas d'autres femmes que vous. — Non, répondirent les Amazones, nous ne saurions vivre avec les femmes de votre pays ; leurs coutumes ne sont pas les nôtres. Nous, nous tirons à l'arc, nous lançons le javelot, nous montons à cheval, et nous n'avons pas appris les travaux qu'on réserve à notre sexe. Chez vous les femmes n'ont aucune de nos activités, elles se consacrent aux travaux de leur sexe sans jamais quitter les chariots, sans aller à la chasse ni ailleurs. Nous ne pourrions pas nous entendre avec elles. Mais si vous voulez nous garder pour épouses et vous montrer vraiment justes, allez demander à vos parents votre part de leurs biens, et revenez vivre avec nous en toute indépendance. »

(115). Les jeunes gens se laissèrent convaincre. Sitôt en possession des biens qui leur revenaient, ils rejoignirent les Amazones qui leur dirent alors : « L'inquiétude et la crainte nous assiègent : comment pourrons-nous vivre en ce pays, après vous avoir séparés de vos pères, après avoir tant pillé votre territoire ? Puisque vous décidez de nous garder pour épouses, voilà ce que nous devons faire, vous et nous : quittons ce pays, et allons nous établir de l'autre côté du Tanaïs. »

(116). Les jeunes gens se laissèrent convaincre une

fois de plus. Ils passèrent le Tanaïs et marchèrent en direction du soleil levant jusqu'à un point situé à trois jours de marche du fleuve, à trois jours de marche aussi du lac Méotide en direction du vent du nord. Ils arrivèrent dans la région qu'ils habitent encore de nos jours et s'y installèrent. Maintenant encore les femmes des Sauromates restent fidèles aux coutumes de leurs aïeules : elles vont à la chasse, à cheval, avec les hommes ou toutes seules ; elles vont à la guerre, et elles s'habillent comme les hommes.

(117). Les Sauromates parlent la langue scythe, mais mal, et cela de tout temps puisque les Amazones ne l'avaient jamais correctement apprise. Pour les mariages, ils ont cette coutume : une fille ne se marie pas avant d'avoir tué un ennemi. Certaines vieillissent et meurent sans avoir été mariées, faute de pouvoir remplir cette condition.

Les Scythes contre Darius.

(118). Donc les rois des peuples ci-dessus s'étaient assemblés, et les messagers des Scythes exposèrent devant eux la situation : après avoir soumis le continent voisin, le Perse, par un pont jeté sur le détroit du Bosphore, avait passé sur leur sol ; après quoi, il avait soumis les Thraces, et il jetait maintenant un pont sur l'Istros parce qu'il voulait réduire aussi leur pays tout entier en son pouvoir. « Et vous, alors ? Ne restez pas tranquillement à l'écart, ne nous laissez pas écraser sans intervenir ; marchons d'un commun accord contre l'envahisseur. Vous n'en ferez rien ? Alors nous en serons réduits soit à quitter le pays, soit, si nous y restons, à capituler devant les Perses — car, si vous nous refusez votre concours, quelle sera notre situation ? Mais votre propre sort n'en sera pas amélioré ; le Perse vous menace tout autant que nous, il ne vous épargnera pas, satisfait de notre ruine. Nous allons vous le prouver pleinement : si le Perse dirigeait son expédition contre nous seuls, pour tirer vengeance de son esclavage passé, on le verrait marcher sur nous sans toucher aux autres peuples ; il serait alors bien clair qu'il n'en veut qu'aux Scythes. En fait, depuis qu'il a débarqué sur notre sol, il subjugue successivement tous les peuples qu'il rencontre sur sa route ; il est déjà maître de tous les Thraces, et de nos voisins les Gètes en particulier. »

(119). Les rois des différents peuples délibérèrent sur ce message et les avis furent partagés. Les rois des Gélones, des Boudines et des Sauromates furent d'accord pour aider les Scythes ; ceux des Agathyrses, des Neures et des Androphages, ainsi que ceux des Mélanchlènes et des Taures leur répondirent : « Si vous n'aviez pas les premiers torts envers les Perses, et si vous n'aviez pas vous-mêmes déclenché la guerre, la requête que vous nous présentez aujourd'hui nous paraîtrait juste, nous l'écouterions volontiers et nous nous joindrions à vous. Mais vous avez les premiers envahi leur pays, sans nous, et vous les avez tenus sous votre joug aussi longtemps que le ciel vous l'a permis ; à eux maintenant, puisque le ciel les y pousse à leur tour, de vous rendre la pareille. Nous n'avons pas fait de mal à ces gens autrefois, nous, et nous n'essaierons nullement de leur en faire les premiers, aujourd'hui. Si le Perse entre sur nos terres et nous provoque, nous lutterons nous aussi ; en attendant ce jour, nous resterons chez nous ; car, à notre avis, les Perses ne marchent pas contre nous, mais contre les auteurs de l'injuste agression qu'ils ont subie. »

Les hostilités.

(120). Quand les Scythes connurent leur réponse, ils décidèrent de ne pas livrer bataille en rase campagne, puisqu'ils n'avaient pas les alliés qu'ils espéraient : ils reculeraient et se déroberaient à l'ennemi et, sur leur passage, combleraient les puits et les sources et détruiraient toute végétation, après s'être séparés en deux corps. Le premier, qui avait à sa tête le roi Scopasis, fut augmenté des Sauromates ; si le Perse se dirigeait de leur côté, ils devaient se replier en direction du Tanaïs, le long du lac Méotide et, si l'ennemi se retirait, le poursuivre sans relâche. Donc le premier groupe, correspondant au royaume de Scopasis, fut chargé d'exécuter cette manœuvre ; les groupes représentant les deux autres royaumes (le plus vaste, commandé par Idanthyrsos, et le troisième où régnait Taxacis) réunis et augmentés des Gélones et des Boudines devaient également reculer en se tenant à une journée de marche de l'ennemi et, ce faisant, se conformer aux décisions prises : ils devaient d'abord se replier sur les États qui leur avaient refusé leur concours, pour les entraîner eux aussi dans la guerre : ils n'avaient pas voulu s'associer de bon gré à la guerre contre les Perses ? Eh bien, ils s'y trouveraient mêlés malgré eux ; ensuite, ils reviendraient sur leur propre territoire et passeraient à l'attaque, s'ils le jugeaient opportun.

(121). Après avoir décidé de leur stratégie, les Scythes marchèrent au-devant de Darius, précédés par l'élite de leurs cavaliers. Mais ils firent d'abord partir les chariots [120] où vivaient leurs enfants et leurs femmes, et en même temps tous leurs troupeaux (sauf ce qu'il leur fallait pour leur nourriture), avec ordre de marcher toujours vers le nord.

(122). Le convoi se mit en route, et, de leur côté, les cavaliers scythes envoyés en avant-garde trouvèrent l'ennemi à trois jours de marche environ de l'Istros ; dès lors, campés toujours à une journée de marche des Perses, ils détruisaient tout ce qui poussait dans le pays. Quand les Perses virent apparaître la cavalerie scythe, ils se jetèrent sur les traces de cet ennemi qui se dérobait toujours, et par suite (ils poursuivaient le premier des deux groupes) ils se trouvèrent entraînés vers le levant en direction du Tanaïs. Les Scythes franchirent le fleuve, les Perses les suivirent, et, après avoir traversé le pays des Sauromates, ils arrivèrent à celui des Boudines.

(123). Au cours de leur marche à travers la Scythie et le pays des Sauromates, les Perses n'avaient rien trouvé à ravager, puisque la région était inculte ; arrivés sur le territoire des Boudines, ils trouvèrent devant eux la ville de bois [121], abandonnée de ses habitants et entièrement vidée par leurs soins, et la brûlèrent. Après quoi, ils reprirent leur poursuite et finalement, après avoir traversé tout le pays, ils atteignirent le désert. — Cette région est totalement inhabitée ; elle s'étend au-delà du pays des Boudines, sur sept jours de marche ; plus loin, c'est le pays des Thyssagètes, d'où viennent les quatre grands fleuves qui traversent le pays des Méotes, et vont se jeter dans ce qu'on appelle le lac Méotide ; en voici les noms : le Lycos, l'Oaros, le Tanaïs et le Syrgis [122].

(124). Lorsqu'il atteignit le désert, Darius suspendit sa marche et arrêta ses armées sur l'Oaros ; après quoi, il entreprit de faire construire huit grands forts éloignés les uns des autres de quelque soixante stades ; les ruines en existaient encore de mon temps. Alors qu'il se consacrait à cette tâche, les Scythes qu'il poursuivait firent un crochet vers le nord et regagnèrent la Scythie. Devant la disparition totale des ennemis qui ne se montraient plus jamais, Darius abandonna ses forts à moitié construits et rebroussa chemin à son tour pour marcher maintenant vers le couchant, croyant avoir devant lui tous les Scythes, en fuite dans cette direction.

(125). À marches forcées Darius revint en Scythie et trouva devant lui les deux groupes scythes réunis ; il se lança dès lors à leur poursuite, tandis qu'ils reculaient en maintenant toujours entre eux un intervalle d'une journée de marche ; puis, comme Darius les suivait sans relâche, les Scythes, selon leurs plans, se repliaient en direction des pays qui leur avaient refusé leur concours, et chez les Mélanchlènes pour commencer. Scythes et Perses à la fois firent irruption chez eux et bouleversèrent le pays, puis les Scythes entraînèrent leurs poursuivants sur le territoire des Androphages et, après avoir tout bouleversé là aussi, se replièrent sur la Neuride ; bouleversant tout là encore, ils se replièrent en direction des Agathyrses : mais quand les Agathyrses virent leurs voisins fuir eux aussi, en plein désarroi, devant les Scythes, ils n'attendirent pas d'être envahis à leur tour et envoyèrent aux Scythes un héraut, pour leur signifier défense de pénétrer sur leur territoire et les avertir qu'ils auraient à lutter contre eux d'abord s'ils tentaient de le faire. Après quoi, les Agathyrses se portèrent en armes sur leur frontière, prêts à repousser tout envahisseur. Les Mélanchlènes, les Androphages et les Neures, envahis par les Scythes et les Perses à leur suite, n'offrirent aucune résistance et, loin de se rappeler leurs menaces, s'enfuirent en désordre en direction du nord, vers le désert. Devant l'attitude menaçante des Agathyrses, les Scythes renoncèrent à passer chez eux, et de la Neuride, ramenèrent les Perses sur leur propre sol.

(126). La poursuite se prolongeait et menaçait de ne jamais finir ; aussi Darius envoya-t-il un cavalier porter au roi des Scythes Idanthyrsos ce message : « Pauvre sot ! Pourquoi fuir sans relâche quand tu pourrais choisir entre deux autres partis ? Si tu te crois capable de résister à mes forces, arrête-toi, renonce à ce vagabondage, et combats ; si tu reconnais ton infériorité, renonce encore à courir çà et là, viens trouver ton maître, pour lui faire présent de la terre et de l'eau. »

(127). Le roi des Scythes, Idanthyrsos, lui fit répondre : « Voici qui t'expliquera ma conduite, Perse : jamais encore je n'ai eu peur d'un homme et fui devant lui, et je ne te fuis pas davantage aujourd'hui. Je ne fais rien maintenant que je n'aie toujours eu l'habitude de faire, même en temps de paix. Si je ne te livre pas bataille immédiatement, je vais encore t'en donner la raison : nous n'avons ni ville ni cultures qui nous obligeraient, de peur de les voir prises ou saccagées par l'ennemi, à livrer bataille en hâte. S'il faut absolument en venir vite là, nous avons des tombes où reposent nos ancêtres : allons, trouvez-les, et essayez d'y toucher ! Vous verrez bien alors si nous combattrons pour elles ou si nous refuserons encore de nous battre. Jusque-là, à moins que l'idée ne nous en vienne, nous ne te livrerons pas bataille. Mais c'est assez parler de combat. Des maîtres, dis-tu ? Je ne m'en connais pas d'autre que Zeus, mon ancêtre, et Hestia, reine des Scythes. Pour toi, au lieu de la terre et de l'eau, présents que tu réclames, je t'enverrai les présents que tu mérites ; et, en réponse à ton " Je suis ton maître ", je t'invite, moi, à pleurer. » (C'est la façon de parler des Scythes[123].)

(128). Le héraut s'en alla porter cette réponse à Darius, mais, au seul mot d'esclavage, la colère s'était emparée des rois scythes : ils envoient aussitôt le groupe auquel s'étaient joints les Sauromates, sous le commandement de Scopasis, inviter les Ioniens à s'entendre avec eux — les Ioniens qui gardaient le pont sur l'Istros. Les forces demeurées en arrière décidèrent de ne plus entraîner les Perses à leur poursuite, mais de se jeter sur eux chaque fois qu'ils s'occuperaient de leur ravitaillement. Donc, ils guettaient le moment où les hommes de Darius s'occupaient de leur nourriture, pour appliquer leur nouvelle tactique. Or, la cavalerie scythe mettait régulièrement en déroute celle des Perses ; les cavaliers perses en fuite se rejetaient sur leur infanterie, et l'infanterie venait à leur secours, mais les Scythes tournaient bride dès qu'ils avaient culbuté la cavalerie, parce qu'ils craignaient l'infanterie perse. Les Scythes lançaient d'ailleurs des attaques de nuit comme de jour.

(129). Les Perses avaient un auxiliaire et les Scythes un adversaire bien inattendu lorsqu'ils attaquaient le camp de Darius ; on aura peine à me croire : c'était la voix des ânes et la vue des mulets. La Scythie ne connaît en effet ni l'âne ni le mulet, je l'ai signalé plus haut [124] : on n'en trouve pas un seul dans tout le pays, en raison du froid. Les braiements tonitruants des ânes jetaient le trouble dans les rangs des cavaliers scythes ; et souvent, en pleine charge contre les Perses, les chevaux, en entendant braire les ânes, regimbaient et reculaient effarouchés, les oreilles dressées, pour n'avoir jamais encore entendu pareil cri ni vu pareil animal. C'était là un petit avantage en faveur des Perses, au cours des opérations.

(130). Quand les Scythes voyaient les Perses en

plein désarroi, eux qui désiraient les voir s'attarder en terre scythe et tomber, en y demeurant, dans la pire détresse, ils avaient recours à un stratagème : ils laissaient sur place une partie de leurs troupeaux avec leurs gardiens, et s'en allaient d'un autre côté ; les Perses attaquaient, s'emparaient du bétail, et ce succès ranimait leur courage.

(131). La chose arriva plusieurs fois et, pour finir, Darius se trouva dans une situation fort critique. Les rois scythes s'en aperçurent et lui dépêchèrent un héraut qui lui présenta un oiseau, un rat, une grenouille et cinq flèches. Les Perses demandèrent au messager ce que signifiaient ces présents ; l'homme répondit qu'il avait pour seule mission de les remettre et de s'en aller aussitôt : aux Perses, dit-il, s'ils avaient quelque sagacité, de trouver ce que voulaient dire ces présents. Sur quoi, les Perses se mirent à délibérer.

(132). Darius fut d'avis que les Scythes se remettaient entre ses mains, eux, leur terre et l'eau, et il justifiait son interprétation en disant que le rat vit dans la terre et se nourrit des mêmes récoltes que l'homme, la grenouille vit dans l'eau, l'oiseau est l'image exacte du cheval, et les flèches représentaient leurs forces qu'ils lui livraient. Tel était l'avis de Darius, mais l'interprétation que proposa Gobryas, l'un des sept conjurés qui avaient tué le Mage[125], fut toute différente ; pour lui, les présents signifiaient : « À moins, Perses, que vous ne deveniez des oiseaux pour vous envoler dans les cieux, ou des rats pour vous cacher sous la terre, ou des grenouilles pour plonger dans les marais, vous ne reverrez jamais votre pays, car ces flèches vous transperceront[126]. »

(133). Ainsi les Perses cherchaient-ils le sens de ces présents. Le premier groupe scythe, chargé jusque-là de surveiller les bords du lac Méotide et qui devait entrer en relation avec les Ioniens, parvint au pont sur l'Istros. « Gens d'Ionie, dirent les Scythes, nous vous apportons la liberté, si vous consentez à nous entendre. Darius, nous dit-on, vous a prescrit de veiller sur le pont pendant soixante jours seulement et, s'il n'était pas revenu avant la fin de ce délai, de retourner chez vous. Agissez donc ainsi, et vous n'encourrez aucun reproche, ni de sa part, ni de la nôtre : attendez le nombre de jours voulu, puis retournez chez vous. » Les Ioniens s'y engagèrent, et les Scythes rebroussèrent chemin au plus vite.

(134). Après avoir fait parvenir à Darius les présents que j'ai dits, les Scythes demeurés sur place se rangèrent en face des Perses avec leur infanterie et leur cavalerie pour leur livrer bataille. Les Scythes étaient tous à leurs postes lorsqu'un lièvre passa entre les deux armées ; et chacun d'eux, en l'apercevant, de se lancer à sa poursuite. Désordre et clameurs furent tels que Darius demanda ce qui provoquait un pareil tumulte dans les rangs ennemis. Quand il sut qu'ils pourchassaient le lièvre, il dit à ses confidents habituels : « Ces hommes nous tiennent en grand mépris et je crois maintenant que Gobryas avait raison, au sujet de leurs présents. Je suis désormais de son avis ; et nous avons bien besoin d'un bon conseil, si nous voulons nous tirer d'ici sains et saufs. » Gobryas lui répondit : « Seigneur, je n'étais pas sans savoir déjà, par la renommée, quels adversaires difficiles étaient ces gens ; mais depuis notre arrivée je l'ai mieux compris encore, en les voyant se moquer de nous. Il nous faut maintenant, à mon avis, allumer, dès que la nuit sera tombée, des feux aussi nombreux que nous en faisons d'habitude, abandonner ici sous quelque prétexte les soldats trop faibles pour endurer de nouvelles fatigues, laisser tous les ânes à l'attache, et décamper avant que les Scythes courent droit à l'Istros pour détruire notre pont, ou que les Ioniens jugent à propos de prendre quelque décision susceptible de causer notre perte. »

(135). Tel fut l'avis de Gobryas ; la nuit vint, et Darius suivit son conseil : il abandonna sur place, dans le camp, les soldats fourbus et ceux qu'il pouvait sacrifier sans regret, ainsi que tous les ânes, laissés à l'attache. S'il abandonna les ânes et les invalides de son armée, c'était pour que les ânes fissent entendre leur voix et, quant aux hommes, c'était à cause de leur faiblesse ; mais le prétexte employé fut que le roi allait en personne attaquer les Scythes avec les éléments en bon état de son armée, tandis qu'eux garderaient le camp. Voilà ce qu'il fit croire aux soldats laissés en arrière ; puis il fit allumer les feux et partit au plus vite vers l'Istros. Dans le camp désert les ânes se mirent à braire plus fort que jamais, et les Scythes en les entendant s'imaginèrent que les Perses étaient encore là.

(136). Au lever du jour, les hommes laissés dans le camp surent que Darius les avait abandonnés à l'ennemi : ils tendirent vers les Scythes des bras suppliants et leur révélèrent la situation. Aussitôt les Scythes réunirent au plus vite leurs contingents : celui des deux royaumes et celui de Scopasis ainsi que les Sauromates, les Boudines et les Gélones ; et ils se lancèrent à la poursuite des Perses, en direction de l'Istros. Comme l'armée perse était composée principalement d'hommes à pied et ne connaissait pas le chemin, dans ce pays dépourvu de routes, tandis que les Scythes étaient à cheval et connaissaient les raccourcis, les deux armées se manquèrent et les

Scythes parvinrent au pont bien avant les Perses. Quand ils virent que les Perses n'étaient pas encore là, ils s'adressèrent aux Ioniens sur leurs vaisseaux : « Gens d'Ionie, dirent-ils, le temps qui vous était prescrit s'est écoulé, vous n'avez plus de raison de rester ici. La crainte jusqu'à présent vous retenait; maintenant détruisez ce pont et partez au plus vite, libres et joyeux, en remerciant les dieux et les Scythes. Pour votre ancien maître, nous allons le mettre hors d'état de porter la guerre désormais contre qui que ce soit. »

(137). Les Ioniens tinrent conseil. L'Athénien Miltiade[127], chef et tyran des habitants de la Chersonèse de l'Hellespont, proposa d'écouter les Scythes et de libérer l'Ionie, mais Histiée de Milet[128] soutint l'avis contraire : chacun d'eux, déclara-t-il, exerçait chez lui la tyrannie grâce à Darius et, la puissance de Darius disparue, ils ne pourraient conserver leurs pouvoirs, ni lui à Milet, ni personne nulle part; car chaque cité voudrait être une démocratie plutôt que d'obéir à un tyran. L'avis d'Histiée rallia aussitôt tous les suffrages, quand l'opinion de Miltiade avait d'abord prévalu.

(138). Voici les noms des hommes qui se rangèrent à cet avis, et que le roi tenait en grande estime : d'abord les tyrans des Hellespontins, Daphnis d'Abydos, Hippoclos de Lampsaque, Hérophantos de Parion, Métrodoros de Proconnèse, Aristagoras de Cyzique, Ariston de Byzance. Voilà pour l'Hellespont; pour l'Ionie : Strattis de Chios, Aiacès de Samos, Laodamas de Phocée, ainsi qu'Histiée de Milet, l'auteur de la proposition contraire à celle de Miltiade. Il n'y avait là qu'un seul Éolien d'importance, Aristagoras de Cymé.

(139). Résolus à suivre l'avis d'Histiée, les Ioniens

décidèrent en outre des actes et des paroles à employer : ils décidèrent de détruire leur pont du côté des Scythes sur la longueur d'une portée de flèche (pour se donner l'air d'agir tout en ne faisant rien et parer à toute tentative des Scythes, si jamais ils voulaient franchir l'Istros par ce pont), et de proclamer, tout en détruisant ce côté-là du pont, qu'ils entendaient donner aux Scythes toute satisfaction. Ils complétèrent ainsi leur décision, puis, en leur nom à tous, Histiée répondit aux Scythes en ces termes : « Gens de Scythie, vous nous apportez là d'excellents conseils et vos instances viennent à point. Vous nous montrez la bonne route et nous, de notre côté, nous saurons nous acquitter de ce que nous vous devons. Comme vous le voyez, nous commençons à détruire notre pont, et nous y mettons tout notre zèle, car nous désirons vivre libres. Mais, tandis que nous achevons ce travail, il vous revient à vous de chercher l'ennemi et, quand vous l'aurez trouvé, de le châtier, pour nous et pour vous, comme il le mérite. »

(140). Les Scythes crurent une seconde fois à la parole des Ioniens et s'en retournèrent à la recherche des Perses, mais ils ne les rencontrèrent pas en chemin ; ce fut d'ailleurs par leur propre faute, pour avoir détruit les pâturages nécessaires aux chevaux et comblé les points d'eau ; sans cela, ils n'auraient pas eu de peine à trouver les Perses, s'ils l'avaient voulu ; en fait, la mesure qui leur avait paru la plus avantageuse amena leur échec : ils se mirent en quête de l'ennemi dans les régions de leur pays où l'on trouvait encore du fourrage pour les chevaux et de l'eau, persuadés qu'il les cherchait lui aussi dans sa retraite. Or, les Perses suivirent les traces qu'ils avaient laissées à leur premier passage et retrouvèrent ainsi, mais non sans peine, l'endroit où traverser le fleuve. Ils y arrivèrent de nuit et furent terrifiés en voyant le pont détruit, à l'idée que les Ioniens les avaient abandonnés.

(141). Or, Darius avait auprès de lui un Égyptien doué de la voix la plus puissante du monde ; il envoya cet homme au bord de l'Istros appeler Histiée de Milet. L'Égyptien obéit et Histiée, au premier appel, envoya tous les vaisseaux pour faire passer les troupes et rétablit le pont.

(142). Les Perses furent donc sauvés, et les Scythes qui les cherchaient les manquèrent une seconde fois. Aussi jugent-ils les Ioniens, comme hommes libres, les plus vils et les plus lâches des mortels et, comme esclaves, les serviteurs les plus soumis et les moins désireux de fuir leurs chaînes. Voilà les termes méprisants qu'ils emploient à leur égard.

(143). Darius traversa la Thrace et gagna Sestos en Chersonèse, où il s'embarqua pour regagner l'Asie, laissant en Europe à la tête de ses troupes un Perse, Mégabaze, qu'il avait un jour honoré de cet éloge prononcé devant les Perses : il s'apprêtait à manger des grenades et ouvrait la première lorsque son frère Artabane lui demanda ce qu'il voudrait avoir en aussi grand nombre qu'il y avait de grains dans ce fruit ; Darius répondit qu'il préférerait avoir autant de Mégabazes que de grains, plutôt que de voir la Grèce soumise à ses lois. Il en avait fait cet éloge devant les Perses, et c'est lui qu'il choisit alors, pour le laisser à la tête de quatre-vingt mille hommes de son armée.

(144). Ce Mégabaze a d'ailleurs laissé un souvenir durable aux Hellespontins par une remarque qu'il fit : de passage à Byzance il apprit que les Chalcédoniens s'étaient installés dans la région dix-sept ans avant les

Byzantins ; sur ce, il déclara que les Chalcédoniens devaient être aveugles à cette époque, car ils n'auraient pas choisi de s'installer à l'endroit le moins bon quand il s'en présentait un plus beau, s'ils ne l'avaient pas été [129]. Donc ce Perse, Mégabaze, demeura pour lors chez les Hellespontins à la tête des troupes et s'occupa de soumettre les villes qui ne se rangeaient pas du côté des Mèdes.

LES PERSES CONTRE LA LIBYE

(145). Mégabaze fut donc chargé de ces opérations, et, à la même époque, une autre grande expédition fut lancée contre la Libye, pour une raison que j'indiquerai après avoir donné les renseignements suivants [130]

Fondation de Cyrène.

Certains descendants des Argonautes, chassés par les Pélasges qui enlevèrent à Brauron les femmes athéniennes [131], s'embarquèrent, chassés par eux de Lemnos, et arrivèrent à Lacédémone ; là, ils campèrent sur le Taygète et y allumèrent un feu. Les Lacédémoniens le virent et envoyèrent un messager leur demander leur nom et leur pays ; aux questions du messager, ils répondirent qu'ils étaient Minyens et descendaient des héros embarqués sur la nef Argo ; ces derniers avaient fait halte à Lemnos et y avaient engendré leur race [132]. Instruits de leur origine, les Lacédémoniens envoyèrent de nouveau le messager leur demander dans quel dessein ils étaient venus dans leur pays et avaient allumé du feu. Ils répondirent que, chassés par les Pélasges, ils étaient venus au pays de leurs pères, c'était justice, et ils demandaient à y demeurer avec eux, à partager leurs droits et à recevoir une part de leur terre. Les Lacédémoniens acceptèrent de recevoir les Minyens aux conditions qu'ils souhaitaient ; la principale raison qu'ils eurent d'agir ainsi fut que les Tyndarides avaient pris part à l'expédition des Argonautes [133]. Ils reçurent les Minyens, leur remirent un lot de terre et les répartirent dans leurs tribus. Les Minyens prirent aussitôt des épouses et marièrent à d'autres les femmes qu'ils avaient amenées de Lemnos.

(146). Bien vite les Minyens se montrèrent insolents, au point de réclamer une part de la royauté et d'aller contre les lois. Les Lacédémoniens décidèrent alors de les massacrer, et ils les saisirent et les jetèrent en prison — à Sparte, on exécute les condamnés à mort pendant la nuit, jamais pendant le jour. Ils s'apprêtaient donc à exécuter les Minyens lorsque leurs femmes, qui étaient des citoyennes et filles des plus grands personnages de la ville, demandèrent la permission d'entrer dans leurs cachots et de s'entretenir chacune avec son mari. On les laissa passer, sans soupçonner une ruse de leur part. Une fois dans la prison, voici ce qu'elles firent : elles donnèrent à leurs maris les vêtements qu'elles portaient et revêtirent elles-mêmes les leurs ; les Minyens affublés de vêtements féminins furent pris pour des femmes, sortirent de la prison et, sauvés par ce stratagème, ils allèrent de nouveau camper sur le Taygète.

(147). Dans le même temps Théras, fils d'Autésion, lui-même fils de Tisamène fils de Thersandre qui était fils de Polynice, allait quitter Lacédémone pour fonder une colonie. Ce Théras, un descendant de Cadmos [134], était l'oncle maternel des fils d'Aristodèmos, Eurysthénès et Proclès. Pendant la minorité de ses neveux il avait exercé la régence à Sparte ; à leur majorité les jeunes gens prirent le pouvoir et Théras, qui jugeait insupportable d'avoir à obéir après avoir goûté au plaisir de commander, annonça qu'il ne resterait pas à Lacédémone et qu'il irait retrouver les gens de sa race. Or, il y avait dans l'île qu'on nomme aujourd'hui Théra[135] (elle s'appelait auparavant Callisté) les descendants d'un Phénicien, Membliaros, fils de Poicilès. En effet Cadmos, fils d'Agénor, parti à la recherche d'Europe, avait fait relâche dans cette île qu'on appelle aujourd'hui Théra ; et parce que le pays lui plaisait, ou bien pour quelque autre raison, il laissa des Phéniciens dans cette île, entre autres Membliaros, l'un de ses parents. Ces gens habitaient l'île (qu'on appelait alors Callisté) depuis huit générations avant l'arrivée de Théras.

(148). C'est là que Théras comptait se rendre avec les colons fournis par les différentes tribus spartiates ; il avait l'intention de s'installer à côté d'eux, sans chasser personne, en se réclamant de leur parenté. Les Minyens échappés de leur prison campaient alors sur le Taygète et les Lacédémoniens projetaient de les faire périr : Théras demanda qu'on ne les massacrât point et proposa de les emmener avec lui. Les Lacédémoniens acceptèrent son offre et Théras partit rejoindre les descendants de Membliaros avec trois vaisseaux à trente rames, en emmenant un petit nombre seulement de Minyens ; car ils passèrent pour la plupart chez les Paroréates et les Caucones qu'ils chassèrent de leur pays, puis ils se divisèrent en six groupes et fondèrent en cette région les villes de Lépréon, Macistos, Phrixes, Pyrgos, Épion et Noudion. — Ces villes ont presque toutes été détruites de mon temps par les Éléens[136] ; et l'île de Callisté s'appelle désormais Théra, du nom du fondateur de la colonie.

(149). Le fils de Théras refusa de partir avec lui, et Théras dit alors qu'il allait l'abandonner, telle une brebis au milieu des loups. Ce mot fit donner au jeune homme le nom d'Oiolycos — *la brebis au loup* — et le nom lui resta. Oiolycos eut un fils, Égée, qui a donné son nom au clan des Égéides, une importante tribu de Sparte. — Les hommes de cette tribu voyaient mourir tous leurs enfants, aussi élevèrent-ils, sur la foi d'un oracle, un sanctuaire aux Érinyes de Laios et d'Œdipe[137] ; après quoi leurs enfants vécurent. La même chose arriva d'ailleurs dans l'île de Théra aux descendants de ces hommes.

(150). Jusqu'ici les Lacédémoniens et les Théréens sont d'accord ; sur les événements qui suivent, voici la version des seuls Théréens : Grinnos fils d'Aisanias, descendant de Théras et roi de l'île de Théra, conduisit à Delphes une hécatombe offerte par sa cité ; au nombre des citoyens qui l'accompagnaient se trouvait Battos fils de Polymnestos, qui descendait de l'un des Minyens, Euphémos. Au roi des Théréens, Grinnos, qui la consultait sur d'autres sujets, la Pythie répondit de fonder une ville en Libye. « Moi, Sire Apollon, répondit le roi, je suis déjà trop vieux, et trop lourd pour me remuer. Impose donc cette tâche à l'un de ces jeunes gens ! » et en prononçant ces mots il désignait Battos. Ce fut tout pour l'instant et, de retour chez eux, ils négligèrent l'oracle, car ils ne savaient pas où pouvait bien se trouver la Libye et n'osait expédier une colonie en plein inconnu.

(151). Or, pendant les sept ans qui suivirent, Théra ne reçut pas une goutte de pluie et tous les arbres de l'île se desséchèrent, sauf un. Les Théréens consultèrent l'oracle et la Pythie leur rappela cette colonie à fonder en Libye. Les Théréens, qui ne voyaient pas de remède à leurs maux, envoyèrent demander en Crète si quelqu'un là-bas, Crétois ou étranger installé dans l'île, s'était déjà rendu en Libye. Au cours de leurs pérégrinations les envoyés arrivèrent dans la ville d'Itanos, et là ils firent la connaissance d'un certain Corobios, un pêcheur de pourpre, qui leur dit avoir été entraîné par les vents jusqu'en Libye, dans une île de ce pays, Platéa. Moyennant salaire, ils le décidèrent à les accompagner à Théra. De Théra, un groupe de citoyens prit alors la mer pour aller, en petit nombre, étudier les lieux ; guidés par Corobios, ils atteignirent l'île de Platéa, où ils laissèrent Corobios muni de vivres pour un certain nombre de mois, tandis qu'eux-mêmes revenaient au plus vite présenter leur rapport à leurs concitoyens[138].

(152). Comme ils furent absents plus longtemps qu'ils ne l'avaient prévu, Corobios se trouva réduit au dénuement le plus complet. Sur ces entrefaites, un navire samien qui se rendait en Égypte sous les ordres de Colaios dévia de sa route et fut poussé sur l'île. Corobios conta son histoire aux Samiens, qui lui laissèrent des vivres pour un an ; eux-mêmes reprirent le large pour gagner l'Égypte, mais le vent d'est les en empêcha : soufflant sans arrêt il les entraîna au-delà des Colonnes d'Héraclès, jusqu'à Tartessos[139] ; un dieu les conduisait sans doute. Ce marché n'était pas encore exploité à cette époque, et les Samiens à leur retour tirèrent de leur cargaison le plus gros bénéfice que des Grecs aient jamais fait à notre connaissance, après toutefois Sostrate d'Égine[140], fils de Laodamas : celui-là est sans rival. Les Samiens prélevèrent la dîme de leur gain, six talents, pour faire faire un vase de bronze du genre des cratères d'Argos : des têtes de griffons en décorent le pourtour; ils le consacrèrent dans le temple d'Héra, monté sur un pied fait de trois figures de bronze, agenouillées, hautes de sept coudées[141]. L'étroite amitié qui lie les Cyrénéens et les Théréens aux Samiens remonte à cette aventure.

(153). Quand les Théréens regagnèrent Théra, après avoir laissé Corobios à Platéa, ils annoncèrent qu'ils avaient établi une colonie dans une île de la côte libyenne. La cité résolut que dans chaque famille un frère sur deux partirait, désigné par le sort, et que chacun de ses districts (il y en avait sept) fournirait un certain nombre de colons, avec Battos pour chef et pour roi[142]. Ils firent ainsi partir pour Platéa deux vaisseaux à cinquante rames.

(154). Voilà ce que racontent les Théréens; sur le reste de l'histoire, Théréens et Cyrénéens sont d'accord, mais il n'en est pas de même au sujet de Battos. Voici la version des Cyrénéens sur ce point : il y a en Crète une ville, Oaxos, où régna un certain Étéarque qui perdit sa femme, dont il avait une fille nommée Phronimé, et se remaria pour lui donner une seconde mère. Or la seconde femme, sitôt entrée dans la maison, choisit de se conduire en véritable marâtre envers Phronimé : elle la maltraitait sans cesse et ne reculait devant rien pour lui nuire. Enfin, elle l'accusa de se mal conduire et persuada son mari de la chose. Convaincu par son épouse, Étéarque forma contre sa fille un projet odieux : un marchand de Théra, Thémison, se trouvait alors à Oaxos; Étéarque en fit son hôte et tira de lui le serment de lui rendre tous les services qu'il lui demanderait; après quoi, il lui remit sa fille et le chargea de l'emmener avec lui et de la noyer en mer. Thémison, indigné du piège où son serment le faisait tomber, rejeta tout lien d'hospitalité avec Étéarque, et voici ce qu'il fit : il emmena la jeune fille et, arrivé en pleine mer, pour s'acquitter du serment qu'il avait prêté, il l'attacha à un câble et la plongea dans l'eau, puis il la repêcha et gagna Théra.

(155). Par la suite un notable de Théra, Polymnestos, prit Phronimé chez lui comme concubine. Le temps passa, et Phronimé lui donna un fils qui était presque aphone et bégayait; l'enfant reçut le nom de Battos[143], selon les Théréens et les Cyrénéens, mais à mon avis c'était un autre nom, qu'il abandonna pour prendre celui de Battos quand il vint en Libye, en raison de l'oracle qui lui avait été rendu à Delphes et de la dignité qui lui incombait alors; car en libyen *roi* se dit *battos* : c'est là, je pense, la raison pour laquelle dans une prophétie la Pythie lui donna ce nom en langue libyenne, comme elle savait qu'il régnerait en Libye. En effet, arrivé à l'âge d'homme, il était allé consulter l'oracle de Delphes au sujet de sa voix, et la Pythie lui fit cette réponse :

Battos, tu es venu pour ta voix, mais le seigneur Phébus Apollon
T'envoie dans la Libye riche en troupeaux fonder une cité,

ce qui équivaut en notre langue à : « Roi, tu es venu pour ta voix... » Il répondit alors : « Seigneur, je suis venu vers toi pour te consulter sur ma voix, et toi, dans ta réponse, tu me parles d'autre chose et tu m'ordonnes l'impossible, toi qui m'invites à fonder une cité en Libye : mais avec quelles forces? avec quels bras? » Ses protestations ne décidèrent pas la Pythie à lui faire une autre réponse, et, comme elle lui répétait toujours le même oracle, il s'en alla sans attendre la fin de ses discours et regagna Théra.

(156). Mais ensuite le ressentiment du dieu le poursuivit, et tous les Théréens avec lui. Comme ils ignoraient la cause de leurs maux, ils envoyèrent consulter l'oracle de Delphes sur ce point. La Pythie leur répondit que tout irait mieux pour eux s'ils allaient avec Battos s'établir à Cyrène en Libye. Sur quoi les Théréens y envoyèrent Battos avec deux navires à cinquante rames. Les colons se dirigèrent bien vers la Libye, mais, ne sachant que faire ensuite, ils revinrent à Théra. Les gens de l'île les reçurent à coups de pierres quand ils voulurent débarquer et, sans leur permettre de toucher terre, leur enjoignirent de s'en retourner. Ils s'en retournèrent donc, par force, et colonisèrent une île de la côte libyenne, celle qui, je l'ai dit plus haut, s'appelle Platéa. — Cette île a, dit-on, la même superficie que la ville actuelle de Cyrène.

(157). Ils y vécurent deux ans, mais leur situation ne s'améliorait pas ; ils laissèrent alors l'un des leurs dans l'île, et les autres s'embarquèrent pour se rendre à Delphes. Arrivés devant l'oracle, ils l'interrogèrent en signalant qu'ils habitaient en Libye et ne s'en trouvaient pas mieux. La Pythie leur répondit :

Si tu connais mieux que moi la Libye riche en troupeaux,
Toi qui ne l'as jamais vue, quand moi j'y suis allé, j'admire vraiment ta science[144] !

Sur cette réponse Battos et ses compagnons s'en retournèrent d'où ils venaient ; ils voyaient bien que le dieu ne les tenait pas quittes de cette colonie tant qu'ils n'auraient pas été en Libye même. Ils passèrent reprendre dans leur île le camarade qu'ils y avaient laissé, puis s'installèrent en Libye même, en face de l'île, dans un lieu qui s'appelait Aziris, encadré de beaux vallons boisés, au bord d'un fleuve.

(158). Ils habitèrent là pendant six ans ; la septième année, ils écoutèrent les Libyens qui leur promettaient de les conduire sur un meilleur emplacement, et se décidèrent à partir. De cet endroit, les Libyens les emmenèrent en direction du couchant et, pour les empêcher de voir au passage le plus beau de leurs sites, ils mesurèrent les étapes pour le leur faire traverser pendant la nuit (l'endroit s'appelle Irasa). Ils conduisirent les Grecs auprès d'une source consacrée, dit-on, à Apollon et leur dirent : « Voici, Grecs, un lieu favorable où vous installer ; ici, le ciel a des trous[145]. »

Histoire de Cyrène.

(159). Du vivant de Battos, fondateur de la colonie et son roi pendant quarante ans, et de son fils Arcésilas qui régna seize ans, la population de Cyrène ne dépassa pas le nombre des premiers colons. Sous leur troisième roi, Battos surnommé l'Heureux, un oracle de la Pythie convia tous les Grecs à rejoindre en Libye les Cyrénéens, qui promettaient des terres aux nouveaux arrivants. L'oracle disait ceci :

> Qui viendra trop tard dans la Libye charmante,
> Je dis qu'un jour il s'en repentira.

Les colons affluèrent à Cyrène ; mais quand les Libyens des environs, qui perdaient beaucoup de terres, et leur roi, nommé Adicran, se virent dépossédés de leur propre pays et en butte aux vexations des Cyrénéens, ils s'adressèrent à l'Égypte et se donnèrent à son roi, Apriès. Le roi d'Égypte leva chez lui des forces importantes et les envoya contre Cyrène. Les Cyrénéens allèrent au-devant des Égyptiens, les rencontrèrent sur le territoire d'Irasa, près de la source Thesté, et triomphèrent dans la rencontre. Les Égyptiens, qui méprisaient un ennemi qu'ils n'avaient encore jamais rencontré, se firent massacrer au point que peu d'entre eux revinrent en Égypte. Une conséquence du désastre fut que le peuple égyptien se révolta contre Apriès qu'il en rendait responsable[146].

(160). Battos eut pour fils Arcésilas ; celui-ci, au début de son règne, se prit de querelle avec ses frères et, finalement, ceux-ci quittèrent Cyrène et s'en allèrent fonder ailleurs en Libye leur propre ville, qui s'appela et s'appelle encore Barcé[147] ; en même temps ils soulevèrent la Libye contre Cyrène. Arcésilas prit alors les armes contre les Libyens qui les avaient accueillis, ceux qui pour l'instant se révoltaient contre lui. Les Libyens effrayés se réfugièrent en Libye Orientale. Arcésilas les suivit dans leur retraite jusqu'au moment où, arrivé dans sa poursuite à Leucon de Libye, les Libyens se décidèrent à l'attaquer. La bataille s'engagea, et la victoire des Libyens fut si complète que les Cyrénéens laissèrent sur le terrain sept mille de leurs hoplites. Après ce désastre, Léarchos, le frère d'Arcésilas, profita du moment où Arcésilas, malade, avait pris quelque drogue, pour l'étouffer ; mais il périt à son tour victime d'une ruse de la femme d'Arcésilas, qui s'appelait Éryxo.

(161). La royauté passa au fils d'Arcésilas, Battos, qui était boiteux et marchait difficilement. Dans le malheur qui les frappait, les Cyrénéens envoyèrent demander à Delphes quel régime adopter pour assurer la prospérité de leur patrie. La Pythie leur enjoignit d'aller chercher un réformateur à Mantinée, en Arcadie. Les Cyrénéens présentèrent leur requête aux Mantinéens, qui leur donnèrent le plus éminent de leurs concitoyens, qui s'appelait Démonax. Celui-ci vint à Cyrène étudier d'abord en détail la situation, puis il répartit la population en trois tribus, de la façon suivante : l'une comprit les Théréens et les périèques, une autre les Péloponnésiens et les Crétois, la troisième les Grecs des îles. De plus il réserva certains domaines au roi Battos ainsi que certaines fonctions sacerdotales, et il remit aux mains du peuple toutes les prérogatives dont les rois jouissaient auparavant[148].

(162). Ce système demeura en vigueur du temps de Battos, mais sous son fils Arcésilas de grands troubles s'élevèrent sur la question du pouvoir. Arcésilas, fils de Battos le Boiteux et de Phérétimé, déclara qu'il ne supporterait pas le régime établi par l'homme de Mantinée, Démonax, et revendiqua les droits qu'avaient eus ses ancêtres. Sa révolte échoua, et ils se réfugièrent lui à Samos, et sa mère à Salamis dans l'île de Chypre. À cette époque Salamis avait pour maître Euelthon, qui offrit à Delphes un ouvrage remarquable, l'encensoir déposé dans le Trésor des Corinthiens. Phérétimé, arrivée chez lui, le priait sans cesse de lui donner une armée pour les rétablir à Cyrène, son fils et elle ; mais Euelthon voulait bien lui faire n'importe quel cadeau, sauf celui-là. En recevant ses présents, Phérétimé déclarait que la chose était belle, mais qu'il serait encore plus beau de lui donner l'armée qu'elle réclamait. Comme elle répétait ces mots à chaque cadeau qui lui arrivait, Euelthon finit par lui envoyer un fuseau d'or et une quenouille qui était même chargée de laine, et, quand Phérétimé eut encore une fois prononcé sa formule habituelle, il lui déclara que ces cadeaux convenaient à une femme mieux qu'une armée.

(163). Cependant Arcésilas, à Samos, recrutait des

partisans de tous côtés en leur promettant un partage des terres. Pendant qu'il se préparait ainsi une importante armée, il partit pour Delphes consulter l'oracle sur son retour à Cyrène. La Pythie lui répondit « *Quatre Battos et quatre Arcésilas, huit générations d'hommes, c'est le temps que Loxias vous accorde pour régner sur Cyrène. Ne tentez pas d'aller plus loin, il vous le conseille. Et toi, tiens-toi tranquille quand tu seras revenu chez toi. Si tu trouves le four plein d'amphores, ne les fais pas cuire, laisse-les partir au gré du vent ; si tu les fais cuire, n'entre pas au lieu que l'eau entoure, sinon tu périras, et le plus beau des taureaux avec toi.* »

(164). Voilà ce que lui répondit la Pythie. Avec les soldats recrutés à Samos Arcésilas revint à Cyrène et reprit le pouvoir, mais il oublia l'oracle et voulut se venger de son exil sur ses adversaires. Parmi ceux-ci, les uns abandonnèrent le pays, d'autres tombèrent aux mains d'Arcésilas qui les envoya à Chypre pour y être exécutés ; la mer en jeta d'autres à Cnide et les Cnidiens les sauvèrent et les envoyèrent à Théra. Quelques Cyrénéens se réfugièrent dans une grande tour qui était la propriété privée d'un certain Aglomachos ; Arcésilas fit amasser du bois tout autour et y mit le feu. La chose faite, il reconnut là, trop tard, ce dont l'oracle l'avait prévenu : la Pythie lui avait défendu de « faire cuire les amphores », s'il les trouvait au four. Il s'éloigna volontairement de Cyrène, car il craignait la mort annoncée par l'oracle et croyait reconnaître dans Cyrène le « lieu entouré d'eau ». Il avait pour femme une parente, la fille du roi de Barcé qui s'appelait Alazeir ; il se rendit auprès de ce roi. Un jour, des Barcéens et quelques exilés de Cyrène le virent se promener sur la place et le tuèrent, ainsi que son beau-père Alazeir. C'est ainsi qu'Arcésilas, pour avoir, qu'il l'ait ou non voulu, enfreint l'oracle, subit sa destinée[149].

(165). Aussi longtemps qu'il vécut à Barcé, victime du malheur qu'il avait lui-même attiré sur sa tête, sa mère Phérétimé occupa dans Cyrène la place de son fils ; elle dirigeait la ville et siégeait au sénat. Quand elle apprit la mort de son fils à Barcé, elle alla se réfugier en Égypte. Elle trouva là-bas le souvenir des services qu'Arcésilas avait rendus à Cambyse, le fils de Cyrus — car c'était cet Arcésilas qui avait donné Cyrène à Cambyse et s'était imposé un tribut[150]. Arrivée en Égypte, Phérétimé vint en suppliante au foyer d'Aryandès et lui demanda vengeance au nom de son fils, mort, disait-elle, pour avoir été l'ami des Mèdes.

(166). Aryandès était l'homme choisi par Cambyse pour gouverner l'Égypte ; plus tard il périt pour avoir voulu rivaliser avec Darius. Comme il avait appris et voyait que Darius souhaitait laisser en souvenir de son règne un monument que nul roi n'eût encore achevé, il imita le roi, jusqu'au jour où il en reçut son salaire : Darius avait fait frapper de la monnaie avec de l'or raffiné au plus haut degré possible ; Aryandès, comme gouverneur de l'Égypte, fit la même chose avec de l'argent (maintenant encore, les pièces « aryandiques » sont la monnaie d'argent la plus pure). Quand Darius l'apprit, il l'accusa d'un tout autre crime, la rébellion, et le fit périr sous ce prétexte[151].

(167). Cet Aryandès eut alors pitié de Phérétimé et lui donna une armée qui comprenait toutes les forces de l'Égypte, terrestres et navales ; il prit pour chef des forces terrestres Amasis, un Maraphien, et des forces navales Badrès, qui était un Pasargade[152]. Avant de mettre l'armée en route, il envoya un héraut à Barcé demander qui avait tué Arcésilas ; les Barcéens se déclarèrent tous responsables du meurtre, car il leur avait fait, disaient-ils, beaucoup de mal. Au reçu de leur réponse Aryandès fit partir l'armée, avec Phérétimé. Le motif invoqué ne fut d'ailleurs qu'un prétexte, et s'il envoya cette expédition ce fut, à mon avis, pour soumettre la Libye. Ce pays contient des peuplades nombreuses et diverses, et quelques-unes seulement obéissaient au roi des Perses, tandis que la plupart ignoraient totalement Darius.

Les peuples de la Libye.

(168). Voici la répartition des tribus des Libyens[153] : en partant de l'Égypte, les premiers Libyens que l'on rencontre sont les Adyrmachides, qui ont en général les mêmes coutumes que les Égyptiens, mais s'habillent à la façon des autres peuples de Libye. Leurs femmes portent un anneau de cuivre à chaque jambe ; elles laissent pousser leurs cheveux et, quand elles prennent des poux, chacune mord à son tour ceux qui l'ont mordue, puis les recrache ; cette habitude n'existe que chez eux ; ils sont aussi les seuls à présenter à leur roi les filles qui vont se marier ; celles qui lui plaisent, il en jouit le premier. Leur nation s'étend de l'Égypte au port que l'on appelle Plynos[154].

(169). Après eux viennent les Giligames dont le territoire s'étend à l'ouest jusqu'à l'île d'Aphrodisias ; il comprend dans ses limites, près de la côte, l'île de Platéa où s'établirent les Cyrénéens, et, sur le continent, Port-Ménélas et Aziris, qu'ils habitèrent aussi[155]. Le silphion[156] commence là : on en trouve depuis l'île de Platéa jusqu'à l'embouchure de la Syrte. Ce peuple a les mêmes usages que les autres Libyens.

(170). Après les Giligames viennent, du côté de l'ouest, les Asbystes ; ils habitent au-dessus de Cyrène[157]. Les Asbystes ne s'étendent pas jusqu'à la mer, car le littoral appartient aux Cyrénéens. Ils se servent de chars à quatre chevaux encore plus que les autres Libyens et tâchent de copier la plupart des usages des Cyrénéens.

(171). Après les Asbystes viennent, plus à l'ouest, les Auschises. Ils habitent au-dessus de Barcé, et touchent à la mer près d'Euhespérides. Au milieu du pays des Auschises habite une tribu de peu d'importance, les Bacales, qui touchent à la mer près de Tauchéira, une ville qui appartient aux Barcéens[158]. Leurs usages sont ceux des Libyens qui habitent au-dessus de Cyrène.

(172). Après ces Auschises viennent, plus à l'ouest, les Nasamons, un peuple important ; ils laissent en été leurs troupeaux près de la mer et se rendent à l'intérieur des terres, dans la région d'Augila, pour y récolter les fruits des palmiers qui sont en cet endroit nombreux et vigoureux[159]. Ils chassent aussi les sauterelles ; ils les font sécher au soleil, les pilent et ajoutent cette poudre au lait qu'ils boivent. Ils pratiquent la polygamie, mais les femmes sont communes à tous comme chez les Massagètes ; avant de s'unir à une femme, l'homme plante un bâton devant sa porte. Quand un Nasamon se marie pour la première fois, la coutume veut que pendant la première nuit tous les convives puissent jouir de la femme qu'il épouse ; et chacun d'eux doit lui remettre un cadeau qu'il apporte de chez lui. En matière de serments et de divination, voici leurs coutumes : ils jurent par les hommes renommés chez eux pour avoir été particulièrement justes et vaillants, la main posée sur leurs tombeaux.

Pour consulter les dieux, ils se rendent à l'endroit où sont ensevelis leurs ancêtres, font une prière et dorment sur la tombe ; les songes qu'ils font leur dictent leur conduite. Voici comment ils contractent un engagement : l'un donne à boire à l'autre dans sa main et boit ensuite dans la sienne ; s'ils n'ont aucun liquide à leur disposition, ils ramassent de la poussière qu'ils lèchent.

(173). Les voisins des Nasamons sont les Psylles[160] ; mais ce peuple a péri, et voici comment : le vent soufflant du sud avait tari leurs citernes, et leur territoire entier, qui est au fond de la Syrte, était absolument privé d'eau ; les Psylles tinrent conseil et d'un commun accord résolurent de partir en guerre contre le vent du sud (c'est du moins ce que l'on dit en Libye). Quand ils furent dans le désert, le vent du sud s'éleva et les recouvrit de sable. Depuis leur disparition, le pays appartient aux Nasamons.

(174). Plus loin en direction du vent du sud les [Garamantes] habitent la région des bêtes sauvages ; ils fuient les hommes et la société, n'ont pas d'armes de guerre et ne savent pas repousser un ennemi[161].

(175). Ce peuple, donc, habite au-dessus des Nasamons. Sur le littoral, plus à l'ouest, sont les Maces qui ont le crâne rasé, à l'exception d'une houppe de cheveux qu'ils obtiennent en laissant pousser le milieu de leur chevelure tandis qu'ils la tondent jusqu'à la peau sur les côtés. Pour la guerre, ils se font des cuirasses en peau d'autruche. Le fleuve Cinyps coule dans leur pays ; il sort de la colline dite « des Charites » et se jette dans la mer. La colline des Charites est couverte de bois épais, quand toutes les régions précédemment nommées sont nues ; elle se trouve à deux cents stades de la mer[162].

(176). Après les Maces viennent les Gindanes, dont les femmes portent aux chevilles un grand nombre d'anneaux de cuir qui ont, dit-on, un sens particulier : chacun représente un homme auquel la femme s'est unie. Celle qui en a le plus est la plus estimable à leurs yeux, puisque, disent-ils, elle s'est fait aimer du plus grand nombre d'hommes[163].

(177). Le promontoire qui termine le pays des Gindanes appartient aux Lotophages, qui vivent du seul fruit du lotos[164]. Le lotos donne un fruit gros comme la baie du lentisque et d'une saveur sucrée, comme les dattes. Les Lotophages en font également du vin.

(178). Sur la côte, après les Lotophages, viennent les Machlyes ; ils font usage du lotos, eux aussi, mais moins que leurs voisins. Leur territoire s'étend jusqu'à un fleuve important qu'on appelle le Triton ; le fleuve se jette dans le grand lac Tritonis ; il y a dans ce lac une île qui s'appelle Phla[165] ; un oracle, dit-on, invita les Lacédémoniens à la coloniser.

(179). On raconte encore l'histoire suivante : quand, au pied du Pélion, Jason eut construit la nef Argo, il y plaça, outre les victimes destinées à une hécatombe, un trépied de bronze, et il s'embarqua pour se rendre à Delphes en contournant le Péloponnèse. À la hauteur du cap Malée le vent du nord le dérouta et le poussa vers la Libye et, avant même d'avoir vu la terre, il se trouvait pris dans les bas-fonds du lac Tritonis. Dans ce péril le dieu Triton lui apparut, dit-on, et lui demanda son trépied, en lui promettant de leur indiquer les passes et de les tirer d'affaire. Jason accepta le marché ; alors Triton les guida hors des bas-fonds et du haut de ce trépied, avant de le placer dans son temple, il prédit l'avenir à

Jason et à ses compagnons : le jour, dit-il, où l'un de leurs descendants emporterait le trépied, les destins portaient que cent villes grecques s'élèveraient sur les bords du lac Tritonis[166]. Quand les Libyens de la région apprirent cet oracle, ils cachèrent le trépied.

(180). Après les Machlyes viennent les Auses. Ils habitent, ainsi que les Machlyes, sur les bords du lac Tritonis ; le Triton les sépare. Les Machlyes laissent pousser leurs cheveux sur la nuque, les Auses sur le front. Le jour de la fête annuelle d'Athéna, les filles du pays réparties en deux camps se livrent bataille à coups de pierres et de bâtons ; c'est là, disent-elles, un rite ancien du culte qu'elles rendent à leur déesse indigène, celle que nous appelons, nous, Athéna. Les filles qui succombent à leurs blessures sont traitées de fausses vierges. Avant qu'on les envoie se battre, il y a une cérémonie : le peuple désigne la fille la plus belle, qu'on promène sur un char, parée d'un casque corinthien et d'une armure complète à la grecque, tout autour du lac[167]. Quel costume avaient ces filles avant l'arrivée des Grecs dans leur pays ? Je l'ignore, mais je suppose qu'elles portaient des armures égyptiennes, car je tiens que la Grèce a reçu de l'Égypte le casque et le bouclier. Athéna est, pour eux, née de Poséidon et de la nymphe du lac Tritonis et, pour quelque grief qu'elle eut contre son père, elle se remit à Zeus qui la prit pour fille[168] — telle est leur opinion. Chez eux les femmes sont communes à tous ; ils ne se marient pas, ils s'accouplent à la manière des bêtes. Lorsqu'une femme met au monde un enfant viable, les hommes se rassemblent deux mois après, et celui à qui l'enfant ressemble est reconnu pour son père.

(181). Tous les peuples énumérés jusqu'ici sont les Libyens nomades installés sur le littoral. En allant vers l'intérieur on trouve, après eux, la région des bêtes sauvages ; au-delà, c'est la région des dunes, qui va de Thèbes en Égypte aux Colonnes d'Héraclès [169]. On trouve dans cette région, à dix jours de marche environ les unes des autres, des buttes couvertes de blocs de sel faits de gros cristaux agglomérés ; du sommet de ces buttes jaillit, au milieu des blocs de sel, une eau fraîche et douce ; ces sources groupent autour d'elles les derniers habitants du pays, aux confins du désert, au-delà de la région des bêtes sauvages [170]. Le premier peuple que l'on rencontre en venant de Thèbes, à dix jours de marche de cette ville, est celui des Ammoniens, qui ont adopté le culte du Zeus de Thèbes (car, je l'ai dit plus haut, la statue de Zeus à Thèbes porte, elle aussi, une tête de bélier). Les Ammoniens ont encore une autre source dont l'eau est tiède au point du jour, et plus fraîche à l'heure où il y a le plus de monde sur la place ; midi arrive, et l'eau devient glacée — les gens arrosent leur jardin à ce moment-là — ; à mesure que le jour baisse, elle se réchauffe et, au coucher du soleil, elle est tiède de nouveau ; sa température ne cesse d'augmenter alors jusqu'au milieu de la nuit où elle bout à gros bouillons ; après l'heure de minuit elle se refroidit jusqu'à l'aurore. On l'appelle la Source du Soleil [171].

(182). Toujours dans la région des dunes, à dix jours de marche des Ammoniens, on rencontre une autre butte de sel semblable à la précédente, et de l'eau ; l'endroit, qui est habité, s'appelle Augila. C'est là que les Nasamons vont récolter les dattes.

(183). À dix jours de marche d'Augila se trouve une autre butte de sel avec de l'eau et de nombreux palmiers à dattes, de même que dans les oasis précédentes. L'endroit est également habité ; il appartient à un peuple très important, les Garamantes, qui recouvrent le sel d'une couche de terre qu'ils cultivent. Par la route la plus directe, ils sont à trente jours de marche des Lotophages[172]. Ils ont aussi chez eux la race des bœufs opisthonomes — qui paissent à reculons — : la raison en est que leurs cornes sont recourbées en avant, ce qui les oblige à marcher à reculons lorsqu'ils paissent; s'ils avançaient, leurs cornes se ficheraient en terre; ce détail excepté, ainsi que l'épaisseur et le grain de leur peau, ils ne diffèrent pas des autres bœufs. Les Garamantes se lancent à la chasse des Troglodytes-Éthiopiens[173] sur leurs chars à quatre chevaux, car ces Troglodytes, de tous les peuples dont nous entendons parler, sont les hommes les plus rapides à la course. Ces Troglodytes vivent de serpents, lézards et autres reptiles; ils ont un langage qui ne ressemble à aucun autre : ce sont des cris aigus comme en poussent les chauves-souris.

(184). À dix jours de route des Garamantes on trouve encore une autre butte de sel et de l'eau; ses habitants s'appellent les Atarantes, le seul peuple, à notre connaissance, chez qui les hommes n'aient pas de noms : si leur nation porte le nom général d'Atarantes, les individus ne portent pas chacun un nom particulier[174]. Ce peuple adresse des malédictions au soleil quand il est au sommet de sa course, avec toutes les injures possibles, parce que son ardeur brûle et les êtres humains et la terre. Après dix jours de route encore on trouve une autre butte de sel avec de l'eau, également habitée. À côté s'élève une montagne qu'on appelle Atlas : elle est étroite, parfaitement ronde et si haute que, dit-on, la cime en demeure invisible, enveloppée de nuages en été comme en hiver[175]. C'est la colonne qui soutient le ciel, disent les gens du pays. La montagne a donné son nom aux habitants du pays : on les appelle les Atlantes. Ils ne mangent, dit-on, rien qui ait vécu, et ne connaissent pas les songes.

(185). Si jusqu'aux Atlantes je puis nommer les peuples qui habitent la région des dunes, au-delà cela m'est impossible. Cependant les dunes se prolongent jusqu'aux Colonnes d'Héraclès, et même plus loin; elles portent, de dix jours en dix jours de marche, un gisement de sel et des habitants. Les habitations y sont faites de blocs de sel, car cette partie de la Libye ne reçoit déjà plus de pluie — les murs de sel ne resteraient pas debout, s'il y pleuvait. On tire du sol un sel blanc, ou coloré de rouge[176]. Plus loin vers le midi et l'intérieur des terres la Libye devient un désert, elle n'a pas d'eau, pas de vie animale, pas de pluie, pas d'arbres; c'est la sécheresse totale[177].

(186). Donc, de l'Égypte jusqu'au lac Tritonis les Libyens sont des nomades mangeurs de viande et buveurs de lait; ils s'abstiennent de la viande de vache, pour le même motif que les Égyptiens[178], et n'élèvent pas de porcs. Les femmes de Cyrène se refusent aussi à manger de la vache, à cause de l'Isis des Égyptiens, qu'elles honorent de plus par des jeûnes et des fêtes. Les femmes des Barcéens s'abstiennent en outre de la viande de porc. Voilà comment vivent ces peuplades.

(187). À l'ouest du lac Tritonis les Libyens ne sont plus nomades; leurs coutumes sont différentes, et ils ne font pas subir à leurs enfants le traitement suivant — qui est en usage, sinon chez tous les nomades, chose que je ne saurais affirmer, du moins chez la plupart d'entre eux — : quand les enfants atteignent l'âge de quatre ans, ils leur brûlent les veines du crâne, parfois même celles des tempes, avec une mèche de laine non dessuintée, dans l'intention de leur éviter à l'avenir le phlegme qui découle de la tête, et cela leur assure, prétendent-ils, une santé parfaite. Les Libyens sont d'ailleurs, en vérité, le peuple le plus sain que nous connaissions : est-ce pour cette raison ? Je n'en sais rien, mais le fait est certain. Si l'opération provoque des convulsions chez l'enfant, ils ont un remède tout prêt : ils l'arrosent d'urine de bouc [179]. Je ne fais ici que rapporter leurs affirmations.

(188). Voici comment ils procèdent à leurs sacrifices : en prémices, ils tranchent l'oreille de la victime et la jettent par-dessus leur demeure ; après quoi, ils tordent le cou de l'animal. Ils sacrifient au soleil et à la lune seulement — tous les Libyens leur offrent des sacrifices ; mais les riverains du lac Tritonis en offrent principalement à Athéna et, après elle, à Triton et à Poséidon.

(189). Le costume et l'égide qu'on voit en Grèce aux statues d'Athéna sont inspirés des vêtements des Libyennes, bien que le costume des Libyennes soit de peau, et la frange de leur égide faite de minces lanières de cuir au lieu de serpents ; le reste est pareil. D'ailleurs, le nom montre bien que le costume des statues de Pallas vient de Libye : les Libyennes portent sur leur robe une *égée*, peau de chèvre rasée, garnie de franges et teinte en rouge, dont les Grecs ont tiré le mot *égide* [180]. Pour moi, les hurlements rituels qui accompagnent les cérémonies religieuses ont aussi la même origine, car les Libyennes en usent fort, et d'une façon remarquable [181]. Atteler à quatre chevaux est encore un usage passé des Libyens à la Grèce.

(190). Les Nomades ensevelissent leurs morts à la manière des Grecs, sauf les Nasamons, qui les enterrent assis et ont bien soin de redresser le moribond à son dernier soupir et de ne pas le laisser mourir couché. Leurs demeures sont faites de tiges d'asphodèles et de roseaux entrelacés; elles sont faciles à transporter. Voilà les coutumes des Libyens nomades.

(191). À l'ouest du fleuve Triton, après les Auses, viennent désormais des Libyens qui cultivent le sol et ont des maisons; ce sont les Maxyes, qui laissent pousser leurs cheveux sur le côté droit de la tête et les rasent sur le côté gauche, et qui se frottent le corps de vermillon. Ils prétendent que leurs ancêtres sont venus de Troie [182]. Leur pays, ainsi que le reste de la Libye en direction du couchant, est bien plus riche en animaux sauvages et en forêts que celui des nomades; en direction du levant la Libye, celle des nomades, est plate et sablonneuse jusqu'au Triton; depuis ce fleuve en direction du couchant la Libye des peuples sédentaires est très montagneuse et peuplée d'animaux sauvages. Là vivent les serpents gigantesques, les lions, les éléphants, les ours, les aspics, les ânes cornus, les créatures à tête de chien, les créatures sans tête aux yeux placés dans la poitrine (s'il faut en croire les Libyens), les hommes et femmes sauvages, et bien d'autres créatures encore, — qui existent bel et bien [183].

(192). Les nomades ne connaissent pas ces animaux, mais ils en ont d'autres chez eux : gazelles à la croupe blanche, chevreuils, antilopes, bubales, ânes — sans cornes, ceux-là, mais qui ne boivent pas (et c'est exact) —, oryx dont les cornes servent à faire les montants des lyres phéniciennes (l'animal a presque la taille d'un bœuf), petits renards, hyènes, porcs-épics, béliers sauvages, dictyes, chacals, panthères, boryes, crocodiles terrestres longs de trois coudées presque, qui ressemblent aux lézards, autruches et petits serpents qui portent une seule corne[184]. En plus de ces animaux, ils ont aussi ceux que l'on trouve ailleurs, sauf le cerf et le sanglier, qui n'existent ni l'un ni l'autre en Libye. Ils ont trois espèces de rats : les rats *dipodes*, les *zégéries* (un mot libyen, qui signifie « collines » en notre langue) et les rats-hérissons. On trouve aussi dans le silphion des belettes semblables à celles de Tartessos[185]. Voilà les animaux que renferme le pays des Libyens nomades, d'après les recherches, aussi étendues que possible, auxquelles nous nous sommes livré.

(193). Après les Maxyes viennent les Zauèces, dont les femmes mènent les chars à la bataille.

(194). Après eux viennent les Gyzantes qui ont beaucoup de miel d'abeilles, mais chez qui, dit-on, on fabrique un miel artificiel en quantité plus grande encore[186]. Tous se frottent de vermillon ; ils mangent des singes, qui abondent dans leurs montagnes.

(195). Selon les Carthaginois, il y a sur la côte une île nommée Cyrauis[187], longue de deux cents stades, mais étroite ; on y accède à pied depuis le continent, et elle est couverte d'oliviers et de vignes. Elle renferme un lac où les filles du pays viennent pêcher dans la vase des paillettes d'or, à l'aide de plumes trempées dans la poix. Je ne sais si c'est vrai et me contente de consigner ce que l'on dit ; mais cela n'a rien d'impossible, puisqu'à Zacynthe, j'ai vu de mes yeux tirer de la poix de l'eau d'un lac. — Zacynthe a plusieurs lacs, dont le plus grand a soixante-dix pieds en tous sens, sur deux orgyies de profondeur ; on y plonge une branche de myrte attachée à une perche et on la relève chargée d'une poix qui a l'odeur du bitume, mais qui est pour le reste supérieure à la poix de Piérie[188]. On verse cette poix dans un fossé, creusé près du lac et, quand on en a une bonne quantité, on la transvase dans des amphores. Tout ce qui tombe dans le lac est entraîné sous la terre et réapparaît dans la mer, qui est éloignée d'environ quatre stades. — Donc, ce qu'on rapporte de cette île de la côte libyenne peut très bien être vrai.

(196). D'après les Carthaginois encore, il y a sur la côte libyenne un point habité, au-delà des Colonnes d'Héraclès, où ils abordent et débarquent leurs marchandises ; ils les étalent sur la grève, regagnent leurs navires et signalent leur présence par une colonne de fumée. Les indigènes, qui voient la fumée, viennent au rivage, déposent sur le sable de l'or pour payer les marchandises et se retirent ; les Carthaginois descendent alors examiner leur offre : s'ils jugent leur cargaison bien payée, ils ramassent l'or et s'en vont ; sinon, ils regagnent leurs navires et attendent. Les indigènes reviennent et ajoutent de l'or à la somme qu'ils ont déposée, jusqu'à ce que les marchands soient satisfaits. Tout se passe honnêtement, selon les Carthaginois : ils ne touchent pas à l'or tant qu'ils jugent la somme insuffisante, et les indigènes ne touchent pas aux marchandises tant que les marchands n'ont pas ramassé l'or[189].

(197). Voilà les peuples de Libye que nous pouvons nommer ; pour la plupart, ils ignorent complètement le roi des Mèdes, et ils l'ignoraient alors. Un détail encore sur ce pays : quatre races différentes l'habitent, pas davantage, à notre connaissance : deux sont autochtones, les deux autres ne le sont pas ; sont autochtones les Libyens au nord et les Éthiopiens au sud ; les Phéniciens et les Grecs sont venus de l'étranger.

(198). La Libye n'est pas davantage, à mon avis,

d'une fertilité comparable à celle de l'Asie ou de l'Europe, à l'exception du Cinyps (le pays porte le même nom que le fleuve). Cette région, comparable au meilleur des sols pour les moissons de Déméter, ne ressemble pas du tout au reste de la Libye : la terre y est riche, les sources nombreuses, et elle n'a pas à redouter la sécheresse ni l'excès des pluies (car il pleut sur cette partie de la Libye). Le rendement des récoltes y est égal à celui de la Babylonie. Les Euhespérites habitent une région fertile eux aussi : dans les meilleures années, elle rapporte cent pour un, et le Cinyps environ trois cents pour un[190].

(199). La Cyrénaïque, qui est la partie la plus élevée de la Libye des nomades, a même trois récoltes annuelles, avantage admirable ; la région du littoral se trouve la première prête pour la moisson et les vendanges ; la récolte achevée là, les régions intermédiaires qu'on appelle *les Collines,* au-dessus du littoral, sont prêtes à leur tour ; sitôt les moissons terminées là aussi, celles de la zone supérieure, arrivées à maturité, attendent les moissonneurs, si bien que la première récolte est déjà bue et mangée quand la troisième va commencer. Ainsi, la saison des récoltes dure huit mois chez les Cyrénéens[191]. Mais assez sur ce sujet.

Intervention des Perses.

(200). Les Perses, donc, chargés par Aryandès d'aller venger Phérétimé arrivèrent à Barcé[192] ; ils investirent la ville et sommèrent les Barcéens de leur livrer les auteurs du meurtre d'Arcésilas. Comme le peuple entier s'en partageait la responsabilité, ils n'obtinrent qu'un refus. Ils firent alors le siège de la place et, pendant neuf mois, creusèrent des galeries de mine jusque sous les remparts et lancèrent contre eux de furieux assauts. Mais un forgeron découvrit leurs mines au moyen d'un bouclier garni de bronze, et voici comment il s'y prit : il faisait le tour de l'enceinte avec son bouclier, qu'il appliquait contre le sol ; si nul son ne l'ébranlait ailleurs, aux endroits où les Perses creusaient leurs galeries le bronze du bouclier se mettait à vibrer. Les Barcéens creusaient alors des contre-galeries et massacraient les Perses dans leurs sapes. Cette invention vint au secours des Barcéens qui, d'autre part, repoussaient tous les assauts des Perses.

(201). Le siège traînait en longueur et les adversaires perdaient beaucoup de monde, surtout les Perses. Amasis, qui commandait leurs forces terrestres, eut alors recours à un stratagème ; quand il eut compris que seule la ruse, et non la force, pourrait triompher des Barcéens, voici le plan qu'il adopta : pendant la nuit il fit creuser une large fosse qu'on recouvrit de planches minces, dissimulées à leur tour sous une couche de terre mise au niveau du sol environnant. Au lever du jour, il proposa aux Barcéens d'entrer en pourparlers ; ils y consentirent volontiers et en vinrent bientôt à un accord. Le traité qu'ils conclurent, au-dessus de la fosse si bien dissimulée, comportait les conditions suivantes : aussi longtemps que durerait la terre qui les portait, les serments échangés resteraient en vigueur ; les Barcéens promettaient de payer au roi un tribut convenable, et les Perses de ne plus rien entreprendre contre les Barcéens. Confiants en la foi jurée, les Barcéens sortirent de leur ville et, toutes portes ouvertes, laissèrent l'ennemi libre d'y entrer à son gré. Mais les Perses, démolissant leur pont caché, se jetèrent aussitôt dans l'enceinte ; s'ils détruisirent le pont qu'ils avaient jeté sur le fossé, ce fut pour respecter la lettre de leur serment, puisqu'ils avaient juré aux Barcéens que leurs conventions dureraient aussi longtemps que la terre qui les portait : plus de pont, plus de serment.

(202). Les Barcéens les plus coupables furent livrés à Phérétimé qui les fit empaler tout autour des remparts ; quant à leurs femmes, elle ordonna de leur couper les seins qu'elle fit également suspendre à la muraille. Elle abandonna tout le reste de la population aux Perses comme butin, sauf les membres de la famille des Battiades, qui n'avaient pas trempé dans le meurtre de son fils ; c'est à eux qu'elle remit la ville.

(203). Puis, les Perses s'en retournèrent avec tout le reste de la population, réduit en esclavage. Quand ils arrivèrent à Cyrène, les Cyrénéens, pour obéir à un oracle, leur permirent de passer par leur ville. Tandis qu'ils la traversaient, Badrès, le chef des forces navales, leur proposa de s'en emparer ; mais Amasis, le chef des forces terrestres, ne le voulut pas : Barcé, dit-il, était la seule ville grecque visée par leur expédition. Mais bientôt, quand ils eurent quitté la ville et installé leur camp sur la colline de Zeus Lycien [193], ils regrettèrent de ne pas s'être emparés de Cyrène. Ils tentèrent bien d'y revenir, mais les Cyrénéens ne le voulurent pas. Et les Perses, bien que nul ne les eût attaqués, furent pris de panique, s'enfuirent et ne s'arrêtèrent qu'à quelque soixante stades de là. À peine s'étaient-ils établis en cet endroit qu'un message d'Aryandès les rappela. Ils demandèrent aux Cyrénéens des vivres pour la route, ce qu'on leur accorda, et dès qu'ils les eurent reçus, ils partirent pour l'Égypte. Mais les Lybiens qu'ils trouvèrent ensuite sur leur route les harcelèrent et, pour s'emparer de leur équipement et de leurs bagages, ils massacraient les isolés et les traînards, jusqu'au jour où ils atteignirent enfin l'Égypte.

(204). L'expédition des Perses en Libye poussa jusqu'à Euhespérides. Les Barcéens qu'ils emmenèrent en esclavage furent, d'Égypte, envoyés au Grand Roi. Le roi Darius leur octroya une localité dans la Bactriane où s'installer ; ils donnèrent le nom de Barcé à ce bourg, qui existait encore de mon temps en Bactriane[194].

(205). Phérétimé acheva ses jours misérablement, elle aussi. Sa vengeance accomplie, elle revint en Égypte pour y mourir aussitôt de la mort la plus cruelle : elle fut, vivante, la proie des vers — car les vengeances impitoyables des hommes leur attirent la haine et le courroux des dieux. Telle fut dans toute sa cruauté la vengeance que Phérétimé, femme de Battos, tira des Barcéens[195].

DOSSIER

TABLEAU CHRONOLOGIQUE

des événements rapportés dans L'Enquête *(livres I à IV)*
(env. 3000 à 512 av. J.-C.)

	CHRONOLOGIE DES ÉVÉNEMENTS	HÉRODOTE
Avant 3000	Première dynastie gyptienne : Ménès.	*Min :* II 4, 99, 142.

3000

v. 3000	Les Pélasges dans le bassin de l'Égée.	I 56-58 ; II 56, 171.
3000-1400	Civilisation minoenne en Crète.	
v. 2750	Fondation de Tyr.	II 44.
v. 2600	Pyramide de Chéops.	II 124-127.
	— Chéphren.	II 127.
	— Mycérinos.	II 129-133, 136.
v. 2200	Nitocris reine d'Égypte.	II 100.

2000

v. 2000	Les premiers Hellènes en Grèce.	I 56-58.
v. 2000-1750	Arrivée des Achéens en Grèce.	I 145-146 ; II 120.
v. 1970	Sésostris Ier roi d'Égypte.	
v. 1872-1843	Sésostris II ou III ; campagnes hors d'Égypte.	II 102-110 (confusion entre Sésostris et Ramsès II).

v. 1842-1797	Amenemhat III ; creusement du lac Moéris, construction du Labyrinthe.	*Moéris :* II 13, 101, 148-150 (confusion avec Aménophis III).
v. 1550-1450	Suprématie de Cnossos en Crète ; Minos II. Ruine de la ville (par les Achéens ?).	I 171, 173 ; III 122.
v. 1350		*Héraclès* (« 900 ans avant moi ») : II 145.
v. 1250	Agron roi de Lydie (?).	I 7.
v. 1198-1168	Ramsès III (?).	*Rhampsinite :* II 121.
1183	Date traditionnelle de la prise de Troie.	II 145 (« plus de 800 ans avant moi » : v. 1270).
	Protée roi d'Égypte (?).	II 112-116.
v. 1150-950	Invasions doriennes en Grèce.	« *Retour des Héraclides* » : I 7, 13, 14, 91 ; II 171.
avant 1000	Les Phéniciens dépassent Gibraltar.	*Tartessos* (Cadix) : I 163 ; IV 152.

1000

950-929	Chechanq Ier roi d'Égypte (?).	*Asychis :* II 136.
900-700	Confédération des cités ioniennes.	I 142-151.
v. 900	Les Celtes en Gaule.	II 33 ; IV 49.
850	Les poèmes homériques.	*Homère* (« 400 ans avant moi ») : II 23, 53, 116-117 ; IV 29, 32.
v. 850-800	Arrivée des Lydiens en Étrurie.	I 94.
v. 810	Sammouramat régente à Babylone.	*Sémiramis :* I 184.
v. 800	Fondation de Carthage.	I 166-167 ; III 17, 19 ; IV 43, 195-196.
—	Colonisation grecque en Afrique du Nord.	IV 151-153, 156, 159.

—	Sparte conquiert la Laconie.	I 66-68, 82.
—	Apparition de l'alphabet grec.	
782-772	Les Mèdes attaquent l'Assyrie.	I 95.
776	Fondation des jeux Olympiques.	
v. 750	Les poèmes d'Hésiode.	Contemporain d'Homère : II 53.
v. 750	Fin de la royauté à Athènes.	
v. 747-657	Les Bacchiades à Corinthe.	
v. 736	Corinthe fonde Corcyre.	III 49.
v. 722	Déiocès roi des Mèdes.	I 96-102.
720-715	Bocchoris roi d'Égypte (?).	*Anysis :* II 137-138.
v. 716-711	Conquête de l'Égypte par les Éthiopiens.	
716-701	Chabaka roi d'Égypte.	*Sabacos :* II 137-138.
v. 710	Les Cimmériens chassés par les Scythes passent en Asie.	I 6, 15-16, 103; IV 1, 11-12.
701	Chabataka roi d'Égypte (?).	*Séthon :* II 141.
v. 700	Candaule roi de Lydie.	I 7-12.
—	En Égypte, bataille de Péluse, contre Sennachérib.	II 141.
v. 687	Gygès roi de Lydie.	I 8-14.
v. 683-670	Naqia, épouse de Sennachérib, à Babylone.	*Nitocris :* I 185-187.
v. 680	Apparition de la monnaie en Lydie.	I 94.
—	Le poète Archiloque de Paros.	I 12.
v. 670	Pheidon tyran d'Argos.	
669-631	Règne d'Assourbanipal en Mésopotamie.	*Sardanapale :* II 150.
663	Campagne assyrienne contre l'Égypte.	
663-609	Psammétique Ier roi d'Égypte; siège d'Ashdod en Palestine.	II 2, 28-30, 151-157.
657	Cypsélos tyran de Corinthe.	
655-633	Phraorte roi des Mèdes soumet les Perses.	I 102.
v. 650-600	Un empire scythe constitué en Ukraine et en Europe centrale.	I 103; IV 12-13.

v. 640	En Perse, Teispès fils d'Achéménès.	
v. 640/630	À Athènes, conspiration de Cylon.	
633-584	Cyaxare roi des Mèdes.	I 73-74, 103, 106.
631	Fondation de Cyrène par Battos.	IV 150, 155-159.
627-585	Périandre tyran de Corinthe.	I 20, 23, 24; III 48-53.
626	Invasion scythe en Syrie, prise d'Ascalon.	I 103-106.
v. 621	Voyage de Colaios à Tartessos.	IV 152.
621	À Athènes, législation de Dracon.	
612	Les Athéniens prennent Salamine.	
610-561	Alyatte roi de Lydie.	I 16-22, 25, 73-74, 93.
609-594	Néchao roi d'Égypte; victoire de Mageddo sur la Palestine, prise de Gaza, creusement du canal de la mer Rouge, périple de l'Afrique.	*Nécos :* bataille de Magdolos; prise de Cadytis : II 158-159; IV 42.
607	Les Athéniens occupent Sigéion en Troade.	
601-570	Clisthène tyran de Sicyone.	
v. 600	Les poètes Alcée et Sappho.	II 135.
595	Pittacos maître de Mytilène.	I 27.
594-588	Psammétique II roi d'Égypte.	*Psammis :* II 160.
594-593	À Athènes, archontat et réformes de Solon.	I 29-33, 86; II 177.
590-585	Guerre entre Mèdes et Lydiens.	I 74, 103.
588-569	Apriès roi d'Égypte.	II 161-163, 169; IV 159.
585	Thalès prédit une éclipse.	I 74.
584-555	Astyage roi des Mèdes.	I 74, 107-108, 114-122, 127-130.
v. 580-560	Les statues des « jumeaux d'Argos ».	I 31.

570-569	Apriès soutient les Libyens de Cyrénaïque contre les Grecs ; révolte en Égypte.	II 161 ; IV 159.
	Apriès battu à Momenphis ; avènement d'Amasis.	II 162-163, 169.
568-526	Amasis roi d'Égypte.	I 30, 77 ; II 154, 162-163, 169, 172-182 ; III 1, 4, 10, 16, 39-43.
	Ésope le fabuliste.	II 134-135.
565	Pisistrate bat les Mégariens et prend Nisée.	I 59.
561-546	Crésus roi de Lydie.	I 6, 26-56, 69-92, 155-156, 207-208 ; III 34, 36 ; VI 37, 125.
561/560	Pisistrate tyran d'Athènes.	I 59.
v. 560	Le poète épique Aristéas.	IV 13-16.
560	Amasis concentre les marchands grecs à Naucratis.	II 178-179.
	Il soumet Chypre.	II 182.
	À Athènes, premier exil de Pisistrate.	I 59-60.
557-529	Cyrus roi des Perses.	I 46, 75-80, 84-90, 95, 108-130, 141, 153-156, 177, 188-191, 201, 205-214.
556	Pisistrate s'empare à nouveau de la tyrannie.	I 60-61.
v. 555	Crésus contribue à l'édification du temple d'Éphèse.	I 92.
555	Nabonide roi de Babylone.	*Labynétos :* I 77, 188.
555-549	Cyrus se révolte contre Astyage.	I 123-130.
552	Deuxième exil de Pisistrate.	I 61.
v. 550-500	Le poète Anacréon.	III 121.
548	Incendie du temple d'Apollon à Delphes.	II 180.
546	Crésus vaincu par Cyrus ; prise de Sardes.	I 75-90.

545	Cyrus conquiert l'Ionie; les Phocéens s'exilent en Corse.	I 141, 152-153, 161-169.
542	Pisistrate tyran d'Athènes pour la troisième fois.	I 61-64.
539	Cyrus prend Babylone.	I 178, 188-191.
535	En Corse, bataille d'Alalia : les Phocéens vont fonder Hyélé en Italie.	I 165-167.
533	Polycrate tyran de Samos, allié d'Amasis.	III 39-46, 54-56, 120-125.
v. 530	Pythagore à Crotone.	II 81 ; IV 95.
529-522	Cambyse roi des Perses.	II 1 ; III 1-3, 10-37, 61-66.
528/527	À Athènes, Hippias et Hipparque succèdent à Pisistrate.	
525	Psammétique III roi d'Égypte. Cambyse conquiert l'Égypte. conquiert l'Égypte.	*Psamménite :* III 10-15.
522	En Perse, le Mage Gaumata usurpateur; mort de Cambyse.	*Le Mage Smerdis :* III 61-79.
—	Oroitès fait supplicier Polycrate de Samos.	III 120-125.
522-486	Darius roi des Perses.	III 84-88.
v. 522-446	Le poète Pindare.	III 38.
520	Cléomène roi de Sparte.	III 148; V 39-42.
518	Darius en Égypte.	II 110, 158.
516	Prise de Samos par les Perses.	III 139-149.
514	À Athènes, complot d'Harmodios et Aristogiton contre les tyrans; mort d'Hipparque.	
513/512	Les Alcméonides s'entendent avec Sparte; ils sont chargés de la reconstruction du temple de Delphes (513-505).	

512	Expédition de Darius contre les Scythes.	III 134; IV 1, 4, 83-143.
—	Périple de Scylax.	IV 44.
—	En Libye, intervention des Perses contre Barcé.	IV 145, 165-168, 200-204.

ALLUSIONS À QUELQUES FAITS POSTÉRIEURS

v. 500 (?)	La *Description de la terre* d'Hécatée.	II 143.
478	Le roi de Sparte Pausanias à Byzance.	IV 81.
472	À Athènes, tragédies d'Eschyle *(Les Perses)*.	II 156.
460	Révolte de l'Égypte avec Inaros; Amyrtée.	II 140; III 12, 15.
430-429	Périclès est autorisé à légitimer les fils qu'il a eus de la Milésienne Aspasie.	I 173 (allusion probable).

SOMMAIRE DE *L'ENQUÊTE*

Livres I à IV

(LIVRE I CLIO)

Préface; premiers heurts entre Grecs et Asiatiques, 1-5.

HISTOIRE DE CRÉSUS, ROI DE LYDIE, 6-94.

Ses ancêtres, 7-25.

Il soumet, le premier, les Grecs d'Asie et l'Asie Mineure, 26-28. — Avertissement de Solon; mort d'Atys, 29-45.

Il attaque la Perse : consultation des oracles, 46-55. — Recherche d'alliés en Grèce : peuplement de la Grèce; histoire contemporaine d'Athènes et de Sparte, 56-70. — Défaite de Crésus; Cyrus prend Sardes, 71-92. — Monuments et coutumes de la Lydie, 93-94.

HISTOIRE DE CYRUS, ROI DES PERSES, 95-216.

Ses ancêtres; fondation du royaume des Mèdes, 95-107. — Naissance, enfance et révolte de Cyrus; fondation de l'empire perse, 107-130. — Coutumes des Perses, 131-140.

Cyrus contre l'Asie Mineure : les Grecs d'Asie, 141-151; leur appel à Sparte, 152-153. — Soumission des Lydiens révoltés, des Grecs d'Asie, des Cariens, Cauniens, Lyciens; coutumes de ces peuples, 154-176.

Cyrus contre la Haute-Asie : prise de Babylone; pays et coutumes des Babyloniens, 177-200.

Cyrus contre les Massagètes : expédition et mort de Cyrus, 201-214. — Coutumes des Massagètes, 215-216.

(LIVRE II EUTERPE)

RÈGNE DE CAMBYSE, II-1-III 88.

Cambyse succède à Cyrus et attaque l'Égypte, 1.

L'Égypte : pays, coutumes et histoire, 2-182.

(LIVRE III THALIE)

Victoire de Cambyse en Égypte, 1-16; son échec devant les Éthiopiens, Carthage, l'Oasis d'Ammon, 17-26; sa folie et ses crimes, 27-38.

En Grèce : affaires de Samos. — Polycrate, tyran de Samos; échec de l'intervention de Sparte; hostilité de Corinthe contre Samos; de Périandre, tyran de Corinthe, contre Corcyre, 39-60.

En Perse : avènement de Darius. — Révolte du Mage Smerdis; mort de Cambyse, 61-66. — Complot des Sept, 67-79; Darius reçoit la royauté, 80-88.

RÈGNE DE DARIUS, III 89-VII 4.

Son empire : satrapies et tributs, 89-97; l'Inde, 98-106; l'Arabie, 107-113; l'Éthiopie, 114; les confins du monde occidental, 115-116; la plaine de l'Acès, 117. — Élimination des rebelles : Intaphernès, 118-119; Oroitès, assassin de Polycrate de Samos, 120-128.

Darius et les Grecs : un médecin grec, Démocédès, pousse Darius contre la Grèce, 129-138; pour un banni Samien, Syloson, Darius fait prendre Samos, 139-149.

Révolte de Babylone : ruse de Zopyre et prise de la ville, 150-160.

(LIVRE IV MELPOMÈNE)

Darius contre les Scythes : histoire, pays et peuples de Scythie et des régions du nord, 1-82; description du monde, 36-45. — Expédition de Darius; son échec, 83-144.

Les Perses en Libye : fondation et histoire de Cyrène, 145-164. — Intervention perse, 165-167. — Peuples, pays et coutumes de Libye, 168-199. — Siège et prise de Barcé, 200-205.

NOTE BIBLIOGRAPHIQUE

Le texte suivi est celui de l'édition d'Oxford : *Herodoti Historiae*, donnée par C. Hude en 1908 (3e éd. 1927).

Il n'est assurément pas une affirmation ou même un silence d'Hérodote qui n'ait donné lieu à des recherches approfondies et de nombreuses publications. Un ouvrage capital est l'*Hérodote* de Ph. E. Legrand, paru de 1932 à 1954 en onze volumes, texte et traduction, avec introduction et index analytique (Paris, Les Belles Lettres). Le commentaire du texte par W. W. How et J. Wells : *A Commentary on Herodotos* (Oxford, 1912, 2 vol., rééd. 1928) demeure très utile, ainsi que l'importante étude générale de F. Jacoby : *Herodotos* (1913), dans Pauly-Wissowa, *Real Encyclopädie*.

Sur Hérodote historien, on pourra consulter :

François Hartog : *Le Miroir d'Hérodote. Essai sur la représentation de l'autre* (Paris, Gallimard, 1980).

Guy Lachenaud : *Mythologies, religion et philosophie de l'histoire dans Hérodote* (Paris, Champion, 1978).

J. L. Myres : *Herodotus, Father of History* (Oxford, 1953).

Sur la confrontation du monde grec et du monde perse :

A. R. Burn : *Persia and the Greeks, the Defence of the West c. 546-478 B.C.* (Londres, 1962).

Amédée Hauvette : *Hérodote historien des guerres médiques* (Paris, 1894).

Édouard Will : *Le Monde grec et l'Orient* (Paris, P.U.F., 1972).

ainsi que, d'un autre point de vue :

Amir Mehdi Badi : *Les Grecs et les Barbares* (Lausanne, Payot, 1963-1968).

Sur le monde, connu ou imaginaire, d'Hérodote :

Jean Bérard : *L'Expansion et la colonisation grecques jusqu'aux guerres médiques* (Paris, Aubier-Montaigne, 1961).
François Chamoux : *Cyrène sous la monarchie des Battiades* (Paris, De Boccard, 1953).
Mircea Éliade : *Le Chamanisme et les techniques archaïques de l'extase* (Paris, Payot, 1951).
Robert Flacelière : *La Vie quotidienne en Grèce au siècle de Périclès* (Paris, Hachette, 1959).
Devins et oracles grecs (Paris, P.U.F., 1972).
Pierre Grimal : *Dictionnaire de la mythologie grecque et romaine* (Paris, P.U.F., 1969).
Henri Lhote : *À la découverte des fresques du Tassili* (Paris, Arthaud, 1958).
A. Mongaït : *L'Archéologie en U.R.S.S.* (Moscou, 1959).
A. T. Olmstead : *History of the Persian Empire* (Chicago, 1948).
Christiane et Jean Palou : *La Perse antique* (Paris, P.U.F., 1962).
André Parrot : *Ziggurats et Tour de Babel* (Paris, Albin Michel, 1949).
Georges Radet : *La Lydie et le monde grec au temps des Mermnades* (Paris, De Boccard, 1893).
Marguerite Rutten : *Babylone* (Paris, P.U.F., 1958).
La Science des Chaldéens (Paris, P.U.F., 2e éd. 1970).
Tamara Talbot Rice : *The Scythians* (Londres, 1957 ; traduction française : *Les Scythes*, Paris, Arthaud, 1958).
Xénophon : *La Cyropédie*.

Sur l'Égypte en particulier (livre II et début du livre III) :

Jean-Philippe Lauer : *Le Problème des pyramides d'Égypte* (Paris, Payot, 1948).
Alan B. Llyod : *Herodotus II*, dans *Études préliminaires aux religions orientales dans l'Empire romain*, tome 43, 2 vol. (Leyde, 1975-1976).
Pierre Montet : *La Vie quotidienne en Égypte au temps des Ramsès* (Paris, Hachette, 1946).
Georges Posener-Serge Sauneron-Jean Yoyotte : *Dictionnaire de la civilisation égyptienne* (Paris, Hazan, 1959).

NOTES

LIVRE I

Page 38.

1. ARISTOTE donne : « Hérodote de Thourioi », — la colonie grecque fondée en Italie méridionale en 443 av. J.-C., dont Hérodote fut citoyen et où il finit ses jours.

2. Par Barbares, les Grecs entendent tous les peuples qui ne sont pas de langue hellénique.

3. L'Érythrée, ou mer Rouge, d'Hérodote comprend la mer Rouge actuelle, le golfe Persique et l'océan Indien ; « la nôtre » est la Méditerranée (et plus particulièrement son bassin oriental, du Bosphore à la Sicile).

4. Io, fille ou descendante du dieu-fleuve Inachos qui régnait sur l'Argolide, est aimée de Zeus qui la transforme en vache pour la soustraire à la jalousie d'Héra, gardée sous cette forme par Argos aux Cent Yeux, puis délivrée par Hermès ; mais, affolée par un taon qu'Héra lui envoie, elle erre par la Grèce, passe en Asie par le Bosphore — le *Passage de la Vache* — et parvient en Égypte où elle met au monde un fils, Épaphos.

Page 39.

5. Europe, fille d'Agénor roi de Sidon ou de Tyr, est enlevée par Zeus sous la forme d'un taureau et conduite par lui en Crète ; sur ses fils et son retour en Asie, cf. I, 173, IV, 45 et 147.

6. Ces Grecs sont les Argonautes qui, avec Jason, vont chercher la Toison d'Or en Colchide (côte est de la mer Noire, l'actuelle Géorgie occidentale) ; Médée, fille du roi Aiétès s'éprend de Jason et, trahissant son pays et son père, l'aide à conquérir la Toison et s'enfuit en Grèce avec lui.

7. Alexandre ou Pâris, fils de Priam et d'Hécube, en enlevant Hélène a déclenché la guerre de Troie ; sur la version que donne Hérodote de son aventure, cf. II, 113-120.

Page 40.

8. Par Asie, Hérodote entend, en général, les terres de l'empire perse au temps de Darius, et, en particulier, la péninsule d'Anatolie ; sur l'origine du nom et les limites à donner à cette troisième partie du monde, cf. IV, 45.

Page 41.

9. Le mot tyran, à peu près synonyme d'abord du mot roi, désignera spécialement, pour les Grecs, le souverain qui détient un pouvoir illégalement acquis par lui ou ses prédécesseurs, sans impliquer primitivement le despotisme et la cruauté.

10. L'Halys (le Kizilirmak, en Anatolie) se jette dans le Pont-Euxin (la mer Noire) ; il formait la limite orientale de l'empire de Crésus (cf. I, 72).

11. Cf. I, 15. Dès la fin du VIIIe siècle av. J.-C. les Cimmériens, habitant au-delà du Caucase, et les Scythes, habitant entre les Carpathes et le Don, lançaient des incursions sur l'Asie Mineure comme sur la Mésopotamie.

Page 42.

12. Les Héraclides ou descendants d'Héraclès-Sandon, un dieu phénicien assimilé par les Grecs à leur Héraclès, régnèrent en Lydie jusqu'en 687 av. J.-C., les Mermnades ou « clan des Faucons » jusqu'en 546. Bélos est le fondateur légendaire de Babylone, Ninos celui de Ninive ; Atys est fils de Manès fils de Zeus (cf. I, 94) ; l'esclave d'Iardanos est Omphale, donnée plus souvent pour reine de Lydie et fille de ce roi, chez qui Héraclès fut esclave. Candaule est nommé Myrsilos, « fils de Myrsos ».

Page 45.

13. Le vers d'ARCHILOQUE DE PAROS (1re moitié du VIIe siècle av. J.-C.) dit : « Je ne me soucie point de tout l'or de Gygès. » — Mais ce passage d'Hérodote est probablement un commentaire de lecteur incorporé au texte.

Page 45.

14. C'est-à-dire sur Crésus, le quatrième successeur de Gygès après Ardys, Sadyatte et Alyatte. Cet arbitrage de Delphes entre des

Lydiens est peu vraisemblable au VIIe siècle, si plus tard l'influence de l'oracle s'étendit au-delà du monde grec.

15. Le Trésor est un édifice de faible dimension, en forme souvent de petit temple, élevé par une cité près d'un sanctuaire pour y abriter ses offrandes et ses archives. — Les six cratères, grands vases où l'on mélangeait l'eau et le vin au moment du repas, pesaient, en talents attiques, 780 kg environ.

16. Non pas le roi légendaire qui changeait en or tout ce qu'il touchait, mais le roi phrygien qui se suicida lors de l'invasion de son pays par les Cimmériens, en 676 av. J.-C.

Page 46.

17. Sardes, sur le Pactole, affluent de l'Hermos, au pied du Tmolos, à près de 100 km de Smyrne et de la mer, était la capitale des rois lydiens, et son acropole était jugée imprenable (cf. I, 84). Sur les Scythes nomades, cf. IV, 46, et sur leur passage en Asie Mineure, I, 101-106; cette invasion des Cimmériens aurait eu lieu en 652 av. J.-C.

18. Selon Hérodote, Ardys règne donc de 652 à 615 av. J.-C. Sadyatte de 615 à 610, Alyatte de 610 à 561.

19. Sur Déiocès, Cyaxare et les Mèdes, cf. I, 101-106; sur la lutte entre Alyatte et Cyaxare, cf. I, 73-74.

20. La flûte double a deux tuyaux dont l'un donne les notes aiguës, dites féminines, et l'autre les notes graves, dites masculines; la syrinx peut être la flûte de Pan à plusieurs tuyaux, ou le flageolet.

Page 47.

21. La ville d'Érythres, sur la côte d'Ionie, est en face de l'île de Chios.

22. Sur Périandre, cf. III, 48-53.

Page 49.

23. Le cap Matapan, au sud du Péloponnèse. Arion, de Méthymne dans l'île de Lesbos, poète lyrique dont rien ne nous reste, aurait donc vécu près de Périandre, dans la seconde moitié du VIIe siècle av. J.-C. Le dithyrambe qu'il aurait inventé, d'après Hérodote, ou dont il aurait fixé les règles et d'où la tragédie devait sortir, était un hymne chanté par un chœur en l'honneur de Dionysos.

24. L'hymne ou nome orthien : un grand air de concours, dans un registre élevé.

Page 50.

25. La légende d'Arion sauvé des flots est née du culte ancien d'un dieu-dauphin sur divers points des côtes grecques, pour expliquer quelque monument figuré dont on ne comprenait plus la signification.

26. En 561.

27. Le temple de la déesse-mère Cybèle, assimilée par les Grecs à leur propre déesse Artémis, se trouvait à 1,200 km environ de la Vieille Ville ; détruit par les Cimmériens au VIIe siècle, il était encore en reconstruction et Crésus aidera à l'achever (cf. I, 92). Incendié encore en 399, et de nouveau en 356, par un personnage avide de renommée, Hérostrate, reconstruit il fut l'une des Sept Merveilles du monde. La corde qui le reliait à la ville étendait à celle-ci son caractère sacré.

Page 51.

28. Deux des Sept Sages de la Grèce (cf. I, 29).

29. C'est-à-dire tous les peuples de l'Anatolie, de la Méditerranée et la mer Noire jusqu'à l'Halys et la chaîne du Taurus à l'est, à l'exception de la Lycie et de la Cilicie au sud de la péninsule. Mais l'énumération est incomplète ; et il s'agit sans doute d'une interpolation.

Page 52.

30. La liste des personnages groupés sous ce nom de Sages ou *sophistes* — le terme, qui n'avait encore rien de péjoratif, est celui qu'emploie Hérodote et celui qu'on donna d'abord aux sages et aux poètes était variable. PLATON nomme Thalès de Milet, Pittacos de Mytilène, Bias de Priène, Solon d'Athènes, Cléobule de Lindos, Myson de Chénée, Chilon de Lacédémone, auxquels DIOGÈNE LAËRCE ajoute Périandre de Corinthe, le Scythe Anacharsis, Phérécyde de Styrie, Épiménide de Crète, et, selon d'autres encore, Pisistrate d'Athènes.

31. Solon, archonte et réformateur d'Athènes en 594 av. J.-C., aurait donc passé par Sardes au cours de ses dix ans d'exil volontaire, c'est-à-dire avant 572 ; mais Crésus devint roi de Lydie en 561, et Amasis s'empara du pouvoir en Égypte en 569. Cet anachronisme que les Anciens relevaient déjà ne rend pas impossible absolument une rencontre entre Solon, qui mourut vers 559, et Crésus, prince royal, sinon roi, dans une ville où tant de Grecs affluaient, attirés par l'or et la générosité de rois philhellènes.

Page 54.

32. Tellos a eu la vie la plus complète puisqu'il a servi sa patrie et laissé un nom glorieux — seule immortalité qu'un homme puisse espérer — et qu'il n'est pas mort le dernier des siens, mais a vu des fils et des petits-fils continuer sa race. Cléobis et Biton sont plus heureux personnellement, puisqu'ils ont été plus tôt délivrés de l'existence ; cependant famille et cité n'ont pas reçu des deux jeunes gens ce qu'ils leur devaient et leur bonheur, aux yeux des Grecs qui ne séparent pas l'homme de sa patrie, ne vient qu'au second rang. Les deux statues élevées en leur honneur par les Argiens ont été retrouvées à Delphes, en 1893-1894, statues d'éphèbes de type archaïque, hautes de 2,35 m.

33. La durée de la vie humaine, évaluée à 70 ans actuellement, ne dépassait pas en moyenne 25 ans à l'époque classique, en raison surtout de la mortalité infantile.

34. L'année athénienne comptait douze mois lunaires de 29 ou 30 jours alternativement, au total 354 jours ; pour faire coïncider l'année légale et les saisons, on adopta plus tard un cycle *octaétérique :* sur huit années successives, cinq comptaient douze mois (= 354 jours), trois en comptaient treize (= 384 jours) ; la première, la troisième et la cinquième année du cycle avaient un mois intercalaire placé après le sixième. Pour arriver à ce total, Hérodote compte par an douze mois de 30 jours, et un mois intercalaire de 30 jours également une année sur deux.

Page 56.

35. Cet entretien, d'une vérité historique évidemment très contestable, oppose la simplicité et la sagesse grecques à la richesse et à l'orgueil du monde oriental, thèmes traditionnels pour les Grecs ; le solennel avertissement de Solon ouvre *L'Enquête* d'Hérodote en reprenant l'idée de l'instabilité du bonheur humain, brièvement exprimée déjà dans le Prologue.

36. Tout meurtre, même involontaire ou légitime ou commis par un dieu, entraîne pour le meurtrier une souillure qui s'étend à ce qui l'entoure, dont il doit se faire purifier, et qui l'oblige à un exil au moins momentané.

Page 57.

37. Le sanglier apparaît dans diverses légendes héroïques, envoyé par un dieu — Artémis en particulier, comme déesse de la chasse — pour mettre à l'épreuve un héros : sanglier d'Érymanthe pour

Héraclès, sanglier de Calydon pour Méléagre, laie de Crommyon pour Thésée, et, en Syrie, celui qui fait périr Adonis. L'histoire d'Atys fils de Crésus, tué dans une chasse au sanglier, est une adaptation du mythe phrygien d'Attis aimé de Cybèle et tué, comme Adonis, par un sanglier.

Page 58.

38. Le jeune homme est dit *muet* en I, 34 et 85, *sourd* ici, ces deux infirmités étant liées pour un enfant sourd de naissance qui n'a pu entendre parler ni par conséquent apprendre à parler.

Page 59.

39. Adraste signifie l'*Inévitable.*

Page 61.

40. Cyrus (Kurash II, 559-530), vainqueur d'Astyage en 550 (cf. I, 123-130), soumet d'abord les tribus à l'est du Tigre, puis traverse le fleuve en 547 pour étendre son pouvoir jusqu'à l'Halys où il se heurtera à Crésus.

41. Oracles d'Apollon à Delphes et Abes en Phocide, de Zeus à Dodone en Épire ; le devin Amphiaraos avait un oracle à Oropos en Attique et à Thèbes ; le héros architecte Trophonios avait un oracle à Lébadée en Béotie. À Didymes, au sud de Milet, les Branchides desservaient l'oracle de leur ancêtre Branchos, aimé d'Apollon (cf. I, 157) ; l'oracle du dieu égyptien Ammon, assimilé par les Grecs à Zeus, se trouvait dans l'oasis de Siwah en Libye.

Page 63.

42. Les briques ou lingots mesuraient 0,45 m × 0,23 m, et 0,07 m d'épaisseur ; le poids indiqué par Hérodote pour les briques d'or (65 kg) ne concorde pas avec ces dimensions : s'il n'y a pas eu erreur d'Hérodote ou de son informateur, on peut supposer que les lingots étaient creux, ou évidés à la base. Les briques d'or blanc, alliage d'or et d'argent, pour peser les 52 kg indiqués, devaient contenir 55 % d'or et 45 % d'argent.

43. Incendie accidentel, en 548 av. J.-C. (cf. II, 180).

44. Le cratère d'or pesait environ 225 kg, et le cratère d'argent contenait environ 12 000 litres. Les Théophanies sont la fête de l'apparition d'Apollon, au printemps. Théodore de Samos, sculpteur, peintre, architecte et ciseleur qui fit également l'anneau de

Polycrate (cf. III, 41) passait pour avoir inventé l'art de couler le fer et le bronze, et apporté de l'Égypte à la Grèce le canon des proportions humaines.

Page 64.

45. D'après PLUTARQUE, la seconde femme d'Alyatte, père de Crésus, voulut, pour assurer le trône à son propre fils Pantaléon, faire empoisonner Crésus par sa boulangère qui révéla l'intrigue.

46. Le devin Amphiaraos savait qu'il périrait s'il accompagnait le fils d'Œdipe, Polynice, au siège de Thèbes ; sa femme Ériphile, gagnée par le don que lui fit Polynice d'un collier d'or, œuvre d'Héphaistos, l'obligea à partir, et Zeus de sa foudre l'engloutit dans la terre au moment de la défaite de l'expédition.

47. Dieu du fleuve Isménos en Béotie.

48. L'oracle, réalisé, sera expliqué en I, 90-91.

49. Pytho est l'ancien nom de Delphes. Le statère d'or pesait 8,60 g.

Page 65.

50. L'oracle sera expliqué plus loin par la Pythie elle-même (I, 91).

Page 66.

51. Le peuple mythique des Pélasges représentait pour les Grecs la population primitive de leur pays, population préhellénique et autochtone qui tirait son nom du héros Pélasgos, fils ou descendant de Zeus, ou de Poséidon suivant les légendes. Hellen, fils de Deucalion, fils lui-même de Prométhée, a trois fils, Doros, Xouthos et Éolos, de qui viennent les principaux groupes hellènes : les Doriens, les Ioniens et Achéens (d'Ion et Achéos, fils de Xouthos), et les Éoliens. Partant de la Phthiotide au sud-est de la Thessalie, les Doriens remontent au nord en Histiaotide, puis descendent vers le golfe de Corinthe, à Pindos, et passent ensuite en Dryopide ou Doride, puis dans le Péloponnèse. Les Cadméens sont les descendants de Cadmos et des Phéniciens venus avec lui s'installer en Béotie.

52. Ville de Thrace aux confins de la Chalcidique.

53. Hellen et ses fils, installés en Phthiotide, prirent désormais le nom d'Hellènes.

Page 67.

54. Les Jeux Olympiques, institués en 776 av. J.-C., étaient célébrés tous les quatre ans en l'honneur de Zeus Olympien, au sanctuaire d'Olympie en Élide, dans le Péloponnèse.

55. L'un des Sept Sages (cf. I, 29).

56. Mégare, à 40 km environ à l'ouest d'Athènes, fut souvent en lutte avec elle, en particulier pour la possession de l'île de Salamine; Nisée, sur le golfe Saronique, est son port.

Page 68.

57. Pisistrate prend le pouvoir en 561-560; chassé d'Athènes vers 555, il le récupère vers 550 et meurt de maladie vers 527.

58. Péanie, qui formait un dème, c'est-à-dire l'une des circonscriptions administratives de l'Attique, était à 17 km à l'est d'Athènes.

59. Environ 1,72 m.

Page 69.

60. Pour le meurtre de Cylon, qui avait tenté de s'emparer de l'Acropole d'Athènes en 632-631.

61. Sur la côte ouest de l'Eubée.

62. Sur la côte est de l'Attique, en face de l'Eubée, à 40 km environ d'Athènes.

Page 70.

63. À l'entrée de la plaine d'Athènes, entre l'Hymette et le Pentélique.

64. Fleuve de Thrace (le Strimón actuel) dans une région de mines d'argent.

Page 71.

65. L'île de Délos, où la légende fait naître Apollon et Artémis, était l'un des grands centres religieux du monde grec, consacré au culte d'Apollon.

66. Tégée en Arcadie, à 60 km environ au nord de Sparte, fut longtemps en lutte avec elle avant de reconnaître sa suzeraineté vers 550.

67. La personne, l'œuvre et l'existence même de Lycurgue sont très discutées, mais il était pour les Grecs un personnage historique, vivant au Xᵉ ou IXᵉ siècle av. J.-C., et l'auteur des lois de Sparte.

Page 72.

68. L'*énomotie* est un groupe de 32 soldats liés par un serment, la *triécade* un groupe de 30 familles; les *syssities* sont les repas en commun auxquels tous les citoyens doivent assister et contribuer, par groupes de 15 convives; les 5 *éphores* ou « surveillants » contrôlent pratiquement toute la vie de l'État; les *Anciens*, au nombre de 28, âgés de plus de soixante ans, forment avec les deux rois le Sénat de Sparte.

69. Temple fondé par Aléos qui au IXe siècle avait réuni les neuf bourgs de la plaine arcadienne pour former la cité de Tégée.

Page 73

70. Les Cavaliers étaient un corps d'élite de 300 hommes.

Page 74.

71. Environ 3,10 m.

Page 75.

72. À 9 km environ au nord-est de Sparte.

73. 6 000 litres si l'on entend par *amphore* la mesure de 20 litres environ; 1 200 litres au plus si l'on entend le contenu d'une amphore de taille usuelle, 3 à 4 litres. Le cratère de bronze découvert à Vix (Côte-d'Or) en 1953 peut donner une idée de ce vase : haut de 1,64 m, contenant de 1 100 à 1 200 litres, orné au col d'une frise de guerriers et de chars de guerre, il est sans doute sorti d'ateliers laconiens ou corinthiens dans la seconde moitié du VIe siècle av. J.-C.

Page 76.

74. Ces Syriens sont les Hittites de Cappadoce, « Syriens blancs », opposés aux « Syriens noirs », Hittites passés de Cappadoce dans la région de l'Euphrate et de teint foncé par croisement avec les Sémites Araméens.

Page 77.

75. Cf. II, 34. La distance de la mer Noire à la côte en face de Chypre est d'environ 800 km; mais les géographes anciens mettaient là un isthme beaucoup plus étroit.

76. Cf. I, 127-130.

77. Sur les Scythes nomades, cf. IV, 46-47. L'arc est par excellence l'arme des Nomades de l'Asie centrale.

Page 78.

78. L'éclipse totale de soleil du 28 mai 585, prédite par Thalès, à l'aide probablement des calendriers babyloniens.

79. Labynétos est le roi de Babylone Nabonide (cf. I, 77 et 188) mais celui-ci ne prit le pouvoir qu'en 555; le roi était alors Nabuchodonosor II.

80. C'est l'histoire de l'enfance et de l'avènement de Cyrus (I, 107-130).

Page 80.

81. Ville de Carie, dont les devins attachés au temple d'Apollon étaient célèbres.

Page 81.

82. Montagne de Phrygie; la Grande Mère, Cybèle, est la grande déesse phrygienne, la Terre-Mère, adorée sur les montagnes et personnifiant la nature dans sa force de végétation.

83. Sur le rôle d'Harpage auprès de Cyrus, cf. I, 108 sq.

Page 82.

84. La Thyréatide s'étendait en fait au sud d'Argos et à l'est de Sparte jusqu'au cap Malée et Cythère, à l'extrémité sud-est du Péloponnèse.

Page 83.

85. Les Grecs ont porté les cheveux longs jusqu'aux guerres Médiques; les couper était un signe de deuil. Les Spartiates portaient les leurs longs, mais ceci, selon PLUTARQUE, depuis Lycurgue qui jugeait que « la chevelure rend ceux qui sont naturellement beaux plus agréables à voir, et les laids plus épouvantables à regarder ».

Page 84.

86. De l'une des dix tribus perses (cf. I, 125).

87. Mélès est le père de Myrsos père de Candaule; le lion est associé au culte d'Héraclès-Sandon et à celui de la Grande Mère, et il figure sur les monnaies lydiennes; la chaîne du Tmolos sépare les vallées de l'Hermos et du Caystre. Ce lion né d'une femme a pu être un enfant-monstre au « faciès léonin » (léontiasis). Les recueils d'interprétation des songes des Chaldéens mentionnent : « Si une femme enfante un lion, prise de sa ville, captivité de son roi. »

88. En 547-546 ; selon XÉNOPHON, un Perse ancien esclave des Lydiens aurait dirigé l'escalade nocturne de la citadelle.

Page 85.

89. Sept est un chiffre sacré, d'origine mésopotamienne ; c'est en particulier le nombre des planètes, et son multiple, quatorze, est donné comme le nombre des années de règne de Crésus et des jours de siège de Sardes.

Page 87.

90. Ni Ctésias ni Xénophon ne parlent du bûcher de Crésus et du miracle qui sauve le roi, alors que PLUTARQUE suit cette tradition. Peut-être y eut-il suicide solennel et rituel du roi vaincu. Une amphore du musée du Louvre, datant du début du Ve siècle, représente Crésus sur son bûcher versant d'une coupe une libation.

Page 89.

91. Surnom d'Apollon de sens obscur, mais interprété traditionnellement : l'*Oblique,* en raison soit des oracles équivoques du dieu, soit de la marche oblique du soleil.

92. Les *Moires,* comme les *Parques* à Rome, personnifient le destin, le lot qui échoit à chaque homme ; un dieu même ne peut transgresser leurs décisions, s'il peut en retarder quelque temps l'accomplissement.

Page 90.

93. Athéna Gardienne du Temple, son sanctuaire étant placé devant le temple d'Apollon.

Page 91.

94. Les cours d'eau qui descendent du Tmolos, entre autres le Pactole, charriaient des paillettes d'or, arrachées à un gisement épuisé maintenant.

95. À quelque 10 km au nord des ruines de Sardes s'élève le grand tumulus du tombeau d'Alyatte, dans la nécropole lydienne de Bin Tepe. Hérodote lui donne 1 171 m environ de circonférence et 400 m de large ; les dimensions actuelles sont 1 115 m et 355 m ; il a encore 61 m de haut ; au sommet se trouve encore une borne de 2,85 m de diamètre, qui est peut-être l'une des bornes indiquées par Hérodote, la plus grande, placée au centre ; une autre, quatre fois plus petite, est tombée sur le sol ; aucune ne porte d'inscriptions.

96. Ce lac (le Mermere Gölü actuel) aurait été creusé pour régulariser le cours de l'Hermos.

97. Les Grecs attribuaient l'invention de la monnaie aux Lydiens en raison de la richesse en or de leur pays (mais les cités commerçantes d'Asie Mineure, Milet et Phocée en particulier, ont eu une ébauche de monnaie en électrum, alliage naturel d'or et d'argent, antérieure aux pièces d'or des rois lydiens). Ils auraient les premiers remplacé le troc direct entre producteurs par le commerce de détail exercé par des intermédiaires ; ou, les premiers, exercé le métier d'aubergistes, les caravansérails de l'Orient, que la Grèce n'a pas connus, servant à la fois d'hôtelleries et de boutiques.

98. Fils de Zeus et premier roi du pays qui, selon Hérodote lui-même (cf. I, 7), ne prit le nom de Lydie que sous le règne du fils d'Atys, Lydos.

Page 92.

99. Ces Tyrrhéniens sont les Étrusques, et selon la tradition grecque, leur migration se serait produite au cours du XIIIe siècle av. J.-C. ; les données actuelles de l'archéologie et de la linguistique semblent confirmer l'origine lydienne des Étrusques.

100. Deux versions différentes de celle d'Hérodote nous sont données l'une par CTÉSIAS, l'autre par XÉNOPHON. Celle que choisit Hérodote est sans doute d'origine mède.

Page 93.

101. Les Mèdes et les Perses, issus de la même souche et venus de la Russie méridionale, occupaient le haut plateau iranien, les premiers au nord la région d'Ecbatane, les seconds au sud celle de Persépolis. Par Assyriens, Hérodote entend non seulement les Assyriens de Ninive et les Babyloniens, mais aussi tous les peuples compris entre la côte de Syrie, la Cappadoce, la mer Caspienne et le golfe Persique.

102. Ce Déiocès serait le Dajakkou qui, d'après les chroniques assyriennes, fut fait prisonnier par Sargon II d'Assyrie en 713 av. J.-C. ; il aurait, d'après lui, régné 53 ans, de 728 à 675 (?).

Page 94.

103. Ecbatane, du perse Hangmatana, « le lieu de réunion », actuellement Hamadan, à 1 826 m d'altitude au pied du mont Elvend (l'Orontes) ; la ville ancienne, qui fut ravagée par les Mongols et par Tamerlan, se trouve à l'est de la ville moderne et est encore pratiquement inexplorée. Les couleurs des murailles indi-

quées par Hérodote correspondent à celles des monuments babyloniens dans lesquels elles symbolisaient le soleil, la lune et les planètes.

104. L'enceinte d'Athènes, relevée par Thémistocle après Platées (en 479-478), avait environ 6 km de pourtour.

Page 95.

105. Ces tribus sont, semble-t-il, régionales, mais les Mages étaient devenus tribu sacerdotale.

Page 96.

106. Phraorte (Fravartis) serait le Kshatrita des chroniques assyriennes, vaincu par les Assyriens et les Scythes en 653.

107. Cf. I, 74.

108. La mer d'Azov.

Page 97.

109. Psammétique I (cf. II, 151 sq.).

110. Forteresse des Philistins, sur la côte de Palestine au nord de Gaza ; les prophéties de Jérémie parlent de ce raid des Scythes sur la Palestine, en 626 av. J.-C., et de la terreur inspirée par leurs chevaux, leurs chars et leurs arcs.

111. La déesse syrienne Atargatis ou Dercéto est assimilée par les Grecs à leur « Aphrodite Céleste » (Ourania, fille d'Ouranos, le Ciel) invoquée sous ce nom dans les îles de Chypre et de Cythère où elle avait des temples célèbres.

112. Les Énarées, ou Efféminés, appelés en IV, 67 les hommes-femmes souffraient d'après HIPPOCRATE d'une forme d'impuissance qui frappait surtout les riches, ou, d'après ARISTOTE, les « rois » des Scythes. Hérodote rapporte sans doute ici certaines pratiques des *chamans,* ou sorciers, et des chefs scythes simulant féminité et grossesse.

113. Cyaxare se débarrassa des Scythes en 625, assiégea Ninive en 614, la prit et l'anéantit en 612. L'ouvrage qu'Hérodote annonce également plus loin (I, 184) et qui traitait de l'histoire des Assyriens ne nous est pas parvenu.

Page 98.

114. Cambyse (vers 600-559) fils de Cyrus I (vers 640-600) fils lui-même de Téispès (vers 675-640) était en réalité roi d'Anzan, la région qui, à l'ouest de la Perse, avait Suse pour capitale et formait

la partie basse de l'Élam, s'il était vassal du roi mède. Astyage régna de 584 à 555.

Page 102.

115. Exposer un nouveau-né, de façon à s'en débarrasser sans être directement souillé par sa mort, était procédé courant, pour des raisons familiales ou économiques, ou par eugénisme ; le thème de l'enfant exposé, miraculeusement sauvé et reconnu par les siens, est fréquent dans les légendes héroïques, et a été souvent utilisé par la tragédie et la comédie anciennes.

116. Le titre d'*Œil* ou *Oreille du Roi* désignait un fonctionnaire chargé d'une mission d'inspection ou de surveillance.

Page 109.

117. Les Perses sont pour Hérodote le peuple de Persès, ils de Persée et d'Andromède.

Page 111.

118. La lutte dura trois ans ; Cyrus, roi d'Anzan en 559, marcha contre Astyage en 553 et, vaincu d'abord en deux rencontres, triompha en 550-549 grâce à la révolte des troupes d'Astyage qui lui livrèrent leur roi, selon les annales babyloniennes de Nabonide ; il prit et pilla Ecbatane.

119. D'après les chiffres indiqués par Hérodote, Déiocès et ses successeurs auraient régné non pas 128 ans, mais 150.

Page 112.

120. Cf. I, 46 et 71-92.

121. Les Perses avaient des temples où brûlait le feu sacré, et des autels en plein air ; leur dieu suprême Ahuramazda (Ormuzd) est figuré sur des bas-reliefs émergeant à mi-corps d'un disque ailé représentant le ciel.

122. Ahuramazda (Ormuzd), créateur du monde et dieu du ciel, a été identifié par les Grecs à leur propre dieu du ciel et dieu suprême, Zeus ; à côté de lui, les Perses adoraient les forces de la nature divinisées : le soleil (Mithra), la lune (Mah), la terre (Zam), le feu (Atar), l'eau (Apam Napat), le vent (Vaḥyu). La déesse qu'Hérodote appelle Mitra, nom de désinence féminine pour un Grec, mais qui désignait le soleil, Mithra, est Anahita, déesse des eaux et de la fécondité, qu'il identifie à la déesse assyrienne Mylitta (cf. I, 199) et à la déesse arabe Alilat ; Hérodote ignore le nom et la

doctrine de Zarathustra (Zoroastre), — doctrine qui se répandait en Perse depuis le siècle précédent mais ne fut d'ailleurs pas connue des Grecs avant Platon et Aristote —, le dualisme opposant les principes du Bien et du Mal, Ormuzd et Ariman, le culte du feu, le breuvage sacré : l'*haoma;* mais certains des rites qu'il indique appartiennent au système zoroastrien.

Page 113.

123. Les Mages, l'une des six tribus mèdes indiquées précédemment (I, 101) n'étaient pas tous prêtres, si tous les prêtres devaient appartenir à ce groupement de familles possédant des privilèges héréditaires religieux et politiques. Les textes qu'ils récitaient devaient être des hymnes liturgiques, traitant des parentés et des actes glorieux des dieux.

124. Les repas des Grecs étaient très simples et le deuxième service, le dessert, composé en général de fruits secs à grignoter ; les Perses, habitués à de nombreux plats sucrés, s'étonnaient de cette sobriété.

Page 114.

125. Texte incertain.

126. Les Perses abandonnèrent leurs tuniques et pantalons de cuir (cf. I, 71) pour les robes longues et amples aux larges manches en cloche des Mèdes, mieux adaptées à la vie fastueuse de la cour et au climat de l'Iran. La cuirasse égyptienne était un vêtement de cuir recouvert d'écailles métalliques, en usage en Égypte depuis les Ramsès (vers 1200 av. J.-C.).

127. Cet amour, admis parfois par les lois et, en général, par les mœurs de la plupart des cités grecques, est dit soit importé en Grèce par les envahisseurs doriens, soit né de la camaraderie militaire.

Page 115.

128. Maladie de peau considérée comme une forme bénigne de la lèpre.

Page 116.

129. Ceci n'est vrai que pour les transcriptions en grec des noms perses.

130. Le zoroastrisme défendant de souiller l'eau, la terre ou le feu par des cadavres, ceux-ci étaient livrés aux bêtes chez les Mages, comme ils le sont encore aux Indes pour les Parsis de Bombay dans

les « Tours du Silence », tandis que les Perses pratiquaient une ébauche d'embaumement.

131. L'obligation de tuer la bête malfaisante représente sans doute ce qu'Hérodote a connu du dualisme iranien. Quant au chien, gardien des troupeaux, il jouissait d'égards spéciaux. Certains chapitres de l'*Avesta* font son éloge et traitent des soins et de la nourriture à lui accorder.

Page 117.

132. C'est la fable d'ÉSOPE : *Le Pêcheur qui joue de la flûte,* reprise par LA FONTAINE : *Les Poissons et le Berger qui joue de la flûte.*

133. Sanctuaire commun aux Ioniens d'Asie (cf. I, 143 et 148).

Page 118.

134. Variantes locales dans le langage parlé sans doute, car les inscriptions que l'on a de ces douze villes ne présentent pas de différences de langue sensibles.

135. Promontoire de Carie, à l'extrémité de la presqu'île de Cnide (le cap Krio) ; les cinq villes énumérées plus bas y avaient un sanctuaire d'Apollon.

Page 119.

136. Lindos, Ialysos et Camiros, dans l'île de Rhodes ; l'île de Cos est en face d'Halicarnasse ; Cnide est située à l'extrémité de la péninsule dont le cap Triopion forme l'une des pointes.

137. Villes du nord du Péloponnèse, énumérées d'est en ouest à partir de Sicyone qui est proche de Corinthe ; le Crathis d'Italie se jette dans le golfe de Tarente en aval de Thourioi, la colonie grecque dont Hérodote devint citoyen ; Boura et Hélicé furent détruites en 373 av. J.-C. par un tremblement de terre ; Patres est l'actuel port de Patras. Les Ioniens avaient été chassés de la côte nord du Péloponnèse par les Achéens qui vinrent s'installer dans cette région, appelée plus tard Achaïe, lorsqu'ils furent eux-mêmes chassés d'Argolide et de Laconie par les Doriens.

138. Les Abantes étaient d'origine thrace ; les Minyens, installés à Orchomène en Béotie, étaient venus de Thessalie ; les Cadméens, d'origine phénicienne, s'étaient établis en Béotie ; les Dryopes venaient de la Grèce du Nord-Est, les Phocidiens de la région de Delphes et du Parnasse, les Molosses de la région du Nord-Ouest entre Épire et Thessalie, les Pélasges et les Doriens d'Épidaure venaient du Péloponnèse.

139. Le prytanée est l'hôtel de ville, le centre officiel et le foyer commun de l'État, où le fondateur d'une colonie vient prélever une parcelle du feu sacré pour allumer le foyer de la ville nouvelle.

Page 120.

140. Légende inventée probablement pour expliquer des rites et des tabous religieux qui n'étaient plus compris. Cf. en IV, 184, les « hommes sans nom ».

141. Glaucos est, dans l'*Iliade* (II, 876, etc.), le chef, avec Sarpédon, des Lyciens alliés de Priam ; Codros, descendant de Poséidon, fut chassé de Pylos en Messénie par les Héraclides et devint roi d'Athènes, et son fils cadet Nélée conduisit une colonie à Milet.

142. Fêtes célébrées en octobre, pendant lesquelles, en particulier, les pères présentaient au groupe de familles, ou *phratrie*, auquel ils appartenaient leurs enfants nés dans l'année.

143. Cf. plus haut, I, 139. Ce sont des neutres pluriels terminés en -ia.

Page 121.

144. Villes situées au nord de Smyrne, sur la côte de l'Éolide ou dans la vallée inférieure de l'Hermos.

145. L'Éolide a des pluies plus abondantes et des plaines plus riches que l'Ionie, dont la côte est plus sèche et plus chaude.

146. En 688 av. J.-C.

147. La chaîne de l'Ida, au sud de la Troade.

148. Groupe de petites îles à l'entrée du golfe d'Adramyttion, audessus de Lesbos.

Page 122.

149. Un manteau de laine teinte en pourpre de mer, produit de l'industrie phénicienne, était un vêtement d'un luxe et d'un prix excessifs rarement vu en Grèce, et surtout dans la sévère et pauvre Sparte.

150. Le navire à cinquante rames, ou *pentécontère*, est un bâtiment étroit, léger et rapide, utilisé pour les raids, les explorations, les missions urgentes.

151. La grand-place d'une cité grecque, l'*agora*, qui est le centre de la vie politique et le lieu de réunion des citoyens, est aussi la place du marché, et les marchands au détail, accusés de tricher sur la marchandise, les poids et les monnaies, avaient mauvaise réputation.

Page 123.

152. Les Babyloniens s'étaient alliés à Crésus, ainsi qu'Amasis roi d'Égypte (cf. I, 77) ; Cyrus prendra Babylone (I, 188-191) et son fils Cambyse marchera contre l'Égypte (cf. II, 1 et III, 1-16). La Bactriane (l'Afghanistan) et les Saces (tribus scythes nomades, au nord-est de la Bactriane) figurent plus loin (III, 92-93) au nombre des satrapies de Darius et auraient été vaincus avant la prise de Sardes, d'après Ctésias.

Page 126.

153. Ville de Carie, sur le cours inférieur du Méandre.

Page 127.

154. Cf. I, 117-119 et 123 sq.

155. La Tyrrhénie est l'Étrurie, l'Ibérie la côte sud-est de l'Espagne ; Tartessos, est, au-delà du détroit de Gibraltar, la région de Cadix. Les bateaux ronds sont les navires marchands, arrondis aux deux extrémités, ventrus et lents.

Page 128.

156. Groupe de cinq petites îles entre le nord de Chios et la côte de l'Ionie (les Spalmadores).

157. Aléria, fondée sur la côte est de *Cyrnos,* la Corse, vers 570-565 av. J.-C.

Page 129.

158. Les Tyrrhéniens — les Étrusques — sur la côte italienne, les Carthaginois en Sardaigne et Sicile où ils étaient installés dès le VIIIe siècle av. J.-C.

159. Les navires de guerre portent à l'avant un éperon de bronze, pour attaquer et couler le navire ennemi. Par « victoire à la Cadméenne », on entend une victoire où le vainqueur subit des pertes aussi lourdes que le vaincu, d'après le combat où s'entre-tuèrent devant Thèbes les deux fils d'Œdipe, Étéocle et Polynice, descendants de Cadmos.

160. Reggio de Calabre.

161. Texte conjectural. Agylla passa plus tard aux Étrusques et prit le nom de Caeré (Cervéteri).

Page 130.

162. L'Oinotrie, ou pays des vignobles, est l'Italie méridionale ; Hyélé est Élée, où naquit l'école philosophique des Éléates.

163. Posidonia : Paestum, au sud de Naples ; le héros Cyrnos serait un fils d'Héraclès. Selon d'autres historiens grecs, les Phocéens fuyant Harpage auraient également fondé Marseille à cette date.

164. Le mort *héroïsé,* protecteur désormais du lieu où se trouve son *hérôon,* la chapelle élevée sur son tombeau, reçoit des prières et des sacrifices analogues à ceux que l'on offre aux divinités souterraines ; on l'honore également par des fêtes et des jeux.

165. Cf. I, 141.

166. Elle a été soumise précédemment par Crésus (I, 91).

167. Cf. I, 27.

Page 131.

168. La Sardaigne est pour Hérodote la plus grande île de la Méditerranée, quand en fait, avec 24 089 km² de superficie, elle vient après la Sicile (25 709 km²).

169. Cf. I, 74-75.

170. Peuples du sud-ouest de l'Asie Mineure.

171. Minos, fils de Zeus et d'Europe, roi de Crète, aurait régné trois générations avant la guerre de Troie. Les Lélèges passaient pour avoir été les premiers habitants du bassin égéen.

Page 132.

172. Au sud-ouest de la Carie, aujourd'hui Milâs.

173. Car, éponyme des Cariens, fils de Phoronée — le « premier homme » dans les légendes péloponnésiennes — était, pour les Cariens seuls, le frère de Lydos (qui est pour Hérodote — I, 7 et VII, 74 — fils du roi de Lydie Atys), et de Mysos, éponyme des Mysiens.

174. Ce n'est pas boire de compagnie qui semble étrange aux Grecs, qui le font dans leur *symposion,* banquet, mais la présence des femmes et des enfants dans ces réunions.

175. Rite magique employant la pointe de fer nue pour mettre en fuite des êtres surnaturels, plutôt que naïveté de peuple primitif. Calynda : aux confins de la Carie et de la Lycie.

Page 133.

176. Pandion, le huitième des rois légendaires d'Athènes, en fut chassé par ses cousins ; ses quatre fils, Égée, Pallas, Nisos et Lycos, reprirent la ville et se partagèrent d'abord le pouvoir ; puis, chassé par Égée, Lycos passa dans le pays qui prit son nom.

177. Le régime primitif du matriarcat choquait les Grecs qui ne connaissaient dans leurs traditions que la famille en ligne paternelle. De plus, selon les lois d'Athènes, seuls étaient citoyens les enfants nés de père et de mère athéniens ; Hérodote ajoute ici une allusion à Périclès qui, étant « premier de la cité », obtint du peuple en 430, après la mort de ses fils légitimes, le droit exceptionnel de reconnaître le fils qu'il avait eu de la courtisane milésienne Aspasie.

178. Environ 900 m ; la péninsule de Cnide forme deux renflements successifs, le premier à partir du continent étant la Chersonèse de Bybassos, ville située sur l'Isthme, le second la Chersonèse de Cnide.

Page 134.

179. Les oracles en vers iambiques, quand le mètre normal est l'hexamètre dactylique, sont considérés comme des faux rédigés après les événements. Hérodote laisse entendre ici qu'il s'agit pour les Cnidiens de justifier leur lâcheté.

Page 135.

180. Xanthos est le nom du fleuve et de la ville, capitale de la Lycie ; les fouilles françaises menées à Xanthos depuis 1950 ont révélé une couche de cendres correspondant à cet incendie. Ce nombre important de familles absentes a permis de supposer qu'elles étaient en séjour d'été dans la montagne au moment où la ville succomba.

181. En 612 av. J.-C., par Cyaxare (cf. I, 106).

182. Hérodote dut parcourir la Mésopotamie vers 450 av. J.-C. quand Babylone existait encore, mais à demi ruinée depuis sa révolte contre Xerxès et son châtiment (en 478-7). Nommée plus de 200 fois dans la Bible, Babylone est la Babel de l'Ancien Testament, où les hommes veulent élever une tour jusqu'au ciel, la ville dont les livres d'*Isaïe* et de *Jérémie* prophétisent la destruction, « la grande prostituée » de l'*Apocalypse*.

183. 86 km environ. En fait, le mur extérieur, englobant un vaste territoire non bâti, à l'est de l'Euphrate, mesurait 17 km environ.

Page 136.

184. Le mur aurait eu 25 m de large et 100 m de haut.

185. Les fouilles ont révélé, pour l'enceinte extérieure, un double rempart formé d'un mur intérieur en briques crues, large de 7 m, et d'un mur extérieur revêtu de briques cuites, large de 7,80 m et distant du premier de 12 m ; l'espace intermédiaire étant comblé,

l'ensemble formait un rempart de 26,80 m de large, renforcé de tours cavalières, et haut de 12 à 20 m sans doute. Des canaux amenaient l'eau de l'Euphrate dans le fossé large de 100 m, qui précédait le rempart. Les lits de roseaux sont encore visibles, plus rapprochés que ne le dit Hérodote, intercalés tous les 8 ou 10 rangs de briques en général, et placés parfois à chaque rang. L'espace laissé libre entre les tours, au sommet du mur, ne devait pas être inférieur à 6 m et permettait le passage d'un char à quatre chevaux ; ces tours, épaisses de 8,50 m à la base, pouvaient avoir 30 m de haut. L'encadrement et les gonds des portes étaient en bronze, les vantaux, de bois simplement recouvert de bronze ; le chiffre de 100 portes qu'indique Hérodote peut être fantaisiste, emprunté à une autre grande ville de l'Antiquité, la Thèbes égyptienne appelée Thèbes aux Cent Portes, mais il peut comprendre les poternes, en plus des grandes portes de la ville qui étaient au nombre de huit.

186. Is : Hit, sur la rive droite de l'Euphrate, en amont de Babylone ; les sources sulfureuses et bitumineuses y jaillissent toujours.

187. L'Euphrate coupait la ville obliquement ; il s'est depuis déplacé vers l'ouest, et il a perdu son embouchure distincte sur le golfe Persique (la mer Érythrée d'Hérodote) : Tigre et Euphrate réunis forment à présent le Chatt el Arab et s'achèvent en un vaste delta marécageux.

188. Vers 550 av. J.-C., Nabonide fit élever le long de l'Euphrate un mur de 8 m environ de large. Les voies correspondant aux portes de la ville se croisaient effectivement à angle droit, et les principaux quartiers des cités mésopotamiennes étaient construits en « damier » ; les maisons pouvaient avoir plusieurs étages, les fouilles ayant révélé des restes d'escaliers de briques et de bois.

Page 137.

189. L'enceinte intérieure, longue de 8,350 km, se composait également de deux murs parallèles, distants de 7,20 m ; l'ensemble formait un rempart de 17,40 m, plus étroit que l'enceinte extérieure (26,80 m), et dont la hauteur ne devait pas dépasser 18 m.

190. Ce temple, appelé L'Ésagil, la « Maison au Toit Élevé », occupait un quadrilatère de 458 m sur 312 m. La tour à étages, ou ziggurat, haute de 91 m, avait 7 étages de volume décroissant (8 pour Hérodote qui doit compter pour un étage la chapelle couronnant l'édifice), un escalier perpendiculaire à la façade, large de 9,35 m, qui devait donner accès au premier étage, et deux rampes de 8,30 m de large, adossées à la même façade. Les documents

babyloniens appellent l'une des chapelles de la tour la « chapelle du lit » et mentionnent dans cette chapelle un lit et un trône. La femme, une prêtresse, devait représenter l'épouse du dieu au cours des fêtes du Nouvel An, où l'on célébrait les « mystères de Mardouk » terminés par une « hiérogamie », le mariage symbolique du dieu. Les Chaldéens, habitant primitivement le bord du golfe Persique, se sont progressivement étendus sur toute la Mésopotamie; leur science d'astrologues et devins est la source de la science orientale antique et leur nom devint plus tard synonyme d'astrologues-magiciens.

191. Au temple d'Amon à Thèbes étaient attachées des prêtresses, les « Recluses d'Amon », qui logeaient dans le temple et formaient le harem du dieu, avec à leur tête la « Divine Adoratrice », appelée aussi la « Divine Épouse d'Amon ». Patares, à l'embouchure du Xanthos, avait un sanctuaire d'Apollon Lycien où le dieu était censé passer les mois d'hiver, s'il passait les mois d'été à Délos ou à Delphes.

Page 138.

192. Environ 21 000 kg; mais certains objets pouvaient n'être que recouverts d'une mince feuille d'or, ainsi que les fouilles l'ont montré.

193. Environ 26 000 kg; la grande fête du dieu est l'Akitu, la fête du Nouvel An qui dure onze jours au mois de Nisan (mars-avril).

194. La statue, haute de plus de 5 m, respectée par Cyrus en 539, l'époque dont Hérodote parle ici, aurait été emportée en 479 par Xerxès.

195. Cf. I, 106 et note.

196. Une reine assyrienne, Sammouramat, femme du roi Samsi-Adad V (825-810), fut régente pendant la minorité de son fils (810-805 av. J.-C.); la légende en fit Sémiramis, fille d'une déesse, Dercéto ou Atargatis; exposée à sa naissance, recueillie par des bergers, épouse d'un conseiller du roi Ninos, puis du roi lui-même, elle lui aurait succédé et se serait fait bâtir, entre autres villes, Babylone. Hérodote la fait régner cinq générations (165 ans) avant Nitocris aïeule du roi Labynétos (Nabonide).

197. Nitocris est vraisemblablement la reine Naqia, épouse de Sennachérib; elle régna entre 683 et 670 av. J.-C.

Page 139.

198. Notre mer : le bassin oriental de la Méditerranée. Ardéricca : sur ce bourg et les deux boucles de l'Euphrate qui, selon

Hérodote, traversaient son territoire nous n'avons pas d'autre information; interprétation erronée d'un fait réel, le grand nombre des canaux d'irrigation coupant la plaine?

Page 140.

199. Les sept piles du pont retrouvées sont en briques cuites; seul le parement était fait de pierres. D'après DIODORE, le pont avait environ 890 m de long et 9 m de large.

Page 141.

200. Histoire morale sans fondement historique.

201. Nabonide; il devint roi de Babylone en 556-555, à la suite d'une conspiration de palais.

202. Le roi, comme grand-prêtre, devait respecter certains tabous alimentaires, et l'eau du Choaspès (le Kerkhah), la rivière sacrée qui passait près de Suse, devait également être seule employée dans les cérémonies du culte.

203. Affluent du Tigre (la Dijala). Opis : aux confins de la Babylonie et de l'Assyrie.

Page 142.

204. Donc 360 au total, le nombre de jours de l'année babylonienne, les chevaux étant consacrés au dieu du ciel.

Page 143.

205. Prise ainsi pour la première fois par les Perses, la ville le sera de nouveau par Darius (III, 150-159), puis par Xerxès. Dans la Bible, Balthasar, gouvernant Babylone au nom de son père Nabuchodonosor (en réalité Nabonide), voit dans un festin la main mystérieuse tracer sur le mur les mots : « Mené, Teqèl, Perès » que Daniel lui explique : « compté, pesé, divisé », et qui annoncent la chute prochaine de Babylone devant les Perses, chute qui se produira pendant une fête.

206. Province gouvernée par un satrape, le mot perse signifiant « Protecteur du Royaume ».

Page 144.

207. 56 litres environ.

208. Les chiens représentés sur les reliefs babyloniens sont des dogues ou des molosses, employés pour la chasse et spécialement la chasse aux lions, et accompagnaient l'armée perse (cf. VII, 187).

209. Machine élévatoire à bascule, le chadouf, encore employé en Afrique du Nord et dans tout l'Orient.

210. Vers le point où le soleil se lève en hiver, c'est-à-dire au sud-est, à 30° 42′ de la ligne de l'est pur.

211. Chiffres exagérés mais, bien irriguée, la Babylonie était et est toujours une terre prodigieusement fertile où l'orge rapporte de 30 à 50 pour 1. Le pays connaissait d'ailleurs la vigne et le figuier, si l'olivier n'y fut acclimaté qu'assez tard.

Page 145.

212. En fait, la fertilisation artificielle du palmier se fait en attachant les fleurs mâles aux fleurs femelles ; Hérodote étend au palmier le procédé de la « caprification » employé pour le figuier, arbre particulièrement important en Grèce.

213. Ces bateaux en forme de corbeilles ou « couffes » sont toujours en usage en Mésopotamie ; ils sont calfatés d'étoupe et de bitume.

214. 13 tonnes environ, ce qui est exagéré pour les « couffes », si un autre type d'embarcation dont Hérodote ne parle pas (peut-être parce qu'il n'avait rien de nouveau pour son public), les « kéleks », radeaux soutenus par des outres gonflées d'air, pouvait porter des charges de cette importance.

Page 146.

215. Chaussures fermées, en usage dans les pays montagneux.

216. Les Vénètes, dans la région de Venise.

Page 147.

217. Rien de tel n'apparaît dans les documents babyloniens, sauf le fait que le mariage par achat existait et qu'un contrat passé devant témoins garantissait à la femme le titre d'épouse.

218. Il y avait des médecins en Babylonie, contrôlés par l'État qui tarifait les interventions et punissait les fautes opératoires des chirurgiens ; l'usage que signale Hérodote pouvait cependant exister dans des villages dépourvus de médecins.

219. Cf. II, 79.

Page 148.

220. Mylitta est Ishtar (Astarté), déesse de la guerre et déesse de l'amour, l'une des grandes divinités de Babylone. Le clergé féminin comprenait des prêtresses — dont certaines vivaient cloîtrées et qui

pouvaient être de sang royal, des hiérodules, courtisanes sacrées, et des prostituées qui exerçaient leur métier autour du sanctuaire ; il s'agit sans doute ici des courtisanes sacrées, parfois offertes par leurs parents au temple, et qui pouvaient ne pas résider dans le sanctuaire et se marier, mais ne devaient pas avoir d'enfants. On peut encore voir là une défloration rituelle. Les temples d'Aphrodite à Paphos et Amathonte abritaient également des courtisanes sacrées.

Page 149.

221. Ces Mangeurs de Poissons, les Ichtyophages, sont de même signalés par les historiens et géographes grecs et arabes et les voyageurs modernes, sur les côtes du golfe Persique.

222. Les Issédones, des Scythes, habitaient sur la Caspienne à l'est de l'Oural (cf. IV, 16 ; 25-26) ; les Massagètes, des Saces à demi nomades, menaçaient la frontière nord-est de l'empire perse.

223. Sans doute l'Oxus (l'Amou-Daria) qui se jette aujourd'hui dans la mer d'Aral.

224. Lesbos (Mitilèni), près de la côte d'Asie Mineure, a 70 km de long et 45 km dans sa plus grande largeur.

225. Ivresse extatique obtenue par fumigations et comparable à celles des Scythes en IV, 73-75.

Page 150.

226. Les Colonnes d'Héraclès : le détroit de Gibraltar. Le nom de l'Atlantique apparaît ici pour la première fois dans les textes.

227. On pensait alors que la Caspienne communiquait avec la mer Noire ou formait un golfe de l'océan Boréal. La vitesse des voiliers grecs est évaluée à 125 km par 24 h au minimum, 250 au maximum à la voile et par vent favorable. En régression constante, la Caspienne n'a plus actuellement que 1 260 km de longueur moyenne. Le Caucase, la plus haute chaîne de montagnes connue des Grecs, atteint 5 647 m au mont Elbrouz.

228. Les steppes du Turkestan, qui s'étendent jusqu'aux confins du Thibet et de la Mongolie.

Page 151.

229. Cf. I, 89.

Page 155.

230. Cyrus meurt en 529, et son tombeau (présumé) se trouve près de Pasargades. Selon XÉNOPHON, il meurt dans son lit en

adressant à ses fils des conseils édifiants; d'après CTÉSIAS il meurt d'une blessure à la cuisse, et d'après DIODORE, il est pris et attaché à une potence — à moins encore qu'il n'ait péri dans un combat naval contre Samos.

231. Sur les mœurs des divers peuples scythes, cf. IV, 17 sq., 59 sq., 103 sq. La *sagaris :* hache de guerre double, en usage également chez les Scythes (IV, 5).

LIVRE II

Page 158.

1. Psammétique Ier (663 à 609 av. J.-C).

Page 159.

2. Expérience reprise plus tard par l'empereur d'Allemagne Frédéric II, et par Jacques IV d'Écosse. *Bécos :* le bêlement de la chèvre? Le mot s'employait à Chypre pour désigner le pain. Le terme égyptien le plus proche, *bak,* désigne l'huile d'olive, et aussi l'Égypte.

3. Ptah, dieu présidant au travail des métaux.

Page 160.

4. Les cinq jours dits « épagomènes » s'ajoutent aux douze mois de 30 jours; l'année égyptienne est de 365 jours, et est divisée en trois saisons. L'absence d'une année bissextile a provoqué régulièrement des décalages fâcheux.

5. Cf. II, 99

6. Cf. II, 149

7. Une journée de navigation : 540 stades (cf. II, 9) : environ 96 km.

Page 161.

8. La mer, qui recouvrait toute cette partie de l'Afrique à l'époque éocène, se retira progressivement; le golfe, qui subsistait encore à la fin de l'époque pliocène au débouché de la vallée du Nil, fut peu à peu comblé par les alluvions du Nil pour former le Delta actuel. 11 orgyies : près de 20 m.

9. 60 schènes : environ 640 km. *Golfe de Plinthiné :* l'actuel golfe des Arabes. *Lac Serbonis :* le lac Bardawil, au pied du mont Katib el Qals

10. 639 km environ.

11. De l'autel des Douze Dieux, sur l'agora d'Athènes, à Pise (ancienne cité de l'ouest du Péloponnèse, près d'Olympie), la distance est effectivement de 263 km, soit 1 485 stades.

Page 162.

12. L'Arabie (cf. III, 107).

13. Environ 35 km ; mais, en son point le plus resserré, la vallée du Nil se réduit à la largeur du fleuve lui-même (au Gebel Silsileh).

14. Soit : 639 km de côtes, 1 085 km de la mer à Thèbes, 320 km de Thèbes à Éléphantine. Par la route, il y a, actuellement, 940 km de la mer à Thèbes, et 220 km de Thèbes à Éléphantine.

15. Sur les côtes d'Asie Mineure, le Simoïs et le Scamandre ont créé la plaine de Troie, le Caïque celle de Teuthranie, le Caystre celle d'Éphèse ; et le Méandre débouchait dans le golfe de Milet aujourd'hui comblé par ses alluvions.

Page 163.

16. Hérodote emploie *stoma* pour désigner la bouche et la branche du fleuve ; aux traditionnelles 7 bouches du Nil des écrivains grecs (cf. II, 17), il substitue ici 5 bouches seulement.

17. La couche supérieure des terres alluvionnaires du Nil contient, en effet, du sel, qui ronge les bases des monuments.

Page 164.

18. Cf. II, 101.

19. Les nilomètres, puits creusés tout au long de la vallée depuis Rodah jusqu'à Éléphantine, permettaient de relever avec précision le niveau atteint chaque année par les eaux du Nil en crue. 8 coudées : 3,50 m environ ; 15-16 coudées · 6,5 à 7 m.

Page 165.

20. La « Tour du guet de Persée » serait à placer à l'embouchure de la branche Canopique du Nil (le Cap Aboukir) ; Péluse, à l'est, est l'actuelle Tell Farama. Kerkasôre se trouvait en face d'Héliopolis, sur la rive libyque du Nil.

Page 166.

21. 1 086 km environ.

Page 167.

22. Maréa se trouve sur la bordure sud du lac Maréotis (Mariout), et Apis est en bordure du désert, au sud-est de Maréa.
23. En raison du culte d'Isis (cf. IV, 186).

Page 168.

24. Il n'y a pas de vent régulier descendant la vallée du Nil.
25. Théorie attribuée à Thalès de Milet (VIe siècle av. J.-C.) : les vents saisonniers soufflant du nord en été refouleraient les eaux du fleuve.
26. Théorie d'Hécatée, peut-être. Sur le fleuve Océan, dont les eaux entourent le disque des terres, cf. II, 23, et IV, 36.

Page 169.

27. Cette troisième interprétation est proche de celle de Diodore de Sicile, qui se rangeait à l'opinion d'Anaxagore et d'Agatharchide de Cnide selon qui la crue est causée par les pluies continuelles qui tombent l'été sur les montagnes d'Éthiopie. Éthiopie : tout le pays situé au sud de l'Égypte (en égyptien : Kouch, le Soudan).
28. Dans HOMÈRE, le large fleuve Océan entoure la terre et est le père de tous les êtres.

Page 170.

29. Les vents du sud et du sud-ouest.
30. Si le phénomène dépendait de la place hivernale du soleil, la critique qu'Hérodote adresse à la première théorie (II, 20) s'applique à la sienne également, le même phénomène devant se produire pour les autres fleuves d'Afrique comme pour le Nil.
31. Le vent du nord.

Page 171.

32. Le Danube.
33. La déesse Neith, vierge et guerrière.
34. Syène : Assouan. Le mot *Crôphi* se retrouve dans l'égyptien *grj* « mauvais », désignant une hauteur s'élevant au milieu du Nil, en face d'Éléphantine. *Môphi,* non attesté en égyptien, pourrait être le mot *nfr* « bon ».
35. La présence d'une corde d'arpentage dans le temple de Khnoum-Chou, patron des arpenteurs, à Éléphantine, est attestée ; d'où sans doute l'anecdote populaire imaginant le roi sondant le Nil à Éléphantine au moyen d'un câble démesuré.

Page 172.

36. Île de Basse-Nubie, à une centaine de kilomètres au sud de la Ire cataracte.
37. Amon et Osiris.
38. Le temple de Zeus-Amon, construit par Ramsès II et agrandi par les rois éthiopiens. Une stèle du Musée du Caire confirme l'affirmation d'Hérodote : le roi part en guerre par décret de l'oracle.

Page 173.

39. La gauche représente, du point de vue religieux, le côté des mauvais.
40. Les Assyriens : les Syriens de Palestine. Daphné : l'actuelle Tell Defeneh.
41. Le cours du Nil est conçu comme symétrique de celui du Danube (cf. II, 33), et arrivant de l'ouest, à angle droit, à Éléphantine.

Page 174.

42. Cf. IV, 172, 182.
43. Le cap Cantin, sur la côte ouest du Maroc.

Page 175.

44. Ils ont rejoint le Niger et rencontré des pygmées.
45. Le cours supérieur du Danube, l'Istros (cf. IV, 48 sq.), n'était pas connu du temps d'Hérodote, qui le fait naître à l'extrême-ouest de l'Europe, près des Cynésiens, ou Cynètes (les Portugais, cf. IV, 49). Ni les Alpes, ni les Pyrénées ne sont encore connues ; Pyréné est une ville, et Alpis (IV, 49) est un fleuve.

Page 176.

46. Pour Hérodote, les deux fleuves se correspondent de part et d'autre de la Méditerranée : leurs cours, orientés ouest-est, dessinent un angle droit et leurs embouchures se font face.
47. Les bas-reliefs montrent pourtant que le tissage est fait par les femmes.
48. À côté des « chanteuses » et « musiciennes », servantes mineures d'une divinité, il y eut pourtant de véritables prêtresses (d'Hathor, de Neith), sans parler des Divines Adoratrices dont le rôle religieux à Thèbes était aussi important que celui du grand-prêtre.
49. La loi grecque impose aux fils le soin de leurs parents âgés et

l'entretien de leur tombeau; aucune loi égyptienne n'impose de pareils devoirs aux filles.

Page 177.

50. Cf. II, 104.

51. Une déformation cursive de l'écriture hiéroglyphique était devenue, à Basse-Époque, l'écriture réservée aux textes religieux sur papyrus : elle fut appelée « hiératique », écriture sacrée, par les auteurs grecs. L'écriture populaire, qu'on appelle « démotique » depuis Hérodote, utilise une cursive dérivée de l'hiératique; elle est l'écriture des documents administratifs.

Page 178.

52. Ce tabou sur les fèves se retrouve, en particulier, dans le pythagorisme, et Pythagore passait pour un disciple des prêtres égyptiens (cf. II, 81).

53. Apis, dieu-taureau de Memphis.

54. Cf. III, 28.

Page 179.

55. Il s'agit des fêtes en l'honneur d'Osiris à Busiris (cf. II, 61).

Page 180.

56. La vache est animal sacré, parce qu'elle représente Isis-Hathor et qu'elle est la mère céleste qui donne naissance au soleil. Sur Io, cf. I, 1-2.

57. Transposition grecque du nom égyptien signifiant « le Château d'Horus le Faucon »; c'était un important lieu de culte d'Hathor-Aphrodite. La ville n'est pas encore localisée avec précision, et son cimetière de bœufs reste à découvrir.

Page 181.

58. L'animal sacré de Zeus-Amon à Thèbes est le bélier, celui du dieu de Mendès est un « bouc » (cf. II, 46).

59. Khonsou, fils d'Amon et de Mout à Thèbes; l'Héraclès grec est fils de Zeus et d'Alcmène. Amon est représenté comme un dieu à tête de bélier.

Page 182.

60. Amphitryon et Alcmène descendent, par Persée, d'Égyptos, héros éponyme de l'Égypte.

61. Cf. II, 145.

62. Il s'agit du temple de Melqart, dont la fondation remonterait à 2750 av. J.-C.

63. Ces deux stèles sont mentionnées dans *Ézéchiel,* XXVI, 11.

Page 183.

64. Tyr aurait donc été fondée vers 2750 av. J.-C., ce qui répond sans doute à l'arrivée des Sémites en Canaan.

65. Sur l'enlèvement d'Europe, cf. I, 2.

66. La personnalité d'Héraclès, très complexe, résulte de la fusion de plusieurs dieux ou héros, absorbés dans son culte. On a noté la double personnalité d'Héraclès à Thasos : dieu et héros, phénicien et grec ; les fouilles y ont dégagé un sanctuaire double, ce qui confirme les renseignements rapportés par Hérodote.

67. Allusion à une légende grecque : un certain Busiris aurait été roi d'Égypte après Protée et Héraclès, qu'il voulait sacrifier, l'aurait tué.

Page 184.

68. Il s'agit ici du dieu Ba-neb-Ded, le « Bouc » de Mendès (la ville de Thmuis).

69. Cf. II, 145.

Page 185.

70. Dans la mythologie osirienne la lune, lors de ses phases et de ses éclipses, est dévorée par un porc noir, image du dieu Seth meurtrier d'Osiris. Le sacrifice rituel du porc a lieu au moment de la pleine lune, c'est-à-dire quand l'astre est sorti vainqueur de la lutte. Osiris-Dionysos, victime également de Seth, fut identifié à la lune. Cet Osiris-Lune est considéré par Hérodote comme deux entités distinctes.

71. Le culte de Dionysos en Grèce comportait, à côté des processions phalliques, des chœurs chantants et dansants, d'où naquirent les représentations dramatiques associées aux fêtes du dieu. En Égypte, lors des fêtes appelées Pamylies, célébrées en l'honneur de Pamyle, père nourricier d'Osiris, on exhibait des Osiris ithyphalliques.

72. Le devin Mélampous, descendant de Créthée fils d'Éole, apparaît dans l'*Odyssée* où, de Pylos, il va régner sur Argos ; prêtre et médecin, il aurait introduit dans le Péloponnèse le culte et les processions du dieu.

Page 186.

73. Dionysos est fils de Zeus et de Sémélé (fille de Cadmos).

74. Par « noms », Hérodote entend ici les personnalités divines elles-mêmes, empruntées par les Grecs aux peuples plus anciens de la Méditerranée.

Page 187.

75. Les Pélasges : cf. I, 56-57; IV, 137. Sur le Poséidon des Libyens, cf. IV, 180, 188. Les Égyptiens n'ont pas de divinité marine spéciale.

76. Les Égyptiens ont pourtant rendu un culte à de grands hommes divinisés, par exemple l'architecte Imhotep, vizir du roi Djeser (IIIe dynastie), identifié par les Grecs à Asclépios.

77. Les Cabires : divinités dont l'origine, la nature, le nombre, et les noms restent mystérieux; ils sont donnés, en général, comme les fils et descendants d'Héphaistos.

78. Oracle de Zeus en Épire (cf. I, 46), où le dieu répondait par le bruissement des feuilles d'un chêne.

Page 188.

79. Homère et Hésiode sont donc contemporains, et vivaient vers 850-800, selon Hérodote; *La Théogonie* d'Hésiode donne les généalogies des dieux qu'Homère fait intervenir dans les luttes et les aventures des héros. Hérodote ne connaissait donc pas d'ouvrages précédant les leurs, et déclare postérieurs les poètes légendaires, Musée et Orphée par exemple, que la tradition leur ajoutait comme initiateurs de la civilisation pour les Grecs.

Page 190.

80. La divination par les entrailles des victimes n'est pas attestée pour l'Égypte; elle est courante en Mésopotamie.

81. La déesse Bastet, adorée sous la forme d'une chatte, forme adoucie de la lionne, a dû être assimilée à Artémis parce que cette dernière est, en tant que chasseresse, « dame des fauves ».

82. La déesse Neith.

83. Bouto : ici la ville d'Imet (site actuel de Tell Faraoun), à l'extrême est du Delta. Ouadjet est la mère (ou la nourrice) de l'enfant Horus, qu'elle allaita en cachette dans les marécages de Chemnis. Paprêmis se situerait aux environs de Saïs. Selon Hérodote, II, 71, les hippopotames y étaient sacrés. On ne sait quel dieu

égyptien représente Arès, en l'honneur de qui sont célébrées les fêtes (II, 63) ; peut-être s'agit-il d'Onouris, dieu combattant.

Page 191.

84. Cf. II, 40.

85. Il s'agit évidemment d'Osiris. À la Basse-Époque, la fête (le grand deuil) d'Osiris est devenue la fête d'Isis.

86. Des mercenaires cariens étaient installés en Égypte depuis Psammétique Ier.

87. L'allumage des lampes, rite du culte funéraire égyptien, avait pour but d'écarter des morts les esprits qui errent la nuit ; il s'agit ici des fêtes en l'honneur d'Osiris. Hérodote dira plus loin (II, 170-171) que le lac sacré du temple de Saïs est le théâtre de cérémonies particulières faisant revivre la « passion » du dieu.

Page 193.

88. Un combat sacré du même ordre est attesté par des documents égyptiens pour la ville de Bouto. Arès représente sans doute le dieu guerrier égyptien Onouris, et ce dernier est attaché à la légende de la déesse lointaine, qu'il aurait retrouvée et ramenée.

Page 194.

89. C'était en effet un devoir pour tout Égyptien de soigner les animaux sacrés. Le culte rendu à ces derniers s'est développé de façon exubérante à la Basse-Époque ; nombreuses, en particulier, sont les statuettes de chattes, en bronze, consacrées à la déesse Bastet de Bubastis. Le meurtrier risque d'être lynché par la foule, comme il arriva à un citoyen romain coupable d'avoir tué un chat.

90. Ceci semble contredire II, 36.

Page 195.

91. *Bubastis :* ville de la déesse-chatte Bastet. Le chien sauvage, faussement appelé chacal, incarnait le dieu Anubis ; à la Basse-Époque, par extension, on considéra tous les chiens comme dignes d'être embaumés. *Ichneumons :* sorte de mangouste, animal sacré d'Atoum à Héliopolis. *Hermopolis :* ville du dieu-ibis Thot ; un impressionnant cimetière d'ibis y a été mis au jour.

92. L'ours ne semble pas avoir existé en Égypte. La ville d'Assiout, appelée par les Grecs Lyconpolis, la « ville des loups », était le lieu du culte du dieu Oupouaout ; on y a retrouvé des momies de l'animal qui incarne ce dernier et qui semble être en réalité le *canis lupaster.*

Page 196.

93. Le crocodile n'existe plus dans le Nil qu'au-delà de la 2e cataracte ; il ne dépasse pas 4,50 m de longueur, possède une langue, sa mâchoire inférieure est mobile, et il voit dans l'eau. Mais il est exact que des oiseaux, comme le trochile (un pluvier), viennent becqueter les vers et débris de chair accrochés aux dents de la bête endormie.

94. Le crocodile, qui incarne le dieu Sobek, est en effet sacré à Gébélein, au sud de Thèbes, et à Crocodilopolis-Arsinoé dans le Fayoum. Il l'est aussi à Kôm-Ombo, dans le Ier nome de Haute-Égypte.

Page 197.

95. L'hippopotame était sacré à Oxyrhynchos dans le Fayoum, et à Thèbes ; normalement, l'hippopotame mâle est considéré comme une bête malfaisante pouvant incarner Seth, « l'Ennemi » par excellence. La déesse-hippopotame de Thèbes est appelée Touéris, et elle est représentée debout, avec une crinière de cheval descendant le long du dos jusqu'à terre : d'où la description d'Hérodote. L'hippopotame femelle est considérée comme bienfaisante.

96. Aussi appelé le barbeau, le lépidote était adoré à Lépidotonpolis. L'anguille est consacrée au dieu d'Héliopolis. L'oie est l'animal sacré du dieu Amon de Karnak.

97. Le phénix, qui vers la fin de sa vie gagne le temple du soleil (Héliopolis), est vraisemblablement l'oiseau adoré dans cette ville, le héron cendré ; selon les auteurs anciens, il est originaire d'Asie (Inde, ou Arabie), et sa durée de vie est variable.

Page 198.

98. Des momies de serpents ont été trouvées dans la nécropole thébaine. Si c'est bien de la vipère à cornes (céraste) que parle Hérodote, sa morsure est mortelle.

99. Dans ces serpents ailés, gardiens de l'encens en Arabie (cf. III, 107), on a vu l'interprétation de monuments figurés ou de légendes, ou encore des criquets, ou plutôt des lézards volants, comme il en existe encore à Bornéo, glissant d'une branche à l'autre grâce aux larges replis de leur peau.

Page 199.

100. Celui qu'Hérodote appelle ibis noir est l'ibis falcinelle, au plumage brun ; il n'est pas sacré, au contraire de l'ibis blanc, à tête et queue noires, qui est l'oiseau du dieu Thot.

101. Le même renseignement est donné par DIODORE. Il est confirmé par les Papyrus Médicaux.

102. C'est une des très rares erreurs d'Hérodote. L'Égypte avait, en effet, des vignobles célèbres.

Page 200.

103. Il n'est pas rare de voir figurer, parmi les scènes de festins qui décorent les chapelles des tombes, un harpiste aveugle, dont les paroles nous ont été conservées : elles évoquent la fuite fatale du temps et invitent l'assistance à jouir du jour présent. Peut-être, à cette occasion, présentait-on des figurines en bois dans leur petit sarcophage. Comme Hérodote, PÉTRONE fait présenter un squelette aux convives au milieu du banquet de Trimalcion.

104. Les documents égyptiens ne connaissent pas de prince royal de ce nom. Le chant de Maneros (ou de Linos) semble bien être celui que chante le harpiste aveugle. Le *linos :* chant de deuil qui déplorait, disait-on, la mort de Linos, fils d'Apollon et d'Uranie, tué par Apollon ; dans HOMÈRE, il scande le travail des vendangeurs ; on y voit la plainte rituelle sur la mort d'un dieu personnifiant la végétation, l'Adonis phénicien.

105. C'est ainsi que, sur les bas-reliefs, les grands personnages saluent le roi.

Page 201.

106. Les confréries religieuses et mystiques apparaissant en Grèce avant le VIe siècle, et se réclamant du personnage mythique d'Orphée ou de Dionysos, sont ici considérées comme identiques et rattachées, par Pythagore (cf. IV, 95), à l'Égypte, en raison de certaines ressemblances, ici dans les interdits.

107. On ne connaît d'astrologie en Égypte qu'à l'époque gréco-romaine, et elle est importée de Mésopotamie. Il est toutefois exact que les Égyptiens avaient placé chaque jour sous l'influence d'une divinité, le jour étant faste ou néfaste selon l'épisode d'une légende mythologique qui s'y rattachait et marquant de sa tonalité l'Égyptien dont c'était le jour de naissance. Les Grecs avaient, sur ce sujet, des recueils attribués à des prophètes et devins légendaires.

Page 202.

108. Des papyrus du Musée du Caire et du Musée du Louvre nous ont conservé le rituel de l'embaumement. Les embaumeurs forment un corps spécialisé ; ils étaient assistés d'un personnel

secondaire (« chanceliers du dieu », « embaumeurs d'Anubis », etc.).

109. Osiris, le premier qui ait subi les rites de la momification, des mains d'Anubis.

Page 203.

110. L'éviscération succède au drainage encéphalique ; ces deux opérations ont pour but de retirer du corps des éléments essentiellement putrescibles. Les viscères sont mis ensuite dans des vases « canopes ». La pierre d'Éthiopie est un couteau d'obsidienne. Le sel de natron (natron sec) joue le rôle d'un déshydratant.

111. Hérodote appelle gomme la résine qui coule de l'acacia (II, 96).

112 Le sarcophage reste debout à l'entrée de la tombe pendant les cérémonies finales des funérailles, mais il est ensuite descendu et couché dans le caveau.

113. La *syrmaia*, utilisée pour les purges (cf. II, 77), serait l'huile, ou simplement le jus, extraite du raifort.

Page 204.

114. Les noyés étaient divinisés ; leur mort, en effet, rappelait celle d'Osiris, dont les membres dispersés avaient été jetés dans le Nil.

115. Appelée aussi Panopolis, l'actuelle Akhmim.

116. C'est le dieu Min, ithyphallique, qui est adoré à Chemmis. L'identification de Min à Persée est due à une simple similitude phonétique.

Page 205.

117. Cette « apparition » du dieu correspond à ce que les textes égyptiens appellent les « sorties en procession » d'une divinité hors de son temple ; elles donnaient lieu à de grandes réjouissances populaires. 2 coudées : 0,90 m environ. C'est aussi la dimension de l'empreinte du pied d'Héraclès (cf. IV, 82).

118. Persée, fils de Zeus et de Danaé, remonte par Lyncée à Égyptos, Épaphos et Io, et il est le petit-fils d'Acrisios, roi d'Argos.

119. Les marécages du Delta.

Page 206.

120. Des lotus roses, originaires de l'Inde et introduits tardivement en Égypte. L'espèce citée auparavant est soit le lotus bleu, soit le lotus blanc.

121. Il sert à faire des chaussures (II, 37), à calfater les bateaux et faire leur voile (II, 96), à faire des câbles (VII, 25, 34, 36), et il est utilisé comme papier (V, 58).

Page 207.

122. Le mot désigne à la fois l'arbuste-ricin et l'huile qu'on en tire ; celle-ci était employée pour les soins de la chevelure et comme purgatif.

Page 209.

123. L'emplacement exact de ces deux villes est inconnu.

Page 210.

124. Les listes égyptiennes de rois et l'historien Manéthon font état, eux aussi, d'un roi nommé Meni, Ménès. Il fut le premier homme à régner après les dieux ; le fait qu'il ait asséché l'arrière-pays marécageux de la plaine memphite l'a fait représenter comme un démiurge faisant sortir des eaux primordiales la première ville.

125. Vraisemblablement un papyrus analogue à celui connu sous le nom de Papyrus royal de Turin, qui remonte au Nouvel Empire et donne une liste des rois depuis les dynasties divines.

Page 211.

126. Nitocris régna à la fin de la VIe dynastie vers 2180 av. J.-C. Son jeune frère assassiné serait Neferkarê. La légende rapportée par Hérodote convient tout à fait à l'état d'instabilité qui a caractérisé la fin de l'Ancien Empire, qui vit se succéder de nombreux usurpateurs.

127. Hérodote déclare (II, 13) que Moéris régnait environ 900 ans avant son voyage en Égypte : ce serait alors Aménophis III (1408-1372 env.). Mais c'est le pharaon Amenemhat III (1842-1797 env.) qui construisit les propylées nord du temple de Ptah (Héphaistos) à Memphis et le Labyrinthe (cf. II, 148). La ressemblance des noms des deux pharaons a pu amener cette erreur de date.

128. Trois pharaons ont porté ce nom à la XIIe dynastie ; celui qui correspond le mieux aux exploits rapportés ici est soit Sésostris Ier, soit Sésostris III (vers 1878-1843 av. J.-C.), dont on connaît une campagne contre le sud de la Palestine et qui reporta la frontière sud de l'Égypte jusqu'à la 2e cataracte ; assez semblable en cela à Ramsès II qui porta plus loin encore ses conquêtes (1301-1235 av. J.-C.), il a pu ne former avec lui qu'une seule image, celle du

conquérant égyptien par excellence dont la légende amplifia démesurément les faits d'armes.

Page 212.

129. Des représentations de ce genre sont inconnues. Quant aux stèles, on en connaît trois de Ramsès II.

130. On ne connaît rien de tel pour aucun pharaon égyptien.

Page 213.

131. L'existence d'une petite communauté de Noirs a été effectivement notée près de Soukhoum ; ils seraient alors les survivants des anciens Colchidiens, qui étaient peut-être d'origine africaine. La pratique de la circoncision est bien attestée, mais il est impossible de dire qui l'a pratiquée en premier, des Égyptiens ou des Sémites.

132. Le Thermodon : fleuve de Cappadoce ; le Parthénios, à l'ouest de la Paphlagonie ; les Macrons, sur la côte sud-ouest de la mer Noire.

133. Texte probablement corrompu, le mot *sardonique* signifie « de Sardaigne » et ne convient pas ici.

Page 214.

134. Cinq empans = 1,10 m environ.

135. Il s'agit de la transposition d'un vieux rite royal : destiné à mourir par le feu, le roi pouvait sacrifier à sa place deux victimes, la royauté égyptienne étant double. Aucun document égyptien ne fait mention de ce pseudo-sacrifice royal.

Page 215.

136. Les routes et les canaux ont existé très tôt en Égypte, les premières étant formées par les levées de terre enlevée des fossés d'irrigation ; quant aux chevaux (et aux chars), ils ne firent leur apparition en Égypte que peu de temps avant la XVIIIe dynastie, vers 1600 av. J.-C.

137. Le mesurage de terrain qu'ils durent prendre pour les besoins de l'administration a fait des Égyptiens d'excellents géomètres. La mesure de base, en superficie, est une mesure carrée, l'aroure, de 100 coudées sur 100.

138. En fait, la domination égyptienne sur l'Éthiopie (= la Nubie) n'a guère cessé depuis Sésostris III.

139. Il existe encore deux colosses de Ramsès II, qui s'élevaient à Memphis devant le temple de Ptah ; ils dépassaient 13 m de hauteur, ce qui correspond aux 30 coudées (13,30 m) indiquées par Hérodote.

Page 216.

140. Sur l'échec de Darius en Scythie, cf. IV, 83-143.

141. Inconnu des listes royales égyptiennes, le nom Phéros se rattache vraisemblablement à l'égyptien *per-âa,* qui signifie « pharaon ».

Page 217.

142. Un obélisque de Sésostris Ier, encore en place à Héliopolis, mesure 20,75 m de hauteur et est large de 1,84 m à la base.

143. Un pharaon Sethi, peut-être Sethi II ? L'identification du pharaon avec le Grec Protée, dieu de la mer, rappelle les représentations des pharaons en dieu-Nil.

144. La déesse Astarté, d'origine syrienne.

Page 218.

145. Le droit d'asile dans les temples égyptiens n'est pas attesté par les documents indigènes, si ce n'est à partir de l'époque ptolémaïque. Tarichées : les Saloirs. Le temple d'Héraclès a disparu, sans doute effondré sous la mer. Thônis : personnification de la ville qui commandait l'accès de la branche Canopique du Nil.

146. Teucrien : du nom de Teucros, ancêtre des rois de Troie ; ce sont les Troyens.

Page 219.

147. HOMÈRE (*Iliade,* 289 sq., trad. R. Flacelière). Hérodote rattache ces vers à un morceau épique et ne connaît pas la division de l'*Iliade* en 24 chants.

Page 220.

148. *Odyssée,* IV, 227 sq., et 351-352 (trad. V. Bérard) ; les deux citations de l'*Odyssée,* sans rapport avec Pâris et qui séparent le texte de l'*Iliade* de son commentaire, sont une adjonction maladroite d'un annotateur.

149. *Les Chants Cypriens,* épopée perdue (du VIIIe siècle ?) attribuée à Stasinos de Chypre, racontaient l'enlèvement d'Hélène et le but de la guerre de Troie.

Page 221.

150. Dans Homère, l'ambassade d'Ulysse et de Ménélas à Troie échoue, parce que Pâris obtient, à force de présents, que les Troyens repoussent leur demande.

151. Le personnage d'Hélène a été diversement interprété au cours des siècles : victime involontaire du destin, ou femme coupable ou innocente calomniée puisqu'elle ne serait jamais allée à Troie : une image créée par les dieux y a pris sa place pour prendre la ville ; c'est le thème de la tragédie d'EURIPIDE, *Hélène,* mais Hérodote tente d'en rationaliser la légende au moyen d'un curieux malentendu de dix ans entre Grecs et Troyens.

Page 223.

152. On a vu dans Rhampsinite soit Ramsès III, soit Ramsès II. C'est bien Ramsès II qui construisit le portique ouest du temple de Ptah de Memphis, et des fragments des colosses y ont été retrouvés.

Page 226.

153. Un conte populaire égyptien doit évidemment se trouver à la base du récit d'Hérodote ; des manuscrits égyptiens tardifs contiennent des récits de la même veine.

Page 227.

154. Isis. Il faut sans doute entendre par jeu de dés le jeu de *senet,* sorte de jeu de trictrac ; le mort est souvent représenté, dans la tombe, en train de jouer au *senet* dans l'autre monde.

155. Les deux dieux-loups (ou chiens sauvages) Oupouaout, de Haute et de Basse-Égypte, représentés par des prêtres masqués.

156. Les Égyptiens croyaient, en effet, que l'âme survivait après la mort, mais leur croyance en la métempsycose est peu nette. En réalité, le mort peut se manifester (cf. les chapitres des « transformations » du Livre des Morts) sous la forme d'un animal particulier. Certains textes de basse époque semblent faire état, pourtant, d'une réincarnation.

157. Pythagore, les poètes dits « orphiques », Empédocle, affirmaient la transmigration des âmes.

Page 228.

158. Chéops régna vers 2600 av. J.-C. ; les Ramsès régnèrent aux XIIIe-XIIe siècles. Une erreur d'un éditeur antique d'Hérodote est probable : les chapitres 124-136 devraient se trouver entre les chapitres 99 et 100 pour obtenir un ordre chronologique correct.

159. Il y a normalement, montant de la vallée au temple funéraire de la pyramide (construite sur le plateau), une chaussée couverte et ornée de bas-reliefs par laquelle montent en procession les servants

du culte royal ; elle a pu être utilisée en premier lieu pour le halage des blocs jusqu'à la pyramide. Il reste des vestiges de cette chaussée, qui aurait eu 900 m de longueur, plus de 17 m de largeur, et se serait élevée de 14 m.

160. On n'a pas décelé l'existence d'un canal entourant les chambres souterraines comme une île. Toutefois Hérodote n'a pas inventé cet ensemble architectural : c'est exactement celui du cénotaphe de Séti Ier à Abydos.

161. Soit 236 m. En réalité, la grande pyramide mesure 280 coudées égyptiennes de hauteur sur 440 de côté, soit 147 m sur 220 m environ.

Page 229.

162. L'emploi d'instruments de levage, indiqué par Hérodote s'oppose au procédé des levées de terre indiqué par DIODORE DE SICILE (I, 63).

163. Il doit s'agir de graffiti que les voyageurs ont tracés dès l'Antiquité sur le revêtement de la pyramide, et qui ont disparu avec ce dernier. Mille six cents talents d'argent représentent 9 600 000 fr-or environ.

Page 230.

164. Une des petites pyramides élevées en avant de la face est de la pyramide de Chéops appartient, en effet, à une fille du roi, nommée Henoutsen.

165. Chéphren semble avoir été, en réalité, un fils de Chéops. Il régna vers 2600 av. J.-C.

166. La base est en effet en granit rose d'Assouan. 40 pieds = 11,85 cm environ ; 100 pieds = 29,60 m environ.

167. Nom et anecdote inconnus ailleurs.

168. Mycérinos est, en réalité, fils de Chéphren. Hérodote semble avoir confondu Mycérinos avec le roi Bocchoris, dont le nom egyptien (Bakenrenef) sonnait à peu près de la même façon. Bocchoris régna à Saïs (720-715 av. J.-C.) et fut un des grands législateurs égyptiens, selon DIODORE.

Page 231.

169. La description de cette vache semble bien convenir à l'image de la déesse Neith de Saïs, adorée sous cette forme. Ici, elle n'est qu'un aspect de la déesse Isis. On ne connaît, dans l'art égyptien, de statues de femmes nues que de petites dimensions, statuettes dites « de concubines » (le Musée du Louvre en possède une, en bois

provenant d'une tombe d'Assiout, dont les pouces ont été intentionnellement coupés pour l'empêcher de prendre la nourriture destinée au mort).

Page 232.

170. Osiris. PLUTARQUE déclare qu'au solstice d'hiver on promenait la vache autour du temple, ce qui représenterait la recherche du corps d'Osiris par la déesse.

Page 233.

171. La pyramide de Mycérinos, la plus petite des trois pyramides de Gizeh, mesure 108 m de côté et 62 m de hauteur. Les assises inférieures sont revêtues de dalles de granit.

172. C'est ici un témoignage de l'existence d'Ésope, personnage bien connu au Ve siècle puisque Hérodote se contente d'une allusion à son meurtre par les Delphiens ; ceux-ci, vexés par Ésope, cachent dans ses bagages une coupe sacrée pour pouvoir l'accuser de sacrilège et l'exécuter. LA FONTAINE a donné, en tête de ses fables, une *Vie d'Ésope le Phrygien* qui rapporte les diverses légendes ajoutées par la suite à cette trop brève indication d'Hérodote.

Page 234.

173. Pour servir aux banquets publics, comme le cratère de Crésus (cf. I, 51) ? Mais le métal en barre ou lingot est la forme la plus ancienne de la monnaie.

174. Charaxos gaspille sa fortune pour une courtisane de Naucratis que Sappho, dans sa diatribe, appelle Dôricha, peut-être nom réel de *Rhodopis*, qui signifie « visage de rose ». Plus tard l'histoire de Rhodopis devint le prototype du conte de *Cendrillon* : elle aurait épousé le pharaon, épris d'elle à la vue de sa sandale.

175. Identifié tantôt à Chepseskaf, successeur de Mycérinos, tantôt à Chechanq Ier.

Page 235.

176. Rien, dans les documents égyptiens, ne confirme ceci.

177. Hérodote mentionne (II, 166) le nome Anysien, dont Anysis devait être la métropole. Anysis fut peut-être un dynaste du Delta, au moment de l'invasion éthiopienne ; on y a vu le roi Bocchoris.

178. L'Éthiopien Chabaka (716-701 av. J.-C.).

Page 236.

179. La déesse-chatte Bastet.

180. C'est la grande porte jubilaire d'Osorkon II, dont la décoration est remarquable.

Page 237.

181. Les fouilles menées sur les indications d'Hérodote ont en effet dégagé, à peu de distance du grand temple, les ruines d'une chapelle où le dieu Thot est honoré aux côtés de Bastet.

182. Le même songe est rapporté par DIODORE avec un détail supplémentaire qui lui donne tout son sens : le dieu de Thèbes conseillait au roi de couper en deux tous les prêtres, puis de défiler au milieu d'eux avec sa suite : rite purificateur, qui consistait à passer entre les deux parties d'une victime sacrifiée.

183. Amyrtée régna 250 ans seulement après Chabaka.

Page 238.

184. Plutôt que Séthos, *Séthon,* titre du prêtre de Ptah plutôt que le nom même du prêtre-roi. On a vu en lui le roi éthiopien Chabataka.

185. La peste bubonique, transportée par les rats, décima peut-être l'armée assyrienne vers l'an 700 av. J.-C. La statue devait représenter le prêtre de ce dieu, et le rat qu'il tenait dans la main le désignait en outre comme prêtre du dieu Horus de Létopolis, dont l'animal sacré est un ichneumon, appelé aussi rat des Pharaons.

Page 239.

186. En réalité, 11 366 ans 2/3. L'erreur d'Hérodote vient de sa maladresse à manier les jetons de la table à calcul, l'*abaque.*

187. Hécatée de Milet (né vers 540 ?), l'un des premiers prosateurs ioniens, géographe et historien, est cité par Hérodote comme écrivain et comme homme politique qui joue un rôle important dans la révolte de l'Ionie contre Darius. Il avait écrit des *Généalogies* (la sienne en particulier), et surtout une *Périégèse,* un « tour du monde connu » (Europe et Asie, à laquelle il rattachait Égypte et Libye). Qu'Hérodote se soit servi de son ouvrage, tout en le critiquant, est certain, mais il est impossible de savoir exactement sur quels points et en quelle mesure.

Page 240.

188. Statues des prêtres qui avaient exercé dans le temple (celles du temple d'Amon à Karnak furent retirées à l'époque ptolémaïque

et enterrées dans une cachette). Hérodote n'a vraisemblablement pas vu la grande salle hypostyle de Karnak (il l'aurait sûrement décrite) ; il a dû arriver par l'allée sud et voir seulement la salle hypostyle de Thoutmosis Ier : là, entre les piliers latéraux, se dressent les statues colossales du roi, et l'on en compte encore près de quarante, en pierre.

189. C'est l'égyptien *pa-remet,* qui désigne « l'homme », ou aussi « l'Égyptien » par opposition aux autres races.

190. Le Papyrus royal de Turin commence effectivement par les dynasties divines ; mais après Horus, qui détrôna Typhon (Seth), il ajoute Thot et Maât.

191. On ne sait pas à quoi correspond cette division en huit et douze dieux.

Page 241.

192. Cf. II, 43.

193. Une légende voulait que Pénélope, infidèle à Ulysse pendant sa longue absence, ait eu un fils moitié homme, moitié animal, d'Hermès. Pan, dieu de l'Arcadie, est dit, en général, fils d'Hermès et d'une nymphe.

194. Cf. II, 50.

195. Dionysos est enlevé, avant terme, du sein de sa mère, brûlée par l'éclair qui environne Zeus, et emporté dans une ville en rapport avec son nom et qu'on situait en Éthiopie ou en Asie.

Page 242.

196. Il s'agit d'une période couvrant le règne des rois éthiopiens Chabataka et Taharqa, de 700 environ à 663 av. J.-C., et durant laquelle un certain nombre de roitelets entretinrent dans le Delta une opposition à l'occupant éthiopien.

197. On comprend mal comment Hérodote peut attribuer aux dodécarques la construction du labyrinthe, qui est l'œuvre d'Amenemhat III (1850-1800 av. J.-C.) ; le fait que le monument ait eu « douze cours » ne suffit pas à l'expliquer. Le labyrinthe est, en fait, le temple funéraire d'Amenemhat III dans le Fayoum. *Crocodilopolis :* « ville des crocodiles » (actuellement Medinet el Fayoum) ; son temple principal était consacré au dieu crocodile Sobek, et l'animal sacré y avait un bassin.

Page 244.

198. Le lac Qaroun, dans le Fayoum, s'appelait jadis « lac de Moéris », du nom de la ville Mi-our (sans doute Medinet-Gurob)

située à l'entrée du Fayoum. Par la suite, on confondit ce nom avec celui du roi Marès (Amenemhat III) à qui on attribua le creusement du lac. On a retrouvé les ruines de deux constructions qui ont dû supporter deux colosses en grès rouge d'Amenemhat III.

199. Sardanapale est Assourbanipal ; mais le suicide légendaire de Sardanapale est en réalité celui de son frère, Shamash-Shoum-Oukin.

Page 246.

200. Néchao Ier. Il fut tué, non par Chabaka, mais par Tanoutamon, un de ses descendants.

201. Il s'agit vraisemblablement des mercenaires que, selon les documents assyriens, le roi de Lydie, Gygès, envoyait à Psammétique pour l'aider à secouer le joug d'Assourbanipal, dont les troupes avaient envahi l'Égypte vers 663 av. J.-C.

202. Psammétique Ier monte sur le trône en 663 av. J.-C.

Page 247.

203. Épaphos est, pour les Grecs, le fils de Zeus et d'Io que la colère d'Héra avait transformée en vache ; sur Apis, cf. III, 27-28. Les fouilles ont dégagé des éléments de la cour d'Apis, précisément en avant de ce qui devait être le portique sud du temple de Ptah.

204. Hérodote citera plus loin (II, 164) les interprètes comme une des sept classes professionnelles de l'Égypte.

Page 248.

205. Horus et Bastet. Ils sont, dans la mythologie grecque, les enfants de Léto (Ouadjet).

206. Des naos monolithes existent, mais de dimensions plus modestes. Cette chapelle semble faite de deux énormes dalles, longues et hautes de 40 coudées (environ 17,80 m), formant ses parois latérales ; une troisième dalle, de même longueur, formait le toit avec sa corniche haute de 1,78 m.

207. La Chemmis d'Hérodote doit être une imitation de l'île sainte où Léto a mis au monde — ou seulement allaité — Horus ; des reproductions semblables existaient dans d'autres villes d'Égypte.

Page 249.

208. Dans une pièce qui ne nous est pas parvenue

209. Ashdod, ville des Philistins. Les documents égyptiens ne parlent pas d'un siège de cette ville par Psammétique.

210. Néchao II régna de 609 à 594 av. J.-C.
211. Cf. IV, 39 et 42.

Page 250.

212. Magdôlos, la bataille de Megiddo, qui eut lieu vers 609 av. J.-C. et provoqua la chute de Cadytis (Gaza).
213. Cf. I, 46.
214. Psammétique II, qui régna de 594 à 588 av. J.-C.

Page 251.

215. Apriès régna seulement 19 ans (588-569 av. J.-C.).
216. Cf. IV, 159 sq.

Page 252.

217. Amasis commandait l'armée égyptienne.

Page 253.

218. On ne connaît pas encore la signification et l'origine de ces deux noms ; on a supposé qu'ils désignaient respectivement l'infanterie et la cavalerie-charrerie.

Page 254.

219. Les nomes (divisions administratives du pays) des Hermotybies semblent appartenir au Delta oriental et à la Haute-Égypte, ceux des Calasiries seraient dans le Delta central et occidental.
220. Un travail rétribué, qui met l'homme sous la dépendance d'autrui, paraît aux Grecs une servitude intolérable ; au IVe siècle, Xénophon, Platon, Aristote, exprimeront encore l'idée que le salarié perd tout loisir et toute indépendance d'esprit.
221. Soit 2,160 kg de farine, 0,860 kg de viande et un peu plus d'1 litre de vin.

Page 255.

222. Une stèle du Musée du Caire, datée de l'an 3 d'Amasis, confirme le témoignage d'Hérodote. L'architecture du monument funéraire d'Amasis concorde tout à fait avec ce que l'on sait des tombeaux de Basse-Époque.
223. Le tombeau d'Osiris, à Saïs, adossé au temple de Neith.
224. Le lac sacré de Délos, appelé *trochoïde*, « en forme de roue », au nord du temple d'Apollon.
225. Les Mystères égyptiens étaient des drames religieux où des

acteurs tenaient les rôles des divinités. On mimait ainsi à Saïs la passion d'Osiris sur le lac sacré, et un passage du Livre des Morts en décrit rapidement le cérémonial symbolique (mort d'Osiris dont le corps est jeté à l'eau).

Page 256.

226. Seules les femmes mariées participaient aux Thesmophories, les fêtes de Déméter célébrées pendant trois jours au moment des semailles d'hiver. Sur les filles de Danaos, cf. II, 182.

227. La localisation exacte de Siouph n'a pu encore être faite.

Page 257.

228. Vers 11 heures du matin.

Page 258.

229. Les textes démotiques présentent effectivement Amasis comme un bon vivant, aimant s'enivrer à l'occasion. Quant au recours aux oracles pour découvrir des voleurs, il est attesté par les textes égyptiens.

230. Le site de Saïs est maintenant trop dévasté pour qu'on puisse préciser les indications d'Hérodote. La chapelle extraite des carrières (de granit rose) d'Éléphantine (Assouan) a disparu, mais ses dimensions : 9,50 m de hauteur, 3,60 m de largeur, 6,20 m de profondeur (Hérodote la vit couchée) ne sont pas éloignées de celles de naos connus.

Page 259.

231. On ne connaît, devant le temple de Ptah de Memphis, que des colosses de Ramsès II ; ceux-ci étaient-ils déjà couchés à terre au temps d'Hérodote ? Les restes d'un sanctuaire d'Amasis ont été découverts au temple de Ptah.

232. Antérieurement à Amasis déjà l'Égyptien possesseur de terres est soumis à une imposition fiscale en nature. Ici il s'agit d'une véritable déclaration des revenus. Solon n'a pas emprunté cette loi à l'Égypte, puisque Amasis accède au trône 20 ans environ après la promulgation de ses lois ; et, selon PLUTARQUE, une loi de Dracon punissait déjà de mort l'oisiveté.

233. Naucratis (actuellement Kôm Gaef) sur la branche Canopique du Nil fut fondée sous Psammétique 1er par des Milésiens, marchands grecs primitivement installés près de Canope. Amasis en fit une ville grecque autonome en Égypte, ce qui facilitait les

opérations de douane. Des tessons de poterie grecque y ont été trouvés en grand nombre, et des blocs fragmentaires de temples.

Page 260.

234. Chargés de protéger les intérêts de leurs compatriotes et de contrôler les prix, sans doute.

235. *Amphictyons* : groupe de douze peuples voisins du sanctuaire d'Apollon à Delphes, qu'ils devaient administrer en commun. Le temple avait brûlé en 548 av. J.-C.

236. Mille talents : près de 26 000 kg. L'alun servait aux teinturiers pour fixer les couleurs, en médecine, et peut-être aussi pour ignifuger les bois de construction.

Page 261.

237. Hérodote traitera de l'histoire de Cyrène au livre IV, 145 sq. Ladicé serait la fille de Battos II.

238. Un sanctuaire présumé d'Aphrodite a été dégagé, un peu en dehors de la ville, en descendant vers la mer.

239. Parce qu'Arcésilas de Cyrène avait embrassé le parti des Perses lorsque Cambyse vint assiéger Memphis.

240. Cf. III, 47.

241. Cf. III, 39 sq.

Page 262.

242. Les 50 filles de Danaos refusent d'épouser leurs cousins, les 50 fils d'Égyptos, et fuient avec leur père à Argos, pays de leur aïeule Io.

LIVRE III

Page 264.

1. Les papyrus médicaux de l'ancienne Égypte réservent une large place à la médecine des yeux ; les ophtalmies, provoquées par la chaleur, la poussière et les mouches, sont fréquentes en Égypte, où les médecins avaient mis au point un grand nombre de médications.

2. Nom de formation bien égyptienne : Net-iyti, « Neith est venue ». Nitétis, qui devait avoir quelque quarante ans à l'avènement de Cambyse, aurait été envoyée à Cyrus, et c'est elle qui lui aurait demandé de venger Apriès sur Psammétique, après la mort d'Amasis ; vengeance dont Cambyse se chargea après la mort de Cyrus.

Page 266.

3. Si les eunuques avaient, en Perse et en Assyrie, le rôle de serviteurs de confiance (cf. VIII, 105), ils sont très rarement représentés en Égypte et jamais dans les fonctions de gardiens du harem.

4. C'est, en littérature, la première mention des Nabatéens, habitant l'Arabie Pétrée et son centre Pétra.

5. *Cadytis* : Gaza. *Iénisos* : El Arish.

6. Seth, frère ennemi d'Osiris (cf. II, 144). Le lac Serbonis était appelé par les Égyptiens, selon Plutarque, « les soupiraux par où le géant Typhon respire ».

Page 267.

7. La pierre qui a entendu un serment sert souvent de témoin chez les populations anciennes de Palestine et de Transjordanie.

Page 268.

8. Orotalt est le dieu des récoltes et des vendanges, identifié par les Grecs à Dionysos et adoré sous la forme d'une pierre levée. Pour la déesse Alilat, cf. I, 131.

9. Il n'existe pas en Arabie de grand fleuve se jetant dans la mer Rouge ; il s'agit peut-être simplement du Ouadi Mousa, qui passe à Pétra, ou du Ouadi el Araba.

10. Ces « pipe lines » avant la lettre sont connus aussi en Égypte, où ils sont faits de poteries tronconiques emboîtées les unes dans les autres.

11. Psammétique III, qui régna six mois seulement, de 526 à 525 av. J.-C.

Page 269.

12. Affirmation exagérée, mais les Égyptiens virent dans ce phénomène un présage de l'invasion perse prochaine ; de même, en 1798, la pluie tombant à Louxor parut, après coup, le présage de l'arrivée de Bonaparte en Égypte.

13. En mai-juin 525. Cambyse aurait emporté la ville de Péluse en munissant ses troupes de chiens, chats, ibis, chèvres et brebis, et les Égyptiens n'offrirent plus de résistance de peur de blesser leurs animaux sacrés.

Page 270.

14. Des recettes sont indiquées dans les papyrus médicaux.

15. La date de la bataille de Paprémis est incertaine : 462 ou 459

av. J.-C. Il s'agit de la rébellion fomentée par un dynaste libyen, Inaros, avec l'aide d'un prince saïte, Amyrtée, et d'une flotte athénienne, contre le satrape d'Égypte, Achéménès. La rébellion fut écrasée dix-huit mois plus tard ; Amyrtée se réfugia dans les marais du lac Borolos (cf. II, 140).

Page 271.

16. Ce fort est le Mur Blanc (cf. II, 91) où les soldats perses tinrent ensuite garnison.
17 Cf. III, 31

Page 273.

18. Inaros, fait prisonnier et emmené à Suse, avait été exécuté par Artaxerxès en 455-454, tandis qu'Amyrtée avait pu fuir et se cachait dans les marais du lac Borolos. Le nouveau satrape d'Égypte, Sarsamas, qui succédait à Achéménès, plaça, pour se montrer conciliant, les fils des anciens chefs rebelles aux postes qu'avaient occupés leurs pères. Un ordre apparent régnait donc en Égypte à l'époque où y vint Hérodote.
19. Le sang de taureau était considéré comme un poison, parce que, très prompt à se coaguler, il provoque l'étouffement.
20. Cf. I, 131.
21. La momification a bien pour but de soustraire le corps à la corruption, mais elle est en outre, pour l'Égyptien, le moyen d'accéder, après la mort, à une nouvelle vie, sa personnalité pouvant à nouveau prendre possession de son corps ainsi conservé.

Page 274.

22. Aucun document égyptien ne vient confirmer, ni infirmer, la profanation par Cambyse de la sépulture d'Amasis.
23. Cf. III, 23.
24. Pour Hérodote (cf. IV, 41), la Libye est bordée de tous côtés par la mer, sauf à l'est où elle est réunie à l'Asie.
25. Cette « table du soleil », qui aurait existé près de la capitale éthiopienne (cf. III, 23), à Méroé-Napata, rappelle le sanctuaire solaire du temple d'Héliopolis où, sur un autel massif dressé dans une cour ouverte, étaient accumulées les offrandes alimentaires destinées au dieu-soleil. Son emplacement, à l'extérieur de la ville de Méroé, du côté est, en bordure d'une dépression qui forme comme une prairie, est maintenant encore couvert d'herbes et de buissons et tranche sur la plaine sablonneuse environnante.

26. Ces « mangeurs de poissons » habitaient très au sud les bords de la mer Érythrée (cf. I, 200).

Page 275.

27. Carthage était, en effet, une colonie de Tyr, fondée vers 814 av. J.-C. par Élissa, fille du roi de Tyr Mattan (ou Mutto), vraisemblablement la Didon de la légende.

Page 277.

28. La « fontaine de Jouvence », toujours placée au-delà des limites du monde connu, s'est trouvée transférée en Amérique du Sud au XVIe siècle.

Page 278.

29. On a pensé au cristal de roche, au sel gemme, à l'ambre, à l'albâtre (des sarcophages d'albâtre translucide existent effectivement en Égypte), ou même, malgré ce que dit Hérodote, à de la porcelaine, ou, selon CTÉSIAS, au verre, fondu et coulé non sur le corps, qui serait réduit en cendres, mais sur un étui d'or, d'argent ou d'argile (selon la fortune de la famille) enfermant le cadavre.

30. De cette époque datent vraisemblablement les incendies dont les traces ont été révélées sur les édifices sacrés de Thèbes.

Page 279.

31. Le but de l'expédition devait être Méroé-Napata, la ville sainte des Éthiopiens (les Nubiens-Soudanais) ; les troupes de Cambyse ont sans doute longé le Nil jusqu'à la seconde cataracte, puis coupé à travers le désert pour essayer d'atteindre plus vite la ville.

32. Pour rejoindre l'oasis de Siwah où se trouvait l'oracle d'Ammon, les troupes partirent de Thèbes en direction de cette « ville d'Oasis » qui est Hibis, capitale de « la grande oasis » de Khargeh, qu'elles atteignirent ; elles devaient ensuite traverser les oasis de Dakhleh et Farafra pour toucher Siwah, et c'est alors qu'elles se perdirent, englouties par le sable. Le mot *oasis* vient directement de l'ancien égyptien *ouhat,* désignant un chaudron pouvant recevoir un liquide.

Page 280.

33. Épaphos est le fils qu'Io avait mis au monde en Égypte ; Apis est le taureau sacré sous l'aspect duquel se manifeste le dieu Ptah de

Memphis. Les cérémonies d'intronisation de l'Apis avaient lieu à Memphis : l'animal était emmené en procession dans son étable sacrée du temple de Ptah ; de grandes réjouissances populaires se déroulaient à cette occasion.

Page 281.

34. Les documents égyptiens sont muets sur ce point. Les inscriptions du Sérapeum indiquent qu'un Apis fut enterré, au nom de Cambyse, en la IVe année de son règne (519 av. J.-C.), mais il ne semble pas que cela se soit fait en cachette.

35. Cf. III, 21.

Page 282.

36. C'était pourtant un usage établi dans la Perse ancienne, pour les rois ; Cambyse épousa ses deux sœurs, Atossa et Roxane.

37. Ces Juges Royaux, qui forment une sorte de conseil suprême, sont à rapprocher des « sept chefs de Perse et de Médie » d'*Esther* (I, 14) qui siègent au premier rang du royaume.

38. Il s'agit de Roxane ; quant à Atossa, Darius l'épousa ensuite, pour légitimer son accession au trône (cf. III, 88).

Page 283.

39. L'épilepsie, qui passait pour possession divine.

Page 284.

40. Cambyse n'eut pas, en effet, de descendance.

Page 285.

41. Cf. I, 207.

Page 286.

42. Dernière apparition du personnage de Crésus, sur la fin duquel Hérodote ne dit rien. Il aurait reçu finalement une principauté près d'Ecbatane.

43. À la Basse-Époque, à Memphis, Ptah (Héphaistos) était adoré, en particulier, sous la forme d'un nain aux jambes torses.

44. Héphaistos, dieu forgeron, avait été identifié par les Grecs à Ptah, dieu des orfèvres-joailliers. Les orfèvres égyptiens étaient, en principe, des nains, très semblables aux patèques phéniciens. Les Cabires, sans doute d'origine thraco-phrygienne, sont les enfants d'Héphaistos et, comme lui, contrefaits et orfèvres.

Page 287.

45. Ou Callanties (cf. III, 97), peut-être identiques aux Padéens (III, 99), mangeurs de viande crue.

46. Pindare, *Fragm. 49.*

47. Polycrate s'était emparé de Samos vers 533 av. J.-C., en profitant d'un sacrifice à Héra pendant lequel ses complices et lui, gardant leurs armes quand les Samiens déposaient les leurs, massacrèrent leurs adversaires et s'emparèrent de la citadelle.

Page 289.

48. Selon PLINE L'ANCIEN à Rome, au temple de la Concorde, on montrait encore l'anneau de Polycrate, orné d'une sardoine « de peu de valeur ».

Page 290.

49. Khania (La Canée), dans le nord-ouest de la Crète; les Samiens en furent chassés cinq ans plus tard (cf. III, 59).

50. Longue île située entre la Crète et Rhodes.

Page 291.

51. Le mot « sac » était inutile, l'objet présenté parlant suffisamment par lui-même.

Page 292.

52. Conquise par les Doriens, la Messénie tenta, par trois fois, de secouer le joug de Sparte. Lors de sa seconde révolte, vers 640 av. J.-C., elle fut vaincue par Sparte qui avait reçu l'aide de Corinthe et Samos.

53. Cf. I, 70.

54. Ceinture-écharpe, à broderies de laine végétale (coton ou peut-être même soie).

55. Les dates indiquées par Hérodote ne concordent pas : le cratère a été volé (cf. I, 70) au moment de la chute de Crésus en 546 av. J.-C., Alyatte a disparu vers 560 et Périandre vers 585.

Page 293.

56. Il aurait tué sa femme Mélissa d'un coup de pied ou d'escabeau, à la suite des calomnies de ses concubines.

Page 297.

57. L'un des cinq bourgs de Laconie qui formaient Sparte

Page 298.

58. L'une des Cyclades. Le Trésor des Siphniens fut élevé à Delphes vers 530 av. J.-C.

59. Les parois externes des navires, enduites de goudron, sont noires en général, mais peuvent être revêtues d'une couche de vermillon. HOMÈRE parle de nefs « aux joues vermeilles ».

60. 10 talents = 60 000 fr-or environ.

Page 299.

61. Hydréa, sur la côte sud-est de l'Argolide, en face du port d'Hermione ; Trézène est à quelque distance au nord, à l'intérieur des terres.

62. Zante, sur la côte nord-ouest du Péloponnèse.

63. La déesse crétoise Britomartis (Artémis), appelée « la déesse au filet » pour avoir inventé les filets servant à la chasse.

64. D'après Hérodote, le tunnel, creusé dans une colline haute d'environ 270 m, avait 1 243 m de long et 2,40 m de hauteur et de largeur environ ; le canal était profond de 8,90 m et large de 0,90 m. L'ouvrage existe encore, effondré en plusieurs endroits, et ses dimensions correspondent à peu de chose près à ce qu'indique Hérodote.

Page 300.

65. 355 m de longueur environ, par plus de 35 m de fond ; le môle actuel du village de Tigani, situé sur l'emplacement de la ville ancienne de Samos, repose sur les fondations datant de Polycrate.

66. Le grand temple d'Héra, l'Héraion, commencé au milieu du VIIe siècle.

67. Le Mage Gaumata se proclama roi (en mars 522 ?) en se faisant passer pour le frère de Cambyse, Bardiya, — le Smerdis ou Mardos des historiens grecs —, et régna sept mois ; cf. III, 67 sq.

68. Patizeithès serait en réalité un titre : « intendant du palais ».

Page 301.

69. Peut-être Batanée en Palestine.

Page 302.

70. Cf. III, 29.

71. Cf. II, 83 ; 155-156.

Page 305.

72. Cf. III, 31 et 88.

Page 307.

73. Darius, que Cyrus voit en rêve (I, 209) régner sur l'Europe et l'Asie, est (III, 139) au service de Cambyse à Memphis.

Page 308.

74. Apologie du mensonge, nécessaire pour le faire admettre par des Perses pour qui mentir est l'acte le plus honteux et qui, de 5 à 20 ans, ont appris avant tout à dire la vérité (cf. I, 136 et 138).

Page 312.

75. L'usurpation des Mages et le complot des Perses contre eux eurent sans doute des motifs raciaux et religieux : les Mages, étant des Mèdes, durent lutter contre les privilèges et les traditions religieuses des nobles perses. Darius déclare avoir rétabli les temples détruits par les Mages.

Page 313.

76. La discussion put avoir lieu entre partisans d'une noblesse perse indépendante et partisans d'un pouvoir central fort, si les discours antithétiques d'Hérodote la traduisent, quelque soixante-quinze ans plus tard, à la manière des philosophes et sophistes grecs contemporains, étudiant et classant les diverses formes possibles et idéales de gouvernement.

Page 315.

77. Libérés du joug des Mèdes par Cyrus (cf. I, 123 sq.)

78. L'examen critique des constitutions apparaît ici pour la première fois dans la littérature grecque; si les sources de ce dialogue sont inconnues, on y voit l'écho des recherches des sophistes, et de Protagoras en particulier, dont les *Antilogies* pouvaient traiter cette question. Le théâtre et l'éloquence attique reprendront souvent ces confrontations des systèmes politiques pour démontrer la supériorité du régime démocratique d'Athènes. Aux trois régimes envisagés ici, chacun sous sa forme la meilleure, la philosophie politique, avec Platon et Aristote, en substitue six en trouvant dans chacun une forme bonne et une forme mauvaise.

Page 316.

79. Sur le vêtement mède adopté par la Perse, cf. I, 135 ; les autres présents royaux étaient, selon XÉNOPHON, des colliers, bracelets, glaives d'or, un cheval avec un frein d'or, et, selon CTÉSIAS, une masse d'or.

Page 318.

80. En fait, Darius dut lutter pendant presque deux ans contre les provinces révoltées, livrer dix-neuf batailles et vaincre neuf rois. Hérodote signale deux de ces révoltes, celle de Phraorte (cf. I, 130) et celle de la ville de Babylone (cf. III, 150 sq.).

81. Cf. III, 7-9.

82. Cf. I, 192. Les inscriptions perses indiquent 24 ou 28 satrapies, et il y en avait 31 à la fin du règne de Darius (cf. carte II.) Le satrape avait à côté de lui un secrétaire (cf. III, 128) ainsi qu'un chef militaire, qui tous deux dépendaient directement du roi.

Page 319.

83. La mine euboïque, celle des marchands de l'Eubée, valait 432 g ; le talent euboïque (60 mines) 25,920 kg ; le talent babylonien (70 mines) 30,240 kg.

84. Au sud-ouest et au sud de la péninsule d'Anatolie.

85. Au nord-ouest de l'Anatolie.

86. Au nord-ouest et au nord de l'Anatolie.

87. Au sud de l'Anatolie, jusqu'à l'Halys au nord et l'Euphrate à l'est.

Page 320.

88. Amphilochos, fils du devin Amphiaraos (cf. I, 46) et devin lui-même, après la prise de Troie s'embarqua en compagnie du devin Calchas et fut poussé par la tempête sur les côtes de l'Asie Mineure. Posidéion (Bousit) était au sud de l'embouchure de l'Oronte.

89. En Libye, à l'ouest de Cyrène.

90. Cf. II, 149.

91. 62 200 hectolitres.

92. Au nord-est de la Perse, au sud de la chaîne de l'Hindou-Kouch, l'Afghanistan actuel.

93. La Susiane, l'ancien Élam, au fond du golfe Persique.

94. Cf. I, 192.

95. La région d'Hamadan-Ecbatane et Ispahan ; mais les Paricaniens sont dits plus loin (III, 94) appartenir au dix-septième gouvernement.

96. La côte sud-est de la Caspienne, l'Hyrcanie (Djordan et Daghestan perses).

97. Au nord-ouest de l'Hindou-Kouch, la haute vallée de l'Oxus (l'Amou-Daria).

Page 321.

98. Entre la Caspienne et le Pont-Euxin (mer Noire), au sud de la Colchide.

99. Le plateau Iranien, jusqu'au golfe Persique, dont les îles servaient de camps d'internement.

100. Au nord de l'Hindou-Kouch, à l'est de la Bactriane et de la Sogdiane.

101. À l'est et au sud-est de la Caspienne (la région de Hérat).

102. Le Béloutchistan, contrée ouest du Pakistan actuel, sur le golfe d'Oman, le nom d'Éthiopiens d'Asie indiquant un peuple au teint foncé comme celui des Éthiopiens d'Afrique.

103. Au sud-ouest de la Caspienne, la région du lac d'Ourmia, entre Médie et Arménie.

104. Sur la côte sud-est de la mer Noire.

105. L'Inde est, pour Hérodote, la vallée de l'Indus, après laquelle, vers l'est, il n'y a plus que du sable (cf. III, 99).

106. Chiffres inexacts : les 7 740 talents babyloniens versés par 19 satrapies devraient faire 9 030 talents euboïques (cf. III, 89) et, diminué des 140 talents utilisés sur place en Cilicie (III, 90), le tribut est de 7 600 talents babyloniens, ou 8 866 talents euboïques. D'autre part, les 9 540 talents indiqués, plus le tribut de l'Inde, 4 680 talents, font 14 220 talents et non 14 560. Le tribut reçu par Darius représente quelque 378 560 kg d'argent.

Page 322.

107. Cf. II, 146 et III, 17, 20 sq.

108. Interpolation probable, rien n'étant dit ailleurs de ces Callanties (nommés III, 38), troglodytes vivant de graines, le riz peut-être.

109. Deux mesures d'un peu plus d'un litre.

110. 25 920 kg.

Page 323.

111. Le désert de Thar, à l'est de l'Indus, limite orientale du monde connu par Hérodote.

112. CTÉSIAS déclare ces roseaux hauts comme le mât d'un

navire et si larges que deux hommes, les bras étendus, ne peuvent en encercler un.

Page 324.

113. Sans doute le riz. Ces Indiens qui respectent toute vie peuvent être les Yogis, ou les ascètes du jaïnisme ou du bouddhisme.

114. Informations fantaisistes, sauf pour le teint foncé qui est celui de la population d'origine dravidienne.

115. Caspatyros (cf. IV, 44), ou Caspapyros, serait Multan, dans la province du Pendjab, au Pakistan.

116. Ces « fourmis » seraient des marmottes, et l'or se serait trouvé dans la terre rejetée de leurs terriers. Le lieutenant d'Alexandre le Grand, Néarque, vit les peaux tachetées de ces animaux. Le nom de « fourmis » leur viendrait de leurs terriers comparés à des fourmilières.

Page 325.

117. Mauvaise interprétation d'une remarque exacte, l'animal semblant avoir deux genoux.

118. C'est-à-dire, en Grèce, vers l'heure de midi.

119. L'Inde, placée à l'extrémité orientale du monde, qui est plat, est pour Hérodote le pays le plus proche du soleil levant, donc très chaud le matin, et le plus loin du soleil couchant, donc très froid le soir.

Page 326.

120. De Néséon, plaine de Médie.

121. Le coton.

Page 327.

122. L'encens d'Arabie, ou encens femelle (l'encens mâle venant d'Abyssinie), est une gomme résineuse produite par un arbuste de l'espèce du genévrier (le *juniperus lycia*) ; le styrax est le benjoin produit par des arbrisseaux. Sur les serpents ailés, cf. II, 75.

123. Selon ARISTOTE cette légende est née du petit nombre de lions comparativement aux autres espèces animales.

Page 328.

124. Cf. II, 75.

125. La cannelle : écorce d'un arbrisseau. Les commerçants en épices précieuses s'efforçaient de cacher l'origine de leurs marchandises et d'effrayer les concurrents possibles.

126. En Éthiopie, près de Nysa (cf. II, 146, et III, 97), ou dans les Indes?

Page 329.

127. Le cinname (ou cinnamome) est, comme la cannelle, l'écorce d'un arbrisseau (de la famille des camphriers). Ces « oiseaux de grande taille » se retrouvent dans l'oiseau-roc des contes arabes.

128. Le lédanon exsude des feuilles et des bourgeons du ciste, arbuste de Crète que broutent chèvres et boucs; la gomme-résine reste accrochée à la barbe de ceux-ci.

129. D'autres voyageurs, du Moyen Age à nos jours, ont également vu en Égypte, Syrie, Abyssinie et Perse, ces moutons dont la queue chargée de graisse pèse, selon eux, de 10 à 80 livres, ou même 150, et repose sur une voiturette reliée aux cornes ou au cou de la bête. 3 coudées : environ 1,35 m.

Page 330.

130. L'éléphant d'Afrique est, en effet, plus grand que celui d'Asie; et l'ébène arrivait alors uniquement de l'Afrique tropicale à l'Égypte par le Soudan et la Nubie. Sur l'Éthiopie, cf. III, 20 et 23.

131. L'Éridanos est une rivière mythique placée au nord ou à l'ouest de l'Europe (Rhin? Elbe?), et identifiée plus tard au Pô. L'ambre jaune, ou succin, résine fossile provenant des bords de la Baltique, arrivait à l'Adriatique, entre autres routes, par l'Elbe, le col du Brenner et la vallée du Pô. Les îles Cassitérides (de *cassitéros* « étain »), d'où venait l'étain nécessaire à la fabrication du bronze, seraient les îles Scilly, à la pointe de la Cornouaille, qu'explora Pythéas de Marseille vers 325 av. J.-C.

132. Cf. IV, 13 et 27.

Page 331.

133. En Turkménistan, baigné par l'Amou-Daria, entre la mer Caspienne et le lac Oxien (mer d'Aral). Mais les Sarangéens et les Thamanéens figuraient plus haut (cf. III, 93) dans la 14e satrapie, au sud de la Parthie.

134. L'Atrek-Roud, qui se jette dans la Caspienne, à la frontière nord de l'Iran? Seul paraît réel dans cette description le contrôle sévère de l'irrigation par le pouvoir central.

Page 332.

135. Cf. III, 84.

Page 333.

136. Cf. SOPHOCLE, *Antigone*, 904 sq., où le même argument est repris à Hérodote.

137. Oroitès, à Sardes, gouvernait la 2ᵉ satrapie, mais aussi la 1ʳᵉ, l'Ionie, dont l'île de Samos n'est séparée que par un détroit d'environ 2 km, et Mitrobatès, à Dascyléion, sur la côte sud de la Propontide, gouvernait la 3ᵉ, dont Oroitès s'emparera après l'avoir assassiné (cf. III, 90 et 127).

Page 334.

138. Cf. III, 39.

139. Le poète lyrique, né vers 570 av. J.-C., que Polycrate avait appelé à Samos pour enseigner la musique à son fils, et qui vécut ensuite près d'Hipparque à Athènes.

140. Aux temps légendaires, Minos roi de Crète avait, selon la tradition grecque, étendu son pouvoir sur les Cyclades.

Page 336.

141. Polycrate mis en croix est lavé par Zeus, dieu du ciel, lié aux nuages, à la foudre et à la pluie.

142. Cf. III, 40-43.

143. Les Érinyes, les Furies poursuivant les meurtriers.

Page 340.

144. Les cités grecques avaient des médecins publics, choisis sur titre par l'assemblée du peuple, payés par l'État qui leur réservait un local et des aides, et chargés de soigner gratuitement les citoyens, sans que la loi fixât de sanctions pour leurs erreurs. Un talent (60 mines) = 6 000 fr-or environ ; 100 mines = près de 10 000 fr-or.

145. Interpolation probable.

Page 344.

146. Milon de Crotone, l'athlète douze fois vainqueur aux Grands Jeux de la Grèce, qui pouvait porter une génisse sur ses épaules, la tuer d'un coup de poing et la manger tout entière en un seul jour, selon Pausanias. Par Démocédès et les autres Grecs de son entourage, le Grand Roi devait avoir entendu vanter sa force et ses victoires, et peut-être souhaitait-il l'avoir à sa cour, intéressé par l'exceptionnel en tout domaine.

147. À l'extrémité sud-est de l'Italie, entre le golfe de Tarente et l'Adriatique.

148. Tarente et Cnide étant toutes deux colonies de Sparte.

Page 345.

149. Texte incertain.

150. Les « bienfaiteurs du roi » sont officiellement reconnus et récompensés.

Page 346.

151. Darius n'avait pas eu recours à un interprète au paragraphe précédent, soit qu'Hérodote ne mentionne leur présence qu'exceptionnellement (cf. I, 86, mais 88, 90, etc.) et la juge allant de soi, soit qu'il prête ailleurs à tous ses personnages une même connaissance de la langue grecque, et que les « interprètes » soient avant tout des secrétaires parlant toutes les langues de l'empire perse et chargés du premier interrogatoire de toute personne comparaissant devant le roi.

Page 349.

152. Les Perses les plus nobles ont le droit d'être suivis, comme le roi, par leur *diphrophoros*, « porteur du tabouret » qui leur sert de siège et de marchepied pour monter sur leur char ou en descendre ; des tabourets de ce genre, butin de guerre fait à Platées, figuraient dans le Trésor d'Athènes.

Page 350.

153. Cf. VI, 31.

154. Il y eut, en fait, deux révoltes de Babylone sous Darius : l'une, en octobre 522, fut en deux mois vaincue par Darius ; la seconde en septembre 521. Les événements que rapporte Hérodote n'appartiennent à aucune des deux révoltes, et CTÉSIAS les place lors d'une troisième révolte de la ville, vers 479, contre le successeur de Darius, Xerxès.

Page 351.

155. Cf. I, 191.

Page 353.

156. Les portes nommées par Hérodote seraient : la porte de Sémiramis, celle d'Ishtar au nord de la ville ; la porte des Chaldéens, celle d'Enlil au sud ; la porte de Bélos, celle de Mardouk, et la porte de Cissie (Kish), celle de Zabade, toutes deux à l'est. La porte des Ninivites, ou de Ninos, l'époux de Sémiramis, pourrait être la porte de Sin, au nord de la ville.

Page 355.

157. Sur la première conquête de Babylone par les Perses, cf. I, 178 sq.

158. Cf. III, 84.

Page 356.

159. En 454 (ou 458?), Mégabyse vainquit en Égypte les Athéniens alliés du Libyen Inaros (cf. III, 12) révolté contre Artaxerxès ; son fils Zopyre passa chez les Athéniens et fut tué d'une pierre en assiégeant avec eux la ville de Caunos en Carie.

LIVRE IV

Page 357.

1. Cf. III, 150-159. La campagne de Darius en Scythie dut avoir lieu en 513-512.

Page 358.

2. Cf. I, 106.

3. La même coutume a été signalée ailleurs, en Asie centrale et chez les Peuls, peuple pasteur de l'Afrique.

4. Les Grecs, eux, usaient du lait sous forme de caillé et de fromage. Les Scythes non cultivateurs n'ont pas besoin d'esclaves aptes à travailler la terre, et des esclaves aveugles ont l'avantage de ne pas pouvoir s'enfuir, de résister à un travail monotone amenant abrutissement ou folie, et de ne pas pouvoir dérober le fruit de leur travail.

Page 359.

5. Des traces de fossés anciens qui existent en Crimée ne correspondent pas à cette défense, qui aurait été orientée nord-sud pour barrer le passage aux Scythes revenant d'Asie.

Page 360.

6. Le Dniepr.

7. Le thème folklorique du « plus jeune fils » s'ajoute ici à la distinction, chez les Indo-Iraniens, des trois catégories sociales : les agriculteurs (= la charrue et le joug), les guerriers (= la *sagaris*, ou hache), et les prêtres (= la coupe à libations). On notera aussi l'ordalie royale par le feu et l'or, métal royal. Sur la *sagaris*, cf. I, 215.

8. Scythes : du nom du roi Scythès, mentionné plus loin (IV, 10). Les tribus énumérées : Auchates, Catiares, Traspies, Paralates et Scolotes, ne figurent qu'ici. Les noms des chefs : Lipoxaïs, Arpoxaïs, Colaxaïs présentent un élément iranien signifiant « maître, seigneur ».

Page 361.

9. Ces plumes seront expliquées plus loin (IV, 31).

10. Héraclès alla dérober les bœufs de Géryon, géant au triple buste qui habitait, à l'extrême-ouest du monde connu, Érythée, l'île Rouge (les rougeurs du ciel au soleil couchant), près de Gadéira (= Cadix). Les îles mythiques de l'extrême-ouest représentent peut-être, déformées par la légende, des îles connues des Phéniciens, mais cachées soigneusement par eux : Madère, les Canaries ? C'est au retour de son expédition qu'Héraclès éleva ses « Colonnes », donnant leurs noms au détroit de Gibraltar.

11. Région autrefois boisée, sur la rive gauche du Dniepr, entre le fleuve et la mer Noire (cf. IV, 18 et 76).

Page 362.

12. La légende combine deux thèmes traditionnels : épreuve de l'arc, et succès du « plus jeune fils » ; la déesse Tabiti (cf. IV, 59), déesse du foyer et « dame aux bêtes », est parfois représentée dans l'art scythe à moitié femme et à moitié serpent. Les boucles de ceintures et les nombreuses plaques de métal utilisées pour orner les vêtements, trouvées dans les tombes scythes (en bronze ou fer dans les tombes pauvres, en argent ou en or dans les tombes royales), rappellent cette coupelle, boucle de ceinture, d'Héraclès.

13. Texte incertain.

Page 363.

14. Entre Asie et Cimmérie, côte nord de la mer Noire, l'Araxe serait ici la Volga.

15. Le Dniestr.

16. Le nom de Cimmérie a survécu dans le nom de la Crimée. Le Bosphore cimmérien est le détroit d'Iéni-Kalé, à l'entrée de la mer d'Azov. Deux remparts antiques, qui seraient ces « Murs des Cimmériens », se voient encore dans la presqu'île de Kertch : l'un, à 3 ou 4 km à l'ouest de Panticapée, est précédé d'un fossé profond, et devait avoir plus de 11 m de haut ; le second, de 32 km de long et précédé également d'un fossé profond, traverse la presqu'île à 30 km

à l'ouest de Panticapée, et va de la mer d'Azov au lac d'Ouzounlar, près de la mer Noire.

Page 364.

17. Aristéas de Proconnèse (l'île de Marmara, dans la mer du même nom), magicien et poète, auteur d'un poème épique en trois livres, *Les Arimaspées,* aurait vécu dans la première moitié du VIIe siècle; son poème racontait sor voyage à l'extrême-nord du monde connu.

18. Sur les Arimaspes et les griffons, cf. III, 116 et IV, 27; sur les Issédones, cf. I, 201 et IV, 26; et sur les Hyperboréens, cf. IV, 32 et 36.

Page 365.

19. Le port de Cyzique, sur la mer de Marmara, à l'ouest de la ville (Artaki).

20. Sur le golfe de Tarente (Torre di Mari).

21. Par ses disparitions et réapparitions, sa présence simultanée en plusieurs lieux, ses morts apparentes, longues extases pendant lesquelles l'âme voyage au loin, ses transformations en corbeau, oiseau prophétique dans le culte d'Apollon, Aristéas relève du chamanisme sibérien, comme l'Hyperboréen Abaris (IV, 36). Sa statue à Proconnèse, d'après PLINE L'ANCIEN, montrait son âme quittant son corps sous la forme d'un corbeau.

Page 366.

22. Olbia, la Ville Heureuse, près de Nicolaiev; fondée vers 645 par Milet sur la côte nord de la mer Noire, près de l'embouchure de l'Hypanis (le Boug) et à l'ouest de celle du Borysthène (le Dniepr).

23. À partir d'Olbia, centre principal de la colonisation grecque sur cette côte, Hérodote énumère les tribus que ses informateurs (marchands suivant ou connaissant la route commerciale vers l'Asie et la Chine) lui ont nommées, en allant, pour lui, du sud au nord, et en partant chaque fois de la côte, vers le nord-est. Les *Callipides* habitent au nord d'Olbia (Nicolaiev), et les *Alazones,* au nord de ceux-ci, entre Boug et Dniepr. De nombreux silos à grains, retrouvés dans la région, confirment l'importance de ce commerce du blé depuis le VIe siècle.

Page 367.

24. La Soula, affluent de la rive gauche du Dniepr? Une ville, dont Hérodote ne parle pas, portait le nom, très proche, de Panticapée (Kertch), fondée par Milet à la pointe est de la Crimée.

25. Les Androphages, « mangeurs d'hommes » (cf. IV, 106) occupent le cours supérieur du Dniepr.

26. Non identifié. Mais les quatorze journées de marche, soit 500 km environ (à 200 stades, 35,5 km environ, par journée de marche), ne correspondent pas à ce qu'Hérodote indique plus loin (IV, 101) sur les dimensions de la Scythie sur cette frontière.

27. Cremnes, les « Escarpements », port sur la mer d'Azov. Le Tanaïs est le Don. Les Scythes Royaux avaient la prééminence sur les Scythes cultivateurs ou nomades, et levaient sur eux un tribut.

28. Les Mélanchlènes (cf. IV, 107) occupent le cours supérieur du Donetz.

Page 368.

29. Les Sauromates occupent la rive gauche du Don jusqu'à la Volga au-dessus de Stalingrad ; les Boudines, la région de Saratov entre le Don et le cours moyen de la Volga.

30. Les Thyssagètes et les Iyrces habitent au sud de l'Oural, entre Caspienne et mer d'Aral.

Page 369.

31. Les Argippéens, longtemps considérés, comme mythiques, sont maintenant localisés au sud des monts Oural, dans le Turkestan occidental, près de la frontière de l'Iran et de l'Afghanistan, ou encore dans l'Altaï. Ce sont des mongoloïdes au crâne rasé, sinon chauve. Cette tonsure pouvait d'ailleurs indiquer une caste sacerdotale. Leurs tentes de feutre sont les « yourtes » des nomades de l'Asie centrale, et l'arbre « pontique » serait le merisier, ou cerisier sauvage (on rapproche du nom de leur boisson, *aschy,* le mot moderne *atchi* qui désigne, dans la région de l'Oural, le jus de la cerise sauvage). Dans une tombe de la vallée de Pazyryk (à 600 km environ au sud-est de Novosibirsk), a été trouvée, en 1949, une tenture de feutre ornée de motifs en application représentant un cavalier devant un personnage assis, au crâne chauve ou rasé, qui tient dans sa main droite un « arbre de vie » : scène d'investiture d'un chef de tribu par une divinité.

32. Hommes aux pieds de chèvre : ce terme imagé, interprété par des Grecs qui connaissaient de semblables personnages dans leurs propres légendes, devait désigner des montagnards habitant dans l'Altaï et dans les hauteurs qui contrôlent les passes empruntées par les caravanes. Hommes qui dorment six mois de l'année : interprétation de la nuit polaire peut-être, ou seulement des longs et terribles hivers arrêtant toute activité.

Page 370.

33. Les tombes royales fouillées sur les bords de la mer Noire ont livré des crânes ornés de plaques d'or.

34. Les Arimaspes, déjà nommés en III, 116, sont l'un de ces peuples fabuleux que chaque âge place au-delà des limites du monde qui lui est connu. On rapproche leur nom de l'iranien *aspa* « cheval » et *arime* « désert, sauvage », et ce serait « le peuple aux chevaux sauvages ». Ils seraient les mineurs des tribus scythes de l'Oural ou de l'Altaï, recueillant l'or gardé par les Griffons : ces monstres, à tête d'aigle ou de lion, d'origine orientale, sont abondamment représentés dans l'orfèvrerie scythe et dans l'art grec. Le fait certain est l'abondance de l'or venant du Caucase, de l'Oural et de l'Altaï jusqu'en Crimée ; et les objets d'or abondent dans les tombes scythes.

35. La côte nord-est de la mer Noire.

Page 371.

36. Les pluies sont, en effet, plus abondantes en été, de juin à août, qu'en hiver, en Russie méridionale, mais l'été y est chaud ; quant aux tremblements de terre, ils sont beaucoup plus fréquents en Grèce, qui se trouve dans une zone de fracture.

37. Une race bovine sans cornes existe, en effet, sporadiquement, dans le nord de l'Europe.

38. Citation tirée de l'*Odyssée,* IV, v. 85. Homère est pour Hérodote, comme pour toute l'ancienne Grèce, une source infaillible en tous les domaines (la Libye d'Homère et d'Hérodote est l'Afrique). Hérodote raisonne ici d'après les seuls animaux qu'il a pu voir autour d'Olbia et ignore les cerfs, aurochs (?), élans, rennes, des régions septentrionales.

39. Coutume attestée encore au temps de Pausanias, en raison de la malédiction du roi Oenomaos, fier des chevaux divins qu'il tenait d'Arès, et désireux d'en préserver la race.

40. Cf. IV, 7.

Page 372.

41. Hyperboréens : « peuple d'au-delà du vent du nord », un peuple chez qui Apollon se retirait périodiquement, peuple bienheureux vivant dans l'extrême-nord, symétrique des vertueux Éthiopiens de l'extrême-sud (cf. III, 21) ; on les situait sur le Danube, en Scandinavie, dans une île du nord, ou au-delà de hautes montagnes, qu'on mettait à l'extrême-nord-est de l'Europe. Le poème épique des

Épigones (les fils des sept chefs contre Thèbes) attribué à Homère ne nous est pas parvenu.

42. Les offrandes des Hyperboréens au temple d'Apollon, selon les informateurs d'Hérodote, sans doute les prêtres de Délos, arrivaient par une route nord-ouest dont seules les dernières étapes sont précisées : Dodone en Épire, Carystos en Eubée, et l'île de Ténos, une des Cyclades, entre Andros et Délos. Elles consistaient en prémices et arrivaient encore à Délos au milieu du IVe siècle. On peut voir dans ce peuple inconnu, habitant au-delà des régions connues et lié au culte d'Apollon Délien, un groupe isolé d'Ioniens établis en bordure de la Scythie, peut-être à Istros sur le Danube, colonie fondée par Milet dès le VIIe siècle. Les prémices, enveloppées de paille et présentées ainsi sur l'autel, pouvaient être des épis de blé avec leurs tiges .

43. Perphères : porteurs d'offrandes, leur nom se rattachant au verbe *phero* « porter ».

Page 373.

44. L'emplacement du tombeau d'Hypéroché et Laodicé a été retrouvé dans l'enceinte du temple d'Artémis, ainsi que des éléments de fuseau en rapport peut-être avec le rite (de puberté) indiqué ici.

45. Opis et Argé auraient apporté à Ilithyie, génie féminin qui présidait aux accouchements, le tribut des Hyperboréens, grâce auquel la déesse devait consentir, malgré la colère d'Héra, à assister Léto accouchant à Délos d'Apollon et d'Artémis. Le tombeau d'Opis et Argé a, lui aussi, été retrouvé.

46. Les divinités en question sont Léto (qui s'était réfugiée chez les Hyperboréens pour fuir la colère d'Héra) et Ilithyie, venant à Délos, seul point du monde où Léto pouvait accoucher en paix.

47. Olen, auteur plus ou moins légendaire des premiers hymnes en l'honneur d'Apollon et des premières réponses d'oracles en vers hexamètres (VIIIe siècle ?).

Page 374.

48. Abaris : dieu ou héros d'un « peuple du nord », devenu pour les Grecs un thaumaturge qui parcourt la terre sans jamais manger, portant la flèche d'or d'Apollon (celle avec laquelle il avait tué les Cyclopes et qu'il avait déposée dans son temple chez les Hyperboréens), celle-ci étant symbole du vol magique : la légende le représentera plus tard volant sur elle à travers les airs.

49. Hypernotiens : « peuples d'au-delà du vent du sud », imagi-

nés par Hérodote en contrepartie ironique des Hyperboréens auxquels il refuse de croire.

50. Les « cartes du monde » sont alors imaginées à partir du monde méditerranéen et d'après des théories *a priori*, et Hérodote se moque de ses prédécesseurs (au VIe siècle Anaximandre, qui passait pour l'auteur de la première carte géographique, et, vers 515, Hécatée de Milet, dans sa *Description de la terre*), ignorant certains faits qu'il a lui-même constatés ou appris au cours de ses voyages. Hérodote présente un tableau du monde connu, à partir de la Perse (celle-ci et son accroissement depuis Cyrus étant toujours le fil directeur de son récit), en allant du nord à l'ouest, puis à l'est.

51. De l'océan Indien à la mer Noire ; le Phase est le Rion.

52. La péninsule d'Anatolie, avec le cap Sigée au nord, à l'entrée des Dardanelles, et le cap Krio au sud, à l'extrémité de la Chersonèse de Cnide.

Page 375.

53. Ignorant le golfe Persique, Hérodote fait un bloc unique de la Phénicie, l'Arabie, l'Assyrie, la Perse (c'est-à-dire Syrie-Liban-Palestine, Arabie Saoudite et Yémen, Irak et Iran). Sur le canal entre le Nil et le golfe de Suez, cf. II, 158.

54. À l'est de la Perse, le monde connu d'Hérodote va de la mer d'Oman, au sud, à la Caspienne et à l'Araxe (ici fleuve imaginaire coulant vers l'est et dont il fait la limite septentrionale de l'Asie), et s'arrête à l'est à l'Indus ; l'Inde au-delà du Gange ne sera connue qu'à l'époque romaine.

55. Entre Méditerranée et golfe Arabique (= mer Rouge), Hérodote compte 177 km environ ; il y en a, en fait, 112. Par Libye, Hérodote entend l'Afrique, dont le nord seul était en partie connu avec quelque certitude.

Page 376.

56. Cf. II, 158.

57. Le premier voyage de circumnavigation autour de l'Afrique (environ 25 000 km), accompli sous le règne de Néchao (entre 609 et 594), dut avoir lieu quelque 125 ans avant qu'Hérodote en entendît parler en Égypte. Tous les éléments en paraissent à présent très probables : choix de marins phéniciens, navigateurs et marchands hardis qui gardaient jalousement le secret de leurs routes maritimes ; le voyage, compte tenu des vents et des courants : départ de la mer Rouge en novembre, arrivée au printemps au canal de Mozambique, en juin à l'extrémité de l'Afrique, et arrêt (dans l'actuelle baie de

Sainte-Hélène, au nord-ouest du Cap ?) pour semer et attendre la récolte en novembre, départ alors avec vents et courants favorables pour arriver en mars dans le golfe de Biafra, en juin sur la côte du Liberia, avec arrêt de nouveau en novembre sur la côte occidentale du Maroc, pour semer et récolter en juin, puis passage de Gibraltar et retour en Égypte avec vents favorables. Le fait même qui paraît incroyable à Hérodote, la position du soleil, prouve que les navigateurs franchirent l'équateur et contournèrent l'Afrique.

58. Cf. II, 32.

Page 377.

59. Hérodote apprit à Samos même la tentative de Sataspès, qui dut avoir lieu vers 478 ou 470, et son échec. Par les côtes du Maroc, du Rio de Oro, du Sénégal, Sataspès dut arriver jusqu'au fond du golfe de Guinée, où il vit les pygmées qui habitaient la côte ouest de l'Afrique il y a 24 siècles. Il fut arrêté peut-être par des calmes plats au sud du cap Vert, ou par des vents contraires, ou encore par le refus des marins (phéniciens ?) d'aller plus avant et de dévoiler leur route commerciale. Hérodote n'a pas connu la troisième tentative de périple africain, celle du Carthaginois Hannon vers 450 ; celui-ci, parti de Carthage, ne dépassa pas le golfe de Guinée ; son récit, traduit du punique, fut connu des Grecs au IVe siècle.

60. Scylax de Caryanda (ville de Carie au-dessus d'Halicarnasse), contemporain et compatriote d'Hérodote, descendit l'Indus depuis le pays des Pactyes (l'Afghanistan) et Caspatyros (Multan, dans le Pakistan occidental ?). Mais l'Indus coule du nord-est au sud-ouest, et non de l'ouest vers l'est comme le croit Hérodote. L'autre fleuve à crocodiles est le Nil.

Page 378.

61. L'Europe d'Hérodote, connue dans sa partie sud de Gibraltar au Phase (Rion) ou au Tanaïs (Don), paraissait plus étendue que la partie connue de l'Asie (de l'Indus au Nil) et de l'Afrique (de l'Égypte à Gibraltar et au cap Cantin).

62. Libyé, nymphe éponyme de la Libye, était dite fille ou petite-fille d'Io, et par Poséidon mère d'Agénor et Bélos, héros mythiques de la Phénicie et de l'Égypte ; on la disait aussi fille d'Océan et sœur d'Asia, Europe et Thracé. Asia, fille d'Océan et de Théthys, est par Japet mère (et non femme) de Prométhée, Épiméthée et Atlas ; Asias est donné comme petit-fils de Manès, roi légendaire de Phrygie (cf. I, 94). Europe est fille d'Agénor, roi de Sidon ou de Tyr ; sous la

forme d'un taureau, Zeus l'enleva et la conduisit en Crète; elle revint en Asie avec son fils Sarpédon (cf. I, 173).

Page 379.

63. Cf. IV, 76-77.

Page 380.

64. L'Istros : le Danube, qui, pour Hérodote, borne à l'ouest la Scythie. Des affluents nommés ici, seuls peuvent être identifiés le Porata (le Prout) et le Maris (le Maros, qui se jette dans la Tisza, affluent du Danube).

65. De l'Hémos (chaîne des Balkans), le Danube ne reçoit sur sa droite que des affluents de médiocre importance, dont le Scios (l'Iskar) qui descend du mont Rhodope (le Despoto-Dagh, au sud-ouest de la Thrace). La plaine des Triballes est la région de Belgrade, où la Morava se jette dans le Danube en aval de la ville. L'Ombrie est l'Italie du Nord. Les Cynètes, ou Cynésiens (II, 33), auraient habité l'extrémité sud-ouest de la péninsule ibérique. L'ouest de l'Europe, Alpes et Pyrénées, sont inconnus d'Hérodote; Alpis, ici, est pour lui un fleuve, et Pyréné (II, 33) une ville à la source de l'Istros.

Page 381.

66. Le Danube, le deuxième fleuve d'Europe après la Volga, reçoit quelque 300 tributaires alors que le Nil, sur 2 700 km de son cours, n'en reçoit aucun. S'il a son maximum d'alimentation au printemps et au début de l'été, il a des maigres d'automne marqués dans son cours inférieur.

67. Le Tyras : le Dniestr, fleuve d'Ukraine né dans les Carpathes. À son embouchure se trouvait la ville de Tyras (actuellement Belgorod-Dnestrovsk), fondée par Milet au VIe siècle.

68 Hypanis : le Boug (à l'embouchure duquel se trouvait Olbia) a 750 km de long. Boug et Dniestr rapprochent en effet leurs cours en aval de Vinnitsa.

Page 382.

69. Le Borysthène : le Dniepr (longueur 1 950 km) qui naît au plateau de Valdaï. Dans les poissons *antacées* sans arêtes on reconnaît les esturgeons et le caviar. Gerrhos, atteint après 40 jours de navigation en remontant le fleuve qui décrit un vaste coude, pourrait se trouver à la hauteur de Kiev. Mais Hérodote ignorait le cours

exact du fleuve et les rapides qui le coupaient. Les Borysthénites habitent Olbia (cf. IV, 17). Une déesse-mère, Déméter ou Cybèle, figure sur les monnaies de la ville.

70. Le Panticapès : cf. IV, 18-19.

Page 383.

71. L'Hypacyris n'est pas identifié. Carcinitis (Eupatoria) : fondée au VIe siècle sur la côte ouest de la Crimée. La Carrière d'Achille : longue bande de sable parallèle au rivage, au sud de l'Hylée et de l'embouchure du Dniepr ; la légende d'Achille voulait qu'après sa mort sa mère Thétis l'eût emporté dans une île de la mer Noire, « l'île Blanche » ; les documents épigraphiques attestent l'existence d'un culte et de fêtes en l'honneur d'Achille sur le littoral nord de la mer Noire.

72. Le Gerrhos serait donc pour Hérodote une branche partant du Dniepr et rejoignant l'Hypacyris.

73. Le Tanaïs : le Don, qui reçoit sur sa droite l'Hyrgis (appele par lui Syrgis, dans IV, 123), ou Donetz.

Page 384.

74. Tabiti-Hestia est la déesse du foyer, son nom signifiant « la brûlante » ; représentée parfois moitié femme, moitié serpent, ou flanquée de deux bêtes (chien et corbeau, en particulier). Papaios-Zeus est dieu du ciel ; Hérodote rapproche son nom du grec *pappos* « aïeul », Zeus étant le Père, maître des dieux et des hommes. Le nom d'Api ou Apia, la Terre, rappelle plutôt le nom de l'eau dans la plupart des dialectes iraniens. Oitosyros, Apollon, dieu du soleil, est Mithra. Argimpasa, Aphrodite céleste, est la déesse de la lune. Le nom de Thagimasadas, Poséidon, dieu de la mer, reste obscur.

75. Les Scythes n'avaient rien qui ressemblât aux temples, autels et statues de la Grèce.

76. Le cratère est un vase de grande dimension, largement ouvert ; Lesbos (de même Argos, cf. IV, 152) fabriquait des cratères d'un type connu de tout le public grec.

Page 385.

77. Environ 533 m. Ces dimensions, même si la hauteur est moindre, sont bien improbables.

78. Mutiler le mort, c'est lui enlever toute force dans l'autre monde ; mais mutiler et abandonner des corps sans sépulture sont des actes particulièrement barbares aux yeux des Grecs.

79. Des os de porc figurent cependant parmi les très nombreux ossements d'animaux domestiques trouvés dans les fouilles.

Page 387.

80. Cf. I, 105.

81. Les baguettes portaient sans doute des signes et étaient utilisées de la manière dont on se sert d'un jeu de cartes ; pour les lanières d'écorce, les réponses doivent être données par les nœuds et le nombre des spires enroulées sur chaque doigt.

Page 389.

82. L'importance attachée par les Scythes à leurs tombes (cf. IV, 127), et les rites funéraires décrits par Hérodote, sont confirmés par les fouilles des tombes royales en Russie méridionale et chez les tribus de l'Altaï : corps embaumés, serviteurs et chevaux accompagnant le mort (de 7 à 16 chevaux à Pazyryk), plafonds de rondins ou de poutres entassés sur 11 à 16 rangs (jusqu'à 300 poutres de 6 m de long sur quelques tombes), tombes atteignant 16 m de haut et 300 m de circonférence ; une seule tombe a livré 1 300 objets d'or, mais argent et cuivre s'y trouvent également. Le sacrifice du cheval était encore attesté au XIXe siècle dans l'Altaï.

Page 391.

83. Ce qui est une purification pour Hérodote, selon les coutumes grecques, est en fait une extase provoquée ; un sorcier (chaman) devait y assister, guidant l'âme du mort dans l'autre monde. Des abris de feutre (certains soutenus par 6 perches) ont été retrouvés dans des tombes de Pazyryk, ainsi qu'un chaudron contenant encore des pierres et des graines de chanvre.

84. Ancêtre des masques de beauté, ce cataplasme séchant sur le visage et le corps pendant 24 heures devait, plus qu'un nettoyage, être tonifiant et balsamique.

85. Le Scythe Anacharsis, mis par les Grecs au nombre des Sept Sages, avait passé par Athènes vers 589, et il avait été l'hôte de Solon, selon Plutarque. La légende en fit un sage et un philosophe barbare qui s'oppose aux Grecs à la manière d'un « paysan du Danube ».

86. La Grande Mère, Cybèle.

Page 392.

87. L'aventure de Scylès, né d'une Grecque d'Istria (colonie grecque fondée par Milet à l'embouchure de l'Istros-Danube), dut

se passer à Olbia vers le milieu du Ve siècle, et peu avant le séjour d'Hérodote dans cette ville.

Page 393.

88. Sans doute pour des échanges commerciaux périodiques.

Page 394.

89. Sitalcès est le fils de Térès, roi de Thrace (cf. VII, 137).

Page 395.

90. Cf. IV, 52
91. Ce cratère commémorait la victoire de Pausanias, chef de l'armée spartiate qui prit Byzance en 478-477.
92. Avec des parois épaisses de 0,11 m ce cratère contenait quelque 11 620 litres, s'il s'agit de la mesure appelée amphore (19, 44 l).

Page 396.

93. Près de 0,90 m. De même, la sandale de Persée a 2 coudées (II, 91).
94. Les roches Cyanées . « sombres », ou Symplégades : « qui s'entrechoquent », autrefois mobiles et qui se rapprochaient pour écraser les navires tentant de forcer le passage, devenues immobiles depuis que la nef Argo les avait franchies sans grand dommage, sont un groupe de rochers à l'entrée de la mer Noire.

Page 397.

95. Les longueurs indiquées par Hérodote sont exagérées, les traversées ne s'effectuant pas en ligne droite, mais en cabotage
96. Selon ces calculs (les plus anciennes indications que nous ayons en ce domaine), une embarcation parcourt en moyenne 124 km en un jour, et 106,5 km en une nuit (la durée d'un « long jour » moyen à la latitude d'Athènes est de 14 heures). La vitesse moyenne d'un voilier, variable selon vents et courants, peut aller de 150 km par 24 h (soit 6,25 km à l'heure) jusqu'à 250 km, vitesse exceptionnelle et dans les conditions les plus favorables.
97. De la presqu'île de Taman (côte est de la mer d'Azov) jusqu'à Thémiscyre (actuellement Terme, sur le Terme Suyu), sur la côte turque.
98. La mer d'Azov, dont les Anciens exagéraient l'étendue, était en fait plus vaste qu'aujourd'hui.

Page 398.

99. Un temple consacré à Zeus Ourios, « qui procure un vent favorable », s'élevait sur la rive asiatique.

100. Le grec dit : « il lui donna dix cadeaux de chaque espèce », formule figée qui indique la multitude des présents.

Page 399.

101. Le Téaros serait, en Thrace orientale, le Simerdéré, qui aurait de nombreuses sources à températures variables. Héraion et Périnthe sont sur la mer de Marmara, et Apollonia (Sozopol, en Bulgarie) sur la mer Noire. L'Hèbre est l'Évros (en Bulgarie, la Maritza), qui se jette dans le golfe d'Énos (Ainos) en face de Samothrace.

102. Une rivière du pays des Odryses, peuple thrace du bassin moyen de la Maritza, et sur lequel Orphée aurait régné.

Page 400.

103. Salmydessos (Midia) sur la côte turque; Mésembria (Nesebur) sur la côte de la Bulgarie. Les Gètes habitaient entre les Balkans et le Danube; ils furent plus tard refoulés sur la rive gauche du Danube et se confondirent avec les Daces.

104. Le nom de Salmoxis, var. Zalmoxis, signifierait « le dieu-ours » ou « le dieu à peau d'ours », étymologie discutée.

105. Pythagore (vers 580-500?) quitta Samos pour échapper à la tyrannie de Polycrate, et vint en Italie méridionale, à Crotone, puis à Métaponte. Dès le Ve siècle, toute une légende environnait son personnage de philosophe et de thaumaturge enseignant immortalité de l'âme et métempsycose, et considéré plus tard comme une réincarnation d'Apollon Hyperboréen.

Page 403.

106. Ancienne : peut-être la partie de la Scythie la plus anciennement connue des Grecs.

107. Par deux comparaisons choisies, l'une pour le public athénien, l'autre pour le public de Grande Grèce, Hérodote explique la situation des Taures, habitant la Chersonèse Taurique, la Crimée.

Page 404.

108. Hérodote conçoit la Scythie comme un carré de 4000 stades de côté (710 km), limité à l'ouest par le Danube, au sud par la mer Noire, à l'est par la mer Noire et la mer d'Azov, au nord par un

grand lac (IV, 51) qui la sépare du territoire des Neures ; conception où le désir de symétrie l'emporte sur les détails géographiques qu'il a signalés d'autre part.

Page 405.

109. La légende grecque d'Iphigénie faisait d'elle en Tauride (Crimée) la prêtresse, et non la divinité, qui est Artémis. (Cf. EURIPIDE, *Iphigénie en Tauride*).

110. Les Agathyrses occupent la rive gauche du Danube, entre Danube et Maros.

111. La lycanthropie annuelle des Neures (qui occupent la région comprise entre le cours supérieur du Dniestr et celui du Dniepr) correspond sans doute à des cérémonies annuelles pendant lesquelles sorciers et assistants se revêtent de peaux et de masques de loups, peut-être aussi à des rites d'initiation des jeunes gens. C'est la première mention de la croyance aux loups-garous.

Page 406.

112. Les Androphages (IV, 18) seraient une peuplade de race finnoise, peut-être cannibale ou mangeuse de chair crue, en tout cas de mœurs plus sauvages que ses voisins.

113. Vêtements noirs : en raison peut-être de la couleur de la toison de leurs troupeaux.

114. Cheveux roux, ou peut-être teints en rouge ; rougis par le froid, selon HIPPOCRATE.

115. Les fouilles des camps scythes, sur le Boug et le Dniepr, ont montré des retranchements faits de couches de pieux durcis au feu, ou encore de troncs d'arbres entremêlés de blocs de pierre, et des huttes rondes recouvertes de terre et faites de pieux verticaux avec, au centre, de gros poteaux qui soutenaient une toiture conique. 30 stades : 5,3 km, ce qui paraît exagéré, même par une enceinte enfermant un poste de commerce et le territoire nécessaire aux cultures et aux troupeaux.

116. Ou des « amandes de pin », le mot pouvant avoir cet autre sens ; mais outre que le fait ne nous étonne plus, seule une nourriture vraiment inhabituelle devait, aux yeux d'Hérodote, mériter d'être relevée.

Page 407.

117. Martre ou vison ? ou même phoque, s'il faut voir la Caspienne dans ce lac ? Un intense commerce de fourrures avait lieu

dans cette région, ce qui explique la présence de commerçants grecs et l'existence d'une importante factorerie.

118. La légende faisait des Amazones un peuple de guerrières qui vivaient sans hommes et se brûlaient un sein pour mieux tirer de l'arc, et les avait placées sur les bords de la mer Noire, tantôt dans le Caucase, tantôt sur le Danube, à la limite du monde connu d'alors. Près du Thermodon (IV, 86) elles avaient lutté contre Héraclès qui, accompagné de Grecs, entre autres Thésée roi d'Athènes, était venu, au cours de ses « travaux », conquérir la ceinture de leur reine Hippolyte. L'explication de « Oiorpata » est fantaisiste.

119. Cf. IV, 20.

Page 412.

120. Des modèles en terre cuite de ces chariots ont été trouvés dans des tombes scythes ; ils avaient 6 roues, étaient partagés par des tentures de feutre en deux ou trois compartiments, et couverts d'une bâche de feutre.

Page 413.

121. Cf. IV, 108.

122. À côté du Tanaïs (Don) et du Syrgis ou Hyrgis (IV, 57) qui est le Donetz, le Lycos et l'Oaros ne sont pas identifiés, dans ce pays des Méotes qui serait le nord et le nord-est de la mer d'Azov.

Page 415.

123. Formule grecque familière et brutale : inviter quelqu'un à pleurer, c'est lui promettre qu'il aura bientôt à se repentir de son attitude. Aux « barbares » Scythes, Anacharsis en particulier, les Grecs prêtaient des propos d'une rude franchise (MONTAIGNE, *Essais*, I, 12, résume ce discours à propos de la tactique de la fuite).

Page 416.

124. Cf. IV, 28.

Page 417.

125. Cf. III, 70-79.

126. Si les cadeaux sont clairs, le nombre des flèches l'est moins et l'on en attendrait trois seulement. RABELAIS cite l'anecdote, et J.-J. ROUSSEAU y voit le triomphe de l'éloquence muette.

Page 420.

127. Miltiade (vers 550-489) avait été envoyé par Hippias (vers 524) en Chersonèse de Thrace pour y maintenir le contrôle d'Athènes ; il s'y conduisait en tyran, et y avait épousé la fille du roi des Thraces, Oloros.

128. Histiée, tyran de Milet, jouera un grand rôle plus tard dans la révolte de l'Ionie.

Page 423.

129. La ville de Chalcédoine est située sur la côte asiatique du Bosphore, en face de Byzance.

130. L'expédition des Perses contre Barcé (IV, 167) aurait donc eu lieu vers 512, ce qui est admissible, bien que l'on veuille parfois ne voir dans ce synchronisme qu'un artifice permettant l'introduction ici de ce chapitre sur Cyrène et l'Afrique du Nord. Les raisons de l'expédition et son prétexte seront donnés plus loin (IV, 167).

131. Les Pélasges, chassés de l'Attique où ils s'étaient installés, se seraient vengés en enlevant les femmes athéniennes qui célébraient la fête d'Artémis à Brauron, à l'est d'Athènes.

132. Les Minyens habitaient la Thessalie, où les Argonautes se réunirent auprès de Jason, à Iolcos (Volo) au pied du Pélion. L'expédition fait halte à Lemnos, où les femmes de l'île avaient tué leurs maris.

Page 424.

133. Les Tyndarides sont Castor et Pollux, fils du roi de Sparte Tyndare.

134. Théras descend par Polynice d'Œdipe et du fondateur de Thèbes, le Phénicien Cadmos.

Page 425.

135. Santorin, l'une des Cyclades.

136. Caucones et Paroréates habitaient le côté ouest du Péloponnèse, entre Élide et Messénie. Les villes en question, alliées aux Messéniens, furent détruites au cours de la troisième guerre entre Sparte et Messène (vers 469-460).

Page 426.

137. Les Érinyes (les Furies), éveillées inévitablement par des malédictions que prononcent un père ou une mère, vengent Laïos, tué par son fils Œdipe, et Œdipe qui a maudit ses fils Étéocle et Polynice.

Page 427.

138. Itanos : sur la côte orientale de Crète. Platéa : sur la côte de Cyrénaïque, l'île de Bomba dans le golfe du même nom, à l'ouest de Tobrouk. De Crète, les pêcheurs de murex autrefois, d'éponges aujourd'hui, vont pêcher sur les côtes de Cyrénaïque, et Corobios laissé seul dans son île pouvait être le gardien d'un entrepôt.

139. Cf. I, 163.

140. Inconnu ailleurs.

Page 428.

141. Hérodote a pu voir à Samos cet ex-voto monumental, juché sur un pied haut de 7 coudées (plus de 3 m), et du prix de 6 talents (environ 36 000 fr-or).

142. Une inscription du début du IVe siècle, portant un décret de Théra et rappelant la fondation de Cyrène par Battos, confirme le récit d'Hérodote.

Page 429.

143. La légende fait de Battos un bègue, brusquement guéri par la peur qu'il eut en se trouvant devant un lion dans le désert ; mais la légende a pu naître d'un rapprochement entre le verbe grec *battarizein* « bégayer » et *battos*, titre royal en Libye, selon Hérodote.

Page 430.

144. La nymphe Cyrène, fille du roi des Lapithes, est conduite en Libye par Apollon dont elle aura un fils, Aristée ; le dieu parle ici par la bouche de la Pythie.

Page 431.

145. Irasa : Érasem, à 4 heures de marche de la côte, avec une terre fertile, de l'eau et des arbres. La source d'Apollon : là, vers 631, les Grecs fondent Cyrène (actuellement Shahat), à quelque distance de la mer et de son port, Apollonia, en un lieu où « le ciel a des trous », c'est-à-dire où le plateau arrête les vents marins et reçoit des pluies abondantes en hiver, de la fraîcheur en été. La source auprès de laquelle fut établi le sanctuaire d'Apollon devait appartenir à une divinité locale que les Grecs assimilèrent à leur propre dieu.

Page 432.

146. Battos Ier, puis Arcésilas, règnent de 631 à 580 environ; Battos II, surnommé l'*Heureux*, attirant de nouveaux colons avec

l'appui de l'oracle de Delphes, et leur distribuant des terres prises aux indigènes libyens, ceux-ci font appel au roi d'Égypte, Apriès. La bataille d'Irasa eut lieu vers 570, et l'armée égyptienne, vaincue, à son retour en Égype renversa Apriès et le remplaça par Amasis (II, 161-162, 169).

147. Le surnom d'Arcésilas II, le *Dur,* permet de croire à ces querelles avec ses quatre frères, qui s'en vont fonder Barcé (El Marj), à quelque 100 km au sud-ouest de Cyrène.

Page 433.

148. Venu de Mantinée, cité du Péloponnèse, Démonax réorganise Cyrène sur le modèle des cités doriennes : à côté des Théréens, les premiers colons, les périèques (« ceux qui vivent à côté ») seraient, ou la population ancienne de la région, ou bien des colons grecs, paysans installés dans les campagnes et clients des Théréens ; les colons nouveaux venus sont reconnus citoyens, le roi est chargé de fonctions religieuses, et ses pouvoirs politiques passent à des magistrats élus.

Page 435.

149. Cet oracle obscur peut s'expliquer ainsi : le taureau est Alazeir, roi, et par conséquent victime (= taureau) du plus haut prix ; et quand les hommes ont été cuits dans leur tour (les amphores au four du potier), Arcésilas veut fuir le « lieu entouré d'eau » (Cyrène est ainsi nommée en raison des deux ruisseaux qui la bordent), et il se réfugie à Barcé qui, à la saison des pluies, est entourée elle aussi d'eaux stagnantes. Arcésilas III aurait été assassiné entre 520 et 515.

150. Cf. III, 13.

151. L'analyse montre, en effet, que les « dariques » sont à 970/1 000 d'or fin, avec 3 % seulement d'alliages. Le crime d'Aryandès est ici d'avoir frappé une monnaie, en souverain indépendant. On place l'expédition de Darius contre lui entre 512 et 494.

152. Cf. I, 125.

Page 436.

153. Hérodote introduit ici une description de la Libye depuis l'Égypte jusqu'aux Colonnes d'Héraclès ; c'est l'Afrique du Nord, telle qu'il la connaît par ses informateurs, s'il a lui-même vu, vers 440, Cyrène et ses environs, mais une Afrique du Nord sans chameaux, sans cactus, sans oranges, sans Arabes.

154. Plynos : l'actuel Sidi Barani, à 450 km à l'ouest d'Alexandrie.

155. Les Giligames habitent la côte depuis Plynos jusqu'au-delà du golfe de Bomba ; l'île d'Aphrodisias est l'îlot de Kersa, et Port-Ménélas est Bardia (Ménélas passa en Libye, selon II, 119). Pour Platéa (île Bomba), cf. IV, 151 ; pour Aziris, cf. IV, 157.

156. Le silphion (le silphium des Latins) qui, par ses feuilles, sa tige, son suc et son tubercule, fournissait aux Anciens un légume et un fourrage, un condiment et un remède aux vertus nombreuses et même contradictoires, si apprécié que Cyrène devait sa fortune à son exportation et le représentait sur ses monnaies, n'est toujours pas identifié, car il a disparu totalement du pays depuis le Ve siècle apr. J.-C. Ce serait, soit la *Thapsia garganica,* soit l'*Asa fœtida ;* sur une coupe célèbre de la Bibliothèque Nationale à Paris figure Arcésilas II surveillant la pesée du silphion.

Page 437.

157. Les Asbystes, habitant la région au sud de Cyrène, sont ces voisins de Cyrène qui appelèrent l'Égypte à leur secours (IV, 159).

158. Les Auschises habitent au sud-sud-ouest de Barcé, jusqu'à Euhespérides, qui s'appela plus tard Bérénice, puis Benghazi ; les Bacales s'étendent à l'ouest jusqu'à la mer à Tauchéira, l'actuelle Tocra.

159. Les Nasamons, nomades et sauvages, vivent au fond de la Grande Syrte ; Augila est l'oasis d'Aoudjila, dont les dattes sont toujours renommées.

Page 438.

160. Les Psylles habitent à l'ouest des Nasamons, sur la côte de Tripolitaine et à l'est de Tripoli. Ils ne disparurent pas tous en cette occasion, puisqu'ils sont mentionnés postérieurement à Hérodote et considérés comme d'habiles charmeurs de serpents.

161. Le nom de Garamantes est ici une erreur des copistes, les vrais Garamantes étant nommés plus loin (IV, 183). Il peut s'agir ici des Gamphasantes, auxquels PLINE L'ANCIEN attribue une vie farouche et désarmée dans le désert. Sur la région des bêtes sauvages, cf. IV, 181, 191-192.

162. Les Maces habitent sur les bords du Cinyps (cf. IV, 198), l'oued El Khahan, qui se jette dans la mer au sud-est de Lebda (Leptis Magna). La touffe de cheveux que les Maces réservent sur leur crâne est une coiffure que l'on trouve encore dans la région de l'oasis de Siwah. Les autruches ne se rencontrent plus aujourd'hui que très au sud.

Page 439.

163. Les Gindanes habitent au sud-ouest de la Tripolitaine. La liberté de leurs femmes rappelle celle des Ouled-Naïls du Sud algérien, chez qui les filles gagnent leur dot par la prostitution.

164. Les Lotophages, « mangeurs de lotos », apparaissent d'abord dans l'*Odyssée* où les marins d'Ulysse qui ont goûté de ce fruit oublient famille et retour. Les Anciens les plaçaient à l'ouest de la Tripolitaine ou dans l'île de Djerba. Le lotos serait le fruit du micocoulier ou celui du jujubier, ou même simplement la datte, le nom de Lotophages ayant opposé d'abord les peuples mangeurs de dattes aux peuples mangeurs de blé.

165. Les Machlyes habitent le Sud tunisien; mais la géographie d'Hérodote devient ici des plus vagues; longtemps après lui, d'ailleurs, fleuve Triton et lac Tritonis seront l'objet de légendes et localisations variées : on y voit la petite Syrte (golfe de Gabès), l'île Phla étant Djerba, ou le Chott el Djerid.

Page 440.

166. Selon APOLLONIOS DE RHODES, le navire des Argonautes, au retour de Colchide, est poussé par le vent et la mer sur le rivage qu'ils n'ont pas vu, une barre de sables et d'algues (qui sépare le lac de la mer), et les marins doivent porter à bras leur navire jusque dans les eaux du lac; après l'offrande d'un trépied aux dieux du pays, le dieu marin Triton, fils de Poséidon, leur apparut, leur fit don de la terre libyenne, et les conduisit hors du lac.

167. La déesse représentée par la lauréate de ce concours de beauté, déesse vierge et guerrière, est à rapprocher de la déesse égyptienne de Saïs, Neith, armée de l'arc et des flèches, appelée « Celle de la Libye », et assimilée par les Grecs à Athéna (cf. II, 28).

168. Ceci tente de concilier la déesse locale, fille de la nymphe du lac et du dieu des eaux, et la déesse grecque, née du crâne de Zeus et portant entre autres épithètes celle de Tritogénie, qui fut interprétée par « née au bord du lac Tritonis ».

Page 441.

169. Hérodote partage l'Afrique du Nord, du littoral vers l'intérieur, en trois zones qu'il suppose régulièrement prolongées jusqu'à l'Océan; il étend aux régions de l'Ouest, au-delà du golfe de Gabès (régions fort mal connues puisque Carthage les fermait aux Grecs), ce qu'il a appris des régions allant du Nil à la grande Syrte.

170. L'escarpement que décrit Hérodote existe, entre le delta du

Nil et la Tripolitaine, bordant la ligne des oasis : Fayoum, Bahariya, Siwah, Djaraboub, Aoudjila, relais de la route des caravanes allant d'Égypte en Libye. Dix jours de marche représentent bien, au pas des caravanes, la distance qui sépare Aoudjila et Siwah, Siwah et Bahariya, et l'eau des puits artésiens jaillit toujours au centre d'une butte de terre et de sel.

171. Siwah, l'oasis d'Amon (cf. I, 46; II, 42), est à 10 jours de marche de l'Égypte mais à 12 jours de marche de Memphis et 20 jours de marche de Thèbes. La Source du Soleil doit être Aïn el Hammam, source chaude. Il y a environ 200 sources dans l'oasis, dont certaines sont chaudes et d'autres froides.

Page 442.

172. La route des caravanes ne continue pas vers l'ouest, comme le croit Hérodote, mais se heurte au massif désertique des Syrtes et se dirige vers le Fezzan, au sud. Les Garamantes habitent le Fezzan, où on lutte toujours contre la salinité du sol en le recouvrant de terre retirée des ouadi et des mares, pour avoir une couche de terre arable où cultiver des céréales. La distance indiquée entre les Lotophages du golfe de Gabès et les Garamantes correspond effectivement à celle qui sépare Tripoli de Mourzouk.

173. Les gravures et peintures rupestres du Sahara illustrent ici Hérodote, et permettent de croire qu'il a existé dans ces régions une race de bœufs à cornes recourbées vers l'avant; elles montrent également des chars à deux ou trois chevaux. Les Troglodytes-Éthiopiens (les Éthiopiens étant, pour Hérodote, les races au « teint brûlé » habitant l'extrême Sud) seraient les Tibous (ou Tédas), peuple de race berbère, mais au teint plus foncé, habitant les régions du Tibesti et du Tchad.

174. Atarantes : nom proposé à la place de celui que donnent les manuscrits, Atlantes, par confusion avec le peuple suivant. On le rapproche du berbère *adrar* « montagne », et, en raison de l'ardeur du soleil, on place ce peuple au-delà du Tropique du Cancer. L'interdiction de donner un nom ou de prononcer le nom d'une personne est un tabou fréquemment attesté (cf. I, 146) et qu'on retrouve chez certaines tribus berbères; on en rapproche également le voile qui cache le visage des Touaregs.

175. L'Atlas actuel doit son nom à Hérodote, si ce nom, pour les Anciens, désignait la montagne en face de Gibraltar (le promontoire d'Abyla), l'une des Colonnes d'Héraclès; mais la montagne décrite ici, cône volcanique régulier, serait peut-être un volcan encore en activité dans le Tibesti. Hérodote mêle ici ce que ses informateurs lui

disent d'une montagne remarquable située sur la route des caravanes (route descendant vers le sud quand il la suppose toujours dirigée vers l'ouest), avec ce qui, par les navigateurs, est déjà connu de la côte nord du Maroc et du détroit de Gibraltar.

Page 443.

176. Les mines de sel des oasis du Sahara méridional, en particulier celle de Bilma, sont toujours exploitées, et le trafic du sel entre Soudan et Sahara est d'une extrême importance; le sel diffère en couleur suivant sa qualité. Un auteur arabe du XIVe siècle, Ibn Batouta, rapporte avoir vu une ville, Teghazza, entièrement construite en blocs de sel.

177. Ce sont les régions appelées *erg* (les dunes de sable), *hamada* (plateaux pierreux), *tanezrouft* (« *pays de la soif* »).

178. Cf. II, 41.

Page 444.

179. Scarifications et brûlures plus rituelles ou esthétiques, sans doute, que médicales. Le phlegme : l'une des quatre humeurs de la médecine d'Hippocrate, avec le sang, la bile et l'atrabile. L'urine, produit ammoniacal, comme remède plus ou moins miraculeux (cf. II, 111), figure dans la médecine égyptienne, grecque et romaine.

180. L'égide est la peau de chèvre, *égée,* bordée d'une frange de serpents, qui sert de cuirasse à Athéna; la garance est tirée d'un rhizome.

181. Ce sont les you-you des femmes arabes d'aujourd'hui; en Grèce, cris rituels des femmes dans les supplications aux dieux.

Page 445.

182. Les Maxyes seraient les Mechouech, tribu libyenne installée assez à l'ouest du delta du Nil; ils sont placés ici aux environs de Tunis. Rattacher les Maxyes aux Troyens fuyant l'Asie Mineure après la prise de Troie, est l'interprétation, par des Grecs, de traditions locales sur d'anciens mouvements de population.

183. Les serpents de la famille des pythons dépassent 8 m de long; les lions, connus en Algérie au siècle dernier, existent encore dans l'Atlas; les éléphants, ceux que Carthage emploiera contre Rome, ont disparu de Tunisie au Ier siècle de notre ère; les monuments figurés et les ossements retrouvés attestent la présence des ours; l'aspic est un serpent venimeux (cobra?); l'âne cornu

serait une antilope ; dans les créatures à tête de chien, on a reconnu les singes cynocéphales, mais ces créatures et les créatures sans tête évoquent les peintures et gravures rupestres du Tassili, où des personnages (sorciers ?) sont, les uns munis de têtes de chien, de chacal ou d'âne, les autres acéphales. Les hommes et femmes sauvages seraient des chimpanzés ou des gorilles (le Carthaginois Hannon rapporta de son périple sur la côte ouest de l'Afrique trois peaux de femelles de cette espèce).

Page 446.

184. Les ânes sans cornes (onagres, zèbres ?) vivent dans des régions où l'eau est rare ; les petits renards sont les fennecs ; la chèvre sauvage est le mouflon à manchettes ; les dictyes et boryes ne sont pas identifiés ; les panthères sont aussi les léopards et les guépards ; les crocodiles terrestres de 3 coudées (= 1,30 m) sont les varans qui atteignent 2 m ; les serpents à cornes sont les cérastes.

185. Le cerf vivait et vit encore dans le Sud algérien et tunisien ; les rats dipodes sont les gerboises ; les rats des collines sont les gondis, et les rats-hérissons des hérissons simplement. La belette de Tartessos, utilisée pour la chasse, serait le furet.

186. Les Zauèces et les Gyzantes, sur la côte tunisienne ? Le miel artificiel, à base de jus ou de pâte de fruits, est également signalé en I, 193.

187. Cyrauis serait l'île de Kerkenna, au large de Sfax ; mais Hérodote, semble-t-il, applique à Kerkenna des renseignements qui, en réalité, se rapporteraient à l'île de Cerné, dans le Rio de Oro, où les Carthaginois vont chercher l'or en particulier.

188. Zacynthe (Zante) a encore deux sources de poix minérale ; la poix sort du fond de l'eau en bulles, et l'on en recueille, dans la principale source, trois barils par jour.

Page 447.

189. Le « troc à la muette » sur la côte ouest de l'Afrique, peut-être la baie du Rio de Oro, repose sur l'honnêteté des deux parties, mais indique surtout leur défiance mutuelle.

Page 448.

190. En Babylonie le rendement indiqué est de 200 à 300 % (cf. I, 193). Les Euhespérites : Benghazi.

191. Description exacte des trois terrasses cultivées et du décalage des récoltes.

192. Cf. IV, 167.

Page 450.

193. Zeus Lycien : culte importé de Thessalie. Sur cette colline s'élèvera le plus grand temple grec de Cyrène et de l'Afrique.

Page 451.

194. La Bactriane est, en Asie centrale, la région de l'Amou-Daria.

195. *L'Enquête* d'Hérodote a traité jusqu'ici du développement de la puissance perse, depuis Cyrus, son fondateur, à Darius, en relatant ses conquêtes en Asie Mineure, en Assyrie, en Égypte, en Afrique du Nord — comme aussi ses échecs devant les Massagètes et les Scythes. Les livres suivants (V à IX) traiteront de la lutte qui va s'engager, à cause des Grecs d'Ionie, entre l'Est et l'Ouest, entre l'empire perse et le monde grec libre.

POIDS ET MESURES EMPLOYÉS DANS *L'ENQUÊTE*

MESURES DE LONGUEUR

doigt	0 m 0185
palme	0 m 074
empan (spithame)	0 m 222
pied	0 m 296
coudée ordinaire	0 m 444
coudée royale	0 m 525 à 0 m 532
coudée égyptienne et coudée de Samos	0 m 527
orgyie (brasse)	1 m 776

mesures itinéraires :

pas	0 m 740
plèthre	29 m 6
stade	177 m 6
parasange (mesure perse)	5 940 m
schène (arpent)	10 km 656

mesure agraire : (égyptienne).
aroure, un carré de 100 coudées de côté (2 756 m^2)

POIDS

drachme	4 g 32
mine	432 g
talent	25 kg 92
talent babylonien	30 kg 240

MESURES DE CAPACITÉ

pour les liquides :

cyathe	0 l 045
cotyle	0 l 27
conge	3 l 24
amphore	19 l 44
métrète	38 l 88

pour les solides :

cotyle	0 l 27
chénice	1 l 08
médimne	51 l 84
artabe (mesure perse)	55 l 08

MONNAIES

obole	0 fr-or 15
drachme	0 fr-or 93
statère d'or	8 gr-or 60
darique perse	8 gr-or 40

unités de compte :

mine (100 drachmes)	92 fr-or 68
talent (60 mines)	5 560 fr-or 90

CARTES

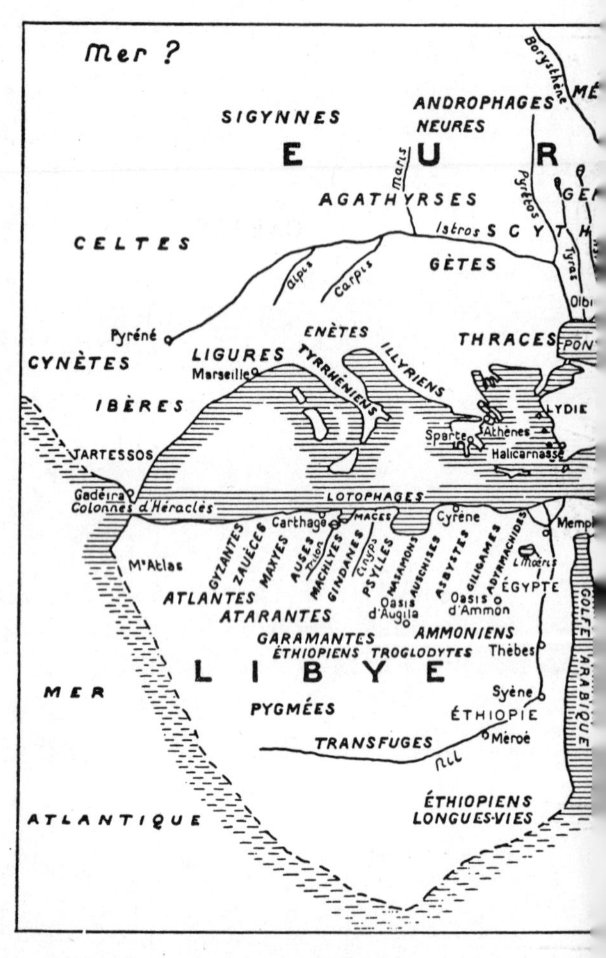

I. LE MONDE CONNU D'HÉRODOTE

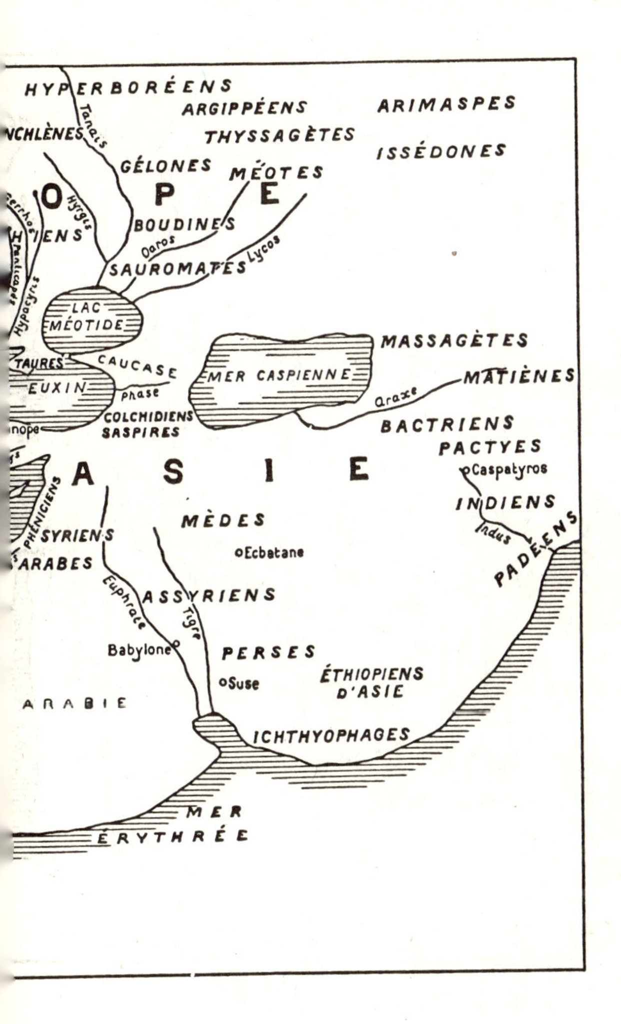
HYPERBORÉENS
ARGIPPÉENS
ARIMASPES
THYSSAGÈTES
ISSÉDONES
Tanaïs
GÉLONES
MÉOTES
P
E
Hyrgis
BOUDINES
IENS
Oaros
Lycos
SAUROMATES
LAC MÉOTIDE
MASSAGÈTES
TAURES
CAUCASE
MER CASPIENNE
MATIÈNES
EUXIN
Phase
Araxe
COLCHIDIENS
SASPIRES
BACTRIENS
PACTYES
A S I E
Caspatyros
PHÉNICIENS
INDIENS
MÈDES
SYRIENS
Indus
ARABES
Ecbatane
PADÉENS
Euphrate
ASSYRIENS
Tigre
Babylone
PERSES
Suse
ÉTHIOPIENS D'ASIE
ARABIE
ICHTHYOPHAGES
MER ÉRYTHRÉE

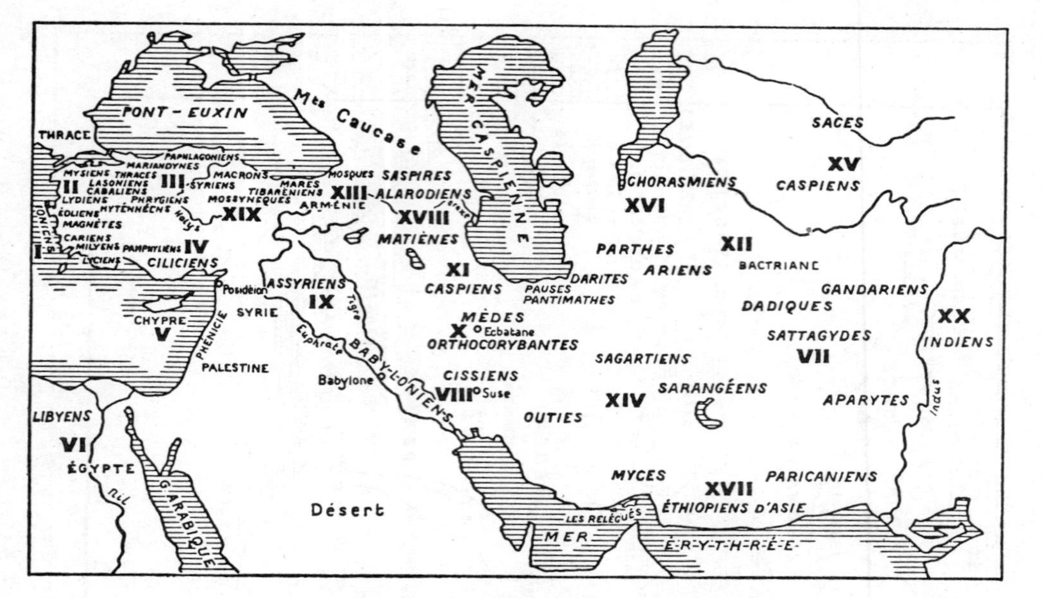

II. LES SATRAPIES DE DARIUS

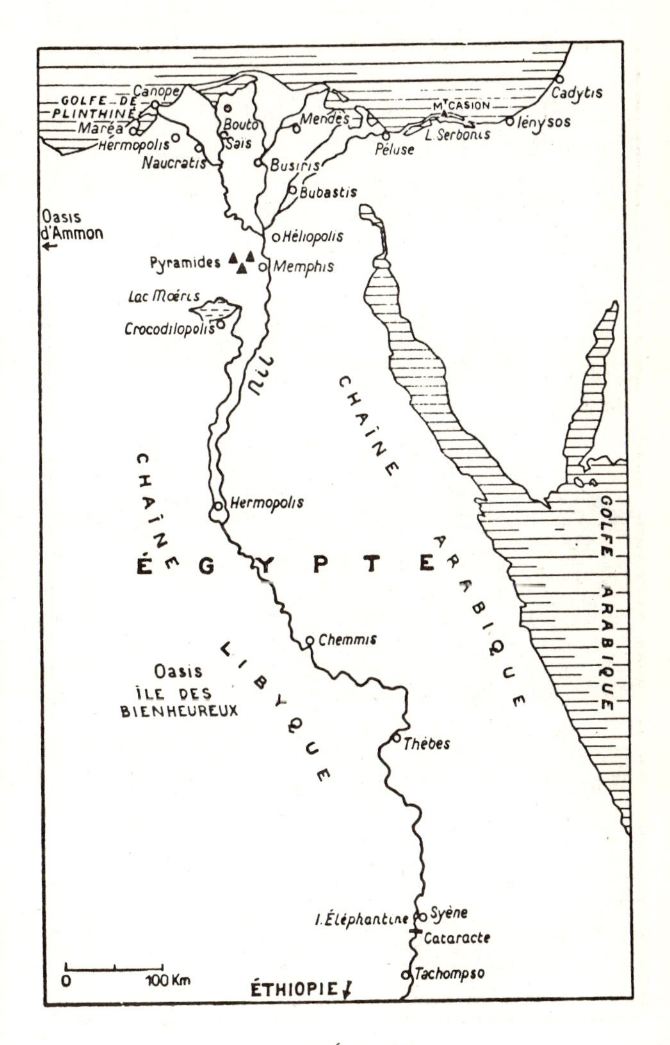
GOLFE DE PLINTHINÉ
Canope
Maréa
Hermopolis
Naucratis
Bouto
Saïs
Mendès
Busiris
Bubastis
Péluse
Mt CASION
L. Serbonis
Iénysos
Cadytis
Oasis d'Ammon
Héliopolis
Pyramides
Memphis
Lac Moéris
Crocodilopolis
NIL
CHAÎNE ARABIQUE
CHAÎNE LIBYQUE
Hermopolis
ÉGYPTE
GOLFE ARABIQUE
Chemmis
Oasis
ÎLE DES BIENHEUREUX
Thèbes
I. Éléphantine
Syène
Cataracte
Tachompso
0
100 Km
ÉTHIOPIE

III. L'ÉGYPTE

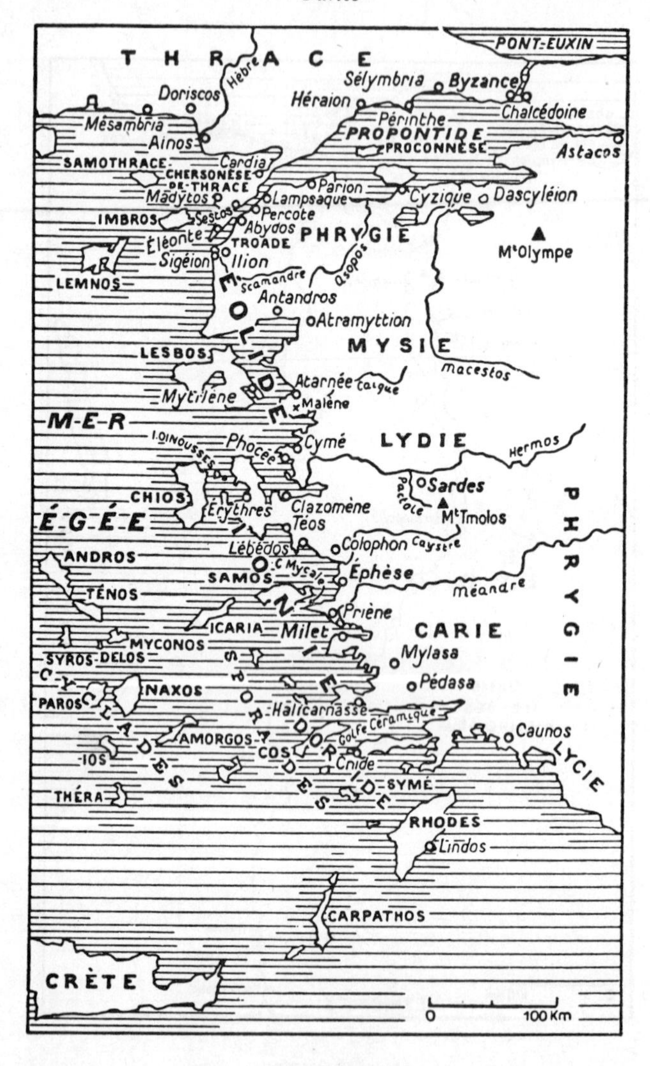

IV. L'ASIE MINEURE

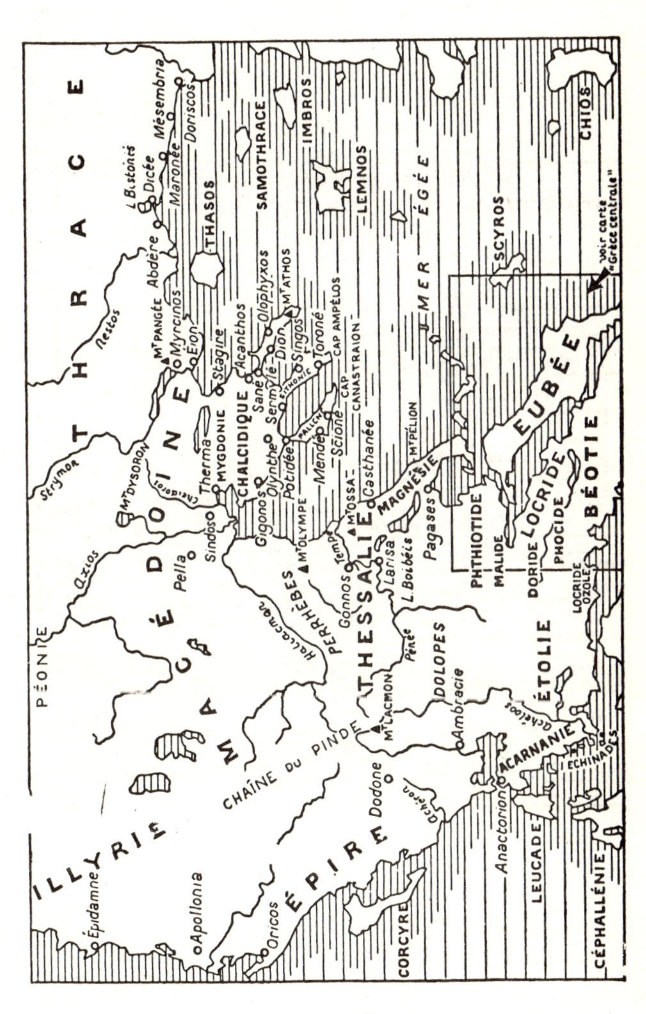
THRACE
MACÉDOINE
ILLYRIE
ÉPIRE
THESSALIE
PÉONIE
CHAÎNE DU PINDE
MER ÉGÉE
Strymon
Nestos
Axios
Haliacmon
Péné
Achéloos
Achéron
Chéidoros
L. Bistonis
Mésembria
Doriscos
Dicée
Maronée
Abdère
THASOS
SAMOTHRACE
IMBROS
LEMNOS
CHIOS
SCYROS
Voir carte « Grèce centrale »
Mt PANGÉE
Myrcinos
Éion
Stagire
Acanthos
Olophyxos
Mt ATHOS
Dion
Singos
Toroné
CAP AMPÉLOS
CAP CANASTRAION
SITHONIE
PALLÈNE
Sané
Sermylé
Olynthe
Potidée
Mendé
Scioné
Casthanée
CHALCIDIQUE
MYGDONIE
Therma
Mt DYSORON
Gigonos
Sindos
Pella
Mt OLYMPE
Mt OSSA
Mt PÉLION
Tempé
Gonnos
Larisa
L. Boibéis
MAGNÉSIE
Pagases
PERRHÈBES
Mt LACMON
DOLOPES
Ambracie
Dodone
PHTHIOTIDE
MALIDE
DORIDE
LOCRIDE
PHOCIDE
LOCRIDE OZOLE
EUBÉE
BÉOTIE
ÉTOLIE
ACARNANIE
I. ECHINADES
Anactorion
LEUCADE
CÉPHALLÉNIE
CORCYRE
Oricos
Apollonia
Épidamne

V. LA GRÈCE

GOLFE DE PAGASES
CAP SÉPIAS
PHTHIOTIDE
SCIATHOS
Aphètes
CAP ARTÉMISION
MTS OTHRYS
Histiée
SCYROS
MALIDE
Trachis
G. MALIAQUE
Thermopyles
Anthéla
MT ŒTA
MT CALLIDROMOS
LOCRIDE
Oponte
Céphise
EUBÉE
DORIDE
Élatée
PHOCIDE
Hyampolis
Amphissa
MT PARNASSE
Abes
Orchomène
Delphes
Chalcis
PLAINE LELANTINE
Creux de l'Eubée
Lac Copaïs
Glisas
Coronée
BÉOTIE
Scolos
Délion
Érétrie
Thèbes
Oropos
Thespies
Asopos
Tanagra
Sphendalé
CAP CAPHARÉE
Platées
Hysies
MT PARNÈS
Aphidna
MT CITHÉRON
Décélie
Styra
Œnoé
PLAINE DE THRIA
ATTIQUE
Marathon
ACHAIE
Éleusis
Carystos
Mégare
MT AIGALÉE
Athènes
MÉGARIDE
CAP GÉRESTE
Sicyone
Nisée
Pirée
MT HYMETTE
Brauron
Phalère
Phlionte
Corinthe
SALAMINE
Égine
ÉGINE
Thoricos
MT LAURION
Mycènes
ARGOLIDE
Épidaure
CAP SOUNION
CÉOS
Argos
Tyrinthe
Trézène
CYTHNOS
0 20 Km

VI. LA GRÈCE 2

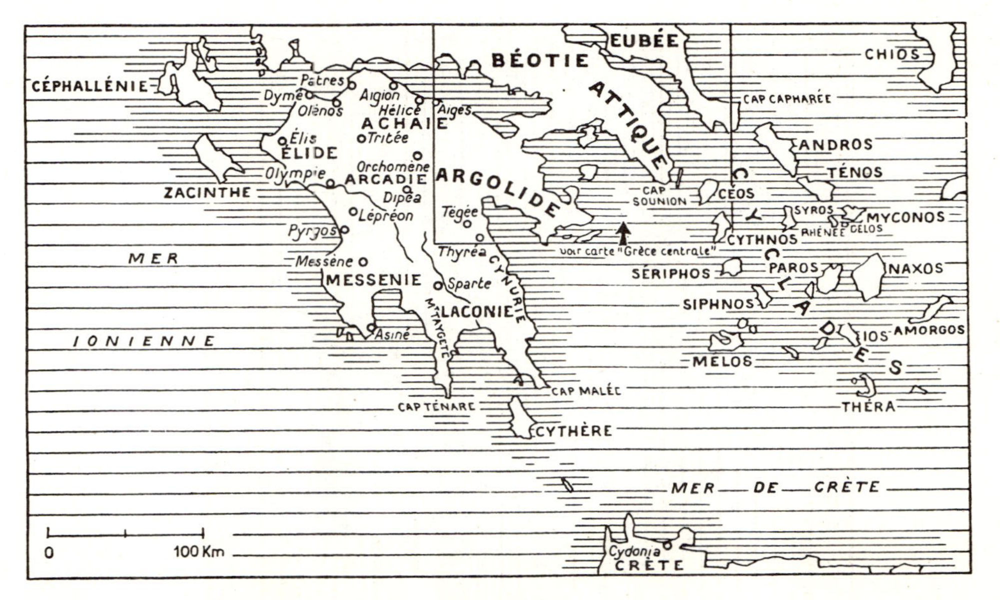

VII. LA GRÈCE 3

VIII. ITALIE MÉRIDIONALE ET SICILE

INDEX

Les chiffres romains renvoient aux livres de L'Enquête, *les chiffres arabes aux paragraphes.*

A

Abantes. – Peuple passé d'Eubée en Ionie : I 146.
ABARIS. – Hyperboréen : IV 36.
Abdère (Abdéritains). – Ville de Thrace : I 168.
Abes. – Ville de Phocide avec un oracle d'Apollon : I 46.
Acarnanie. – Région de Grèce occidentale : II 10.
Acès. – Fleuve d'Asie : III 117.
Achaïe (Achéens). – Région du Péloponnèse : I 145, 146.
Achéens. – Les Grecs de l'expédition contre Troie : II 120.
Achéloos. – Fleuve d'Acarnanie : II 10.
ACHÉMÉNÈS[1]. – Ancêtre de Cyrus : III 75.
ACHÉMÉNÈS[2]. – Fils de Darius, gouverneur de l'Égypte : III 12.
Achéménides. – Descendants d'Achéménès[1] : I 125, 209 ; III 2, 65 ; IV 43.
ACHÉOS. – Ancêtre d'Archandros : II 98.
Achille. – « Carrière d'Achille », lieu-dit en Scythie : IV 55, 76.
Acropole. – La ville haute et la citadelle d'Athènes : I 59-60.
ADICRAN. – Roi libyen : IV 159.
ADRASTE. – Phrygien, meurtrier du fils de Crésus : I 35, 41-45.
Adriatique. – Mer : I 163 ; IV 33.
Adyrmachides. – Peuple de Libye : IV 168.
AGAMEMNON. – Roi légendaire de Mycènes et Argos : I 67 ; IV 103.
AGASICLÈS. – Halicarnassien : I 144.

Agathurges. – À Sparte, anciens Cavaliers chargés de missions officielles : I 67.
Agathyrses. – Peuple voisin des Scythes : IV 48, 78, 100, 102, 104, 119, 125.
AGATHYRSOS. – Fils d'Héraclès : IV 10.
AGÉNOR. – Roi de Tyr : IV 147.
Aggros. – Affluent de l'Istros : IV 49.
AGLOMACHOS. – Cyrénéen : IV 164.
Agrianès. – Affluent de l'Hèbre : IV 90.
AGRON. – Roi de Lydie : I 7.
Agylléens. – Habitants d'Agylla en Italie : I 167.
Aia. – Ville de Colchide : I 2.
AIACÈS[1]. – Samien, père de Polycrate : II 182; III 39, 139.
AIACÈS[2]. – Petit-fils d'Aiacès[1], tyran de Samos : IV 138.
Aigées. – Ville éolienne d'Asie Mineure : I 149.
Aiges. – Ville du Péloponnèse : I 145.
Aigion. – Ville d'Achaïe : I 145.
Aigira. – Ville du Péloponnèse : I 145.
Aigiroessa. – Ville d'Éolide : I 149.
Aigles. – Peuple voisin des Bactriens : III 92.
Ainos. – Ville de Thrace : IV 90.
AISANIAS. – Théréen : IV 150.
Aischrion. – Tribu samienne : III 26.
Alalia. – Ville de Corse : I 165, 166.
Alarodiens. – Peuple d'Arménie : III 94
ALAZEIR. – Roi de Barcé : IV 164.
Alazones. – Peuple scythe : IV 17, 52.
ALCÉNOR. – Argien : I 82.
ALCÉOS. – Fils d'Héraclès : I 7.
ALCMÈNE. – Femme d'Amphitryon et mère d'Héraclès : II 43, 145.
ALCMÉON. – Athénien : I 59.
Alcméonides. – Puissante famille d'Athènes : I 61, 64.
ALÉA. – Épithète d'Athéna : I 66.
ALEXANDRE. – (Pâris) fils de Priam, enlève Hélène : I 3; II 113, 115-118, 120.
ALILAT. – Divinité arabe : I 131 ; identifiée à Ourania (Aphrodite) . III 8.
Alpis. – Affluent de l'Istros : IV 49.
ALYATTE. – Roi de Lydie : I 6, 16, 18-19, 21-22, 25, 26, 47, 73, 74, 92, 93; III 48.
AMASIS[1]. – Perse : IV 167, 201, 203.

AMASIS[2]. – Roi d'Égypte : I 30, 77; II 43, 134, 145, 154, 162, 169, 172, 174-178, 180-182; III 1, 2, 4, 10, 14, 16, 39-41, 43, 47, 125.
Amazones. – Peuple de guerrières passant en Scythie : IV 110, 112-115, 117; luttant contre les Grecs : IV 110.
AMMON. – Dieu et oracle d'Égypte : I 46; II 18, 29, 32, 54, 55, 57, 74, 143; III 25; IV 181.
Ammoniens. – Habitants de l'oasis de Siwah : II 32, 42; III 17, 25, 26; IV 181, 182.
AMOUN. – Le Zeus des Égyptiens : II 42.
AMPHIARAOS. – Héros thébain et son oracle : I 46, 49, 52, 92; III 91.
AMPHICRATÈS. – Roi de Samos : III 59.
Amphictyons. – Fédération de douze peuples grecs : II 180.
AMPHILOCHOS. – Fils d'Amphiaraos : III 91.
AMPHILYTOS. – Devin acarnanien : I 62.
AMPHITRYON. – Père d'Héraclès : II 43, 44, 146.
AMYRTÉE. – Égyptien : II 140; III 15.
AMYTHAON. – Père du devin Mélampous : II, 49.
ANACHARSIS. – Scythe qui visite la Grèce : IV 46, 76-77.
ANACRÉON. – Le poète : III 121.
Anaphlystos. – Dème attique : IV 99.
ANAXANDRIDE. – Roi de Sparte : I 67; III 148.
Androphages. – Peuple au-delà des Scythes : IV 18, 100, 102, 106 119, 125.
Andros (Andriens). – Île de l'Égée : IV 33.
Anthylla. – Ville d'Égypte : II 97, 98.
Anysien. – Nome d'Égypte : II 166.
ANYSIS[1]. – Roi d'Égypte : II 137.
Anysis[2]. – Ville d'Égypte : II 137.
Aparytes. – Peuple de l'Inde : III 91.
APATURIES. – Fête grecque : I 147.
Aphrodisias. – Île de la côte libyenne : IV 169.
APHRODITE. – Divinité grecque et divinités étrangères assimilées : en Arabie : I 131 ; à Babylone : I 131, 199; à Cyrène : II 181 ; en Égypte : II 41, 112; en Perse : I 131; en Scythie : IV 67. – Appelée Ourania, ou Céleste : I 105, 131. – Assimilée à Argimpasa : IV 59; Alilat : I 131 ; III 8; Mitra : I 131 ; Mylitta : I 131, 199. — Aphrodite étrangère : Hélène : II 112.
Aphthite. – Nome d'Égypte : II 166.
API. – Divinité scythe (la Terre) : IV 59.
APIS[1]. – Dieu égyptien : II 153; III 27-29, 33, 64.
Apis[2]. – Ville d'Égypte : II 18.

APOLLON. – Divinité grecque et divinités étrangères assimilées à Corinthe : III 52 ; à Cyrène : IV 158 ; à Delphes : IV 155 ; en Égypte : II 83, 155, 156 ; en Lydie : I 87 ; à Métaponte : IV 15 ; à Milet : II 159 ; à Naucratis : II 178 ; à Sparte : I 69. – Appelé Isménios : I 52, 92 ; Loxias : I 91 ; IV 163 ; Phébus : IV 155 ; du Triopion : I 144. – Assimilé à Horus : II 144, 156 ; à Oitosyros : IV 59.

Apollonia (Apolloniates). – Ville du Pont-Euxin : IV 90, 93.

APRIÈS. – Roi d'Égypte : II 161-163, 169, 172 ; III 1 ; IV 159.

Arabie. – La dernière terre habitée du côté du midi : II 11, 12, 15, 19, 30, 73, 75, 158 ; III 5 ; IV 39 ; ses moutons : III 113 ; ses parfums : III 107-112 ; ses serpents : II 75 ; III 107-109. — Coutumes : I 198 ; III 8 ; la déesse Alilat : I 131. — Histoire : II 141 ; alliée de Cambyse : III 4, 7, 9 ; des Perses : III 88, 91, 97.

Arabique[1]. – Chaîne de montagnes d'Égypte : II 8, 124.

Arabique[2]. – Golfe Arabique : II 11, 102, 158, 159 ; IV 39, 42, 43.

Araros. – Affluent de l'Istros : IV 48.

Araxe. – Fleuve à l'extrême nord-est du monde : I 201, 202, 205, 209-211, 216 ; III 36 ; IV 11, 40.

Arcadie (Arcadiens). – Région du Péloponnèse ; pays et peuple : II 161, 171. – En guerre avec Sparte : I 66-67. – Pélasges d'Arcadie : I 146.

ARCÉSILAS. – Rois de Cyrène : Arcésilas Ier : IV 159-160 ; Arcésilas II : II 181 ; IV 160, 161 ; Arcésilas III : IV 162-165, 167, 200.

Archandropolis. – Ville d'Égypte : II 97-98.

ARCHANDROS. – Gendre de Danaos : II 98.

ARCHIAS[1]. – Spartiate qui se distingue au siège de Samos : III 55.

ARCHIAS[2]. – Petit-fils d'Archias[1], informateur d'Hérodote : III 55.

ARCHIDICÉ. – Courtisane de Naucratis : II 135.

ARCHILOQUE. – Le poète : I 12.

Ardéricca. – Bourg de Babylonie : I 185.

ARDYS. – Roi de Lydie : I 15, 16, 18.

ARÈS. – Divinité grecque, et divinités étrangères assimilées : en Égypte : II 59, 63, 83 ; en Scythie : IV 59, 62.

ARGANTHONIOS. – Roi de Tartessos : I 163, 165.

ARGÉ. – Hyperboréenne : IV 35.

ARGIMPASA. – Divinité scythe : IV 59.

Argippéens. – Peuple au nord de la Scythie, appelé aussi « les Chauves » ; IV 23.

ARGO. – La nef des Argonautes : IV 145, 179.

Argolide. – La région d'Argos : I 82.

ARGONAUTES. – L'expédition dirigée par Jason : IV 145.

Argos (Argiens). – Ville du Péloponnèse : I 1, 2, 5, 31 ; III 131.
ARIANTAS. – Roi scythe : IV 81.
ARIAPÉITHÈS. – Roi scythe : IV 76, 78.
Ariens. – Peuple de la région de la Caspienne : III 93.
ARIMASPÉES. – Poème épique d'Aristéas : IV 14.
Arimaspes. – Peuple mythique vivant au nord de la Scythie : III 116 ; IV 13, 27.
ARION. – Le poète : I 23-24.
Arisba. – Ville de Lesbos : I 151.
ARISTAGORAS [1]. – Tyran de Cymé : IV 138.
ARISTAGORAS [2]. – Tyran de Cyzique : IV 138.
ARISTÉAS. – De Proconnèse ; poète épique : IV 13-16.
ARISTODÈMOS. – Spartiate, descendant d'Héraclès : IV 147.
ARISTODICOS. – Cyméen, met à l'épreuve l'oracle d'Apollon : I 158-159.
ARISTOLAÏDÈS. – Athénien : I 59.
ARISTON [1]. – Roi de Sparte, père de Démarate : I 67.
ARISTON [2]. – Tyran de Byzance : IV 138.
ARISTOPHILIDÈS. – Roi de Tarente : III 136.
Arménie (Arméniens). – Région d'Asie occidentale : I 72, 180, 194 ; III 93.
ARPOXAÏS. – Ancêtre des Scythes : IV 5-6.
ARSAMÈS. – Ancêtre de Xerxès : I 209.
ARTABANE. – Perse, frère de Darius et son conseiller : IV 83, 143.
ARTABAZE. – Perse : I 192.
Artacé. – Port de Cyzique : IV 14.
Artanès. – Fleuve de Thrace : IV 49.
ARTEMBARÈS. – Mède : I 114-116.
ARTÉMIS. – Divinité grecque : à Byzance : IV 87 ; à Éphèse : I 26 ; à Samos : III 48. – Divinités étrangères assimilées : en Égypte (la déesse Bubastis) : II 59, 83, 137, 155, 156 ; en Thrace : IV 33 - Appelée Orthosia : IV 87 ; Artémis Reine : IV 33.
Artescos. – Fleuve de Thrace : IV 92.
ARTONTÈS. – Perse : III 128.
ARTYSTONÉ. – Femme de Darius : III 88.
ARYANDÈS. – Perse, gouverneur de l'Égypte : IV 165-167, 200, 203.
ARYÉNIS. – Femme d'Astyage : I 74.
Asbystes. – Peuple de Libye : IV 170, 171.
Ascalon. – Ville de Syrie : I 105.
ASIA. – Femme de Prométhée : IV 45.
Asiade. – Tribu de Sardes : IV 45.
ASIAS. – Fils de Cotys : IV 45.

Asie (Asiatiques.) – L'une des trois parties du monde, et l'empire perse opposé au monde grec : I 4, 15, 16, 79, 95, 102, 103, 104, 106, 107, 108, 130, 173, 192, 209 ; II 16, 17, 103 ; III 56, 67, 88, 96, 98, 115, 117, 137, 138, 143 ; IV 1, 4, 11, 12, 198. – Géographie : II 16-17 ; III 98, 115, 117 ; IV 36, 40-42, 44-45. – Régions : Asie Mineure : I 72, 177 ; Haute-Asie : I 72, 95, 103, 130, 177. - Peuples : Doriens d'Asie : I 6 ; Éoliens d'Asie : I 6 ; Éthiopiens d'Asie : III 94 ; Grecs d'Asie : I 27 ; Ioniens d'Asie : I 6 ; Magnésiens d'Asie : III 90.

Asmach. – Les Transfuges installés en Éthiopie : II 30.

ASPATHINÈS. – Perse, l'un des Sept : III 70, 78.

Assésos. – Ville du territoire de Milet, possédant un temple d'Athéna : I 19, 22.

Assyrie (Assyriens). – Région de Ninive et Babylone : I 185, 192, 194 ; II, 17, 150 ; III 92 ; IV 39 ; sa déesse Mylitta : I 131, 199. – Histoire : I 95, 102 ; II 141 ; soumise par les Mèdes : I 106 ; par Cyrus : I 178, 184, 185 ; par Darius : III 155. – Sont appelés Assyriens : les Syriens de Palestine : II 30.

ASTYAGE. – Roi des Mèdes : I 46, 73-75, 91 ; tente de faire périr son petit-fils Cyrus : I 107-112, 114-122, qui le détrône : I 123-130, 162 ; III 62.

ASYCHIS. – Roi d'Égypte : II 136.

Atarantes. – Peuple de Libye : IV 184.

Atarbéchis. – Ville d'Égypte : II 41.

Atarnée. – Région de Mysie : I 160.

ATHÉNA. – Divinité grecque et divinités étrangères assimilées : en Grèce : IV 189 ; à Assésos : I 19, 22 ; à Athènes : I 60 ; à Cyrène : II 182 ; à Égine : III 59 ; en Égypte : II 28, 59, 83, 169, 170, 175 ; en Libye : IV 180, 188, 189 ; à Lindos : II 182 ; III 47 ; à Pallène : I 62 ; à Pédasa : I 175. – Appelée Aléa : I 66 ; Pallas : IV 189 ; Poliouchos : I 160 ; Pronaia : I 92.

Athènes (Athéniens). – Capitale de l'Attique et État athénien ; lieux et monuments : Acropole : I 59, 60 ; autel des Douze Dieux : II 7 ; prytanée : I 146 ; sanctuaires : I 62. – Ville d'Ioniens : I 146, 147. – *Athéniens :* origine et nom : I 56, 57, 143, 147 ; II 51 ; pays : IV 99 ; emprunts à l'Égypte : II 51, 177 ; institutions : médecins publics : III 131 ; lois : I 29 ; II 177 ; religion, fêtes et sanctuaires : I 62, 147 ; II 51. – Son histoire : réformes de Solon : I 29 ; tyrannie de Pisistrate : I 56, 59-60, 62-65. – *Affaires extérieures :* ses rapports avec Érétrie : I 61 ; l'Égypte : III 160 ; Éleusis : I 30 ; Mégare : I 59 ; les Pélasges : I 57 ; les Péloponnésiens : I 61.

Femmes athéniennes : souhaitées comme servantes par Atossa : III 134; enlevées et tuées par les Pélasges : IV 145.
Athribite. – Nome d'Égypte : II 166.
Athrys. – Affluent de l'Istros : IV 49.
Atlantes. – Peuple de Libye : IV 184, 185.
Atlantique. – Mer : I 202.
Atlas[1]. – Affluent de l'Istros : IV 49.
Atlas[2]. – Montagne de Libye : IV 184.
ATOSSA. – Fille de Cyrus, femme de Cambyse, puis de Darius qu'elle pousse contre la Grèce, III 68, 88, 133, 134.
Attique. – Le territoire d'Athènes : I 62; IV 99.
ATYS[1]. – Fils de Crésus : I 34-45.
ATYS[2]. – Fils de Manès et père de Lydos : I 7, 94
Auchates. – Tribu scythe : IV 6.
Augila. – Oasis de Libye : IV 172, 182, 183.
Auras. – Affluent de l'Istros : IV 49.
Auschises. – Peuple de Libye : IV 171, 172.
Auses. – Peuple de Libye : IV 180, 191.
AUTÉSION. – Descendant de Polynice : IV 147.
Aziris. – Région de Libye : IV 157, 169.
Azotos. – Ville de Syrie : II 157.

B

Babylone (Babyloniens). – Ville d'Assyrie : I 77, 106; prise par Cyrus : I 153, 178-187, 189-192; 194, 196-201; satrapie perse : III 92; prise par Darius : III 150-160; IV 1, par Xerxès : I 183. – Inventions des Babyloniens : II 109; talent babylonien : III 89, 95.
Babylonie. – Région de Babylone : I 193; IV 198.
Bacales. – Peuple de Libye : IV 171.
BACHIQUE. – Épithète de Dionysos : IV 79.
Bactriane (Bactriens). – Région d'Asie centrale : I 153; III 92; IV 204.
BADRÈS. – Perse, chef des forces navales perses en Libye : IV 167, 203.
BAGAIOS. – Perse, chargé d'exécuter Oroitès : III 128.
Barbares. – En face du monde grec, le reste du monde, et spécialement l'Asie et l'empire perse : I préface, 1, 4, 6, 14, 58, 60, 173, 213; III 139; IV 12.
Langue barbare (non grecque) : I 57, 58; II 57; III 115.
Barcé. – Ville de Libye, soumise aux Perses : III 13, 91; IV 171; en

guerre avec Cyrène : IV 160, 164, 165 ; prise par les Perses · IV 167, 200-205.
Battiades. – Descendants de Battos : IV 202.
BATTOS[1]. – Théréen, fonde Cyrène : IV 150, 153-157, 159, 163.
BATTOS[2]. – Battos II l'Heureux, roi de Cyrène : II 181 ; IV 159-160.
BATTOS[3]. – Battos III le Boiteux, roi de Cyrène : IV 161, 162, 163, 205.
BÉLOS[1]. – Dieu babylonien : I 181 ; III 155, 158.
BÉLOS[2]. – Descendant d'Héraclès : I 7.
Béotie (Béotiens). – Région de Grèce continentale : I 92 ; II 49. – Chaussures béotiennes : I 195.
BIAS. – De Priène, l'un des Sept Sages : I 27, 170.
Bienfaiteurs. – Du roi de Perse, appelés « orosanges » : III 140, 160. – À Sparte, cinq citoyens, appelés « Agathurges » : I 67.
Bienheureux (Ile des). – L'oasis de Kargeh : III 26.
Bithyniens. – Peuple thrace : I 28.
BITON. – L'un des Jumeaux d'Argos : I 31.
Bolbitine. – Une bouche du Nil : II 17.
BORÉE. – Le vent du nord : II 26.
Borysthène[1]. – Fleuve de Scythie : IV 5, 17, 18, 24, 47, 53, 54, 56, 71 81, 101.
Borysthène[2] *(Borysthénites).* – Ville de Scythie : IV 17, 18, 53, 78, 79.
Bosphore[1]. – Cimmérien (le détroit de Kertch) : IV 12, 28, 100.
Bosphore[2]. – De Thrace : IV 83, 85-89, 118.
Boudiens. – Tribu mède : I 101.
Boudines. – Peuple habitant au nord des Scythes : IV 21-22, 108-109, 119-120, 123, 136.
Boura. – Ville d'Achaïe : I 145.
Bouses. – Tribu mède : I 101.
Bouto. – Ville d'Égypte avec un oracle de Léto : II 59, 63, 67, 75, 83, 111, 133, 152, 155, 156 ; III 64.
Branchides. – Famille de devins de Milet : I 46, 92, 157, 158, 159 ; II 159.
Brauron. – Localité de l'Attique : IV 145.
Brentésion. – Ville d'Italie : IV 99.
Broggos. – Affluent de l'Istros : IV 49.
Bubastique. – Nome d'Égypte : II 166.
BUBASTIS[1]. – Déesse égyptienne : II 137, 156.
Bubastis[2]. – Ville d'Égypte : II 59, 60, 67, 137, 154, 156, 158, 166.
Bucolique. – Une bouche du Nil : II 17.
Busiris. – Ville d'Égypte : II 59, 61.
Busirite. – Nome d'Égypte : II 165.

Butte Rouge (la). – Ville d'Égypte : II 111.
Bybassos. – Péninsule de Carie : I 174.
Byzance (Byzantins). – Ville d'Europe sur le Bosphore : IV 87, 144.

C

Cabaliens. – Peuple d'Anatolie : III 90.
CABIRES. – Divinités de Samothrace et de Memphis : II 51 ; III 37.
Cadméens. – Descendants de Cadmos, ou habitants de Thèbes I 56, 146 ; IV 147. – Victoire à la Cadméenne : I 166.
CADMOS. – Héros phénicien : II 49, 145 ; IV 147.
Cadytis. – Ville de Syrie-Palestine : II 159 ; III 5.
Calasiries. – Classe de guerriers en Égypte : II 164, 166, 168.
Callaties. – Peuple de l'Inde : III 38.
Callanties. – Peuple de l'Inde : III 97.
CALLIPHON. – Crotoniate : III 125.
Callipides. – Peuple gréco-scythe : IV 17.
Callisté. – Ancien nom de l'île de Théra : IV 147.
Calynda. – Ville de Lycie : I 172.
CAMBYSE[1]. – Père de Cyrus : I 46, 73, 107, 111, 122, 124, 207
CAMBYSE[2]. – Fils de Cyrus et son successeur : I 208 ; II 1 ; III 88, 89, 122 ; soumet Cyrène et les Libyens : III 13 ; IV 165 ; L'Égypte : II 1, 181 ; III 1-4, 7, 9, 10, 13-17, 39, 44, 88, 139, 166 ; échoue contre Carthage : III 17, 19 ; contre les Éthiopiens : III 19-22, 25, 97 ; contre les Ammoniens : III 26 ; sa folie et ses crimes : III 27-37, 74, 75, 80 ; se blesse et meurt en Syrie : III 61-67, 69, 73, 120, 126, 140.
Camiros. – Ville de Rhodes : I 144.
Camp des Tyriens (le). – Quartier de Memphis : II 112.
Camps (les). – Terres données aux mercenaires grecs en Égypte : II 154.
CANDAULE. – Roi de Lydie, assassiné par Gygès : I 7-8, 10-13.
Canope. – Ville d'Égypte : II 15, 97.
Canopique. – Une bouche de Nil : II 17, 113, 179.
Cappadoce (Cappadociens). – Contrée d'Asie Mineure : I 71, 72, 73, 76.
CAR. – Éponyme des Cariens : I 171.
Carcinitis. – Ville de Scythie : IV 55, 99.
Carie (Cariens). – Contrée d'Asie Mineure : I 28, 92, 142, 172, 173, 175 ; soumise par Crésus : I 28 ; par Cyrus : I 171, 174 ; III 90. – Femmes cariennes épousées par des Ioniens d'Athènes : I 146. – Inventions des Cariens : I 171 ; leur langue : I 171, 172. – Mercenaires cariens en Égypte : II 61, 152, 154, 163 ; III 11

CARIEN. – Épithète de Zeus : I 171.
Carpathos. – Île de l'Égée : III 45.
Carpis. – Affluent de l'Istros : IV 49.
Carthage. – Ville de Libye, fondée par les Phéniciens, menacee par Cambyse : III 17, 19; ses navigateurs et marchands : IV 43, 195-196; lutte contre les Phocéens : I 166-167.
Carystos (Carystiens). – Ville d'Eubée : IV 33.
Casion. – Mont entre Syrie et Égypte : II 61, 158; III 5.
Caspatyros. – Ville sur l'Indus : III 102; IV 44.
Caspienne. – Mer : I 202-204; IV 40.
Caspiens. – Peuple voisin de la Bactriane : III 92, 93.
CASSANDANE. – Femme de Cyrus : II 1; III 2, 3.
Cassitérides. – Îles d'où viendrait l'étain : III 115.
Cataractes. – Du Nil : II 17.
Catiares. – Peuple scythe : IV 6.
Caucase. – Chaîne de montagnes, frontière de l'empire perse : I 104, 203, 204; III 97; IV 12.
Caucones. – Peuple originaire du Péloponnèse : I 147; IV 148.
Caunos (Cauniens). – Ville d'Asie Mineure : I 171-173, 176.
Cavaliers. – Corps de 300 Spartiates : I 67.
Céos. – Île de l'Égée : IV 35.
Céramique. – Golfe de Carie : I 174.
Chalcédoine (Chalcédoniens). – Ville d'Asie Mineure sur le Bosphore . IV 95, 144.
Chaldéens. – Prêtres de Zeus Bélos à Babylone : I 181-183. – Porte des Chaldéens : une des portes de Babylone : III 155.
Chalybes. – Peuple d'Asie Mineure : I 28.
CHARAXOS. – Mytilénien : II 135.
CHARILÉOS. – Samien : III 145, 146, 147.
CHARITES. – (Les Grâces) divinités : II 50. – Colline des Charites . colline de Libye : IV 175.
Chauves (les). – Cf. Argippéens.
Chemmis[1]. – Île d'un lac d'Égypte : II 156
Chemmis[2]. – Ville d'Égypte : II 91.
Chemmite. – Nome d'Égypte : II 165.
CHÉOPS. – Roi d'Égypte : II 124, 126-127, 129
CHÉPHREN. – Roi d'Égypte : II 127.
Chersonèse[1]. – De Bybassos, presqu'île de Carie : I 174
Chersonèse[2]. – De l'Hellespont (presqu'île de Gallipoli) : IV 137, 143
Chersonèse[3]. – Chersonèse Rocheuse, presqu'île de Scythie : IV 99
CHILON. – Spartiate, l'un des Sept Sages · I 59

Chios. – Île de l'Égée : I 18, 142, 164, 165 ; II 178 ; livre Pactyès aux Perses : I 160-161. – Son autel à Delphes : II 135.
Choaspès. – Rivière de Susiane, affluent du Tigre : I 188.
Chorasmiens. – Peuple de l'Asie centrale : III 93, 117.
CHROMIOS. – Argien : I 82.
Chypre (Cypriotes). – Grande île de la Méditerranée orientale : son temple d'Aphrodite : I 105, 199 ; soumise aux Perses : III 19, 91 ; reçoit Phérétimé : IV 162, 164. – Mer de Chypre : I 72.
Cilicie (Ciliciens). – Région du sud-est de l'Asie Mineure : I 28, 72, 74 ; II 17, 34 ; III 91 ; soumise aux Perses : III 90.
Cilla. – Ville éolienne d'Asie Mineure : I 149.
Cimmériens. – Peuple de la côte nord de la mer Noire : I 6, 15, 16, 103 ; IV 1, 11, 12, 13, 45.
Cinyps[1]. – Fleuve de Libye : IV 175, 198.
Cinyps[2]. – Région de Libye : IV 198.
Cissie (Cissiens). – La région de Suse : III 91. – Porte de Cissie : une porte de Babylone : III 155, 158.
Clazomènes (Clazoméniens). – Ville d'Asie Mineure : I 16, 51, 142 ; II 178.
CLÉOBIS. – L'un des Jumeaux d'Argos : I 31.
CLÉOMBROTOS. – Roi de Sparte : IV 81.
CLÉOMÈNE. – Roi de Sparte ; il refuse d'écouter Méandrios : III 148.
Cnide (Cnidiens). – Ville et péninsule d'Asie Mineure : I 144 ; II 178 ; III 138 ; IV 164 ; se soumet aux Perses : I 174.
Cnossos. – Ville de Crète : III 122.
CODROS. – Roi d'Athènes : I 147.
COÈS. – Mytilénien, conseille Darius : IV 97.
COLAIOS. – Samien, poussé par le vent jusqu'à Tartessos : IV 152.
COLAXAÏS. – Roi des Scythes : IV 5, 7.
Colchide (Colchidiens). – Côte orientale de la mer Noire : I 2, 104 ; IV 37, 40 ; son présent au roi de Perse : III 97 ; origine égyptienne des Colchidiens : II 104-105.
Collines (les). – Région de Cyrénaïque : IV 199.
Colonnes d'Héraclès (les). – Le détroit de Gibraltar : I 202 ; II 33 ; IV 8, 42, 43, 152, 181, 185, 196.
Colophon. – Ville d'Ionie : I 14, 16, 142, 147, 150.
Contadesdos. – Affluent de l'Hèbre : IV 90.
Contrôleurs du marché. – Fonctionnaires grecs à Naucratis : II 178.
Corcyre (Corcyréens). – Île de la mer Ionienne ; ses rapports avec Samos : III 48, et Corinthe : III 49, 52 53.

Corinthe. – Ville du Péloponnèse : reçoit Arion sauvé par un dauphin : I 23-24; respecte le travail manuel : II 167. – Ses chefs : tyrannie de Périandre : I 23-24, III 48-53. – Ses rapports avec Corcyre : III 49-53; avec Samos : III 48.
Femmes corinthiennes : souhaitées comme servantes par Atossa : III 134. – Casque corinthien : IV 180. – Trésor des Corinthiens à Delphes : I 14, 50, 51; IV 162.
COROBIOS. – Crétois, conduit les Théréens à l'île de Platéa : IV 151-153.
Corys. – Fleuve d'Arabie : III 9.
Cos. – Île de l'Égée : I 144.
COTYS. – Roi de Lydie : IV 45.
CRANASPÈS. – Perse, fils de Métrobatès : III 126.
Crathis[1]. – Fleuve d'Italie méridionale : I 145.
Crathis[2]. – Fleuve du Péloponnèse : I 145.
Cremnes. – Port de la mer d'Azov : IV 20, 110.
Creston (Crestoniates). – Ville de Thrace : I 57.
CRÉSUS. – Roi de Lydie, fils d'Alyatte : I 7, 26, 67, 92, 93; soumet les Grecs d'Asie : I 6, 26, 27, 141; et l'Asie Mineure : I 28; reçoit à Sardes Solon : I 29-33; perd son fils Atys : I 34-46; consulte les oracles : I 46-56, 90-92; s'allie à Sparte : I 56, 59, 65, 69, 70, 83; III 47; attaque la Perse; I 46, 56, 71, 73, 75-81, 83-85, 95, 130, 153; sauvé du bûcher : I 86-87; devient le conseiller de Cyrus : I 88-90, 155-156, 207-208, 211; de Cambyse : III 14, 34, 36.
Crète (Crétois). – Grande île du sud de l'Égée : IV 45, 154; histoire et peuplement : I 2, 171, 172; III 44, 59; IV 161; fournit des lois à Sparte : I 65; un guide aux Théréens : IV 151.
CRITOBOULOS. – De Cyrène : II 181.
Crobyses. – Peuple de Thrace : IV 49.
Crocodilopolis. – Ville d'Égypte : II 148.
Crôphi. – Montagne au bord du Nil : II 28.
Crotone (Crotoniates). – Ville d'Italie méridionale, patrie du médecin Démocédès : III 131, 136, 137, 138.
Cyanées. – Roches à l'entrée de la mer Noire : IV 85, 89.
CYAXARE. – Roi des Mèdes : I 16, 46, 73, 74, 103, 106, 107.
Cydonia. – Ville de Crète : III 44, 59.
Cymé (Cyméens). – Ville d'Éolide : I 149, 157, 160.
Cynésiens. – Habitants de l'extrême sud-ouest de l'Europe : II 33
Cynètes. – Autre forme du nom des Cynésiens : IV 49.
CYNO. – Traduction en grec du nom mède *Spaco* : I 110, 122.
CYPRIENS (Chants) – Poème épique faussement attribué à Homère : II 117

CYPSÉLOS. – Tyran de Corinthe : I 14, 20, 23; III 48.
Cyrauis. – Île sur la côte de la Libye : IV 195.
Cyrénaïque. – La région de Cyrène : IV 199.
Cyrène (Cyrénéens). – Ville de Libye : IV 170, 171 ; ses médecins : III 131 ; ses productions : II 96; IV 199. – Histoire : fondation et rois : IV 154-156, 159, 161-165, 169, 186; ses rapports avec l'Égypte : II 161, 181-182; avec Samos : IV 152; se soumet à la Perse : III 13, 91; IV 203. – Cyrénéens, informateurs d'Hérodote · II 32-33.
CYRNOS[1]. – Héros : I 167.
Cyrnos[2]. – La Corse, où des Phocéens tentent de s'établir : I 165-167.
CYRUS[1]. – Fils de Téispès : I 111.
CYRUS[2]. – Fils de Cambyse, fondateur de l'empire perse : III 88, 89, 120, 160. – Naissance et enfance : I 91, 95, 108-116, 120-122; III 75; se révolte contre Astyage : I 123-130; attaqué par Crésus : I 46, 54, 71, 72, 73, 75-77, 79-80, 84, 86; qu'il épargne : I 86-91, 208; III 36; soumet les Grecs d'Asie : I 141, 152-153, 162, 169; les Lydiens révoltés : I 154-157, 160; la Haute-Asie : I 177; prend Babylone : I 178, 188-191, 202; III 152, 159; attaque les Massagètes : I 201, 204-208, 211-213; est tué dans la bataille : I 214; un songe lui fait craindre Darius : I 209-210. – Ses femmes : II 1; III 2-3; ses filles : III (31-32), 88; Atossa : III 88, 133; ses fils : Cambyse : II 1; III 1, 14, 34, 44, 61, 64, 66, 139; IV 165; Smerdis : III 32, 63, 65-69, 71, 74, 75, 88.
Cythère. – Île du sud du Péloponnèse : I 82, 105.
Cyzique. – Ville d'Asie Mineure, sur la mer de Marmara : IV 14, 76.

D

Dadiques. – Peuple habitant au nord-est de la Perse : III 91.
Daens. – Tribu perse : I 125.
DANAÉ. – Mère de Persée : II 91.
DANAOS. – Roi d'Argos, venu d'Égypte avec ses filles : II 91, 98, 171, 182.
[*Danube*]. – Cf. Istros.
Daphné. – Ville d'Égypte : II 30, 107.
DAPHNIS. – Tyran d'Abydos : IV, 138.
Dardanes. – Peuple de Haute-Asie : I 189.
Darites. – Peuple d'Hyrcanie : III 92.
DARIUS. – Fils d'Hystaspe, devient roi de Perse. – Garde de Cambyse : III 139; un songe annonce son règne à Cyrus : I 209-210;

son rôle dans le complot des Sept : III 70-73 76-78; propose et obtient la royauté : III 82, 85-88. – *Son empire* . III 89 90 95-97, 101, 117; IV 167; ses gouverneurs : IV 166; exécution d'Intaphernès : III 119; d'Oroitès : III 126-128; il compare les coutumes de ses peuples : III 38; ordonne le périple de Scylax : IV 44; reçoit des Grecs à sa cour : Gillos : III 138; Syloson : III 139-141. – *Affaires extérieures :* révolte des Mèdes : I 130; de Babylone : I 183, 187; III 151-152, 154-160; affaires d'Égypte . II 110, 158; IV 39, 166; échec de sa campagne de Scythie . II 110; IV 1, 4, 7, 46, 83-85, 87-89, 91-93, 97-98, 102, 105, 121, 124-126, 128-129, 131-137, 141, 143; soumission des Barcéens : IV 204; premiers rapports avec la Grèce : III 129-130, 132, 134-135, 137; échec à Tarente : III 138; prise de Samos : III 139-141, 147. – *Ses femmes :* Atossa : III 88, 133-134; les autres : III 88; ses fils : III 12; ses sœurs : IV 43.

Dascyléion. – Ville d'Asie Mineure, sur la côte sud de la mer de Marmara : III 120, 126, 127.

DASCYLOS. – Lydien : I 8.

DÉIOCÈS – Premier roi des Mèdes : I 16, 73, 96-99, 101-103.

Délos (Déliens). – Île de l'Égée, consacrée à Apollon : I 64; II 70; reçoit les offrandes des Hyperboréens : IV 33-35.

Delphes (Delphiens). – Ville de Phocide, siège d'un oracle d'Apollon. – *Lieux et monuments :* autel des gens de Chios : II 135; temple d'Apollon, rebâti par les Alcméonides : II 180; temple d'Athéna Pronaia : I 92; Trésor des Clazoméniens : I 51; des Corinthiens : I 14, 50; IV 162; des Siphniens : III 57. – *Histoire :* Ésope tué par les Delphiens : II 134. – *L'oracle :* consulté par les Agylléens : I 167; Arcésilas : IV 163; les Cnidiens : I 174; les Cyrénéens : IV 161; Lycurgue I 65; les rois de Lydie : Alyatte : I 19-20; Crésus : I 46-49, 55, 85, 90-91; Gygès : I 13-14; les Métapontins : IV 15; les Siphniens : III 57; les Spartiates : I 66, 67; les Théréens : IV 150, 155-157. – Envoi à Delphes d'hécatombes, par Jason : IV 179; par les Théréens : IV 150. – *Offrandes :* d'Alyatte : I 25; des Argiens : I 31; de Crésus : I 50-52, 54, 92 : d'Euelthon : IV 162; de Gygès : I 14; de Jason : IV 179; de Midas : I 14; de Rhodopis : II 135.

Delta du Nil. – II 15, 17, 97.

DÉMÉTER. – Divinité grecque et divinités étrangères assimilées . I 193; III 59, 122-123, 156, 171; IV 53, 198.

DÉMOCÉDÈS. – De Crotone, médecin; son rôle auprès de Darius et d'Atossa : III 125, 129-137.

DEMONAX. – Mantinéen, réforme les institutions de Cyrène : IV 161-162.
Dérousiens. — Tribu perse . I 125.
DEUCALION. – Ancien roi d'un peuple grec en Phthiotide : I 56.
DICTYNNA. – Divinité crétoise : III 59.
Dindymon – Montagne de Phrygie : I 80.
DIOMÈDE. – Un héros de l'*Iliade* : II 116.
DIONYSOS. – Divinité grecque et divinités étrangères assimilées . I 150 ; II 29, 42, 47-49, 52, 123, 144-146, 156 ; III 8, 97, 111 ; IV 79, 87, 108.
DIOSCURES. – Castor et Pollux, fils de Zeus : II 43, 50.
Dodone (Dodonéens). – Ville d'Épire, siège d'un oracle de Zeus · I 46 ; II 52-57 ; IV 33 ; les prêtresses de Dodone : II 53-57
Doride (Doriens[1]). – Région d'Asie Mineure : II 178.
Doriens[2]. – Fraction du peuple grec, qui prend son nom de Dôros : I 56, 139, 171. – Doriens d'Asie Mineure : I 6, 28, 144, 146. – Doriens de Dryopide ou Doride, en Grèce centrale : I 57. – Doriens du Péloponnèse : II 171 ; d'Épidaure : I 146 ; de Sparte : III 56 ; lettre dorienne, « *san* » : I 139.
DOUZE DIEUX (les). – Leur autel à Athènes : II 7.
Dropiques. – Tribu perse : I 125.
Dryopes. – Peuple de la Grèce centrale : I 146.
Dryopide. – Ancien nom de la Doride : I 56.
Dymé. – Ville du Péloponnèse : I 145.

E

Ecbatane[1]. – Ville de Médie, construite par Déiocès : I 98, 110, 153 ; III 64, 92.
Ecbatane[2]. – Ville de Syrie : III 62, 64.
Échinades. – Groupe d'îlots sur la côte d'Acarnanie : II 10.
ÉÉTION. – Corinthien, père de Cypsélos : I 14.
ÉGÉE[1]. – Roi légendaire d'Athènes : I 173.
ÉGÉE[2]. – Spartiate, fils d'Oiolycos : IV 149.
Égée[3]. – Mer : II 97, 113 ; IV 85.
Égéides. – Tribu de Sparte, tirant son nom d'Égée : IV 149.
Égine (Éginètes). – Île du golfe Saronique, au sud-ouest de l'Attique : a des médecins officiels : III 131 ; un sanctuaire à Naucratis : II 178 ; lutte contre Samos : III 59.
Égypte (Égyptiens). – Entre Asie et Libye, la vallée du Nil : *pays et fleuve* : I 193 ; II 4-34 ; III 107 ; IV 39, 41-44, 47 ; voisine de

l'Éthiopie ; III 97 ; de la Syrie Palestine . IV 168 ; y viennent · Darius : III 139 ; des Grecs, marchands : II 39, 41, 178-180 ; mercenaires : II 152, 163 ; Syloson : III 139-140 ; Hélène, Pâris, Ménélas . II 112-119 ; Io : I 1, 2, 5 ; Solon : I 30. – *Peuple* . coutumes et croyances : I 140, 182, 198 ; II 2, 3, 35-98 ; III 12, 24, 27-28, 37, 129, 132 ; IV 180, 186. – *Histoire :* ses rois : II 99-182 ; attaquée par les Scythes : I 105 ; alliée de Crésus contre Cyrus : I 77, 153 ; ses relations avec Athènes : III 160 ; la Libye : IV 159 ; Samos : III 39, 42, 44-45, 125 : IV 152 ; Sparte : III 47 ; soumise par Cambyse : II 1 ; III 1-7, 10-16, 19, 27-32, 34, 39, 44, 61-65, 88 ; sujette de la Perse : III 91 ; IV 141, 165, 166, 167 ; ses révoltes : III 160 ; ses forces employées contre Barcé : IV 165, 203-205.

ÉGYPTOS. – Héros éponyme de l'Égypte : II 43, 182.

Elbô. – Île du Nil : II 140.

Éléphantine. – Ville de Haute-Égypte : II 9, 17, 18, 28-31, 69, 175 ; III 19, 20.

Éleusis. – Ville de l'Attique : I 30.

Élide (Éléens). – Région du Péloponnèse : II 160, III 132 ; IV 30, 148.

Énarées. – Les Scythes « hommes-femmes » : I 105 ; IV 67.

Énètes. – Peuple de la côte nord-est de l'Adriatique : I 196.

Éolide (Éoliens). – Région d'Asie Mineure ; ses villes : I 149-151, 157 ; II 178 ; soumise par Crésus : I 6, 26, 28 ; par les Perses : I 141, 152, 171 ; II 1 ; III 1, 90 ; IV 89, 138.

ÉPAPHOS. – Nom grec du dieu égyptien Apis : II 38, 153 ; III 27, 28.

Éphèse (Éphésiens). – Ville ionienne de Lydie : I 142, 147 ; II 10, 106 ; son temple d'Artémis : I 26, 92 ; II 148 ; soumise par Crésus : I 26.

Épidaure (Épidauriens). – Ville du Péloponnèse : I 146 ; III 50, 52.

ÉPIGONES. – Poème épique attribué à Homère : IV 32.

Épion. – Ville du Péloponnèse : IV 148.

Érétrie (Érétriens). – Ville d'Eubée : I 61, 62.

Éridanos. – Fleuve supposé, à l'ouest de l'Europe : III 15.

ÉRINYES. – Déesses de la vengeance : IV 149 ; appelées Justicières en III 126, 128.

ERXANDROS. – Mytilénien : IV 97.

Érythée. – Île de l'Océan : IV 8.

Érythrée. – Mer (mer Rouge, golfe Persique et océan Indien) : I 1, 180, 189, 202 ; II 8, 11, 102, 158, 159 ; III 9, 30, 93 ; IV 37, 39-42.

Érythres. – Ville d'Ionie : I 18, 142.

ÉRYXO. Femme d'Arcésilas II, roi de Cyrène : IV 160.

ESCHYLE. – Athénien, le poète tragique : II 156.

ÉSOPE. – Le fabuliste, esclave du Samien Iadmon : II 134.
ÉTÉARQUE[1]. – Roi des Ammoniens : II 32, 33.
ÉTÉARQUE[2]. – Roi d'Oaxos en Crète : IV 154.
Éthiopie (Éthiopiens). – Pays au sud de l'Égypte : II 11, 12, 22, 28, 30, 42, 110, 139, 146, 161 ; III 20, 21, 26, 30, 114 ; pierre d'Éthiopie : II 86, 127, 134, 176. – Éthiopiens d'Asie : III 94. – Éthiopiens d'Éthiopie : II 29, 30, 100, 104, 137, 139, 140 ; III 19, 101 ; IV 197 ; reçoivent les espions de Cambyse : III 20-24 ; échec de l'expédition dirigée contre eux : III 25 ; appelés Longues-Vies : III 17, 97. – Éthiopiens Troglodytes en Libye : IV 183.
[Étrusques]. – Cf. Tyrrhéniens.
Eubée (Eubéens). – Île de l'Égée sur la côte est de la Grèce : I 146 ; IV 33.
EUELTHON. – Roi de Salamis : IV 162.
Euhespérides (Euhespérites). – Région de Cyrénaïque : IV 171, 198, 204.
EUPALINOS. – Mégarien, constructeur du tunnel de Samos : III 60.
EUPHÉMOS. – Minyen, ancêtre de Battos : IV 150.
EUPHORION. – Athénien, père d'Eschyle : II 156.
Euphrate. – Fleuve d'Asie : I 180, 185, 186, 191, 193, 194.
EUROPE[1]. – Tyrienne enlevée par des Grecs, éponyme de l'Europe : I 2, 173 ; II 44 ; IV 45, 147.
Europe[2]. – L'une des parties du monde : I 4, 103, 209 ; II 16, 26, 33, 103 ; III 96 ; IV 89, 143, 198. – Géographie de l'Europe : III 115-116 ; IV 36, 42, 45, 49.
EURYSTHÉNÈS. – Spartiate, descendant d'Héraclès, l'aîné des fils jumeaux d'Aristodèmos : IV 147.
Exampée. – Les « Voies Sacrées », lieu-dit en Scythie : IV 52, 81.

G

Gadéira. - Ville à l'extrémité ouest du monde (Cadix) : IV 8.
Gandariens. – Peuple de l'Inde : III 91.
Garamantes. – Peuple de Libye : IV 174, 183, 184.
GÉBÉLÉÏZIS. – Autre nom de Salmoxis : IV 94.
Gélones. – Peuple de Scythie : IV 102, 108, 109, 120, 136.
GÉLONOS[1]. – Fils d'Héraclès : IV 10.
Gélonos[2]. – Ville de Scythie : IV 108, 123.
Germaniens. – Tribu perse : I 125.
Gerrhos[1]. – Fleuve de Scythie : IV 19, 20, 47, 56.
Gerrhos[2] *(Gerrhiens).* – Région de Scythie où se trouvent les tombes des rois : IV 53, 56, 71.

GÉRYON. – Géant auquel Héraclès dérobe ses bœufs : IV 8.
Gètes. – Peuple thrace : IV 93-96, 118.
Giligames. – Peuple de Libye : IV 169, 170.
GILLOS. – Tarentin, délivre les émissaires perses prisonniers et en est récompensé par Darius : III 138.
Gindanes. – Peuple de Libye : IV 176, 177.
GLAUCOS[1]. – De Chios, sculpteur : I 25.
GLAUCOS[2]. – Lycien : I 147.
GNOUROS. – Scythe, père d'Anacharsis : IV 76.
GOBRYAS. – Perse, membre du complot des Sept : III 70, 73, 78; conseiller de Darius dans l'expédition de Scythie : IV 132, 134.
GORDIAS[1]. – Phrygien, père du roi Midas : I 14.
GORDIAS[2]. – Petit-fils de Gordias[1], père d'Adraste : I 35, 45.
GORGONE. – Monstre de Libye tué par Persée : II 91.
Grèce (Grecs). – La Grèce continentale, et l'ensemble du monde grec en face du monde barbare; *pays :* I 1, 46, 53, 56, 92; II 13-14, 56, 91, 114, 115, 135; III 104, 106, 134-138; IV 33, 76, 77, 143. – *Peuples :* I 56, 60, 65, 69, 70, 143; II 51, 171; IV 108. – *Coutumes :* I 74, 94, 133, 135, 153, 171, 202; II 36, 79, 80, 82, 91, 92, 104, 109, 167; III 29, 38, 103; IV 26, 53, 75-78, 108, 180, 189, 190; religion, oracles, temples : I 35, 90, 131; II 41, 43-44, 46, 48-53, 56, 58, 64, 91, 145, 153, 171, 178; IV 78, 108, 189. – *Langue, écriture :* I 110, 148; II 36, 50, 56, 144, 153, 154, 171; III 27, 115; IV 27, 53, 77, 78, 87, 108, 110, 155, 189, 192. – *Opinions et noms en usage :* I 1, 2, 72, 193, 216; II 2, 17, 20, 28, 44, 45, 50, 118, 123, 134, 144, 145, 153, 167; III 27, 32, 80; IV 8, 12, 14, 15, 45, 53, 77, 85; femmes grecques : II 181; marchands grecs : IV 152; marins : II 43; mercenaires grecs : III 11; monuments : II 148; III 60; poètes : II 82; tyrans : III 122, 125. – *Le monde grec :* I préface, 1-5, 58, 163, 170; II 54, 135, 160; III 39, 122, 130, 132, 139; IV 12, 95, 159, 203. – *Histoire :* rapports avec les Amazones : IV 110; l'Asie : I 4; la Colchide : I 2; l'Égypte : II 5, 39, 41, 154, 178, 181-182; III 6, 139; la Libye : IV 158, 159, 179, 180, 197, 203; la Lydie : I 6, 46, 53, 56, 69; la Phénicie : I 1, 2, 5; II 104; III 107; les Taures : IV 103; Troie (Ilion) : I 3, 4; II 118, 120. – *La lutte contre les Perses :* contre Darius : III 134-138; IV 33, 76-77, 143, 203. – Les Grecs à la cour du roi de Perse : I 153; III 140. – Grecs d'Asie Mineure : I (6, 26) 27; III 1, 11, 25; de Carie : I 174; d'Égypte : II 28, 39, 41, 180; des Îles ou Insulaires : I 27, IV 161; du Pont-Euxin : IV 8, 10, 12, 18, 24, 51, 103, 105; Gréco-Scythes : IV 17.
GRINNOS. – Roi de Théra : IV 150.

Grynéia. – Ville éolienne d'Asie Mineure : I 149.
GYGADE. – Le trésor offert à Delphes par Gygès : I 14.
GYGÈS[1]. – Roi de Lydie après le meurtre de Candaule : I 8-15. – Lac de Gygès : I 93.
GYGÈS[2]. – Lydien : III 122.
Gyndès. – Affluent du Tigre, éparpillé en 360 canaux par Cyrus : I 189-190, 202.
Gyzantes. – Peuple de Libye : IV 194.

H

HADÈS. – (Les Enfers) : II 122.
Halicarnasse. – Ville de Carie, patrie d'Hérodote : I préface, 144, 175; II 178; III 47.
Halys. – Fleuve d'Asie Mineure : I 6, 28, 72, 75, 103, 130.
HARPAGE. – Mède, conseiller de Cyrus : I 80, qu'il a sauvé enfant : I 108-113, 117-120, et poussé à se révolter contre Astyage : I 123, 127, 129; commande ses armées contre l'Asie Mineure : I 162-165; 168-169, 171, 174-177.
Hèbre. – Fleuve de Thrace : IV 90.
HÉCATÉE. – De Milet, l'historien, se disant descendant d'un dieu : II 143.
HECTOR. – Héros troyen : II 120.
HÉGÉSICLÈS. – Roi de Sparte : I 65.
HÉLÈNE. – De Sparte, enlevée par Alexandre (Pâris) : I 3; II 112-120.
Hélicé. – Ville du Péloponnèse : I 145. D'Hélicé : épithète de Poséidon : I 148.
Héliopolis (Héliopolitains). – Ville d'Égypte : II 3, 7, 9, 59, 63, 73, 111.
HELLEN. – Héros éponyme des Hellènes : I 56.
Hellènes. – L'un des deux groupes formant le peuple grec : I 56; peuple hellène : I 57, 58.
Hellénion. – Sanctuaire grec en Égypte : II 178.
Hellespont (Hellespontins). – Le détroit des Dardanelles : I 57. Ses dimensions : IV 85-86. – Les régions avoisinant le détroit : IV 89, 138, 144; sur la rive d'Asie : III 90; sur la rive d'Europe : IV 137.
Hémos. – Montagne de Thrace : IV 49.
HÉPHAISTOPOLIS. – Samien : II 134.
HÉPHAISTOS. – Dieu grec, et divinités étrangères assimilées : en Égypte, dieu de Memphis : II 2, 3, 99, 101, 108, 110, 112, 121, 136, 141, 142, 147, 151, 153, 176; III 37.

HÉRA. – Divinité grecque : d'Argos : I 31 ; VI 81-82 ; de Samos : I 70 ; II 178, 182 ; III (60), 123 ; IV 88, 152 ; inconnue en Égypte : II 50.
HÉRACLÉIDÈS. – Cyméen, père d'Aristodicos : I 158.
HÉRACLÈS. – Un dieu, et un héros fils d'Amphitryon : II 42-45 ; dieu grec et divinités étrangères assimilées : en Égypte : II 42-45, 83, 113, 145, 146 ; en Lydie, ancêtre des Héraclides : I 7 ; en Scythie, ancêtre des rois scythes : IV 8-10, 59 ; empreinte de son pied : IV 82. – Colonnes d'Héraclès : cf. Colonnes.
Héraclides. – Descendants d'Héraclès : I 7, 13, 14, 91.
Héraion. – Ville de Thrace : IV 90.
HERMÈS. – Divinité grecque, et divinités étrangères assimilées : II 51, 138, 145.
Hermione (Hermioniens). – Ville du Péloponnèse : III 59.
Hermopolis. – Ville d'Égypte : II 67.
Hermos. – Fleuve d'Asie Mineure : I 55, 80.
Hermotybies. – Une classe d'Égyptiens : II 164, 165, 168.
HÉRODOTE d'Halicarnasse. – I, préface.
HÉROPHANTOS. – Tyran de Parion : IV 138.
HÉSIODE. – Le poète gnômique : II 53 ; IV 32.
HESTIA. – Divinité grecque et divinités étrangères assimilées : II 50 ; IV 59, 127.
Hexapole. – Groupe de six cités grecques d'Asie Mineure : I 144.
HIPPIAS. – Tyran d'Athènes, fils de Pisistrate, chassé d'Athènes : I 61.
HIPPOCLOS. – Tyran de Lampsaque : IV 138.
HIPPOCRATE. – Athénien, père de Pisistrate : I 59.
Hippoléos. – Promontoire de Scythie : IV 53.
HIPPOLOCHOS. – Lycien : I 147.
Histiaotide. – Région de Thessalie : I 56.
HISTIÉE. – Tyran de Milet, sert Darius dans son expédition de Scythie : IV 137-139, 141.
HOMÈRE. – Le poète : II 23, 53, 116, 117 ; IV 29, 32.
HORUS. – Dieu d'Égypte, fils d'Osiris : II 144, 156.
HYDARNÈS. – Perse, l'un des Sept : III 70.
Hydréa. – Île sur la côte sud-est du Péloponnèse : III 59.
Hyélé. – Ville d'Italie : I 167.
Hylée. – Région boisée de la Scythie : IV 9, 18, 19, 54, 55, 76.
Hyllos. – Affluent de l'Hermos : I 80.
Hypacyris. – Fleuve de Scythie : IV 47, 55, 56.
Hypanis. – Fleuve de Scythie : IV 17, 18, 47, 52, 53, 81.

Hyperboréens. – Peuple de l'extrême nord : IV 13, 32 ; envoyant des offrandes à Délos : IV 33-36. – Les Vierges Hyperboréennes : IV 33-35.
Hypernotiens. – Peuple imaginé dans l'extrême sud : IV 36.
HYPÉROCHÉ. – Hyperboréenne : IV 33-35.
Hyrcaniens. – Peuple voisin de la Caspienne : III 117.
Hyrgis. – Affluent du Tanaïs : IV 57.
HYROIADÈS. – Marde, escalade l'acropole de Sardes : I 84.
HYSTASPE. – Perse, père de Darius et d'Artabane : I 183, 209-210 ; III 70, 71, 88, 140 ; IV 83, 91.
Hytennéens. – Peuple d'Asie Mineure : III 90.

I

IADMON. – Samien, maître d'Ésope et de Rhodopis : II 134
Ialysos. – Ville de Rhodes : I 144.
Iapygie (Iapyges). – Région de l'Italie méridionale : III 138 ; IV 99.
IARDANOS. – Lydien : I 7.
Ibérie (Ibères). – Côte est de l'Espagne : I 163.
Ichthyophages. – Peuple habitant la côte de l'océan Indien, interprètes de Cambyse chez les Éthiopiens : III 19-25.
Ida. – Montagne de Troade : I 151.
IDANTHYRSOS. – Roi scythe : IV 76, 120 ; échange un défi avec Darius : IV 126-127.
Iénysos. – Ville de Palestine : III 5.
Île des Bienheureux (l'). – L'oasis d'Ammon . III 26.
ILIADE. – Le poème d'Homère : II 116-117.
Ilion. – Ville de Troade (la Troie d'Homère) II 10 ; prise par les Grecs : I 5 ; II 117, 120.
ILITHYIE. – Divinité présidant aux accouchements : IV 35.
Illyrie (Illyriens). – Région de la côte est de l'Adriatique : I 196 IV 49.
Immortels. – Les Gètes se croient immortels IV 93-94.
INACHOS. – Roi d'Argos : I 1.
INAROS. – Libyen révolté contre les Perses . III 12, 15.
Inde (Indiens). – La région de l'Indus, dernier pays habité à l'est . III 94, 98, 106 ; IV 44 ; coutumes : III 98-101, 106 ; comment on y récolte l'or des fourmis : III 102, 104-105. - Indiens Callaties : mangent leurs parents : III 38 ; et une graine (le riz ?) : III 97 – Indiens Padéens : mangent leurs malades : III 99
Indus. – Fleuve d'Asie : IV 44.

INTAPHERNÈS. – Perse, l'un des Sept : III 70, 78, 118, 119.

IO. – Fille d'Inachos, enlevée par des Phéniciens : I 1, 2, 5 ; II 41

Ionie (Ioniens[1]*)*. – Région de la côte occidentale d'Asie Mineure, de peuplement grec ; pays et climat : I 142, 149 ; II 106 ; III 39, 122, 138 ; villes et sanctuaires : I 142, 143, 145-150, 167, 170 ; II 178 ; IV 35 ; oracle : I 157. – Peuples, origines : I 145, 146 ; langue : I 139, 142 ; II 69 ; opinions : II 15-17 ; tyrans : II 178 ; IV 138. – *Histoire* : rapports avec Milet : I 18 ; soumise pour la première fois, par Crésus : I 6, 26-28, 92 ; conseils donnés aux Ioniens par Bias et Thalès : I 170 ; soumise pour la seconde fois, par Cyrus : I 76, 141, 143, 151-153, 162, 163, 169-171, 174 ; sujette de la Perse : II 1 ; III 1, 90, 127 ; rôle des Ioniens dans la campagne de Darius en Scythie : IV 89, 97-98, 128, 133, 134, 136-140, 142. – Femmes ioniennes : I 92.

Ioniens[2]. – Une fraction du peuple grec : I 27, 56, 143, 145, 146.

IPHIGÉNIE. – Fille d'Agamemnon, divinité des Taures : IV 103.

Irasa. – Région de Cyrénaïque : IV 158, 159.

Is[1]. – Affluent de l'Euphrate : I 179.

Is[2]. – Ville de Babylonie : I 179.

ISIS. – Déesse égyptienne : II 41, 42, 59, 61, 156, 176 ; IV 186.

ISMÉNIEN. – Épithète d'Apollon : I 52, 92.

Issédones. – Peuple scythe : I 201 ; IV 13, 16, 25-27, 32.

Istria. – Ville grecque à l'embouchure de l'Istros : II 33 ; IV 78.

Istros. – Le Danube : comparé à l'Araxe : I 202 ; au Borysthène : IV 53 ; au Nil auquel il correspond : II 26, 33, 34 ; ses affluents : IV 47-51 ; est frontière de la Scythie : IV 99-101. – Les Thraces et les Scythes s'affrontent sur ses bords : IV 80. – Darius le franchit par un pont de bateau gardé par les Ioniens : IV 89, 93, 97, 118, 122, en dépit des Scythes : IV 128, 133-136, 138, 141.

Italie (Italiotes). – Y vont : Arion : I 24 ; les émissaires de Darius : III 136, 138 ; Aristéas y réapparaît : IV 15. – Le Crathis, fleuve d'Italie : I 145.

Itanos. – Ville de Crète : IV 151.

IYRCES. – Peuple du sud de l'Oural : IV 22.

J

JASON. – Chef de l'expédition des Argonautes, guidé par Triton en Libye : IV 179.

JUSTICIÈRES (LES). – Les Érinyes : III 126, 128.

K

Kerkasôre. – Ville d'Égypte. II 15, 17, 97

L

LABYNÉTOS[1]. – Roi de Babylone : I 74.
LABYNÉTOS[2]. – Fils de Labynétos[1] : I 77, 188.
Lacédémone (Lacédémoniens). – Ville et État de Sparte : I 51, 82 ; III 148 ; IV 145, 147. – *Lacédémoniens :* alliés de Crésus ; leur histoire à cette date : I 6, 51, 56, 59, 65, 66-70, 77, 82 ; appelés au secours des Ioniens contre Cyrus : I 152-153 ; reçoivent les Minyens : IV 145, 146, 148, 150.
Laconie (Laconiens). – Région de Sparte, au sud du Péloponnèse : I 69 ; III 134.
LACRINÈS. – Spartiate envoyé auprès de Cyrus : I 152
LADICÉ. – Cyrénéenne, femme d'Amasis : II 181
LAIOS. – De Thèbes, père d'Œdipe : IV 149.
LAODAMAS[1]. – Éginète : IV 152.
LAODAMAS[2]. – Tyran de Phocée : IV 138.
LAODICÉ. – Hyperboréenne : IV 33, 35.
Larisa. – Ville éolienne d'Asie Mineure : I 149.
Lasoniens. – Peuple d'Anatolie : III 90.
LÉARCHOS. – Frère d'Arcésilas roi de Cyrène : IV 160.
Lébédos. – Ville ionienne en Lydie : I 142.
Lélèges. – Ancien nom des Cariens : I 171
Lemnos (Lemniens). – Île au large de la Troade : IV 145.
LÉOBOTÈS. – Roi de Sparte : I 65.
LÉON. – Roi de Sparte : I 65.
Lépréon (Lépréates). – Ville du Péloponnèse : IV 148.
Lesbos (Lesbiens). – Île au large de la côte d'Éolide : I 23, 24, 151, 160, 202 ; III 39 ; IV 97. – Cratères de Lesbos : IV 61.
LÉTO. – Divinité grecque, et divinité égyptienne assimilée : II 59, 83, 152, 155, 156.
Leucon. – Localité de Libye : IV 160.
Libye (Libyens). – La partie connue de l'Afrique, considérée comme l'une des trois parties du monde : II 16, 17 ; III 115 ; IV 41-45 ; voisine de l'Égypte : II 8, 15, 17 18, 19, 30, 65, 91, 119. – Pays et fleuve : II 12, 20, 22, 24-26, 33, 34 ; côtes et îles : II 150 ; III 17 ; IV 151 195 196 ; montagne : II 8, 99, 124 ; climat : IV 185, 191 ;

fertilité : IV 198-199; animaux : agneaux (citation d'Homère) : IV 29; animaux sauvages : IV 191-192; oracles : I 46; II 54-56; peuples : II 28, 32, 77; IV 168-171, 173, 179, 181, 186-192, 197; les Grecs en Libye : Jason : IV 179; les Théréens, fondation de Cyrène et Barcé : IV 150-151, 153, 155-160. – *Histoire :* rapports avec l'Égypte : II 161; IV 159; avec la Perse : se soumet à Cambyse : III 13, 91, 96; expédition de Darius : IV 145, 167, 203-204; révolte d'Inaros : III 12. – Libyennes : leur costume, IV 189.

LIBYÉ. – Éponyme de la Libye : IV 45.

LICHAS. – Spartiate, découvre les ossements d'Oreste : I 67-68.

Lidé. – Montagne de Carie : I 175.

Liménéion. – Un point du territoire de Milet : I 18.

Lindos (Lindiens). – Ville de Rhodes : I 144; II 182; III 47.

LINOS. – Chant de deuil en Égypte et en Grèce : II 79; auquel les chants de deuil des Babyloniens ressemblent : I 198.

LIPOXAÏS. – Fils aîné de Targitaos, ancêtre des Scythes Auchates : IV 5-6.

LIPS. – Le vent du sud-ouest : II 25.

Lotophages. – Peuple de Libye : IV 177, 178, 183.

LOXIAS. – Épithète d'Apollon : I 91.

LUNE. – Divinité en Égypte : II 47; en Perse : I 131.

LYCARÉTOS. – Frère du tyran de Samos Méandrios : III 143.

Lycie (Lyciens). – Région du sud de l'Asie Mineure : I 147, 182; III 4, 90; IV 35, 45; coutumes : I 173; résiste à Crésus : I 28; aux Perses : I 171, 176; sujette de Darius : III 90.

LYCOPAS. – Spartiate, se distingue au siège de Samos : III 55.

LYCOPHRON. – Le plus jeune fils de Périandre, ennemi de son père : III 50-53.

LYCOS[1]. – Héros éponyme des Lyciens : I 173.

LYCOS[2]. – Scythe : IV 76.

Lycos[3]. – Fleuve de Scythie : IV 123.

LYCURGUE[1]. – Athénien, chef du parti de la plaine : I 59, 60.

LYCURGUE[2]. – Spartiate, le réformateur de Sparte : I 65-66.

Lydie (Lydiens). – Région d'Asie Mineure, royaume des Mermnades : I 93, 142; ses villes grecques : I 171; peuple et coutumes : I 10 35, 94, 171; II 167; IV 45; sont colonie lydienne : les Tyrrhéniens (Étrusques) : I 94. – *Histoire :* ses rois : Gygès : I 11, 13, 14; Sadyatte : I 18; Alyatte : I 17, 19; en guerre avec les Mèdes : I 74, 103; avec Crésus, soumet l'Asie Mineure : I 6, 27-29, 34-36, 45. 47, 50, 53-54, 56, 69, 71-72; soumise par Cyrus : I 71, 79-81

84-87, 90-92, 94, 141, 153 ; se révolte : I 154-157 ; devient province perse : III 90, 127.
LYDOS. – Fils d'Atys, éponyme des Lydiens : I 7, 171.
LYGDAMIS. – Naxien qui aide Pisistrate I 61, 64.
LYNCÉE. – Un fils d'Égyptos : II 91.

M

Macédnon. – Ancien nom du peuple dorien : I 56.
Maces. – Peuple de Libye : IV 175, 176.
Machlyes. – Peuple de Libye : IV 178, 180.
Macistos. – Ville du Péloponnèse : IV 148.
Macrons. – Peuple de la côte sud-ouest de la mer Noire : II 104 ; III 94.
MADYÈS. – Roi scythe : I 103.
Magdôlos. – Localité de Syrie (Mégiddo ?) : II 159.
Mages. – Tribu mède : I 101 ; et caste sacerdotale procédant aux sacrifices : I 132, 140 ; interprétant les songes : d'Astyage : I 107-108, 120, 128. – Révolte des Mages contre Cambyse, usurpation, et massacre des Mages : III 61-63, 65-69, 71, 73-76, 79-80, 88, 118, 126.
Magnésie (Magnètes). – Ville de Carie : I 161 ; III 90, 122, 125.
MAGOPHONIE. – Fête anniversaire du massacre des Mages : III 79.
Malée. – Cap au sud du Péloponnèse : I 82 ; IV 179.
Maliaque. – Golfe de la côte de Malide : IV 33.
MANDANE. – Fille d'Astyage et mère de Cyrus : I 107, 108.
MANDROCLÈS. – Architecte samien, construit le pont sur le Bosphore : IV 87-88.
MANÉROS. – Fils du premier roi d'Égypte, et chant de deuil sur sa mort (nom égyptien du Linos) : II 79.
MANÈS. – Premier roi de Lydie : I 94 ; IV 45.
Mantinée (Mantinéens). – Ville du Péloponnèse : IV 161, 162.
Maraphiens. – Tribu perse : I 125 ; IV 167.
Marathon. – Dème de l'Attique au nord-est d'Athènes ; les partisans de Pisistrate s'y réunissent : I 62.
Mardes. – Tribu perse : I 84, 125.
Maréa. – Ville d'Égypte : II 18-30.
Mares. – Peuple de la côte sud-est de la mer Noire : III 94.
Mariandynes. – Peuple d'Anatolie : I 28 ; III 90.
Maris. – Affluent de l'Istros : IV 48.
Maspiens. – Tribu perse : I 125.

Massagètes. – Peuple scythe attaqué par Cyrus . I 201, 204-209, 211, 212, 214-216; III 36; IV 11, 172.
Matiènes. – Peuple d'Asie Mineure . I 72, 189, 202; III 94.
Maxyes. – Peuple de Libye : IV 191, 193.
MAZARÈS. – Mède, chargé par Cyrus de réprimer la révolte de Pactyès : I 156, 157, 160, 161.
Méandre. – Fleuve d'Asie Mineure : I 18, 161; II 10, 29; III 122.
MÉANDRIOS. – Samien, secrétaire de Polycrate : III 123; maître de Samos, qu'il livre aux Perses : III 142-146; sollicite en vain Cléomène : III 148.
MÉDÉE. – Fille du roi de Colchide Éétion, enlevée par Jason : I 2, 3.
Médie (Mèdes). – Région d'Asie entre la Caspienne et la Perse : I 91, 101, 103, 104, 107, 108, 110, 114, 120, 134; III 92; IV 12, 37, 40; ses tribus : I 101; Déiocès y établit la royauté : I 96-98, 101; en lutte contre la Lydie : I 16, 73-74; les Syriens : I 72; les Assyriens : I 95, 103, 106, 185; soumise par les Scythes : I 104, 106; IV 1, 3, 4; soumet les Perses : I 102, 106, 120, 134, 163; vaincue par eux : I 123, 124, 126-130, 162; III 65, 126. – L'ensemble de l'empire perse et de ses forces en face de la Grèce : dans un oracle : I 55, 56; le roi de Perse appelé roi des Mèdes : I 206; IV 197.
MÉGABAZE. – Perse, chargé par Darius de soumettre l'Hellespont : IV 143, 144.
MÉGABYZE[1]. – Perse, l'un des Sept : III 70; partisan de l'oligarchie : III 81, 82, 153; IV 43.
MÉGABYZE[2]. – Petit-fils de Mégabyze[1], chargé de réprimer la révolte de l'Égypte : III 160.
MÉGACLÈS. – Adversaire de Pisistrate : I 59-61.
Mégare (Mégariens). – Ville de Grèce centrale, à l'entrée de l'isthme de Corinthe : I 59.
MÉLAMPOUS. – Devin instruit par les Égyptiens : II 49.
Mélanchlènes. – Peuple voisin des Scythes : IV 20, 100, 101, 102, 107, 119, 125.
MÉLANTHOS. – Roi d'Athènes, père de Codros : I 147.
MÉLÈS. – Roi de Sardes : I 84.
MÉLISSA. – Femme de Périandre tyran de Corinthe, tuée par lui : III 50.
MEMBLIAROS. – Phénicien, parent de Cadmos : IV 147, 149.
MEMNON. – Roi d'Éthiopie : II 106.
Memphis. – Ville d'Égypte : II 2, 3, 8, 10, 12, 13, 14, 97, 114, 115, 119, 150, 158, 175; III 6; sa digue : II 99; ses monuments : II 99, 112, 153, 176; III 37; prise par Cambyse : III 13, 14, 16, 25, 27,

37; garnison des mercenaires grecs d'Amasis II 154; des Perses : III 91; de Darius : III 139.
MENDÈS. – Dieu égyptien : II 46.
Mendésien. – Habitant de la ville de Mendès en Égypte : II 46. – Nome mendésien : II 42, 46, 166.
Mendésienne. – Une bouche du Nil : II 17.
MÉNÉLAS. – Roi de Sparte, retrouve Hélène en Égypte : II 113, 116, 118-119.
Méoniens. – Ancien nom des Lydiens : I 7.
Méotes. – Peuple habitant au nord et nord-est de la mer d'Azov : IV 123
Méotide. – Lac Méotide : la mer d'Azov : I 104; IV 3, 20, 21, 101, 110, 116, 120, 133; ses dimensions : IV 86; les fleuves qu'il reçoit . IV 45, 57, 100, 123.
MÈRE. – Mère des Dieux : Cybèle : IV 76; Grande Mère : Cybèle : I 80; IV 76. – La Mère du Pont-Euxin : la mer d'Azov : IV 104.
Mermnades. – Descendants de Gygès, rois de Lydie : I 7, 14.
Méroé. – Ville d'Éthiopie : II 29.
Mésambria. – Ville de Thrace sur la mer Noire : IV 93.
Messéniens. – Habitants de la Messénie, région du Péloponnèse · III 47.
Métaponte (Métapontins). – Ville d'Italie méridionale : IV 15.
MIDAS. – Roi de Phrygie : I 35, 45; son trône consacré à Delphes : I 14.
Milet (Milésiens). – Ville ionienne de Carie : I 142-143, 147; son sanctuaire des Branchides . I 46, 92, 157; II 159; son temple à Naucratis : II 178; ses colonies du Pont-Euxin : II 33; IV 78; ses tyrans : Thrasybule : I 20, Histiée : IV 137, 138. Ses rapports avec la Lydie : I 14, 15 17-22, 25; avec Cyrus : I 141, 169; avec Lesbos : III 39.
MILON. – De Crotone, athlète fameux : III 137.
MILTIADE. – Fils de Cimon, tyran de Chersonèse, dans l'expédition de Darius en Scythie : IV 137, 138.
Milyade (Milyens). – (La Lycie) : I 173; III 90.
MIN. – Ménès, premier roi de l'Égypte : II 4, 99.
MINOS. – Roi de Crète : I 171, 173; III 122.
Minyens[1]. – Descendants des Argonautes, venus en Laconie : IV 145-146, 148, 150.
Minyens[2]. – Habitants d'Orchomène en Béotie : I 146.
MITRA. – Déesse perse : I 131.
MITRADATÈS. – Mède, bouvier d'Astyage, sauve Cyrus enfant : I 100-113, 115-118, 121.

MITROBATÈS. – Perse, gouverneur de Dascyléion, victime d'Oroitès : III 120, 126, 127.
MNÉSARCHOS. – Samien, père de Pythagore : IV 95.
MOÉRIS[1]. – Roi d'Égypte : I 13, 101.
Moéris[2]. – Lac d'Égypte : II 4, 13, 69, 101, 148, 149-150; III 91.
MOIRES. – Divinités personnifiant le destin : I 91.
Molosses. – Peuple d'Épire : I 146.
Momemphis. – Ville d'Égypte : II 163, 169.
Môphi. – Montagne près du Nil : II 28.
Mosques. – Peuple du sud-est de la mer Noire : III 94.
Mossynèques – Peuple du sud-est de la mer Noire : III 94.
Mur Neuf. – Cf. Néon Teichos.
Murs des Cimmériens. – Antiques fortifications en Scythie : IV 12.
Mycale. – Promontoire d'Asie Mineure : I 148.
MYCÉRINOS. – Roi d'Égypte : II 129-133, 136.
Myces. – Peuple de la côte est de la mer Érythrée : III 93.
Myecphorite. – Nome d'Égypte : II 166.
Mylasa. – Ville de Carie : I 171.
MYLITTA. – Déesse assyrienne : I 131, 199.
Myonte. – Ville d'Ionie : I 142.
Myriandros. – Ville de Syrie : IV 38.
Myrina. – Ville éolienne d'Asie Mineure : I 149.
MYRSILOS. – Nom donné par les Grecs au roi Candaule : I 7.
MYRSOS[1]. – Roi de Lydie : I 7.
MYRSOS[2]. – Lydien, messager d'Oroitès : III 122.
Mysie (Mysiens). – Région d'Asie Mineure : I 28, 36, 37, 160, 171; III 90.
MYSOS. – Éponyme des Mysiens : I 171.
Mytilène (Mytiléniens). – Ville de Lesbos : I 160; II 135, 178; III 14; IV 97.

N

Naparis. – Affluent de l'Istros : IV 48.
Nasamons. – Peuple de Libye : II 32; IV 172, 173, 175, 182, 190; des Nasamons explorent les déserts de la Libye : II 32-33.
Nathô. – Nome d'Égypte : II 165.
Naucratis. – Ville d'Egypte : II 97, 135, 178, 179.
NAUSTROPHOS. – Mégarien : III 60.
Naxos (Naxiens). – Île de l'Égée : I 64.
Néapolis. – Ville d'Égypte : II 91.

NÉCÔS[1]. – Roi d'Égypte, père de Psammétique : II 152.
NÉCÔS[2] – Petit-fils de Nécôs[1], roi d'Égypte : II 158, 159 ; périple de Nécôs : IV 42.
Néon Teichos. – « Le Mur Neuf », ville éolienne d'Asie Mineure : I 149.
NÉRÉIDES. – Divinités marines, filles de Nérée : II 50.
Néséens. – Chevaux de la plaine de Néséon : III 106.
Neures. – Peuple voisin des Scythes : IV 17, 100, 102, 105, 119, 125.
Neuride. – Pays des Neures : IV 51, 125.
NICANDRA. – Prêtresse de Dodone : II 55.
Nil. – Fleuve qui a fait l'Égypte : II 10-18 ; sa crue : II 19-27, 97, III ; son cours et ses sources : II 28-33 ; est symétrique de l'Istros : II 34 ; animaux du Nil : II 72 ; funérailles des noyés dans ses eaux : II 90 ; lotus et poissons : II 92-93 ; digue : II 99 ; canaux : II 108 ; offensé par Phéron : II 111 ; la bouche Canopique : II 113, 119 ; entoure la sépulture de Chéops : II 124 ; de Chéphren : II 127 ; le temple de Bubastis : II 138 ; alimente le lac Moéris ; II 149-150 ; sur ses bords, les Camps des mercenaires grecs : II 154 ; l'oracle de Bouto : II 155 ; la ville de Naucratis : II 179 ; canal de Nécôs : II 158 ; IV 39, 42 ; bataille de Péluse : III 10 ; le Nil comme frontière d'une des parties du monde : IV 45 ; comparé à l'Istros : IV 50 ; au Borysthène : IV 53.
Ninive. – Ville d'Assyrie : I 102, 103, 106, 178, 185, 193 ; II 150. – Porte de Ninive, à Babylone : III 155.
NINOS – Ancêtre de Candaule : I 7.
Nipséens. – Peuple de Thrace : IV 93.
Nisée. – Port de Mégare : I 59.
NITÉTIS. – Fille du roi d'Égypte Apriès, donnée à Cambyse comme fille d'Amasis : III 1-3.
NITOCRIS[1]. – Reine de Babylone : I 185-187.
NITOCRIS[2]. – Reine d'Égypte : II 100.
Noès. – Affluent de l'Istros : IV 49.
Nonacris. – Ville du Péloponnèse : IV 148.
Notion. – Ville éolienne d'Asie Mineure : I 149.
NOTOS. – Le vent du sud : II 25, 26.
Noudion. – Ville du Péloponnèse : IV 148.
Nysa. – Ville d'Éthiopie : II 146 ; appelé Nysé en : III 97.

O

Oaros. – Fleuve du pays des Méotes : IV 123, 124.
Oasis. – Ville entre Égypte et Éthiopie : III 26

Oaxos. – Ville de Crète : IV 154.
Océan. – Le fleuve qui, dit-on, entoure la terre : II 21, 23, IV 8, 36.
OCTAMASADÈS. – Scythe, frère de Scylès : IV 80.
Odryses. – Peuple thrace : IV 92.
ODYSSÉE. – Le poème d'Homère (citations) : II 116; IV 29.
ŒDIPE. – Roi de Thèbes : IV 149.
OIBARÈS. – Perse, palefrenier de Darius : III 85, 87, 88.
Oinotrie. – Région d'Italie : I 167.
Oinousses. – Îles près de Chios : I 165.
OIOBAZE. – Perse dont Darius fait exécuter les trois fils : IV 84.
OIOLYCOS. – « La Brebis aux loups », surnom du fils de Théras : IV 149.
OIORPATA. – « Tueuses d'hommes », nom scythe des Amazones : IV 110.
OITOSYROS. – Nom scythe d'Apollon : IV 59.
Olbia (Olbiopolites). – Ville grecque de Scythie : IV 18.
OLEN. – Poète et musicien lydien : IV 35.
Olénos. – Ville du Péloponnèse : I 145.
Olympe[1]. – Montagne de Mysie : I 36, 43.
Olympe[2]. – Montagne de Thessalie : I 56.
Olympie. – Ville du Péloponnèse, célèbre par son sanctuaire de Zeus : fêtes d'Olympie : I 59.
OLYMPIEN. – Épithète d'Héraclès : II 44; de Zeus : II 7.
OLYMPIQUES (Jeux). – Jeux célébrés tous les quatre ans en Élide : II 160.
Ombrie. – Région de l'Italie du Nord : I 94; IV 49.
Onouphite. – Nome égyptien : II 166.
OPOIA. – Femme du roi scythe Ariapéithès : IV 78.
OPIS[1]. – Hyperboréenne : IV 35.
Opis[2]. – Ville de Babylonie : I 189.
Orchomène (Orchoméniens). – Ville de Béotie : I 146.
Ordessos. – Affluent de l'Istros : IV 48.
ORESTE. – Héros, fils d'Agamemnon, ses ossements trouvés à Tégée : I 67-68.
ORICOS. – Scythe : IV 78.
OROITÈS. – Perse, gouverneur de Sardes, assassine Polycrate : III 120-125, 140; est exécuté sur l'ordre de Darius : III 126-129.
OROTALT. – Divinité arabe : III 8.
Orthocorybantes. – Peuple de Perse : III 92.
OSIRIS. – Dieu égyptien : II 42, 144, 156; son sépulcre : II 170; ses mystères : II 171.
Ossa. – Montagne de Thessalie : I 56.

OTANÈS. – Perse, fils de Pharnaspe, découvre l'imposture du Mage : III 68-70; l'un des Sept : III 71-72; partisan de la démocratie : III 80-81, 83-84; III 88; s'empare de Samos : III 141-144, 147, 149.

OTHRYADÈS. – Spartiate, l'un des trois cents combattants opposés à trois cents Argiens, resté maître du champ de bataille : I 82.

OURANIA. – (Aphrodite Céleste) divinité arabe : III 8.

Outies. – Peuple du plateau iranien : III 93.

P

Pactyes. – Peuple voisin de l'Indus : III 93, 102; IV 44.

PACTYÈS. – Lydien, chef de la révolte contre Cyrus : I 153-161.

Padéens. – Peuple de l'Inde : III 99.

Palestine (Palestiniens). – Région de Syrie : I 105; II 106; III 5, 91; IV 39.

PALLAS. – Cf. Athéna.

Pallène. – Péninsule de Chalcidique : I 62.

Pamphyliens. – Habitants de la Pamphylie au sud de l'Asie Mineure : I 28; III 90.

PAN. – Divinité grecque et divinité égyptienne assimilée : II 46, 145, 146.

PANDION. – Roi légendaire d'Athènes : I 173.

PANIONIA. – Fête commune aux Ioniens d'Asie Mineure : I 148.

Panionion. – Sanctuaire des Ioniens d'Asie Mineure sur le mont Mycale : I 141-143, 148, 170.

Panormos. – Port d'Ionie : I 157.

PANTAGNOTOS. – Samien : III 39.

PANTALÉON. – Lydien, frère de Crésus, assassiné par lui : I 92.

Panthialéens. – Tribu perse : I 125.

Panticapès. – Affluent du Borysthène : IV 18, 19, 47, 54.

Pantimathes. – Peuple du sud-est de la Caspienne : III 92.

PAPAIOS. – Nom scythe de Zeus : IV 59.

Paphlagonie (Paphlagoniens). – Région du nord de l'Asie Mineure : I 6, 28, 72; III 90.

Paprémis. – Ville d'Égypte : II 59, 63; III 12. – Nome de Paprémis : II 71, 165.

Paralates. – Tribu scythe : IV 6.

Parétacènes. – Tribu mède : I 101.

Paricaniens. – Peuple d'Asie : III 92, 94.

PARMYS. – Femme de Darius : III 88.

Paroréates. – Peuple du Péloponnèse : IV 148.
Paros (Pariens). – Île de l'Égée : marbre de Paros : III 57.
Parthénios. – Fleuve d'Asie Mineure : II 104.
Parthes. – Peuple du sud-est de la Caspienne : III 93, 117.
Pasargades. – Tribu perse : I 125; IV 167.
PATARBÉMIS. – Égyptien, envoyé par Apriès pour se saisir d'Amasis : II 162.
Patares. – Ville de Lycie : I 182.
PATIZÉITHÈS. – Mage, intendant de Cambyse, suscite contre lui la révolte de Smerdis : III 61, 63.
Patoumos. – Ville d'Égypte : II 158.
Patres. – Ville du Péloponnèse : I 145.
PAUSANIAS. – Spartiate, consacre un cratère à l'entrée du Pont-Euxin : IV 81.
Pauses. – Peuple du sud-est de la Caspienne : III 92.
PAUSIRIS. – Fils d'Amyrtée; III 15.
Péanie. – Dème de l'Attique : I 60.
Pédasa (Pédasiens). – Ville de Carie : I 175-176.
Peiros. – Fleuve du Péloponnèse : I 145.
Pélasges. – L'un des deux peuples anciens de la Grèce, ancêtres du groupe ionien : I 56-58; leurs dieux : II 50-52; rites reçus d'Égypte par leurs femmes : II 171; ils chassent de Lemnos les descendants des Argonautes : IV 145. Pélasges d'Arcadie : I 146.
Pélasgie. – Ancien nom de l'Épire : II 56.
Pélion. – Montagne de Thessalie : IV 179.
Pellène. – Ville du Péloponnèse : I 145.
Péloponnèse. – Presqu'île du sud de la Grèce : I 61; III 56, 59; IV 179; ses habitants : I 56, 145; II 171, soumis à Sparte en majeure partie : III 148; ils racontent à leur manière l'histoire d'Anacharsis : IV 77; forment une tribu de Cyrène : IV 161.
Péluse. – Ville d'Égypte : II 15, 141.
Pélusienne. – Une bouche du Nil : II 17, 154; III 10.
PÉNÉLOPE. – Femme d'Ulysse, mère du dieu Pan : II 145, 146.
Pentapole. – Groupe de cinq cités grecques d'Asie Mineure : I 144.
Péonie. – Région de Thrace : IV 33, 49.
PÉRIANDRE. – Tyran de Corinthe, conseille Thrasybule de Milet : I 20, 23; Arion à sa cour : I 23-24; se heurte à son fils Lycophron : III 48-53.
Périnthe (Périnthiens). – Ville de Thrace : IV 90.
PERPHÈRES. – Les Hyperboréens porteurs d'offrandes : IV 33.
Perse (Perses). – Région d'Asie, au nord-est du golfe Persique : I 91, 108, 122, 123, 125, 126, 153, 208, 209, 210; III 67, 97, 117; IV 39,

40 ; pays : I 71 ; coutumes : I 71, 131-140, 153 ; II 167 ; III 15, 16, 31, 34, 69 ; crânes : III 12 ; langue : I 139, 148, 192. – Devenue le centre de l'empire perse : III 30, 79, 81, 102, 156. – *Histoire :* soumise aux Mèdes : I 91, 102, 107, 120, 122 ; révolte de Cyrus : I 124-130 ; les Perses soumettent la Lydie : I 46, 53, 72, 75, 77, 80, 84, 85, 86, 88, 90, 141, 153, 156, 158, 159 ; sont maître de l'Asie : I 95 ; prennent Babylone : I 191 ; attaquent les Massagètes : I 206, 207, 211, 214. Sous Cambyse : sont maîtres de l'Égypte : II 30, 98, 99, 110, 158 ; III 1, 7, 11, 14, 15, 16, 91 ; échec contre Carthage et l'Éthiopie : III 10-22 ; folie de Cambyse : III 30, 31, 34-37 ; usurpation du Mage : III 61, 63, 65, 66, 68-75, 79, 83, 84, 87, 88. Sous Darius : l'empire perse : I 192 ; III 89, 91, 97, 98, 105, 117 ; affaires intérieures : III 118, 120, 126-128, 133 ; affaires extérieures, mission en Grèce : III 135-138 ; prise de Samos : III 144-147, 149 ; de Babylone : III 150-160 (passim) ; expédition de Scythie : IV 118-144 (passim) ; de Libye : IV 167, 200-204.

PERSÉE. – Héros, fils de Danaé : II 91 ; ses descendants : I 125 ; sa sandale : II 91. — Tour du Guet de Persée : II 15.

PHAIDYMÉ. – Fille d'Otanès, femme de Cambyse, puis de l'usurpateur Smerdis, qu'elle démasque : III 68-69 ; (de Darius : III 88).

PHANÈS. – Halicarnassien, mercenaire d'Amasis passé à Cambyse : III 4, II.

Pharbéthite. – Nome égyptien : II 166.

Phares. – Ville du Péloponnèse : I 145.

PHARNASPE. – Perse : II 1 ; III 2, 68.

Phase. – Fleuve de Colchide : I 2, 104 ; II 103 ; IV 37, 45, 86.

Phasélis. – Ville d'Asie Mineure : II 178.

PHÉBUS. – Nom d'Apollon : IV 155.

Phénicie (Phéniciens). – Région de l'Asie occidentale sur la côte de la Méditerranée : I 2 ; II 44, 116 ; III 5, 6, 91, 116, 136 ; IV 38, 39, 45 ; région de Syrie : II 116. – Ses habitants : navigateurs, enlèvent Io : I 1, 5 ; deux prêtresses égyptiennes : II 54, 56, s'installent à Cythère : I 105 ; en Libye : II 32 ; IV 197 ; en Boétie : II 44, 49 ; à Carthage : III 19 ; à Théra : IV 147 ; ont emprunté une coutume égyptienne : II 104. – Leurs vaisseaux III 37 ; leur commerce : III 107, 111 ; leur rôle dans la flotte égyptienne : périple de l'Afrique : IV 42-44 ; dans la flotte perse : I 143 ; III 19. – Un mot de leur langue : III 111

PHÉRÉTIMÉ. – Mère du roi de Cyrène Arcésilas, venge sa mort à l'aide des Perses : IV 162, 165, 167, 200, 202, 205.

PHÉROS. – Roi d'Égypte, guéri de sa cécité : II 111

PHILÉAS. – Samien : III 60.

PHILITIS. – Berger égyptien : II 128.
Phla. – Île du lac Tritonis : IV 178.
Phocée (Phocéens). – Ville d'Ionie : I 80, 142, 152; II 106, 178; prise par les Perses : exode des Phocéens en Corse, puis en Italie : I 163-167.
Phocide (Phocidiens). – Région de Grèce centrale : I 46; des Phocidiens passent en Ionie : I 146.
PHRAORTE[1]. – Mède : I 96.
PHRAORTE[2]. – Petit-fils de Phraorte[1], roi des Mèdes : I 73, 102, 103.
Phriconis. – Autre nom de Cymé : I 149.
Phrixes. – Ville du Péloponnèse : IV 148.
PHRONIMÉ. – Crétoise persécutée par sa belle-mère : IV 154-155.
Phrygie (Phrygiens). – Région d'Asie Mineure : I 14, 35, 72; peuple : plus ancien que les Égyptiens : II 2; soumis par Crésus : I 28; fait partie de l'empire de Darius : III 90, 127.
PHTHIOS. – Père d'Archandros : II 98.
PHYÉ. – Athénienne que les Athéniens prennent pour Athéna : I 60
Piérie (Pières). – Région de Macédoine : IV 195
PINDARE. – Le poète : III 38.
Pindos. – Ville de Doride : I 56.
Pise. – Ville du Péloponnèse : II 7.
PISISTRATE. – Tyran d'Athènes : I 59-64.
Pitané[1]. – Bourg de Sparte : III 55.
Pitané[2]. – Ville éolienne d'Asie Mineure : I 149.
PITTACOS. – De Mytilène, l'un des Sept Sages : I 27.
Placia. – Ville de la Propontide : I 57.
Platéa. – Île de la côte de Cyrénaïque, colonisée par les Théréens : IV 151-153, 156, 169.
Plinthiné. – Golfe sur la côte de l'Égypte : II 6.
Plynos. – Port de Libye : IV 168.
POICILÈS. – Phénicien : IV 147.
POLYCRATE. – Tyran de Samos, s'empare du pouvoir : III 39, 44, 45; ses relations avec Amasis : II 182; III 40-43; attaqué par Sparte : III 44, 46, 54, 56, 57; attiré à Sardes et assassiné par Oroitès : III 120-126; vengé : III 128; avait amené avec lui le médecin Démocédès : III 131, 132; et confié le pouvoir à Méandrios : III 142; son frère Syloson : III 139, 140.
POLYDAMNA. – Dans l'*Odyssée,* Égyptienne, femme de Thon (citation) : II 116.
POLYMNESTOS. – Théréen, père de Battos : IV 150, 155
POLYNICE. – Fils d'Œdipe : IV 147.

Pont-Euxin. – La mer Noire : I 6, 72, 76, 110; II 33, 34; III 93; IV 24, 38, 89, 90; dimensions : IV 85-86; côte de Thrace : IV 99; populations : IV 46; monuments à son entrée : IV 81, 87. – Grecs du Pont-Euxin : IV 8, 10, 95.
Porata. – Ou Pyrétos, affluent de l'Istros : IV 48.
Port-Ménélas. – Port de Libye : IV 169.
POSÉIDON – Divinité grecque : son temple en Ionie : I 148. – Divinités étrangères assimilées : en Libye, considéré comme le père d'Athéna : IV 181, 188; en Scythie, appelé Thagimasadas IV 59. – Inconnu en Égypte : II 43, 50.
Posidéion. – Ville de Cilicie : III 91.
Posidonia. – Ville d'Italie : I 167.
PRÉXASPE. – Perse, chargé par Cambyse de tuer son frère : III 30, 62-64, 65; voit son fils tué par Cambyse : III 34-35; dénonce l'usurpateur Smerdis : III 66, 74-76, 78.
PRIAM. – Roi de Troie : I 3, 4; II 120.
Priène. – Ville ionienne d'Asie Mineure : I 15, 142, 161.
PROCLÈS[1]. – Tyran d'Épidaure, père de Mélissa femme de Périandre : III 50-52.
PROCLÈS[2]. – Spartiate, ancêtre d'une des deux familles royales de Sparte : IV 147.
Proconnèse. – Île et ville de la Propontide : IV 14, 15.
PROMÉNÉIA. – Prêtresse de Dodone : II 55.
PROMÉTHÉE. – Le Titan dont la femme, Asia, est l'éponyme de l'Asie · IV 45.
PRONAIA. – Épithète d'Athéna : I 92.
Propontide. – La mer de Marmara : ses dimensions : IV 85.
Prosopitis. – Île du Nil : II 41, 165.
PROTÉE. – Roi d'Égypte : II 112, 114-116, 118, 121.
PROTOTHYÈS. – Scythe : I 103.
PSAMMÉNITE. – Roi d'Égypte, vaincu par Cambyse : III 10, 14-15.
PSAMMÉTIQUE. – Roi d'Égypte : I 105; ses expériences : II 2, 28; désertion de ses soldats : II 30; son arrivée au pouvoir : II 151-154; son règne : II 157; ses successeurs : II 158, 161
PSAMMIS. – Roi d'Égypte : II 159-161.
Psylles. – Peuple de Libye : IV 173.
Ptérie (Ptériens). – Région de Cappadoce : I 76, 79.
Pyles. – Cf. les Portes.
Pylos. – Ville de Messénie. – Caucones de Pylos; I 147.
Pyréné. – Ville des Celtes : II 33.
Pyrétos. – (Ou Porata) affluent de l'Istros : IV 48
Pyrgos. – Ville du Péloponnèse : IV 148.

PYTHAGORE. – De Samos, le Sage : IV 95, 96; cultes pythagoriciens : II 81.
PYTHERMOS. – Envoyé des Phocéens à Sparte : I 152.
PYTHIE. – La prophétesse qui prononce les oracles d'Apollon à Delphes; répond à la question posée : I 13, 47-48, 55, 66, 67, 85, 91, 167, 174; III 57-58; IV 15, 151, 156, 157, 161, 163-164; explique une réponse : I 91; refuse de répondre : I 19; parle d'autre chose : IV 150, 155; prononce un oracle spontané : I 65; IV 159.
Pytho – Nom ancien de Delphes : I 54.

R

Relégués. – Les personnes internées par ordre du roi de Perse dans les îles du golfe Persique : III 93.
RHAMPSINITE. – Roi d'Égypte, dont le trésor est pillé : II 121-122, 124.
Rhégion. – Ville d'Italie . I 166, 167.
Rhodes. – Grande île de l'Égée : I 174; II 178.
Rhodope. – Montagne de Thrace : IV 49.
RHODOPIS. – Courtisane de Naucratis : II 134, 135.
RHOICOS. – Samien, architecte du temple de Samos : III 60.
Rhypes - Ville du Péloponnèse : I 145.

S

SABACÔS. – Éthiopien, roi d'Égypte : II 137, 139, 152.
Saces. – Peuple scythe, soumis par Cyrus : I 153; III 93.
SADYATTE. – Roi de Lydie : I 16, 18, 73.
Sagartiens. – Peuple de race perse : I 125; III 93.
Sages. – Les Sept Sages de la Grèce : I 29.
Saïs. – Ville d'Égypte : II 28; ses fêtes : II 59, 62; ses monuments . II 130, 163, 169, 170, 175, 176; III 16. – Nome de Saïs : II 152. 165, 172.
Saïtique. – Une bouche du Nil : II 17.
Salamis. – Ville de Chypre : IV 162.
SALMOXIS. – Divinité des Gètes : IV 94-96
Salmydessos. – Ville de Thrace : IV 93.
SAMIOS. – Spartiate : III 55.
Samos (Samiens). – Île de l'Égée sur la côte d'Asie Mineure, et sa capitale I 142, 148; langue · I 142 architecte : IV 88

médecins : III 131 ; monuments : III 60 ; temples : I 70 ; II 148, 182 ; III 60 ; IV 88 ; rapports avec Cyrène : IV 162, 164 ; avec Naucratis : II 178 ; avec l'oasis d'Ammon : III 26 ; avec Sparte et Corinthe : III 47-49, 54, 55, 120-122 ; avec Tartessos : IV 152 ; Polycrate s'y empare du pouvoir : III 39-41, 43-48, 54, 55, 57-60 ; prise par Darius : III 125, 139, 140, 142-144, 146-150. – Un Samien vole le trésor de Sataspès : IV 43.

Samothrace (Samothraciens). – Île sur la côte de Thrace : ses mystères des Cabires : II 51.

SANDANIS. – Lydien qui donne un conseil à Crésus : I 171.

SAPPHO. – La poétesse : II 135.

Sarangéens. – Peuple de l'empire perse, diversement localisé : III 93, 117.

Sardaigne (Sardoniens). – « La plus grande île de la Méditerranée » : I 170. – Détroit de Sardaigne : I 166.

SARDANAPALE. – Roi de Ninive : II 150.

Sardes. – Capitale de la Lydie : I 7, 19, 22, 27, 29, 30, 35, 43, 47, 48, 69, 70, 77, 78, 141, 154 ; II 106 ; III 5, 48, 49 ; son acropole : I 15, 84 ; gouvernée par Otanès : III 120, 126, 128, 129 ; possède une tribu dite Asiade : IV 45. – Y viennent : Bias (ou Pittacos) : I 27 ; Solon : I 29-30 ; Adraste : I 35 ; les Spartiates : I 69, 152 ; Bagaios : III 128. – Prise par les Cimmériens : I 15 ; par Cyrus : I 79-81, 83-84, 86, 91, 153 ; assiégée par Pactyès : I 154-157.

SARPÉDON. – Fils d'Europe, passant de Crète en Lycie : I 173.

Saspires. – Peuple habitant entre la Colchide et la Médie : I 104, 110 ; III 94 ; IV 37, 40.

SATASPÈS. – Perse, neveu de Darius, tente de contourner l'Afrique par l'ouest : IV 43.

Sattagydes. – Peuple du nord-est de la Perse : III 91.

SAULIOS. – Roi scythe qui tue Anacharsis : IV 76.

Sauromates. – Peuple habitant au nord de la mer d'Azov : IV 21, 57 ; descend des Scythes et des Amazones : IV 110, 116, 117 ; lutte contre Darius : IV 102, 119, 120, 122, 123, 128, 136.

SCAMANDRONYMOS. – Mytilénien : II 135.

Scios. – Affluent de l'Istros : IV 49.

SCITON. – Serviteur de Darius : III 130.

Scolotes. – Nom des Scythes : IV 6.

SCOPASIS. – Roi scythe : IV 120, 128.

Scylacé. – Ville sur l'Hellespont : I 57.

SCYLAX. – De Caryanda, chargé par Darius de naviguer de l'Indus à l'Égypte : IV 44.

SCYLÈS. – Roi scythe, victime de son penchant pour les coutumes des Grecs : IV 76, 78-80.
Scyrmiades. – Peuple thrace : IV 93.
SCYTHÈS. – Fils d'Héraclès et de la femme-serpent, éponyme des Scythes : IV 10.
Scythie (Scythes). – Les régions au nord du Pont-Euxin, entre l'Istros et le Tanaïs : IV 5, 76 ; géographie et climat : II 22 ; IV 12, 21, 28, 99, 100, 101 ; fleuves : IV 48, 49, 51, 52, 58, 129. – Origine des Scythes : IV 5-13 ; leur histoire : I 15, 73, 103-106, 130 ; II 103, 110 ; IV 1, 3, 4, 12, 13 ; pays, coutumes et croyances : I 216 ; II 167 ; IV 2, 23, 28, 31, 46, 48, 53, 59, 61, 63, 64, 66-68, 70-73, 75-80, 100, 105-107, 110, 117 ; nombre : IV 81 ; peuples : IV 17-20, 22-24, 27, 32, 33, 100 ; Scythes et Amazones : IV 110-113, 117 ; leur lutte contre Darius : III 134 ; IV 1, 83, 91, 97, 98, 102, 118-133, 136, 137, 139, 140, 142. – Scythes cultivateurs : IV 18, 19 ; laboureurs : IV 17, 52, 54 ; nomades : I 15, 73 ; IV 2, 19, 55, 56 ; Scythes Royaux : IV 20, 22, 56, 57, 71 ; Gréco-Scythes · IV 17.
Sébennytique[1]. – Une bouche du Nil : II 17, 155.
Sébennytique[2]. – Nome d'Égypte : II 166.
SÉMÉLÉ. – Mère de Dionysos : II 145-146.
SÉMIRAMIS. – Reine de Babylone : I 184. – Porte de Sémiramis à Babylone : III 155.
SENNACHÉRIB. – Roi d'Assyrie : II 141.
Sept (les). – Les Perses conjurés contre l'usurpateur Mage ; III 71, 76, 77, 79, 84, 118, 119, 140, 153 ; IV 132.
Serbonis. – Lac à la frontière est de l'Égypte : II 6 ; III 5.
SÉSOSTRIS. – Roi d'Égypte : II 102-104, 106-111.
Sestos. – Ville de Chersonèse, point d'embarquement de Darius : IV 143.
SÉTHON. – Roi d'Égypte : II 141.
Sicile (Siciliens). – Île de la Méditerranée : I 24.
Sicyone (Sicyoniens). – Ville du Péloponnèse ; I 145.
Sidon (Sidoniens). – Ville de Phénicie, nommée par Homère : II 116 ; attaquée par le roi d'Égypte Psammis : II 161 ; port du roi de Perse : III 136.
Sigéion. – Cap et ville de Troade : IV 38.
Sindes. – Peuple de la côte nord-est du Pont-Euxin : IV 28, 86.
Sinope. – Ville d'Asie Mineure, sur la côte du Pont-Euxin : I 76 ; II 34 ; IV 12.
Siouph. – Ville d'Égypte : II 172.

Siphnos (Siphniens). – Île de l'Égée, attaquée par les Samiens : III 57-58.
SITALCÈS. – Fils du roi de Thrace Térès : IV 80.
SMERDIS[1]. – Fils de Cyrus, assassiné sur l'ordre de son frère Cambyse : III 30, 32, 61-69, 71, 74, 75, 88.
SMERDIS[2]. – Mage, s'empare du pouvoir en Perse : III 61-65, 69.
Smyrne (Smyrniens). – Ville éolienne d'Asie Mineure : I 14, 16, 94, 143 ; II 106 ; prise par les Ioniens : I 149-150.
Sogdiens. – Peuple du sud-est de la Caspienne : III 93.
SOLEIL. – Divinité en Égypte : II 59, 73, 111 ; en Libye : IV 188 ; chez les Massagètes : I 212, 216 ; en Perse : I 131, 138. – Source du Soleil, chez les Ammoniens : IV 181 ; table du Soleil, en Éthiopie : III 17, 18, 23.
Soloéis. – Cap de Libye : II 32 ; IV 43.
SOLON. – Le législateur d'Athènes : visite Crésus : I 29-32, 34, 86 ; emprunte une loi à l'Égypte : II 177.
Solymes. – Ancien nom des Lyciens : I 173.
SOSTRATE. – Éginète, marchand qui fit les plus gros bénéfices connus : IV 152.
Sounion. – Cap de l'Attique : IV 99.
SPACO. – Nom mède, la mère nourricière de Cyrus : I 110.
SPARGAPÉITHÈS[1]. – Roi des Agathyrses : IV 78.
SPARGAPÉITHÈS[2]. – Roi des Scythes : IV 76.
SPARGAPISÈS. – Massagète, fils de la reine Tomyris : I 211, 213.
Sparte (Spartiates). – Capitale de la Laconie, et État spartiate : lois et coutumes : IV 146 ; tribus : IV 148, 149 ; rois : I 65 ; III 148 ; IV 147. – *Affaires intérieures :* I 65. – *Affaires extérieures :* lutte contre Tégée : I 66-68 ; contre Argos : I 82 ; alliée de Crésus : I 69, 70, 82, 83 ; appelée contre Cyrus par les Ioniens : I 141, 152, 153 ; contre Polycrate par les Samiens : III 46 ; contre les Perses par Méandrios : III 148 ; expulse les Minyens : IV 147. – Femmes de Sparte : Hélène : II 113, 117.
STRATTIS. – Tyran de Chios : IV 138.
Strouchates. – Tribu mède : I 101.
Strymon. – Fleuve de Thrace : I 64.
Suse. – Capitale des rois de Perse, en Cissie : I 188 ; III 90. – Capitale de Cambyse : III 30 ; tenue par l'usurpateur Mage : III 64, 65, 70. – Résidence de Darius : III 129 ; IV 83, 85 ; et de ses hôtes : Démocédès : III 132 ; Syloson : III 140.
Syène. – Ville d'Égypte : II 28.
SYENNÉSIS. – Roi de Cilicie : I 74.
SYLOSON. – Samien, frère du tyran Polycrate, banni par lui : III 39 ;

donne son manteau à Darius : III 139, qui prend Samos pour la lui remettre : III 140-141, 144, 146, 147, 149.
Symé. – Île proche de la péninsule de Cnide : I 174.
Syracuse (Syracusains). – Ville de Sicile ; richesse de ses tyrans. III 125.
Syrgis. – (Ou Hyrgis) affluent du Tanaïs : IV 123.
Syrie (Syriens)[1]. – Région du nord de l'Anatolie des Syriens-Cappadociens : I 6, 72, 76 ; III 90.
Syrie (Syriens)[2]. – Région côtière de l'Arabie, touchant à l'Égypte, appelée Syrie-Palestine : I 105 ; II 11, 12, 20, 104, 106, 116, 153, 157, 158, 159 ; III 5, 6, 62, 64, 91.
Syrte. – Golfe de la côte de Libye : II 32, 150 ; IV 169, 173.

T

TABALOS. – Perse, gouverneur de Sardes : I 153, 154, 161.
TABITI. – Divinité scythe : IV 59.
Table du Soleil. – En Éthiopie, emplacement d'offrandes : III 17, 18, 23.
Tachompso. – Île du Nil : II 29.
Tanaïs. – Fleuve de Scythie : IV 20, 21, 45, 47, 57, 100, 115, 116, 120, 122, 123.
Tanite. – Nome d'Égypte : II 166.
Tarente (Tarentins). – Ville d'Italie : I 24 ; IV 99 ; Darius essaie d'y rétablir un banni : III 136, 137, 138.
TARGITAOS. – Ancêtre des Scythes : IV 5, 7.
Tarichées. – Localité d'Égypte : II 113.
Tartessos. – Région de l'extrême-ouest de l'Europe, au-delà de Gibraltar : I 163 ; IV 152. – Belettes de Tartessos : IV 192.
Tauchéira. – Ville de Libye : IV 171.
Taures. – Peuple habitant la Chersonèse Taurique : IV 99, 102-103, 119.
Tauride. – La Chersonèse Taurique (Crimée) : IV 3, 20, 99, 100.
TAXACIS. – Roi scythe : IV 120.
Taygète. – Montagne de Laconie : IV 145, 146, 148.
Téaros. – Rivière de Thrace : IV 89-91.
TÉASPIS. – Perse : IV 43.
Tégée (Tégéates). – Ville du Péloponnèse en lutte avec Sparte : I 65-68.
TÉLÉCLÈS. – Samien : III 41.
TÉLÉMAQUE. – Fils d'Ulysse : II 116.

TÉLÉSARQUE. – Samien ennemi de Méandrios : III 143.
TELLOS. – Athénien, le plus heureux des hommes : I 30-31.
Telmessiens. – Devins du temple d'Apollon à Telmessos : I 78, 84.
Telmessos. – Ville de Carie avec un oracle d'Apollon : I 78.
Temnos. – Ville éolienne d'Asie Mineure : I 149.
Ténare. – Cap au sud du Péloponnèse : I 23, 24.
Ténédos (Ténédiens). – Île de la côte de Troade : I 151.
Ténos (Téniens). – Île de l'Égée : IV 33.
Téos (Téiens). – Ville ionienne d'Asie Mineure : I 142, 168, 170. – Les Téiens passent en Thrace : I 168.
TÉRÈS. – Roi thrace : IV 80.
Termiles. – Ancien nom des Lyciens : I 173.
TERRE. – Divinité des Perses : I 131 ; des Scythes (Api) : IV 59.
Teucride. – Région d'Asie Mineure (la Troade) : II 118.
Teucriens. – Les Troyens, en guerre avec les Grecs : II 114, 118.
Teuthranie. – Région de Mysie : II 10.
THAGIMASADAS. – Divinité scythe : IV 59.
THALÈS. – De Milet, savant : I 74, 75, et Sage : I 170.
Thamanéens. – Peuple de l'Asie centrale : III 93, 117.
THANNYRAS. – Libyen, fils d'Inaros : III 15.
Thasos (Thasiens). – Île sur la côte de Thrace : son temple d'Héraclès : II 44.
Thébaïde. – Province de Haute-Égypte : II 28.
Thèbes (Thébains)[1]. – Ville de Béotie avec un temple d'Apollon Isménien : I 52, 92. – Ses rapports avec Athènes : I 61.
Thèbes (Thébains)[2]. – Ville d'Égypte : I 182 ; II 3, 9, 15, 54-57, 69, 143 ; III 25, 26 ; IV 181 ; son temple de Zeus : I 182 ; II 42, 54, 56, 74, 143 ; ses crocodiles : II 69 ; ses serpents : II 74 ; prodige d'une pluie : III 10. – Nome Thébain : II 4, 42, 91, 166 ; Zeus Thébain : I 182, II 42, 54.
THÉMIS. – Divinité grecque inconnue en Égypte : II 50.
Thémiscyre. – Ville d'Asie Mineure sur le Pont-Euxin : IV 86.
THÉMISON. – Marchand de Théra qui sauve Phronimé : IV 154.
THÉODORE. – Samien, sculpteur et ciseleur : I 51, III 41.
THÉOPHANIES. – Fêtes d'Apollon à Delphes : I 51.
Théra (Théréens). – Île de l'Égée, colonisée par les Phéniciens : IV 147 ; par Théras : IV 147-149 ; envoie une colonie en Libye, et fonde Cyrène : IV 150-156, 161, 164.
THÉRAS. – Descendant de Cadmos, éponyme de Théra : IV 147-150.
Thermodon. – Fleuve de Cappadoce : II 104 ; IV 86, 110.
THERSANDRE. – Fils de Polynice : IV 147.

THESMOPHORIES. – Fêtes de Déméter en Grèce : II 171.
Thesprotie (Thesprotes). – Région d'Épire où se trouve l'oracle de Dodone : II 56.
Thessalie (Thessaliens). – Région du nord de la Grèce, entre la Macédoine et la Malide : limite du pouvoir de Darius en Europe : III 96.
Thessaliotide. – Région du nord-est de la Thessalie : I 57.
Thmouite. – Nome d'Égypte : II 166.
THON. – Égyptien nommé par Homère : II 116.
THÔNIS. – Gardien d'une bouche du Nil : II 113-115.
Thoricos. – Dème attique : IV 99.
Thornax. – Montagne de Laconie : I 69.
Thrace (Thraces[1]). – Les pays au nord de la Grèce, de la Macédoine à la Scythie : I 168 ; IV 49, 80, 89, 99 ; coutumes et peuples : II 167 ; IV 74, 93-95, 104. – Soumise par Sésostris : II 103. – Rapports avec les Perses : Darius : IV 89, 93, 118, 143. – Une Thrace, Rhodopis : II 134. – Bosphore de Thrace : cf. Bosphore.
Thraces[2] d'Asie. – Les Bithyniens : I 28 ; III 90.
THRASYBULE. – Tyran de Milet, reçoit un conseil de Périandre : I 20-23.
Thyniens. – Peuple thrace d'Asie : I 28.
Thyréa. – Région d'Argolide : I 82.
Thyssagètes. – Peuple habitant au nord de la mer d'Azov : IV 22, 123.
Tiarantos. – Affluent de l'Istros : IV 48.
Tibaréniens. – Peuple habitant au sud-est du Pont-Euxin : III 94.
Tibisis. – Affluent de l'Istros : IV 49.
Tigre. – Fleuve d'Asie : I 189, 193 ; II 150.
TIMARÉTÉ. – Prêtresse de Dodone : II 55.
TIMÉSIOS. – Clazoménien, fondateur d'Abdère : I 168.
TISAMÈNE. – Thébain, descendant de Cadmos : IV 147.
Tmolos. – Montagne de Lydie : I 84, 93.
TOMYRIS. – Reine des Massagètes, triomphe de Cyrus : I 205-208, 211, 213, 214.
Traspies. – Tribu scythe : IV 6.
Trézène (Tréséniens). – Ville du Péloponnèse : III 59.
Triballes. – Peuple d'Illyrie : IV 49.
Triopion. – Cap d'Asie Mineure avec un sanctuaire d'Apollon : I 144, 174 ; IV 38.
TRITANTAICHMÈS. – Perse, fils d'Artabaze, gouverneur de la Babylonie : I 192.
Tritée. – Ville du Péloponnèse : I 145.

TRITON[1]. – Divinité de Libye, apparaissant à Jason : IV 179, 188.
Triton[2]. – Fleuve de Libye : IV 178, 180, 191.
Tritonis. – Lac de Libye : IV 178, 179, 180, 186, 187, 188.
Troglodytes. – Peuple de Libye : IV 183.
Troie (Troyens). – La ville de Priam, assiégée par les Grecs : II 118, 120; IV 191.
TROPHONIOS. – Héros possédant un oracle en Béotie : I 46.
TYMNÈS. – Intendant du roi scythe Ariapéithès, informateur d'Hérodote : IV 76.
TYNDARE. – Roi de Sparte, père d'Hélène : II 112.
Tyndarides. – Les héros spartiates Castor et Pollux, fils de Tyndare : IV 145.
TYPHON. – Frère ennemi d'Osiris : II 144, 156; III 5.
Tyr (Tyriens). – Ville de Phénicie : I 2; II 44, 112, 161.
Tyras. – Fleuve de Scythie : IV 11, 47, 51, 52, 82.
Tyrites. – Colons établis à l'embouchure du Tyras : IV 51.
Tyrrhénie (Tyrrhéniens[1]*)*. – Région d'Italie colonisée par les Lydiens (l'Étrurie) : I 94, 163, 166, 167.
Tyrrhéniens[2] de Chalcidique : I 57.
TYRRHÉNOS. – Fils du roi de Lydie Atys : I 94.

V

VENTS. – Personnifiés, divinités en Perse : I 131.

X

XANTHÈS. – Samien : II 135.
Xanthos[1]. – Fleuve de Lycie : I 176.
Xanthos[2]. – Ville de Lycie : I 176.
XERXÈS. – Roi de Perse, fils et successeur de Darius : prend Babylone : I 183; envoie Sataspès faire le tour de l'Afrique par l'ouest : IV 43.

Z

Zacynthe. – Île de la mer Ionienne : III 59; son lac fournissait de la poix : IV 195.
Zauèces. – Peuple de Libye : IV 193.

ZEUS. – La plus grande divinité hellénique : I 65, 174; II 55, 116, 146, 178; III 124, 125; père de Dionysos : II 146; d'Hélène : II 116; appelé Libérateur : III 142; Lycien : IV 203; Olympien : II 7. – L'eau de Zeus : II 13; III 125. – Divinités étrangères assimilées : chez les Ammoniens : III 25; IV 181; à Babylone : I 181, 183; III 158; en Carie : I 171; en Égypte : I 182; II 42, 45, 54, 56, 74, 83, 136, 143; IV 181; en Éthiopie : II 29; en Libye : IV 180; en Lydie : I 44, 89; en Perse : I 131, 207; en Scythie : IV 5, 59, 127. – Père adoptif d'Athéna : IV 180; père de Targitaos : IV 5, et ancêtre des Scythes : IV 127. – Appelé Dieu de l'Amitié : I 44; Amoun : II 42; Bélos : I 181; III 158; Carien : I 171; du Foyer : I 44; Papaios : IV 59; de Thèbes, Thébain : I 182; II 42, 54; IV 181.

ZOPYRE [1]. – Perse, grâce à qui Darius prend Babylone : III 153-158, 160; IV 43.

ZOPYRE [2]. – Petit-fils de Zopyre [1], se réfugie à Athènes : III 160.

DU MÊME AUTEUR

dans la même collection

L'ENQUÊTE, livres V à IX. *Préface et traduction d'Andrée Barguet.*

Impression CPI Bussière
à Saint-Amand (Cher),
le 26 août 2009.
Dépôt légal : août 2009.
1er dépôt légal dans la collection : mai 1985.
Numéro d'imprimeur : 092284/1.
ISBN 978-2-07-037651-3./Imprimé en France.

171641